Alex Gough

Das Schwert des Kaisers

210 n. Chr.: Die Römer haben Britannien fest in der Hand. Um Angriffe lokaler Stämme zu verhindern, werden römische Spione ins ganze Land entsendet – unter ihnen auch der wagemutige Silus. Wochenlang trotzt er Kälte und Einsamkeit in den rauen Wäldern Kaledoniens. Als es ihm durch einen Zufall gelingt, den Stammesführer der Maeatae zu köpfen, übt dessen Sohn Maglorix grausame Rache. Fortan hat Silus nur noch einen Wunsch: den Tod des Kaledoniers. Um Silus' Heldentat zu belohnen, nimmt Kaiser Caracalla ihn in den Bund der Arcani auf. Als Assassine in der Elitetruppe der Attentäter und Spione muss Silus sich fortan immer brutaleren Konflikten stellen. Scheitern ist dabei keine Option. Doch all das Elend und Blutvergießen bringen Silus zum Zweifeln – kann er dem Kaiser treu bleiben und seine Taten im Namen Roms mit seinem Gewissen vereinbaren?

Alex Gough ist Autor historischer Rom-Serien und lebt als Tierarzt im Südwesten Englands. Seine Leidenschaft für das alte Rom bringt er in seinen Büchern sowie auf seinem Blog romanfiction.com zum Ausdruck.

Alex Gough

Das Schwert des Kaisers

Die Assassinen von Rom Band I

Roman

Aus dem Englischen
von Kristof Kurz

dtv

MIX
Papier aus verantwortungsvollen Quellen
FSC® C019821
www.fsc.org

Deutsche Erstausgabe 2023
dtv Verlagsgesellschaft mbH & Co. KG, München

Titel der englischen Originalausgabe:
›Emperor's Sword‹
(Canelo Digital Publishing Limited, London 2020)

Umschlaggestaltung: dtv nach einem Entwurf
von Stephen Mulcahey
Umschlagmotive: Collaboration JS/Arcangel
Satz: C.H.Beck.Media.Solutions, Nördlingen
Gesetzt aus der Stempel Garamond
Druck und Bindung: Druckerei C.H.Beck, Nördlingen
Printed in Germany · ISBN 978-3-423-21883-2

Für Naomi und Abigail,
zum Dank für all die Liebe und Unterstützung

Erstes Kapitel

210 n. Chr.
Kaledonien

Silus kämpfte sich fünfzehn Meilen nördlich des Antoninuswalls mitten im Feindesland durch dichtes Unterholz.

»Scheiße«, sagte er.

Regenwasser lief aus seinem Haar über die Stirn und tropfte von seiner Nase, was sich anfühlte wie ein schlimmer Schnupfen. Er zitterte, obwohl er ein wollenes Unterhemd unter der wasserdichten Lederkleidung trug und sich mit spärlich belaubten Zweigen zugedeckt hatte. Dass es so früh am Tag bereits dämmerte, überraschte ihn nicht, immerhin lag Kaledonien weit im Norden und war berüchtigt für sein schlechtes Wetter, insbesondere gegen Ende des Winters – so wie jetzt im Martius, dem ersten Monat des Amtsjahres. Die Augusti hatten entschieden, den Feldzug gegen die aufständischen Stämme jenseits der nördlichsten Grenze des Reiches um ein weiteres Jahr zu verlängern. Diese Stämme mussten vor der Ankunft der Legionen selbstverständlich ausgekundschaftet werden, und mit dieser spannenden und verantwortungsvollen Aufgabe hatte man Silus betraut, der im Rang eines Explorators bei den romtreuen Hilfstruppen diente. Aus diesem Grund also lag er hier draußen in diesem nasskalten Wald und versuchte, nicht an Unterkühlung zu sterben.

Er rutschte auf dem Boden herum, da sich ein Ast gefährlich nahe an den Weichteilen in seinen Körper bohrte. Dabei floss ihm das kalte Wasser, das sich in einer Falte seines Umhangs gesammelt hatte, den Rücken hinunter. »Scheiße!«, fluchte er abermals und so laut, wie er es sich erlauben konnte, ohne auf sich aufmerksam zu machen. Man konnte sich keinen beschisseneren Auftrag vorstellen. Seine Kameraden saßen gerade bei ihren jeweiligen Contubernales schön gemütlich in ihren Baracken, schoben Wachdienst oder wurden allerhöchstens auf kurze Patrouillen geschickt. Er dagegen fror sich hier seit Tagen die Eier ab, lebte von dem, was er jagte und sammelte, und wenn er sich nicht gerade vor Entdeckung, Gefangennahme, Folter und Hinrichtung fürchtete, zerfloss er vor Selbstmitleid.

Wo bei allen Göttern war er überhaupt? Irgendwo in der Nähe musste die Wallburg sein, die die Einheimischen Dùn Mhèad nannten. Seinen Befehlshabern waren Gerüchte von einer bevorstehenden Rebellion zu Ohren gekommen, woraufhin sie ihn losgeschickt hatten, um das zu tun, was er am besten konnte. Und dazu gehörte nun mal, irgendwo im Wald zu kauern, unentdeckt zu bleiben, den Feind auszukundschaften und lebendig zurückzukehren.

Sein Zenturio hatte Silus als »einen der besten Exploratores der ganzen Armee« bezeichnet. Die strenge Erziehung, die ihm sein römischer Vater hatte angedeihen lassen, hatte seinen Körper gestählt und ihn mit einer bedingungslosen Treue dem römischen Imperium gegenüber erfüllt. Gleichzeitig fühlte er sich als halber Barbar in der Wildnis Kaledoniens wie zu Hause: Er beherrschte die Sprache der Einheimischen fließend und hatte keine Schwierigkeiten, als einer der ihren durchzugehen. Doch das alles half ihm einen Scheiß dabei, diese gottverdammte Wallburg zu finden.

Inzwischen war es zu dunkel, um noch irgendetwas auszukundschaften. Er beschloss, sein Nachtlager in einer Mulde zwischen den Wurzeln einer großen Eiche aufzuschlagen. Er füllte seinen Wasserschlauch an einem nahe gelegenen Wasserlauf und legte zwei Fangschlingen aus. Dann nahm er das letzte Stückchen Käse aus dem Leinensack, wickelte es aus, verschlang es in zwei Bissen und spülte es mit ein paar Schlucken eiskalten Wassers hinunter. Anschließend erleichterte er sich ein Stück flussabwärts, kauerte sich in die Mulde und bedeckte sich zur Tarnung und zum Schutz vor der Kälte mit Zweigen. Ohne große Hoffnung auf Schlaf schloss er die Augen und stellte sich vor, den warmen, weichen Körper seiner Frau in den Armen zu halten.

Er wurde von einem Rascheln in der Nähe geweckt. Silus riss die Augen auf, widerstand jedoch dem Drang, aufzuspringen und nach seinen Waffen zu greifen. Es war gut möglich, dass man ihn noch nicht entdeckt hatte. Durch den plötzlichen Übergang vom Schlaf in einen Zustand äußerster Wachsamkeit raste sein Herz. Erst jetzt bemerkte er mit Erstaunen, dass es bereits dämmerte. Er hatte die ganze Nacht hindurch traumlos geschlafen. Das Rascheln auf dem laubbedeckten Boden wurde immer lauter. Er wusste zwar nicht, mit wie vielen Gegnern er es zu tun hatte, doch seine einzige Chance war, das Überraschungsmoment zu nutzen, möglichst viel Schaden anzurichten und in der darauffolgenden Verwirrung zu entkommen.

Dann tauchte nur wenige Fuß von ihm entfernt ein schwarzer Schatten aus dem Unterholz: ein großer Eber, der im Laub nach Wurzeln und Schnecken wühlte. Silus atmete erleichtert auf und musste gleichzeitig an Wildschweinbraten am Spieß denken, woraufhin sich sein Magen verkrampfte und ihm das Wasser im Mund zusammenlief. Vorsichtig bewegte er die Hand auf das Messer in seinem Gürtel zu, hielt dann aber inne. Der Eber war ziemlich groß und hatte scharfe Hauer. Es wäre kein leichter Kampf. Da er keinen Bogen mitgenommen hatte, blieb ihm nur ein Überraschungsangriff mit dem Messer. Doch selbst wenn es ihm gelänge, den Eber zu überrumpeln, wären der Kampflärm und die Schreie des Wildschweins – und im schlimmsten Fall auch seine eigenen – meilenweit zu hören. Sehr zum Missfallen seines knurrenden Magens wartete er also ab, bis sich das Tier wieder getrollt hatte. Dann verließ er sein Versteck, streckte sich und dehnte den in letzter Zeit ständig verspannten Nacken, bevor er ohne große Zuversicht nach den Fangschlingen sah.

Die erste war leer, in der zweiten hatte sich zu seiner Freude ein Eichhörnchen verfangen. Es kämpfte nur noch schwach gegen den Draht an, der tief in seinen Hals schnitt. Silus brach dem Tier mit einem Handgriff das Genick, häutete es und weidete es aus. Ein Feuer kam nicht infrage – erstens durfte er nicht entdeckt werden und zweitens hätte er es bei diesem Regen sowieso nicht in Gang bekommen. Für den Fall, dass das Kaninchen an ansteckenden Krankheiten litt, sprach er ein kurzes Gebet an Valetudo, die Göttin der Gesundheit, sowie an Apollo, den Gott des Sonnenlichts und der Heilung, den er bei der Gelegenheit auch um ein Nachlassen des Regens bat. Dann schlang er das rohe Eichhörnchenfleisch in großen Bissen hinunter, um es so wenig wie möglich schmecken zu müssen.

Dabei erinnerte er sich an das erste Eichhörnchen, das er roh verzehrt hatte. Damals – er war fünf Jahre alt gewesen – hatte seine Familie noch beim Stamm der Brigantes gelebt. Sein Vater hatte es ihm auf einem langen Jagdausflug gegeben, doch das Fleisch war so glitschig und schleimig gewesen, dass er es sofort wieder von sich gegeben hatte. Sein Vater hatte ihm eine Tracht Prügel verpasst und ihn gezwungen, das Erbrochene noch einmal zu essen und diesmal auch bei sich zu behalten. *Vater, was warst du nur für ein Arschloch,* dachte er. Trotzdem war das, was er Silus beigebracht hatte, für die Legion von großem Wert – und damit letzten Endes auch die Ursache dafür, dass er hier in diesem ungemütlichen Wald hockte. *Ein Grund mehr, dich zu hassen, Vater.*

Silus vergrub die Überreste seiner Mahlzeit, füllte den Wasserschlauch auf, sammelte die Schlingfallen ein und verrichtete seine Notdurft. Dann blickte er zum Himmel auf. Die Eichen und Birken hatten noch nicht angefangen zu blühen, sodass die Äste über ihm größtenteils kahl waren. Lediglich die immergrünen Fichten sorgten für Farbtupfer. Die Wolkendecke war so dick, dass er den Stand der Sonne nicht ausmachen konnte. In einem weniger dichten Wald hätte er womöglich anhand der Wuchsrichtung der zum Licht strebenden Zweige ermitteln können, wo Süden war, doch hier standen die Bäume so eng beisammen, dass sich ihre Äste einfach nur kerzengerade nach oben zum spärlichen Sonnenlicht streckten. Auch das Moos, das in lichteren Wäldern an der schattigeren Nordseite der Bäume zu finden war, half ihm nicht weiter. Hier in diesem beständigen Dämmerlicht wuchs das Moos überall.

Silus zuckte mit den Schultern und marschierte seiner Schätzung nach in nördlicher Richtung weiter.

Nachdem er sich einen halben Tag lang durch den Wald gequält hatte und über vom Laub bedeckte Wurzeln und Erdlöcher gestolpert war, lichteten sich die Bäume schlagartig. Zu seiner Rechten ragte auf dem breitesten und höchsten Hügel der Umgebung Dùn Mhèad auf, die Wallburg, die er gesucht hatte.

Jedenfalls war er sich einigermaßen sicher, dass es sich um Dùn Mhèad handelte, da es in der Nähe keine andere größere Ansiedlung gab. Die Wallburg bestand aus einigen wenigen reetgedeckten Rundhäusern, einem Langhaus, mehreren Zelten und kleineren Gebäuden, die von einem Gürtel aus Erdwällen und Gräben sowie von einer Palisade aus zugespitzten Baumstämmen umgeben waren. Silus konnte keine einzige Mauer aus Stein oder Ziegel entdecken, und auch sonst hatte das Ganze wenig Ähnlichkeit mit einer römischen Befestigung. Eine gut ausgerüstete Legion wäre in der Lage, die Burg im Handstreich einzunehmen – vorausgesetzt, sie kämpfte sich zuvor viele Meilen lang durch feindliches, unwirtliches Terrain. Die Kaledonier sowie die Maeatae – ein Zusammenschluss mehrerer Stämme, zu denen auch die Venicones gehörten – waren inzwischen Meister der indirekten Kriegsführung und hatten den römischen Invasoren durch Hinterhalte und Fallen größere Verluste beigebracht als jemals in einer offenen Feldschlacht.

Silus suchte sich ein Versteck am Waldrand, tarnte sich mit Nadelzweigen und beobachtete die Wallburg. Er war noch etwa eine Viertelmeile entfernt und konnte kaum Einzelheiten erkennen, doch dass in der befestigten Siedlung Hochbetrieb herrschte, war offensichtlich. Das Klirren von Hammer auf Amboss hallte hell über das tiefe Muhen des innerhalb der Befestigung zusammengetriebenen Viehs hinweg. Zu Silus' Rechten – von Osten, wenn er sich nicht irrte – stieg ein etwa zwanzig Mann starker Kriegertrupp den Hügel hinauf. Sie waren mit Speeren und kleinen Rundschilden bewaffnet und trugen Umhänge und Hosen, aber keine Rüstungen. Als das Tor in der Palisade geöffnet wurde, um sie einzulassen, konnte Silus einen Blick in die Festung werfen, in der sich bereits eine größere Streitmacht versammelt zu haben schien.

Die Männer saßen herum und tranken, trugen Übungskämpfe mit ihren Speeren aus oder gingen anderen Beschäftigungen nach. Dann wurde das Tor wieder geschlossen. Silus schätzte, dass sich etwa vierhundert Menschen in der Wallburg befanden. Frauen, Kinder oder Alte hatte er allerdings nur wenige gesehen.

Das war eine Kriegerschar, die sich für einen Überfall bereit machte.

Silus dachte an seine Kameraden im Kastell. Sosehr er sie auch darum beneidete, dass sie warm und trocken und satt in ihren Baracken hockten und höchstens hin und wieder auf ungefährliche Patrouillen geschickt wurden, durfte er doch auf keinen Fall zulassen, dass dieser Haufen ohne Vorwarnung über sie herfiel.

Falls sie überhaupt vorhatten, das Kastell anzugreifen. Möglicherweise hatten sie es auch auf eine römische Siedlung abgesehen wie die, in der er mit seiner Frau Velua und seiner Tochter Sergia lebte. Bei dieser Vorstellung krampften sich seine Eingeweide zusammen. Nun musste er sich entscheiden, ob er abwartete und versuchte, noch mehr in Erfahrung zu bringen, oder das, was er hier gesehen hatte, so schnell wie möglich seinen Befehlshabern meldete. Nach kurzer Überlegung kam er zu dem Schluss, dass nichts, was er hier noch auskundschaften mochte, wichtiger als die Nachricht war, dass sich eine kriegslüsterne Barbarenhorde für den Kampf rüstete. Wenn er blieb, riskierte er zudem, entdeckt zu werden. Vorsichtig ging er rückwärts in den Wald zurück, bis er sich einigermaßen im Schutz der Bäume befand. Er richtete sich auf und streckte sich, dann kehrte er der Wallburg den Rücken und machte sich auf den Heimweg.

Er hatte gerade einmal fünfzig Schritt zurückgelegt, als

ihn ein Geräusch innehalten ließ. Etwas brach durch das Unterholz. Er legte die Hand auf das Messer und drehte sich mit klopfendem Herzen in die Richtung, aus der der Lärm kam. Ein großer Hirsch lief durch den Wald auf Silus zu, schreckte zurück, sobald er ihn bemerkte, und verschwand im Dickicht. Silus wartete, bis sich Atem und Herzschlag beruhigt hatten, dann machte er sich wieder auf den Weg, weg von der Wallburg und tiefer in den Wald hinein.

Kurz darauf blieb er ein weiteres Mal stehen; diesmal hörte er tiefe, immer lauter werdende Stimmen. Er versteckte sich hinter einer Eiche und spähte vorsichtig um den dicken Baumstamm. Als er eine Bewegung bemerkte, sah er genauer hin: Zwei, nein, drei Männer führten ihre Pferde am kurzen Zügel am Waldrand entlang. Silus schlich sich näher, wobei er den Boden mit den Zehenspitzen prüfte, bevor er sein Gewicht darauf verlagerte, damit er nicht versehentlich auf einen trockenen Ast trat. Bald war er den Männern so nahe, dass er ihre Unterhaltung belauschen konnte. Sie sprachen Keltisch mit veniconischem Dialekt, sodass Silus das meiste verstand.

Seinem Tonfall nach zu urteilen war der älteste der Männer auch ihr Anführer.

»Maglorix, der Hirsch gehört mir. Ich allein werde ihn zur Strecke bringen.«

»Aber mein Fürst! Das ist doch Zeitverschwendung. Wir müssen uns um dringendere Angelegenheiten kümmern.«

»Zeitverschwendung? Wähle deine Worte mit Bedacht, Maglorix. Auch wenn du mein Sohn bist – wenn du mir nicht den nötigen Respekt erweist, mache ich dich einen Kopf kürzer.«

Maglorix neigte das Haupt. »Voteporix, mein Herr und Fürst, bitte verzeiht mir, doch es ist meine Pflicht, Euch zu beraten. Die Männer warten darauf, dass Ihr zu ihnen sprecht. Sie wollen erhebende Worte und Geschichten und Bier.«

»Wovor fürchtest du dich, Maglorix? Glaubst du etwa, dass wir hier, tief in unserem eigenen Land, auf Wegelagerer oder gar eine römische Patrouille treffen? Ganz bestimmt nicht. Was macht dir dann Angst? Geister und Dämonen?«

Sofort machte Maglorix ein kurzes Handzeichen zur Abwehr des Bösen. Sein Vater schnaubte verächtlich.

»Natürlich nicht«, sagte Maglorix. »Ich fürchte nichts außer der Hexe, den Aos-sídhe und meinen Fürsten.«

Voteporix nickte. »Nun gut. Buan, du kümmerst dich um die Pferde. Maglorix, mit mir.«

Buan, ein großer, glatzköpfiger Krieger, nahm gehorsam die drei Zügel in die Hand und führte die Pferde mit ausdrucksloser Miene weiter.

Silus überlegte fieberhaft. Die Namen sagten ihm nichts, doch der Sohn hatte seinen Vater als Fürsten bezeichnet. Er hatte es also mit dem Anführer und obersten Kriegsherrn des Stammes sowie seinem Sohn und vielleicht auch Thronfolger zu tun! Was jetzt? Noch konnte er den Rückzug antreten, um seinen Vorgesetzten von dem bevorstehenden Überfall Meldung zu machen. Doch was, wenn er etwas Wertvolleres mitbrachte – zum Beispiel den Kopf eines rebellischen Stammesfürsten? Wenn er ihren Anführer unschädlich machte, konnte er nicht nur einen Einfall der Barbaren verhindern, sondern sich zudem auf eine ordentliche Belohnung freuen. Wie mochte die wohl aussehen? Geld? Eine Beförderung? Die Versetzung in eine nicht ganz so beschissene Einheit, sodass er mehr Zeit zu Hause bei Velua und Sergia verbringen konnte?

Silus biss die Zähne zusammen. Er war hin- und hergerissen. Die Vernunft befahl ihm, die Beine in die Hand zu nehmen, sich für einen zur Zufriedenheit ausgeführten Auftrag loben zu lassen und weiter für einen beschissenen Sold dieses beschissene Land auszukundschaften, während seine Frau und seine Tochter in einem beschissenen Haus saßen und sich fragten, wo er war und ob und wann er wieder nach Hause kam. Doch was, wenn er eine wahre Heldentat vollbrachte?

Die beiden Männer kamen immer näher. Silus hatte die Gelegenheit zur unbemerkten Flucht verstreichen lassen: Seine Unentschlossenheit hatte die Entscheidung für ihn getroffen. Er zog das Messer und nahm so leise wie möglich eine Fangschlinge aus der Tasche.

Die beiden Männer schlichen auf der Suche nach der Hirschfährte durch den Wald. Silus verhielt sich vollkommen ruhig. Er hatte den Rücken gegen den dicken Eichenstamm gepresst und lauschte konzentriert den Schritten im Laub. Dann schloss er die Augen und stellte sich die genaue Position der beiden Männer vor. Der größere – der Stammesfürst – ging zuerst am Baum vorbei. Sein Sohn folgte ihm auf dem Fuße. Silus verließ seine Deckung und pirschte sich an sie heran. Er roch Bier und ranzigen Schweiß.

Maglorix, ein großer, schlanker und kräftiger Mann mit langen roten Locken, ging vorsichtig hinter seinem Vater her. Silus passte sich seinem Rhythmus an, sodass seine eigenen Schritte von denen des Fürstensohnes übertönt wurden. Als er nahe genug war, holte er tief Luft, hob das Messer und ließ den Griff mit voller Wucht auf Maglorix' Hinterkopf krachen.

Sofort ging der junge Mann ohne einen Laut zu Boden. Silus ließ das Messer fallen. Voteporix wollte sich gerade umdrehen, als sich der Kundschafter auf ihn stürzte und ihm eine Fangschlinge um den Hals legte. Der Stammesfürst riss vor Schreck die Augen auf. Vergebens versuchte er, den Draht, der Luftröhre und Blutzufuhr abschnitt, mit den Fingern zu lösen. Er schlug und trat um sich und warf ruckartig den Kopf zurück, sodass sein Schädel mit Silus' Gesicht zusammenprallte. Dieser lockerte seinen Griff selbst dann nicht, als ihm das Blut aus der Nase schoss und ihm vor Schmerz Tränen in die Augen traten. Er biss die Zähne zusammen und zog weiter an der Schlinge, bis die Gegenwehr seines Opfers allmählich schwächer wurde und schließlich ganz aufhörte.

Silus ließ den leblosen Körper vorsichtig zu Boden sinken, lockerte die Schlinge aber erst, als er sich sicher war, dass der Mann sein Leben ausgehaucht hatte. Er warf einen Blick auf den reglos und mit blutendem Kopf daliegenden Maglorix, dann suchte er das Messer und packte Voteporix bei den Haaren. Die Augen des Toten waren weit geöffnet, die Pupillen nach oben verdreht. Der Draht hatte tief in den Hals geschnitten. Silus setzte das Messer an der blutigen Linie an und schnitt drauflos, indem er die Klinge wie eine Säge hin und her fahren ließ. Blut spritzte, als er die Arterien durchtrennte, blutiger Schaum quoll aus der Luftröhre. Schließlich klappte er den Kopf nach hinten und kappte die Sehnen, die die Halswirbel zusammenhielten. Mit einem letzten Schnitt durch die Haut löste sich das Haupt vom Torso. Er hob es hoch und starrte in das tote Gesicht. Ein Schauer durchfuhr ihn, und er fragte sich, ob er wirklich die richtige Entscheidung getroffen hatte.

»Vater!«

Silus wirbelte herum. Maglorix lag auf einen Ellenbogen gestützt da. Seine Augen rollten wie die eines Wahnsinnigen hin und her, eine Gesichtshälfte war blutverschmiert. Vor Schreck stand ihm der Mund offen.

»Vaaaater!« Nun schrie er. Instinktiv drehte sich Silus zum Waldrand um und hörte kurz darauf, wie Buan durch den Wald pflügte, um seinem Herrn zu Hilfe zu eilen. Silus machte einen Schritt auf Maglorix zu und trat ihm kräftig ins Gesicht. Der Kopf des Fürstensohnes wurde nach hinten geschleudert und er verlor erneut das Bewusstsein. Silus stopfte das blutige Haupt von Fürst Voteporix, dem Stammesoberhaupt der Venicones, in seinen Rucksack und rannte los.

Er versuchte erst gar nicht, Lärm zu vermeiden, da ihn Maglorix durch seinen Schrei ohnehin verraten hatte. Jetzt kam es allein auf Schnelligkeit an. Kurzzeitig spielte er mit dem Gedanken, stehen zu bleiben und sich zum Kampf zu stellen, doch Buan war von kräftiger Statur und zweifellos ein erfahrener Krieger. Silus dagegen war kleiner als die meisten Männer, und obwohl er Messer und Drahtschlinge geschickt einzusetzen vermochte, wenn er das Überraschungsmoment auf seiner Seite hatte, bezweifelte er, dass er einen ihm körperlich derart überlegenen Gegner in einem Kampf Mann gegen Mann besiegen konnte. Außerdem durfte er sich durch nichts davon abhalten lassen, mit dem Kopf und der Nachricht von einem bevorstehenden Kriegszug das Kastell zu erreichen.

Buan würde beim Anblick seines enthaupteten Fürsten ganz sicher vor Schreck innehalten und dann nach dem bewusstlosen Maglorix sehen, was Silus einen Vorsprung verschaffte. Allerdings wusste er nicht, in welchem Zustand Maglorix war. Vielleicht war er bereits wieder bei Bewusstsein, doch es war auch nicht ausgeschlossen, dass er nie wieder aufwachte. Buan würde sich entscheiden müssen, ob er zur Wallburg zurücklief und Hilfe holte oder auf eigene Faust die Verfolgung aufnahm: eine Verzögerung, die Silus so gut wie möglich auszunutzen gedachte.

Nachdem er eine Weile geradeaus gelaufen, absichtlich Äste zertreten und deutliche Fußspuren in Matsch und Laub hinterlassen hatte, blieb er stehen und lief etwa hundert Schritt in seinen eigenen Fußstapfen zurück, bevor er in einen im rechten Winkel abgehenden Wildwechsel einbog. Nun achtete er sorgfältig darauf, keine abgebrochenen Äste oder sonstige Spuren zu hinterlassen. Er bewegte sich schnell, aber gleichzeitig so vorsichtig und leise wie möglich.

Kurz darauf ertönte lautes Knacken und Rascheln hinter ihm. Er widerstand dem Drang, einfach loszurennen, und verließ sich ganz auf sein Täuschungsmanöver. Silus konnte zwei unterschiedliche Stimmen ausmachen, von denen eine Befehle brüllte und Wutschreie ausstieß: Maglorix war ganz offensichtlich wieder bei Bewusstsein. Silus' Herz raste vor Anstrengung und Furcht. Als sich die Stimmen im Wald verloren, atmete er etwas ruhiger, doch schon bald wurden sie wieder lauter. Sie hatten das Ende seiner Fährte erreicht und schnell herausgefunden, dass er in seinen eigenen Fußspuren rückwärtsgegangen war. Also war wenigstens einer der beiden nicht dumm und ein guter Fährtenleser. Sie kamen immer näher. Mit Schrecken begriff Silus, dass sie dem Weg folgten, den er eingeschlagen hatte.

»Beim Hades, so eine Scheiße«, murmelte er und rannte los. Mit der Heimlichtuerei war es nun vorbei – jetzt zählte nur noch, schneller als seine Verfolger zu sein.

Es war eine Frage der Ausdauer. Das Unterholz war viel zu dicht, um einfach loszurennen, und des störenden Rucksacks konnte er sich auch nicht entledigen. Zum einen befand sich darin sein Proviant für den Rückweg, zum anderen hatte er sein Leben für den Kopf riskiert und würde ihn ganz bestimmt nicht einfach so zurücklassen. Seine Beine schmerzten und er keuchte vor Anstrengung. Nun verfluchte er sich für seinen Wagemut und versuchte den Gedanken zu verdrängen, dass er dadurch vermutlich seine Frau zur Witwe und seine Tochter zur Halbwaise gemacht hatte.

Doch nach und nach wurden die Geräusche hinter ihm leiser. Entweder war Silus der Ausdauerndere oder Maglorix war noch zu mitgenommen für eine längere Verfolgungsjagd und Buan wollte ihn in diesem Zustand nicht allein lassen. Schließlich verstummten das Knacken der Äste und das Trampeln der schweren Schritte vollständig.

»Rööööömer!«

Maglorix' Schrei wurde durch den Wald gedämpft, drang aber immer noch laut und deutlich an Silus' Ohren.

»Röööömer! Ich habe dein Gesicht gesehen und werde dich finden! Du gehörst mir!«

Silus zog den Kopf ein und rannte los.

Als sie am südlichen Waldrand ankamen, musste sich Maglorix auf Buan stützen. Die gänseeigroße Beule an seinem Hinterkopf pulsierte schmerzhaft im Takt seines Herzschlags. Sein Bart war mit dem Blut verklebt, das nach dem Tritt des Römers aus seiner Nase gespritzt war. Als er vorsichtig die höchstwahrscheinlich gebrochene Nase betastete, überkam ihn ein plötzlicher Schwindel, und einen Augenblick lang wurde ihm schwarz vor Augen. Buan merkte, dass Maglorix' Beine nachgaben, legte wortlos einen Arm um seinen Brustkorb und stützte ihn, bis der Schwächeanfall nachließ. Der Sohn des Stammesfürsten ließ den Blick über die Auen, Hügel und Wälder seiner Heimat schweifen und sprach ein Gebet in nüchternem Ton und ohne die Stimme zu erheben.

»Cailleach Bhéara, göttliche Hexe, ich schwöre bei allem, was mir lieb und teuer ist, dass ich mich an dem Römer rächen werde, der meinen Vater getötet und entehrt hat. Er wird leiden, so wie ich gelitten habe. Dies gelobe ich feierlich.«

Buan neigte als stummer Zeuge dieses Gelübdes den Kopf. Maglorix schloss die Augen. Zwei Bilder hatten sich tief in seinen Geist eingebrannt: das abgetrennte, bluttriefende Haupt seines Vaters und das Antlitz des Römers, der es in die Höhe gehalten hatte. Er hatte das schlammverschmierte Gesicht des Mörders lediglich im Zwielicht und auch nur einen Augenblick gesehen, bevor dieser ihn bewusstlos geschlagen hatte, doch er würde es nicht vergessen. Niemals.

Maglorix starrte auf den Boden. Der Römer war längst über alle Berge. Wut und Trauer verliehen dem Fürstensohn nicht länger die nötige Kraft für die Verfolgung. Buan wäre noch ausdauernd genug gewesen, weigerte sich aber standhaft, seinem angeschlagenen Schützling von der Seite zu weichen und dem Römer hinterherzujagen. Maglorix musste sich wohl oder übel damit abfinden, dass ihm seine Beute entkommen war.

Er deutete auf die Spuren der genagelten Stiefel im Schlamm.

»Ich muss wissen, wo er herkam. Und was er mit dem Kopf meines Vaters vorhat.«

»Herr, Eure Familie und Eure Männer machen sich bestimmt schon Sorgen. Wir sollten umkehren.«

»Nein!« Maglorix spie das Wort förmlich aus. »Heute ist nicht der Tag der Vergeltung, aber er wird bald kommen. Doch dazu muss ich wissen, wo der Römer zu finden ist.« Er ließ den riesenhaften Krieger stehen und folgte stur den Spuren in südlicher Richtung. Buan folgte seinem Herrn seufzend und hielt sich immer in seiner Nähe, um ihn aufzufangen, falls ihm erneut schwarz vor Augen wurde.

Sie marschierten den ganzen Tag durchs Grenzgebiet, vorbei an einsamen Gehöften und Siedlungen. Mehrmals verloren sie die Spur, doch Maglorix, der sich seit frühester Kindheit mit den besten Kriegern und Jägern seines Vaters im Fährtenlesen geübt hatte, fand sie immer nach kurzer Zeit wieder. Als es dämmerte, sahen sie in der Ferne den Antoninuswall und das Kastell, das die Römer Voltania nannten.

Maglorix spuckte aus. Der Antoninuswall mit seinen Gräben, Schanzen, Kastellen und Befestigungen, der sich von der Ost- bis zur Westküste Kaledoniens erstreckte, war ein Stachel in seinem Fleisch. Der Wall war zu Lebzeiten seines Großvaters errichtet worden, doch kurz nach seiner Fertigstellung hatten die Kaledonier die Römer bis zum Hadrianswall im Süden zurückgedrängt – bis der verfluchte römische Feldherr Septimius Severus mit seinen Legionen das Gebiet erneut besetzt, den Wall wiederaufgebaut und Kaledonien verwüstet hatte.

Sein Großvater hatte ihm von dem großen kaledonischen Heerführer Calgacus erzählt, der dem römischen Eroberer Agricola Widerstand geleistet hatte, aber schließlich bei der Schlacht am Mons Graupius besiegt worden war.

Über hundert Winter später waren Severus und sein Sohn im Hochland eingefallen. Die Kaledonier und die mit ihnen verbündeten Stämme, darunter auch die als »Hundesippe« bezeichneten Venicones, zu denen Maglorix gehörte, hatten einen zermürbenden Kleinkrieg gegen die Legionen und ihre Hilfstruppen geführt und ihnen schwere Verluste beigebracht. Severus hatte mit Verwüstung und Grausamkeit geantwortet. Noch heute kamen den kampfgestählten Kriegern aus Maglorix' Stamm die Tränen, wenn sie am Lagerfeuer davon erzählten, wie ihre Eltern an Bäume genagelt, ihre Schwestern von ganzen Kompanien vergewaltigt und ihre Kinder dem Hungertod überlassen worden waren, nachdem die Römer das Korn verbrannt und das Vieh niedergemetzelt hatten. Die einst so stolzen Kaledonier hatten sich angesichts ihrer drohenden Vernichtung zu Friedensverhandlungen bereiterklärt, die jedoch an den unannehmbaren Forderungen des hochmütigen Severus gescheitert waren. Die Kaledonier und ihre Verbündeten waren zu schwach, um die Römer in einer offenen Feldschlacht herauszufordern, und setzten ihre Strategie der Nadelstiche fort, indem sie von Dùn Mhèad aus zu Überfällen und Raubzügen aufbrachen. In der Wallburg hatte sich fast ein halbes Tausend wütender Krieger versammelt, die es kaum erwarten konnten, Tod und Verderben über die römischen Barbaren zu bringen.

Und dann war dieser römische Spion aufgetaucht, der nicht nur Maglorix' Vater ermordet und dessen Leichnam geschändet, sondern zweifellos auch die Kriegsvorbereitungen beobachtet hatte. Gut möglich, dass er genau in diesem Augenblick seinen Befehlshabern darüber Bericht erstattete, während Maglorix vor der uneinnehmbaren römischen Befestigung stand und seine Zeit verschwendete, anstatt seinen Kriegern den Befehl zum Angriff zu geben, bevor sich die Römer gefechtsbereit machen konnten.

»Buan …«, fing er an, dann runzelte er die Stirn. Die Spuren des römischen Kundschafters waren immer noch deutlich im morastigen Boden zu erkennen. Doch sie führten nicht auf das Kastell zu.

Maglorix folgte der Fährte, wo sie den Weg nach Voltania verließ. Buan blieb stets dicht an seiner Seite. Der Leibwächter sagte nichts, hielt jedoch wachsam nach Patrouillen oder feindlich gesonnenen Einheimischen Ausschau, die sie den Römern ausliefern wollten. Maglorix dagegen war ganz auf die Fußspuren konzentriert. Mit Einbruch der Dämmerung erreichten sie den Gipfel eines Hügels, von dem aus sie eine jener kleinen, von den Römern Vicus genannten Siedlungen erblickten, die in der Nähe jedes Kastells zu finden waren und diejenigen beherbergten, die den Legionen folgten oder von ihnen profitierten: Händler, Handwerker, Schankwirte, Huren und nicht zuletzt die Familien der Soldaten.

Maglorix schüttelte den Kopf, was er sofort bereute, als ihn ein stechender Schmerz durchzuckte. Dann tadelte er sich für seine Begriffsstutzigkeit. Erst jetzt wurde ihm klar, weshalb der Kundschafter nicht gleich zu seinen Vorgesetzten gerannt war, um Meldung zu machen und das Haupt seines Vaters zu überbringen. Der Römer war eine lange Zeit unter miserablen Bedingungen allein im Feindesland unterwegs gewesen. Was war diesem Mann wichtiger, als seine Pflicht zu erfüllen? Eine Hure? Das war nicht ausgeschlossen, doch Maglorix bezweifelte, dass einem Mann, der so lange Kälte, Hunger und Einsamkeit ertragen hatte, zuallererst der Sinn nach Befriedigung fleischlicher Gelüste stand. Er an der Stelle des Soldaten mit den genagelten Stiefeln hätte sich nach warmem Essen, einem warmen Bett und den Umarmungen seiner Liebsten gesehnt. Kein Zweifel: Der Römer war bei seiner Familie.

Maglorix sah sich das kleine Städtchen genauer an. Es bestand aus mehreren größeren Gebäuden – Tempel, Geschäfte, Lagerhäuser – und vielen bescheidenen, aus Backsteinen oder lediglich aus mit Lehm verkleidetem Flechtwerk errichteten Wohnhäusern. Hunde, Hühner, Schweine und Kinder trieben sich spielend, pickend und schnüffelnd in den Gassen zwischen den Gebäuden herum. Eine Tür ging auf und eine dicke Frau schrie etwas Unverständliches auf Latein, woraufhin zwei Kinder widerwillig das Spiel mit einem Welpen einstellten und ins Haus schlichen. Die Tür fiel wieder zu.

Maglorix hatte genug gesehen.

»Buan, merk dir diesen Ort gut«, sagte er. »Hier werden wir den Römern zeigen, wie es sich anfühlt, wenn das eigene Heim dem Erdboden gleichgemacht wird.«

Zweites Kapitel

Silus stieß so ungestüm die Tür auf, dass sie gegen die Steinwand krachte und ein Stück des Strohdaches vor ihm auf den Boden fiel. Ein kleines, fünf oder sechs Jahre altes Mädchen versteckte sich kreischend hinter den Beinen seiner Mutter und spähte misstrauisch dazwischen hervor. Erst jetzt wurde Silus bewusst, wie angsteinflößend er auf ein Kind wirken musste. Sein verfilzter Bart starrte vor Schlamm und in den braunen, ungepflegten Haarsträhnen hingen Zweige und Laub. Er hatte schon seit einer Ewigkeit nicht mehr gebadet und stank dementsprechend, darüber hinaus trug er eine schwere Tasche mit einem großen getrockneten Blutfleck darauf mit sich herum.

Die Mutter des Mädchens sah Silus kühl an.

»Was willst du hier? Du hast hier nichts zu suchen.«

»Gar nichts?«, fragte er. »Noch nicht mal einen Kuss?«

Sie trat vor und verpasste ihm eine schallende Ohrfeige.

»Du wolltest in zwei Tagen wieder zurück sein!«, schrie sie. »Ich dachte, du seist tot!«

»Aber Velua, geliebte Gattin«, sagte er in einem, wie er hoffte, besänftigenden Tonfall. »Befehle sind dazu da, um ausgeführt zu werden. Egal, wie lange es dauert.«

»Scheiß auf die dreckige Hure von Befehl. Was ist mit deiner Familie?«

»Ich bin Soldat, Liebste, und muss dorthin gehen, wo man

mich hinschickt. Aber dafür haben wir ein Dach über dem Kopf und Essen auf dem Tisch.«

Sie blickte durch die Löcher im reparaturbedürftigen Dach zum Himmel auf, dann sah sie den altbackenen Brotlaib und ein wenig schmackhaft wirkendes Stück Käse auf dem Tisch an.

»Meinst du etwa dieses Dach? Dieses Essen?«

»Mama? Ist das Papa?«, fragte das Mädchen.

Silus ging in die Knie und breitete die Arme aus. »Sergia, mein Schatz, ich bin's!«

Sergia kreischte abermals, doch diesmal vor Freude. Sie rannte auf ihn zu und umarmte ihn fest, dann trat sie einen Schritt zurück und rümpfte die Nase. »Papa, du stinkst.«

»Ich weiß, meine Kleine. Da, wo ich war, gab es keine Badehäuser.«

»Wo warst du denn?«

»Ich habe dich und deine Mama vor den bösen Kaledoniern und Maeatae beschützt.«

Sergia formte mit Daumen, Zeige- und Mittelfinger einen Kreis und spuckte aus, um das Böse abzuwehren.

Silus lächelte, dann überkam ihn eine bleierne Müdigkeit. Er schloss die Augen und legte eine Hand auf die Stirn.

Sofort war Velua an seiner Seite und legte eine stützende Hand auf seine Schulter. »Fehlt dir etwas, Liebster?«

»Nein, mein Schatz. Es war nur ein sehr … fordernder Auftrag, und ich bin hundemüde.«

Velua drehte sich zu ihrer Tochter um. »Sergia, steh nicht einfach nur herum! Bring deinem Vater Wein und mach etwas Wasser über dem Feuer warm, damit er den Schmutz und Gestank von sich abwaschen kann. Komm, Silus, leg dich doch erst mal hin.«

Velua führte ihn an der Hand in das Schlafzimmer, das eigentlich nur eine mit einem Vorhang vom Hauptraum abgetrennte Nische war. Ein einfacher Holzrahmen mit Strohmatratze diente der Familie als Bett. Mitten darauf lag eine kleine, alte schwarz-weiße Hündin. Sie öffnete die Augen einen Spalt weit, schnüffelte und überlegte. Dann sprang sie auf und lief kläffend in kleinen Kreisen herum.

»Issa! Immer mit der Ruhe, alte Dame«, sagte Silus grinsend und hob sie hoch. »Du bist inzwischen wohl ganz taub geworden, wenn du von dem Tumult gerade eben nichts mitbekommen hast.«

Er drückte sie an sich. Sie leckte eifrig sein schlammverkrustetes Gesicht.

»Christus und alle Götter des Olymp sind mein Zeuge, dass er diesen Hund mehr liebt als mich«, sagte Velua.

»Aber nicht doch, du Blüte meines Lebens«, sagte er, während er weiter mit der alten Hündin schmuste. »Obwohl ich Issa länger kenne als dich …«

»Wir sollten sie in den Kochtopf stecken. Dann wäre sie wenigstens noch zu etwas gut. Ich weiß gar nicht mehr, wann sie zum letzten Mal eine Ratte totgebissen oder ein Eichhörnchen mitgebracht hat.«

»Sie hat zwölf Sommer hinter sich und ist jetzt im verdienten Ruhestand«, tadelte er seine Frau.

»Hmm. Trotzdem – wenn sie nicht aufhört, ins Haus zu pissen, wird sie den dreizehnten nicht mehr erleben. Und jetzt zieh die dreckigen Lumpen aus. Die müssen gekocht werden. Oder am besten gleich verbrannt.«

Velua half Silus aus der Hose und der Tunika. Sie sagte nichts, als sie die von den Zweigen und Dornen zerkratzte Haut und die von den Stürzen auf Äste und Steine herrührenden Blutergüsse erblickte, doch ihr mitleidiger Gesichtsausdruck und ihre sanften Berührungen straften ihre strengen Worte von vorhin Lügen.

Sergia schob den Vorhang beiseite und brachte Silus mit Wasser gemischten Wein. Er nahm den Becher dankbar entgegen und trank in tiefen Zügen. Der Wein löschte seinen Durst und wärmte seinen leeren Magen. Sergia verschwand wieder und kam kurz darauf mit einer Schüssel lauwarmen Wassers zurück. Velua hielt prüfend eine Fingerspitze hinein, dann nickte sie.

»Gut gemacht, Sergia. Hier, nimm diese Kupfermünze, geh zu Senovara hinüber und lass dir sechs Eier geben. Die kochen wir uns zum Abendessen.«

Sergia nahm grinsend die Münze und lief zur Tür.

»Ach, Sergia«, rief Silus, woraufhin Sergia stehen blieb und ihren Vater erwartungsvoll anblickte. »Frag doch mal, ob du eine halbe Stunde mit Senovaras Welpen spielen darfst.« Er zwinkerte seiner Frau zu. »Oder gleich eine ganze Stunde.«

»Ja, Papa«, sagte das Mädchen und lief aus der Tür.

»Erst verschwindest du zwei Wochen lang spurlos, und wenn du endlich zurückkommst, stinkst du wie ein Rumtreiber, der in einem Schweinestall geschlafen hat. Du glaubst ja wohl nicht, dass ...«

Er brachte sie mit einem langen, leidenschaftlichen Kuss zum Schweigen. Sie schmiegte sich an ihn, legte die Arme um ihn und erwiderte den Kuss, wobei sie die Zunge tief in seinen Mund schob. Silus ließ sich wieder aufs Bett sinken und zog sie mit sich, sodass sie auf ihn fiel.

»Silus«, sagte sie lachend. »Das ist mein Ernst. Du bist schmutzig.«

»Genau wie deine Fantasie.«

Er küsste sie noch einmal, legte die Hand auf eine Brust, drückte und knetete. Trotz oder vielleicht auch gerade wegen der Angst und Anstrengung der letzten Tage war er über die Maßen erregt. Velua setzte sich auf ihn, nahm ihn in sich auf und ließ ihrer Leidenschaft freien Lauf. Zeit und Schwangerschaft waren nicht spurlos an ihrem Gesicht und Körper vorübergegangen, doch für ihn war sie nach wie vor schön wie eine Göttin, und er sah ihr den ganzen, zugegebenermaßen nicht besonders langen Liebesakt über in die Augen.

»Das ging ja schnell«, sagte Velua.

»Ich bin etwas aus der Übung«, sagte Silus, starrte an die Decke und fragte sich, ob die zu erwartende Belohnung für einen anständigen Dachdecker reichen würde. Vielleicht konnte er seiner Frau ja etwas Schmuck schenken – bei Venus, sie hatte es sich redlich verdient. Velua entstammte einer wohlhabenden römisch-britannischen Familie. Ihr Vater hatte sie verstoßen, als sie sich in einen einfachen Soldaten verliebt und ihn geheiratet hatte. Silus war noch nicht einmal Legionär, sondern lediglich Angehöriger der Hilfstruppen. Doch nicht mehr lange: Jetzt winkten Ruhm, Geld und vielleicht eine Beförderung.

Ein Schrei von hinter dem Vorhang ließ sie beide hochfahren. Velua war schneller aus dem Bett und riss den Vorhang zurück. Dann erstarrte sie vor Schreck und schlug eine Hand vor den Mund. Silus, der direkt hinter ihr stand, konnte sich schon denken, was seine Tochter zum dritten Mal an diesem Nachmittag hatte loskreischen lassen.

Sergia stand mit dem Rücken zur Wand da und tastete mit den Handflächen hinter sich über den Lehm, als suchte sie nach einer Möglichkeit, dem grässlichen Anblick noch weiter zu entfliehen. Dabei schrie sie ununterbrochen und hatte die Augen starr auf den Boden gerichtet. Silus folgte ihrem Blick und seine Befürchtung bestätigte sich.

Als das neugierige Kind auf der Suche nach Mitbringseln

den Rucksack seines Vaters geöffnet hatte, war Voteporix' abgetrennter Kopf herausgerollt und ruhte nun etwas schief an der Stelle, an der er auf dem strohbedeckten Boden zum Liegen gekommen war. Die blinden Augen des toten Stammesfürsten waren nach oben verdreht, als wollte er die eigenen Augenbrauen betrachten. Der Mund war zu einem höhnischen Grinsen verzogen, das schwarze, verfaulte Zähne enthüllte, das lange, graue Haar war verfilzt und verklebt, eine Gesichtshälfte mit gallertartigen Klumpen aus getrocknetem Blut bedeckt. Der Hals endete abrupt an einem ausgefransten Wundrand. Die weißen Halswirbel, die Blutgefäße, die Speise- und Luftröhre waren deutlich zu erkennen.

»Bei Mutter Maria, Venus und Minerva Sulis«, flüsterte Velua, dann wandte sie sich zu Silus um. »Was im Namen aller heiligen Göttinnen ist das?«

Silus ging an ihr vorbei, hob Sergia auf, nahm sie in die Arme und drehte sie weg von dem Schrecken, der so plötzlich in ihrem Heim erschienen war. Sie schrie immer noch. Er hielt ihr den Mund zu.

»O Götter, wahrscheinlich glauben die Nachbarn bereits, dass ich dabei bin, euch zu ermorden. Wenn sie so weiterschreit, treten sie uns noch die Tür ein.«

Velua ging auf ihn zu und riss Sergia aus seinen Armen. Sie wiegte sie sanft hin und her und strich mit der Hand über ihr Haar, bis das Kreischen allmählich in blubberndes Schluchzen überging. Velua funkelte Silus böse an. »Was«, sagte sie mit leiser, bedrohlicher Stimme, »ist das, du dummes Arschloch?«

»Keine Flüche vor Kinderohren«, sagte Silus und bereute den Versuch, die Situation mit einem Scherz zu entschärfen, sofort. Sie schien ihn mit Blicken töten zu wollen. »Lass es mich dir erklären.«

»Vielleicht solltest du erst mal deiner Tochter erklären, dass das, was du da angeschleppt hast, kein Dämon ist.«

Silus trat hinter Velua und hob das Kinn seiner Tochter, bis sie ihm in die Augen sah. »Mein kleiner Honigkuchen«, sagte er. »Das war ein böser Mann. Ein Maeata. Ich habe dir gesagt, dass ich gegen sie kämpfe, um euch zu beschützen, weißt du noch? Und bei dem hier habe ich dafür gesorgt, dass er dir nichts mehr tun kann.«

Sergia schluckte ein paarmal. »Wollte er dir auch wehtun?«

»Ja«, sagte Silus. Das entsprach zwar nicht ganz der Wahrheit, aber der veniconische Stammesfürst hätte sicher nicht gezögert, ihn aufzuspießen, wenn er die Gelegenheit dazu gehabt hätte. »Aber weil er jetzt tot ist, ist Britannien sicherer für uns.«

»Und wenn du seinen Geist mitgebracht hast und der uns heute Nacht umbringt, wenn wir schlafen?«

Bei dieser Vorstellung unterdrückte Silus ein Schaudern. Bei den Göttern, dachte er, hoffentlich nicht. »Aber nein, meine Kleine. Dir kann hier überhaupt nichts passieren. Dein Papa wird niemals zulassen, dass dir etwas Schlimmes zustößt.«

Velua bedachte ihn mit einem letzten vernichtenden Blick und ging mit Sergia ins Schlafzimmer hinüber. Silus beugte sich seufzend vor, hielt den auf dem Boden liegenden Rucksack auf und ließ den Kopf mit einem leichten Tritt hineinrollen. Dann knotete er ihn fest zu und warf ihn in die Ecke, wo er mit einem dumpfen Geräusch landete. Sein Blick fiel auf die Eier, die Sergia geholt hatte. Er schätzte die Wahrscheinlichkeit, sie zum Abendessen zu bekommen, eher gering ein. Silus kauerte sich in eine Ecke und vergrub den Kopf in den Händen.

Velua schmollte so lange, dass er sich gleich mehrere glaubwürdige Entschuldigungen für seine Sorglosigkeit hätte ausdenken können, wäre er nicht zu müde dafür gewesen. Seufzend fand er sich damit ab, ihr die Wahrheit zu sagen.

Seine Frau schob den Vorhang zurück und kam mit leisen Schritten und finsterer Miene in den Raum.

»Sie schläft«, sagte sie.

»Gut.«

Es folgte eine unangenehme Gesprächspause. Velua setzte sich auf einen Hocker. War dies der richtige Moment, um ihr die Wahrheit zu sagen?

»Also?«, fragte sie. Es war definitiv der richtige Moment.

Nachdem er ihr von seinem Erkundungsbefehl erzählt hatte, der ihn zwei Wochen lang in die Wildnis geführt hatte, saß Velua einfach nur da und starrte ihre im Schoß verschränkten Hände an. »Du bist wütend auf mich«, sagte er, als die Stille unerträglich wurde.

»Natürlich bin ich wütend auf dich«, sagte Velua mit ruhiger, leiser und beinahe tonloser Stimme.

»Tut mir leid«, sagte Silus. »Ich hätte das verdammte Ding gar nicht erst ins Haus bringen dürfen, sondern damit sofort ins Kastell gehen müssen. Ich würde doch Sergia niemals absichtlich so erschrecken. Oder dich.«

»Du bist wirklich scheißdämlich.«

»Hm. Stimmt.«

»Weißt du überhaupt, warum ich wütend auf dich bin?«

»Weil ich so lange weg war?«, riet Silus. »Weil ich den Kopf mitgebracht habe? Weil ich schmutzig bin?«

»Nein, Silus. Weil du dabei hättest draufgehen können.«

»Ach so«, sagte er. »Deshalb.«

»Ja, deshalb. Du bist ein unvernünftiges und unnötiges

Risiko eingegangen. Willst du, dass deine Frau zur Witwe wird und deine Tochter ohne Vater aufwächst?«

»Aber Liebste, ich bin dieses Risiko doch nur für euch eingegangen. Sieh dir doch diese beschissene Bruchbude hier an! Du hast Besseres verdient. Dieser Kopf könnte alles ändern. Vielleicht bekomme ich einen Bonus. Oder werde befördert. Dann kann ich dir Schmuck und Schminke kaufen und Sergia Spielsachen und schöne Kleider.«

»Ich habe meinen Reichtum aufgegeben, um mit dir zusammen zu sein. Du beleidigst mich, wenn du mir unterstellst, dass mir Geld wichtiger ist als unsere Liebe.«

Dies war der richtige Augenblick, um ihr mitzuteilen, wie viel sie ihm bedeutete und wie dankbar er für ihre Liebe war. Doch statt schöner Worte kamen ihm zu seiner eigenen Überraschung die Tränen. Er ließ den Kopf hängen, bedeckte die Augen mit einer Hand und versuchte, nicht zu schluchzen. Wahrscheinlich lag es auch an der tiefen Erschöpfung, dass er sich derart von seinen Gefühlen überwältigen ließ.

Dann spürte er eine Hand auf seiner Schulter. Velua kniete neben ihm. Er hob den Kopf und blickte in ihr besorgtes Gesicht.

»Was hast du denn?«

»Ich liebe dich«, sagte er mit erstickter Stimme, vergrub seinen Kopf an ihrer Schulter und ließ den Tränen freien Lauf. Sie wiegte ihn sanft in ihren Armen und hielt ihn auch dann noch fest, als er aufgehört hatte zu schluchzen. Er genoss ihre Wärme und das entspannende Auf und Ab ihres Brustkorbs.

Sergia spähte hinter dem Vorhang hervor. »Mama, warum weint Papa denn? Hat ihm der Dämonenkopf was getan?«

»Aber nein, mein Schatz. Papa geht's gut. Er ist nur müde.«

»Mama und ich passen schon auf dich auf, Papa. Jetzt bist du ja zu Hause und musst dir keine Sorgen mehr machen.«

Wieder wurde Silus von schweren Schluchzern geschüttelt.

»Du bist wirklich scheißdämlich«, sagte Geganius, Silus' unmittelbarer Vorgesetzter.

Alle Erwartungen und Hoffnungen flossen förmlich aus ihm heraus, bis Silus wie ein leerer Wasserschlauch vor dem stämmigen Zenturio stand.

»Aber … aber das ist der Kopf von Voteporix, dem Stammesfürsten der Venicones. Dem Anführer der Krieger, die uns angreifen wollten.«

»*Angreifen wollten?*«, wiederholte Geganius. »Ja, glaubst du denn, dass du den Angriff damit verhindert hast?«

»Also, ich …«

»Wenn ich deinem Vater den Kopf abschlage, würdest du dann einfach mit den Schultern zucken und nach Hause gehen?«

Silus hatte sich in seiner Kindheit und Jugend sehr oft gewünscht, jemand möge seinem Vater den Kopf abschlagen. Aber er verstand, worauf der Zenturio hinauswollte.

Geganius schüttelte den Kopf. »Wahrscheinlich glaubst du jetzt, dass du dafür Ruhm, Ehre und eine Beförderung verdient hast?«

»Nein, Herr«, log Silus. »Ich hatte ausschließlich den Schutz Britanniens und die Ehre Roms im Sinn.«

»Komm mit. Wir erzählen dem Präfekten lieber gleich, was du für eine Riesenscheiße gebaut hast.«

Geganius führte den geknickten Silus zur Amtsstube des Präfekten. Dessen Sekretär, ein groß gewachsener und glatzköpfiger ehemaliger Sklave fortgeschrittenen Alters, sah sie von oben herab an. Seine Hakennase erinnerte Silus an die Büste von Julius Caesar, die er einmal gesehen hatte.

»Was willst du, Geganius?«

»Pallas, wir müssen sofort mit Präfekt Menenius sprechen.«

»Er ist beschäftigt«, sagte Pallas. »Kommt ein andermal wieder.«

»Es ist wirklich dringend.«

»Das sagen alle.«

»Du wirst ihm jetzt sofort ausrichten, dass wir ihn sprechen wollen«, sagte Geganius mit drohender Stimme. »Wenn Menenius erfährt, dass du uns in dieser Angelegenheit nicht unverzüglich vorgelassen hast, reißt er dir die Eier ab.« Geganius musterte den Freigelassenen von oben bis unten. »Falls du überhaupt noch welche hast.«

Pallas warf voller Abscheu den Kopf zurück und verschwand in der Amtsstube des Präfekten. Nach einem unverständlichen Wortwechsel öffnete Pallas die Tür wieder und winkte sie herein.

Menenius, ein ergrauter Veteran, der sich aus eigener Kraft vom einfachen Soldaten bis zum Präfekten des Kastells hochgearbeitet hatte, saß hinter einem mit Schriftrollen und Wachstäfelchen bedeckten Schreibtisch und sah sie mit gereizter Miene an.

»Was willst du, Geganius? Sprich, und fasse dich kurz.«

»Silus hier kann die Angelegenheit sicher viel besser erklären als ich.« Er nickte Silus auffordernd zu.

Silus, dessen Mund plötzlich staubtrocken war, öffnete den Rucksack und zog den Kopf am Haarschopf heraus.

Pallas stieß einen leisen Schrei aus. Menenius dagegen kniff nur leicht die Augen zusammen. »Was in aller Scheißgötter Namen ist das?«

Geganius stieß Silus den Ellenbogen in die Rippen.

»Das«, sagte Silus und bemühte sich nach Kräften um eine einigermaßen feste Stimme, »ist … ich meine, war … Voteporix, ein Stammesfürst der Venicones.«

Nun machte Menenius große Augen. »Silus«, sagte er. »Du bist wirklich scheißdämlich.«

Silus verzog das Gesicht. Allmählich glaubte er es selbst.

»Wie genau lauteten deine Befehle, Soldat? Raus mit der Sprache.«

»Herr, ich sollte den Berichten mehrerer Händler nachgehen, die angeblich in der Gegend um Dùn Mhèad aufrührerische Umtriebe beobachtet hatten. Mein Befehl lautete, das Gebiet nördlich des Walls auszukundschaften und herauszufinden, ob diese Gerüchte der Wahrheit entsprechen.«

»Und?«

»Es ist wahr, Herr. Ich konnte einen großen Feindesverband von schätzungsweise fünfhundert Kriegern beobachten, der sich in der Wallburg versammelt hatte.«

Menenius stieß einen Pfiff aus. »Genug, um uns richtig Ärger zu machen, meinst du nicht auch, Geganius?«

»Ja, Herr, wenn sie uns unvorbereitet angetroffen hätten, noch dazu jetzt, wo sich der Kaiser und Caracalla noch im Winterlager in Eboracum befinden. Aber mit Vorwarnung? Wenn ich die Patrouillen zurückbeordere, die Garnison in Gefechtsbereitschaft versetze und mit einheimischen Hilfstruppen verstärke, sollten wir mit ihnen fertigwerden.«

»Wohl wahr«, sagte Menenius. »Und da du genau wusstest, dass es von höchster Wichtigkeit war, uns vor diesem bevorstehenden Angriff zu warnen, hast du alles, was in deiner Macht stand, getan, um schnell und sicher zurückzukehren und Meldung zu machen, richtig?«

»Ja, Herr«, sagte Silus und hoffte inständig, dass sie nicht herausfanden, dass er die letzte Nacht im Vicus mit seiner Frau in seinem Bett verbracht und sich erst heute Morgen zum Dienst gemeldet hatte.

»Und wie im Namen aller Götter des Olymp, von Christus und Maria und Mithras und jeder anderen beschissenen Gottheit«, schrie Menenius und sprang auf, »kommt es dann, dass der Kopf eines Maeatae-Fürsten hier vor mir liegt?« Er knallte die Faust auf den Tisch.

»Herr«, sagte Silus, »ich dachte …«

»Du hast gedacht, Soldat? Bist du dir da sicher?«

»Ja, Herr. Die Gelegenheit war günstig, und ich dachte, dass der Tod ihres Anführers ihre Moral möglicherweise so schwächt, dass sie den Angriff abblasen.«

»Ihre Moral schwächt? Dazu will ich dir eine Geschichte erzählen, Soldat. Eines Tages, als wir noch Kinder waren, hat mir mein älterer Bruder ein Wespennest gezeigt und mich davor gewarnt, die Wespen zu ärgern, da sie sonst auf mich losgehen würden. Und was habe ich getan, sobald mein Bruder weg war? Natürlich sofort mit einem Stock in das Nest gestochen. Die Wirkung, die dieser Stock auf die Moral der Wespen hatte, ist ungefähr dieselbe, den die Ermordung, Schändung und Enthauptung ihres Fürsten auf die Maeatae haben wird.«

Silus lief es kalt den Rücken hinunter. Langsam dämmerte ihm, dass er die Situation völlig falsch eingeschätzt hatte und seine Fehlentscheidung nicht nur für seine Soldatenlaufbahn Konsequenzen haben würde.

Menenius setzte sich wieder und holte tief Luft. »Pallas«, sagte er, »wir müssen Boten zu den uns benachbarten Kastellen entlang des Walls entsenden und sie von einem höchstwahrscheinlich bevorstehenden, allem Anschein nach gegen Voltania gerichteten Maeatae-Angriff in Kenntnis setzen. Wir bitten sie um jeden Mann Verstärkung, den sie entbehren können, raten ihnen aber auch dringend, sich gefechtsbereit zu machen für den Fall, dass es die Barbaren doch auf ein anderes Kastell abgesehen haben. Geganius, du versetzt die Garnison in Alarmbereitschaft. Jeder hat rund um die Uhr Waffen und Rüstung zu tragen, bis die Gefahr vorüber ist. Lass die Ausrüstung überprüfen und sieh zu, dass wir genug Vorräte, Holz, Pfeile und Schleudern haben, falls es zu einer Belagerung kommt. Die Barbaren können in einer Stunde oder auch erst in einer Woche angreifen. Später eher nicht – so lange halten sie es nicht miteinander aus, ohne sich gegenseitig an die Gurgel zu gehen.«

»Ja, Herr«, sagte Geganius. »Und was ist mit ihm?« Er deutete mit dem Kinn auf Silus.

»Lass ihn in eine Zelle sperren. Da soll er über seine Torheit nachdenken, bis ich mir die passende Strafe für ihn überlegt habe.«

»Aber Herr!«, protestierte Silus.

»Mach es nicht noch schlimmer«, sagte der Präfekt. »Geganius, schaff ihn mir aus den Augen.«

Maglorix blickte auf die Gesichter derjenigen herab, die sich zur Ratsversammlung im großen Rundhaus eingefunden hatten. Er saß auf einem hohen, mit menschlichen und tierischen Schädeln verzierten Thron, die anderen Ratsmitglieder hatten auf niedrigeren Stühlen oder einfachen, aus Ästen und Baumstämmen zusammengezimmerten Bänken im Kreis vor ihm Platz genommen. Sie waren völlig unterschiedlichen Alters. Erc, der älteste unter ihnen, hatte sechzig Winter auf dem Buckel. Viele waren im Gesicht und auf den Armen, und diejenigen, die die Tunika verschmähten, auch auf der Brust tätowiert. Ebenso viele trugen Narben von Gefechten gegen die Römer oder gegen andere Stämme zur Schau.

Erc ließ Maglorix nicht aus den Augen, während er mit zahnlosem Kiefer auf einem Brennnesselblatt herumkaute. Maglorix konnte den Ausdruck auf dem Gesicht des alten Mannes nicht enträtseln. Andere, leichter zu deutende Mienen verrieten Mitleid, Angst, Wut, Argwohn oder Verachtung. Sein Kopf schmerzte noch leicht, doch er hatte ordentlich gegessen und geschlafen und fühlte sich in der richtigen Verfassung, sein Anliegen vor den Rat zu bringen.

»Ihr alle wisst, weshalb mein Vater euch hier versammelt hat. Seit zwei Jahren verwüsten die Römer unser Land. Ihr Kaiser – verflucht seien er und seine Familie – konnte uns nicht besiegen und will uns nun mit Mord, Vergewaltigung und Raub in die Knie zwingen. Wir alle haben Brüder, Vettern, Söhne und sogar Frauen im Kampf gegen die barbarischen Invasoren verloren. Caracalla, der Sohn des Kaisers, hat seine Armeen gegen unsere Brüder im hohen Norden geführt, und wir alle wissen, was er dort angerichtet hat. Wir haben es mit eigenen Augen gesehen. Er hat das Korn verbrennen lassen, damit unser Volk verhungert. Er hat die Dörfer in Brand gesteckt, damit unser Volk erfriert. Wie viele Kinder der Kaledonier und Maeatae sind diesen Winter vor Hunger und Kälte gestorben? Ihr Blut klebt an Caracallas Händen, als hätte er sie eigenhändig hingeschlachtet. Er hat unsere Männer getötet und unsere Frauen vergewaltigt und mit seinem Samen befleckt, sodass sie jetzt römische Bastarde austragen müssen. Selbst die Römer haben unseren Ahnen Calgacus, der bei Mons Grapius besiegt wurde, nicht vergessen. Erc, möchtest du uns an seine Worte erinnern?«

Erc spuckte das Blatt aus und wiederholte den berühmten Satz, den der kaledonische Anführer dem Geschichtsschreiber Tacitus zufolge vor über hundert Jahren nach seiner Niederlage gegen Agricola – Tacitus' Schwiegervater – ausgesprochen hatte: »Plündern, Morden, Rauben nennen sie mit falschem Namen Herrschaft, und wo sie Einöde schaffen, sprechen sie von Frieden.«

Maglorix sah zustimmendes Nicken, aber auch Unentschlossenheit und gegen ihn gerichteten Groll.

»Mein Vater wollte Feuer mit Feuer bekämpfen und die Römer lehren, uns zu fürchten. Er wollte sie hinter den Wall zurücktreiben, zurück zu den Votadini und Novantae und den anderen feigen Britonenstämmen, die ja schon vor langer Zeit die Beine für die Römer breitgemacht haben. Und jetzt haben sie ihn ermordet. Nicht im ehrenvollen Kampf, sondern auf die hinterhältigste Art und Weise. Und damit nicht genug, sie haben auch seinen Leichnam geschändet und seinen Kopf als Trophäe mitgenommen. Diese Beleidigung darf nicht ungesühnt bleiben. In seinem Namen und um seines Angedenkens willen werde ich euch gegen die Römer anführen. Wir werden ihn mit einem großen Sieg rächen und unsere Ehre wiederherstellen.«

Die Beifallsrufe waren nicht so laut, wie Maglorix gehofft hatte, und drangen auch nicht aus jeder Kehle.

Maglorix sah zu Lon hinüber. Der Druide hatte sich, wie es der Brauch war, das Haar bis zur Schädelmitte abrasiert. Dahinter fiel es weiß über seine Schultern. Er hatte eine lange, spitze Nase, zu weit auseinanderliegende Augen und vom Kopf abstehende Segelohren, die durch die traditionelle Haartracht erst recht zur Geltung kamen. Seine lange, feuerrote Robe war mit Goldstickereien geschmückt, dazu trug er einen goldenen Torques um den Hals. Am Ende des Holzstabs, den er bei sich führte, war eine Glocke angebracht. Der heilige Mann des Stammes, der hochmütig am anderen

Ende des Raumes saß, gab zwar vor, unparteiisch zu sein, quittierte Maglorix' Blick aber mit einem beinahe unmerklichen Kopfnicken. Maglorix lächelte in sich hinein. Er war froh, diesen Mann, der sowohl innerhalb des Stammes über großen Einfluss verfügte als auch in seiner Rolle als Mittler zwischen Menschen und Göttern eine wichtige Position bekleidete, an seiner Seite zu wissen.

»Wir sind zu wenige«, rief ein Stammesältester. »Endlich herrscht Waffenstillstand mit den Römern, und nach den katastrophalen Ereignissen des letzten Jahres lecken die Kaledonier genau wie die meisten anderen Maeatae-Stämme noch ihre Wunden. Wir sind nicht in der Lage, einen Krieg zu führen.«

»Ich verlange ja nicht von euch, es mit dem ganzen römischen Imperium aufzunehmen«, sagte Maglorix. »Ich schlage eine Strafexpedition vor – um unseren Stolz zurückzuerlangen und als Vergeltung und zur Ehre meines Vaters.«

»Das ist doch alles müßiges Gerede«, warf ein anderes Ratsmitglied ein, ein schmalgesichtiger, glatzköpfiger Mann namens Muddan. »Du bist nicht unser Anführer.«

»Wirklich nicht, Muddan?«, fragte Maglorix und richtete den Blick auf den alten Mann mit dem weißen Bart.

»Nein«, sagte Muddan unbeeindruckt, »bist du nicht. Fürst der Venicones wird man nicht durch Abstammung, sondern durch Wahl des Ältestenrates.«

»Dann trifft es sich ja gut, dass ihr alle hier versammelt seid. Also bitte, wählt mich zum Stammesfürsten, damit wir endlich zur Tat schreiten können.«

»Jeder Kandidat muss seine Redekunst, Stärke und Weisheit auf die Probe stellen und beweisen, dass er würdig ist, uns anzuführen. Für deinen Vater wurde keine Ausnahme gemacht und für seinen Nachfolger – wer das auch immer sein mag – genauso wenig.«

»Wer das auch immer sein mag? Ich bin durch Geburtsrecht und die Kraft meines rechten Armes der neue Fürst. Wir haben keine Zeit für solchen Unsinn. Während ihr sabbernden alten Narren debattiert, bringen sich die Römer in Gefechtsbereitschaft.«

»Sei vorsichtig, wie du mit denen sprichst, die älter und weiser sind als du«, sagte Muddan mit leiser Stimme.

Maglorix sprang vom Thron und in die Mitte des Kreises, um den die Mitglieder der Ratsversammlung saßen, zog in einer fließenden Bewegung das Schwert und beschrieb damit einen Bogen.

»Dieses Schwert verleiht mir alle Weisheit, die ich brauche. Ist unter euch einer, der mein Recht anzweifelt, diese Klinge als Fürst der Venicones zu führen?« Er drehte sich einmal um die eigene Achse und sah dabei jedem Ratsmitglied nacheinander in die Augen, woraufhin alle ohne Ausnahme den Kopf senkten. Schließlich erreichte Maglorix' Blick den hinter dem Thron stehenden Buan. Der treue Leibwächter seines Vaters lächelte und nickte ihm knapp zu. Maglorix nickte zurück und wandte sich dann der Ratsversammlung zu. »Das wäre also geklärt. Niemand stellt mein Recht, euch anzuführen, infrage. Daher befehle ich euch allen …«

»Ich stelle dieses Recht infrage.«

Maglorix blickte in die Richtung, aus der die Stimme gekommen war. Die Silhouette eines großen, breitschultrigen Kriegers zeichnete sich im Licht ab, das durch die offen stehende Tür fiel. Zottiges, verfilztes Haar fiel über den Wolfspelz um die Schultern des Neuankömmlings.

»Tarvos«, sagte Maglorix und spuckte aus. »Du bist kein

Mitglied der Ratsversammlung und hast daher nicht das Recht, mich herauszufordern.«

»Ich habe deine Rede gehört, Maglorix. Hast du nicht gesagt, dass der neue Anführer heute durch das Geburtsrecht und einen kräftigen Arm bestimmt wird? Wir haben denselben Großvater, lieber Vetter. Wollen wir nicht herausfinden, wer den stärkeren rechten Arm hat?«

»Du spielst mit deinem Leben«, sagte Maglorix mit zusammengekniffenen Augen.

»So sei es.«

Tarvos stürmte in die Mitte des Kreises und zog das Schwert. Maglorix taxierte seinen Gegner aufmerksam. Sein Vetter war einen halben Kopf größer und verfügte daher über eine etwas längere Reichweite, er selbst hingegen war zwei Jahre älter. Tarvos besaß noch nicht die voll ausgebildete Muskulatur eines Kriegers auf dem Zenit seiner Kraft, da konnte er noch so höhnisch grinsen. Maglorix hatte seit Längerem keinen Übungskampf mehr mit ihm bestritten, wusste jedoch, dass er unter seinen Altersgenossen als ebenso unbarmherzig wie talentiert im Umgang mit der Klinge galt.

Tarvos stand breitbeinig da, einen Fuß leicht vor den anderen gesetzt, und ließ das Schwert im lockeren Griff an der Seite herunterbaumeln. Maglorix hatte den Thron im Rücken. Die Spitze seiner Klinge berührte den Boden.

»So sei es, Tarvos. Ich stehe vor dem Thron meines Vaters. Du willst doch meinen Platz einnehmen, oder nicht?«

Misstrauisch trat Tarvos einen Schritt vor. Er witterte eine Falle – immerhin hatte auch Maglorix den Ruf eines listenreichen und durchtriebenen Kämpfers.

»Wieso zögerst du, Tarvos? Da war deine Mutter schneller bei der Sache – bedauerlicherweise zu deinem Nachteil.«

»Wovon redest du?«, knurrte Tarvos.

»Mein Vater war außer sich vor Wut, als er erfuhr, dass seine Schwester für einen römischen Soldaten die Schenkel gespreizt hat.«

Tarvos erbleichte. »Das ist eine Lüge.«

»Und neun Monate später hat sie dich ausgeschissen. Zögerst du deshalb? Weil du tief in deinem Inneren wie ein Römer kämpfen willst? In Schildkrötenformation, mit Männern zu allen Seiten, die dich beschützen?«

»Maglorix, das geht zu weit«, sagte Muddan. Maglorix beachtete ihn nicht.

»Sie hat deinem Vater die Hörner aufgesetzt, doch er hat diese Hure zu sehr geliebt, um ihr bei lebendigem Leib die Haut abzuziehen«, sagte Maglorix. »Deshalb hat er Schimpf und Schande ertragen und dich wie einen eigenen Sohn aufgezogen. Was siehst du mich so an, Tarvos? Wusstest du das nicht? Du musst es doch geahnt haben. Sehnst du dich insgeheim nicht nach dem Stadtleben? Träumst du nicht davon, Badehäuser zu besuchen, dich faul auf einem Sofa zu fläzen und von deinen Sklaven mit Weintrauben füttern zu lassen?«

Tarvos schwieg. Er hatte den Mund zu einer dünnen Linie zusammengepresst. Sein Schwert zitterte.

»Warum willst du Anführer dieses Stammes werden, Tarvos?«, fuhr Maglorix fort. »Um bei der ersten Gelegenheit deinen römischen Brüdern und Schwestern um den Hals zu fallen? So wie deine Hurenmutter damals?«

Tarvos stürmte brüllend durch den Kreis auf Maglorix zu, das Schwert im zweihändigen Griff hoch über den Schultern erhoben. Als er nahe genug war, holte er zu einem Schlag aus, der einen menschlichen Schädel so mühelos wie einen Apfel gespalten hätte.

Maglorix wich geschickt aus, hob die eigene Waffe und lenkte die gegnerische Klinge damit ab. Tarvos' Schwert krachte so heftig in den Thron, dass es Kleinholz aus der Rückenlehne machte, sich in die Sitzfläche bohrte und einen Augenblick lang dort stecken blieb.

Mehr als diesen Augenblick brauchte Maglorix nicht. Während Tarvos das Schwert aus dem Holz zu befreien versuchte, wirbelte Maglorix herum und rammte seine Klinge so tief in den Rücken seines Vetters, dass die Spitze in einem Blutstrahl aus der Brust drang. Tarvos brach zusammen. Sein Körper verkrampfte sich erst und erschlaffte dann. Der Gestank seiner sich entleerenden Gedärme erfüllte den Raum.

In der darauffolgenden Stille ließ sich Maglorix von Buan ein Messer reichen, durchtrennte mit schnellen Schnitten den Hals seines Vetters, hielt das triefende Haupt in die Höhe und drehte sich langsam im Kreis, damit ihn die ganze Ratsversammlung sehen konnte. Dann warf er den Kopf auf den Boden. Er rollte vor den Ältesten durch den Staub.

»Zweifelt sonst noch jemand mein Recht an, euch als euer Fürst anzuführen?«, sagte Maglorix langsam.

Alle schwiegen, bis Lon in feierlichem Ton die Stille durchbrach. »Durch das Recht deiner Geburt und das Urteil des Schwertes bist du, Maglorix, nun Fürst der Venicones.«

Aus zustimmendem Gemurmel wurden Jubelschreie und Freudenrufe.

»Buan«, sagte Maglorix, »steck den Kopf des Bastards auf einen Spieß und stell ihn vor der Halle der Ratsversammlung auf, bis er verwest ist. Danach soll der Schädel meinen neuen Thron zieren.«

»Ja, Herr«, sagte Buan.

»Also.« Maglorix wandte sich den jetzt unterwürfigen Stammesältesten zu. »Nun zu meinen Befehlen für euch …«

Drittes Kapitel

Silus saß auf dem Lehmboden, hatte den Kopf in den Händen vergraben und fragte sich, wieso alles so furchtbar schiefgegangen war. Er hatte wochenlang unter übelsten Bedingungen sein Leben riskiert, seinen Erkundungsauftrag erfolgreich ausgeführt und es mit außergewöhnlicher Tapferkeit, Einfallsreichtum und Tatkraft geschafft, der feindlichen Heerführung nicht nur im übertragenen Sinne den Kopf abzuschlagen. Und jetzt? Jetzt saß er schon einen ganzen Tag lang zitternd und mit durchnässtem Untergewand in diesem kalten, düsteren Gefängnis. Ein Zellengenosse schnarchte mit der Lautstärke einer eichenfällenden Zweimannsäge, der andere, offenbar ein Anhänger des Christus, stimmte immer wieder dasselbe Loblied auf seinen Gott an, obwohl er von der Sangeskunst nur wenig verstand.

Durch das vergitterte Fenster sah Silus, wie die Sonne unterging, und fragte sich, wie lange er wohl noch mit den beiden hier zusammengepfercht sein würde. Man hatte den schnarchenden, nach Alkohol stinkenden Soldaten – wahrscheinlich gehörte er zum Hilfstruppenkontingent der Tungri oder Batavi – gegen Mittag in die Zelle geworfen, und er war sofort eingeschlafen. Der große, hagere Hymnensänger, seinem Akzent nach zu urteilen ein Kelte aus dem sonnigen Iberien, war vor etwa einer Stunde zu ihnen gesperrt worden. Er hatte sich als Atius vorgestellt und sofort angefangen zu beten. Silus hatte ihn vorher noch nie gesehen, also war er entweder erst vor Kurzem der Armee beigetreten oder hierher versetzt worden.

Atius schien nicht in der Lage zu sein, schweigend zu beten. Offenbar war es nicht mehr als ein unpersönliches Allerweltsgebet. Der Teil, den er momentan wiederholte, lautete:

Gelobt sei der Messias
Der uns die Zuversicht gab
Dass die Toten wiederauferstehen.

Selbstverständlich kannte Silus den Kult des Christus, der von seinen Anhängern – von denen er schon ein paar kennengelernt hatte – als Messias bezeichnet wurde. Nur ein weiterer aus dem Osten stammender Mysterienkult wie der des Serapis oder der Isis, von denen Rom die einen tolerierte und die Anhänger der anderen verfolgen ließ. Vage erinnerte er sich daran, dass vor etwa einem Jahr ein gewisser Alvan oder Alban in Verulamium geköpft worden war, weil er einen christlichen Priester beherbergt hatte. Dies hatte für einen so großen Aufruhr gesorgt, dass Geta – der Mitkaiser höchstpersönlich – eingeschritten war, um der Gewalt gegen die Anhänger des Christus Einhalt zu gebieten.

Silus seufzte, starrte aus dem Fenster und verfluchte die Ungerechtigkeit, die ihm widerfuhr. Wollten sie ihn für seine Tapferkeit etwa bestrafen? Verstanden sie denn nicht, welche Heldentat er da vollbracht hatte?

Der Gesang verstummte plötzlich.

»Wie geht's?«, fragte Atius.

»Was glaubst du denn?«, entgegnete Silus und deutete mit einer ausholenden Geste durch die Zelle.

»Das hier? Das geht vorüber, wie alles im Leben.«

»Auch wieder wahr. Wieso bist du hier?«

»Na ja. Ich hab mit Menenius' Tochter gevögelt.«

Silus blieb der Mund offen stehen. Atius betrachtete seine Fingernägel, kratzte den Schmutz darunter hervor und machte ganz allgemein den Eindruck, dass das Gespräch beendet war.

»Sag das noch mal«, sagte Silus.

»Was denn?«

»Warum bist du hier?«

»Ich hab mit Menenius' Tochter gevögelt. Allmächtiger, was für eine Wildkatze. Leider war Menenius nicht besonders erfreut darüber.«

»Menenius' Tochter? Du hast Menenia gevögelt? Die keusche kleine Menenia, die immer fleißig webt und näht und deren Mund weder einen Schluck Wein noch einen harten Schwanz gekostet hat?«

»Das klingt nicht nach der Menenia, die ich meine. Ich kann dir sagen, die konnte mit ihrem Mund ganz andere Sachen anstellen …«

»Aber …« Silus verstummte. Dann fiel ihm etwas ein. »Aber seid ihr Christus-Anhänger nicht zur Keuschheit verpflichtet oder so ähnlich?«

Atius lachte. »Scheiß drauf. Nur weil ich weiß, dass mich nach dem Tod das Paradies erwartet, muss ich doch nicht auf die weltlichen Freuden verzichten.«

Silus schüttelte grinsend den Kopf.

»Was ist mit dir? Weshalb bist du hier?«, fragte Atius.

»Ich habe einem Barbarenhäuptling den Kopf abgeschlagen. Menenius war nicht besonders erfreut darüber.«

Atius warf den Kopf in den Nacken und lachte so laut, dass der schnarchende Hilfstruppensoldat aufwachte. Er sah sich verwirrt um und schlief dann weiter.

»Das ist ja auch nicht gerade die feine Art. Und offen gestanden scheint mir mein Vergehen mehr Spaß gemacht zu haben als dir deines.«

»Schon möglich. Obwohl es mir durchaus eine gewisse Befriedigung verschafft hat, diesen Barbaren einen Kopf kürzer zu machen«

»Also bereust du es nicht?«

Silus dachte nach, dann schüttelte er den Kopf. »Nein. Was soll denn schon Schlimmes passieren?«

Der klare Ton der Alarmglocke hallte durch die Abendluft. Silus wirbelte herum, Atius sprang auf und stürzte zum Fenster. Soldaten rannten durch den Innenhof auf ihre Positionen und legten dabei ihre Helme und Gürtel an. Atius rüttelte an den Gitterstäben und schrie, um die Aufmerksamkeit der Vorbeieilenden zu erregen.

»He! He, du, was ist denn los?«

Die meisten beachteten den Gefangenen nicht weiter. Schließlich blieb ein ängstlich dreinblickender Jüngling vor der Zelle stehen. »Soldat, was geht hier vor?«, fragte Atius.

»Die Maeatae greifen an!«, keuchte er.

Der Soldat wollte weiterlaufen, doch Atius griff durch die Gitterstäbe und packte seinen Arm.

»Wo? Wie viele?«

»Etwa zweihundert, hat der Zenturio gesagt. Sie greifen von allen Seiten an. Weil sie den Anschein erwecken wollen, dass sie noch zahlreicher sind, hat er gesagt. Ein Überfall, um uns Angst zu machen, hat er gesagt.«

Eine dem leichenblassen Gesicht des Jungen nach zu urteilen erfolgreiche Strategie.

»Was hat der Präfekt vor?«, fragte Atius, aber der Junge entwand sich seinem Griff und rannte davon.

»Was ist los?«, fragte Silus.

»Ein Angriff der Maeatae. Zweihundert Mann«, sagte Atius. »Wieso lassen sie uns nicht raus, damit wir mitkämpfen können?«

»Zweihundert?«

»Das sind nicht gerade viel, um ein römisches Kastell einzunehmen. Außerdem bist du ihnen entkommen, da müssten sie doch wissen, dass wir vorgewarnt sind.«

»In Dùn Mhèad waren etwa fünfhundert versammelt. Was macht der Rest? Eine andere Befestigung angreifen?«

»Das ergibt doch keinen Sinn. Seine Kräfte aufzuteilen, um zwei Kastelle anzugreifen, anstatt sich auf eines zu konzentrieren, muss unweigerlich auf zwei Fronten zur Niederlage führen. Wollen sie vielleicht vor dem eigentlichen Angriff unsere Verteidigungsmaßnahmen auf die Probe stellen?«

»Nein«, sagte Silus. »Sie sind auf das Überraschungsmoment angewiesen. Auf diese Taktik haben sie sich verlegt, seit sie erkannt haben, dass sie uns in der offenen Feldschlacht nicht schlagen können.«

»Dann vielleicht eine Finte, um die Garnison im Kastell zu beschäftigen, während der eigentliche Angriff einem anderen, verwundbareren Ziel gilt?«

Silus gefror das Blut in den Adern und sein Herz schien einen Schlag auszusetzen. »Der Vicus«, krächzte er mit heiserer Stimme.

Atius verzog das Gesicht. »Da wohnt meine Lieblingshure.«

»Meine Frau und meine Tochter sind dort«, sagte Silus.

Atius starrte ihn an. »Bei Christus! Silus, wir müssen den Präfekten warnen.«

Silus rannte zur Tür und hämmerte mit den Fäusten dagegen. »Wache! Wache!«, rief er. Keine Antwort.

»Der ist wahrscheinlich auch schon zur Verteidigung auf der Mauer«, sagte Atius.

Silus trat frustriert gegen die Tür. Da sie aus massivem Eichenholz bestand, war das einzige Ergebnis ein schmerzender Fuß.

»Geh mal zur Seite«, sagte Atius.

»Die Tür ist viel zu dick. Die können wir unmöglich eintreten.«

Atius holte ein kleines, am Ende gebogenes Stück Metall aus den Tiefen seiner Tunika, ging vor der Tür in die Knie, steckte den Haken in das Schlüsselloch und rüttelte eine Weile daran herum. Ein Klicken ertönte, dann drückte Atius die Tür mit einem Finger auf.

Silus starrte ihn verblüfft an, aber Atius zuckte nur mit den Schultern, und für weitere Fragen blieb keine Zeit.

»Du gibst dem Präfekten Bescheid«, sagte Silus. »Ich muss in den Vicus.«

Im Innenhof herrschte eingehegtes Chaos. Offenbar hatten es einige Barbaren auf die Mauer geschafft und kämpften gegen die dort zur Verteidigung aufgestellten Soldaten, da die Luft von Schreien, Befehlen und dem Klirren von Metall auf Metall erfüllt war. Dennoch kannte jeder Soldat seinen Platz und seine Aufgabe, und die von den Offizieren gebrüllten Anweisungen wurden umgehend ausgeführt. Die Männer wirkten nervös, aber auch entschlossen.

Während Atius zum nächsten Zenturio lief, sah sich Silus auf dem Innenhof um. Die Kampfgeräusche schienen aus den Richtungen aller acht Winde an sein Ohr zu dringen. Doch da er wusste, dass es sich nur um eine Finte handelte, fand er auch schnell heraus, dass die Kriegsrufe der Maeatae aus den meisten Richtungen weniger laut und zahlreich waren. Er suchte sich einen verhältnismäßig ruhigen Abschnitt der Mauer, griff sich auf dem Weg dorthin eine Spatha von einem Haufen aufeinandergestapelter Waffen und lief die Steintreppe zum Wehrgang hinauf. Dass er bewaffnet war, aber keine Rüstung trug, verwirrte die beiden dort postierten Hilfstruppensoldaten. Doch ihre Verwunderung währte nur kurz, dann krachte eine Leiter gegen die Mauer, und vier Barbaren machten sich eilig an den Aufstieg. Silus packte das obere Ende der Leiter, doch mit den vier Männern darauf war sie zu schwer, um sie von der Wand wegzudrücken. Ein Soldat holte einen Stein von einem Haufen in der Nähe und schleuderte ihn gegen den Kopf des obersten Barbaren, woraufhin dieser ohne einen Laut seitlich von der Leiter fiel. Um einen weiteren Stein zu holen, blieb keine Zeit. Schon sprang der zweite Barbar über die Brustwehr.

Der andere Hilfstruppensoldat ging sofort auf den Feind los. Während sich die beiden gegenüberstanden, durchbohrte sein Kamerad den Stammeskrieger von hinten. Dabei kehrte er jedoch dem dritten Barbaren den Rücken zu, der jetzt ebenfalls auf den Wehrgang gesprungen war und mit seinem zweischneidigen Langschwert auf den Hals des unglücklichen Soldaten einhieb. Blut spritzte aus der klaffenden Wunde, und er ging zu Boden. Der andere Hilfstruppensoldat stürzte sich mit Wutgebrüll auf den Barbaren und trieb ihn mit wilden Hieben und Stößen den Wehrgang entlang vor sich her.

Dadurch hatte der vierte Barbar genug Platz, um die Mauer zu erklimmen. Er wandte sich mit erhobenem Schwert zu Silus um und grinste. Ohne Rüstung kam sich Silus im Nahkampf geradezu nackt vor, bis er sich in Erinnerung rief, dass er bei seinen Spähaufträgen ebenfalls ohne Rüstung unterwegs war. Und trotzdem hatte er es geschafft, einen Barbarenhäuptling nur mit einem Messer und einer Fangschlinge zu bezwingen.

Der Stammeskrieger griff zuerst an. Der große, stämmige Mann mit dem verfilzten Haar, in dem Laub und Zweige steckten, bot einen Anblick, wie er einem zivilisierten Römer nicht ferner hätte sein können. Silus überwand seine Furcht und parierte den kraftvollen, über den Kopf geführten Hieb des feindlichen Zweihandschwerts, indem er mit der Spatha die Klinge zur Seite ablenkte. Der Krieger hob erneut das Schwert. Die Muskeln in Brust und Armen spannten sich, als er die schwere Waffe wieder in Angriffsposition brachte. Silus schlug mit der leichteren Spatha zu, doch der Barbar wich geschickt zur Seite aus und schwang sein Schwert in einem horizontalen Bogen.

Silus duckte sich unter der Klinge hindurch, und diesmal gelang es ihm mit einem Gegenangriff, dem Barbaren eine Schnittwunde in der Brust zuzufügen. Der Treffer war bei Weitem nicht tödlich, dennoch bemerkte Silus, dass sein Gegner den nächsten Hieb etwas langsamer ausführte und dabei vor Schmerz die Zähne zusammenbiss. Silus trat zurück, ließ die Klinge an sich vorbeizischen, trat dann schnell wieder vor und stieß die Spatha in den Bauch des Barbaren.

Der Mann krümmte sich zusammen und packte die Klinge, die ihn durchbohrt hatte. Silus stieß ihn mit dem Fuß vom Wehrgang in den Innenhof. Im Fallen verfehlte der Körper um Haaresbreite einen vorbeilaufenden Hilfstruppensoldaten. Silus sah sich nach dem anderen Soldaten auf der Mauer um. Dieser hatte dem Barbaren, der seinen Kameraden getötet hatte, soeben den Todesstoß verpasst. Silus sprang zur Leiter hinüber und machte sich an den Abstieg.

»He! Wo willst du denn hin?«, rief der Hilfstruppensoldat. Ohne ihn zu beachten, kletterte Silus weiter, übersprang die letzten Sprossen und landete auf dem Boden.

Es waren keine weiteren Barbaren in unmittelbarer Nähe, doch in etwa fünfzig Schritt Entfernung machte er im Zwielicht einen Mann auf einem Pferd aus, der eine kleine Barbarengruppe in den Kampf schickte. Die Aufmerksamkeit der Stammeskrieger galt allein der Erstürmung des Kastells, sodass sich Silus schnell und lautlos nähern konnte. Sobald die Krieger auf ihre Leitern gestiegen waren, schälte sich Silus neben dem Pferd des Anführers aus dem Schatten. Der Barbar drehte sich überrascht um, doch noch bevor er einen Schrei ausstoßen konnte, hatte Silus ihn schon gepackt und vom Pferd gerissen. Als der Mann auf dem Boden landete, knackte ein brechender Knochen. Silus war nicht in gnädiger Stimmung. Er trat hinter den Barbaren, legte einen Arm um seinen Hals und drückte zu, bis die verzweifelt um sich tretenden Beine seines Gegners erschlafften. Dann stieg er auf das Pferd, wendete es und ritt im vollen Galopp auf den Vicus zu.

Maglorix saß auf dem Rücken eines Pferdes und lauschte erfreut dem Kampflärm, der aus etwa einer Meile Entfernung zu ihm drang. Er hatte genug Männer zum Angriff abgestellt, um die Verteidiger des Kastells zu beschäftigen, und sein eigentliches Ziel – der Vicus am Fuße des Hügels – war völlig ungeschützt. Hinter ihm waren dreihundert Männer versammelt, und ein wohliger Schauer der Vorfreude erfasste ihn, als er sich bewusst machte, dass er nun ihr unangefochtener Anführer war und sie jeden seiner Befehle befolgen würden, um den Tod seines Vaters zu rächen. Und das war erst der Anfang. Sobald der Stamm einmal den süßen Geschmack des Sieges gekostet hatte, würden auch andere seinem Ruf zu den Waffen folgen. Nicht mehr lange, und er hatte eine Armee um sich geschart, die mächtig genug war, um die unbarmherzigen Besatzer für immer aus seinem Land zu vertreiben.

Die Männer wurden allmählich unruhig. Auch sie konnten es kaum erwarten, zu kämpfen, zu verwüsten und zu zerstören. Doch zunächst musste er sich vergewissern, dass die Römer so sehr mit der Verteidigung ihres Kastells beschäftigt waren, dass sie seine weiteren Pläne nicht durchkreuzen würden. Was er vorhatte, war kein einfacher Überfall, bei dem man sich ein paar Hühner und ein, zwei hübsche Mädchen schnappte und sich wieder in die Wildnis zurückzog. Nein, er hatte ein Gemetzel im Sinn, Rache für all die Grausamkeiten und Demütigungen, die man seinem Volk zugefügt hatte. Und die Männer sollten jeden Augenblick davon genießen.

Er wartete, bis sie sich nicht länger zurückhalten ließen, dann wendete er sein Pferd zu den Männern um und hob das Schwert hoch in die Luft.

»Für meinen Vater! Für alle Maeatae, die ermordet, vergewaltigt, bestohlen oder gedemütigt wurden! Der Augenblick der Rache ist gekommen. Keine Gnade! Keine Gefangenen! Lasst niemanden am Leben!«

Sie antworteten mit einem Gebrüll, das ihn wie eine mächtige Welle traf. Er saugte ihren Kampfeswillen förmlich in sich auf, dann wendete er das Pferd wieder, trat ihm in die Flanken und stürmte den vor ihm liegenden Abhang hinunter.

Der Wind fuhr durch sein langes, lockiges Haar. Ein bisher ungekanntes Hochgefühl erfasste ihn, stärker und leidenschaftlicher als bei der ersten Frau, die er entjungfert, aufregender als beim ersten Mann, den er getötet hatte. Dies waren seine Männer. Dies war seine Schlacht. Dies war sein Augenblick.

Sie preschten im Sturm in den Vicus. Die ruhig daliegenden Gassen zwischen den Gebäuden waren lediglich von herumwühlenden oder schlafenden Schweinen und Hühnern bevölkert. Mehrere ältere Kinder spielten mit einem Ball. Angekettete Hunde sprangen auf und beantworteten die Schlachtrufe der Stammeskrieger mit wütendem Gebell. Türen wurden geöffnet und schnell wieder zugeschlagen, entsetzte Mütter und Väter griffen nach ihren bereits auf sie zueilenden Kindern. Die meisten schafften es rechtzeitig vor der Ankunft der Maeatae in die Arme ihrer Eltern, doch letzten Endes würde es keinen Unterschied machen.

Eines der fliehenden Kinder, ein Junge von nicht mehr als zehn Jahren, rannte auf seine schreiende Mutter zu. Maglorix ritt den Jungen nieder und bohrte vor den Augen der Mutter einen Speer in seinen Rücken. Dann riss er das Pferd ruckartig herum, stieg ab und zog das Schwert. Die Mutter warf sich heulend über ihren Sohn, bedeckte seinen toten Körper mit dem ihren. Maglorix trat auf sie zu und trennte ihr mit einem mächtigen Hieb seines großen Schwertes den Kopf von den Schultern.

Er sah sich um. Seine Männer fielen wie Rasende über die kleine Siedlung her. Einige rannten voller Gier nach Gold und anderen zu plündernden Reichtümern direkt zu den Tempeln und Lagerhäusern. Andere suchten in den Hütten nach Frauen. Hier und dort regte sich Widerstand, wo die Einwohner verzweifelt versuchten, mit Messern, Schwertern oder Ackergerät bewaffnet ihre Familien zu beschützen. Andere warfen sich auf die Knie und flehten um Gnade – getötet wurden sie alle. Maglorix sah einen riesenhaften Schmied seinen Hammer schwingen. Ein Stammeskrieger lag bereits mit eingeschlagenem Schädel zu seinen Füßen. Der Schmied schlug den Speer eines weiteren Kriegers beiseite wie einen dürren Zweig, holte erneut aus und zertrümmerte den Brustkorb seines Gegners. Mit finsterer Miene, das Schwert locker in den Händen, ging Maglorix auf ihn zu.

»Mörder«, knurrte der Schmied.

»Das seid ihr auch«, sagte Maglorix in gebrochenem Latein mit starkem Akzent.

Der Schmied hob den Hammer über die Schultern und holte damit aus – schneller, als es Maglorix bei einer Waffe von diesem Gewicht für möglich gehalten hätte, aber dennoch nicht schnell genug. Maglorix wich mühelos aus. Der Schmied trat hammerschwingend auf ihn zu, doch der grinsende Maglorix war zu flink für die Hiebe seines zunehmend verzweifelt wirkenden Widersachers.

Nach und nach verließen selbst den bärenstarken Schmied die Kräfte. Ein vor Erschöpfung nur halbherzig ausgeführter Angriff gab Maglorix die Gelegenheit zum Gegenschlag. Er trat vor, schwang das Schwert und schlitzte dem Schmied mit einem sauberen Schnitt den Bauch auf. Entsetzt blickte der Schmied auf seine hervorquellenden Eingeweide, versuchte noch, nach den glitschigen Strängen zu greifen, und brach dann zusammen.

Maglorix schenkte dem Sterbenden keine weitere Beachtung. Seine Männer traten die Türen der Hütten ein oder brachen einfach mit der Schulter voran durch die Wände der weniger stabil gebauten Behausungen. Die Vergewaltigungen hatten bereits begonnen. Maglorix schätzte es zwar nicht, wenn sich seine Männer derart ablenken ließen, noch bevor das Gefecht zu Ende war, schritt aber nicht ein, um sie davon abzuhalten. Es war ohnehin kaum noch jemand übrig, der Widerstand leistete.

Er marschierte zur nächsten Hütte und trat die Tür ein. Eine alte und eine junge Frau, wahrscheinlich Mutter und Tochter, kauerten im Raum. Er packte die Jüngere an den Haaren, riss ihren Kopf zurück und hielt ihr die Klinge an die Kehle.

»Der römische Soldat«, sagte Maglorix mühsam in schwer akzentgefärbtem Latein. »Der Spion. Wo wohnt er? Wo ist sein Weib?«

Die Frau sah ihn keuchend mit vor Entsetzen großen Augen an.

»Bitte nicht. Nehmt mich stattdessen«, winselte die Alte.

Er zog die Klinge behutsam über die Haut. Blut floss den weißen Hals hinunter. Die junge Frau kreischte.

»Der Späher«, sagte er etwas lauter. »Der Kundschafter. Wo wohnt er?«

»Mutter«, flehte die junge Frau. Verwirrung gesellte sich zur Furcht der Alten.

»Ich weiß nicht, wen Ihr … meint Ihr Silus?«

So hieß er also. Silus. »Wo wohnt er?«

Er zerrte die junge Frau mit sich zur Tür, ohne die Klinge von ihrem Hals zu nehmen. Die Mutter folgte ihr händeringend. Tränen strömten über ihr Gesicht. Sie hob die Hand und deutete auf eine unscheinbare Hütte am Ende der breiten Straße, die mitten durch den Vicus führte. »Da wohnt Silus«, sagte sie. »Bitte lasst meine Tochter gehen.«

Maglorix durchtrennte die Kehle der jungen Frau und stieß sie von sich weg. Während er zielstrebig auf Silus' Hütte zulief, starb die Frau hinter ihm mit gurgelndem Keuchen. Ihre schreiende Mutter hielt sie in den Armen und wurde in das Blut ihrer Tochter getaucht.

Zwei seiner Krieger näherten sich ebenfalls der Hütte des römischen Spions. Er hielt sie auf, bevor sie die Tür aufbrechen konnten, und sie gehorchten widerwillig. Schon hatten die Maeatae die ersten Fackeln auf die Reetdächer geworfen, mehrere Gebäude standen bereits in Flammen. Maglorix nahm einem vorbeilaufenden Krieger die Fackel ab und schleuderte sie auf das Dach, dann trat er zurück und beobachtete mit einem zufriedenen Grinsen das Schauspiel.

Wie Zunder fing das trockene Reet Feuer. In wenigen Augenblicken brannte das Dach lichterloh, dann fiel es allmählich in sich zusammen. Die Flammen leckten an den Stützpfeilern, dichter Rauch erfüllte die Hütte. Die Tür flog auf und eine Frau und ein kleines Mädchen stolperten hustend und würgend heraus, die Hände zum Schutz vor dem beißenden Qualm vor die Augen gehoben. Das Mädchen hielt einen kleinen Hund in den Armen.

»Ergreift sie«, befahl Maglorix. Die Stammeskrieger packten die Frau und das Kind und zwangen sie vor ihm auf die Knie. Sobald die kleine Hündin auf dem Boden landete, hüpfte sie auf und ab, kläffte Maglorix an und sprang vor, um nach seinen Knöcheln zu schnappen. Maglorix schlug nach der Hündin, verfehlte sie und fluchte, als sie ihre Zähne in seine Zehen schlug. Er beförderte das Tier mit einem kräftigen Tritt durch die Luft, sodass es mit einem Knacken gegen einen Holzbalken prallte und leblos zu Boden fiel.

Maglorix baute sich drohend vor Mutter und Tochter auf. Die Frau versuchte, eine trotzige Miene aufzusetzen, doch dies war nur eine wenig glaubwürdige Fassade, die er mit einem Handrückenschlag ins Gesicht zum Einsturz brachte. Schluchzend umklammerte sie ihre Tochter.

»Du bist die Frau des römischen Spähers, ja?«

Sie sah zu ihm auf und blinzelte sich die Tränen aus den Augen.

»Silus, der römische Spion. Ist das dein Mann?«

Als sie nicht antwortete, deutete er mit dem Schwert auf das Mädchen.

»Ja, ja!«, schrie sie. »Bitte tut ihr nichts.«

»Dein Mann. Silus. Er hat meinen Vater ermordet.«

Eine Miene des Entsetzens und der Verzweiflung huschte über ihr Gesicht. Sie wusste genau, wovon er sprach. Wahrscheinlich hatte Silus vor ihr damit geprahlt, womöglich hatte er ihr das edle Haupt seines Vaters sogar stolz präsentiert.

»Dein Mann hat mir einen geliebten Menschen genommen. Dies zahle ich ihm jetzt mit gleicher Münze heim.«

Silus' Frau ließ den Kopf sinken und drückte das Gesicht ihrer Tochter an ihre von schweren Schluchzern bebende Schulter. Maglorix befahl einem seiner Männer mit einer Handbewegung, ihr das Kind zu entreißen. Beide fingen an zu kreischen, und das Mädchen hörte selbst dann nicht auf, als er ihm die Schwertspitze vor die Nase hielt. Er warf die Waffe weg, packte das Kind, hob es hoch und schleuderte es auf den Boden. Es war ein harter Aufprall. Der Kopf des Mädchens landete mit einem entsetzlichen Knacken auf einem Stein. Blut floss durch ihre langen Haare und benetzte den Boden. Das Kind rührte sich nicht mehr.

Die Frau starrte es ungläubig mit offenem Mund an. Dann ging sie auf Maglorix los und zerkratzte ihm mit ihren scharfen Nägeln das Gesicht. Sie verfehlte nur knapp das Auge, riss die Haut darunter auf und hinterließ drei blutige Streifen auf seiner Wange. Er schlug ihr fest mit der Faust gegen die Schläfe, und sie krümmte sich halb ohnmächtig zusammen. Anschließend riss er ihre Tunika entzwei und entblößte ihre Brüste und ihren Bauch. Sie wehrte sich, und er befahl seinen Männern, sie festzuhalten, während er seine Hose öffnete.

Als Silus den Feuerschein in der Ferne sah, verzagte er. Aller Wahrscheinlichkeit zum Trotz hatte er an der Hoffnung festgehalten, dass er sich irrte. Das Pferd, an dessen Hals er sich klammerte, preschte die Heerstraße entlang, die südlich des Antoninuswalls verlief. Im Gegensatz zu dem in der Regierungszeit Kaiser Hadrians errichteten Steinwall im Süden handelte es sich hierbei lediglich um eine Torfaufschüttung auf einem Steinfundament mit einem tiefen Graben auf der Nordseite. Dennoch war das Ganze eine einigermaßen effektive Verteidigungsanlage – aber nur, wenn sie auch bemannt war. Da die römische Garnison mit dem als Ablenkungsmanöver dienenden Scheinangriff auf das Kastell beschäftigt war, hatten die Maeatae den Wall ungehindert überwinden können. Die Straße zum Vicus, auf der nachts sowieso kaum Betrieb herrschte, war nun völlig verlassen.

Silus war kein besonders guter Reiter, doch die Verzweiflung hielt ihn im Sattel. Als er sich dem Vicus näherte, liefen ihm die ersten Fliehenden entgegen – ein junger, unbewaffneter und entsetzt dreinblickender Mann, der rannte, so schnell er konnte, dann eine Mutter mit tränenüberströmtem Gesicht, die mit einem Säugling in den Armen die gepflasterte Straße entlangstolperte. Er hätte gerne angehalten, um sich zu erkundigen, was im Vicus vor sich ging, mit wie vielen Angreifern sie es zu tun hatten und aus welcher Richtung sie kamen, doch er durfte keine Zeit verlieren. Außerdem wusste er sowieso nicht so recht, wie er dem gestreckten Galopp des Pferdes Einhalt gebieten sollte.

Dann preschte er den Hügel vor dem Vicus hinauf und starrte entsetzt auf das Bild der Zerstörung, das sich vor ihm auftat. Beinahe jedes Gebäude stand in Flammen, und als er näher kam, sah er die Verwüstungen, das Blutvergießen, die Toten, die vergewaltigenden und mordenden Stammeskrieger.

Vollends im Griff von Angst und Wut ließ er das Pferd den Hügel hinunter und auf seine Hütte zustürmen. Er sah seine Frau und seine Tochter, sah, wie Maglorix Sergia zu Boden warf, wie sie leblos liegen blieb, sah Velua, die von den Kriegern festgehalten wurde, während Maglorix die Hose herunterließ.

Im letzten Moment übertönten Hufschläge die Kakofonie aus Gebrüll, Geschrei und dem Prasseln des Feuers. Maglorix sah sich überrascht um. Silus ließ sich vom Pferd und direkt auf den Stammeshäuptling fallen. Beide Männer gingen zu Boden, doch Silus war darauf vorbereitet. Er rollte sich ab, sprang auf und zog dabei in einer fließenden Bewegung das Schwert. Ohne zu zögern, ging er auf Maglorix los.

Einer der beiden Krieger, die Velua festhielten, zog blitzschnell sein eigenes Schwert und wehrte Silus' Klinge damit ab. Dieser biss vor Wut die Zähne zusammen, als der Maglorix geltende Hieb abgelenkt wurde und ihn um ein großes Stück verfehlte. Der Krieger schlug nach Silus, der durch einen Sprung nach hinten auswich, bevor er seinerseits kräftig zustieß. Die Klinge drang durch die Kehle tief in den Hals des Kriegers, der daraufhin gurgelnd die Augen verdrehte und die Waffe mit beiden Händen packte. Selbst im Todeskampf war sein Griff so fest, dass er Silus das Schwert aus den Händen riss, als er seitwärts zu Boden sank.

Maglorix setzte sich auf den Boden, zog hastig die Hose hoch und suchte dann im flackernden Schein der brennenden Gebäude nach seinem Schwert. Der verbliebene Krieger war unschlüssig, ob er Silus angreifen oder weiter dessen Frau festhalten sollte. Velua nahm ihm die Entscheidung ab, indem sie die Zähne in seinen Unterarm schlug. Er heulte auf, dann verpasste er ihr einen so kräftigen Hieb mit dem Handrücken gegen das Kinn, dass ihre Kiefer mit lautem

Klappern aufeinanderprallten. Sie taumelte zurück und stöhnte dabei etwas Unverständliches.

Silus entriss dem toten Krieger das Schwert und überlegte, wen er als Nächstes angreifen sollte, den unbewaffneten Maglorix oder den Maeata, der inzwischen die Hände um Veluas Hals gelegt hatte.

Er hatte keine andere Wahl.

Silus rammte dem Krieger, der seine Frau würgte, die Klinge in den Rücken, sodass sie vorne wieder aus dem Körper trat. Damit blieb Maglorix genug Zeit, um sich wieder zu erheben, Silus mit Wutgebrüll hinterrücks zu ergreifen, hochzuheben und dann auf den Boden zu schleudern.

Silus streckte die Arme aus, um die Wucht des Aufpralls abzufangen, und schlug dennoch mit solcher Heftigkeit auf der Erde auf, dass es ihm die Luft aus der Lunge drückte. Sofort rappelte er sich wieder hoch, und dann stand er Maglorix erneut gegenüber, in gegenseitigem Hass vereint.

Mittlerweile waren andere Krieger hinzugekommen. Silus' dramatische Ankunft auf dem Pferderücken sowie das anschließende Handgemenge hatten ihre Aufmerksamkeit erregt, und widerstrebend ließen sie von ihren jeweiligen Vergnügungen ab. Zwei Krieger zogen die Schwerter und näherten sich Silus, doch Maglorix bedeutete ihnen, sich zurückzuhalten.

Silus ballte die Fäuste und starrte dem Barbaren in die Augen, um nicht seine nackte Frau oder den reglosen Körper seiner Tochter ansehen zu müssen.

»Mein Vater«, sagte Maglorix mit knurrender Stimme.

»Meine Tochter«, entgegnete Silus, der die Worte nur mit Mühe herausbrachte.

»Ja. Und bald auch deine Frau. Während du zusiehst.«

Silus suchte nach den richtigen Worten, doch ihm wollte

keine heldenhafte Erwiderung einfallen. War das also das Ende? Es sah ganz danach aus, auch wenn ein kleiner Teil von ihm der festen Überzeugung war, dass es sich nur um einen Albtraum handeln konnte, aus dem er bald aufwachen würde. Sergia war tot. Bald würden sie Velua vergewaltigen und ermorden. Dann war er an der Reihe. Unbewaffnet inmitten einer Barbarenhorde, deren Häuptling er ermordet und anschließend seinen Leichnam geschändet hatte. Seine Beine zitterten, sein Darm drohte sich zu entleeren.

Nein! So durfte es nicht enden. Velua sollte sehen, wie er für sie kämpfte und starb.

Mit Wutgeheul ging er auf Maglorix los. Der Barbar war zwar größer und breiter als Silus, rechnete aber nicht mit einem so rasenden, plötzlichen Angriff und ging rücklings zu Boden, als er sich auf ihn stürzte. Silus fing sofort an, das Gesicht des Barbarenfürsten mit Schlägen zu bearbeiten, sodass der Kopf hin und her geschleudert wurde. Seine Fäuste schlugen blutige Wunden, und der Barbar verlor einen Zahn. Um den wütenden Angriff aufzuhalten, wusste sich Maglorix nicht anders zu helfen, als Silus fest zu umklammern. Dann versuchte er, sich auf seinen Gegner zu rollen, doch Silus nutzte den Schwung zu einer vollständigen Drehung, nach der er einmal mehr obenauf zu liegen kam. Maglorix war eindeutig stärker und wahrscheinlich auch erfahrener im Schwertkampf Mann gegen Mann. Silus dagegen hatte von seinem Vater, der nicht zimperlich mit den Fäusten gewesen war, in den Kasernen sowie auf seinen Erkundungseinsätzen viele schmutzige Tricks gelernt.

Silus klemmte Maglorix' Arme mit den Knien ein und schlug weiter auf sein Gesicht ein. Die Nase des Barbaren brach mit einem Knacken, Blut und Rotz spritzten auf seine Wangen und seinen Bart. Mit einem wütenden Brüllen versuchte Maglorix, Silus abzuwerfen. Beim ersten Mal konnte sich Silus dagegen wehren, indem er sich kräftig an seinem Gegner festklammerte und weiter mit aller Kraft auf diesen einschlug.

Letzten Endes musste er sich jedoch der Körperkraft des größeren Mannes geschlagen geben. Maglorix bäumte sich abermals auf und rollte sich herum, sodass Silus zur Seite geschleudert wurde und mit dem Gesicht voraus im Dreck landete.

Bevor er sich wieder erheben konnte, war Maglorix über ihm und drückte ihn mit seinem Gewicht nieder. Er packte Silus' Haar, riss seinen Kopf zurück und schlug ihn mit Wucht gegen den Boden. Wäre dieser aus Stein gewesen, hätte Silus den Aufprall wohl nicht überlebt. Doch auch die feuchte Erde war noch hart genug, um ihn kurzzeitig außer Gefecht zu setzen. Winzige Lichtpunkte tanzten vor seinen Augen, Schwärze kroch vom Rand seines Sichtfelds heran, doch er kämpfte mit aller Entschlossenheit gegen die Bewusstlosigkeit an.

Maglorix legte einen Arm um seine Kehle und drückte zu. Silus' Brustkorb hob und senkte sich, als er versuchte, durch die gequetschte Luftröhre zu atmen. Doch noch bevor er erstickte, wurde ihm schwarz vor Augen.

Einige Augenblicke später kam er wieder zu sich und rang nach Atem. Alles drehte sich, die Luft war von beißendem Rauch erfüllt und die Hitze, die von seinem lodernden Haus ausging, versengte ihm eine Gesichtshälfte. Er rollte sich auf den Bauch, stemmte sich auf alle viere hoch und hustete so heftig wie ein kranker Hund. Dann blickte er auf.

Zwei Krieger hielten die nackte und halb bewusstlose Velua fest. Maglorix ließ ein weiteres Mal die Hose herunter, drehte sich zu Silus um und präsentierte ihm den steifen Penis, mit dem er seine Frau zu schänden gedachte. Silus hob in einer flehenden Geste die Hand.

»Bitte nicht«, krächzte er mit heiserer Stimme.

Maglorix spuckte auf ihn. Der Speichel landete in Silus' Augen, wo er sich mit seinen Tränen mischte. Silus, der alles nur verschwommen sah, wischte sich das Gesicht mit dem Handrücken ab, während Maglorix sich zwischen Veluas Beine kniete und ihre Schenkel mit den eigenen Beinen auseinanderdrückte. Velua schüttelte den Kopf und wehrte sich kraftlos.

Dann durchschnitt der Klang einer Trompete den Lärm. Maglorix hielt inne und sah sich verwirrt um. Ein junger Krieger kam auf ihn zugelaufen.

»Was ist?«, fragte Maglorix barsch.

Der junge Krieger schnappte nach Luft. »Römer. Hunderte.«

»Bei der heiligen Hexe, so schnell? Wieso wissen sie von unserem Überfall?«

Einen Moment lang regte sich Hoffnung in Silus' Herz.

»Wie weit sind sie entfernt?«, fragte Maglorix.

»Sie werden in wenigen Augenblicken hier sein. Reiterei mit Fußsoldaten dicht dahinter.«

Maglorix schien hin- und hergerissen, er warf einen Blick auf Velua. Dann sah Silus mit großer Erleichterung, dass er die Hose wieder hochzog.

»Messer«, befahl Maglorix und streckte die Hand aus.

Der Krieger drückte den Griff seines Dolches in die Handfläche des Häuptlings. Ohne ein weiteres Wort bohrte Maglorix die Klinge in Veluas Herz. Sie keuchte, wollte sich aufsetzen, riss vor Schreck die Augen auf. Dann sank sie wieder auf den Boden zurück und ein letztes Zittern durchfuhr sie, bis sie schließlich still dalag.

Silus starrte sie mit offenem Mund an. Die Welt um ihn herum verschwand, verengte sich auf das leere, bleiche Gesicht seiner Frau. Noch bewahrte ihn die schiere Fassungslosigkeit vor dem Schmerz. Wie war das möglich? Er kroch auf Händen und Knien auf Velua zu, nahm sie fest in die Arme, wollte sie aufsetzen. Seine Tränen tropften in ihr Blut.

»Nicht doch, Velua, Liebste. Es tut mir leid. Es tut mir leid.«

Maglorix stieß ein kehliges Lachen aus. Der zu ihm aufblickende Silus bot ein so jämmerliches Bild des Elends, dass Maglorix und seine Männer vor Gelächter nicht an sich halten konnten. Silus hätte sich mit einem Wutschrei auf den Barbaren stürzen müssen, mit Zähnen und Klauen und allem, was ihm zur Verfügung stand, doch er war wie gelähmt. Er sah einfach nur zu, wie der Mörder seiner Frau das Blut von der Klinge leckte und dann mit breitem Grinsen auf Silus zutrat.

Mit einem Mal bebte der Boden unter Hufschlägen. Die dreißig Reiter einer vollständigen Turma stürmten heran. Maglorix blickte wütend auf, und seine Miene verfinsterte sich weiter, als er sah, wie schnell sich die Reiterei näherte. Die Krieger blickten ihren Häuptling verzagt an. Maglorix zögerte, dann wandte er sich seinen Männern zu. »Was wir tun wollten, haben wir getan. Wir haben die Römer wieder gelehrt, uns zu fürchten. Kehren wir nach Hause zurück. Abmarsch.«

Das ließen sich die Krieger nicht zweimal sagen. Sie räumten die Straße und zerstreuten sich in alle Richtungen. Maglorix zögerte immer noch, wog die Entfernung zum herannahenden Reitertrupp gegen die Zeit ab, die er brauchte, um Silus zu töten. Schließlich traf er eine Entscheidung.

»Es ist noch nicht vorbei, Römer«, sagte er. »Noch ist meine Rache nicht vollendet.« Er steckte das Messer weg und rannte zu seinem geduldig wartenden Pferd.

Plötzlich kam Bewegung in Silus. Er rannte hinter dem Barbarenfürsten her, und als Maglorix auf das Pferd springen wollte, packte Silus sein Bein und zog. Maglorix fiel fluchend auf den Boden. Silus packte ihn und zog ihn in eine stahlharte Umarmung. Maglorix trat nach ihm, dann bearbeitete er seinen Rücken mit den Fäusten. Silus wehrte sich nicht, er hielt Maglorix einfach nur fest, ertrug die auf ihn einprasselnden Hiebe mit fest zusammengekniffenen Augen. Seine Kraft schwand, er war benommen von den Schlägen und spürte, wie sich sein Griff lockerte.

Plötzlich ließ Maglorix von ihm ab. Silus öffnete vorsichtig die Augen. Sie waren von römischer Hilfstruppenreiterei umringt. Die Soldaten hatten ihre Schwerter drohend auf Maglorix gerichtet. Silus ließ den Barbaren los und sank erschöpft zu Boden.

Ein Zenturio ritt langsam auf ihn zu. Silus hob den Kopf und blickte in Geganius' wütendes Gesicht. »Dekurio Artorius«, bellte Geganius, »leg diesen Barbaren in Ketten und lass ihn von vier Männern ins Kastell bringen. Die übrige Turma soll den Rest zur Strecke bringen. Keiner wird verschont.«

Der Dekurio salutierte. Vier Männer packten Maglorix, der Silus noch einen letzten, hasserfüllten Blick zuwarf, und führten ihn ab, wobei sie recht unsanft mit ihm umsprangen. Dann gab der Dekurio seinem Pferd die Sporen und nahm an der Spitze seiner Männer die Verfolgung der Barbaren auf. Die Reiter waren zwar immer noch in der Unterzahl, doch die Maeatae hatten sich zerstreut, und einzeln waren sie leichte Beute für die berittenen Soldaten. Dennoch gelang den meisten die Flucht, und die Römer konnten nur wenige erwischen, bevor sie endgültig über alle Berge waren.

Geganius stieg trotz seiner Leibesfülle behände ab, ging neben Silus in die Hocke, legte eine Hand auf seine Schulter und ließ sie einen Augenblick schweigend dort ruhen. Silus öffnete den Mund, brachte jedoch keinen Ton heraus.

Kurz darauf trafen die Fußsoldaten ein. Geganius teilte sie in verschiedene Trupps ein, die die Feuer löschen, sich um die Verwundeten kümmern und die Toten einsammeln sollten. Dabei wich er Silus, der bei seiner Frau und seiner Tochter saß und am ganzen Körper zitterte, nicht von der Seite.

Atius näherte sich. Er war kreidebleich.

»Es tut mir so leid, Silus«, sagte er. »Ich habe es versucht. Ich habe Geganius Bescheid gegeben, und der ist sofort zu Menenius gelaufen und hat ihn dazu überredet, genug Männer zur Rettung des Vicus bereitzustellen. Menenius wollte der Verteidigung des Kastells Vorrang einräumen, aber Geganius hat hartnäckig darauf bestanden.«

»Wir sind so schnell geritten, wie wir konnten«, sagte Geganius. »Es tut mir sehr leid, dass wir nicht …« Er verstummte, betrachtete die Leichen und wandte sich schnell wieder ab.

Atius ging neben Silus in die Hocke, schlüpfte aus seinem Caracallus und legte den langen Kapuzenmantel über die Schultern des Trauernden. Atius und Geganius sahen sich hilflos an, dann schüttelte Geganius verzweifelt den Kopf, während Atius die Augen schloss und ein Gebet sprach.

»Herr Christus heilige Maria, ich bitte euch, nehmt diese Kinder bei Euch auf. Segnet sie, vergebt ihnen ihre Sünden und nehmt sie ins Paradies auf immerdar.«

Silus verkrampfte sich bei diesen Worten, schwieg jedoch.

Geganius nickte. »Lass sie ziehen, Soldat«, sagte er.

Silus umklammerte seine Familie noch fester. Geganius packte ihn am Handgelenk und wollte ihn wegziehen. Als dieser Widerstand leistete, ließ der Zenturio wieder los und sah Atius hilflos an.

Silus spürte einen leichten, aber hartnäckigen Druck an seinem Bein und sah an sich herab. Issa schmiegte ihre Schnauze an ihn. Ihr Rückenfell war versengt, ihr Kiefer hing in einem unnatürlichen Winkel herab und ein Vorderbein schien gebrochen. Wieder stupste sie ihn an. Silus nahm sie in die tauben Arme. Sie wimmerte und versuchte, sein Gesicht abzulecken.

Atius half Silus auf, führte ihn mit Geganius' Unterstützung zu einem Pferd und setzte ihn darauf. Silus drückte Issa fest an seine Brust.

»Wir kümmern uns um sie«, sagte Geganius leise. »Und auf diesen barbarischen Cunnus wartet die Hinrichtung, und zwar so qualvoll wie nur möglich. Atius, bring ihn zum Kastell zurück.«

Atius nahm die Zügel und führte Silus langsam davon.

Viertes Kapitel

Silus saß vor Maglorix und starrte den Barbaren durch die Eisenstäbe hindurch an. Der Käfig, in dem sich der Häuptling befand, stand im Freien, sodass Maglorix den Blicken der ganzen Stadt sowie den Elementen schutzlos ausgeliefert war. Sein langes, gewelltes Haar war vom Regen völlig durchnässt und klebte an seinem Schädel.

Auf Befehl von Augustus Caracalla war Maglorix nach Eboracum gebracht worden, der größten Stadt im Norden der Insel, Hauptquartier der bei der Expeditio Felicissima Britannica – der von Septimius Severus angeordneten Strafexpedition – eingesetzten Legionen sowie Residenz der Kaiser in Britannien. Menenius hatte Silus und Atius die Erlaubnis erteilt, sich der Eskorte anzuschließen, die unter Geganius' Befehl den Gefangenen von Voltania nach Eboracum gebracht hatte. Nun sollte er Caracalla vorgeführt werden, damit dieser das Todesurteil über ihn sprach. Obwohl Maglorix' Käfig auf einem Fuhrwerk transportiert worden war und allen anderen (einschließlich des in der Reitkunst wenig bewanderten Silus, der sich den Hintern wund geritten hatte) Pferde zur Verfügung gestellt worden waren, hatte die Reise eine Woche gedauert. Währenddessen war Silus oft bei Maglorix gewesen, auch wenn es nicht viel zu sagen gab.

Atius war Silus ein großer Trost auf dieser Reise gewesen. Er hatte sich um ihn gekümmert – sei es, weil es sein merkwürdiger Glaube von ihm verlangte, sei es, weil er aufrichtig Anteil an Silus' Trauer nahm – und dafür gesorgt, dass er aß, auch wenn er keinen Hunger hatte, und genug Bier trank, um den Schmerz zu lindern, aber nicht zu viel, damit er nicht von Übelkeit oder zusätzlicher Trübsal geplagt wurde. Er hatte zugehört, wenn sich Silus die Trauer von der Seele reden, oder geschwiegen, wenn dieser seine Ruhe haben wollte. Es war ihm sogar gelungen, Silus mit seinen albernen Späßen ein- oder zweimal ein Lächeln zu entlocken. Silus fragte sich, ob die Reise ohne Atius womöglich durch Maglorix' oder sein eigenes Ableben ein vorzeitiges Ende genommen hätte.

Nun erwiderte Maglorix mit leicht spöttischer Miene seinen Blick.

»Es juckt, nicht wahr?«, fragte der Gefangene mit seinem gallischen Akzent.

Silus antwortete nicht, legte aber leicht den Kopf schief.

»Oder ist es wie ein Feuer, brennt es so heiß, dass du dir am liebsten das Herz herausreißen würdest? Das Verlangen, mich zu töten, meine ich natürlich.«

Silus schwieg weiterhin. »Silus, du bist ein braver kleiner römischer Soldat, richtig?«, fuhr Maglorix fort. »Du gehorchst deinen Vorgesetzten, wo dir doch die Ehre befiehlt, mein Blut zu vergießen. Aber du kannst nur dasitzen und mich anstarren, du Schlappschwanz. Ich bin kein Schlappschwanz, davon hätte sich deine Frau ja beinahe überzeugen können. Du warst zu schwach, um mich aufzuhalten. Sie hätte beinahe herausgefunden, wie sich ein guter harter Maeata-Schwanz im Gegensatz zu deinem schlaffen römischen Würstchen anfühlt.«

Silus' Kiefermuskeln verkrampften sich, da er die Zähne so fest zusammenbiss. Ansonsten ließ er sich nicht anmerken, dass ihn Maglorix' Spott bis ins Mark traf, doch dies war für den Barbaren Ansporn genug, um weiterzusticheln. »Oder wusste sie das bereits? Man weiß ja, wie die Soldatenfrauen sind. Der Mann ist ständig unterwegs und niemals zu Hause, und für Spione wie dich gilt das ja erst recht. Da hat sie sich doch sicher irgendwann einsam gefühlt. Zweifellos hat sie für jeden die Beine breitgemacht, der ein klein wenig Zeit und Zuwendung für sie übrig hatte. War das kleine Mädchen überhaupt von dir? Irgendwie hatten ihre Gesichtszüge ein bisschen was Kaledonisches.«

Silus warf sich gegen die Gitterstäbe, rüttelte wie rasend daran, steckte die Arme in den Käfig, um den Barbaren zu packen, ihm wehzutun, ihn zu töten. Zwei Soldaten mussten ihn vom Käfig wegzerren, und im Handgemenge gab ihm einer mit dem Schwertknauf einen Stoß in die Nieren. Silus geriet ins Taumeln, dann warf er sich abermals auf den Käfig. Maglorix brüllte vor Lachen, als die Soldaten Silus niederrangen und sich auf ihn setzen mussten, um ihn zu bändigen.

Schnell versammelte sich eine kleine Menschenmenge um die fluchenden Soldaten, die des vor Wut schäumenden Silus Herr zu werden versuchten.

Alle genossen das Spektakel, bis eine laute und befehlsgewohnte Stimme ertönte. »Was ist denn hier los, verdammte Scheiße?«

Geganius und Atius bahnten sich einen Weg durch die Gaffenden, bis sie vor Silus standen. »Verpisst euch, und zwar allesamt!«, kommandierte der Zenturio.

Widerstrebend folgte die Menge der Anordnung und zerstreute sich.

Atius schüttelte den Kopf. »Mist. Silus, hättest du dich nicht beherrschen können?«

»Bei Mithras' heiligem Arsch, was soll ich nur mit dir machen, Silus? Ich wusste gleich, dass es eine Scheißidee ist, dich mitzunehmen. Helft ihm hoch«, befahl er den Hilfstruppensoldaten.

Die Soldaten standen widerwillig auf und halfen ihm auf die Beine. Maglorix lachte noch immer.

»Und du« – Geganius wandte sich dem grinsenden Barbaren zu – »hast du schon mal von Vercingetorix gehört? Oder vielleicht von Spartacus? Jugurtha? Alles stolze, edle Krieger. Erdrosselt, gekreuzigt, verhungert. Ich kann mir nicht vorstellen, dass unser Augustus Caracalla ein ähnliches Ende für dich vorgesehen hat. Aber das wird sich morgen ja zeigen.«

Maglorix lauschte Geganius' Worten mit einem spöttischen Grinsen, doch Silus glaubte, einen winzigen Funken der Verunsicherung in seinen Augen flackern zu sehen. Er gab sich mit diesem schwachen Trost zufrieden und ließ sich von Atius wegführen.

Die Sonne stand noch tief und kletterte nur mühsam den klaren, blauen Himmel hinauf. Sie spendete keine Wärme, dafür war es zu früh. Silus, der in voller Uniform strammstand, musste ein Zittern unterdrücken. Neben ihm standen Atius und alle anderen, die der Hinrichtung beiwohnen würden, darunter auch die Männer, die Maglorix von Voltania nach Eboracum gebracht hatten, sowie eine Abordnung Legionäre von der in Eboracum stationierten Legio VI Victrix. Geganius stand mit breiter Brust vor ihnen. Auf einer nahe gelegenen offenen Fläche direkt vor der Stadtmauer war ein Haufen aus Zunder und Holzscheiten aufgeschichtet, aus dessen Mitte ein großer Pfahl mit einem kleinen, unmittelbar über dem Scheiterhaufen angebrachten Fußbrett ragte.

Marcus Aurelius Severus Antoninus Augustus – wegen des langen gallischen Kapuzenmantels, den er stets und, wenn man den Gerüchten glauben wollte, sogar im Bett trug, allgemein als Caracalla bekannt –, ritt auf einem prächtigen schwarzen Wallach die Reihen auf und ab und inspizierte die Truppe.

Sobald er damit fertig war, wendete er das Pferd zu den Männern um. Auch viele Einheimische hatten sich versammelt, um einen Blick auf den Sohn des Kaisers zu werfen und die Hinrichtung zu genießen. Nicht wenige der Anwesenden hatten bei den Überfällen der Pikten und Kaledonier Freunde und Familienmitglieder verloren, insbesondere in den Jahren unmittelbar vor Severus' Expeditio Felicissima Britannica, als der Norden der Provinz unter ständigen Angriffen gelitten hatte. Vor drei Jahren hatte ein groß angelegter Barbareneinfall die Bevölkerung so schwer getroffen, dass der Statthalter Lucius Alfenus Senecio sich gezwungen sah, den Kaiser und den Senat um Hilfe gegen die Barbaren anzuflehen. Für Kaiser Septimius Severus, der gelangweilt in Rom saß und zwei aufsässige Söhne zu beschäftigen hatte, war dies eine Gelegenheit zu Ruhm und Abenteuer gewesen, die er sich nicht entgehen lassen wollte, und er hatte seine Legionen für den Krieg gerüstet.

Sein ältester Sohn Caracalla war ein herber, auf dem Schlachtfeld gehärteter Mann. Silus beobachtete ihn fasziniert, war er dem Erben des Imperiums doch noch nie so nahe gewesen. Caracalla hatte kurze, dunkle Locken, eine wulstige Stirn, ein kantiges Kinn und ein von einem Bart umrahmtes, braun gebranntes Gesicht mit einem scheinbar ewig grimmigen Ausdruck. Er war breit und muskulös, und die mit den Legionen im Feld verbrachten Monate und Jahre hatten ihre Spuren auf seinem Körper hinterlassen: Es bestand kein Zweifel, dass dieser Mann über die nötige Stärke verfügte, die die Herrschaft über ein Imperium verlangte.

Caracalla richtete das Wort an die Versammelten. »Wir befinden uns im Krieg«, rief er, und sofort kehrte vollkommene Stille ein. »Wir kämpfen gegen einen Feind ohne Ehre. Einen Feind, der lieber die Flucht ergreift, als sich im offenen Kampf zu stellen. Der sich versteckt wie ein Feigling und uns heimtückisch überfällt wie ein Halsabschneider aus der Gosse. Der unbewaffnete und schutzlose Zivilisten abschlachtet und vergewaltigt und ihre Siedlungen verwüstet, Siedlungen wie den Vicus beim Kastell Voltania, die von den Maeatae unter Führung eines heimtückischen Barbaren namens Maglorix gebrandschatzt wurde. Ein Mann, wenn man ihn denn als solchen bezeichnen will, der es nicht wagte, den tapferen römischen Soldaten im Kastell selbst gegenüberzutreten, aber bereit war, einen Teil seiner Männer bei einem als Ablenkungsmanöver dienenden Scheinangriff zu opfern. Ein Mann, dem es Vergnügen bereitete, über die Unschuldigen herzufallen: wehrlose Handwerker, Händler, Arbeiter in Diensten der Armee mit ihren Familien, ihren Frauen und Kindern.«

In der Menge brach leises Gemurmel aus, das sogar auf die Soldaten übergriff. Geganius drehte den Kopf und funkelte seine Männer böse an. Sofort herrschte Ruhe, wenn auch nur unter den Soldaten. Die einfache Bevölkerung empörte sich weiterhin.

»Viele mussten bei diesem Überfall ihr Leben lassen, doch viele wurden auch gerettet, und das ist der Tatkraft eines einzelnen Mannes zu verdanken. Gaius Sergius Silus, tritt vor.«

Als Silus so unerwartet seinen Namen hörte, setzte sein Herz einen Schlag lang aus. Dann jedoch marschierte er gehorsam nach vorne, bis er vor dem jungen Augustus stand.

Caracalla musterte ihn genau, während sich Silus Hilfe suchend nach Geganius umsah. Dieser deutete mit dem Kopf in Richtung Boden, worauf Silus sofort mit gesenktem Haupt auf die Knie fiel.

»Dieser Mann, obwohl durch eine frühere Verfehlung in Ungnade gefallen und unter Arrest, hat den Angriff vorausgesagt. Nicht nur, dass er die Besatzung des Kastells alarmierte, sodass das Ablenkungsmanöver mühelos und ohne nennenswerte Verluste zurückgeschlagen werden konnte, nein – er war auch der Erste, der das wahre Ziel des Überfalls erkannte. Nachdem er seinen Vorgesetzten in Kenntnis der Lage gesetzt hatte, eilte er ohne Achtung der Gefahr, in die er sich begab, dem Vicus zu Hilfe. Weil er Alarm schlug und den Kampf mit dem Feind aufnahm, bis Verstärkung eintraf, konnte er an diesem Tag viele Leben retten. Das seiner Familie war bedauerlicherweise nicht darunter.«

Silus war froh darüber, dass er den Kopf gesenkt hielt. So sah niemand die Tränen, die sich in seinen Augenwinkeln sammelten. Er mahlte mit den Kiefern und rang um Fassung.

»Dafür sollst du dreifach belohnt werden«, sagte Caracalla und legte seine Hand auf Silus' Kopf. »Erstens seien dir deine Verfehlungen vor dem Angriff vergeben. Zweitens – halt die Hände auf.«

Silus blickte auf und hob die Hände. Geganius reichte Caracalla einen kleinen, mit einer Gravur versehenen Silberbecher. Der Augustus gab ihn an Silus weiter, der ihn wortlos entgegennahm.

»Ich verleihe diesen Becher einem Mann, der sich außergewöhnlich großer Gefahr gestellt und einen Feind im Zweikampf besiegt hat«, sagte Caracalla.

Silus drehte den Becher in den Händen, während sein Blick über die kunstvolle Gravur huschte, die uniformierte

Legionäre bei der Niederwerfung ängstlich vor ihnen kauernder Barbaren zeigte. Sein Körper fühlte sich taub an und als würde er über sich selbst schweben und auf sich hinunterblicken. War er wirklich hier, kniete vor dem Sohn des Kaisers und ließ sich von ihm auszeichnen, während Sergia und Velua auf dem kleinen Friedhof vor dem Vicus begraben lagen?

Caracalla beugte sich vor und sagte mit so leiser Stimme, dass nur Silus ihn hören konnte: »Mein aufrichtiges Beileid.«

Dann stellte er sich wieder gerade hin und wandte sich der Menge zu. »Nun zu meiner dritten Belohnung. Bringt den Gefangenen her!«

Eine kleine Tür in einem der Tortürme öffnete sich, und zwei stämmige Hilfstruppensoldaten führten den nackten, an den Händen gefesselten Maglorix heraus. Sobald die Menge ihn erblickte, ertönten verächtliches Johlen und Schmährufe. »Mörder! Barbar! Schweinefickende Fotze!«

Maglorix ließ den Blick über die Anwesenden schweifen. Ein höhnisches Lächeln umspielte seine Mundwinkel, bis dies einer seiner Wächter bemerkte und ihm mit den Ellenbogen einen kräftigen Stoß in die Rippen versetzte. Das Lächeln erlosch, kehrte jedoch bald wieder zurück und verwandelte sich in ein breites Grinsen, als Maglorix den knienden Silus erblickte.

Silus erhob sich langsam, ohne Caracallas Aufforderung abzuwarten, und starrte den Mann an, der seine Welt in Schutt und Asche gelegt und ihm das Herz aus der Brust gerissen hatte. Er ballte unwillkürlich die Hände zu Fäusten, biss die Zähne zusammen und trat einen Schritt vor. Eine Hand legte sich auf seine Schulter und hielt ihn zurück. Er drehte sich wütend um und sah, dass die Hand Caracalla gehörte, der ihn mitfühlend anblickte.

»Warte, Silus«, sagte er. »Ich habe noch ein letztes Geschenk für dich.« Er machte den Wachen ein Zeichen. »Bindet ihn fest.« Die Wachen führten Maglorix zum Scheiterhaufen und scheuchten ihn auf das Fußbrett. Maglorix wehrte sich nicht. Offenbar hatte er die Aussichtslosigkeit seiner Lage erkannt und wollte so lange wie möglich die Würde bewahren. Die Wachen fesselten mit geschickten Bewegungen seine Hände hinter dem Pfahl und banden ein weiteres Seil fest um seine Taille. Während man Maglorix zum Richtplatz geführt hatte, war Geganius losgegangen, um eine brennende Fackel zu holen. Caracalla nickte ihm zu, woraufhin Geganius Silus die Fackel gab und zurücktrat.

»Gaius Sergius Silus, du, der du alles in deinen Kräften Stehende getan hast, um diesem Barbaren das Handwerk zu legen. Du, der alles verloren hat, was ein Mann nur verlieren kann. Die Ehre, das Feuer zu entzünden, das dem Leben dieses Barbaren ein Ende setzen wird, sei dein.«

Silus betrachtete die Fackel in seiner Hand. Sie war am Ende von einem mit Kalk und Schwefel behandelten Tuch umhüllt, damit sie länger brannte. Beißender Rauch stieg ihm in die Nase, und einen Augenblick lang roch er die brennenden Häuser und das verkohlte Fleisch, hörte die Schreie der Sterbenden, sah …

Er holte tief Luft und atmete langsam aus.

»Habt Dank, Augustus«, sagte er und ging zum Scheiterhaufen hinüber. Maglorix sah ihn hochmütig an, doch als Silus in seine Augen blickte, sah er Verunsicherung und Angst darin. Was dachte dieser Mann gerade? Glaubte er, bis zum Ende tapfer sein zu können? Silus wusste, dass dieser Versuch zum Scheitern verurteilt war.

»Hübsch, das Ding«, sagte Maglorix und deutete mit dem Kinn auf den Becher, den Silus locker in der Hand hielt.

»Er wurde mir verliehen, weil ich zwei deiner Freunde erschlagen habe. Deinen Vater zu töten hingegen war an sich schon Belohnung genug. Und dich zu töten ist ein Vergnügen für mich.«

Maglorix erstarrte, dann lächelte er wieder.

»Der Holzhaufen hier ist nicht besonders hoch«, sagte er. »Glaubt ihr, das reicht? Ich weiß, ihr Römer seid der Ansicht, dass man auch mit winzigem Werkzeug Großes vollbringen kann, doch ich versichere euch, dass eure Frauen das anders sehen als ihr.«

»Der Scheiterhaufen ist so niedrig, um deine Todesqualen zu verlängern«, sagte Silus kühl. »Ich habe mir sagen lassen, dass man in einem großen Feuer schnell am Rauch erstickt, manchmal schon, bevor einen die Flammen überhaupt berühren. Doch dieses Feuer wird langsam brennen. Es wird das Fleisch von deinen Beinen fressen, während dein Herz noch schlägt und sich deine Lunge noch bläht wie ein Blasebalg. Es wird den Schwanz erreichen, auf den du so stolz bist, und ihn zusammenschnurren lassen wie eine verkohlte Wurst. Und bevor du stirbst, wird es sich über deine Eingeweide hermachen. Deine Schreie werden eine sehr lange Zeit über zu hören sein.«

Diesmal wusste Maglorix nichts darauf zu erwidern. Silus bemerkte, dass ein Rinnsal aus Urin den Oberschenkel des Barbarenfürsten hinunterlief.

»Hast du nichts mehr zu sagen, Häuptling?«, fragte Silus. »Keine Scherze, keine letzten Worte?«

»Mein Schatten wird dich heimsuchen«, flüsterte Maglorix.

Als Silus diesmal dem zum Tode Verurteilten in die Augen sah, lief ihm ein Schauer über den Rücken, der ihn vor Kälte erstarren ließ.

»Nun mach schon!«, rief jemand aus der Menge. Andere stimmten in den Chor ein. »Na los! Lass den Mörder brennen! Mach dem Barbaren den Garaus!«

Silus warf die Fackel in das Heu, das trockene Laub und die dürren Zweige am Fuß des Scheiterhaufens. Das Kleinholz fing sofort Feuer. Maglorix sah zu, wie die Flammen langsam zum Leben erwachten, anfangs noch klein wie ein Keimling im Frühling, dann rasend schnell wachsend. Schon hatte es die dickeren Äste erreicht. Silus trat zurück, als es zu heiß wurde, doch den Blick wandte er nicht ab. Maglorix starrte hasserfüllt zurück, blieb so lange aufrecht und ruhig stehen, wie er konnte, doch dann wurde der Schmerz in Füßen und Unterschenkeln so groß, dass er es nicht mehr aushielt und erst zu zappeln und dann zu schreien begann.

Die mit einem Mal in der Menge entstehende Unruhe und das Gemurmel, das sich bald zu überraschten Schreien steigerte, ließen ihn herumfahren. Die Zuschauer hatten sich von der Hinrichtung abgewandt und deuteten auf einen Trupp Prätorianer, der sich im Laufschritt näherte. Als sie die Menge fast erreicht hatten und keine Anstalten machten, langsamer zu werden, starrte sie selbst Caracalla offenen Mundes an.

Acht Prätorianer pflügten durch die Zuschauer bis ins Zentrum des Geschehens. Ihr Kommandant, ein hochgewachsener, dünner Mann, der auf einem Pferd saß und sich gegen die Kälte die Kapuze seines Umhangs über den Kopf gezogen hatte, deutete auf den Scheiterhaufen. Zwei Prätorianer rannten hinüber, hackten ungeachtet der Hitze und des Qualms auf das brennende Holz ein und zerstocherten die Glut mit Speeren und Schwertern und löschten so das Feuer mit ebenso mutiger wie hartnäckiger Effizienz. Nachdem er einen Augenblick lang wie gelähmt zugesehen hatte, trat Silus vor, um sie aufzuhalten, doch zwei weitere Prätorianer stellten sich ihm mit zur Hälfte gezogenen Schwertern in den Weg.

»Ihr da! Hört sofort auf damit!«, brüllte Geganius, bleich vor Wut. »Auf wessen Befehl hin wagt ihr es, diese Hinrichtung zu stören?«

»Auf meinen«, sagte der Kommandant der Prätorianer und zog die Kapuze zurück. Ungläubig starrte Silus in das dunkle, glatte Gesicht. Es war Geta, der jüngste Sohn des Kaisers, anhand seiner Aufmachung und der im Imperium allgegenwärtigen Münzen und Statuen der kaiserlichen Familie leicht zu erkennen.

Inzwischen war das Feuer so weit gelöscht, dass ein Prätorianer zum Pfahl treten und Maglorix davon herunterschneiden konnte. Der Barbarenfürst schrie, als ihn die Soldaten herauszerrten und auf das Gras warfen. Maglorix lag auf dem Rücken, hustete und heulte vor Schmerz. Seine Füße und Unterschenkel waren verkohlt und mit Blasen übersät, aber auch von zu viel Ruß und Asche bedeckt, als dass Silus hätte erkennen können, wie schwer die Verbrennungen waren.

Man holte einen Eimer Wasser und schüttete ihn über Maglorix' Füße und einen weiteren über sein Gesicht, was seine Schreie verstummen ließ und das Husten verschlimmerte. Silus starrte fassungslos den Mann an, dessen Tod ihm gerade noch unausweichlich erschienen war.

Caracalla stürmte mit vor Wut verzerrtem Gesicht auf Geta zu. Dieser blickte hochmütig auf ihn herab.

»Runter vom Pferd, Bruder«, zischte Caracalla.

Geta dachte einen Augenblick darüber nach, dann stieg er provokant langsam ab. Jetzt, wo sie sich gegenüberstanden, war deutlich zu erkennen, wie verschieden die beiden Brüder waren. Insbesondere der Altersunterschied von fünfzehn Jahren war unübersehbar: Caracallas drahtiger Bart war voller, sein grob geschnittenes Antlitz härter, seine Schultern breiter und die Arme muskulöser. Im Gegensatz zu Geta hatte Caracalla schon in jungen Jahren die Legionen bei ihren Feldzügen begleitet, und wie sein Vater, der ihn vor zwölf Jahren zum Augustus ernannt hatte, das unstete Leben eines sich ständig im Krieg befindlichen Kaisers gelebt. Geta dagegen war erst letztes Jahr zum Augustus erhoben worden, angeblich auf Wunsch seiner Mutter Julia Domna, und hatte sich zeit seines Lebens nicht wie Caracalla mit dem Kommandieren von Legionen, sondern mit Fragen der Verwaltung und der Bürokratie beschäftigt.

Die Unterschiede beschränkten sich nicht auf die von ihrer jeweiligen militärischen Erfahrung geprägte Physis. Caracalla strotzte nur so vor Selbstvertrauen. Er war etwas größer als Geta und sah mit einem höhnischen Lächeln auf ihn herab, die Hände nicht auf, aber in der Nähe seiner Spatha.

Geta ließ sich davon nicht einschüchtern. Seine rechte Hand fuhr zum Griff des Schwertes, das auf seiner linken Seite hing.

»Ich sollte dich auf der Stelle niedermachen lassen«, knurrte Caracalla. Zivilisten und Soldaten gleichermaßen verfolgten staunend die öffentliche Auseinandersetzung dieser beiden mächtigen Männer.

Einer von Getas Prätorianern trat vor und zog sein Schwert halb aus der Scheide. Unwillkürlich machte auch Silus einen Schritt nach vorn und ließ die Klinge zur Hälfte aus der Scheide gleiten. Sein Brustkorb berührte beinahe die seines Gegners. Sie sahen sich herausfordernd in die Augen, als sehnten sie eine unbedachte Bewegung des anderen förmlich herbei. Aus Silus' tiefstem Inneren stieg eine kalte Wut auf, die beim geringsten Anlass hervorbrechen würde.

»Waffe runter«, sagte Geta. Der Soldat schob ohne zu zögern die Waffe wieder in die Scheide und trat zurück.

»Du auch, Silus«, sagte Caracalla, und Silus gehorchte widerwillig.

Geta lächelte. »Mein lieber Bassianus, willst du deinen Bruder nicht umarmen?«, fragte er. Ihn bei diesem Namen zu nennen, den Caracalla in seiner Jugend getragen hatte, bevor ihm sein Vater aus politischen Gründen einen anderen gegeben hatte, war eine geringschätzige Geste, die der ältere Bruder mit einem finsteren Blick und einem verächtlichen Knurren beantwortete.

»Erkläre dich, kleiner Publius«, sagte Caracalla.

»Geliebter Bruder«, sagte Geta, »warum wählst du nur immer den Weg der Gewalt? Krieg, Blutvergießen und Hinrichtungen. Manchmal ist eine andere Lösung vorzuziehen.«

»Jetzt hör mal zu, du kleiner Scheißer«, sagte Caracalla. Aus der Menge war erschrockenes Keuchen zu hören. »Während du auf deinem faulen Hinterteil gesessen und dein Siegel auf Beschaffungsbefehle für so wichtige Dinge wie Schreibtafeln und Socken gedrückt hast, war ich da draußen« – er deutete vage Richtung Norden – »und habe gegen die Maeatae und Kaledonier gekämpft. Mir die Hände schmutzig gemacht. Mit Blut.«

»Ich weiß sehr wohl, dass es unser Vater für richtig erachtet hat, dir einen Befehlshaberposten zu übertragen«, sagte Geta schmallippig. »Und es ist mir auch nicht entgangen, dass du uns die Barbaren durch deine Gräueltaten erst recht zum Feind gemacht hast.«

»Gräueltaten?« Caracalla hob die Stimme, doch Geta sprach einfach über ihn hinweg.

»In den meisten Fällen ist es jedoch von Vorteil, das große Ganze im Blick zu behalten – was dir auch hin und wieder gelingen könnte, wenn du nicht so starrköpfig wärst.«

»Bruder, du gibst mir keine Befehle, und du wirst auch diese Hinrichtung nicht aufhalten.«

»Ich nicht. Vater schon.«

Caracalla verengte die Augen zu Schlitzen. »Wovon redest du da?«

Geta streckte die Hand aus, und einer seiner Männer gab ihm eine mit einem roten Wachssiegel verschlossene Schriftrolle, die er sofort an Caracalla weiterreichte. Der ältere Augustus prüfte das Siegel übertrieben genau, bevor er es brach, und überflog den Inhalt der Rolle, dann schleuderte er sie in die knisternden Glutbrocken, die vom Feuer noch übrig waren. Sie ging sofort in Flammen auf und verbrannte zu Asche. Caracalla sah Geta voller Hass an, dann drehte er sich auf dem Absatz um und machte sich auf den Rückweg zum Kastell.

Geganius stand stramm, die Augen geradeaus, und gab seinen Männern so zu verstehen, dass sie bis auf Weiteres seinem Beispiel zu folgen hatten. Silus sah sich um. Er wusste nicht, was er sagen oder tun sollte. Maglorix lag neben ihm auf dem Rücken. Er hustete nicht länger, und als sich ihre Blicke trafen, gelang ihm trotz der Schmerzen ein spöttisches Grinsen.

»Tja, Silus«, krächzte er. »Offenbar bin ich heute noch nicht an der Reihe.« Er krümmte sich zusammen, als er erneut von einem Hustenanfall geschüttelt wurde.

»Mitnehmen«, befahl Geta seinen Männern. Zwei Soldaten packten ihn unter den Achseln und hoben ihn hoch. Maglorix schrie auf, sobald seine versengten Sohlen das Gras berührten. Die Soldaten versuchten ihn hinzustellen, doch seine Knie gaben unter seinem Gewicht nach, und ihnen blieb nichts anderes übrig, als ihn rückwärts zu einem Pferd zu schleifen und ihn kurzerhand quer über den Sattel zu werfen.

Geta stieg wieder auf, gab seinem Ross die Sporen und setzte sich mit einem kurzen, leichten Galopp an die Spitze seiner sich bereits auf dem Rückweg befindlichen Prätorianer. Die Hufe wirbelten große Erdklumpen auf, wovon einer Silus im Gesicht traf. Dann verschwand Geta hinter den Mauern des Kastells. Sobald die Hufschläge verklungen waren, herrschte Stille.

Geganius wandte sich zu seinen Männern um. »Was glotzt ihr so dämlich? Die Vorstellung ist vorbei. Rührt euch und zurück an die Arbeit. Und ihr verschwindet ebenfalls«, rief er den Zivilisten zu. »Wird's bald?«

Während sich die Menge allmählich zerstreute, stand Silus immer noch völlig fassungslos da. Geganius kam auf ihn zu.

»Tut mir leid, Soldat«, sagte er zerknirscht. »Aber das ist was Politisches zwischen den beiden …«

»Nein«, sagte Silus leise.

»Wie war das, Soldat?«, fragte Geganius mit drohendem Unterton.

»Nein, habe ich gesagt.« Silus wurde laut. »Nein!« Noch lauter. »Damit werde ich mich nicht abfinden.« Nun schrie er.

»Reiß dich zusammen«, befahl Geganius.

»Silus.« Atius legte ihm besänftigend die Hand auf die Schultern. Silus schüttelte sie ab.

»Wie könnt ihr das zulassen?«, schrie Silus. »Dieser Barbar hat Unschuldige abgeschlachtet. Frauen und Kinder. Meine Frau und meine Tochter!«

»Es ist nicht an uns, die …«

»Damit werde ich mich nicht abfinden!«, brüllte Silus, machte einen Schritt auf den Zenturio zu und zog das Schwert. Geganius blieb völlig ruhig, als Silus damit ausholte. In seinem Herzen kämpften Wut und Trauer gegen Pflichtgefühl und Ehre. Silus umklammerte den Griff des Schwertes so fest, dass sich seine Finger weiß färbten und die Muskeln in seinen Unterarmen zitterten. Dann ließ er die Waffe fallen, ging in die Knie, ließ den Kopf hängen und schluchzte.

Kräftige Hände griffen unter seine Achseln und zogen ihn hoch.

»Silus«, flüsterte Atius, »was zur Hölle soll denn das werden?«

»Eure Befehle, Herr?«, fragte der andere Mann, der ihn festhielt, ebenfalls ein Hilfstruppensoldat aus Voltania.

»Sperrt ihn ein, bis er sich wieder beruhigt hat«, sagte Geganius.

»Und dann?«

»Er wurde gerade eben vom Augustus persönlich geehrt, außerdem hat er seine Familie verloren. Lasst ihn … einfach gehen.«

»Ja, Herr.« Atius und der Soldat führten den schluchzenden Silus, der keinen Widerstand leistete, in die Festung und abermals in eine Zelle.

Caracalla, der im Schatten der Stadtmauer stand, hatte alles aufmerksam beobachtet.

Gleichwohl Silus nur zu den Hilfstruppen gehörte, wurde er von den Legionären mit Respekt behandelt. Immerhin waren sie soeben Zeuge gewesen, wie Caracalla ihn geehrt hatte – derjenige der beiden kaiserlichen Brüder, dem das Herz der Soldaten gehörte, weil er aus eigener Erfahrung mit den Härten und Gefahren des Soldatenlebens vertraut war. Silus bekam frisches Brot, Fleisch, mit nicht zu viel Wasser vermischten Wein und eine bequeme Matratze.

Eine der beiden Wachen vor der Gittertür seiner Zelle war Atius. Doch sosehr sich sein Freund auch um eine Unterhaltung oder überhaupt irgendeine Reaktion bemühte, Silus weigerte sich, ihm in die Augen zu sehen, geschweige denn ihm Antwort zu geben. Er lag nur auf dem Rücken, starrte zur Decke hoch und lenkte sich von der Seelenqual und Wut ab, indem er in den Schimmelflecken darauf Formen zu erkennen versuchte. Die Stelle in der Ecke ähnelte einem Wolfskopf. Dabei dachte er an Issa, die ihn auf seiner Reise begleitet hatte und sich nun in der Obhut eines Kasernensklaven befand. Der Fleck in der Mitte konnte eine alte Frau mit langer Nase und spitzem Kinn sein, seiner Tante ähnlich, die ihn nach dem Tod seiner Mutter aufgezogen hatte. Eine andere Verfärbung im Putz erinnerte ihn an Sergias kleine Puppe.

Scheiße.

Mit einem Mal bekam er keine Luft mehr. Er keuchte, warf sich auf die Seite, rollte sich zusammen wie eine Haselmaus, vergrub das Gesicht in den Händen und kämpfte gegen die aufsteigende Übelkeit an. Er zitterte am ganzen Körper.

»Schnell, aufmachen«, befahl Atius. Die andere Wache kramte den Schlüssel hervor. Atius riss ihn ihm aus der Hand, öffnete das Schloss, warf die Tür auf und war in zwei Schritten bei Silus. Er ging vor der Matratze in die Hocke, legte die Arme um seinen Freund und drehte ihn herum, sodass er sich an seiner Brust ausheulen konnte.

Es dauerte eine Ewigkeit, bis der letzte Schluchzer verklungen war. Atius hielt ihn die ganze Zeit über fest, und auch er vergoss Tränen ob des Leids und der Trauer seines Freundes.

Endlich war der Brunnen versiegt, und Atius ließ Silus vorsichtig los. Dieser wischte sich mit einer rauen Hand über das Gesicht und sah zu ihm auf.

»Bitte entschuldige, dass du das mitansehen musstest«, sagte er heiser.

»Wage es bloß nicht, dich zu entschuldigen, du Schwachkopf«, sagte Atius und gab ihm einen so festen Schubs gegen die Schulter, dass Silus auf der Matratze hin und her schaukelte.

»Es ist so ungerecht«, sagte Silus tonlos.

»Der Herr unser Gott …«, fing Atius an, dann hielt er inne und sah auf Silus herab. »Scheiße, ja«, sagte er. »Es ist ungerecht.«

Dann saßen sie schweigend nebeneinander auf der Matratze. »Warum?«, fragte Silus. »Hat dir irgendjemand verraten, warum sie ihn gerettet haben? Wieso er freigelassen wurde?«

»Kein Sterbenswörtchen«, sagte Atius.

Silus schloss eine Weile die Augen, dann starrte er aus dem Fenster. Die Sonne hinter den Gitterstäben kam ihm unangemessen fröhlich vor. Die Geräusche der Stadt, die Fuhrwerke, das Quieken der Schweine, das Jaulen der Hunde, die Rufe der Kinder und Händler erweckten den Eindruck, als wäre alles wie immer. Hatte außer Silus denn niemand mitbekommen, dass die Welt in Trümmern lag?

»Ich muss es auf eigene Faust erledigen«, sagte er. »Weil diese Arschlöcher ja wohl nicht in der Lage dazu sind. Wenn ich meine Familie rächen will, muss ich es selbst in die Hand nehmen.«

Atius schwieg einen Augenblick, dann drückte er seinen

Arm. »Ich kann dich gut verstehen, mein Freund. Auch ich habe jemanden bei dem Überfall verloren, wenngleich mein Verlust nicht mit dem deinen zu vergleichen ist.«

»Bitte verzeih, das wusste ich nicht. Wen denn?«

»Diese Hure, von der ich dir erzählt habe. Die hatte ich wirklich gern.«

Silus sah ihn prüfend an und glaubte an einen grausamen Scherz, bis er zu seiner Überraschung erneut Tränen in den Augen seines Freundes sah. Er nickte. »Danke.«

Wieder saßen sie schweigend nebeneinander. Die andere Wache ließ sie gewähren, reichte Atius sogar Wasser, das ein Sklave brachte. Er bot es Silus an, der einen Schluck nahm, und trank dann selbst.

»Hast du dich wieder beruhigt?«

»Ja. Mehr oder weniger.«

Atius nickte. »Dann werde ich den Zenturio mal fragen, ob wir dich freilassen dürfen.« Er stand auf, doch noch bevor er die Zellentür erreichte, erschien Geganius und räusperte sich.

»Gaius Sergius Silus«, verkündete er mit dröhnender Stimme, »der Augustus verlangt nach dir.«

Silus und Atius sahen sich verwundert an. Dann legte Atius den Kopf schief. »Welcher denn?«, fragte er mit einem leichten Grinsen.

Silus fürchtete, dass diese Frage zu unverschämt gewesen war, doch der Zenturio runzelte nur die Stirn. »Aurelius Antoninus selbstverständlich!«

Caracalla. Atius hielt Silus die Hand hin und zog ihn auf die Beine.

»Dürfen wir uns wenigstens umziehen, damit wir einigermaßen vorzeigbar sind, wenn wir dem Augustus gegenübertreten?«, fragte Silus.

»Nein«, sagte Geganius. »Er will euch sofort sehen.«

Atius klopfte Silus den gröbsten Schmutz, den Staub und das Stroh von der Tunika und rückte sie zurecht. Geganius öffnete die Tür und marschierte mit seinen beiden Soldaten im Gefolge schnurstracks zur Kaiserresidenz im Zentrum der Stadt. Dort versperrten ihnen Prätorianer mit roten Umhängen den Weg, während ein Sklave in das Gebäude eilte, um die Besucher anzukündigen. Er kehrte rasch zurück, sie wurden eingelassen und erhielten einen Prätorianerzenturio als Eskorte.

Eine solche Pracht hatte Silus noch nie gesehen. Und dabei war ihm durchaus bewusst, dass es sich hier nur um eine zeitweilige Residenz der kaiserlichen Familie handelte, deren Prunk nicht im Mindesten an ihre Paläste in Rom heranreichte. Dennoch – die kunstvoll verzierten Säulen, die Statuen und Fresken, die vielen Sklaven beiderlei Geschlechts, die wichtige Dokumente, Essen und Wein herumtrugen, die makellosen Prätorianer, die Wache standen, dies alles ließ ihm die Augen übergehen. Das hier war von den zugigen Hütten und Kasernen, in denen er sich normalerweise aufhielt, so weit entfernt wie der Olymp oder das Elysium.

Atius und Geganius sahen sich in ähnlich atemlosem Staunen um, obwohl Atius sichtlich darum bemüht war, sich dies nicht anmerken zu lassen. Der Prätorianer führte sie zu einer hellroten, goldbeschlagenen Doppeltür und klopfte laut. Die Tür schwang auf und der Prätorianerzenturio scheuchte sie hindurch. Sie betraten einen großen Saal, an dessen gegenüberliegendem Ende Caracalla auf einem von zwei bulligen Prätorianern flankierten Thron saß.

Fünftes Kapitel

Unter den wachsamen Augen der Prätorianer führte Geganius Silus und Atius zu Caracalla und kniete vor dem Mitkaiser nieder. Atius und Silus folgten hastig seinem Beispiel, indem sie ebenfalls auf ein Knie fielen und den Kopf senkten.

»Augustus, Zenturio Marcus Geganius und die Hilfstruppensoldaten Lucius Atius und Gaius Sergius Silus.«

Dann herrschte Stille. Silus riskierte einen Blick: Caracalla war mit gerunzelter Stirn in die Lektüre einer Wachstafel vertieft. Neben ihm stand ein Mann mit von Narben übersätem Gesicht und schütterem grauem Haar, der die sechzig bestimmt schon überschritten hatte, aber immer noch über sichtlich kräftige Arme verfügte. An Caracallas anderer Seite war ein großer, dünner und vornehmer Mann, der mit seiner braunen Haut und der Adlernase wie ein syrischer Julius Caesar wirkte. Silus wollte sein Glück nicht weiter auf die Probe stellen, senkte den Blick wieder und betrachtete das Bodenmosaik, von dem er nur einen kleinen Ausschnitt sehen konnte: einen wohlgeformten Frauenhintern und einen Schwanenkopf. Wahrscheinlich war Ledas Verführung durch Jupiter in Schwanengestalt dargestellt. Warum sich eine Frau zu einem Schwan hingezogen fühlen sollte, war ihm schon immer ein Rätsel gewesen. Jedenfalls war das weniger schlimm als die Angelegenheit mit König Minos' Frau Pasiphae und dem Stier; sein Vater hatte einige recht beunruhigende Gutenachtgeschichten auf Lager gehabt.

Die Stille zog sich in die Länge. Schließlich seufzte Caracalla und schleuderte die Tafel von sich, sodass sie klappernd auf dem Boden landete.

»Diese verfluchten Pikten und Kaledonier. Zugegeben, sie hausen im schrecklichsten Land der Welt, aber diese kalten Berge mit ihrem ständigen Regen sind nun mal ihre Heimat. Wieso konnten sie nicht einfach dortbleiben, anstatt über Britannia herzufallen und mich dazu zu zwingen, die halbe römische Armee durch das Imperium hierher marschieren zu lassen, um ihnen Manieren beizubringen?«

Nun erst schien Caracalla die Soldaten zu bemerken, die vor ihm knieten. Silus und Atius wechselten einen fragenden Blick. Erwartete er, dass sie diese Frage beantworteten?

»Womöglich, weil sie sich das, was sie zum Leben brauchten, nicht aus eigener Kraft beschaffen konnten und der Meinung waren, die einzige Möglichkeit zur Linderung ihrer Not bestünde darin, von denen ihrer Ansicht nach Wohlhabenderen in der römischen Provinz zu nehmen …« Atius' Stimme wurde immer leiser, als ihn Caracalla mit einem Blick bedachte, der einer Kreuzigung gleichkam. Doch dann lachte der Augustus.

»Das war nur eine rhetorische Frage, aber vielen Dank für deine erhellenden Erkenntnisse, Soldat.«

Schweißperlen glänzten auf Atius' Stirn, doch er konnte sich ein vorwitziges Grinsen nicht verkneifen. »Es war mir ein Vergnügen, Augustus.«

Caracalla schüttelte über so viel Unverfrorenheit ungläubig den Kopf, andererseits schien sie ihn auch zu amüsieren. Geganius dagegen mahlte mit den Kiefern. Ganz offensichtlich unterdrückte er mit aller Macht den Drang, Atius einen saftigen Schlag auf den Kopf zu verpassen.

»Erhebt euch«, sagte Caracalla, was sie auch umgehend taten. »Setzt euch dahin.« Er deutete auf mehrere Sofas mit weichem Polster. Sie trotteten auf das Sofa zu und nahmen eine sitzende Habtachtstellung darauf ein. Es sich darauf bequem zu machen, wagten sie nicht, und Silus kam der unwillkommene Gedanke, dass sie wohl aussahen, als säßen sie gemeinsam auf einer öffentlichen Latrine beim Scheißen.

Caracalla nahm einen Schluck Wein aus einem goldenen Becher, ließ ihn durch die Mundhöhle kreisen und spuckte ihn wieder aus. »Britannische Pisse«, sagte er unzufrieden. »Sklave, hol mir was von dem guten Tropfen aus Gallia Aquitania von gestern Abend. Und die Amphore mit dieser Plörre kannst du in die Kloake schütten.«

Der Sklave verbeugte sich tief und nahm dem Augustus mit zitternden Händen den Becher ab. Sklaven waren schon für Geringeres als das Servieren von schlechtem Wein gezüchtigt worden, doch falls Caracalla derart mit seinen Untergebenen umging, so zeigte er es in diesem Augenblick nicht.

»Warte«, sagte Caracalla. Der Sklave erstarrte und wurde kreidebleich. »Gib den Wein den Soldaten aus Voltania. Ich möchte wetten, dass sie sogar solchen Wein nur selten bekommen, hab ich recht?«

»In der Tat, Augustus«, pflichtete Geganius bei. »Wir trinken hauptsächlich Bier. Habt Dank für Eure Großzügigkeit.«

Caracalla nickte. »Kümmere dich darum, Sklave. Nachdem du«, fügte er hinzu, »mir einen frischen Becher gebracht hast.«

Der Sklave eilte davon und Caracalla richtete seine Aufmerksamkeit wieder auf die drei Soldaten. »Silus, ich muss mich bei dir entschuldigen. Bei euch allen eigentlich.«

Das kam Silus sehr unwahrscheinlich vor, weshalb er den Mund hielt. Wofür sollte sich ein Augustus bei ihm entschuldigen wollen?

Caracalla lieferte ihm prompt die Antwort auf diese Frage. »Es war meine feste Absicht, den Barbarenfürsten Maglorix für seine Verbrechen zur Rechenschaft zu ziehen und dich, Silus, zum Vollstrecker dieser gerechten Strafe zu machen. Dies hat mein Bruder leider verhindert.«

Silus schwieg weiterhin. Er würde ganz sicher nicht vor einem Augustus über den anderen herziehen.

»Das war etwas Politisches, nicht mehr und nicht weniger. Geta behauptet, einen guten Grund für seine Einmischung zu haben, aber ich bin mir sicher, dass es ihm in erster Linie darum ging, mich zu demütigen.«

»Welchen Grund denn?«, fragte Silus, überrascht von seiner Dreistigkeit und wütend genug, um sich nicht darum zu scheren.

»Ein Gefangenenaustausch«, sagte Caracalla. »Irgendein Höfling aus Getas Gefolge hat sich von den Maeatae entführen lassen, und dieser Idiot ist Geta offenbar so wichtig, dass er ihn gegen Maglorix austauschen will«, sagte Caracalla bitter. »Was ich persönlich nicht nachvollziehen kann. Wenn einer schon so unfähig ist, sich gefangen nehmen zu lassen, soll er gefälligst selbst auslöffeln, was er sich eingebrockt hat.«

Silus fielen gleich mehrere Gelegenheiten ein, bei denen er während eines Spähauftrags beinahe erwischt worden wäre. Bei der Vorstellung, der Willkür der Barbaren ausgeliefert zu sein, lief es ihm kalt den Rücken hinunter. Aber er war eben zu schlau, um sich schnappen zu lassen. Bis jetzt jedenfalls.

Caracalla seufzte. »Erklär's ihnen, Papinianus.«

Bei einem der beiden Männer an Caracallas Seite handelte es sich also um Aemilius Papinianus, den eng mit Septimius Severus befreundeten Prätorianerpräfekten.

Der Kommandant der Prätorianergarde blickte leicht dünkelhaft auf die einfachen Hilfssoldaten herab, bevor er widerwillig der Anordnung Folge leistete. »Bei dieser Geisel handelt es sich um einen hohen Beamten, der Geta in Verwaltungsangelegenheiten berät. Er wurde überfallen und seine Eskorte bis zum letzten Mann niedergemacht. Die Barbaren haben seinen Wert geahnt, ihn verschont und einen Boten mit einem Tauschangebot zu uns geschickt. Wir waren kurz davor, uns auf ein Lösegeld zu einigen, als ihr Maglorix gefangen genommen habt. Dies brachte Geta auf die Idee, wie er seinen angeblich so unentbehrlichen Berater befreien kann, ohne auch nur einen Sesterz ausgeben zu müssen.«

»Wahrscheinlich ist er bloß Getas Lieblingsfellator«, warf Caracalla ein, woraufhin Papianus wortlos die Lippen aufeinanderpresste.

Silus biss die Zähne zusammen, um keine unbedachte Bemerkung zu machen. Er wusste nicht, wer dieser hohe Beamte war, und er wollte es auch nicht wissen. Er wollte einzig und allein, dass Maglorix auf möglichst qualvolle Art starb, und dieser unfähige Berater hatte das verhindert. Silus kannte ihn nicht, aber er hasste ihn.

»Geta hat also hinter meinem Rücken diesen Austausch vereinbart und sich im letzten Moment den Segen meines Vaters dafür geholt«, fuhr Caracalla fort. »Ein paar Augenblicke später, und von diesem Barbarenwichser wäre nur noch Asche übrig gewesen, so wie er es verdient hat.« Caracalla schüttelte den Kopf. »Silus, ich weiß nicht, wie ich das wiedergutmachen soll. Maglorix wurde bereits freigelassen und ist auf und davon. Er war zwar ein bisschen angekokelt, aber davon wird er sich bedauerlicherweise wieder erholen. Aber ich versichere dir: Ich werde deine Tatkraft und deinen Mut nicht vergessen.«

Silus konnte der Versuchung, Geganius – der ihn als »scheißdämlich« bezeichnet hatte, als er mit dem Kopf von Maglorix' Vater zu ihm gekommen war – einen Seitenblick zuzuwerfen, nicht widerstehen. Endlich hatte jemand seine Qualitäten erkannt.

»Oclatinius, was hältst du von Silus hier?«

Silus' Eingeweide krampften sich zusammen. Der alte Sack war Oclatinius? Scheiße!

Oclatinius ging auf Silus zu, baute sich vor ihm auf und blickte aus einer trotz eines leichten Buckels beträchtlichen Höhe auf ihn herab. Silus kam sich geradezu nackt vor, wie er da auf dem Sofa saß und zu diesem Mann aufblickte, dem ein so berüchtigter Ruf vorauseilte. Unwillkürlich sah er seinen Vater vor sich, bedrohlich und mit einem Stock in der Hand über ihm aufragend.

»Wenig beeindruckende Physis«, sagte Oclatinius mit tiefer, rauer Stimme. »Die Blüte der Jugend ist überschritten, aber er ist noch in einem annehmbaren Alter. Naiv. Leichtsinnig. Verfügt über eine gewisse Erfahrung als Späher und Fährtenleser.« Er drehte sich zu Caracalla um. »Völlig unbrauchbar scheint er mir nicht zu sein.«

Silus errötete, was Caracalla zum Lachen brachte. »Das war ein großes Lob, Silus! Du solltest dich geehrt fühlen. Vielen Dank, Oclatinius.«

Oclatinius nickte und kehrte an Caracallas Seite zurück.

Der Augustus betrachtete Silus und strich sich nachdenklich übers Kinn. Dann wedelte er mit der Hand. »Zenturio

Geganius, Lucius Atius, ihr seid entlassen. Kehrt mit euren Kameraden nach Voltania zurück.«

Die drei Soldaten standen auf, salutierten und wandten sich zum Gehen um.

»Silus!«, fauchte Caracalla. »Habe ich dich etwa auch entlassen?«

Alle drei drehten sich wieder um.

»Du und du, raus mit euch beiden! Oclatinius, du besorgst Silus ein ordentliches Quartier und ordentliche Kleidung. Er wird heute Abend mit der kaiserlichen Familie speisen. Ab morgen kannst du ihn dann zum Arcanus ausbilden lassen.«

Silus' Magen verkrampfte sich, dafür entspannte sich sein Schließmuskel, sodass er beinahe in die peinliche Situation geraten wäre, seinen Darm vor dem Mitkaiser des römischen Imperiums zu entleeren. Bei Junos Titten, eine solche Angst hatte er in seinem ganzen Leben noch nicht gehabt.

Geganius und Atius sahen ihn mitleidig an und entfernten sich. »Ich kümmere mich um Issa«, flüsterte Atius.

Oclatinius ging auf Silus zu, legte eine Hand zwischen seine Schulterblätter und schob ihn aus der Tür.

Der Raum, den ihm Oclatinius in der kaiserlichen Residenz zuwies, hatte ungefähr dieselbe Größe wie Silus' Kasernenstube in Voltania, allerdings musste er ihn nicht mit sieben anderen Männern teilen. Verblüfft betrachtete er das Bett mit Daunenmatratze, den Nachttopf und die Öllampe, beides hübsch verziert.

»Herr, ich verstehe nicht ganz, was hier vor sich geht«, sagte er.

»Das wird auch nicht von dir verlangt, Soldat«, sagte Oclatinius.

»Nein, Herr.«

»Hör zu, das Ganze ist schon kompliziert genug. Also tu einfach, was man dir sagt, und sieh zu, dass du nicht unangenehm auffällst.«

»Ja, Herr.«

»Es reicht, wenn du Folgendes weißt: Caracalla ist wütend auf seinen Bruder, aber das passiert öfter. Wie du sicher weißt, ist Caracalla ein Mann der Tat, und irgendwie hast du ihn mit deinen Taten beeindruckt. In diesen Zeiten will er Leute wie dich an seiner Seite wissen. Obwohl du noch längst nicht einsatzfähig bist. Und hier komme ich ins Spiel.«

»Herr?«

»Ja. Hast du von mir gehört?«

Er beliebte zu scherzen. Wer hatte nicht von Oclatinius gehört? Ehemaliger Söldner. Ehemals Mitglied der Frumentarii, der Kuriere und Spione des Imperiums. Ehemals Mitglied der Speculatores, jenes Teils der Spähtruppen, der fürs Grobe zuständig war und bei Bedarf die Aufgaben von Leibwächtern, Scharfrichtern und Meuchelmördern übernahm. Und nun, so munkelte man, Befehlshaber der Arcani, Caracallas Geheimpolizei. Seine Taten gehörten ins Reich der Legende. Und der Albträume.

»Ja, Herr.«

»Und du hast auch von den Arcani gehört?«

Gerüchten zufolge waren die Arcani eine geheimbundähnliche Vereinigung, die sich durch unbedingte Treue zum Kaiser auszeichnete und jeden Befehl ohne Wenn und Aber ausführte, egal ob es sich um Hinrichtungen, Attentate, Erpressung oder Aufwiegelung zur Revolte handelte. Die Arcani kümmerten sich um alle – tatsächliche und mutmaßliche – Bedrohungen des Kaiserhofs, und dies mit allen Mitteln, die sie für richtig hielten – sie standen über dem Gesetz und gehorchten allein dem direkten Befehl der Augusti, mittlerweile in erster Linie dem Caracallas. Es gab keine schriftlichen Aufzeichnungen über sie, und wenn man über sie sprach, dann nur mit einem ängstlichen Flüstern. Und niemand – ohne Ausnahme – hatte Interesse daran, ihre Bekanntschaft zu machen.

Silus schluckte. »Ja, Herr.«

»Sehr gut. Dann muss ich meine Zeit nicht damit verschwenden, dir Angst zu machen.«

»Nein, Herr.«

»Caracalla möchte, dass du etwas Schliff bekommst.«

»Ja, Herr.«

Oclatinius musterte ihn genau. »Ich weiß noch nicht so recht, was ich von dir halten soll, aber der Augustus ist kein Dummkopf, daher gebe ich dir eine Chance. Wenn du durchhältst, könntest du uns tatsächlich von Nutzen sein. Aber zuallererst gehst du ins Badehaus und wäschst dich, und dann ziehst du eine anständige Toga für das Festmahl heute Abend an.«

»Herr, ich habe keine Toga.«

Oclatinius seufzte. »Na schön, dann werde ich dir von einem Sklaven eine bringen lassen. Ich nehme an, dass du auch beim Anlegen derselben Hilfe brauchst?«

Silus nickte beschämt.

»Hör zu, für deine neue Aufgabe sind Manieren und Etikette unabdingbar. Aber es ist mir scheißegal, ob du aus der Gosse oder aus einem Patrizierhaus kommst. Ich stamme selbst aus einer armen Familie. Für mich zählt nur, dass du ein treuer, gehorsamer und verdammt guter Soldat bist. Verstanden?«

»Ja, Herr.«

»Na fein. Dann mach dich bereit.«

Oclatinius verließ mit leicht steifem Gang den Raum. Silus setzte sich auf das weiche Bett und starrte die Wand an. Ihm schwirrte der Kopf, und mehrere Bilder erschienen vor seinem geistigen Auge: Maglorix, erst schreiend, dann grinsend; Caracallas Wut über die vereitelte Hinrichtung und sein Lachen im Thronsaal; Sergia und Velua, beide tot.

Sergia und Velua. Beide tot.

Er rollte sich auf der Matratze zusammen und schlang die Arme um den Körper.

Silus, den schon der Thronsaal über die Maßen beeindruckt hatte, war von der Pracht des Speisesaals regelrecht eingeschüchtert. Man hatte ihm ein Sofa am untersten Ende des Banketts und damit am weitesten vom Kaiser entfernt zugewiesen. Gut aussehende junge Sklavinnen und Sklaven reichten ihm köstlichen Wein und importierte Oliven. Neben ihm lag ein kleiner Beamter, der es noch nicht für nötig gehalten hatte, sich vorzustellen. Oclatinius ruhte auf dem Nachbarsofa – nahe genug, um Silus im Auge behalten zu können, allerdings zu weit entfernt, um ihm etwas zuzuflüstern. Silus schwieg und bemühte sich, nichts zu verschütten. Um seine Nerven zu beruhigen, nahm er sich vor, dem Wein tüchtig zuzusprechen.

Auf den anderen Sofas lagen hochrangige Offiziere, Bürokraten, Beamte und sonstige Höflinge. Am oberen Ende war der Platz der kaiserlichen Familie. Silus versuchte, sie nicht ständig anzustarren, doch er hätte sich nie träumen lassen, den Mächtigsten des Reiches einmal so nahe zu kommen. Mittelpunkt war der alte Kaiser selbst, Septimius Severus. Sein lockiger grauer Bart war länger als der Caracallas, seine dunkle Haut von tiefen Falten zerfurcht. Seine zweite Frau Julia Domna lag neben ihm. Die Syrerin war um die fünfzig und damit etwa fünfzehn Jahre älter als Caracalla. Ihr dunkelbraunes Haar war zu welligen Locken frisiert, ihre feinen Gesichtszüge noch glatt. Sie sah gut aus, das musste Silus zugeben, ohne dass sich dabei etwas bei ihm geregt hätte. Zur Rechten der Kaiserin lag Caracalla, zur Linken des Kaisers Geta. Die Stimmung war gedrückt. Die Gäste der Kaiserfamilie führten nur kurze, knappe Unterhaltungen – möglicherweise aus Furcht, ihren Gastgebern ins Wort zu fallen, dabei sprachen die drei Augusti ebenfalls kaum. Geta und Caracalla hatten noch kein einziges Wort miteinander gewechselt und Severus, der teilnahmslos in seinem Essen stocherte, wirkte etwas abwesend. Einmal bekam er einen Hustenanfall, der selbst dann nicht aufhören wollte, als ihm Julia auf den Rücken klopfte. Die Gäste sahen sich ängstlich an. Ein Prätorianer trat vor, obwohl er nicht so recht wusste, wie er dieser potenziellen Gefahr für das kaiserliche Leben begegnen sollte.

Doch dann ging der Anfall vorüber und der Kaiser scheuchte sowohl seine Frau als auch den Prätorianer davon.

»Es geht schon wieder«, krächzte er und nahm einen großen Schluck Wasser aus einem Becher.

Die Sklaven brachten mehr Wein und Früchte.

»Mein lieber Augustus«, sagte Caracalla, nachdem er sich ein paar Apfelstücke einverleibt hatte, »wie ist der Wein?«

»Er geht gerade so, aber dafür läuft er direkt durch.«

Mehrere Gäste kicherten höflich über seinen Scherz, Caracalla aber nickte nur. »Vielleicht sollten wir uns allmählich an Bier gewöhnen für den Fall, dass wir noch länger hier sind.«

»Ich hoffe doch, dass wir dieser götterverlassenen Insel demnächst entfliehen können«, sagte Geta.

»Es würde noch schneller gehen, wenn wir nicht alle unsere wichtigen Gefangenen freilassen würden.« Er deutete auf Silus. »Die Familie dieses armen Soldaten dort wurde abgeschlachtet, doch ihm blieb Gerechtigkeit versagt. Stattdessen haben wir den Mörder laufen lassen, damit er zu seinem Volk zurückkehren und noch mehr Unruhe stiften kann.«

Silus erstarrte, als aller Augen auf ihm ruhten. Deshalb war er also hier: Caracalla wollte den Vorwurf, den er Geta machte, veranschaulichen. Er war nur ein kleiner Spielstein in einer Partie Latrunculi und fragte sich, wie bereitwillig Caracalla diesen Stein wohl opfern würde, wenn er sich davon einen Vorteil gegenüber seinem Bruder versprach. Dann richtete sich die Aufmerksamkeit der Gäste wieder auf die kaiserliche Tafel, und Silus nahm noch einen großen Schluck Wein, der ihn sehr angenehm von innen wärmte.

»Du vergisst das große Ganze, Marcus. Es geht nicht allein darum, Hälse durchzuschneiden und Unschuldige niederzumetzeln.«

Caracalla sah ihn finster an. »Sei doch nicht so naiv, Publius. Du hast ein paar zornige Christen besänftigt, indem du ihnen die geforderte Anerkennung hast zuteilwerden lassen. Das heißt noch lange nicht, dass du auch nur das Geringste darüber weißt, wie man einen Krieg führt oder eine rebellische Provinz regiert.«

»Ohne den von mir organisierten Nachschub würde dir deine Armee nicht mehr lange hinterhermarschieren.«

»Das kann schon sein. Jede Armee ist darauf angewiesen, dass diejenigen, die nicht kämpfen wollen oder können, ihren Beitrag auf andere Weise leisten.«

Geta ballte die Hände zu Fäusten. Silus wurde sich bewusst, dass er gespannt und mit angehaltenem Atem auf den offenen Ausbruch ihrer Auseinandersetzung wartete – stattdessen brach jedoch Severus in den nächsten Hustenanfall aus. Als dieser überstanden war, holte der Kaiser ein paarmal tief Luft und winkte einen Sklaven zu sich. »Hier geht es ja zu wie auf einer Trauerfeier. Na los, besorg uns etwas Kurzweil.«

Geta wandte sich an Caracalla. »Antoninus«, sagte er, »möchtest du vielleicht auf deiner Lyra ein Stück von Mesomedes zum Besten geben?«

Was sich für Silus nach einem höflich vorgebrachten Ansinnen anhörte, entlockte Caracalla nur ein verärgertes Grunzen. »Bruder, du weißt sehr wohl, dass ich noch ein blutiger Anfänger bin. Weder möchte ich unsere Gäste damit quälen noch Mesomedes Unrecht tun. Sklave! Tu, was dir dein Kaiser befohlen hat.«

Der Sklave rannte zur Tür, und nur kurze Zeit später wirbelten Tänzerinnen zum Spiel mehrerer Flötenspieler durch die Mitte des von den Sofas gebildeten Hufeisens. Atius wäre sicher enttäuscht darüber, dass die Frauen nicht nackt waren, dachte Silus. Vielleicht lag es an der Anwesenheit des Kaiserpaares, dass es so züchtig zuging. Silus war es einerlei. An Frauen hatte er nicht das geringste Interesse. Er war sich sicher, dass er nie wieder eine andere Frau begehren würde.

Geta dagegen schien den jungen Damen, die auf ihn zutanzten und sich dann neckisch wieder von ihm entfernten, sehr zugetan zu sein. Caracalla schenkte ihnen so gut wie keine Beachtung. Er unterhielt sich flüsternd mit der Kaiserin, die erst eine finstere Miene machte, dann lächelte und schließlich sogar lachte. Severus fielen mehrmals die Augen zu und sein Kopf sank immer tiefer, bis er irgendwann tatsächlich einschlief und mit dem Gesicht in einer Schüssel mit Meeresfrüchten landete. Ruckartig hob er den Kopf und fing wieder an zu husten. Die Tänzerinnen hielten mitten in der

Bewegung inne und starrten ihn an. Julia riss einem Sklaven ein Tuch aus der Hand, wischte damit grob das kaiserliche Antlitz ab und hielt ihn aufrecht, bis der Anfall abgeklungen war. Dann half sie ihm beim Aufstehen.

»Werte Herren, mein Gemahl hat morgen einen anstrengenden Tag vor sich. Er wird sich jetzt zurückziehen.«

Die Gäste erhoben sich, um ihrem Kaiser eine Gute Nacht zu wünschen. Dieser winkte ihnen zum Abschied und ließ sich dann von seinen Sklaven aus dem Raum führen. Silus sah, wie sich Caracalla und Julia Domna einen Blick zuwarfen, den sonst niemand zu bemerken schien. Geta war von den Tänzerinnen abgelenkt und die anderen Gäste achteten sorgfältig darauf, den gebrechlichen Severus, der einst ein so mächtiger Feldherr und Herrscher gewesen war, nicht anzusehen. Julia legte sich wieder zu Tisch.

Die Tänzerinnen und Musiker setzten ihre Darbietung fort, ödeten Caracalla jedoch zunehmend an, sodass er in die Hände klatschte und sie wegschickte. Geta packte das Handgelenk einer jungen Ägypterin, die ihm von den Tänzerinnen am besten gefallen hatte, und flüsterte ihr etwas ins Ohr. Sie machte vor Entsetzen große Augen, nickte aber, bevor sie den anderen hinterhereilte.

»Bruder, wirst du dir morgen die Spiele ansehen?«, fragte Caracalla. Offenbar versuchte er, eine zivilisierte Unterhaltung mit seinem Bruder zu führen.

»Vielleicht«, sagte Geta. »Doch welches Gladiatorenspektakel könnte es an Spannung mit den Wachtelkämpfen unserer Kindheit aufnehmen?«

Als ihn die Kindheitserinnerungen einholten, breitete sich ein ehrliches Lächeln auf seinem Gesicht aus. »Du hattest immer ein glückliches Händchen mit der Wahl deiner Vögel. Ich habe so manche Sesterze an dich verloren.«

»Ich habe eben ein Auge für Details«, sagte Geta, anscheinend erfreut über dieses Lob. »Erinnerst du dich auch noch an unsere Wagenrennen?«

Nun verfinsterte sich Caracallas Miene, doch Geta fuhr unbeirrt fort: »Im Circus, Bruder gegen Bruder, du in Blau, ich in Grün, angefeuert von der Menge. Ein geradezu rauschhaftes Vergnügen.«

»Bis du mich beinahe umgebracht hättest«, sagte Caracalla und spannte die Armmuskeln an.

Julia legte eine beschwichtigende Hand auf seine Schulter. »Aber mein Sohn, es gab nicht den kleinsten Hinweis darauf, dass Geta etwas mit deinem Sturz zu tun hatte.«

»Ein Sturz, der mich um ein Haar das Leben gekostet hätte. Ich kann von Glück reden, dass ich mit einem gebrochenen Bein davongekommen bin.«

Geta lächelte süffisant. »Ich bin der Meinung, dass die Schuld vielmehr bei den mangelnden Fähigkeiten des Wagenlenkers zu suchen ist, Antoninus. Nicht alle sind von Natur aus mit der Gabe gesegnet …«

»Ich war dabei, das Rennen zu gewinnen, als sich aus unerfindlichen Gründen ein Rad gelöst hat.«

»Dann mach die Sklaven dafür verantwortlich, die sich um deinen Wagen gekümmert haben, anstatt mit Anschuldigungen um dich zu werfen. Außerdem musst du gerade reden. Wer hat denn in Vaters Beisein das Schwert gezogen?«

»Um den Befehl dazu zu geben, die Kaledonier zu erschlagen, wie ich dir und ihm wieder und wieder erklärt habe!«

»Die sich im Übrigen bereits ergeben hatten!«

»Das haben sie behauptet, ja. Es ist mir bis heute ein Rätsel, warum Vater es damals, wo sie am verwundbarsten waren, nicht zu Ende gebracht hat. Stattdessen haben wir sie laufen lassen, und jetzt machen sie uns einmal mehr das Leben schwer. Das war derselbe Fehler, den du heute gemacht hast, als du Maglorix freigelassen hast. Bald wird er neues Unheil anrichten.«

»Vater war der festen Überzeugung, dass du ihn ermorden wolltest.«

»Ich habe es ihm erklärt, und er hat die Wahrheit meiner Worte erkannt. Als er mir gesagt hat, ich solle Papinianus« – er deutete auf den Prätorianerpräfekten – »befehlen, ihn zu erschlagen, hat er damit meine Treue auf die Probe gestellt, und ich habe die Prüfung bestanden, Bruder. Ich bin nicht derjenige, vor dem er sich in Acht nehmen sollte.«

»Was soll das heißen?«, fragte Geta erbost und erhob sich.

Caracalla stand ebenfalls auf. »Sagen wir einfach, dass meine Erfahrenheit in Kriegsdingen nicht der einzige Grund ist, weshalb mir Vater den Befehl über seine Armeen gegeben hat und dich hier in Eboracum Sohlennägel für Caligae zählen lässt.«

Die Gäste blickten mit Unbehagen und wachsender Bestürzung zwischen den beiden Augusti hin und her. Die Prätorianer traten von einem Fuß auf den anderen, ganz offensichtlich unsicher darüber, ob und wann sie eingreifen sollten. Silus warf seinem Sofanachbarn einen Blick zu, doch der hatte die Augen starr auf den Boden gerichtet.

»Schluss damit«, sagte Julia Domna in einem Ton, der keinen Widerspruch duldete. »Das geziemt sich nicht. Legt euch wieder hin und benehmt euch. Geta, trink deinen Wein. Antoninus, iss etwas.«

Die Brüder sahen sich wütend an, dann bedachte Caracalla Geta mit einer obszönen Geste. »Mir ist der Appetit vergangen, Mutter.« Er wirbelte herum und rauschte davon.

Geta ließ sich mit einem selbstgefälligen Lächeln wieder auf dem Sofa nieder und nahm einen tiefen Schluck Wein.

»Geta«, sagte Julia enttäuscht.

»Was denn, Mutter?«, fragte er mit gespielter Unschuld.

»Du weißt genau, wie sehr es ihn ärgert, an dieses Wagenrennen erinnert zu werden.«

»Das ist seine eigene Schuld. Er muss zur Einsicht kommen, dass es ein Unglück war.«

»Du solltest dich entschuldigen.«

»Wird er sich denn bei mir dafür entschuldigen, dass er meine Treue zu Vater in Zweifel gezogen hat?«

»Genau wie du die seine.«

»Er ist der Ansicht, dass er der einzige Augustus sein sollte, Mutter. Wie du sehr wohl weißt.«

»Geta, das reicht. Ich rede selbst mit ihm.« Julia Domna erhob sich, woraufhin ihre Leibsklavin sofort an ihre Seite eilte. »Liebe Freunde, ich bedaure sehr, dass ihr Zeugen dieser Meinungsverschiedenheit geworden seid. Ohne die vorübergehende Unpässlichkeit, die meinen Gemahl ereilt hat, hätte er ganz sicher ein Machtwort gesprochen.«

Geta schien ihr diesen öffentlichen Tadel übel zu nehmen, doch er sagte nichts.

»Ich werde mich nun ebenfalls zurückziehen. Bitte bleibt noch und genießt in Ruhe das Bankett.«

Die Gäste erhoben sich, senkten die Köpfe und wünschten mit leiser Stimme eine Gute Nacht. Julia, Inbegriff kaiserlicher Eleganz und Schönheit, rauschte davon, verfolgt von jedem männlichen Augenpaar.

Geta rief nach den Tänzerinnen und Musikern, die auch umgehend wieder erschienen. Die Schminke um die Augen der von Geta erwählten jungen Frau war verschmiert, und Silus fragte sich, welchen Ruf Geta wohl bei den Sklaven genoss.

Oclatinius tauchte so plötzlich neben seinem Ellenbogen auf, dass Silus vor Schreck zusammenzuckte. »Das reicht für heute, Soldat«, flüsterte ihm der alte Veteran ins Ohr. »Verabschiede dich.«

»Und wie?«, flüsterte Silus zurück, der keine Ahnung von den Gebräuchen bei Hofe hatte.

»Normalerweise bleibt man, bis sich der Kaiser zurückzieht, aber du warst Caracallas Gast, nicht Getas, und der ist gerade abgelenkt.«

Und tatsächlich hatte Geta die Sklavin auf seinen Schoß gezogen, küsste sie gierig und schickte seine Hand unter ihrer Tunika auf Wanderschaft, was ihrem gequälten Gesichtsausdruck nach zu urteilen alles andere als angenehm war.

»Gehen wir, und zwar so unauffällig wie möglich«, sagte Oclatinius. Silus stand vorsichtig auf und schlich sich hinter dem alten Veteranen aus dem Bankettsaal. Mehrere gelangweilte Gäste, die gerne gegangen wären, sich aber nicht trauten, sahen ihnen neidisch hinterher.

Sobald sie außer Hörweite waren, bemerkte Silus einmal mehr, dass er die Luft angehalten hatte, und atmete tief durch. »Ach du Scheiße«, sagte er. »Sind die immer so?«

»Nicht immer. Aber manchmal ist es noch schlimmer.«

»Ist es nicht gefährlich, in ihrer Nähe zu sein, wenn sie so schlechte Laune haben?«

»Du machst dir keine Vorstellung, Soldat. Es ist weniger riskant, sich mit einem Haufen Maeatae anzulegen.«

»So ein Mist. Wo um alles in der Welt bin ich hier nur gelandet?«

»Die Zukunft wird es zeigen. Du solltest dich möglichst unauffällig verhalten, deine Befehle befolgen und hoffen, dass du nicht aufs falsche Pferd gesetzt hast.«

Silus wünschte sich in die kaledonischen Wälder zurück, verfolgt von einer Barbarenhorde.

»Ab in dein Quartier, Soldat. Antreten im Morgengrauen. Dann beginnt deine Ausbildung.«

»Ja, Herr. Ähm … wo geht es noch mal zu meinem Quartier?«

»Willst du mich verarschen, Soldat? Ich dachte, du bist Fährtenleser. Haben wir etwa den Falschen erwischt?«

»Nein, Herr.«

Oclatinius drehte sich um und marschierte mit steifem Gang von dannen. Silus sah sich um. Er befand sich an der Kreuzung zweier Flure, die völlig gleich aussahen und sich nur durch die auf den Fresken dargestellten Szenen unterschieden. Silus verfluchte sich. Oclatinius hatte recht – Fährtenleser, von wegen. Als er vorhin von einem Sklaven in den Bankettsaal geführt worden war, hatte er vor lauter Verwunderung darüber, dass er sich überhaupt hier befand, nicht auf seine Umgebung oder den Weg geachtet. Und noch dazu war er jetzt einigermaßen betrunken.

Er betrachtete das Muster auf dem Mosaikboden, doch das half ihm auch nicht weiter. Auf den Fresken an den Wänden waren ländliche Szenen dargestellt. War er aus dem Flur mit dem Schäferjungen und seiner Herde gekommen? Oder aus dem mit dem Ziegenhirten, der auf einem Hügel saß? Seufzend wählte er aufs Geratewohl eine Richtung und setzte sich in Bewegung.

Ein halbes Dutzend Kreuzungen und Abzweigungen später hatte er sich hoffnungslos verirrt. Hin und wieder liefen ihm Bedienstete über den Weg, die ihm misstrauische Blicke zuwarfen. Dann straffte er die Schultern und blickte geradeaus, als wüsste er, wohin er ging. Nach dem Weg zu fragen traute er sich nicht. Irgendwann musste ihm doch irgendetwas in seiner Umgebung vertraut vorkommen. Wie groß war diese Residenz denn nur?

Nach einer weiteren Biegung endete der Flur vor einer Tür. Seufzend glitt er an der Wand entlang zu Boden und vergrub den Kopf in den Händen. Schon bald merkte er, dass es ein Fehler gewesen war, stehen zu bleiben. Seine Trauer, verstärkt durch den genossenen Wein, traf ihn erneut wie ein Keulenschlag gegen den Hinterkopf. Tränen strömten seine Wangen hinunter. Er schluchzte leise.

Dann bemerkte er Geräusche und blickte auf. Sie kamen von der anderen Seite der Tür, ein lautes, regelmäßiges Klopfen, als würde etwas gegen eine Wand stoßen. Er hörte genauer hin. Es waren menschliche Laute. Das Stöhnen eines Mannes und einer Frau. Und auch er stöhnte innerlich auf. Es war sein übliches Pech, dass ausgerechnet dann nebenan gevögelt wurde, wenn er um seine Frau trauerte. Anscheinend handelte es sich um einen Vorratsraum, und er vermutete, dass sich einer der Gäste eine Sklavin zunutze machte.

Das Stöhnen wurde lauter, das Klopfen schneller. Silus wollte so schnell und so weit wie möglich weglaufen, doch ihm fehlte jegliche Willenskraft. Er drückte die Augen auf den Unterarm und schlang die Arme um den Körper. Kurz darauf steigerte sich das Stöhnen zum Höhepunkt und wurde wieder leiser, als auch die Leidenschaft ihren Gipfel erreichte und dann abklang.

Danach konnte er eine Weile lang nur schweres Atmen und leises Murmeln hören. Silus richtete sich mühevoll auf. Dabei erfasste ihn ein kurzer Schwindel und er taumelte mit einem leisen, dumpfen Klatschen gegen die Wand. Einen Augenblick lang hielt er vor Angst, das unbekannte Liebespaar könnte auf ihn aufmerksam geworden sein, den Atem an, doch alles war ruhig. Er schlich sich auf Zehenspitzen davon und machte sich erneut auf die Suche nach seinem Quartier.

»Antoninus, du bist wunderbar.«

»Genau wie du, Julia.«

Caracalla hielt inne und legte den Kopf schief. »Hast du das auch gehört?«

Julia lauschte, vernahm jedoch nur Stille. »Nein, Liebster.«

Caracalla schüttelte den Kopf. Vielleicht war er übervorsichtig, doch er wollte sich gar nicht vorstellen, was geschah, wenn ein Spion von seiner Affäre mit Julia erfuhr und es Geta oder Severus erzählte. Caracalla war der Sohn von Severus' erster Frau Paccia Marciana, also bestand keine Blutsverwandtschaft zwischen ihm und Julia. Dennoch würde es einen Skandal geben, den er unter allen Umständen zu vermeiden trachtete. Schon allein der Altersunterschied – er war Mitte dreißig, Julia Domna um die fünfzig – würde Missbilligung hervorrufen, war jedoch bei Weitem nicht die schlimmste Konsequenz. Falls die Affäre ans Licht kam, würde er nicht nur die Gunst seines Vaters verlieren, sondern womöglich auch wegen Hochverrat den Kopf.

Julia Domna schien seine Gedanken in seinen Augen zu lesen und äußerte ihre eigenen Befürchtungen: »Antoninus, wo soll das mit uns nur hinführen?«

»Wohin wir wollen, mein Schatz. Ich bin Augustus und du die Kaiserin des Römischen Reichs.«

»Aber du bist nicht der einzige Augustus, Antoninus. Außer dir gibt es noch zwei weitere, wie du sehr wohl weißt.«

»Mit Vater geht es rapide bergab, und Geta ist ein unreifer, unerfahrener Jungspund ohne Mumm in den Knochen. Nach Vaters Tod sollte das Imperium allein mir zufallen.«

»Das hast nicht du zu entscheiden, Antoninus. Dein Vater und ich wollen, dass ihr gemeinsam regiert.«

»Du bist voreingenommen, Julia. Geta ist dein Sohn.«

»Und du bist mein Stiefsohn, und ich liebe euch beide.«

»Wenn auch auf verschiedene Arten, möchte ich meinen«, sagte Caracalla und brachte Julia dazu, einen leisen, spitzen und von einem Kichern gefolgten Schrei auszustoßen.

»Dennoch müssen wir vorsichtig sein«, sagte sie mit nun wieder ernster Stimme. »Wenn man uns auf die Schliche kommt, würde das deinen Ruf schwer schädigen … so etwas würdest selbst du nicht überleben.«

»So leicht bin ich nicht totzukriegen«, sagte er mit größerer Überzeugung, als er tatsächlich empfand. »Die Armee steht hinter mir.«

»Die Armee ist wankelmütig. Vergiss das nicht.«

»Solange ich an ihrer Spitze marschiere, die Härten ihres Lebens teile, sie zum Sieg führe und gut bezahle, werden mich meine Soldaten nicht verraten.«

»Das haben auch schon andere Kaiser geglaubt, und dann hat ihnen einer ihrer engsten Vertrauten ein Messer in den Rücken gerammt. Antoninus, ich bitte dich, sieh Geta seinen jugendlichen Leichtsinn nach. Er ist in so vieler Hinsicht noch ein Kind. Er mag dir vielleicht gram sein, aber er respektiert dich auch.«

Caracalla seufzte. »Meine Liebe zu meinem Bruder ist so groß wie mein Groll über ihn. Ich hoffe, dass wir einen gemeinsamen Weg finden, wenn Vater von uns gegangen ist. Aber er muss anerkennen, dass ich der Ältere und Erfahrenere bin.«

»Du musst es versuchen«, sagte Julia. »Mir zuliebe. Die Vorstellung, dass mein Sohn und mein Liebhaber verfeindet sind, sich gegenseitig etwas antun oder gar …« Der Rest ging in einem Schluchzen unter, und sie konnte sich nur mit Mühe wieder zusammenreißen. Caracalla legte die Arme um sie.

Bei Julia wurde er jedes Mal schwach. Er beneidete sie nicht um ihre Lage, musste sie doch ihrem Ehemann, ihrem Sohn und ihrem Stiefsohn und Liebhaber gegenüber treu sein. Er hoffte, dass er bei ihr an erster Stelle stand, doch er konnte sich nicht darauf verlassen, dass sie ihn ihrem leiblichen Sohn vorziehen würde.

»Ich werde es versuchen, Julia. Für dich tue ich alles.« Sie lächelte, woraufhin er eine Träne von ihrem Nasenflügel wischte.

Dann stand er auf, rückte seine Kleidung zurecht, ging zur Tür, öffnete sie einen Spalt weit und vergewisserte sich, dass die Luft rein war. Seufzend warf er Julia noch einen letzten Blick zu und verließ leise den Raum.

Silus lag flach auf dem Bauch und schnappte nach Luft, was mit dem schweren, mit Steinen beschwerten Gepäckbündel auf seinem Rücken nicht gerade einfach war. Sein Kopf dröhnte und seine Zunge fühlte sich an wie aus Sand. »Du hast zu viel im Wald herumgesessen und bist zu wenig marschiert, Freundchen. Hoch mit dir.«

Silus kam mühsam wieder auf die zitternden Beine. Immerhin hatte er es geschafft, trotz seines weinschweren Kopfes und eines Durstes, den auch mehrere Becher Wasser nicht hatten lindern können, im Morgengrauen anzutreten. Oclatinius hatte ihn trotzdem angebrüllt, weil er nicht schon marschbereit auf ihn gewartet hatte, dann hatte er ihn erneut angebrüllt, weil er ganz offensichtlich nicht in Form war, und ihn schließlich mit dem schweren Gewicht auf dem Rücken auf einen fünf Meilen langen Gewaltmarsch geschickt. Dabei war Oclatinius neben ihm her geritten und hatte ihn nach jeder halben Meile Liegestützen und Kniebeugen machen lassen. Silus hatte derartige Leibesübungen zum letzten

Mal als Rekrut absolviert. Heute war er zwar ausdauernder und leistungsfähiger als damals, aber auch ein ganzes Stück älter.

Oclatinius warf ein Holzschwert vor Silus auf den Boden und zog seinen Gladius aus tödlichem Stahl. »Aufheben«, befahl er.

Silus nahm das Gepäckbündel vom Rücken und bückte sich nach der Übungswaffe. Oclatinius holte ohne Vorwarnung aus und zielte auf Silus' Kopf. Silus konnte den Angriff selbst mit seinen vor Erschöpfung trägen Armen rechtzeitig parieren, da die Holzwaffe viel leichter als eine aus Eisen war. Dies hatte jedoch den Nachteil, dass sie Oclatinius mit seinem schwereren Gladius mühelos zur Seite schlagen konnte.

Der Veteran ließ ihm keine Atempause. Hieb folgte auf Hieb, und Silus musste hüpfen und sich verbiegen, um einer Verletzung zu entgehen. Schließlich klemmte Oclatinius Silus' Klinge mit der eigenen fest und entwaffnete ihn mit einer leichten Drehung des Handgelenks. Das Holzschwert landete klappernd auf dem Boden. Oclatinius ließ den Gladius noch einmal schnell wie eine zustoßende Schlange vorschießen. Silus' Hand fuhr an seine Kehle, und er spürte mit wachsendem Entsetzen warmes Blut zwischen den Fingern hervorquellen.

Oclatinius' Hieb war so meisterlich und präzise, dass er nur einen leichten Kratzer hinterlassen hatte. Silus betastete die brennende Wunde und sah den alten Veteranen wütend an.

»Du musst einen kühlen Kopf behalten, Bursche. Lass dich nicht von deiner Wut übermannen.«

Doch Wut war das Einzige, was Silus noch geblieben war. Er hatte nichts mehr außer seiner Wut. Beim Anblick des Blutes aus der Halswunde, das in die Linien und um die Schwielen seiner Handfläche floss wie ein Bächlein um Steinbrocken, rastete er aus. Er senkte den Kopf und ging mit Gebrüll auf Oclatinius los.

Damit hatte der alte Soldat nicht gerechnet. Er geriet ins Taumeln und fiel dann auf den Rücken. Silus setzte sich auf ihn und ließ einen Schlag nach dem anderen auf ihn herabregnen. Erst als seine Wut allmählich verrauchte und seine Kräfte schwanden, bemerkte er, dass Oclatinius nicht zurückschlug. Einen Treffer hatte Silus allerdings auch nicht landen können, da der Veteran alle Hiebe mit den Unterarmen abgeblockt hatte.

Oclatinius rollte sich plötzlich herum, warf Silus ab und setzte sich auf. Ein dröhnendes Lachen drang aus den Tiefen seiner Kehle.

Silus begab sich stirnrunzelnd wieder in Kampfstellung, doch Oclatinius hob abwehrend die Hand. »Pax, Bürschchen. An Temperament mangelt es dir schon mal nicht. Jetzt müssen wir es nur noch in die richtige Richtung lenken.«

Silus atmete so schwer, dass er kein Wort herausbrachte.

»Caracalla sieht etwas in dir, das ich noch nicht so recht sehe. Aber du erinnerst mich daran, wie ich selbst in jüngeren Jahren gewesen bin. Nun, wir werden ja sehen, ob das reicht, um zu überleben.«

»Was wird hier eigentlich von mir erwartet?«, fragte Silus keuchend.

Oclatinius stand etwas mühsam auf und klopfte sich den Staub von der Kleidung. Dann hielt er Silus die Hand hin. Dieser betrachtete sie einen Moment lang argwöhnisch, dann ließ er sich auf die Beine helfen. Er berührte die Wunde, die nun nur noch eine leicht feuchte Linie aus bereits getrocknetem Blut war. Der alte Bastard.

»Es herrscht Krieg, falls dir das noch nicht aufgefallen ist«, sagte Oclatinius.

»Ach, das könnte die Erklärung dafür sein, weshalb diese beschissenen Barbaren meine Familie ermordet haben. Und ich dachte, das wäre eine freundschaftliche Geste.«

»Diesen Krieg meine ich nicht. Sondern den, den du gestern Abend miterleben durftest.«

Silus dachte an die offene – und öffentliche – Auseinandersetzung zwischen Caracalla und Geta. Dann fielen ihm die merkwürdigen Blicke wieder ein, die sich Caracalla und seine Stiefmutter zugeworfen hatten. Was hatte das zu bedeuten? Er runzelte die Stirn.

Oclatinius deutete seinen Gesichtsausdruck falsch: »Ja, das ist allerdings besorgniserregend. Eine Auseinandersetzung zwischen den Herrschenden verheißt auch für alle anderen nichts Gutes. Aber wenn es dazu kommt, muss man sich für eine Seite entscheiden. Geta hat seine Hofschranzen und Lakaien, Caracalla dagegen hat die Armee auf seiner Seite. Da fällt die Wahl nicht schwer.«

Silus schüttelte den Kopf. »Politik ist mir scheißegal. Ich will den Tod der Maeatae und ihrer kaledonischen Verbündeten und ganz besonders den dieses götterverdammten Maglorix.«

»Natürlich. Doch um die Barbaren zu besiegen, brauchen wir einen starken Herrscher. Zu seiner Zeit war Severus ein hervorragender Feldherr, doch er wird mit jedem Tag schwächer. Kannst du dir vorstellen, dass Geta eine Armee anführt? Wir sind auf Caracalla angewiesen.«

»Na schön, aber was hat das mit mir zu tun?«

»Wie jeder Herrscher hat auch Caracalla Feinde. Manche unterstehen direkt Getas Befehl, manche wollen sich bei Geta lieb Kind machen oder Caracalla ist ihnen aus anderen Gründen verhasst. Um sie auszumerzen, brauchen wir jemanden mit deinen Fähigkeiten und deiner Tatkraft. Deine

Hauptaufgabe ist selbstverständlich die Bekämpfung der Maeatae, doch hin und wieder wird man dir auch andere Aufträge erteilen. Was sagst du dazu?«

»Habe ich denn eine Wahl?«

»Man hat immer eine Wahl, Soldat. Wenn du das Angebot des Kaisers ablehnst, wird man dir die Rückkehr zu deiner alten Einheit nicht verwehren.«

»Wirklich?«

»Und dann wird ein anderer kaiserlicher Spion ausgeschickt, um dich im Schlaf zu meucheln. Und wenn er sein Handwerk versteht, wird er diese Tat deinem Freund Atius in die Schuhe schieben.«

»Oh, nun, in diesem Fall ist es mir eine Ehre, dem Kaiser zu Diensten zu sein.«

»So sei es. Wie es das Schicksal so will, haben wir auch gleich eine Aufgabe für dich, doch vorher müssen wir deine Fähigkeiten noch etwas verfeinern. Wer hat dir Fährtenlesen und Auskundschaften beigebracht?«

»Mein Vater«, sagte Silus nur. Nachdem Oclatinius eine Weile vergebens auf eine weitere Erläuterung gewartet hatte, nickte er.

»Also gut. Du musst lernen, dich zu verbergen, dich schnell fortzubewegen und lautlos zu töten. Auch auf die Entfernung, weshalb du dich im Bogenschießen üben wirst. Du musst außerdem lernen, wie man Informationen beschafft und längere Zeit untertaucht, ohne enttarnt zu werden. Du musst schwimmen und klettern und dich selbst versorgen können, wenn du in der Wildnis bist. Du musst dich für einen anderen ausgeben können. Und nicht zuletzt musst du zuverlässig sein und deine Geheimnisse mit ins Grab nehmen.«

»Aber das kann ich doch alles schon«, sagte Silus gekränkt.

»Das bezweifle ich nicht«, sagte Oclatinius. »Aber wie gut? Wenn du diese Fertigkeiten nicht in Vollendung beherrschst, kann es dich dein Leben kosten – oder, schlimmer noch, die Erfüllung deines Auftrags gefährden.«

Silus machte weiterhin eine beleidigte Miene, sagte aber nichts.

»Als Erstes sorgen wir mal dafür, dass du diese überflüssigen Pfunde loswirst. Danach können wir mit der eigentlichen Ausbildung anfangen.« Oclatinius' Blick fiel auf das mit Steinen gefüllte Gepäckbündel. »Aufheben und weiter geht's, Bursche.«

Silus warf sich das Marschgepäck auf den Rücken. Seine Muskeln legten spürbar Protest ein.

»Fünf Meilen. Los! Lauf, Bursche, lauf!«

Sechstes Kapitel

In der Halle der Ratsversammlung herrschte gedrückte Stimmung. Maglorix saß auf seinem Thron, und nur wenige wagten es, den Blick zu erwidern, den er über den Ältestenrat schweifen ließ. Seit seiner Rückkehr nach Dùn Mhèad – auf einem Pferdefuhrwerk, halb benommen vor Schmerz – hatte niemand seinen Herrschaftsanspruch direkt infrage gestellt. Die Heiler hatten die Götter angerufen und ihnen um seiner Genesung willen zahlreiche Tieropfer dargebracht. Als das Fieber dennoch nicht sinken wollte, wurde sogar von Menschenopfern gesprochen, doch Maglorix war immerhin so weit Herr seiner Sinne gewesen, um dies zu unterbinden. Allmählich hatte sich seine vom Rauch verätzte Lunge erholt, sodass er leichter und ohne zu husten atmen konnte, und in der Zeit, in der die feuchten Wickel und Kräuter, die Umschläge und Salben ihre heilende Wirkung an seinen eitrigen Fußsohlen taten, war auch die Hitze hinter seiner Stirn abermals klarem Verstand gewichen.

Mittlerweile konnte er sogar wieder gehen, wenn auch nur unter großen Schmerzen. Er übte regelmäßig den Gebrauch von Schwert und Speer, und er konnte sich mit lose an der Flanke des Tieres herabbaumelnden Füßen auch wieder einigermaßen auf einem Pferd halten. Seine Kräfte kehrten zurück, und bald würde er wieder ganz der Alte sein.

Maglorix sah den Mann zu seiner Rechten an. »Verehrte

Ratsversammlung, gestern Abend haben wir mit Taximagulus hier gefeiert, und es war ein Abend, an dem wir unsere Sorgen vergessen konnten. Wir haben unser Fleisch, unser Bier und unsere Frauen mit ihm und untereinander geteilt, wie es von jeher Brauch bei den Kaledoniern und Maeatae ist, auch wenn uns die Römer deshalb mangelnde Sittlichkeit unterstellen. Heute jedoch wollen wir uns über den Krieg beraten. Über unsere Antwort auf die römischen Freveltaten. Beugen wir uns vor ihnen und lassen wir uns von ihnen schänden wie eine im Krieg erbeutete Jungfrau von einem Haufen Soldaten? Oder stellen wir uns diesen Dämonen wie echte Männer?«

Die Ältesten sahen sich nervös an. Schließlich ergriff einer auf das stumme Drängen der anderen Ratsmitglieder hin das Wort. Es war Usnach, ein dünner, vom Alter gebeugter Mann mit gütigem Gesicht. »O Häuptling«, begann er. Der harmlose Usnach würde Maglorix' Unmut wohl kaum so sehr erregen, dass er ihm ein Messer in den Hals rammte. Was vermutlich auch der Grund war, weshalb sie gerade ihn als Sprecher auserwählt hatten. Tarvos' aufgespießter Schädel war noch geraume Zeit vor der Ratshalle zur Schau gestellt gewesen. Inzwischen war er so weit verwest, dass ihn Maglorix hatte abnehmen lassen, um seinen Thron damit zu schmücken. Von dort grinste er nun augenlos auf die im Saal versammelten Ältesten herab.

Usnach räusperte sich und versuchte es noch einmal. »O Häuptling.« Seine Stimme zitterte, was sowohl der Angst vor Maglorix als auch der ungewohnten Rolle als Sprecher des Rates geschuldet war – unter der laxen Herrschaft von Maglorix' Vater war Usnach in erster Linie dafür bekannt gewesen, während der Versammlungen regelmäßig einzuschlafen. »Manche von uns, zu denen ich mich selbstverständlich nicht zähle, aber mir ist Entsprechendes zu Ohren gekommen …«

Maglorix starrte ihn unbarmherzig an. Usnach umklammerte seinen Gehstock noch fester mit der zitternden Hand, schluckte und fuhr fort. »Manche behaupten, dass die Römer zu mächtig sind. Dass wir die Auseinandersetzung mit ihnen scheuen sollten, bis sie unser Land satthaben und verschwinden.«

»Verstehe«, sagte Maglorix. »Und wer sind diese Männer, die so große Angst vor den Römern haben? Oder sprichst du etwa von den feigen Worten der Weiber und kleinen Kinder?«

»Sie s-sagen, dass die Römer zu gut bewaffnet sind. Zu gut ausgerüstet. In der Überzahl. Aber hier gibt es nichts für sie zu holen, und wenn ihr Kaiser genug t-triumphiert hat, wird er dieses Landes überdrüssig und zieht wieder ab.«

Maglorix wartete schweigend darauf, dass Usnach fortfuhr. Der wurde rot und warf dem neben ihm sitzenden Muddan einen Hilfe suchenden Blick zu. Muddan, der gegen Maglorix' Ernennung zum Fürsten gewesen war, nickte beinahe unmerklich – Maglorix merkte es trotzdem.

»Er sagt – ich meine, *sie* sagen, dass wir die Römer im offenen Kampf niemals besiegen können und uns ihnen unterwerfen sollten, bis sie wieder weg sind.«

Maglorix stand langsam auf. Trotz der schmerzenden Fußsohlen verzog er keine Miene. Sein treuer Leibwächter Buan, der sich schwere Vorwürfe machte, weil er Maglorix' Gefangennahme nicht hatte verhindern können, trat einen Schritt vor und streckte die Hand nach ihm aus. Der Barbarenfürst scheuchte ihn beiseite und kam steifen, langsamen Schrittes auf Usnach zu, der ängstlich zurückwich. Maglorix zog ein langes Messer aus dem Gürtel und stach mit der

Spitze in seinen Daumen. Ein Blutstropfen quoll daraus hervor, fiel auf den Erdboden und wurde von ihm aufgesogen.

»Ich würde mein Blut für mein Volk geben, Usnach. Ich würde mein Leben dafür geben, dass es frei in seinem eigenen Land leben kann. Du auch?«

»Aber ... aber selbstverständlich, mein Fürst«, stotterte der Älteste. Maglorix umrundete mit der Klinge in der Hand Usnachs Stuhl und legte ihm eine Hand auf die Schulter. Usnach zuckte zusammen, als hätte man ihm das Messer in den Leib gerammt, dann fing er am ganzen Körper an zu zittern. Maglorix ließ das Messer flink wie eine Wildkatze zur Seite schnellen und durchbohrte damit Muddans Hals von einem Ohr zum anderen. Muddan kam taumelnd auf die Beine und riss den Mund weit auf. Aus den glatt durchtrennten Halsschlagadern spritzte Blut durch die beiden Löcher in seinem Hals. Er wollte noch etwas sagen, hatte aber nur noch Luft zu einem unverständlichen Gurgeln. Dann bildeten sich Blutblasen auf seinen Lippen, er kippte nach vorne um, zuckte noch einmal und lag mit dem Kopf auf der Seite und weit aufgerissenen, aber blinden Augen da.

»Usnach«, sagte Maglorix, »nicht nur Feiglinge und Schlangen, auch ihre Fürsprecher leben gefährlich. Also, ist noch jemand aus diesem Rat oder aus unserem Stamm der Meinung, dass wir uns den römischen Bestien unterwerfen sollen?«

Usnach brachte kaum ein Wort heraus, doch Maglorix quetschte die Schulter des Alten immer fester, bis dieser doch zu verständlichen Sätzen in der Lage war. »N-nein, mein Fürst. Muddan war der Einzige. Er hat mich dazu gezwungen ...«

Das deutlich erkennbare Entsetzen mehrerer Ratsmitglieder verriet dem Stammesfürsten, dass Muddan keinesfalls der Einzige gewesen war, der seiner Unzufriedenheit Ausdruck verliehen hatte, doch Maglorix glaubte, seinen Standpunkt einigermaßen deutlich dargelegt zu haben. Muddan war nicht besonders beliebt gewesen und hatte keine Kinder. Schlachtete er dagegen den halben Rat ab, hätte dies nur unnötige Blutfehden zur Folge.

Maglorix setzte sich wieder auf den Thron und machte trotz der unerträglichen, stechenden Schmerzen, die seine Beine hinaufkrochen, eine gleichmütige Miene. Der Anflug eines Grinsens spielte um Taximagulus' Lippen.

»Ratsmitglieder!« Maglorix blickte auf Muddans Leichnam herab. »Verbliebene Ratsmitglieder«, verbesserte er sich, »die Römer sind in der Tat furchterregende Gegner und im offenen Kampf so gut wie unbesiegbar. Und doch haben wir im letzten Jahr bewiesen, dass wir in der Lage sind, sie zu bezwingen, wenn wir unsere weitaus größere Ortskenntnis dazu einsetzen, sie aus dem Hinterhalt zu überfallen und ihre Nachschubwege abzuschneiden. Dennoch war Muddan der Ansicht, dass wir uns unterwerfen sollten, bis sie wieder abziehen. Vielleicht glauben auch noch andere von euch, dass dies nur eine weitere, wenn auch etwas größere Strafexpedition der Römer als Vergeltung für unseren Angriff vor etwa einem Monat ist. Eine vorübergehende Unannehmlichkeit. Ratsmitglieder, hört Taximagulus an, den Vetter von Ir, dem Fürsten der mit uns verbündeten Damnonii. Taximagulus, bitte berichte dem Rat, was du mir gestern Abend erzählt hast.«

Taximagulus stand auf, und trotz des leicht höhnischen Grinsens zeigte seine Haltung eindeutig Respekt vor dem Rat. »Ihr weisen Männer der Ratsversammlung, es ist mir eine Ehre, vor euch zu sprechen. Ich entbiete euch die Grüße und die Freundschaft Irs und aller unserer Stämme. Die

Römer sind noch immer auf unserem Grund und Boden. Sie haben das Kastell von Horrea Classis, wo sich die Flüsse Uisge Èireann und Tatha vereinigen und ins Meer fließen, noch weiter ausgebaut. Von dort aus können sie mit ihren Schiffen den Legionen auf unbestimmte Zeit Nachschub liefern. Die Römer haben nicht nur einen Raubzug oder eine Strafexpedition im Sinn. Sie wollen bleiben.«

Im Rat erhob sich Gemurmel. Köpfe mit schütterem weißem Haar darauf wurden geschüttelt, graue Bärte gezupft.

»Erzähl uns, was du im Norden gesehen hast«, sagte Maglorix.

Taximagulus schüttelte den Kopf, und das hämische Grinsen erlosch. »Wir alle mussten seit dem römischen Überfall im letzten Jahr Entbehrungen und Verluste ertragen. Auch ihr habt Schlachten geschlagen, eure Vorräte verloren und im Winter gehungert. Aber was ich dort gesehen habe …«

Taximagulus verstummte und starrte gedankenverloren vor sich hin, sodass ein, zwei Älteste seinem Blick folgten und sich umdrehten. Die meisten hatten jedoch schnell erkannt, dass er die erlebten Schrecken vor seinem geistigen Auge sah und nichts um sich herum wahrnahm.

Schließlich sprach er mit belegter Stimme weiter. »Die Römer haben uns in der Feldschlacht besiegt, dann aber schnell mitbekommen, dass sie uns nicht aufspüren können, wenn wir nicht gefunden werden wollen. Stattdessen haben sie sich gegen unsere Heimstätten gewandt. Gegen unsere wehrlosen Familien.

Ehrwürdiger Rat, die Römer wollten uns auslöschen. Sie haben unsere Ernte verbrannt, unsere heiligen Haine abgeholzt, unsere Dörfer überfallen und die Alten, die Frauen und Kinder schonungslos abgeschlachtet. Die Bewohner eines ganzen Dorfes dahingemetzelt zu sehen, dieser Anblick … Frauen mit gespreizten Beinen und durchgeschnittenen Kehlen, Säuglinge, die Köpfe an Bäumen zu Brei geschlagen, alte, um Gnade bettelnde Männer, einfach totgeprügelt, die Hände noch flehentlich gefaltet …« Taximagulus verstummte, und in der Halle war es still bis auf das mühsame Atmen der Alten. Maglorix ließ die Kraft des Augenblicks noch etwas wirken, bevor er dem Damnonier eine Hand auf die Schulter legte und ihn wieder zu seinem Stuhl führte.

»Ehrwürdiger Rat«, sagte Maglorix, »die Römer werden erst dann verschwinden, wenn wir sie dazu zwingen. Unser kleiner Stamm allein kann dies nicht vollbringen, doch wenn sich alle Maeatae und alle Kaledonier zusammenschließen und die Römer mit Weisheit und Verstand bekämpfen, können wir sie aus dem Norden unserer Insel verjagen. Wer weiß, vielleicht werden dann auch die unterdrückten Stämme Nordbritanniens ihren Mut wiederfinden. Gemeinsam werden wir ganz Britannien von der römischen Herrschaft befreien!«

Der gerade noch so eingeschüchterte Rat brach in Jubel aus. Muddans auf dem Boden der Ratshalle erkaltender Leichnam war völlig vergessen.

»Taximagulus, können wir auf die Unterstützung der Damnonii zählen?«

»Werter Fürst, ich kann nicht für alle Stämme sprechen, aber ich versichere Euch: Mein Vetter Ir war sehr empört darüber, dass Euer Vater ermordet wurde und die römischen Dämonen Euch hinrichten wollten, was ihnen jedoch glücklicherweise nicht gelungen ist. Bei der nächsten Versammlung der Stammesfürsten wird er sich für eine Fortsetzung des Krieges aussprechen.«

»Genau wie ich.«

Taximagulus reichte Maglorix die Hand, die dieser mit festem Griff packte. »Die Römer werden den Tag noch bitter bereuen, an dem sie den Fuß auf unser Land gesetzt haben.«

Maglorix deutete auf Muddan. »Buan«, sagte er und schon stand der Leibwächter vor ihm. »Du weißt ja, was du mit meinen Feinden zu tun hast. Sein Kopf soll auf einem Spieß verrotten, und dann wird er neben dem jungen Tarvos hier meinen Thron zieren.«

Buan nickte, zog das Schwert und trennte Muddan ohne Umschweife das Haupt vom Rumpf.

Das lauter werdende Klatschen feuchter Ledersohlen auf dem Kopfsteinpflaster Eboracums verriet Silus, dass sein Opfer sich näherte. Je ruhiger Atem und Puls gingen, desto fester war auch der Griff um das Messer in seiner Hand. Die etwas überstehende Dachtraufe, unter der er stand, schützte ihn etwas vor dem unaufhörlichen Nieselregen, trotzdem war er völlig durchnässt. Zitternd an der Straßenecke zu stehen war nicht viel angenehmer, als in der kaledonischen Wildnis zu frieren, doch hier war wenigstens das nächste Badehaus, wo man die Kälte aus den Knochen und den Schmutz aus den Poren schwitzen konnte, nicht weit entfernt.

Die Schritte kamen näher, hatten ihn beinahe erreicht. Er stellte sich vor, wie sein Opfer die um diese Zeit menschenleere Straße entlangging, versuchte anhand der Lautstärke seiner Schritte abzuschätzen, wo genau es sich befand. Als die Zehenspitzen des Mannes hinter der Gebäudekante auftauchten, war Silus bereits in Aktion getreten. In einer fließenden Bewegung legte er die linke Hand auf den Mund seines Opfers und riss den Überrumpelten nach hinten. Beinahe gleichzeitig versuchte er, das Messer in seiner rechten Hand unter dem Brustkorb und durch die Leber hindurch in das Herz des Mannes zu stoßen.

Doch sein Gegner war schnell. Er wirbelte so flink in Silus' Griff herum, dass die Klinge lediglich die Außenseite der Rippen streifte, dann packte er mit der Linken Silus' rechtes Handgelenk und stieß ihm den rechten Ellenbogen in den Bauch. Silus keuchte, als ihm die Luft aus der Lunge gepresst wurde, doch es gelang ihm, das Messer nicht fallen zu lassen. Er nahm die Hand vom Mund des Mannes, krallte sie in seine Schulter und schlang den Arm um seinen Hals. Dann drückte er so fest zu, wie er konnte, und ließ selbst dann nicht locker, als sein Widersacher noch zweimal mit dem Ellenbogen zustieß und Silus' Handgelenk so fest umklammerte, dass dieser gebrochene Knochen befürchtete. Schließlich wurde der Druck auf seine Luftröhre so groß, dass der Mann gezwungen war, Silus' Handgelenk loszulassen und an dem würgenden Arm zu zerren. Silus holte ein weiteres Mal mit dem Messer aus, um es dem Mann in die Brust zu rammen, doch der ergriff plötzlich den Arm, den Silus um seinen Hals gelegt hatte, mit beiden Händen, duckte sich und schleuderte Silus über seine Schultern hinweg. Silus landete mit dem Rücken auf den Pflastersteinen.

Er war einen Augenblick lang benommen, und sein Gegner nutzte die Zeit, indem er selbst ein Messer zog und in hohem Bogen ausholte. Silus rollte sich zur Seite, und die Messerspitze prallte an der Stelle gegen die Pflastersteine, an der einen Wimpernschlag zuvor noch Silus' Brustkorb gewesen war. Als der Mann zum nächsten Stich ausholte, nahm Silus beide Arme über den Kopf, packte ihn bei den Fußknöcheln und zog ihm mit aller Kraft die Beine unter dem Körper weg. Der Mann landete ebenfalls auf dem Rücken. Silus wirbelte herum, setzte sich auf seinen Oberkörper und presste die

Arme seines Opfers mit den Knien gegen den Boden. Dann richtete er sein Messer auf den Hals des Mannes und drückte es nach unten.

Zu Silus' großer Erleichterung klopfte sein Gegner zweimal mit der Hand gegen sein Bein. Silus rollte sich keuchend von ihm herunter und starrte in den sternenlosen Himmel. Der Mann setzte sich mit steifen Bewegungen auf, rieb sich den Hals und schnappte nach Luft. »Scheiße, Silus. Das Messer ist zwar nur aus Holz, tut aber trotzdem ganz ordentlich weh.«

»Einen Moment lang dachte ich, Ihr hättet mich besiegt, Herr.«

»Das dachte ich auch«, sagte Oclatinius. »Du hast ein paar sehr nützliche Kniffe auf Lager.«

Silus stand ebenfalls unter Mühen auf und hielt Oclatinius die Hand hin. Der alte Veteran nahm sie und ließ sich hochhelfen.

»Also? Bin ich einsatzbereit?«, fragte Silus.

Oclatinius grinste. Er war völlig mit Schlamm beschmiert. Der Nieselregen floss in schmutzigen Rinnsalen über sein faltiges Gesicht. »Du warst vom ersten Tag an einsatzbereit.«

»Was? Was verdammt noch mal sollte dann die ganze Scheiße?«

»Das Schärfen einer bereits gut geschliffenen Klinge. Wer für Caracalla arbeitet, muss zu den Besten gehören.«

Silus sah ihn wutschnaubend an. »Die vielen Märsche mit dem schweren Marschgepäck auf dem Buckel, die Steingewichte im Gymnasium, die Übungskämpfe mit Fäusten und Holzschwertern und Messern, das ganze Fallenstellen und Verstecken und Überrumpeln, das alles war völlig überflüssig?«

Oclatinius ließ die Hand vorschießen und packte Silus an

der Kehle. Der Veteran war trotz seines Alters noch so schnell wie eine zustoßende Viper und konnte Silus mühelos überrumpeln. »Jetzt pass mal gut auf, Bürschchen. Wenn du dich erst mal vor einer Barbarenarmee verstecken musst oder ein Rudel halb nackter Verrückter in den Bergen Jagd auf dich macht, wirst du mir für das, was ich dir beigebracht habe, so dankbar sein, dass du auf die Knie fallen und mir den Schwanz lutschen würdest.«

Silus schnappte sich Oclatinius' Handgelenk und versuchte, sich aus dem Griff des alten Haudegens zu befreien. Dieser hielt einen Augenblick dagegen und ließ dann los. Silus rieb sich beleidigt die Kehle. »Ihr seid ein blöder Scheißkerl, Herr.«

»Schon möglich. Aber immerhin ein Scheißkerl, der dir Fähigkeiten beigebracht hat, die dir mal das Leben retten werden.«

»Schon gut, schon gut. Und was jetzt?«

»Jetzt genehmigen wir uns erst mal einen Schluck.«

Man hatte die letzten Zecher schon lange aus den Tavernen geworfen. Sie waren nach Hause gewankt, wenn sie nicht dabei eingeschlafen oder gar zusammengeschlagen, ausgeraubt und einfach liegen gelassen worden waren. Doch Oclatinius bestand darauf, noch etwas zu trinken, und auch Silus konnte einen Schluck, der den Durst löschte und die Nerven stärkte, gut gebrauchen. Schließlich kamen sie an einem Haus an der Hauptstraße vorbei, auf dessen Fassade ein blauer Eber gemalt war.

»Besser als nichts«, sagte Oclatinius.

»Ich glaube nicht, dass da noch geöffnet ist.«

Oclatinius trat die Tür kurz entschlossen auf. »Jetzt schon.«

Er ging in die Taverne, wobei er einen flüchtigen Blick auf

den zersplitterten Türrahmen warf und etwas von windigem Pfusch murmelte. Der kleine Schankraum, in dem lediglich eine Handvoll Gäste mit Bier, Wein und einfachen Speisen bewirtet werden konnte, unterschied sich in nichts von denen der anderen Lokale, wie es sie zu Dutzenden in der Stadt gab.

»Bedienung«, rief Oclatinius aus vollem Hals. Kurz darauf kam ein alter Mann aus der Tür zum Hinterzimmer. Er hatte einen Kerzenhalter mit einer stinkenden, zischenden und nur wenig Licht spendenden Talgkerze in der Hand.

Das halbe Dutzend Tische war größtenteils mit dreckigen Bechern und Tellern vollgestellt. Oclatinius rümpfte die Nase. »Wie sieht es denn hier aus? Dein Sklave hat eine ordentliche Tracht Prügel verdient.«

»Wer … wer seid ihr? Was wollt ihr?«, stammelte der Alte.

»Etwas trinken, sonst nichts.«

»Ich habe einen Sklaven losgeschickt, um die Nachtwache zu holen.«

»Blödsinn«, sagte Oclatinius. Er setzte sich auf einen Stuhl, legte die Füße auf den Tisch und fegte damit das schmutzige Geschirr herunter. »Wenn ich mich hier so umsehe, kann ich mir nicht vorstellen, dass du mehr als einen Sklaven hast, und der ist entweder zu jung oder zu gebrechlich, um sich nachts allein herumzutreiben. Außerdem – glaubst du wirklich, dass die Nachtwache für einen dreckigen kleinen Spelunkenwirt auch nur einen Finger krumm machen wird?«

»Ich habe kaum Geld hier«, sagte der Wirt. »Ich habe es für eine große Fuhre vom besten Bier ausgegeben. Alles.«

»Na, umso besser«, sagte Oclatinius. »Dann weck deinen Sklaven, er soll uns Bier bringen. Und eine Pastete. Setz dich, Silus.«

Ein unterernährter Sklavenjunge von kaum zwölf Jahren spähte aus der Hinterzimmertür. Er war blond, hatte Sommersprossen und ein blaues Auge. Ein Kaledonier, schätzte Silus. Als der Junge den Mund aufmachte, bestätigte sein Akzent diese Vermutung. »Was ist denn los, Herr?«

»Bring unseren Gästen Bier und eine Fleischpastete«, sagte der Wirt.

»Und keine Plörre, verstanden?«, sagte Oclatinius.

Der Wirt seufzte. »Von der neuen Fuhre, Junge.«

Der Sklave war dafür, dass man ihn soeben aus dem Schlaf gerissen hatte, recht flink auf den Beinen. Schon bald kehrte er mit zwei Bechern voller Bier mit ordentlich Schaum darauf und zwei kleinen, knusprigen Pasteten zurück. Sobald er alles auf dem Tisch abgestellt hatte, scheuchte ihn Oclatinius wieder davon.

»Was sind wir dir schuldig?«, fragte er.

»Schuldig?«, fragte der Wirt und zog verwirrt die Augenbrauen in die Höhe.

»Für das Bier und die Pasteten«, sagte Oclatinius ungeduldig. »Was denn, hältst du uns etwa für Räuber oder Banditen?«

»Aber nein, die Herren, selbstverständlich nicht. Das macht zwei Kupferstücke, die Herren. Danke, die Herren.«

»Und für die Tür?«

»Herr?«

»Wie viel wird es kosten, die Tür zu reparieren?«

Der Wirt sah sie verblüfft an. »Einen Sesterz?«, antwortete er zögerlich.

»Hier hast du einen Denar für die Bewirtung und die Tür«, sagte Oclatinius. »Aber sieh zu, dass du sie diesmal ordentlich reparieren lässt – mit verstärkten Angeln und einem guten, festen Eichenbalken an der Innenseite. Die Tür da ist ja nur ein besserer Vorhang. Da kann doch jeder einfach reinspazieren. Du hast Glück, dass nur wir es waren.«

Oclatinius schnippte ihm die Silbermünze zu. Der Wirt schaffte es nicht, sie aufzufangen, und musste auf der Suche danach mit den Knien auf dem dreckigen Boden herumrutschen.

»Ja, Herr. Danke, Herr.«

»Und jetzt verschwinde, ich und mein Freund hier wollen essen, trinken und uns unterhalten. Wir melden uns, wenn wir mehr Bier wollen.«

Der Wirt zog sich unter mehreren unterwürfigen Verbeugungen zurück.

Silus hob den Becher und nahm einen tiefen Schluck. Der Wirt hatte nicht gelogen – das Bier war tatsächlich ganz schmackhaft. Vielleicht nicht das beste, das er jemals getrunken hatte, aber durchaus annehmbar und allemal geeignet, den Durst zu stillen, den er bei dem anstrengenden Übungskampf bekommen hatte. Es hatte eine bittere Note – Beifuß, wenn er sich nicht irrte. Oclatinius nahm ebenfalls einen großen Schluck, dann lehnte er sich zurück und betrachtete Silus mit nachdenklicher Miene.

»Was?«, fragte Silus leicht gereizt.

»Weißt du, ich glaube, du wirst dich in unserem Geschäft ganz gut machen.«

»Ergebensten Dank, aber ich kam als Kundschafter auch ohne Euch hässlichen alten Sack ganz gut zurecht.«

»Euch hässlichen alten Sack, *Herr*, wolltest du wohl sagen.« Oclatinius sah ihn streng an.

Silus blickte betreten auf den Boden. Er wusste zwar immer noch nicht so recht, ob er den alten Veteranen mochte oder hasste, aber auf jeden Fall respektierte er ihn. »Verzeiht, Herr.«

»Schon gut. Heute Abend darfst du mich nennen, wie du willst.«

»Jawohl, alter Schwanzlutscher. Herr.«

Oclatinius grinste. »Wer hat dir das alles beigebracht? Du warst schon ein guter Späher, bevor ich dich in die Finger bekommen habe. So etwas lernt man nicht bei den Legionären in der Kaserne.«

Silus nahm einen Schluck Bier. »Mein Vater«, sagte er nur.

»Ja?«

Silus spitzte die Lippen und schwieg. »Also gut«, sagte er schließlich. »Mein Vater war ein Frumentarius.«

Oclatinius sah ihn überrascht an. »Wirklich? Vielleicht bin ich ihm ja irgendwann mal über den Weg gelaufen. Wie hieß er?«

»Gnaeus Sergius Silus.«

»Sergius, Sergius …« Oclatinius dachte nach. »Doch nicht etwa Sergius der Barbarenficker?«

Silus biss die Zähne zusammen, ließ sich aber nichts anmerken. »Meine Mutter war eine Maeata.«

Wenn er dies jemandem erzählte, folgte normalerweise unangenehmes Schweigen. Oclatinius dagegen schien es überhaupt nicht unangenehm zu sein. Er lehnte sich zurück, nahm einen Schluck und starrte Silus so durchdringend an, als wollte er in sein Herz blicken.

Silus blinzelte zuerst. Er blickte auf seine Hände herab und kratzte etwas Schmutz unter einem Fingernagel hervor, der ihn plötzlich ganz furchtbar zu stören schien.

Oclatinius wartete eine Weile vergeblich darauf, dass Silus weitersprach, dann rülpste er. »Vor ein paar Jahren war ich Prokurator dieser beschissenen Insel.«

Das war Silus bekannt. Als Prokurator war Oclatinius für die finanziellen Angelegenheiten – wie etwa das Eintreiben der Steuern und Pachtgelder sowie der Aufsicht über die Bergwerke – zuständig gewesen. Ein wichtiger Posten, denn mächtiger war nur der Statthalter der Provinz. Dass Oclatinius als einfacher Legionär angefangen und sich langsam nach oben gearbeitet hatte, war allgemein bekannt. Und wenn er das geschafft hat, so dachte jeder Legionär insgeheim, kann ich das auch – obwohl Oclatinius' Aufstieg aus ärmlichen Verhältnissen mehr oder weniger beispiellos war.

»Der Kaiser hatte schon seit mindestens sieben Jahren ein Auge auf diese Insel geworfen. Severus ist schlau. Er lernt aus seinen Fehlern.«

»Fehler?«

»Ja, genau. Es ist zwar nicht gerade vernünftig, offen über die Fehler eines Kaisers zu sprechen, doch selbst wenn uns dieser Angsthase von Wirt belauscht, wird er schon nicht gleich zum Palast rennen und uns verpfeifen. Als Severus in das Partherreich einmarschierte, eroberte er die Stadt Ktesiphon. Eine militärische Glanzleistung, die auf seinem Triumphbogen auf dem Forum in Rom verewigt ist. Leider wusste Septimius nicht, wie er die Stadt halten sollte, nachdem er sie eingenommen hatte. Weder kannte er sich in der Gegend aus noch wusste er, wohin der Partherkönig Vologaeses geflohen war, geschweige denn, wo er Vorräte herbekommen sollte, um seine Armee zu versorgen. Der strahlende Sieg, die Legionäre, die gefallen waren, um ihn zu erringen – alles war umsonst gewesen.

Als er dann Kaledonien ins Auge fasste, war ihm bewusst, dass er zunächst so viel wie möglich über dieses Land in Erfahrung bringen musste, damit er seine Siege leichter erringen und die besetzten Gebiete auch halten konnte. Und damit hat er mich beauftragt.«

»Ich habe viele Geschichten über Euch gehört. Ihr wart erst Legionär, dann Zenturio und habt schließlich als Praefectus castrorum ein Lager befehligt. Dann habt Ihr Euch den Speculatores angeschlossen, wart Scharfrichter und schließlich Zenturio bei den Frumentarii.«

»Ich bin ein alter Mann und weit herumgekommen«, sagte Oclatinius. »In deinem Alter war ich noch Legionär. Selbst ein Mann von meinem Format muss sich in Geduld üben, um den Makel seiner niederen Herkunft zu überwinden. Deine Mutter war eine Maeata, na und? Du erinnerst mich an mich selbst in jungen Jahren. Du kannst es weit bringen. Außerdem könnte deine Herkunft für einige der Aufgaben, mit denen ich dich betrauen will, durchaus von Nutzen sein.«

Aufgaben? Obwohl Silus müde war und das Bier ihn wärmte, schlug sein Herz schneller. Endlich würde man ihn losschicken, um Rache an diesen barbarischen Hundesöhnen zu üben.

»Erzähl mir von deiner Mutter«, sagte Oclatinius.

Diese überraschende Wendung des Gesprächs traf Silus völlig unvorbereitet. »Nein«, sagte er und funkelte seinen Vorgesetzten böse an.

»Wie du meinst. Dann vergessen wir das Ganze. Gleich morgen früh kehrst du in dein Kastell am Wall zurück. Als einfacher Soldat der Hilfstruppen.«

Silus fiel die Kinnlade herunter. »Was?«, keuchte er. War die Arbeit der vergangenen Wochen vergebens gewesen, der viele Hass und der Zorn, die ihm als Antrieb gedient hatten, um sich zu einer Waffe ausbilden zu lassen? Einer Waffe, die direkt auf das Herz jenes Mannes gerichtet war, der seine Familie abgeschlachtet hatte. Wie sollte er als einfacher Soldat Rache nehmen, wie überhaupt weiterleben?

Oclatinius beugte sich vor. »Du sollst von den Augusti mit gefährlichen Geheimaufträgen betraut werden und Kenntnis von sehr wichtigen Dingen erhalten, Silus. Und jetzt erfahre ich, dass dein Vater Sergius der Barbarenficker und deine Mutter eine Maeata waren. Wenn du willst, dass ich dir vertraue, musst du mir von deiner Vergangenheit erzählen.«

Silus schüttelte den Kopf. »Das geht nicht …«

Oclatinius stand ruckartig auf. Die Stuhlbeine kratzten über den Steinboden. »Melde dich morgen früh bei mir. Ich habe mehrere Mitteilungen für deinen Kommandanten in Voltania, die du überbringen wirst. Gute Nacht, Silus.« Er verschwand durch die aufgebrochene Tür. Silus starrte ihm ungläubig hinterher.

Die beiden Brüder waren betrunken. Sie machten selbst das Trinken zu einem Wettstreit, indem sie einen Becher des bitteren hiesigen Bieres nach dem anderen leerten, ohne dass einer aufgeben wollte. Als sie allmählich begriffen, dass sie höchstens ein Unentschieden erreichen und dabei vermutlich vor ihren jeweiligen Anhängern das Bewusstsein verlieren würden, einigten sie sich auf einen anderen Wettkampf – ein Rennen um die Festungsmauer.

Eboracum war nur wenige Jahrzehnte nach der ersten, von Claudius angeführten Invasion Britanniens als befestigtes Lager gegründet worden, und im Lauf der Zeit war um das Militärlager eine größere Siedlung entstanden. Diese verfügte über eine Stadtmauer, die jedoch, was ihre Dicke und Höhe betraf, nicht annähernd an die Mauer der Festung heranreichte, die bei Severus' Ankunft zusätzlich noch ausgebessert, verstärkt und mit Tortürmen versehen worden war.

Und nun standen Severus' Söhne Caracalla und Geta betrunken vor einem aus ebenfalls berauschten und jubelnden jungen Adligen, kopfschüttelnden Alten und einem bunten Haufen staunender Stadtbewohner bestehenden Publikum am Fuße einer der zum Wehrgang hinaufführenden Treppen.

Obwohl sich alles drehte, wenn sie zum wolkenverhangenen Nachthimmel aufblickten, waren sie fest entschlossen, die fast eine Meile lange, tückische Strecke um die Wette zu laufen.

»Ich erwarte ein ehrliches Rennen ohne Schlagen, Beißen oder Treten«, lallte einer der Betrunkenen, den sie zum Schiedsrichter erkoren hatten. »Die Rennstrecke führt einmal um die Festungsmauer herum, Sieger ist der Erste, der wieder hier ankommt. Der Wetteinsatz beider Teilnehmer ist einer ihrer Lieblingssklaven. Sind die Wettkämpfer bereit?«

Caracalla hob zustimmend die Hand, Geta tat es ihm gleich.

»Los!«

Geta rempelte seinen Bruder von der Seite mit gerade so viel Schwung an der Schulter an, dass Caracalla mit dem Gesicht voraus gegen die Wand prallte, dann rannte er die Treppe hinauf, wobei er trotz seiner Trunkenheit zwei Stufen auf einmal nahm. Caracalla lief ihm fluchend hinterher.

Seine anfängliche Siegesgewissheit geriet ins Wanken. Er war davon ausgegangen, aufgrund seiner soldatischen Tugenden und durch das Marschieren und Exerzieren mit den Legionen in weitaus besserer körperlicher Verfassung als sein Bruder zu sein. Doch sein Bruder hatte trotz seiner sitzenden Tätigkeit offenbar Zeit zur Leibesertüchtigung gefunden. Außerdem war Geta leichter und kam so schneller die steilen Stufen hinauf, und nicht zuletzt war er um einiges jünger, was in der Vergangenheit stets Caracalla zum Vorteil gereicht hatte, sich aber plötzlich in einen Nachteil verwandelt zu haben schien.

Als Caracalla schließlich die etwa dreißig Stufen bezwungen hatte, rannte sein Bruder bereits mit mehreren Schritt Vorsprung den schmalen Wehrgang hinunter. Caracalla sprintete mit eingezogenem Kopf los, warf Arme und Beine energisch nach vorn. Er holte zwar langsam auf, doch dafür breitete sich ein Brennen in seinen Beinmuskeln und seiner Lunge aus. Ein längerer Spurt war keine ihm vertraute Übung – er war lange Märsche oder kurze, heftige Kraftanstrengungen wie beim Fechten oder Ringen gewöhnt. Schon bald schnappte er nach Luft. Obwohl er sich zusehends verausgabte, wurde sein Kopf kaum klarer.

Geta erreichte den ersten der acht Wachtürme, riss die Tür auf und warf sie hinter sich zu. Caracalla öffnete die Tür wieder und nutzte ihren eisernen Griff, um sich daran abzustoßen. Zwei Wachposten blickten schuldbewusst von ihren Knochenwürfeln auf. Offenbar wussten sie nicht, ob sie zuerst nach ihren Waffen greifen oder die Beweise für ihr im Dienst verbotenes Glücksspiel verstecken sollten. Aber noch bevor sie zu einem Entschluss kamen, waren die beiden Brüder auch schon durch die andere Turmtür verschwunden.

Caracalla bekam Seitenstechen. Es war wirklich keine sehr schlaue Idee gewesen, mit einem Bauch voller Fleisch und Bier zu einem Wettrennen anzutreten. Wahrscheinlich würde er irgendwann anhalten und sich über die Brustwehr übergeben müssen – eine äußerst demütigende Art und Weise, diese Wette zu verlieren.

Dieser Gedanke verlieh ihm neue Kraft, und als sie das zweite Tor erreichten, war er Geta bereits so nahe, dass er den Arm ausstrecken und die Tür aufhalten konnte, bevor sein Bruder ihm auch diese vor der Nase zuschlug. Zwei weitere Wachen blickten überrascht auf, und ihr Erstaunen wuchs noch, als Geta einen dreibeinigen Hocker mit einer Hand packte und seinem Bruder entgegenschleuderte.

Caracalla wollte zur Seite ausweichen, doch der Hocker traf ihn schmerzhaft an der Schulter und brachte ihn aus dem durch das Bier sowieso bereits beeinträchtigten Gleichgewicht, sodass er gegen einen Soldaten taumelte und diesen zu Boden stieß. Caracalla landete einigermaßen sanft auf ihm, während dem unglücklichen Legionär die Luft aus der Lunge gequetscht wurde. Sofort war der Augustus wieder auf den Beinen und lief fluchend hinter dem höhnisch lachenden Geta her.

Erst nach drei weiteren Tortürmen hatte er wieder einigermaßen aufgeholt, doch er spürte, dass ihm die Puste ausging, obwohl beinahe die halbe Strecke noch vor ihm lag. Die Anstrengung, seinen Bruder nicht nur einmal, sondern zweimal einzuholen, sowie die Tatsache, dass er älter und schwerer war, forderten ihren Tribut. Geta baute seinen Vorsprung wieder aus, und nach zwei weiteren Tortürmen mit schockierten Wachposten in den verschiedensten Stadien des Wachseins, der Wachsamkeit oder Trunkenheit lag Geta bequeme dreißig Schritt in Führung.

Die Muskeln in Waden und Oberschenkeln protestierten und sein Bauch fühlte sich an, als hätte man einen langen Dorn hineingetrieben. Obwohl sich sein mächtiger Brustkorb hob und senkte, bekam er einfach nicht genug Luft. Caracalla war der Verzweiflung nahe.

Doch als Geta den letzten Torturm erreichte und die Tür öffnete, knickte er mit dem Fuß auf einem hervorstehenden Pflasterstein um. Da er nicht weniger betrunken als Caracalla war, konnte er sich nicht auf den Beinen halten und fiel der Länge nach in den Wachraum. Bevor er sich wieder aufrappeln konnte, war Caracalla schon bei ihm und sprang mit der Kraft neu gewonnener Hoffnung in einem Satz über seinen Bruder hinweg.

Geta streckte den Arm aus und packte den Knöchel des sich im Sprung befindlichen Caracalla. Dieser war zu erschöpft und in seinem Zustand zu schwerfällig, um sich loszureißen und das Gleichgewicht nicht zu verlieren. Er kam so heftig auf dem harten Steinboden auf, dass ihm einen Augenblick lang die Luft wegblieb. Nun war Geta wieder auf den Beinen und lief, nun langsamer als vorher, zur anderen Tür.

Caracalla ergriff sein Bein und hielt sich daran fest. Geta kämpfte sich aus dem Turm, und die Zuschauer erblickten einen der drei Augusti, der einen anderen hinter sich über den Wehrgang zog, wobei sie sich gegenseitig derbe Flüche an den Kopf warfen.

Geta beugte sich vor, um Caracallas Griff zu lösen, doch der ältere Bruder war der eindeutig stärkere. In seiner Trunkenheit vergaß Geta, dass er nur ein Bein frei bewegen konnte, setzte zum Tritt an und ging ebenfalls wenig elegant zu Boden. Die Brüder rangen, zerrten sich gegenseitig an der Kleidung, schlugen und bissen, während die ersten Regentropfen auf sie niederfielen.

Caracalla konnte Geta einen kurzen Augenblick lang durch einen Schlag auf den Kopf gefechtsunfähig machen. Er löste sich aus dem Griff seines Bruders und richtete sich langsam und mühevoll auf. Ihm tat alles weh. Er schwankte zur Treppe und hielt inne, plötzlich unsicher auf den Beinen, bevor er einen weiteren zögerlichen Schritt machte.

Da hörte er ein Brüllen hinter sich. Sein Bruder rannte auf ihn zu und schlang einen Arm um seine Hüfte. Die beiden Augusti fielen sich überschlagend die Stufen hinunter. Caracalla bekam jede einzelne harte Kante zu spüren, dann prallten sie gegen die Wand und fielen aus etwa zwei Schritt Höhe von der Treppe. Beide landeten gleichzeitig auf dem Rücken und lagen keuchend und stöhnend da. Aus den wenigen Tropfen wurde ein Regenguss, und schon bald waren sie völlig durchnässt.

»Unentschieden!«, verkündete der Schiedsrichter, und die versammelten Höflinge brachen ebenso wie die Zuschauer in lauten Jubel aus. Die Anhänger des jeweiligen Augustus überhäuften ihren Favoriten mit Glückwünschen oder empörten sich über das Ergebnis, während sie ihm auf die Füße halfen. Der schlammbespritzte, etwas mitgenommene Caracalla sah seinen Bruder mit schlecht verborgener Missgunst an.

»Das war kein Unentschieden«, sagte Caracalla. »Er hat betrogen, so wie immer. Genau wie damals, als er mich bei dem Wagenrennen beinahe umgebracht hätte.«

»Du hattest Glück«, sagte Geta. »Wäre ich nicht kurz vor Schluss gestolpert, hätte ich ganz klar gewonnen.«

»Du bist aus Ungeschicklichkeit hingefallen, ich dagegen, weil du gegen die Regeln verstoßen hast.«

Geta trat auf ihn zu. Caracallas Herz hüpfte vor Freude bei der Vorstellung, seinen Bruder bei einem anständigen Faustkampf Mann gegen Mann in die Schranken zu weisen.

Dann verstummten die Umstehenden plötzlich, und Caracalla sah sich verwundert um. Die Menge teilte sich, senkte die Köpfe und machte einer reich verzierten, von acht kräftigen Sklaven getragenen Sänfte Platz, die vor den beiden Augusti anhielt. Die Vorhänge öffneten sich.

Dahinter kamen Kaiser Severus und Kaiserin Julia Domna zum Vorschein. Severus war bleich und ausgezehrt, sein Atem ging schwer und pfeifend, doch die Wut in seiner Miene war unverkennbar.

»Ich habe euch hierhergebracht, um eurem liederlichen Benehmen ein Ende zu setzen«, sagte er mit leiser, aber in der gespannten Stille deutlich zu vernehmender Stimme. »Ich habe euch Verantwortung übertragen, weil ihr euch in den Dienst eures Reiches stellen sollt. Aber ihr tut nichts anderes, als euch zum Narren zu machen – Saufen, Prügeln, Wettkämpfe. Ist überhaupt einer von euch fähig zu herrschen, wenn ich nicht mehr bin?«

Caracalla erbleichte, dann stieg Wut in ihm auf. »Vater, ich bin Euer Erbe. Wenn Ihr sterbt, habe ich das alleinige Recht, über Rom zu herrschen.«

»Vater, wir sind beide Augusti«, protestierte Geta. »Ihr habt entschieden, dass wir Rom gemeinsam regieren.«

»Genug!« Severus' Stimme durchschnitt die ruhige Nachtluft. »Nicht das Recht der Geburt bestimmt, wer mir nachfolgt, sondern ich allein. Und wenn ihr mich weiterhin derart enttäuscht, werde ich lieber einen Freigelassenen zum Nachfolger erwählen als einen von euch.«

Caracalla öffnete den Mund, doch da ihm nichts Vernünftiges zu seiner Verteidigung einfallen wollte, schloss er ihn wieder und neigte demütig den Kopf. »Bitte verzeiht, Vater.« Er würde es auf dem Schlachtfeld wiedergutmachen und seinem Vater zeigen, wer der geeignetere Herrscher war.

Geta warf ihm einen Seitenblick zu, da er offenbar eine List hinter der Entschuldigung seines Bruders vermutete. Dennoch beugte auch er den Kopf. »Vater, auch mir tut es sehr leid. Ich schwöre, Euren hohen Erwartungen gerecht und ein würdiger Nachfolger zu werden.«

Caracalla mahlte bei diesen Worten mit den Zähnen, verkniff sich aber jeglichen Kommentar. Er hob den Kopf wieder. Der Kaiser schien einigermaßen versöhnt, seine Gemahlin dagegen betrachtete ihn mit einer Mischung aus Besorgnis und Enttäuschung. Caracalla suchte ihren Blick. Die anderen ahnten nicht, dass er ihr damit eine Frage stellte, auf die sie mit einem beinahe unmerklichen Nicken antwortete, bevor sie sich wieder abwandte.

Severus fing an zu husten und spie in ein Tuch. Caracalla glaubte, Blutflecken darauf zu sehen, doch sicher war er sich im schwachen Licht nicht.

»Geht nach Hause«, sagte Severus heiser. »Sklaven, zurück zum Palast.« Er ließ den Vorhang sinken und die Sänfte entfernte sich wieder.

Caracalla stand wütend, frustriert, müde und zerschlagen im strömenden Regen – und doch auch in freudiger Erregung, da er später noch eine Verabredung hatte.

Caracalla betrat Julia Domnas von goldenen Öllampen erhelltes und von einem unaufdringlichen Wohlgeruch erfülltes Schlafzimmer. Sie gehörte nicht zu den Ehefrauen, die jede Nacht das Lager ihres Gatten teilten. Das war auch nicht im Sinne des Kaisers gewesen, schließlich hätte er sich in ihrer Anwesenheit ja schlecht mit den Freien und Sklavinnen vergnügen können, die er begehrt hatte, als er noch an den Freuden des Fleisches interessiert gewesen war. Doch nun war er ein alter Mann und zu schwach dafür – ganz gleich, ob mit ihr oder mit anderen Frauen.

Julia Domna lag zurückgelehnt da und trank aus einem Bronzebecher. Die Fußbodenheizung verbreitete angenehme Wärme und sanfte Musik drang aus der Ecke, in der eine vertrauenswürdige Sklavin stand und auf einer Lyra spielte. Julias Gesicht war mit Bleiweiß geschminkt, die Augen dick mit Kajal umrandet und das Haar zu einer kunstvollen Frisur hochgesteckt. Trotz der späten Stunde erweckte sie ganz eindeutig nicht den Eindruck, als hätte sie vor, sich demnächst schlafen zu legen.

Sie blickte mit schweren Lidern unter den langen Wimpern zu ihm auf. Er schloss die Tür hinter sich und entledigte sich seines Caracallus, jenes dicken Wollmantels, dem er seinen Spitznamen zu verdanken hatte. Darunter trug er eine einfache, zweckmäßige Tunika, die allerdings mit kostbarem Purpur gefärbt war. Julia ließ ihren Blick langsam von den Sandalen über die behaarten, ausgesprochen muskulösen Beine, die schmale Taille, die breite Brust und den Stiernacken bis hinauf zu seinem ernsten, stattlichen, von dichtem, lockigem Bart und Haar umrahmten Gesicht wandern. Ihr Atem ging schneller, sie öffnete leicht den Mund und strich mit der Hand die rote Stola auf ihrem Oberschenkel glatt.

Caracalla war mit zwei schnellen Schritten über ihr und drückte sie auf den Rücken. Sie stieß ein Keuchen aus, das durch Caracallas Lippen gedämpft wurde. Seine Zunge schob sich in ihren Mund, sie schlang die Arme um ihn und erwiderte den Kuss leidenschaftlich. Gierig und ungestüm erkundeten ihre Hände den Leib des anderen. Er griff nach einer Brust, drückte sie und hörte mit Befriedigung ein Stöhnen.

Dann löste er sich von ihr, packte den Saum ihrer Stola und zog sie über ihren Kopf. Sie half ihm nach Kräften, sie loszuwerden. Er trat zurück. Sie lag nackt vor ihm, ein Knie angewinkelt, und biss neckisch lächelnd auf einen Finger. Julia war fünfzig, Caracalla sechsunddreißig, doch der Altersunterschied war ihm völlig egal. Sie hatte ein rundes Gesicht mit einer etwas zu langen Nase, die jedoch an ihrer Spitze einen reizenden Aufwärtsschwung aufwies. Die weiße Schminke konnte nicht ganz die Falten um Mundwinkel und Augen verdecken, und ihr Körper war schlank und wohlgeformt, aber nicht mehr so straff wie einst. Beinahe verblasste Schwangerschaftsstreifen an den Bauchseiten erinnerten daran, dass sie vor einundzwanzig Jahren seinen Bruder zur Welt gebracht hatte.

Caracalla fand sie unwiderstehlich. Er riss sich die Tunika vom Leib, warf sie beiseite und stürzte sich einmal mehr auf sie. Julia schlang Arme und Beine um ihn, als er in sie eindrang. Ihre Augen waren halb geschlossen, ihr Mund formte ein stummes O. Trotz ihrer drängenden, hitzigen Leidenschaft schien es den beiden, als dauerte der Liebesakt eine Ewigkeit, als wäre die Zeit gar stehen geblieben. Tatsächlich konnte die Lyraspielerin – die den Blick züchtig abgewandt hatte – vor ihrem Höhepunkt nur ein einziges Lied zu Ende spielen.

Dann lagen sie Seite an Seite da, atmeten schwer und glänzten vor Schweiß. Julia fuhr mit den Fingerspitzen durch sein Brusthaar.

»Ich liebe dich«, sagte Caracalla.

Julia legte einen Finger auf seine Lippen. »Sag das nicht.«

»Warum nicht?«, fragte er. »Wer soll uns denn hören?«

Die Lyraspielerin selbstverständlich, doch eine Sklavin fiel nicht ins Gewicht – nicht zuletzt deshalb, weil ihr grässliche Folter und die Hinrichtung drohten, falls sie auch nur ein Wort über das verlor, was sie hier gesehen hatte.

»Ich weiß es«, sagte Julia. »Und das reicht.«

Seufzend schmiegte er den Kopf an ihre Brust.

»Denkst du an eine Jüngere, wenn wir miteinander schlafen? An deine Frau beispielsweise?«

Caracalla schüttelte den Kopf. »Niemals.«

»Denkst du überhaupt jemals an sie?«

Caracalla drehte sich auf den Rücken und wischte sich mit dem Handrücken den Schweiß aus den Augen. »Wir wurden miteinander verheiratet, weil Vater es so wollte, und auch ihre Verbannung war sein Wille.«

Als er Severus erwähnte, schürzte Julia die Lippen. »Er hatte keine andere Wahl, das weißt du genau. Er konnte die Familie eines Verräters wie Plautianus nicht ungestraft davonkommen lassen.«

»Darüber will ich mich auch gar nicht beschweren. Wie du weißt, empfinde ich keine Liebe für Plautilla. Doch dass ich diese Entscheidung nicht selbst treffen durfte, nehme ich ihm übel. Wenn er nicht mehr da ist, kann ich endlich selbst über mein Schicksal bestimmen.«

»Antoninus, du darfst den Tod deines Vaters nicht herbeiwünschen«, sagte Julia. »Ich fühle mich für das, was wir hier tun, schon schuldig genug, da solltest du nicht mit solchen Bemerkungen riskieren, dass die Götter sein Schicksal vor der Zeit besiegeln.«

»Wie? Du hast mich doch heute Nacht zu dir gerufen.«

Sie gab ihm einen spielerischen Schlag auf den Arm. »Ach, jetzt habe ich dich also verführt, ja? In wessen Schlafzimmer sind wir gleich noch mal?«

»Ich wusste ganz genau, was der Blick zu bedeuten hatte, den du mir heute von der Sänfte aus zugeworfen hast.«

»Bin ich so berechenbar?«

»Es ist die Arithmetik der Liebe.«

»Das war ja beinahe eines Poeten würdig, mein Schatz. Kein Vergleich mit deinem rüpelhaften Benehmen von heute Abend. Was hatte das denn zu bedeuten?«

Sofort erlosch Caracallas Lächeln. »Dein Sohn provoziert mich«, sagte er mürrisch.

»Ja, das stimmt«, pflichtete Julia ihm bei. »Aber du bist der Ältere und solltest über solchen Dingen stehen.«

»Er fordert mich ständig heraus. Er will Mitkaiser werden, wenn Vater tot ist.«

»Wie es auch der Wunsch meines Gemahls ist, nicht wahr?«

»Das ist ungerecht!«, rief Caracalla und versetzte der Daunenmatratze einen so heftigen Schlag, dass die Lyraspielerin einen Ton verpasste. »Ich bin der Ältere. Ich habe Legionen befehligt und Siege auf dem Schlachtfeld errungen. Vater hat militärisches Können und Tapferkeit immer höher geschätzt als alles andere und mir versprochen, mich zu seinem Nachfolger zu machen.«

»Und das wirst du auch«, sagte Julia besänftigend und tätschelte seinen Arm.

»Aber nicht allein, da er Geta letztes Jahr ebenfalls zum Augustus ernannt hat. Und was hat der schon groß geleistet, außer sich die Beschwerden von irgendwelchen kleinen Beamten und Landadeligen anzuhören und Beschaffungsformulare für Caligae und Schaufeln zu unterzeichnen?«

»Nun, letztes Jahr ist es ihm gelungen, die Revolte in Verulamium zu beenden. Seitdem glaubt der Kaiser wohl, dass er bereit dafür ist, mehr Verantwortung zu übernehmen.«

»Die Revolte zu beenden? Er war der Urheber des Aufstandes! Er hat diesen Christusjünger … wie hieß er noch … Alban hinrichten lassen, nur weil er einem ihrer Priester Unterschlupf gewährt hat, und damit einen Aufruhr unter den Einheimischen verursacht! Um sie zu beruhigen, musste er alle möglichen Zugeständnisse machen und den Christusgläubigen versprechen, sie nicht länger zu verfolgen.«

»Ich weiß, wie sehr du meinen Sohn hasst …«

»Ich hasse ihn nicht, Julia. Er ist mein Bruder und dein Sohn. Aber er bringt mich eben zur Verzweiflung.«

Julia streichelte Caracallas Haar. Er verspannte sich kurz und sank dann wieder auf ihren Körper zurück.

»Antoninus, bitte versöhne dich wieder mit ihm«, sagte sie. »Deinem Vater und mir zuliebe.«

Caracalla seufzte tief. »Also gut, Julia. Dir und nur dir zuliebe.«

Siebtes Kapitel

Silus schlief schlecht. Sein Zimmer war zugig und er fror, so fest er die Decke auch um sich zog. Am nächtlichen Lager tief im kaledonischen Wald war es wärmer gewesen als in dieser Baracke, dachte er zitternd.

Jedes Mal, wenn er die Augen schloss und in den Schlaf hinüberglitt, träumte er von Velua und Sergia. Es waren stets dieselben beiden Träume: Im ersten wusste er, dass den beiden eine unbekannte Gefahr drohte, und wollte zu ihnen, bevor das Schreckliche geschah. Doch er kam nur langsam voran, als würde er durch Schlamm waten oder eine endlose Leiter hinaufsteigen. Es gelang ihm einfach nicht, sie zu erreichen, und sie sahen sich mit vorwurfsvollem Blick nach ihm um. Im zweiten Traum kehrte er mit einer düsteren Vorahnung zu seiner Hütte zurück, doch als er die Tür öffnete, sah er Sergia und Velua mit Issa oder Sergias Stoffpuppe spielen. Es war ein überwältigendes Glücksgefühl, sie unversehrt vorzufinden. Sie lachten und nannten ihn einen Dummkopf und er nahm sie in die Arme und weinte vor Erleichterung.

Er war gerade mitten in letzterem Traum, als ihn ein lauter Hahnenschrei weckte. Glück und Freude hielten noch ein Dutzend Herzschläge lang an, dann holte ihn die Wirklichkeit ein. Er setzte sich ruckartig auf und schnappte nach Luft. Sein Herz raste und Schweiß glänzte auf seiner Stirn.

Er presste die Finger fest auf die geschlossenen Augen, um sich durch den äußeren vom im Inneren aufgestauten Druck abzulenken. Dann schwang er die Beine aus dem Bett, stand auf und nahm einen großen Schluck Wasser. Er würde nie wieder glücklich sein, das wusste er genau. Glück war ein Ding der Unmöglichkeit für ihn.

Sein Blick wanderte zu dem Messer auf dem Tisch, das im Gegensatz zu der Holzwaffe, mit der er gestern Abend gegen Oclatinius gekämpft hatte, über eine Eisenklinge verfügte. Er hob es auf, prüfte seine Schärfe mit dem Daumen, dann richtete er probeweise die Spitze in einem Winkel, in dem sie leicht die Rippen durchdringen würde, auf sein Herz. Er drückte die Messerspitze in die Haut, dann durchbohrte er sie, sodass ein Blutrinnsal seine Brust hinunterlief.

Es war so einfach. Wen kümmerte es denn schon? Die Schatten seiner Frau und seiner Tochter und die Lemures seiner Eltern ganz sicher nicht. Niemanden außer dem Sklaven, der sein Blut wegwischen musste.

Und Maglorix. Den interessierte Silus' Tod bestimmt, damit er sich darüber kranklachen konnte – falls er überhaupt jemals davon erfuhr.

Silus öffnete die Hand und ließ das Messer fallen. Dann legte er langsam die Uniform an, wusch sich das Gesicht mit Wasser aus der Waschschüssel und suchte die Latrine auf. Dort leerte er schweigend Blase und Darm, ohne den neben ihm sitzenden Hilfstruppensoldaten und Legionären, die ihn in ein Gespräch verwickeln wollten, Beachtung zu schenken. Sollten sie ihn doch für einen griesgrämigen Drecksack halten. Er säuberte den an einem Stock befestigten Schwamm in dem fließenden Wasser unter seinem Latrinensitz, rückte die Uniform wieder zurecht und meldete sich bei Oclatinius.

Der alte Veteran blickte nicht auf, als Silus seine Amtsstube betrat, sondern studierte weiter einen in Holztafeln gekratzten Aufklärungsbericht, wobei er sich gelegentlich mit einem Griffel eine Notiz auf einer Wachstafel machte. Silus stand wortlos stramm.

Schließlich legte Oclatinius den Griffel weg, rückte mit dem Stuhl etwas vom Tisch zurück und betrachtete Silus eine Weile. Dann gab er ihm mehrere Papyrusrollen. »Die sind für Präfekt Menenius. Sag in den Stallungen Bescheid, dass du in meinem Auftrag unterwegs bist, und lass dir ein Pferd geben. Sieh zu, dass du nicht länger als sechs Tage nach Voltania brauchst. Weggetreten.« Er wandte sich wieder seinen Schrifttafeln zu.

»Meine Mutter war die Nichte eines Maeatae-Häuptlings.«

Oclatinius blickte ruckartig auf und kniff die Augen zusammen.

»Von meinem Vater wisst Ihr bereits, dass er ein ausgezeichneter Spion war. Er hat sein Handwerk bei den Brigantes gelernt. In der Vergangenheit wurde seiner Familie vom brigantischen Adel übel mitgespielt, wohingegen sie die Römer stets gut behandelt haben. Daher hielt sie Rom über Generationen hinweg die Treue.«

Silus verstummte.

»Nur weiter«, sagte Oclatinius tonlos.

»Mein Vater war ein vollendeter Lügner. Er gab sich als brigantischer Rebell auf der Flucht vor den Römern aus, und der Stamm meiner Mutter nahm ihn bei sich auf. Gelegentlich verriet er ihnen Hilfreiches über die römischen Besatzer, nahm an Überfällen auf Legionäre teil und ließ sogar ein paar über die Klinge springen. Dadurch erschlich er sich ihr Vertrauen. Der Häuptling gewährte ihm sogar eine Nacht mit seiner jungen Nichte Donella. Wie Ihr wisst, pflegen sich bei den Maeatae die mächtigsten Männer untereinander die

Frauen des Stammes zu teilen, doch in jenen entscheidenden Monaten hatte mein Vater meine Mutter nur für sich.

Bis man ihn eines Tages dabei ertappte, wie er einen Bericht mit seinem Messer in ein Stück Rinde ritzte.«

»Tststs, so eine Schlamperei«, sagte Oclatinius. »Die Maeatae sind ungebildete Barbaren. Sie konnten wahrscheinlich nicht lesen, was er geschrieben hatte, aber sie hätten gewusst, dass es nicht für jemanden aus Kaledonien bestimmt war. Und früher oder später hätten sie auch jemanden aufgetrieben, der des Lesens kundig ist.«

»Er hat seine Fahrlässigkeit später offen zugegeben«, sagte Silus. »Ich glaube, dass es ihm dort langweilig wurde. Oder er hat herausgefunden, dass meine Mutter schwanger war, und suchte – womöglich nicht einmal in bewusster Absicht – einen Vorwand, um den Stamm verlassen zu können. Ob er vor seiner Flucht wusste, dass meine Mutter ein Kind erwartete, hat er mir nie verraten.«

»Deine Mutter war schwanger von einem römischen Spion, und die Barbaren haben sie nicht getötet?«

»Das konnte ihre Cousine Ardra, die Tochter des Häuptlings, knapp verhindern. Offenbar gewährte der Häuptling – sehr ungewöhnlich für einen Barbaren – seiner Tochter den Wunsch, sie zu verschonen. Meine Mutter zog mich als einen der ihren auf. Ich sprach ihre Sprache, ich nahm ihre Gebräuche an, ich *war* ein Maeata. Und dann starb meine Mutter.«

Silus studierte Oclatinius' Antlitz genau, doch der Veteran verzog keine Miene.

»Meine Mutter erwartete ein Kind von einem der besten Krieger des Stammes«, sagte Silus und starrte auf den Boden. »Doch sowohl mein Bruder als auch meine Mutter starben im Kindbett. Plötzlich war ich ganz allein und noch dazu der

Sohn eines römischen Spions. Ich war alt genug, um trotz meiner Trauer zu begreifen, wie brenzlig meine Lage war. Die Menschen tuschelten über mich oder warfen mir insgeheim Blicke zu. Ardra, ihr Vater und ihre Brüder führten lautstarke Auseinandersetzungen über mein weiteres Schicksal. Man zerrte meine Freunde seit Kindertagen von mir weg, wenn ich mit ihnen spielen wollte.«

»Und doch hast du überlebt«, sagte Oclatinius. »Dank Ardra?«

Silus nickte. »Eines Tages kam sie in das Rundhaus, das ich mit meiner Kinderfrau Glenna bewohnte, einer ehemaligen Sklavin meiner Mutter vom Stamm der Votadini. Ardra erzählte mir rundheraus, dass der Stammesrat trotz ihres Bittens, Flehens und Drohens beschlossen hätte, mich am nächsten Tag zur Mittagsstunde zu ersäufen. Ich war bereits zu alt, um in der Wildnis ausgesetzt zu werden – sie wollten nicht riskieren, dass ich überlebte. Durch eine Hinrichtung wären sie mich ein für alle Mal losgeworden.

Doch Ardra war eine tapfere und hartnäckige Frau, und sie liebte mich ebenso, wie sie meine Mutter geliebt hatte. In dieser Nacht floh sie mit mir und Glenna, die man wohl ebenfalls getötet hätte, wenn sie geblieben wäre, da sie meine Flucht nicht verhindert hatte.«

Silus hielt inne. Warum erzählte er diesem Wichser seine Lebensgeschichte? Warum ließ er ihn so freimütig an seinen frühesten schrecklichen und demütigenden Erinnerungen teilhaben? Die naheliegende Antwort lautete: Weil sich in Oclatinius' Diensten wohl am ehesten die Möglichkeit ergeben würde, sich an Maglorix zu rächen. Doch tief in seinem Inneren regten sich Zweifel daran, dass dies sein einziger Ansporn war. Suchte er tatsächlich das Mitgefühl und die Anerkennung dieses alten Drecksacks zu gewinnen? Im

Hinblick darauf, wie seine Erzählung enden würde, musste er sich widerstrebend eingestehen, dass wohl Letzteres der Fall war.

»Ich höre«, sagte Oclatinius. Weder Stimme noch Gesichtsausdruck ließen die leiseste Gefühlsregung erkennen.

Silus holte tief Luft. »Ardra brachte mich zu meinem Vater. Ich weiß nicht, wie ihr das gelungen ist, und ich will gar nicht wissen, welche Gefahren sie auf dem Weg durch das ihr plötzlich feindlich gesonnene Geburtsland und dann durch das vom alten Gegner Rom beherrschte Britannien überwinden musste. Und ich weiß nicht, welchen Preis sie für mein Überleben bezahlt hat.«

Das war gelogen. Er erinnerte sich gut an die von Angst und Kälte erfüllten Nächte in Wäldern und Torfmooren. Er erinnerte sich an den Bauern im Land der Selgovae, der Ardra dabei erwischt hatte, wie sie ein Huhn stehlen wollte, und der Silus daraufhin über Nacht in ein Zimmer gesperrt und sie alle am nächsten Morgen von seinem Hof gescheucht hatte. Er erinnerte sich an Glennas blaues Auge und Ardras steifen Gang und dass den ganzen Tag lang keine von beiden etwas gesagt oder auch nur einen Blick gewechselt hatte. Doch er erinnerte sich auch daran, wie gut das Huhn geschmeckt hatte, nachdem Glenna es gerupft und ausgenommen und über einem kleinen Feuer gebraten hatte.

Und er erinnerte sich daran, wie überwältigt er vom Anblick des Hadrianswalls gewesen war, von seiner schieren Größe, von den vielen Menschen, die sich in den angrenzenden Städten und Dörfern und Befestigungen tummelten. Ardra hatte sie alle nach einem Hinweis auf Sergius' Aufenthaltsort gefragt und angebettelt und angefleht. »Doch ein Spion ist nicht so leicht zu finden«, schloss Silus.

»Das bringt der Beruf wohl so mit sich.«

»Schließlich kam den Frumentarii zu Ohren, dass ein Barbarenweib unangenehme Fragen bezüglich einer ihrer besten Männer stellte. Wir wurden auf offener Straße entführt, gefesselt und mit verbundenen Augen auf einen Wagen und dann in eine Zelle geworfen, wo wir von zwei großen, kräftigen Männern verhört wurden. Der eine war freundlich und gab uns zu essen und zu trinken; der andere schrie und drohte uns mit dem Tod. Eine althergebrachte Befragungstaktik, die aber fruchtlos blieb. Wir hatten nichts zu verbergen. Was Ardra ihnen erzählte, war die Wahrheit: Sie brachte Silus zu seinem Vater Sergius.

Sie hielten uns ein Nundinum lang gefangen, bis eines Tages ein Mann in der Zellentür stand. ›Sergius!‹, schrie Ardra, Glenna gleichzeitig: ›Herr!‹ Und ich erblickte zum ersten Mal meinen Vater. Und er mich. ›Ach du Scheiße‹, hat er gesagt.«

Nun konnte Oclatinius nicht länger an sich halten. Er warf den Kopf zurück und stieß ein brüllendes Lachen aus. »O je, der arme Sergius. Ein Spion rechnet üblicherweise nicht damit, dass ihn die Vergangenheit auf diese Weise einholt. Ich frage mich, wie viele Söhne und Töchter ich in Germanien und im Partherreich zurückgelassen habe.«

Silus verbiss sich eine ätzende Bemerkung, presste die Lippen aufeinander und schwieg, bis Oclatinius sich endlich wieder eingekriegt hatte und sein Gelächter verstummt war.

»Und dann?«, fragte er.

Silus sagte nichts.

»Was, hast du deine Zunge verschluckt? Oder gibt es nichts mehr hinzuzufügen?«

»Ich wüsste nicht, was«, sagte Silus verdrießlich.

»Nun sei doch nicht beleidigt. Erzähl weiter. Wie hat dein Vater reagiert?«

»Er hat mich als seinen Sohn in seinem Haus aufgenommen. Seine bereits verstorbene Frau hatte keine Kinder bekommen können, es gab also keine anderen Geschwister, die mir meinen Platz streitig machten. Glenna behielt er als Sklavin und gelegentliche Bettgefährtin. Zuerst verabscheute sie ihn, doch mit der Zeit entwickelte sich daraus eine ganz eigene Liebe.«

»Und Ardra?«

»Mein Vater hat ihr ebenfalls angeboten, sie bei sich aufzunehmen, wenn ich auch nicht weiß, ob als Sklavin oder Freie. Sie lehnte rundheraus ab. Obwohl sie sich ihrem Stamm widersetzt hatte, ließ sie keinen Zweifel daran, dass sie eine Maeata war und wieder zu ihnen zurückkehren würde. In der ersten Nacht, die wir im Haus meines Vaters verbrachten, kam sie in mein Zimmer und gab mir einen Kuss. Als ich am nächsten Morgen aufwachte, war sie verschwunden.«

»Weißt du, was mit ihr passiert ist?«

Silus ließ den Kopf hängen. »Als ich zum Mann gereift war, machte ich mich auf die Suche nach ihr. Ich kehrte zu meinem alten Stamm zurück und erfuhr, dass ihre drei Brüder sie ausgepeitscht und lebendig begraben hatten. Ihr Vater, der damals noch am Leben gewesen war, hatte tatenlos zugesehen.«

»Und du?«

»Den Vater hatten die Götter bereits zu sich genommen, die drei Brüder habe ich eigenhändig zu ihnen geschickt.«

Oclatinius nickte ernst. »Hat Sergius dich gut erzogen?«, fragte er nach einer respektvollen Pause.

Silus zuckte mit den Schultern. »Wenn er nicht gerade im Auftrag Roms unterwegs war, hat er mich regelmäßig verdroschen. Er hat mich zum Jagen mitgenommen, um mich an die Grenzen meiner Ausdauer zu bringen. Er hat mir beigebracht, wie man in der Wildnis überlebt, Essbares findet und seine Beute jagt und zur Strecke bringt, ob sie nun auf vier oder zwei Beinen läuft. Dafür hasste ich ihn zunächst und liebte ihn am Ende. Als sie mir nach seinem letzten Auftrag seinen Leichnam brachten, habe ich ihn mit allen Gaben und Opfern bestattet, die ich mir leisten konnte. Und dann schwor ich mir an seinem Grab, Soldat zu werden und Rom ihm zum ehrenden Andenken so gut ich konnte zu dienen.«

Silus schwieg und hoffte, dass sich Oclatinius damit zufriedengab. Dieser verschränkte die Hände vor dem Gesicht, streckte die Zeigefinger aus und berührte damit leicht seine Lippen. Das Schweigen zog sich hin. Dann stand Oclatinius auf, umrundete seinen Schreibtisch und baute sich vor Silus auf.

»Silus, du bist ein exzellenter Späher. Und du besitzt eine gewisse Skrupellosigkeit. Nicht viele hätten an deiner Stelle die Gelegenheit genutzt und Maglorix' Vater getötet. Dies hat sich im Nachhinein als töricht erwiesen, erforderte aber auch viel Mut und Köpfchen, wenn mir das Wortspiel gestattet ist.«

Er legte eine Hand auf Silus' Schultern und drückte, bis Silus in die Knie ging und sich sein Kopf auf Höhe von Oclatinius' Unterleib befand. Einen Augenblick lang befürchtete Silus, er sollte dem alten Drecksack den Schwanz lutschen, doch stattdessen zog Oclatinius ein Messer und stach sich damit in den Daumen, bis Blut floss. Er schmierte die warme, rote Flüssigkeit auf Silus' Stirn, dann legte er beide Hände um seinen Kopf. »Diana, Göttin der Jagd, nimm diesen Mann, Gaius Sergius Silus, in den geheimen Bund der Arcani auf. Sorge dafür, dass er dem Tod und der ewigen Verdammnis anheimfällt, sollte er unser Vertrauen jemals missbrauchen. Gaius Sergius Silus, willst du dem Kaiser und dem Bund der Arcani die Treue schwören?«

»Ich schwöre dem Kaiser und dem Bund der Arcani die Treue.«

Oclatinius blieb noch einen Augenblick mit den Händen auf Silus' Kopf stehen, dann kehrte er zu seinem Schreibtisch zurück und setzte sich wieder.

»Das war's?«, fragte Silus.

»Ja«, sagte Oclatinius. »Ich bin kein Freund pompöser Zeremonien.«

Er griff nach einer Wachstafel, die etwas abseits auf dem Schreibtisch lag, und warf sie Silus zu. Auf der Tafel stand nur: Nectovelius, Sohn des Vindex.

»Wer ist das?«

»Dein erstes Opfer.«

Silus runzelte die Stirn. »Mein was?«

»Merk dir den Namen, lösche die Tafel und töte ihn.«

»Was? Warum?«

»Das geht dich nichts an, Soldat. Du bist jetzt ein Occultus speculator. Ein Arcanus. Du tust, was man dir befiehlt, und stellst keine Fragen.«

»Aber … sagt mir wenigstens, wo ich ihn finden kann.«

Oclatinius seufzte. »Na schön, aber nur, weil du ein Anfänger bist. Nectovelius ist ein Frumentarius und hat uns bereits viele wichtige Informationen über die Kaledonier geliefert. Dafür wurde er reich belohnt und lebt jetzt in Saus und Braus in Isurium Brigantum. Bedauerlicherweise hat er zweimal abkassiert – bei uns *und* bei den Kaledoniern.«

»Er wurde zu gierig«, sagte Silus.

»Er war zu dämlich«, sagte Oclatinius. »Du wirst ihn aufspüren, herausfinden, was er alles weiß, und ihn dann umbringen. Und seine Sklaven auch.«

»Seine Sklaven?«

Oclatinius nickte. »Er hat mehrere kaledonische Sklaven. Wer weiß, was er denen alles erzählt hat. Sie müssen zum Schweigen gebracht werden, damit sie nicht mit wichtigen militärischen Kenntnissen nach Kaledonien fliehen.« Oclatinius blickte Silus in die Augen. »Bist du dieser Sache gewachsen?«

»Ich habe noch nie einen Unschuldigen getötet«, sagte Silus.

»Es gibt keine Unschuldigen, Silus. Wenn du so alt bist und so viel erlebt hast wie ich, wirst du das verstehen.«

Silus zögerte, woraufhin Oclatinius die Papyrusrollen mit den Nachrichten für Voltania wieder vom Tisch nahm. Er hielt sie Silus mit einer Hand hin, in der anderen war die Wachstafel mit dem Namen darauf. Silus blickte von einer Hand zur anderen. Dann schloss er die Augen und sah Sergia und Velua vor sich. Er öffnete die Augen wieder und riss Oclatinius die Tafel aus der Hand.

»Aber komm bloß nicht auf die Idee, mir seinen Kopf zu bringen! Er trägt einen Siegelring mit einem Wolf darauf am kleinen Finger, der reicht völlig.« Oclatinius wandte sich wieder den Berichten zu. Silus starrte den Namen auf der Wachstafel an, entfernte ihn, warf die Tafel auf Oclatinius' Schreibtisch und ging.

Maglorix ballte die Hand immer fester zur Faust, während der Älteste vom Stamm der Epidii redete und redete. Die Epidii lebten weit im Westen und hatten die römische Invasion im letzten Jahr daher mehr oder weniger unbeschadet überstanden. Und doch hätte man bei den Worten des Ältesten glauben können, dass die Römer jeden Mann, jede Frau, jedes Kind und jeden Hund des Stammes entweder versklavt oder getötet hatten. Der Häuptling saß daneben und bekräftigte die Ausführungen des Ältesten mit zustimmendem Nicken. Maglorix spürte, wie ihm das Blut ins Gesicht schoss, und er war kurz davor, aufzuspringen. Taximagulus, der neben dem Stuhl seines Vetters Ir stand, bemerkte Maglorix' Ungeduld und verdrehte übertrieben die Augen, woraufhin sich Maglorix ein Grinsen nicht verkneifen konnte.

»Wir wissen um die Niedertracht, die Erbarmungslosigkeit und die erdrückende Übermacht der Römer. Doch der Winter hat Frieden gebracht, und wir haben Frieden bitter nötig, um uns zu erholen.«

»Die Römer bereiten sich auf einen Krieg im Frühling vor, ganz gleich, was wir bitter nötig haben oder nicht«, rief Ir, der Häuptling der Damnonii. Sein Volk gehörte genau wie Maglorix' Venicones zu dem als Maeatae bekannten Stammesbund, der bei dieser Versammlung der Fürsten und Häuptlinge, die in einer kaledonischen Festung an den Ufern des Loch Nis stattfand, etwa die Hälfte der Teilnehmer stellte. Die anderen gehörten zur Konföderation der Kaledonier. Maglorix sah sich unter den Stammesfürsten und ihren wichtigsten Beratern um. Das Volk der Kaledonier war mit dem mächtigen Stamm der Caledonii sowie den Carnonacae, Caereni, Cateni, Cornovii, Creones, Decantae, Lugi, Smertae und Epidii vertreten, für die dieser hasenfüßige Langweiler gerade sprach. Anführer der Kaledonier war ein stämmiger, bärtiger Mann mit verfilzter roter Mähne namens Argentocoxus. Er verfolgte alles mit zusammengekniffenen Augen und aufeinandergepressten Lippen.

Maglorix' Venicones gaben im Stammesbündnis der Maeatae, zu dem auch die Taexali und Damnonii gehörten, den Ton an, weshalb man Maglorix auch ohne Murren oder Widerspruch zum Kriegsfürsten des Bundes gewählt hatte. Das

Land der Maeatae lag südlicher und östlicher als das der Kaledonier und war deshalb in diesem wie auch in den vergangenen Kriegen stärker in Mitleidenschaft gezogen worden, was auch die Streitbarkeit seiner Bewohner erklärte.

Der Älteste der Epidii sah den Häuptling der Damnonii mit kurzsichtigem Blick an. »Dann müssen wir die Römer um Frieden ersuchen. Eine Fortsetzung des Krieges bedeutet die Vernichtung der Kaledonier und der Maeatae.«

Dies sorgte für lautstarke Empörung in der Runde. Die Maeatae beschimpften die Kaledonier als Verräter, die Kaledonier sprangen erbost auf, um ihre Ehre zu verteidigen. Glücklicherweise war das Tragen von Waffen in der Ratshalle nicht erlaubt, sonst wäre sicherlich Blut geflossen. Dem greisen Druiden, der eigentlich die Versammlung hätte leiten sollen, gelang es nicht, die Streitenden zur Ordnung zu rufen. Maglorix war kurz davor, einzuschreiten, als die Stimme des Fürsten der Selgovae den Lärm übertönte.

Die Selgovae gehörten zu den vier Stämmen, die zwischen den beiden großen, von den Kaisern Hadrian und Antoninus errichteten Wällen beheimatet waren und daher bereits unter der Knute der Römer standen. Die Römer hatten sich in der Vergangenheit nicht entscheiden können, ob sie sich das Land zwischen den beiden Wällen nun untertan machen wollten oder nicht – einerseits hatten sie den nördlicher gelegenen Antoninuswall vor fünfzig Jahren und nur wenige Jahrzehnte nach seiner Fertigstellung aufgegeben, andererseits war ihr Einfluss weiterhin so groß, dass sich die Votadini, ein weiterer innerhalb der Wälle beheimateter Stamm, mit Rom verbündet hatten und gar nicht erst zum Kriegsrat eingeladen worden waren. Die Fürsten der übrigen beiden Stämme in dieser Gegend – die Novantae im Südwesten und die Brigantes – waren nicht persönlich erschienen, sondern hatten Stellvertreter entsandt. Da sich ihr Stammesgebiet auf beiden Seiten des Hadrianswalls befand, waren sie größtenteils schon bei der ersten römischen Invasion vor über zweihundert Jahren besiegt und unterjocht worden. Die wenigen aber, die sich der römischen Herrschaft hatten entziehen können, waren besonders rebellisch und wuterfüllt.

»Wir beobachten die Römer nun schon seit Generationen«, sagte Sellic, der Fürst der Selgovae, und die Ratsversammlung verstummte nach und nach und lauschte seinen Worten. »Mein Ururgroßvater hat in der blutigen Schlacht am Mons Graupius gekämpft und ist dort gefallen, stolz darauf, dem kaledonischen Stammesbund unter der Führung des von den Göttern gesegneten Calgacus anzugehören. Mein Volk kennt vernichtende Niederlagen durch die Hand der Römer, doch es kennt auch Siege. Es kennt die Unterdrückung, aber auch die Freiheit.

Und wir haben stets dazugelernt, selbst wenn wir uns direkt unter römischer Herrschaft befanden. Wir haben die Verteidigungsfähigkeit ihrer Befestigungen und den Mut ihrer Soldaten auf die Probe gestellt. Mal waren die Römer unsere Herren, mal waren wir unser eigener Herr. Wir waren Sklaven und wir haben unsere Ketten abgeschüttelt. Wir kennen die Römer und wir wissen eines ganz genau: Sie sind unbesiegbar.«

Wieder erhob sich Geschrei. Diesmal war auch Maglorix aufgesprungen und brüllte zusammen mit anderen Fürsten beider Stammesverbände dem Häuptling der Selgovae wüste Beschimpfungen entgegen.

Dieser hob die Hand und wartete geduldig, bis wieder Ruhe eingekehrt war. »Hört mich bis zum Ende an. Sie sind besser ausgerüstet, besser organisiert, besser ausgebildet und haben – und das ist die traurige Wahrheit – bessere Anführer.

Sie haben die Herrschaft über das Meer und können nach Belieben Nachschub und Verstärkung an die Ostküste schaffen. Glaubt mir: Sie sind unbesiegbar. Aber …« – sein scharfer Tonfall duldete keinen Widerspruch – »aber wir können dafür sorgen, dass sie nicht länger bleiben wollen.«

Mehrere Häuptlinge wechselten ratlose Blicke mit ihren Ratgebern, bevor sie den weiteren Ausführungen des Selgovaefürsten lauschten: »Die Römer hassen unser Land. Im letzten Jahr war das Wetter schlechter als gewöhnlich, und sie verabscheuen den Regen und die Kälte. Sie scheuen den Marsch durch unsere Sümpfe und dichten Wälder. Ihre Pioniere mussten Bäume abholzen, Täler aufschütten und Brücken bauen, damit sie ihre Armeen und den Nachschub überhaupt erst in unser Land schaffen konnten. Wenn wir uns ihnen in offener Schlacht stellen, vernichten sie uns. Viel zu oft haben sich unsere tapferen Krieger im letzten Jahr gegen die römischen Schilde und Speere geworfen, manche in ihrer Verwegenheit sogar nackt, und wurden in Scharen dahingemetzelt.

Haben wir denn nichts daraus gelernt? Schon lange vor Mons Graupius haben uns die Römer wieder und wieder gezeigt, dass sie uns in der Feldschlacht überlegen sind.

Doch auch wir haben Vorteile. Während sich die Römer in voller Schlachtrüstung durch das Marschland quälen, sind wir ohne Brustpanzer und Helm und nur mit Speer und Schild bewaffnet viel beweglicher. Während sich die Römer in unseren Wäldern verirren, schleichen wir auf geheimen Pfaden und Wildwechseln hindurch. Wenn uns die Römer jagen, verbergen wir uns im Schilf unserer vielen Seen und Flüsse.

Wir lassen sie an uns vorbeiziehen, fallen ihnen in den Rücken und verschwinden wieder spurlos. Wir schneiden ihre

Nachschubwege ab. Wir können sogar Raubzüge in ihr Gebiet unternehmen und ihre Liebsten töten. Wir lassen sie so lange dafür bluten, dass sie mit ihrem Zwiebelatem unsere Luft verpesten und auf unser heiliges Heimatland scheißen, bis sie sich freiwillig davonschleichen wie geprügelte Hunde.«

Ein weiteres Mal wurde es laut in der Halle – die Maeatae brüllten ihre uneingeschränkte Zustimmung heraus und selbst die zögernden Kaledonier spendeten der Rede Applaus. Maglorix erkannte die Gelegenheit, diese Begeisterung weiter anzufachen, und hob die Hand. Der Fürst der Selgoviae setzte sich, und der Druide erteilte Maglorix das Wort.

»Freunde, Verwandte, Nachbarn! Das letzte Jahr war katastrophal. Wir hatten alle Zeit, um uns vorzubereiten. Wir wussten seit Langem, dass sie ihre Truppen im Norden ihrer Provinz sammelten. Wir wussten um die Größe ihrer Armee. Unsere Spione haben sogar vorausgesehen, wo ein Angriff am wahrscheinlichsten war. Und dennoch haben sie uns einfach überrollt.

Ihre Legionen sind nach Kaledonien marschiert und haben eine Brücke über den Abhainn Dubh errichtet. Zwei Drittel ihrer Streitmacht unter dem Befehl des götterverfluchten Caracalla haben sich wie ein Speer in das Herz unseres Landes gebohrt und auf ihrem Weg ihre Marschlager errichtet, während sein Vater die Täler des Flachlands angegriffen und ihre Flotte die Küste abgeriegelt hat.

Zugegeben, wir haben es ihnen nicht einfach gemacht, aber unsere Führung und Organisation ließ sehr zu wünschen übrig. Als wir in den offenen Kampf zogen, war unsere Armee in der Unterzahl und wurde vernichtet. Wir haben sie in den Hinterhalt gelockt und in Scharmützel verwickelt, doch auch das hat kaum etwas bewirkt. Wir haben ihnen Rinder und Schafe in den Weg gestellt, um ihren Vormarsch ins Stocken zu bringen, wir haben die Nachzügler angegriffen, wir haben in den Wäldern und Sümpfen Fallen aufgestellt. Die Römer haben Verluste erlitten, doch sie waren nicht aufzuhalten. Severus wurde in einer Sänfte den ganzen Weg bis hinauf nach Norden getragen, wo der Uisge Bhiorbhaigh ins Meer mündet.

Die Venicones und die anderen Maeatae-Stämme hatten am meisten unter den Römern zu leiden. Als wir nach Hause zurückkehrten, waren unsere Dörfer und Äcker niedergebrannt, unser Vieh abgeschlachtet und unsere Frauen und Kinder in die Sklaverei verschleppt worden. Für viele von euch stand lediglich die Ehre auf dem Spiel, für uns jedoch unser Leben und das unserer Familien.

Aber was haben wir getan? Als der Winter nahte, jene Jahreszeit, in der die Römer am verwundbarsten sind und sich in ihre Festungen zurückziehen, baten wir um Frieden. Ich habe an der Ratsversammlung vom letzten Jahr teilgenommen und weiß, auf welche Bedingungen man sich geeinigt hat, obwohl mein Vater gegen das Friedensabkommen war. Aber die meisten von euch haben sich dafür ausgesprochen, weil sie glaubten, die Römer hätten uns genug für die Überfälle der vergangenen Jahre bestraft und würden uns in Zukunft in Ruhe lassen.«

»Werden sie auch«, rief einer vom Stamm der Cornovii. »Sie wollen unser Land doch gar nicht. Sie wollen nur, dass wir aufhören, ihre Provinz anzugreifen.«

Dies wurde mit zustimmendem Gemurmel quittiert.

»Sie haben uns abgeschlachtet!«, rief Maglorix. »Sie haben uns gefickt wie eine Sklavenhure, und ihr Kaledonier wollt am liebsten die Tunika heben, damit sie uns gleich noch mal rannehmen können?«

Nun stand Argentocoxus langsam auf, und auf einen

Schlag kehrte Ruhe ein. Der Anführer des kaledonischen Stammesbundes war eine beeindruckende Erscheinung: groß und kräftig, aber schlank trotz seines fortgeschrittenen Alters. Sein Gesicht war bleich und seine zur Faust geballte Hand zitterte leicht.

»Achte auf deine Worte, Maglorix. Wir waren länger Feinde als Verbündete. Du solltest nicht versuchen, uns in einem Augenblick zu spalten, in dem nichts wichtiger ist als der Zusammenhalt.«

Maglorix öffnete den Mund, schloss ihn dann aber wieder und holte tief Luft. »Fürst Argentocoxus, bitte vergib mir, wenn meine Leidenschaft und mein Zorn dein Missfallen erregt haben.«

Argentocoxus gab ihm mit einem Nicken zu verstehen, dass er die Entschuldigung annahm.

»Doch das schmälert nicht die Wahrheit meiner Worte.« Maglorix ließ den Blick über die Ratsversammlung schweifen. »Sie wollen unser Land nicht, sagst du. Wieso haben sie dann an der Stelle, wo sich die Flüsse Uisge Èireann und Tatha treffen, eine Festung für ihre Legionen gebaut? Mit einem großen Getreidespeicher, um die mit ihrer Flotte herangeschafften Vorräte für die Armee zu lagern? Eine Festung, nicht etwa aus Holz oder Erde, sondern aus Stein. Eine Festung, die von Dauer sein soll.«

Darauf sagte niemand etwas. Maglorix stand aufrecht und schwer atmend da und genoss das Schweigen des Rates, dessen Mitglieder entweder die Augen auf den Boden richteten oder trotzig zurückstarrten, sobald sein Blick sie traf. Doch niemand wagte zu widersprechen.

»Freunde, wir müssen uns für den Krieg entscheiden. Wenn wir nicht mit vereinten Kräften den Eindringling aus unserem Land vertreiben, wird es bald nicht mehr das unsere sein – und wir nur ein weiteres vom römischen Imperium versklavtes Volk.«

Er setzte sich langsam wieder, und einmal mehr kehrte Stille ein. Dann richtete sich der alte Druide mühsam auf und hob seinen Stab in die Höhe. »Ich rufe die Fürsten der nördlichen Stämme zur Abstimmung. Wer für den Krieg ist, möge nun die Hand heben.«

Sofort schoss Maglorix' Hand in die Höhe. Die Fürsten der Taexali und Damnonii sahen sich gegenseitig an und hoben ebenfalls die Hände. Taximagulus lächelte Maglorix zu. Doch als sich dieser unter den übrigen Ratsmitgliedern umsah, blickte er in versteinerte Mienen. Argentocoxus saß wie erstarrt da und starrte Maglorix an, und die anderen kaledonischen Stammesfürsten hielten es für das Beste, es ihrem Anführer gleichzutun.

So saßen sie sich eine Weile gegenüber, bis sich erneut die näselnde Stimme des Druiden vernehmen ließ. »Der Rat hat gegen den Krieg entschieden. Das Friedensabkommen, das Fürst Argentocoxus im letzten Jahr mit den Römern ausgehandelt hat, bleibt mit all seinen Bedingungen bestehen.«

Maglorix sah sich ungläubig um. Dann sprang er auf, marschierte mit schnellen Schritten auf den schweigenden, mit finsterer Miene dasitzenden Argentocoxus zu und zeigte mit dem Finger auf ihn. »Du Narr«, donnerte er. »Es wird unweigerlich Krieg geben. Und Zerstörung und Tod in einem Ausmaß jenseits deiner Vorstellungskraft. Wenn wir nicht vereint kämpfen, werden wir getrennt sterben.«

Argentocoxus ließ Maglorix' Wutausbruch ohne mit der Wimper zu zucken über sich ergehen. Dann hob er die Hand, als seine Verbündeten vortraten, um Maglorix in die Schranken zu weisen. »Du bist hier der Narr, Maglorix. Um deinen Vater zu rächen, bist du bereit, ganz Kaledonien in Brand zu stecken. Wir haben für Frieden gestimmt. Die Versammlung ist beendet.«

Taximagulus stellte sich neben Maglorix, legte ihm eine Hand auf die Brust und drückte so fest dagegen, dass der Stammesfürst einen Schritt zurücktreten musste. Die Gefahr einer tätlichen Auseinandersetzung war gebannt. Maglorix ließ sich zum Ausgang der Ratshalle führen, doch auf der Schwelle drehte er sich noch einmal um und spie vor den versammelten Fürsten aus. Diese schnappten empört nach Luft.

»Es wird Krieg geben«, wiederholte er, bevor ihn Taximagulus aus der Halle zerrte.

Nectovelius, Sohn des Vindex. Dieser Name war in Silus' Gedächtnis eingebrannt – auf ewig, wie er befürchtete. Er würde auch nicht mit der Zeit verblassen. Silus ahnte, dass er das Opfer seines ersten Meuchelmords niemals vergessen würde.

Nectovelius aufzuspüren war nicht allzu schwer. Silus saß bei einem Barbier, der seinen Bart stutzte und dabei unaufhörlich belangloses Zeug plapperte. Silus, der die Frage, wie er sein Haar geschnitten haben wollte, mit »in Ruhe« zu beantworten pflegte, hatte heute auf diesen alten Witz verzichtet, da ihm das Gequassel des Barbiers ausnahmsweise sehr gelegen kam.

»Ihr seid nicht aus Isurium Brigantum, oder?«

»Nein, ich bin bei der Garnison in Voltania am Antoninuswall. Ich habe eine Nachricht überbracht und muss bald wieder zurück, aber ich war auf dem Hinweg so schnell, dass sie bestimmt nicht merken werden, wenn ich mir ein, zwei Tage in den Bade- und Hurenhäusern gönne, bevor ich wieder aufbreche.«

»Gewiss nicht, Herr. Genießt alles, was Isurium zu bieten hat, bevor Ihr wieder an die Grenze zurückkehrt. Mir ist von mehreren Kunden zu Ohren gekommen, dass im Hurenhaus mit dem Zeichen des Pan unten am Isura eine Dirne namens Veneria arbeitet, die einen Handstand machen und Euch dabei den Schwanz lutschen kann. Und eine andere namens Fortunata lässt sich in den Arsch ficken, wenn Ihr ein paar Münzen drauflegt und nicht mit dem Olivenöl spart. Die findet Ihr im Haus mit dem Zeichen des fliegenden Phallus, direkt an der Hauptstraße.«

Silus konnte sich beim besten Willen nicht vorstellen, jemals wieder an einer Frau interessiert zu sein. Doch er hatte eine Rolle zu spielen, daher verzog er nur inwendig das Gesicht und zwang sich zu einem Grinsen. »Das klingt nicht schlecht. Vielleicht besuche ich ja beide. Wo bekommt man hier ein ordentliches Bier?«

»Ah, ein Biertrinker, sehr gut. Also ich finde ja, Wein ist nur was für die Schwuchteln und Schnösel aus dem Süden. Da ist mir ein starkes, bitteres Bierchen allemal lieber, und dafür kann ich Euch die Taverne zum Adler empfehlen. Da treiben sich immer viele Veteranen herum, Ihr werdet also schnell Gesellschaft finden. Oh, bitte verzeiht, Herr.«

Silus schnitt nun doch eine Grimasse, als der Barbier die Haut auf seiner Wange mit der Scherenspitze aufriss und dann einen schmutzigen, blutbefleckten Lappen auf die Wunde drückte.

»Dabei fällt mir ein: In Isurium Brigantum wohnt ein alter Freund von mir. Nectovelius, der Sohn von Vindex. Kennst du ihn zufällig?«, fragte Silus.

»Allerdings, Herr. Einer meiner Stammkunden. Woher kennt Ihr ihn?«

Silus fragte sich, ob ihm Oclatinius nicht mehr über Nectovelius verraten hatte, um ihm seine Aufgabe absichtlich zu erschweren. »Aus Legionärszeiten«, sagte er schwammig.

»Ach ja, richtig. Nectovelius hat mir erzählt, dass er früher einmal gedient hat.«

»Und was macht er jetzt so?«

»Er ist Händler, Herr. Er ist oft auf Reisen, doch das scheint sich auszuzahlen, er ist nämlich recht gut betucht.«

»Der gute alte Nectovelius. Freut mich, dass er etwas aus sich gemacht hat. Wo wohnt er denn?«

»Erst vor Kurzem hat er stolz erzählt, dass er sich ein neues Haus gekauft hat. Beste Lage, mit Atrium, Triclinium und allem Drum und Dran. Gleich neben der Taverne zum Krähenfuß.«

»Nicht schlecht. Da werde ich ihn mal besuchen.« Silus fiel plötzlich ein, dass er keine Ahnung hatte, wie Nectovelius aussah. »Hat er eigentlich noch den Bart?«

»Nectovelius? Ein Bart? Das ist ja ganz was Neues. Ich kenne ihn nur gründlich rasiert – weil er mit seiner glatten Haut angeben will, habe ich immer gedacht. Eigentlich schade, wenn man sich seinen dichten Lockenkopf so ansieht, könnte er sich sicher auch einen prächtigen Bart wachsen lassen.«

»Ja, das war schon ein imposanter Anblick«, sagte Silus.

»Fertig, Herr«, sagte der Barbier und wischte die Barthaare von Silus' Schultern. »Soll ich Euch nicht doch die Haare schneiden?«

»Erst wenn das Wetter besser wird. Die halten so schön warm.«

»Ja, Herr.«

Silus bezahlte einen Sesterz, gab einen weiteren Trinkgeld und verabschiedete sich. Es war später Nachmittag und in der Stadt herrschte reger Betrieb. Dass nur wenige Tagesritte nördlich von hier ein Krieg tobte, schien die Menschen nicht sonderlich zu berühren. Sie erledigten ihre alltäglichen Besorgungen, kauften Gemüse und Brot auf dem Markt, brachten ihre Kleidung zum Tuchwalker, besuchten das Badehaus oder holten sich einen warmen Imbiss von einem der Verkaufsstände am Straßenrand.

Silus fragte einen einbeinigen Bettler, der in einem Tempeleingang kauerte, nach dem Weg zur Taverne zum Krähenfuß und gab ihm dafür ein paar Asse. Dann folgte er der Wegbeschreibung des dankbaren Krüppels und setzte sich an einen der Tische unter der Markise vor dem Lokal, bestellte bei dem Sklaven, der die Gäste bediente, ein Bier und ein Stück Käse und wartete.

Das Bier war verwässert und schal, doch er beschwerte sich nicht, schließlich trank er es, um den Schein zu wahren, und nicht aus Vergnügen. Der Käse war zu hart, aber er hatte sowieso keinen Hunger. Sein Magen hatte sich zusammengekrampft, und trotz des Lärms auf der Straße – die Rufe der Kupferschmiede, Töpfer und Walker, die ihre Waren und Dienste feilboten, die voll beladenen Eselskarren, die Ball spielenden Kinder und die Erwachsenen, die sie anschrien, weil sie im Weg waren – hörte er seine Schläfen pochen und das Blut in seinen Ohren rauschen. Er holte tief Luft, die nach Fischsoße, Hundescheiße und dem Qualm der Kohlebecken roch.

Als er gerade beim zweiten Bier war, verließ ein Sklave Nectovelius' Haus. Silus überlegte, ob er weiter nach seinem Opfer Ausschau halten sollte. Noch ahnte Nectovelius nicht, in welcher Gefahr er schwebte, doch das würde sich womöglich ändern, wenn Silus bei ihm einbrach und er nicht zu Hause war. Silus wollte das Überraschungsmoment nicht verlieren oder gar riskieren, dass Nectovelius die Flucht ergriff.

Doch wie lange würde er warten müssen, bis er sein Opfer zu Gesicht bekam? Es konnte Tage dauern. Oclatinius hatte ihm keine Frist gesetzt, doch eine solche Verzögerung bei der Erfüllung seines Auftrags würde er ihm wohl kaum nachsehen. Die Entscheidung war getroffen – Silus trank einen letzten Schluck Bier und stand auf.

Der Sklave – ein Knabe, alt genug für den ersten Flaum auf den Wangen, aber noch zu jung, um sich rasieren zu müssen – trottete mit hängenden Schultern die Straße entlang und trat dabei nach allen Hühnern und Hunden, die seinen Weg kreuzten. Offenbar hatte er keine Lust auf den Botengang, auf den man ihn geschickt hatte. Silus erinnerte sich, dass er im Alter des Jungen entweder zitternd und halb tot vor Kälte mit seinem Vater beim Angeln oder Jagen gewesen war oder von diesem kreuz und quer durch die Gegend geschickt wurde, um eine Nachricht zu überbringen oder irgendetwas abzuholen. Der Junge mochte ein Sklave sein, doch dafür hatte er ein leichtes Leben.

Silus folgte ihm mit den taumelnden Schritten eines Betrunkenen. Sobald sie weit genug vom Haus entfernt waren, ging er schneller, bis er den Jungen eingeholt hatte. Er packte ihn hinterrücks, zerrte ihn in eine enge Seitengasse und warf ihn dort gegen die Wand eines Gebäudes. Die wenigen Passanten, die den Vorfall mitbekommen hatten, wollten damit nichts zu tun haben – sie warfen ihnen einen Seitenblick zu und eilten dann weiter.

»Ich habe nur ein paar Kupfermünzen«, keuchte der Junge. »Ich soll Brot kaufen. Bitte nehmt sie mir nicht weg. Ich werde verprügelt, wenn ich mit leeren Händen zurückkomme.«

Eine Tracht Prügel? Mehr hatte er nicht zu befürchten? »Ist dein Herr zu Hause?«

Der Junge sah ihn verwirrt an. »Was? Wieso?«

Silus drückte den Unterarm eine Weile gegen die Kehle des Jungen, sodass er keine Luft mehr bekam. »Raus mit der Sprache.«

»Ja, ja!«

»Wo war er, als du das Haus verlassen hast?«

»Im Gartenzimmer.«

»Wie viele Personen sind außer ihm im Haus?«

»Drei.«

»Wer und wo?«

»Der Pförtner im Vestibulum, die Köchin in der Küche und der Hausverwalter im Tablinum.«

Das war alles, was auf die Schnelle aus dem Jungen herauszubekommen war, ohne ihn in einem dunklen, abgelegenen Raum mit einem scharfen Gegenstand zu traktieren. Was nun?

Der Junge schniefte. Seine Tränen mischten sich mit dem Rotz, der ihm aus der Nase und über die Oberlippe lief. »Herr, ich bitte Euch, lasst mich gehen. Ich werde niemandem etwas sagen.«

Die Möglichkeit, nach Erfüllung seiner Aufgabe als Täter erkannt zu werden, bereitete Silus kein großes Kopfzerbrechen, schließlich handelte er in offiziellem Auftrag, auch wenn Oclatinius es wohl vorziehen würde, dass die Öffentlichkeit nichts von einem Meuchelmord im Namen des Imperiums erfuhr. Doch wenn er den Jungen laufen ließ, schlug er womöglich Alarm, bevor Silus seinen Befehl ausgeführt hatte. Schließlich dauerte es eine gewisse Zeit, vier Personen möglichst still und heimlich unschädlich zu machen. Andererseits bezweifelte er, dass der Junge in Nectovelius' üble

Machenschaften eingeweiht war und deshalb unschädlich gemacht werden musste.

»Dreh dich um«, zischte er.

»Bitte nicht, Herr«, flehte der Junge, gehorchte aber.

Silus hob einen losen Pflasterstein auf, wog ihn in der Hand und schlug ihn dann fest gegen den Hinterkopf des Jungen, der daraufhin zu Boden ging wie ein von einem Hammerschlag betäubter Opferstier. Silus betrachtete mit zunehmender Besorgnis den reglos daliegenden jungen Sklaven. Er hatte ihn nur bewusstlos schlagen wollen, doch die sich schnell vergrößernde Blutlache um seinen Kopf sowie die Tatsache, dass er nicht mehr atmete, ließen darauf schließen, dass ihn Silus härter getroffen hatte als beabsichtigt. Er fluchte, warf den Stein beiseite, zerrte den Leichnam des Sklavenjungen tiefer in die dunkle Seitengasse hinein und bedeckte ihn mit mehreren leeren Getreidesäcken.

Nachdem er sich nach Blutspuren abgesucht hatte, kehrte Silus auf die Hauptstraße zurück und ging, um kein Aufsehen zu erregen, zielgerichtet weiter, bis er Nectovelius' Haus erreichte, das sich zwischen einem Laden für Metallwerkzeug und Essbesteck und einer Apotheke befand, in der eine Vielzahl von farbenfrohen, duftenden Kräutern, Pulvern und Tränken in kleinen Glasgefäßen und Tontöpfen feilgeboten wurde. Beide Ladenbesitzer buhlten um seine Aufmerksamkeit, doch Silus vermied jeden Augenkontakt und klopfte kräftig an die schwere Holztür.

Silus hatte den Eindruck, dass man ihn von allen Seiten anstarrte, wie er so mitten auf der Straße stand. Dann öffnete sich die Tür knarrend einen Spalt, in dem ein großer, kräftiger Mann mit rotem Haar erschien. »Was wollt Ihr?«, fragte er mit unverkennbar kaledonischem Akzent.

Silus ließ den Dolch aus seinem Ärmel in seine Hand gleiten. Gleichzeitig legte er die andere Hand in einer scheinbar freundlichen, harmlosen Geste auf die Schulter des Pförtners.

»Ich wollte nur auf einen Sprung bei meinem alten Kameraden Necto vorbeischauen«, sagte Silus, und als der Pförtner argwöhnisch auf die Hand auf seiner Schulter herunterblickte, rammte ihm Silus mit der anderen den Dolch in die Kehle, schob ihn gleichzeitig ins Haus zurück und trat die Tür hinter sich zu. Der Pförtner verdrehte die Augen, bis nur noch das Weiße zu sehen war, und seine Hände, mit denen er noch nach Silus zu greifen versuchte, erschlafften.

Silus hielt den Mann aufrecht, als seine Beine unter ihm nachgaben, wartete, bis das leise Gurgeln verstummt war, und ließ ihn dann zu Boden sinken. Anschließend legte er den schweren Holzriegel vor die Tür und schlich leise durch das enge Vestibulum ins Atrium.

Er sah sich um. Obwohl derartige Stadthäuser normalerweise den Vorlieben des Bauherrn, den Vorstellungen des Architekten und dem verfügbaren Platz angepasst waren, besaßen sie doch stets einen ähnlichen Grundriss. Die Türen zu beiden Seiten des Atriums führten höchstwahrscheinlich ins Schlafzimmer, die am anderen Ende ins Tablinum. Das Peristyl lag vermutlich im hinteren, von der lauten Straße abgewandten Teil des Hauses, und was die Küche anging, hoffte er, nur seiner Nase folgen zu müssen.

Silus betrachtete den Mosaikboden des Atriums, auf dem zu konzentrischen Kreisen angeordnete geometrische Muster mit einem achtzackigen Stern in der Mitte zu sehen waren. Silus fragte sich, ob dieser eine besondere Bedeutung für Nectovelius hatte, und hoffte, durch sein Überschreiten nicht den Zorn einer Gottheit oder eines mächtigen Dämons heraufzubeschwören. Da er kein Amulett in Phallusform dabeihatte, hielt er für alle Fälle die Hand zur Abwehr böser Mächte schützend vor seine Geschlechtsteile, während er gleichzeitig den Kopf über seinen Aberglauben schüttelte.

Die weichen Ledersandalen ohne Sohlennägel erlaubten es ihm, geräuschlos um das Impluvium herum bis zum Eingang des Tabliniums zu schleichen. Die Tür stand einen Spalt weit offen und dahinter wurden, dem Klimpern nach zu urteilen, Münzen gezählt. Sich als Händler auszugeben war keine schlechte Tarnung, fand Silus. So ließen sich lange Abwesenheiten und plötzlicher Reichtum erklären.

Silus drückte vorsichtig gegen die Tür, um den Hausverwalter nach Möglichkeit zu überraschen, doch die schlecht geölte Angel gab ein Quietschen von sich. Silus stieß die Tür auf und war mit zwei schnellen Schritten bei dem Schreibtisch, hinter dem der überraschte Hausverwalter saß. Der alte Mann wollte aufstehen, doch Silus sprang über den Tisch, presste ihm die Hand auf den Mund und erstickte den sich soeben formenden Hilfeschrei. Dann stieß er den Dolch exakt zwischen der achten und neunten linken Rippe in die Brust des Alten. Er spürte das Schlagen des Herzens, das sich bis in den Griff des Dolches fortsetzte, dann spritzte eine Blutfontäne um die Klinge herum aus dem Körper.

Der Hausverwalter konnte seiner Überraschung und seinem Entsetzen nur noch durch einen Blick aus schreckgeweiteten Augen Ausdruck verleihen, bevor er leblos zusammensackte. Silus trat einen Schritt zurück, war aber zu langsam, um zu verhindern, dass das Blut seine Sandalen besudelte. Dies fiel zwar nicht groß ins Gewicht, da er seinen Auftrag sowieso bald ausgeführt hatte, dennoch verfluchte er seine Nachlässigkeit.

Dunkelrote Sandalenabdrücke folgten ihm in die Küche, aus der der Duft von gebratenem Schweinefleisch und frisch gebackenem Brot waberte. Dann hörte er ein Hämmern. Klopfte die Köchin Fleisch? Jedenfalls wiesen ihm die Geräusche eindeutig den Weg zur Küche: Es war die erste Tür, die hinter dem Triclinium aus dem Peristyl führte. Sie stand weit offen – Kochen und Backen waren selbst im nordbritannischen Frühling schweißtreibende Angelegenheiten. Silus marschierte mit dem Dolch in der Hand so ungezwungen hinein, als hätte er dem Personal lediglich eine Anweisung zu überbringen.

Die Köchin, eine stämmige Frau mittleren Alters und ihrem Aussehen nach zu urteilen ebenfalls Kaledonierin, war schnell von Begriff. Sie sah die winzigen Blutstropfen auf dem Gesicht des Eindringlings sowie seine rubinroten Sandalenspuren und begriff sofort, was vor sich ging. Sie ging mit ihrem Fleischklopfer, einem gefährlich aussehenden Eisenhammer mit kurzen Spitzen am Kopf, auf Silus los.

Silus duckte sich in letzter Sekunde, konnte gerade so verhindern, dass sie ihm den Schädel einschlug, prallte dabei aber so heftig gegen die Wand, dass Putzbrocken aus einem Fresko mit ländlichem Motiv bröckelten. Einem weiteren Hammerschlag wich er zur Seite aus und stieß dabei eine Amphore um. Sie zerbrach auf dem Küchenboden, auf dem sich sofort eine große Olivenölpfütze bildete.

Silus zog den Dolch, der aber nur schlecht zur Verteidigung gegen den schweren Eisenhammer geeignet war. Als er ein drittes Mal auswich, gelang es ihm, einen Gegenangriff durchzuführen. Die Köchin machte einen Satz zurück und rutschte auf dem glitschigen Boden aus. Ihre Beine flogen in die Höhe und ihr Kopf prallte knackend mit dem ganzen

Schwung ihrer nicht unbeträchtlichen Leibesfülle gegen die Granitarbeitsplatte. Dann lag sie reglos und mit ausgestreckten Armen und Beinen da. Der Fleischklopfer fiel aus ihrer Hand.

Silus ging in die Hocke, legte die Hand auf ihren schwabbeligen Hals und ertastete einen immer noch starken, regelmäßigen Puls. Nachdenklich betrachtete er die rothaarige Frau. Wer war sie? Eine Kaledonierin, so viel stand fest. Wahrscheinlich hatte man sie erst im Erwachsenenalter versklavt – ihre Übung im Umgang mit dem waffenähnlichen Küchengerät ließ darauf schließen, dass sie nicht in einem römischen Haushalt, sondern bei einem kriegerischen Stamm aufgewachsen war.

»Gitta?«, rief eine Stimme aus dem Peristyl. »Ist dir etwas heruntergefallen? Struan, sieh nach, was sie da in der Küche treibt.«

Silus seufzte und schnitt der Köchin widerwillig die Kehle durch. Dann verließ er die Küche, um sich im Peristyl Nectovelius zu stellen.

Nectovelius, Sohn des Vindicus, besaß den kräftigen Körperbau, die breiten Schultern und die breite Brust der Einheimischen, war mit den Jahren aber auch ziemlich fett geworden. Er hatte Hängebacken und sein Bauch quoll über den Gürtel der Tunika. Wenigstens das gelockte Haar war noch voll, wenn auch bereits ergraut, sodass es wie mit Salz bestreut schien. Das gründlich rasierte Gesicht war glatt und die Haut ohne Makel: Dies war ganz zweifellos der Mann, den er suchte.

»Verdammte Scheiße, wer seid Ihr denn?«, fragte Nectovelius erschrocken und trat einen Schritt zurück. Er hatte ein Glas mit dunklem Rotwein in der einen und eine Handvoll Nüsse in der anderen Hand.

»Nectovelius, Sohn des Vindex?«

»Wer Ihr seid, habe ich gefragt. Und was Ihr verdammt noch mal in meinem Haus zu suchen habt.«

Silus hob den Dolch. »Seid Ihr Nectovelius, der Sohn des Vindex?«

»Ja. Ja! Was wollt Ihr?«

»Oclatinius schickt mich.«

Das Glas fiel aus seiner Hand und zerschellte auf dem Boden in tausend Stücke, doch Nectovelius hielt den Blick aus seinen schreckgeweiteten Augen starr auf Silus gerichtet. »Nein.« Seine Stimme war kaum mehr als ein Flüstern. »Ich wollte nicht … Ich war nicht …«

Silus schüttelte den Kopf. »Spart Euch Eure Worte. Ich bin nicht Euer Richter.«

»Dann seid Ihr also mein …« Nectovelius verstummte mitten im Satz. »Struan! Acco!«, schrie er plötzlich.

Silus wartete geduldig, bis sich die bittere Erkenntnis auf Nectovelius' Gesicht abzeichnete. »Ihr habt sie alle umgebracht?«

»So lauten meine Befehle«, sagte Silus lapidar und trat einen Schritt vor.

»Hilfe! Hilfe! Mörder!«, schrie Nectovelius aus vollem Hals, was Silus jedoch nicht aus der Ruhe brachte. Das Peristyl war derjenige Bereich des Hauses, der am weitesten vom Lärm des hektischen Treibens auf der Straße entfernt war – was im Umkehrschluss bedeutete, dass von hier auch kein Geräusch nach außen drang. Von den Passanten hatte Silus also nichts zu befürchten, und falls jemand aus den Nachbargärten Nectovelius' Rufe hörte und Alarm schlug, war Silus längst über alle Berge, bevor Hilfe eintraf. Er machte einen weiteren Schritt auf ihn zu.

Nectovelius fiel auf die Knie. »Bitte nicht. Ich bin reich.

Nennt mir Euren Preis. Ihr könnt alles haben, was ich besitze.«

»Mein Preis lässt sich nicht in Münzen bemessen«, sagte Silus. Gelbe Flüssigkeit rann die Innenseiten von Nectovelius' Oberschenkeln hinunter und bildete eine nach Ammoniak stinkende Pfütze auf dem Boden.

»Ich flehe Euch an.«

Silus wusste nicht so recht, ob er etwas sagen sollte. Er hatte sich nichts Passendes zurechtgelegt. *Bereitet Euch auf Euer Ende vor? Sterbt, im Namen des Kaisers?*

Und so trat er schweigend an Nectovelius heran und bohrte ihm den Dolch zwischen Schlüsselbein und Hals in den Leib. Sobald Nectovelius nicht mehr zuckte, griff Silus nach seiner Hand, schnitt den Ring vom kleinen Finger und betrachtete ihn genauer: ein Wolfskopf. Silus steckte den Ring an seinen eigenen kleinen Finger.

Wie sollte er sich jetzt fühlen? Das hier war etwas völlig anderes als der Mord an Maglorix' Vater. Das war im Krieg gewesen, im Feindesland. Noch mehr Blut besudelte seine Kleidung, seine Füße, seine Haut, und er fühlte sich einfach nur wie ein Mörder. Dass man ihm diese Taten befohlen hatte, änderte nichts daran, dass ihm die kalte Galle die Kehle hinaufstieg.

Dann dachte er an Sergia und Velua, die nur noch Asche in ihren Urnen waren. Er hatte eine kleine Stele darüber errichten lassen, so kunstvoll behauen, wie er es sich mit seinen gesamten Ersparnissen und seinem Anteil an der Sterbekasse, in die er mit seinen Kameraden eingezahlt und der eigentlich für sein eigenes Begräbnis bestimmt war, hatte leisten können.

Die Grabinschrift war so lang, dass sie kaum auf die Stele gepasst hatte:

DEN GEHEILIGTEN SCHATTEN
DER TOTEN GEWIDMET,

VELUA VOM STAMM DER OTADINI,
FRAU DES G. SERGIUS SILUS,
VON BARBAREN ERMORDET IM
ZWEIUNDDREISSIGSTEN LEBENSJAHR,

UND SERGIA, TOCHTER DES G. SERGIUS SILUS,
VON BARBAREN ERMORDET IM
FÜNFTEN LEBENSJAHR.

DIESER STEIN WURDE VON IHREM
EHEMANN UND VATER ERRICHTET,
G. SERGIUS SILUS,
DER IHREN TOD RÄCHEN WIRD.

Die Erde auf ihren Gräbern war feuchter von seinen Tränen als von dem Wein und der Milch gewesen, die er als Trankopfer darauf geschüttet hatte.

Selbstverständlich hatte Nectovelius Sergia und Velua nicht mit eigenen Händen getötet. Aber er hatte mit dem Feind gemeinsame Sache gemacht. Er hatte sein Volk verraten. Es war nicht völlig undenkbar, dass es ohne die Informationen, die er den Barbaren verraten hatte, gar nicht erst zu Maglorix' Überfall und dem anschließenden Massaker gekommen wäre. Silus musste praktisch denken: Wenn er tatsächlich Rache üben wollte, wie er es auf dem Grabstein seiner Familie geschworen hatte, wenn er Maglorix aufspüren und ihn seiner gerechten Strafe zuführen wollte, musste er zuerst Oclatinius' Vertrauen und seine Unterstützung gewinnen.

Ein lautes Klopfen an der Vordertür riss ihn aus seinen Gedanken. Silus blickte sich hektisch um. Hinter der Tür waren gedämpfte Stimmen zu hören, die nach Nectovelius riefen oder sich besorgt erkundigten, ob ihm etwas zugestoßen war. Silus fluchte. Offenbar war der Sklavenjunge bereits gefunden und als Nectovelius' Haushalt zugehörig erkannt worden. Silus hatte damit gerechnet, dass man den Toten früher oder später entdecken und einen Raubüberfall ausschließen würde. Dann würde man Mutmaßungen darüber anstellen, aus welchem Grund die Tat begangen worden war, und zu dem Schluss kommen, dass Nectovelius irgendjemanden mit großer Macht verärgert hatte und dafür bestraft worden war. Das interessierte Silus nur am Rande – im Augenblick war viel wichtiger, dass er sich nicht erwischen ließ und dadurch dem Bund der Arcani Schande bereitete und ihrem geheimnisvollen Ruf schadete. Wenn er Pech hatte, würde man ihn sogar hinrichten, bevor Oclatinius seinen Einfluss geltend machen und ihn befreien konnte.

Ein Axtblatt bohrte sich in die Tür. Holz splitterte, die Axt wurde wieder herausgezogen und ein weiteres Mal hineingeschlagen.

Das Haus verfügte über keinen weiteren Eingang und aus Sicherheitsgründen auch nicht über Fenster im Erdgeschoss. Dies hatte Silus anfangs für einen Vorteil gehalten, da Nectovelius keine Fluchtmöglichkeit mehr blieb, wenn er sich erst einmal Zugang zum Gebäude verschafft hatte. Jetzt kam er sich allerdings vor wie ein Fuchs in der Falle.

Silus' Vater hatte einmal einen alten, mageren Fuchs, der ihnen nachts die Hühner gestohlen hatte, mit einem einzigen Pfeilschuss erlegt. Er hatte zusammen mit seinem Sohn den noch warmen Körper betrachtet und ihn auf eine fehlende Vorderpfote hingewiesen: »Da hat sich der Fuchs den eigenen Fuß abgebissen, um sich aus einer Schlinge zu befreien. Das hat ihm das Leben gerettet, obwohl er danach wie ein verkrüppelter Kriegsveteran hatte stehlen müssen, um nicht zu verhungern. Das ist wahrer Mut, Junge. Das ist tierischer Überlebensinstinkt.«

Schon folgte der nächste Axthieb. Der einzige Ausgang war versperrt, und Silus sah sich verzweifelt um. Im Peristyl – dem von einem überdachten Säulengang umschlossenen und von einer drei Schritt hohen, glatten Mauer umgebenen Garten – stand die Statue einer halb nackten Nymphe, daneben ein steinernes Wasserbecken und zwei Holzbänke.

Schnell zerrte er die Bänke bis vor das überhängende Dach der Kolonnade und stapelte sie aufeinander. Dann kletterte er darauf und streckte die Arme aus, um auf der wackeligen Konstruktion nicht das Gleichgewicht zu verlieren. Er sprang hoch und bekam die Dachkante zu fassen. Ein Ziegel löste sich unter seiner rechten Hand und zerschellte auf dem gepflasterten Boden, doch er schaffte es, sich mit der Linken festzuhalten, bis er mit der Rechten den Holzbalken des Dachgerüstes packen konnte, der unter dem Dachziegel zum Vorschein gekommen war.

Er hatte des Öfteren Akrobaten gesehen, die allein mit ihrer Körperkraft zu Erstaunlichem in der Lage waren – wie etwa ohne Zuhilfenahme der Beine eine Stange hinaufzuklettern oder mit im rechten Winkel vom Körper abstehenden Armen an zwei Seilen zu hängen. Silus war kein Schwächling, aber leider auch kein Akrobat und daher nicht kräftig genug, um sich aus seiner gegenwärtigen Position heraus auf das Dach zu ziehen.

Nach einem letzten Axthieb gab die Tür krachend nach, während er immer noch vom Dach der Gartenkolonnade baumelte wie ein gekreuzigter Verbrecher. Verzweifelt schwang er vor und zurück, bis er genug Schwung hatte, um eine Ferse aufs Dach zu bekommen.

»Halt!«, rief eine Stimme von unten.

Zwei Hilfstruppensoldaten stürmten in das Peristyl. Der eine war mit einer Axt, der andere mit einem Schwert bewaffnet. Silus kroch Ziegel für Ziegel das Dach hinauf. Ein Soldat sprang auf die beiden übereinandergestellten Bänke und packte Silus' Fuß. Silus holte zu einem Tritt aus, doch obwohl er den Soldaten mitten ins Gesicht traf, ließ dieser nicht los. Silus rutschte langsam wieder das Dach hinunter. Aus dem Peristyl waren die Rufe weiterer Soldaten zu hören. Verzweifelt trat er noch einmal zu, woraufhin die Hand des Soldaten von seinem Knöchel rutschte und seine Finger sich um Silus' Sandale schlossen. Die Lederriemen dehnten sich und rissen entzwei, woraufhin der Soldat mit einem gellenden Schrei in den Hof zurückfiel. Silus murmelte einen Dank an die Götter für das billige Schuhwerk und kroch weiter das Dach hinauf.

Im Peristyl hatte sich ein halbes Dutzend Soldaten versammelt. Ihr Anführer befahl seinen Leuten, mehr Möbel heranzuschaffen und sie zu einer Treppe zum Dach aufeinanderzustapeln. Silus wandte sich um und kletterte bis zum First hinauf. Das Dach war nicht besonders stabil. Ständig lösten sich Ziegel, und einmal brach er mit einem Bein ein und ächzte vor Schmerz, als er sich beim Herausziehen an den scharfen Steinkanten das Schienbein zerschnitt.

Dann hatte er die höchste Stelle erreicht und sah sich um. Die Straße war noch ein ganzes Stück entfernt, das Gebäude grenzte jedoch direkt an die Nachbarhäuser an, von denen eines über ein etwas kleineres Peristyl verfügte. Silus rutschte das Dach auf der anderen Seite wieder herunter, landete schmerzhaft im Innenhof und rannte in das zugehörige

Haus. Er lief durch die Küche und den Flur des Tablinums zum Atrium, wo ein Mann gesetzteren Alters und eine junge Sklavin auf einer Bank lagen und sich küssten.

Die Sklavin blickte auf, doch bevor sie Luft für einen Schrei geholt hatte, war Silus schon an ihnen vorbei. Ihr Kreischen hallte durch das Vestibulum hinter ihm her. Der Pförtner blicke überrascht auf, hatte er doch nicht mit einem Eindringling aus dieser Richtung gerechnet. Die Eingangstür war einen Spalt weit geöffnet, und Silus stieß den Mann mit der Schulter beiseite und stolperte auf die Straße hinaus.

Aus dem Haus hinter ihm waren Rufe zu hören. Die athletischeren unter seinen Verfolgern waren ihm über das Dach und in den Nachbargarten gefolgt. Weitere Soldaten rannten die Straße hinunter auf ihn zu. Scheiße! Oclatinius hätte über seine schwache Vorstellung sicher enttäuscht den Kopf geschüttelt.

Silus zwängte sich durch die dichte Menge, die sich durch die Straße schob, sprang über Hunde und Schweine und schubste mit schweren Einkäufen beladene Sklaven aus dem Weg. Als er über das ausgestreckte Bein eines einarmigen Bettlers stolperte, verfluchte ihn dieser im Namen des Christus und der hiesigen Götter.

Zu seiner Rechten ging eine enge Gasse ab. Er stürmte hinein. Mittlerweile keuchte er schwer und sein Herz raste. Silus verfügte zwar über die nötige Ausdauer, um den Soldaten davonzulaufen, doch ihm fehlte die Ortskenntnis. Er trat die dünnwandige Tür eines kleinen, heruntergekommenen Hauses auf. Dahinter kauerte ein alter Mann über einem Nachttopf. Eine schnurrende Katze schlich um seine Knöchel.

Silus sah sich um und erblickte eine fadenscheinige, aber saubere Tunika mit Kapuze und ein Paar abgewetzte Ledersandalen. Er entledigte sich seiner blutigen Kleidung, zog die Tunika über den Kopf und schlüpfte in die Sandalen. Der Alte sah ihn stumm und mit offenem Mund an.

»Vielen Dank, Großväterchen«, sagte Silus und rannte hinaus.

Die Schritte der Soldaten kamen näher, doch ihren fragenden Rufen nach zu urteilen hatten sie ihn wohl aus den Augen verloren. Silus umrundete zwei weitere Ecken und kehrte wieder auf die Hauptstraße zurück. Er zwang sich dazu, langsam zu gehen und ruhiger zu atmen, und tat so, als würde er die Auslage eines Juweliergeschäfts betrachten.

Ein halbes Dutzend Soldaten rannte an ihm vorbei. Die Nagelsohlen ihrer Stiefel knallten auf den Pflastersteinen.

Silus atmete lang und tief aus. Er schlenderte in Richtung der Straße, die aus Isurium Brigantum hinausführte, und betastete dabei den neu gewonnenen Ring an seinem Finger.

Achtes Kapitel

Diesmal war es kein Scheinangriff. Diesmal war es kein einfacher Raubüberfall, bei dem es darum ging, möglichst viel Unheil anzurichten und wieder zu verschwinden, bevor die Römer zum Gegenschlag ausholen konnten. Diesmal war es Krieg.

Maglorix saß auf seinem Pferd. Buan ritt zu seiner Linken, Taximagulus zu seiner Rechten. Soeben hatte das Haupttor der Festung der vereinten Wirkung von Feuer und einem Rammbock nachgegeben, und schon strömten seine Männer hindurch. Taximagulus und Maglorix war es gelungen, etwa tausend Krieger um sich zu scharen und ihre Kräfte auf ein einziges Ziel zu konzentrieren: die römische Festung Voltania.

Dass sich Maglorix gerade für dieses Kastell entschieden hatte, war Gegenstand einer hitzigen Debatte unter den Ältesten und Kriegern gewesen. Manche argwöhnten, dass er Voltania ein weiteres Mal angreifen wollte, weil er noch eine persönliche Rechnung zu begleichen hatte. Ganz von sich weisen konnte er diesen Vorwurf nicht, doch so reizvoll die Vorstellung auch war, Silus dort gefangen zu nehmen und langsam zu Tode zu quälen, hatte er Voltania aus anderen Überlegungen zum Ziel des ersten Angriffs auserkoren: Seine Männer waren bereits dort gewesen und hatten mit eigenen Augen gesehen, dass der Feind nicht unbesiegbar war. Und nicht zuletzt lag es durchaus im Bereich des Möglichen, dass die bei ihrem letzten Überfall gefallenen römischen Soldaten noch nicht in voller Stärke ersetzt worden waren – trotz der gewaltigen Zahl an kampfbereiten Männern, über die das Imperium verfügte.

Die römischen Hilfstruppensoldaten hinter dem aufgebrochenen Tor kämpften tapfer, waren aber hoffnungslos in der Unterzahl. Die meisten der lediglich mit Schild und Speer bewaffneten Maeatae rannten zwar vergebens gegen die Verteidigungsformation an, die die Römer mit sich überlappenden Schilden gebildet hatten, aber nach und nach gelang es den Stammeskriegern, die wenigen Lücken auszunutzen und die römischen Reihen auszudünnen. Maglorix stellte zufrieden fest, dass es nur eine Frage der Zeit war, bis der Widerstand zusammenbrach.

»Was meinst du, ist die Botschaft deutlich genug?« Taximagulus grinste.

Maglorix erwiderte das Grinsen. »Die Römer werden diesen Angriff nicht unbeantwortet lassen und ihre Wut an den Kaledoniern auslassen. Und denen bleibt nichts anderes übrig, als zu den Waffen zu greifen, wenn auch nur, um sich zu verteidigen. Bald werden statt der jammernden Welpen, die gegen den Krieg gestimmt haben, die Wölfe herrschen.«

Ein Krieger galoppierte auf seinem Pferd am Festungswall entlang und beschoss die Verteidiger mit Pfeilen. Vor Maglorix' Augen zerschmetterte ein von der Mauer abgefeuertes Schleudergeschoss ein Vorderbein des Tiers. Es stürzte und der Reiter wurde mit dem Kopf voraus darüber hinweggeschleudert. Er lag einen winzigen Augenblick benommen da, doch als er wieder aufstehen wollte, prasselten ein halbes Dutzend weiterer Geschosse auf ihn nieder und er rührte sich nicht mehr.

Taximagulus beobachtete Maglorix' Reaktion.

Der zuckte nur mit den Schultern und ließ keine Gefühlsregung erkennen, obwohl es sich bei dem Gefallenen um einen Edelmann der Venicones gehandelt hatte. »Verluste sind unvermeidlich«, sagte Maglorix. »Das war erst der Anfang. Wenn wir die Eindringlinge bezwingen wollen, wenn unser Volk überleben und eine Zukunft haben soll, führt kein Weg daran vorbei, Tod und Verderben in nie gekanntem Ausmaß über das Land zu bringen.«

Taximagulus kaute nachdenklich auf einem Stück Trockenfleisch und beobachtete den Fortgang des Kampfes.

»Es ist hoffnungslos«, rief Atius seinem Zenturio zu. Geganius betrachtete mit finsterer Miene die Überreste des gerade noch so unbezwingbar erscheinenden Tors. Eine drei Mann tiefe Gefechtslinie verteidigte die entstandene Bresche. Die Hilfstruppen unter Geganius' Befehl – hauptsächlich Batavi und Thraker, dazu einige aus noch ferneren Ländern, aber auch ein paar Einheimische – hielten vorerst tapfer stand, obwohl sie es mit einer erschreckenden Übermacht zu tun hatten. Sobald Atius die gewaltige Barbarenhorde mit eigenen Augen von der Festungsmauer aus gesehen hatte, war er so schnell wie möglich zu Geganius gelaufen, um ihm Bericht zu erstatten, doch der alte Veteran schien wie betäubt.

»Herr, wie lauten Eure Befehle?«, rief Atius.

Flammen leckten an den Torpfosten und warfen unheilvolle Schatten an die Wände. Schon fraß das Feuer an den Stützbalken des Hauptturms. Da der Feind bereits das Tor niedergerissen hatte, würde er sich nicht die Mühe machen, eine weitere Bresche in die von einem Erdwall verstärkte Tonziegelmauer zu schlagen. Zwei tapfere Soldaten schütteten heißes Öl aus einem Kessel auf die Angreifer. Dabei waren sie im Schein der Flammen deutlich vor dem Nachthimmel zu erkennen und den feindlichen Geschossen ungeschützt ausgeliefert. Ein Pfeil bohrte sich durch beide Wangen eines Mannes und zerschmetterte seinen Oberkiefer. Mit einem erstickten Schrei stürzte er in die Menge der Belagerer, wo er sofort ihren Speeren zum Opfer fiel.

»Wie sollen die schon lauten?«, erwiderte Geganius hilflos. »Standhalten und kämpfen.«

»Aber es sind zu viele!«

»Und was sollen wir deiner Meinung nach tun, Soldat?«, blaffte ihn Geganius an. »Sol Invictus anrufen, damit er unsere Feinde zerschmettert? Oder zu Christus beten und sie um Gnade und Vergebung bitten, wenn wir vor ihnen knien?«

Atius verzog das Gesicht. Sein Glaube wurde in dieser Stunde bereits zur Genüge auf die Probe gestellt. Er konnte gut darauf verzichten, dass nun auch noch dieser sonst so unerschütterliche Zenturio den wiederauferstandenen Heiland verspottete.

Die Maeatae zogen sich etwas zurück und stürmten dann wieder auf die Verteidiger zu, deren Formation durch die Wucht des Angriffs ins Wanken geriet. Ein Dutzend Männer in der ersten und ein halbes Dutzend in der zweiten Gefechtsreihe fielen der Attacke zum Opfer. Schnell schlossen die Hilfstruppensoldaten die entstandenen Lücken, doch die Formation insgesamt war nun merklich ausgedünnt. Mit einem resignierten Seufzen zog Geganius das Schwert.

»Geh zu Menenius und sag ihm, was du von der Mauer aus gesehen hast. Wenn er Befehle für mich hat, kommst du damit zu mir zurück. Wenn er dich woanders braucht …« Geganius verstummte und sah zu den brüllenden Barbaren hinüber, die förmlich miteinander wetteiferten, wer von ihnen als Erster einen Fuß in die Festung setzte. »Dann möge dein Gott mit dir sein, Soldat.« Er klopfte Atius auf die Schulter, drückte den Rücken durch und gesellte sich schwertschwingend und aufmunternde Schlachtrufe ausstoßend zu den Verteidigern.

Atius sah ihm noch einen Augenblick nach, dann suchte er nach Menenius. Der Präfekt beobachtete den Kampf von der Mitte des Innenhofs der Festung aus und debattierte hitzig mit dem stellvertretenden Kommandanten. Vier finster dreinblickende Soldaten mit der Hand am Schwert bewachten ihn, während sie gleichzeitig ängstlich den Fortgang der Schlacht verfolgten.

Atius rannte zu ihm. Zwei Soldaten hoben die Hand und versperrten ihm den Weg, während sie mit der anderen das Schwert halb aus der Scheide zogen. Menenius sah Atius und winkte ihn zu sich. Die Soldaten ließen ihn passieren.

Menenius stritt sich heftig mit seinem stellvertretenden Kommandanten, einem schlachterprobten thrakischen Zenturio namens Damanais, der unter seinem Bart rot vor Wut war. Er verstummte und funkelte Atius böse an. »Was ist denn, Soldat?«

»Zenturio Geganius hat mir befohlen, Euch Bericht zu erstatten. Ich konnte von der Mauer aus die Stärke und Position der feindlichen Truppen beobachten.«

»Na, dann raus mit der Sprache.«

»Meiner Schätzung nach sind es etwa tausend Krieger. Der Hauptteil ist um das Tor herum versammelt. Kleinere Einheiten mit Leitern bewegen sich in beiden Richtungen um die Festung herum, um uns in den Rücken zu fallen.«

Damanais wandte sich an Menenius. »Herr, wir müssen die Männer von den Mauern abziehen und zu einem Gegenschlag formieren, bevor diese Einheiten in Position sind. Viel länger hält die Verteidigungslinie nicht stand, und ein Angriff von zwei Seiten ist unser Ende.«

Menenius schüttelte den Kopf. »Sobald sie merken, dass die Mauer nicht mehr bemannt ist, können sie ungestört die Leitern anlegen. Sie würden in Windeseile über uns herfallen und uns abschlachten.«

»Und was dann? Sollen wir weiterkämpfen und auf Entsatz hoffen?«

Menenius sah ihn finster an. »Damanais, du hast doch selbst gesehen, dass sie unseren Boten erwischt haben, bevor er außer Reichweite ihrer Pfeile war. Wenn irgendjemand von diesem Kampf erfährt, wird er längst vorüber sein. Trotzdem, wir müssen aushalten.«

»Aber warum?«, murmelte Damanais. »Damit wir einen ehrenvollen Tod finden?«

»Nein. Um diesem Mann Zeit zu verschaffen, die Festung mit einer Botschaft zu verlassen.«

»Wer, ich?«, rief Atius überrascht.

»Der?«, grunzte Damanais.

»Ja, der. Atius, ich habe den Mut und die Geistesgegenwart nicht vergessen, den du und Silus beim letzten Angriff an den Tag gelegt habt. Nimm meinen Siegelring und verlasse die Festung. Sobald du die nächste Botenstation erreichst, requirierst du in meinem Namen zwei Pferde und berichtest, was hier geschehen ist, damit die anderen Kastelle in Gefechtsbereitschaft versetzt werden können. Dann sieh zu, dass du so schnell wie möglich nach Eboracum gelangst und dem Kaiser Meldung machst. Wir werden dir so viel Zeit wie möglich verschaffen. Verschwende sie nicht, denn sie ist mit unserem Blut erkauft.«

Atius sah ihn ungläubig an. Nach Geganius hatte also auch Menenius die Hoffnung aufgegeben. Es war verständlich, wenn ein einfacher Fußsoldat wie er der Verzweiflung anheimfiel, aber von seinen Befehlshabern durfte man doch wohl Hoffnung und etwas Zuversicht erwarten.

»Zwei Pferde?«, fragte Damanais.

Menenius sah ihn verlegen an. »Nimm meine Tochter mit, Atius. Im Namen aller Götter, erspare ihr dieses Schicksal.« Er sah Damanais herausfordernd an. Der erwiderte den Blick, wütend über Menenius' Selbstsucht im Angesicht des nahenden Todes, doch schließlich gab er nach und nickte knapp.

Menenius zerrte mühsam den Ring vom Finger und drückte ihn Atius in die Hand. »Sie ist in meinem Quartier. Zeig ihr den Ring und bring sie fort von hier«, flehte er und sah Atius geradezu herzzerreißend an. »Ich weiß, sie war nicht mehr als ein Spielzeug für dich. Doch für mich ist sie das Wertvollste auf der Welt. Bitte, Atius.«

Atius ergriff Menenius' Hand. »Herr, ich werde sie mit meinem Leben beschützen.«

Menenius hielt die Hand einen kurzen Augenblick fest. »Geh«, sagte er dann beinahe schroff.

Atius rannte zum Prätorium, dem Quartier des Präfekten im Zentrum der Festung, erklomm die kurze Steintreppe zur Eingangstür und klopfte laut. Als er keine Antwort erhielt, versuchte er, die Tür zu öffnen. Sie war nicht abgeschlossen.

Atius war bereits dreimal hier gewesen. Zweimal, um sich seine Strafe für kleinere Vergehen abzuholen, einmal hatte er sich hineingeschlichen, um sich mit Menenia zu vergnügen. Jetzt schien das Haus völlig verlassen, doch wo sich Menenias Schlafgemach befand, wusste er ja bereits. Er lief durch das Peristyl und von dort ein paar weitere Stufen in einen weiteren Innenhof hinauf – das Atrium, von dem Menenias

Cubiculum abging. Die Tür war abgeschlossen, doch da die Zeit drängte, stieß er sie mit der Schulter auf.

Im Raum dahinter war eine junge Frau, die einen kleinen Hund an ihre Brust gedrückt hielt. Sie fing sofort zu kreischen an, als er hineingestürmt kam. Atius blieb stehen, hob beschwichtigend die Hand und sah sich zunächst nach möglichen Gefahren um. Sie kreischte weiter, bis Atius begriff, dass sie den schmutzigen, blutbespritzten Mann, der soeben durch ihre Tür gestürzt war, offenbar nicht erkannt hatte.

»Menenia, Schätzchen, ich bin's. Atius.«

Menenia zögerte kurz, dann setzte sie den Hund ab, lief auf ihn zu, schlang die Arme um ihn und bedeckte sein Gesicht mit verzweifelten kleinen Küssen. Er gestattete sich, dies einen Augenblick lang zu genießen, dann packte er ihre Handgelenke und löste sie behutsam von sich.

»Dein Vater schickt mich, Menenia. Ich soll dich in Sicherheit bringen.«

Menenia sah ihn verwirrt an, und als Atius in ihre Augen blickte, setzte sein Herz einen Schlag lang aus. Sie war wirklich wunderschön.

»In Sicherheit? Aber wir sind doch schon in der Festung. Wo könnte es denn noch sicherer sein?«

Atius schürzte die Lippen. Ein Kastell wie dieses mochte eine Weile lang Schutz gegen eine kleine Streitmacht bieten, doch aus der jüngsten Vergangenheit gab es genug Beispiele, dass es den Barbaren gelungen war, die Garnisonen zu überwältigen und bis zum letzten Mann abzuschlachten. Atius wusste aus Erfahrung, dass der Garnisonsdienst sterbenslangweilig war – bis man sich ganz plötzlich vor Angst in die Tunika schiss. Wenn er an die gefahrvolle Flucht dachte, die ihnen bevorstand, brach ihm der kalte Schweiß aus und seine Haut kribbelte. Seine Sinne waren so geschärft, dass ihn jedes laute Geräusch zusammenfahren ließ. Aber ihm war auch bewusst, dass er eine größere Überlebenschance hatte als die armen Soldaten, die die Bresche verteidigten, bis sie überwältigt und entweder an Ort und Stelle niedergemacht oder gefangen genommen und zu Tode gefoltert wurden.

»Das erkläre ich dir später. Komm mit.«

Menenia trat einen Schritt zurück und schüttelte den Kopf. »Mein Vater würde mich niemals …« Sie verstummte, als sie den Ring sah, den Atius ihr auf der offenen Handfläche hinhielt, und legte eine Hand über den Mund. »Ist er …?«

»Er lebt«, sagte Atius. »Gerade noch war er dabei, die Verteidigung zu beaufsichtigen. Und jetzt komm bitte mit.« Atius hielt ihr die Hand hin, die sie nach einem weiteren Moment des Zögerns ergriff. Atius zog sie hinter sich her, doch sie blieb stehen, um den Hund aufzuheben. Jetzt erkannte Atius das Tier: Es war Issa, Silus' Hund. Nachdem er seinem Freund versprochen hatte, auf sie aufzupassen, hatte er die alte Hündin zu Menenias großer Freude in ihre Obhut gegeben. Nun konnte er nicht nur die Tochter seines Kommandanten, sondern auch das letzte Mitglied der Familie retten, das seinem Freund noch geblieben war.

Von der Treppe am Eingang des Prätoriums aus sah Menenia, in welch bedrängter Lage sich die Verteidiger befanden. Ihre Gefechtslinie war in der kurzen Zeit, in der Atius Menenia gesucht hatte, ein ganzes Stück zurückgedrängt worden. Der Innenhof war mit Leichen übersät – blutige Gesichter, gespaltene Schädel, wie von Metzgerhand abgetrennte Gliedmaßen. Eingeweide quollen Gorgonenköpfen gleich aus den Leibern. Menenia blieb wie angewurzelt stehen, erbleichte und verzog den Mund zu einem entsetzten O. Atius zog an ihrer Hand und rief ihren Namen, doch sie war wie zur Salzsäule erstarrt. Er überlegte, ob er sie sich über die Schulter werfen sollte, doch das hätte ihre Flucht zu sehr verlangsamt.

Also gab er ihr eine saftige Ohrfeige.

Sie zuckte zusammen, sah ihn erbost an und legte eine Hand auf die Wange.

»Wenn du nicht sterben willst, dann lauf hinter mir her. Jetzt sofort!«

Dies löste sie aus ihrer Benommenheit und sie folgte Atius die Treppe hinunter, wobei sie Issa fest an sich drückte. Unten angekommen sah sich Atius zu beiden Seiten um und versuchte einzuschätzen, wo der Kampf am heftigsten tobte. Dann zerrte er sie mit sich zur südöstlichsten Ecke des Kastells.

»Wo willst du denn hin?«, zischte Menenia. »In dieser Richtung ist doch kein Ausgang.«

Ohne darauf einzugehen, lief er auf das Gebäude in der Ecke zu. Schon am Eingang schlug ihnen übler Gestank entgegen. Menenia blieb stehen. »Willst du dich etwa in der Latrine verstecken?«, keuchte sie. »Wäre es nicht schlauer, über die Mauer zu klettern?«

Atius umklammerte ihre Schultern und sah ihr in die Augen. »Du tust, was ich dir sage, ohne Widerspruch oder Zögern. Darum werde ich dich kein zweites Mal bitten. Hast du das verstanden?« Die letzten Worte schrie er förmlich. Menenia erbleichte wieder, nickte aber stumm.

»Sehr gut.« Er gab ihr einen stürmischen Kuss auf die Lippen und zog sie mit sich.

Es war eine Latrine von üblicher Bauart: An den Längsseiten befanden sich Sitzbänke mit Löchern auf der Ober- und Vorderseite, durch die Mitte des Raums verlief eine Rinne mit frischem Wasser, in der man die auf Stöcken befestigten

Schwämme säubern konnte – oder, da Schwämme in Britannien Mangelware waren, gebrauchte Blätter oder Moos entsorgen konnte.

Für Atius weitaus wichtiger war jedoch der breitere Wasserstrom, der unter den Bänken hindurchfloss und die Fäkalien aus der Festung in den nächsten natürlichen Wasserlauf spülte.

Atius packte die Holzbank, die der Außenwand des Kastells am nächsten war, und zog. Die Nägel leisteten einen Augenblick lang Widerstand, dann lösten sie sich aus dem Holz und er taumelte zusammen mit der Bank nach hinten. Er spähte in den dunklen Kanal. Es war Frühling im regnerischen Britannien und das Wasser floss schnell, wodurch sich auch der Gestank im Vergleich zum Hochsommer in Grenzen hielt. Nichtsdestotrotz waren die Wände der sich seit Jahrzehnten in Gebrauch befindlichen Latrine mit Fäkalien bedeckt, und auch Pilze und Farne gediehen prächtig an diesem feuchten, dunklen Ort.

»Ich nehme Issa und gehe zuerst«, sagte Atius. »Du bleibst immer dicht hinter mir.« Sie starrte ihn entsetzt an. Bestimmt dachte sie gerade an die kostbare Stola und die teure Halskette, die Armbänder und Ohrringe, die sie trug, doch sie war vernünftig genug, keinen Widerspruch einzulegen.

Atius schluckte, nahm den Hund und stieg in das dunkle Loch. Obwohl er nicht besonders breit gebaut war, musste er sich flach auf den Bauch legen und durch den engen Kanal robben wie ein Regenwurm, wobei er Issa vor sich hielt. Schließlich verschwand der Wasserstrom unter der Außenmauer. Nach einem Stoßgebet, in dem er Christus und den Gott der Judäer anflehte, ihn nicht stecken bleiben zu lassen, holte er tief Luft und tauchte unter.

Eiskaltes Wasser schlug ihm ins Gesicht. Er kniff Mund

und Augen fest zu und tastete sich vor, hielt sich wo immer möglich an der Wand fest, bis er unter der Festungsmauer war. Rein verstandesmäßig wusste er, wie breit die Mauer war, dennoch musste er in dem engen Tunnel, dessen Wände er an allen Körperseiten spürte, gegen die Panik ankämpfen. Issa geriet ebenfalls in Panik, riss sich von ihm los und schwamm davon – vor ihm her und nach oben, jedenfalls hoffte er das. Er trat kräftig mit den Beinen aus und scherte sich nicht darum, dass er durch die Anstrengung kostbare Atemluft vergeudete.

Nach wenigen Augenblicken, die ihm wie Stunden vorkamen, kam er in einer Abwasserleitung heraus, die gerade so groß war, dass er sich auf alle viere aufrichten und umdrehen konnte. Es war stockdunkel, und er konnte sich nur mithilfe seines Tastsinns orientieren. Er hörte Issa im Wasser platschen und beugte sich vor, um sie aufzuheben. Nun war er direkt hinter der Festungsmauer. Ängstlich wartete er darauf, dass Menenia auftauchte.

Es dauerte viel zu lange. Sie war doch direkt hinter ihm gewesen. Hatte sie es sich etwa anders überlegt? War sie stecken geblieben? Bei der Vorstellung, noch einmal in den Tunnel zu tauchen und nach ihr suchen zu müssen, wurde ihm angst und bange.

Dann hörte er ein Platschen, und Menenia tauchte keuchend und strampelnd auf. Sie ruderte so wild mit den Armen, dass sie Atius einen schmerzhaften Schlag auf die Nase verpasste. Er packte ihre Hände und flüsterte beruhigend auf sie ein, bis ihre Panik nachließ und sie wieder etwas ruhiger atmete. »Das Abwasserrohr ist in etwa hundert Schritt zu Ende. Bleib einfach dicht hinter mir. Das Schlimmste haben wir überstanden.«

Das mochte vielleicht für ihn und Menenia gelten, dachte

er, doch den Verteidigern, die in der Festung hinter ihnen um ihr Leben kämpften, stand das Schlimmste noch bevor.

Sie krochen schweigend weiter. Bis auf das Klatschen ihrer Hände und Knie im schnell fließenden Wasser und Issas Schnüffeln vor ihm war nichts zu hören. Wieder schien sich die Zeit auszudehnen, da Atius im Dunkeln nichts sehen konnte und daher auch keine Möglichkeit hatte, die Entfernung bis zum Ende des Tunnels abzuschätzen. Dann bemerkte er einen schwachen Lichtschein vor sich. Sie hatten das Ende des Abwasserkanals erreicht. Doch als sie näher kamen, musste er feststellen, dass es durch ein Eisengitter versperrt war. Das Wasser konnte ungehindert hindurchfließen, die größeren Abfallstücke dagegen – ein alter Stiefel, ein schimmeliger Schal, Keramikscherben – sammelten sich hier.

Atius packte das Gitter und rüttelte versuchsweise daran. Als es nicht nachgeben wollte, war er erneut der Panik nahe. Er rutschte herum, bis seine Füße nach vorne zeigten, und versetzte dem Gitter einen Tritt. Zunächst war das einzige Ergebnis eine Schmerzwelle, die seine Beine durchfuhr. Er konzentrierte sich auf eine Ecke, und schon bald erkannte er die ersten Risse in dem Mörtel, mit dem das Gitter festgemauert war. Mit einem letzten doppelfüßigen Tritt löste er das Eisengitter, das mit einem Platschen im Fluss landete.

Atius robbte zum Rand des Rohres und spähte hinaus. Der Fluss befand sich etwa zehn Fuß unter ihnen. Er drehte sich um, ließ erst die Beine und dann den Rest seines Körpers langsam hinab. Eigentlich hatte er vorgehabt, sich erst dann fallen zu lassen, wenn er mit den Händen am Rand hing, doch der Stein war vor Algen und Exkrementen so glitschig, dass er den Halt verlor und rücklings hinunterfiel.

Der Fluss war mehrere Fuß tief, sodass er einigermaßen

weich landete. Er tauchte einen Augenblick unter, dann ertastete er den Boden mit den Füßen, kam wieder hoch und spuckte eiskaltes Wasser.

Er konnte Menenia, die von oben zu ihm heruntersah, in der Dunkelheit kaum ausmachen.

»Spring«, rief er und hoffte, dass ihn außer ihr niemand hörte. »Ich fange dich auf.«

Menenia schien sich inzwischen mit allem abgefunden zu haben. Sie setzte sich mit Issa im Arm auf die Kante des Abflussrohres und ließ sich einfach hinunterfallen. Atius streckte die Arme aus, doch er hatte ihr Gewicht falsch eingeschätzt und auch nicht damit gerechnet, dass sie sich fallen ließ wie ein nasser Mehlsack. Als sie auf ihm landete, tauchte er ein weiteres Mal unter, diesmal jedoch mit dem Gewicht der jungen Frau auf sich – er schaffte es erst nach einigen Momenten wenig eleganten Strampelns wieder auf die Beine zu kommen, dann nahm er Menenias Arm und half ihr ebenfalls auf.

Sie hustete eine Weile, dann sah sie ihn mit Elendsmiene an. Farnblätter hingen in ihrem Haar, glitschiger Schmutz bedeckte das Gesicht und die bloßen Arme. Sie hatte die Halskette und einen Ohrring verloren und aus den Säumen ihrer Stola tropfte dreckiges Wasser. Er nahm sie in die Arme und drückte sie fest an sich. Issa wusste sich nicht anders zu helfen, als erneut zu paddeln. Sie schwamm zum Ufer, verließ den Fluss und schüttelte das Wasser aus ihrem Fell.

Aus der Nähe waren Rufe, Waffengeklirr und ein Schrei zu hören. Atius nahm Menenia bei der Hand und half ihr aus dem Wasser.

»Wir müssen von hier weglaufen«, flüsterte er »Bereit?«

Menenia nickte.

»Dann los. Die nächste Botenstation ist etwa fünf Meilen

südlich von hier. Wenn wir uns beeilen, schaffen wir es noch vor Sonnenuntergang.«

Atius durchquerte im Laufschritt das sumpfige Gelände. Issa sprang von einem aus dem niedrigen Wasser ragenden Grasbüschel zum nächsten. Hinter ihnen erhellten die aus der brennenden Festung schlagenden Flammen den sternenlosen Nachthimmel.

Menenius, Geganius und Damanais knieten mit hinter dem Rücken gefesselten Händen und verschnürten Fußknöcheln vor Maglorix. Zwei Krieger hielten Geganius aufrecht, der stark aus einer Kopfwunde blutete und kaum bei Bewusstsein war. Außer ihnen hatte nur eine Handvoll Soldaten der Garnison überlebt. Mehrere Hilfstruppensoldaten hatten ohne den entsprechenden Befehl die Waffen gestreckt, und Menenius hatte ebenfalls kurz mit dem Gedanken gespielt, sich zu ergeben. Doch da er ahnte, welches Schicksal sie bei Gefangennahme erwartete, hatte er seinen Männern die Anweisung gegeben, bis zum Tod zu kämpfen.

Menenius, Geganius und Damanais hatten es versucht, doch Maglorix hatte sich in den Kopf gesetzt, die Offiziere lebend in seine Gewalt zu bekommen. Zum Schluss hatten die drei mit dem Rücken zueinander gekämpft, doch die Maeatae hatten ihre Schwerthiebe mit Schilden abgewehrt und sie mit den hinteren Enden ihrer Speere auf die Knie geprügelt. Geganius war als Letzter zu Boden gegangen, und das auch nur nach einem kräftigen Axthieb gegen seinen Helm.

Maglorix trank mit tiefen Zügen aus einem Becher. Bier floss über sein Kinn. Er füllte seinen Mund und spuckte das Bier auf Menenius. Dieser starrte ohne jede Regung weiter geradeaus.

»Nun, o mächtiger Römer, wie fühlt es sich an, vor Männern zu knien, die euch weit überlegen sind?«, fragte Maglorix. Taximagulus stand hinter ihm und grinste. Die Gesichter der beiden Stammeskrieger waren mit Ruß und Blut verschmiert und boten im flackernden Licht der brennenden Festung einen furchterregenden Anblick.

Menenius erwiderte nichts darauf. Was hätte er auch sagen sollen?

Sein Schweigen schien Maglorix zu ärgern, und er bedeutete zwei Kriegern, einen der Soldaten, die sich ergeben hatten, zu ihm zu bringen. Sie zerrten ihn herüber und schleuderten ihn vor ihm in den Dreck. Es war ein stämmiger Batavus, dem die Tränen nur so übers Gesicht liefen. Menenius kramte in seinem vor Erschöpfung und Furcht getrübten Gedächtnis nach seinem Namen. Brinno. So hieß er.

Maglorix zog ein gekrümmtes Messer aus dem Gürtel. Brinno zuckte zurück und riss die Augen vor Schreck so weit auf, dass das Weiße darin zu sehen war.

»Sei tapfer, Brinno«, ermahnte ihn Menenius.

Brinno sah ihm direkt ins Gesicht. »Leck mich!«, sagte er. »Und scheiß auf Rom!«

Maglorix lachte laut und durchtrennte mit einem tiefen Schnitt Brinnos Kehle. Das Blut spritzte und Brinno verdrehte die Augen. Maglorix stieß ihn zur Seite, wo er noch eine Weile gurgelnd und zuckend dalag und sich dann nicht mehr rührte. Menenius schloss die Augen. Wahrscheinlich hatte Brinno noch Glück gehabt, dachte er. Für ihn hatte Maglorix sicher weitaus Schlimmeres vorgesehen.

»Ich weiß nicht, besonders glücklich kam er mir nicht vor«, sagte Maglorix. »Ich frage mich, wie viele der fremdländischen Soldaten, die ihr hierherzerrt, um für euer Imperium zu kämpfen, euren Kaiser so sehr lieben, dass sie für ihn und seine Söhne ihr Leben geben würden? Willst du mir immer noch nicht antworten? Soll ich noch einen deiner Männer vor deinen Augen töten?«

»Was willst du von mir?«, fragte Menenius. »Ich werde dir keine Geheimnisse verraten.«

»Das ist auch nicht nötig, dafür haben wir unsere Spione. Ihr seid den Stämmen aus dem Norden eurer sogenannten Provinz Britannia gegenüber viel zu vertrauensselig. Ihr nennt die Brigantes und Votadini eure Verbündeten, aber glaubt ihr wirklich, dass sie vergessen haben, was Freiheit heißt?«

»Was willst du dann?«

»Nur die Einsicht, dass eure Tage im Norden dieser Insel gezählt sind, Römer. Bevor du das Zeitliche segnest, will ich die Niederlage in deinen Augen sehen.«

»Diese Schlacht hast du gewonnen, Barbar. Aber du machst dir keine Vorstellung, welches Unheil du damit über dein Volk gebracht hast.«

Taximagulus grinste höhnisch, Maglorix' Gesicht dagegen verzerrte sich zu einer wütenden Grimasse. Er riss einem der neben ihm stehenden Krieger den Speer aus der Hand und bohrte die Spitze mit solcher Wucht in Geganius' Auge, dass sie zusammen mit Blut und Hirnmasse aus dem Hinterkopf wieder austrat. Der Zenturio erstarrte, dann fingen seine Gliedmaßen an zu zucken. Die beiden Krieger, die ihn festhielten, traten zurück und ließen ihn auf den Boden fallen.

Damanais brüllte vor Wut und stürzte sich auf Maglorix, doch der Stammesfürst machte einfach nur einen Schritt zurück, und der gefesselte Thraker fiel mit dem Gesicht voraus auf den Boden. Maglorix versetzte seinem Kopf einen kräftigen Tritt. Taximagulus lachte.

»Wir verschwenden nur unsere Zeit«, sagte Maglorix.

»Nagelt die Überlebenden an ein paar Bäume und verbrennt sie. Unsere Männer können plündern, fressen und vergewaltigen, was sie nur finden, aber sie sollen sich beeilen. Bald werden wir das nächste Kastell angreifen. Bald ist die Wut der Römer so groß, dass sie Rache üben werden – und wenn sich die Kaledonier dagegen zur Wehr setzen wollen, müssen sie sich uns wohl oder übel anschließen. Dies ist das Jahr, in dem wir die Eindringlinge das Fürchten lehren und sie aus unserem Land werfen.«

Alle Krieger, die sich in Hörweite befanden, brachen in Jubel aus, und die Worte des Stammesfürsten verbreiteten sich schnell unter seinen Getreuen.

Menenius spürte, wie sich seine Blase entleerte, als er auf die Beine gezerrt und zum nahe gelegenen Wald geschleift wurde. Er betete für die nötige Tapferkeit, um wie ein Römer zu sterben. Noch inständiger aber betete er dafür, dass Atius seine Tochter in Sicherheit gebracht hatte.

Oclatinius saß hinter seinem Schreibtisch und musterte die beiden Hilfstruppensoldaten, die vor ihm standen: Silus aufrecht, Atius vor Erschöpfung gebeugt und mit dem Staub und Schmutz der Straße bedeckt. Er hatte soeben seinen Bericht beendet, und Oclatinius' ursprünglicher Verdacht, dass er desertiert war, zerstreute sich schnell, als ihm Atius den Ring des Präfekten zeigte.

»Und die Tochter des Präfekten hast du auch gerettet, sagst du?«

»Ja. Menenia. Sie befindet sich gerade in Silus' Quartier.«

Vor kaum einer Stunde hatten zu Silus' Erstaunen Atius und Menenia vor seiner Tür gestanden, und die kleine Issa war aufgeregt kläffend an ihm hochgesprungen. Atius hatte nicht gewusst, bei wem er sich melden oder wohin er Menenia und Issa bringen sollte, und hatte so lange nach Silus gefragt, bis ihm ein hilfsbereiter Soldat den Weg zu seinem Quartier gezeigt hatte. Nachdem Silus sich Atius' Geschichte mit wachsender Besorgnis angehört hatte, war er mit ihm sofort zu Oclatinius gegangen, damit ihm Atius ausführlich Bericht erstattete.

»Gab es deiner Einschätzung nach Überlebende?«

Atius schüttelte den Kopf. »Zum Zeitpunkt unserer Flucht hatte Menenius den Befehl gegeben, bis zum Ende zu kämpfen. Er konnte nicht auf einen Sieg oder Entsatz hoffen. Und sich zu ergeben oder gefangen nehmen zu lassen …« Er musste den Satz nicht beenden. Sie alle hatten die verstümmelten Leichen der während des letztjährigen Feldzugs von den Barbaren gefangen genommenen Römer nicht vergessen.

»War die feindliche Streitmacht wirklich so groß?«

»Da bin ich mir sehr sicher, Herr.«

Oclatinius rieb sich das Kinn. »Das war kein Raubzug. Um eine einzelne Festung zu erobern, sind bei Weitem nicht so viele Krieger nötig.«

»Dann haben sie noch mehr vor«, sagte Atius. »Vielleicht wollen sie noch weitere Kastelle erobern. Oder wir haben es mit einem groß angelegten Einfall in die Provinz Britannia zu tun.«

»Oder sie wollen uns herausfordern. Aber letzten Endes spielen ihre Beweggründe keine Rolle. Sie haben eindeutig gegen die Bedingungen des im letzten Jahr geschlossenen Friedensabkommens verstoßen, und das darf nicht ungestraft bleiben. Ich muss sofort den Kaiser sprechen. Und ihr beiden kommt mit.«

Der Thronsaal von Kaiser Caesar Lucius Septimius Severus Pertinax Augustus Parthicus Britannicus, Vater des Vaterlandes, Bezwinger der Parther in Arabia und Assyria und Pontifex maximus, war noch größer und prächtiger als der Caracallas. Doch beim Anblick von Severus auf dem Thron mit Caracalla zu seiner Rechten sowie Julia Domna und Geta zu seiner Linken bekam Silus viel zu viel Angst, um die bunten Fresken und kunstvollen Statuen, mit denen der Raum geschmückt war, würdigen zu können.

Die drei – Oclatinius in der Mitte, Atius und Silus an seinen Seiten – fielen mit gesenktem Kopf vor den drei Augusti und der Augusta auf das Knie. Severus befahl ihnen mit einer ungeduldigen Handbewegung, wieder aufzustehen.

»Was gibt es, Oclatinius?«

»Dieser Soldat von den im Kastell Voltania stationierten Hilfstruppen ist der einzige Überlebende eines Massakers, das eine große Maeatae-Horde unter der dort stationierten Garnison angerichtet hat.«

Silus sah, wie Caracalla sich vorbeugte und die Armlehnen seines Thrones umklammerte. Julia blickte von Caracalla zu Severus, der wütend die Stirn runzelte. Getas Miene war unmöglich zu deuten.

»Sie haben es gewagt, den Frieden zu brechen? Und das nicht nur mit einem Raubzug, sondern einem Großangriff.« Severus' Stimme war leise und schwach, doch der drohende Unterton war unüberhörbar.

»Es sieht ganz so aus, Augustus.«

»Du, Soldat! Erzähl mir, was passiert ist. Aber fasse dich kurz.«

»Herr ... ich meine ... Augustus, das Kastell wurde mitten in der Nacht von etwa eintausend Maeatae-Kriegern überfallen. Ich konnte die Banner und Schildornamente verschiedener Stämme erkennen und glaube ...« Atius verstummte, als er sich bewusst wurde, dass er keine Tatsachen, sondern seine Meinung vortrug.

»Nur weiter, Soldat«, sagte Severus. »Was glaubst du?«

»Ich glaube, dass es sich um ein Bündnis mehrerer Stämme gehandelt hat, Herr … ich meine, Augustus.«

»Ein Bündnis. Sie erdreisten sich, ein Bündnis gegen uns zu schließen. Hast du das gehört, Antoninus?«

»Laut und deutlich, Vater«, sagte Caracalla. »Also geht der Krieg weiter.«

»War dieser Krieg denn nicht schon letztes Jahr vorbei, als sie vor uns kapituliert haben?«, fragte Geta gereizt. »Ich dachte, wir müssten das neu gewonnene Gebiet nur noch dem Reich einverleiben und könnten dann triumphierend nach Rom zurückkehren.«

»Tut mir schrecklich leid, dass die Barbaren deine Reisepläne durcheinandergebracht haben, Bruderherz«, sagte Caracalla.

Bevor Geta etwas erwidern konnte, ergriff Severus wieder das Wort. »Soldat, weißt du, wer diese Barbaren anführt?«

Atius schluckte ängstlich. »Ich … ich bin mir nicht sicher, aber …«

»Aber?«, fragte Severus ungeduldig nach. »Raus damit, oder soll ich es aus dir herausprügeln lassen?«

»Er war ziemlich weit entfernt und es war Nacht, aber sobald die Festung in Flammen stand, konnte ich einen Blick auf das Gesicht ihres Anführers werfen. Ich … ich glaube, es war Maglorix, Herr. Augustus.«

Silus drehte sich zu Atius um und starrte ihn mit offenem Mund an. Dieses kleine Detail hatte er ihm gegenüber nicht erwähnt.

Caracalla hingegen warf seinem Bruder einen wütenden Blick zu. »Geta, das ist nicht zufällig derselbe Maglorix«, zischte er durch zusammengebissene Zähne, »der kürzlich ein ganzes Vicus ausgelöscht hat, darunter auch Silus' Familie, daraufhin gefangen genommen wurde und auf meinen Befehl hingerichtet werden sollte, bevor du das vereitelt und ihn freigelassen hast?«

»Es war ein Gefangenenaustausch«, verteidigte sich Geta. »Außerdem wäre seine Hinrichtung eine Provokation gewesen. Da war Vater mit mir einer Meinung.«

»Eine Provokation?«, brüllte Caracalla und sprang auf. »Und was ist dieser Überfall deiner Meinung nach? Ein Nachbarschaftsbesuch?«

Geta wurde rot und sprang ebenfalls auf, doch Severus hob die Hand. »Setzt euch, alle beide!«, bellte er, woraufhin er von einem Hustenanfall ergriffen wurde und nur noch mühsam und pfeifend Luft bekam.

Geta und Caracalla setzten sich widerwillig und warteten, bis der Anfall vorüber war.

»Als Menelaos vor den Mauern Iliums kämpfte, gelang es ihm, Adrastos gefangen zu nehmen«, sagte Severus nach einigen tiefen, keuchenden Atemzügen, wobei er jedes Wort sorgfältig und langsam aussprach. »Adrastos flehte ihn an, ihn zu verschonen und gegen ein Lösegeld freizulassen. Menelaos wollte ihm seinen Wunsch gewähren, als Agamemnon zu ihm trat und sprach: ›Keiner soll dem Verderben durch Eure Hand entrinnen, auch die Ungeborenen im Mutterleib treffe dieses grausame Schicksal.‹«

Severus sah sich langsam um – sein Blick glitt über seine Familie, die Soldaten, die versuchten, nicht vor Angst zu zittern, und die an den Seiten wartenden Höflinge. »So soll auch mit den Barbaren verfahren werden. Antoninus, mach die Männer für den Krieg bereit.«

Neuntes Kapitel

Caracalla lief wutschäumend in seiner Amtsstube auf und ab. Oclatinius, Silus und Atius standen vor ihm stramm, die Augen geradeaus, und wagten kaum zu atmen.

»So eine Scheiße kommt heraus, wenn dieses blöde Arschloch Kaiser spielt. Wir hatten gewonnen! Der Sieg war unser! Jetzt geht alles von vorne los. Nur weil meinem idiotischen Halbbruder, der sich aus unerfindlichen Gründen ebenfalls Augustus schimpfen darf, einer seiner Hofschranzen wichtiger war als eine ruhige, friedliche Provinz und Ruhe und Frieden im ganzen beschissenen Imperium. Was, wenn die Parther den Waffenstillstand brechen und im Osten angreifen, während wir auf dieser götterverfluchten Insel unsere Zeit verschwenden? Was, wenn die Germanen Gallien überfallen? Was, wenn einer der uns noch treuen Statthalter von Africa oder Syria plötzlich der Meinung ist, dass er einen besseren Kaiser abgibt, und mit seinen Legionen auf Rom marschiert, während mein Vater hier am Arsch der Welt herumsitzt?«

Keiner der vor ihm Stehenden antwortete. Silus ging davon aus, dass diese Fragen rhetorischer Natur waren, bis Caracalla herumwirbelte und den Zeigefinger auf ihn richtete. »Was dann?«

Silus' Eingeweide verflüssigten sich. »Also …«, stammelte er, »die Treue des Imperiums gegenüber den Augusti ist felsenfest.«

»Einen Felsen kann man mit einer Spitzhacke in Stücke schlagen, wenn man weiß, wo seine Schwachstelle ist. Du!« Caracalla deutete auf Atius. »Was, wenn der Feind im Osten einfällt?«

»Ich bin nur ein einfacher Hilfstruppensoldat«, sagte Atius, und Silus atmete erleichtert aus, weil sich sein Freund zu keiner unüberlegten Bemerkung hatte hinreißen lassen. Doch er hatte sich zu früh gefreut. »Aber wenn Ihr mich nach meiner Meinung fragt«, fuhr Atius fort, »so solltet Ihr im Falle eines parthischen oder germanischen Angriffs mehrere Legionen aus Kaledonien abziehen und der Bedrohung so schnell wie möglich begegnen. Wenn es sich um eine groß angelegte Invasion handelt, sollte sich mindestens ein Augustus an der Spitze dieser Armee befinden, um Rom zu beruhigen und die Moral der Truppe zu heben. Es ist zu hoffen, dass die dortigen Garnisonen lange genug durchhalten, bis Ihr zu ihrer Rettung eintrefft. Ich würde vorschlagen, dass Ihr die Vexillationen aus den Legionen am Rhein und an der Donau mitnehmt, und da sich die Legio VI Victrix in Eboracum sehr heimisch fühlt, wäre meine Empfehlung, aus Vexillationen dieser Legion sowie einer abgespeckten Legio II Augusta und der Legio XX Valeria Victrix eine Garnison zu bilden und den Hadrianswall als Grenze festzusetzen, da er näher an der Provinz und damit an den Nachschubwegen liegt. Da Euer Vater offenbar gesundheitlich angeschlagen ist, sollte er nach Rom zurückkehren, um die Machtansprüche Eurer Familie weiter zu festigen. Ihr habt Euch bereits als fähiger Feldherr erwiesen, daher solltet Ihr die der Invasion entgegentretende Armee befehligen. Mein Rat wäre jedoch, dafür zu sorgen, dass Euer idiotischer Halbbruder hierbleibt und sich um die Organisation des Ganzen kümmert, immerhin ist er ja der Urheber dieser ärgerlichen Situation.«

Während dieses Vortrags starrte Caracalla Atius mit offenem Mund an. Silus schloss die Augen und wartete auf die erzürnte Antwort. Doch Caracalla brach in Gelächter aus und klopfte Atius so kräftig auf den Rücken, dass dieser einen Schritt nach vorne taumelte. »Oclatinius! Wo hast du den denn aufgetrieben?«

»Meines Wissens hat er sich erst kürzlich den hiesigen Hilfstruppen angeschlossen, Augustus. Ein heller Kopf, leider mit einem allzu losen Mundwerk.«

»Sind die beiden die Richtigen?«

»Ein ausgezeichneter Arcanus und ein brauchbarer Speculator sind so gut geeignet wie jeder andere. Außerdem bringen sie den nötigen Antrieb mit – Maglorix hat Silus' Familie und Atius' Kameraden auf dem Gewissen.«

Bei der Erwähnung seiner Familie biss Silus die Zähne zusammen, sagte aber nichts.

»Na schön«, sagte Caracalla. »Ich vertraue deinem Urteil. Männer, ich kann diesen Maglorix nicht leiden. Er ist wie ein Stein in meinem Stiefel, der mich bei jedem Schritt stört. Und wenn man Oclatinius Glauben schenken kann, habt ihr ihn auch nicht gerade ins Herz geschlossen. Er ist seiner gerechten Strafe bereits einmal entkommen. Ich will seinen Tod.

Es wird eine Weile dauern, bis die Legionen abmarschbereit sind, doch dann wird es ein Blutbad geben, wie es sich die Bewohner dieses Landes in ihren schlimmsten Albträumen nicht hätten vorstellen können. Maglorix scheint mir ein gewisses Talent dafür zu haben, die Stämme um sich zu scharen und aufzuwiegeln. Zweifellos genießt er bei den Barbaren inzwischen Heldenstatus. Er muss unschädlich gemacht werden. Wenn wir ihn im Feld schlagen müssen, soll mir das auch recht sein, aber falls es uns gelingt, ihn auf andere Weise aus dem Weg zu räumen, könnten wir den Widerstand erheblich schwächen und nicht zuletzt viele Legionäre und Hilfstruppensoldaten vor dem Tod bewahren. Ihr beide werdet euch ins Feindesland begeben, Maglorix aufstöbern und töten.

Aber seid euch im Klaren darüber, dass ihr nicht offen im Namen des Römischen Reiches handeln könnt. Wenn ich dies zu einem offiziellen Auftrag mache, würde sich mein Bruder zweifelsohne irgendeinen Vorwand ausdenken, um euch zu behindern oder aufzuhalten, und sei es nur, um mich zu ärgern. Mein Vater ist nicht mehr der Draufgänger von einst und könnte sich auf seine Seite schlagen. Also seht zu, dass ihr diese Angelegenheit erledigt, ohne euch dabei erwischen zu lassen.«

»Jawohl, Augustus«, sagte Atius. »Ich nehme den Auftrag an.«

Caracalla sah ihn verwundert an. »Oclatinius, habe ich nach Freiwilligen gefragt?«

»Nicht, dass ich wüsste, Augustus.«

»Männer, ihr habt eure Befehle. Wegtreten.«

»So langsam freunde ich mich mit der Vorstellung an, euch Idioten nie mehr wiederzusehen«, sagte Oclatinius, sobald sie wieder in seiner Amtsstube waren. »Wieso hast du da gerade eben versucht, mir ans Bein zu pissen?«

»Euch, Herr?«, fragte Atius unschuldig. »Ich habe nur eine Frage beantwortet, die mir der Augustus gestellt hat.«

Oclatinius schüttelte den Kopf. »Für so eine Unverfrorenheit hätte er dich genauso gut den wilden Tieren in der Arena vorwerfen können. Du hast Glück, dass sein Zorn bereits auf einen anderen gerichtet war. Nun, wie dem auch sei: Du hast deine Befehle. Atius, ich befördere dich hiermit zum Speculator. Aber eines will ich gleich klarstellen: Als Arcanus ist Silus dein Vorgesetzter. Er hat das Sagen. Du bist mir ein bisschen zu leichtfertig. Habt ihr das verstanden?«

»Ja, Herr«, sagten beide.

»Also gut. Geht zum Quartiermeister und holt euch alles, was ihr braucht. Atius, verabschiede dich von deinem Mädchen. Silus, verabschiede dich von deinem Hund. Heute Abend könnt ihr machen, was ihr wollt. Geht in die Stadt und besauft euch oder legt euch früh schlafen. Morgen macht ihr euch auf den Weg nach Kaledonien.«

Atius und Silus salutierten und entfernten sich hastig.

»Du blöder Arsch«, sagte Silus, sobald sie außer Hörweite waren. »Oclatinius hat recht. Du hättest uns gerade eben fast umgebracht!«

»Ich weiß nicht, worüber ihr euch so aufregt«, sagte Atius beleidigt.

»Egal, vergiss es. Wirst du die Nacht bei Menenia verbringen?«

»Die ganze Nacht?« Atius sah ihn entsetzt an. »Was soll ich denn die ganze Nacht lang bei ihr?«

»Sie trösten zum Beispiel? Sie hat viel durchgemacht. Ihren Vater verloren.«

»Ich lenke sie eine Weile von ihren Sorgen ab, reicht das? Und danach machen wir einen drauf.«

Silus verzog das Gesicht, doch da er zu aufgeregt war, um sich früh schlafen zu legen, nickte er. »Wir treffen uns zwei Stunden vor Mitternacht in der Taverne zum Blauen Eber. Dann trinken wir auf die Schatten der Verstorbenen.«

»Ich trinke auf alles, was Ihr befehlt, Herr«, sagte Atius augenzwinkernd.

»Hör bloß auf mit dem Scheiß. Und sag bitte nicht ›Herr‹ zu mir.«

»Wie Ihr wollt, Herr.«

»Ach, leck mich. Besorg dir deine Ausrüstung und hol dir deinen Fünfminutenfick ab, wir sehen uns später.«

Silus holte sich beim Quartiermeister etwas Reiseproviant, bestehend aus Käse und Pökelfleisch, und eine neue Feldflasche. Viel mehr brauchte er nicht. Die nötigen Waffen – Dolch, Fangschlinge, Kurzschwert – besaß er bereits und eine Rüstung war bei einer solchen Unternehmung nur hinderlich, und alles andere würden sie sich durch Jagen, Sammeln und Stehlen besorgen. Je weniger sie mit sich herumschleppten, desto schneller konnten sie Maglorix aufspüren und vor allem wieder fliehen, nachdem sie ihn erledigt hatten. Den Rest des Tages verbrachte er mit leichten Gewichthebeübungen im Gymnasium und ging dann ins Badehaus, wo er im Tepidarium entspannte und abwechselnd das Frigidarium und das Caldarium besuchte. Das kühle Frigidarium weckte Erinnerungen an die eiskalten, im Freien verbrachten Nächte sowohl in seiner Kindheit als auch während seiner Dienstzeit als Soldat. Danach drängte ihn sein Herz, die Aufwärmräume zu genießen, so lange er noch konnte, sein Verstand dagegen riet ihm, die Kälte in Vorbereitung auf die bevorstehenden Entbehrungen so lange wie möglich zu ertragen.

Nachdem er sich von einem Badehaussklaven massieren und einölen hatte lassen, machte er sich auf den Weg zum Blauen Eber. Der Wirt erkannte Silus sofort wieder und sah sich ängstlich nach Oclatinius um. Nachdem er sich vergewissert hatte, dass Silus allein war, grüßte er ihn argwöhnisch. »Was wollt Ihr?«

Die Taverne war zur Hälfte gefüllt, und mehrere Gäste blickten überrascht auf, als sie den sonst so freundlichen

Wirt in ungewohnt barschem Ton mit einem Gast sprechen hörten.

»Keinen Ärger«, sagte Silus. »Nur was zu essen.«

Der Wirt nickte grimmig.

»Schöne neue Tür übrigens«, sagte Silus. »Sieht sehr stabil aus.«

Der Wirt blickte ihn misstrauisch an. Offenbar wusste er nicht so recht, ob sich Silus einen Scherz mit ihm erlaubte. Dann beschloss er, das Kompliment für bare Münze zu nehmen. »Solides Handwerk, ja. Das war mir wichtig, um ungebetene Gäste fernzuhalten.«

Die anderen Gäste verloren schnell das Interesse an Silus, tranken und lachten weiter oder widmeten sich wieder ihren Würfeln und Tali.

Silus bestellte Lammeintopf. Er aß langsam, blies auf das heiße Essen auf dem Löffel, bevor er ihn in den Mund steckte. Obwohl er sich bemühte, einen möglichst klaren Kopf zu behalten, pendelten seine Gedanken ständig zwischen Vergangenheit und Zukunft, zwischen Verlust und Rache hin und her. Seine Gefühle wechselten ebenso sprunghaft zwischen Trauer und Wut, sodass er in einem Moment feuchte Augen bekam und im nächsten den Kiefer anspannte und die Hände zu Fäusten ballte. Schließlich kam er zu dem Schluss, dass ein großes Bier wohl genau das Richtige war.

Er war bei seinem zweiten Krug, als Atius mit einem frechen Grinsen auf dem Gesicht die Taverne betrat, scheinbar unberührt von der Angst und dem Schrecken, die er vor so kurzer Zeit erfahren hatte. Silus fragte sich, wie er es schaffte, sich das alles nicht so sehr zu Herzen zu nehmen – vielleicht lag es daran, dass er jünger war als Silus, vielleicht konnte er es auch nur besser verdrängen. Atius nahm den Hocker eines

Mannes, der soeben verkündet hatte, nach draußen zum Pissen zu gehen, tat so, als würde er den Protest seiner beiden Freunde nicht hören, und setzte sich an Silus' Tisch.

»Sieht gut aus. Was ist das? Ich sterbe vor Hunger.«

»Nur Eintopf. Aber das Fleisch ist nicht allzu zäh.«

Atius bestellte sich eine Portion, dazu Bier und einen kleinen Brotlaib. Der Wirt löffelte den Eintopf aus einem der großen Töpfe hinter der Theke in eine Schüssel und reichte sie Atius zusammen mit einem Becher Bier und dem Brot.

Atius stellte die Schüssel auf den Tisch und brach das Brot in zwei Hälften. Dabei senkte er den Kopf und schloss die Augen. »Nehmt und esst, das ist mein Leib, der für euch gebrochen wird; so sollt ihr es tun, um meiner zu gedenken.«

Silus sah ihn neugierig an. »Leck mich, Silus«, sagte Atius, als er Silus' Miene bemerkte. »Das verstehst du sowieso nicht.«

Silus zuckte mit den Achseln, und sie aßen und tranken. »Was macht Menenia?«, fragte Silus.

»Einfach alles, unglaublich«, sagte Atius. »Sie war unersättlich.«

»Ich meinte: Wie geht es ihr?«

»Ach so. Ja, also, danach musste sie weinen.«

»Und du bist einfach abgehauen?«

»Sie kann ja mit Issa schmusen. Das wird schon wieder.«

»Atius, du bist wirklich ein Arschloch.«

Atius wirkte beleidigt, dann bemerkte er eine junge Sklavin, die mehrere Bierkrüge zu einem Tisch brachte, und stieß einen leisen Pfiff aus. »Schau dir diese Titten an. Scheiße, da hätte ich nichts dagegen, wenn ich nicht schon völlig fertig wäre. Was ist mit dir, Silus?«

Silus' starrte ihn so finster an, dass Atius zusammenzuckte. »Entschuldige, mein Freund. Ist wohl noch zu früh für so was?«

»Es wird mein ganzes Leben lang noch zu früh sein.«

Atius starrte in seinen Becher und ließ das Bier darin kreisen. Der Lärm aus der Taverne übertönte das unbehagliche Schweigen.

Der Mann, der gerade vor die Tür gegangen war, kehrte zurück und suchte nach seinem Hocker. Silus beobachtete über Atius' Rücken hinweg, wie seine Freunde auf ihren Tisch deuteten. Der Mann hatte lange rote Haare und war im besten Mannesalter, untersetzt, aber auch muskulös. Er baute sich hinter Atius auf. »He, hast du meinen Hocker genommen?«, fragte er auf Keltisch. Seinem Akzent nach gehörte er zum Stamm der Brigantes.

Atius drehte sich noch nicht einmal um, sondern trank von seinem Bier, als hätte er ihn nicht gehört. Silus war sich nicht sicher, ob Atius dieser britannischen Variante des Keltischen mächtig war, aber die Absicht des Mannes war auch so unmissverständlich. Silus machte sich auf Ärger gefasst.

Der Mann legte eine Hand auf Atius' Schulter. »Ich hab dich gefragt, ob du …«

Atius packte die Hand, sprang auf, wirbelte herum und drehte dem Mann den Arm auf den Rücken. Mit der anderen Hand gab er dem Rothaarigen einen Stoß, sodass er mit dem Gesicht voraus auf den Tisch knallte. Seine Nase brach mit einem Knacken und Blut spritzte aus den Nasenlöchern.

Atius beugte sich vor. »Fass mich nie wieder an«, flüsterte er dem Mann auf Lateinisch ins Ohr. Dann drehte er ihn um und gab ihm einen Stoß, sodass er gegen seine drei Freunde prallte, die soeben aufgestanden waren, um ihrem Saufkumpan zu Hilfe zu eilen. Alle vier krachten rücklings auf ihren Tisch – Becher, Essen und Würfel flogen durch die Gegend.

Sobald sie sich wieder aufgerappelt hatten, machte sich Atius zur nächsten Runde bereit. Silus stand laut seufzend auf. Er war froh, das Messer bei sich zu tragen, behielt es aber in der Scheide und hoffte, dass sich diese Auseinandersetzung ohne weiteres Blutvergießen beilegen ließ.

Die übrigen Gäste verließen eilig die Taverne oder machten den Streithähnen Platz. Ein geschäftstüchtiger Mann im hinteren Teil der Wirtsstube verkündete, dass er beim Kampf Neuankömmlinge gegen Einheimische Wetten annehme, ein Angebot, das sofort regen Zuspruch fand.

Der Wirt kam hinzu. »Bitte, nicht schon wieder«, sagte er und stellte sich zwischen Atius und Silus auf der einen und die Brigantes auf der anderen Seite. Der Mann mit der gebrochenen Nase schleuderte ihn beiseite und ging auf Atius los. Atius drehte sich und nutzte den Schwung des Angreifers, um ihn mit einem ausgestreckten Bein zu Fall zu bringen. Dabei gelang es dem Rothaarigen jedoch, dieses zu packen und Atius mit sich zu Boden zu reißen. Dort wälzten sich die beiden im schmutzigen Stroh und prügelten aufeinander ein.

Die übrigen drei Brigantes traten vor, um ihrem Freund zu helfen. Silus stellte sich ihnen in den Weg. Die Zechbrüder sahen sich an und gelangten zu einem wortlosen Einverständnis. Dann stürmten sie gleichzeitig auf Silus los.

Da nicht viel Platz in der Taverne war, gerieten sich die Männer gegenseitig ins Gehege, wodurch ihr Angriff an Schwung verlor. Silus nahm sich den linken zuerst vor. Er ergriff die Hände, die er nach ihm ausstreckte, zog daran und trat gleichzeitig nach links. Der Mann rannte mit dem Kopf voraus gegen einen Pfeiler und brach ohnmächtig zusammen.

Unverzüglich wandte sich Silus dem nächsten Angreifer

zu. Er verpasste ihm einen zweihändigen Schlag gegen die Schläfe, der ihn gegen den dritten Raufbold taumeln ließ. Silus trat ihm so fest gegen das Knie, dass es mit einem lauten, peitschenden Geräusch nach hinten wegknickte. Noch während er in sich zusammensackte, hatte Silus seinem letzten Gegner bereits zwei Schläge in den Bauch und einen gegen die Kehle verpasst.

Sobald er sich sicher war, dass alle drei gefechtsunfähig waren, wandte er sich Atius zu. Sein Freund benötigte ganz offensichtlich keine Hilfe. Er saß rittlings auf dem Rothaarigen und deckte ihn so mit Schlägen ein, dass der Kopf des Mannes hin und her geschleudert wurde. Silus wartete ab, bis sich Atius einigermaßen verausgabt hatte, dann packte er ihn unter den Achselhöhlen und zog ihn hoch. Atius drehte sich blind vor Wut und mit zum Schlag erhobener Faust zu ihm um.

Dann wurde er allmählich wieder Herr seiner Sinne, ließ die Hände sinken und sah sich an, was sie angerichtet hatten. Er warf den Kopf zurück und lachte.

Der junge Mann im hinteren Teil der Wirtsstube sammelte seinen Gewinn von den Verlierern ein, während der Wirt empört auf Silus zumarschierte. »Nun seht euch das an«, schimpfte er. »Ihr habt meinen Tisch zerschmettert und meine Gäste vergrault.«

»Nur die Feiglinge«, sagte Atius. »Die anderen fanden das Ganze doch recht unterhaltsam. Oder etwa nicht?« Sein Publikum jubelte. »Hier ist das Geld für den Tisch und eine Lokalrunde. Und eine Kupfermünze für den, der ein paar Sklaven auftreibt, die diese Schlappschwänze wegschaffen.«

Weiterer Jubel ertönte, und kurz darauf floss das Bier in Strömen. Die halb bewusstlosen bis immer noch völlig weggetretenen Brigantes wurden hinausgetragen, während sich

Atius und Silus zu den Einheimischen gesellten, unter denen weitere Brigantes, ein paar Votadini sowie einige Batavi und Tungri waren, die ihren Wehrdienst bereits abgeleistet und sich auf der Insel zur Ruhe gesetzt hatten. Silus vergaß für eine Weile seine Trauer und Wut und lachte und trank mit den anderen.

Doch diese Ablenkung währte nur kurz. Später am Abend kam Atius zu ihm, eine junge, rothaarige Frau vom Stamm der Brigantes in einem und eine blonde Votadina im anderen Arm. Beide waren ganz offensichtlich ebenso sturzbetrunken wie Atius, kicherten und lächelten ihn verführerisch an.

»Mein Freund«, sagte Atius. »Ich habe den beiden hier von deinen unerreichten Fähigkeiten als Liebhaber vorgeschwärmt, und jetzt können sie es kaum erwarten. Sie wollen, dass du dir eine aussuchst – welche darf es denn sein?«

Silus betrachtete erst die rothaarige und dann die blonde Frau, und alles brach wieder über ihn herein: seine Frau und seine Tochter. Sein Auftrag. Maglorix.

Er beugte sich vor und erbrach sich lautstark auf den Boden.

»Oje, schöne Scheiße«, sagte Atius. »Also gut. Tut mir leid, Mädels, vielleicht ein andermal. Na los, ich bring dich nach Hause.«

Atius schob einen Arm unter Silus' Achsel hindurch und half ihm auf. Nachdem er den Frauen über die Schulter hinweg Luftküsse zugeworfen hatte, führte er Silus aus der Taverne.

Das ständige Auf und Ab im Sattel war die reinste Folter. Silus' Wadenmuskeln schmerzten, die Innenseiten seiner Oberschenkel waren wund gescheuert und seine Beckenknochen fühlten sich an, als hätte er mehrere saftige Arschtritte kassiert. Von Eboracum in nördlicher Richtung bis nach Segedunum am Ostende des Hadrianswalls waren es auf der römischen Heerstraße etwa vier bis fünf Tagesritte. Da sie jedoch an jedem Stützpunkt der Hilfstruppenreiterei die Pferde wechselten und zwölf Stunden am Tag ritten, schafften sie es in nur drei Tagen.

Als sie sich dem Südtor der Befestigung näherten, erkannte Silus eine der dort postierten Wachen: Es war Suadurix, ein Nervius aus der Provinz Belgica. Die Cohors VI Nerviorum, der er angehörte, war zuerst in Segedunum stationiert gewesen, später von der Cohors IV Lingonum abgelöst und in ein Kastell am Antoninuswall verlegt worden. Es war jedoch nicht ungewöhnlich, dass die Soldaten zwischen den Garnisonen hin und her wechselten. Silus hatte Suadurix des Öfteren bei Manövern getroffen und war auch gelegentlich bei ihm untergekommen, wenn er bei einem seiner Erkundungsstreifzüge näher an Suadurix' als seinem eigenen Kastell gewesen war und ein Nachtlager gebraucht hatte.

Der andere Wachposten senkte den Speer, als sich die beiden Reiter näherten, doch Suadurix trat vor. »Silus! Lange nicht gesehen.« Er sprach Latein mit starkem gallischem Akzent.

Silus stieg stöhnend aus dem Sattel und lehnte sich gegen die Flanke des Pferds, dann schüttelte er Suadurix erfreut die Hand. »Schwere Zeiten«, sagte Silus ernst.

Suadurix nickte. »Was führt euch hierher?«

»Das darf ich dir leider nicht verraten.«

»Immer noch in geheimem Auftrag unterwegs, wie? Wollt ihr mit dem Präfekten sprechen? Er müsste im Prätorium sein.«

Silus schüttelte den Kopf. »Nein, wir wollen so wenig

Aufmerksamkeit wie möglich erregen. Bitte erzähl nicht weiter, dass wir hier sind.«

»Wie du willst«, sagte Suadurix. »Ich stehe in deiner Schuld, weil du mich damals aufgeweckt hast, als ich beim Wachdienst eingeschlafen bin. Du hast mir den Arsch gerettet – der Zenturio, der mir sowieso schon ans Leder wollte, hätte Kleinholz aus mir gemacht.«

»Du hättest für mich doch dasselbe getan. Was treiben die Barbaren denn so? Gibt es etwas Neues?«

»Ja, aber nicht viel. Ich werde in einer Stunde abgelöst, dann besorgen wir uns was zu trinken und zu essen und lästern über unsere beschissenen Offiziere, ja?«

»Klingt gut. Wir stellen einstweilen die Pferde unter. Wo treffen wir uns?«

»In meiner Baracke. Die letzte im nordwestlichen Block. In meinem Contubernium fehlen sowieso zwei Mann, also könnt ihr euch bei uns einquartieren, einverstanden? Es stört euch doch nicht, wenn ich schnarche?«

Silus lachte, dann sah er zu Atius hinüber. Der nickte und stieg ebenfalls ab. Suadurix wechselte mit seinem Kameraden ein paar Worte auf Keltisch, wie es in Belgica gesprochen wurde und von dem Silus nur die Hälfte verstand, dann trat auch der andere Wachposten beiseite und ließ sie hinein. Atius und der humpelnde Silus führten ihre Pferde in das Kastell.

Die Baracke, die Suadurix' Contubernium beherbergte, war erst kürzlich im Rahmen der von Severus bei seiner Ankunft in Britannien angeordneten Instandsetzung und Verstärkung des Hadrianswalls errichtet worden – sehr zur Freude der im Kastell stationierten Hilfstruppensoldaten, die vorher in zugigen, feuchten Bretterverschlägen gehaust hatten.

Silus und Atius setzten sich auf eines der vier an den Wänden des Raums aufgereihten Stockbetten. Suadurix war Decanus seines Contuberniums und damit der Anführer der kleinen, normalerweise achtköpfigen Einheit, die jedoch – wie er bereits erwähnt hatte – nur noch aus sechs Mann bestand, da zwei Ende letzten Jahres bei einem Patrouillengang in einen Hinterhalt der Maeatae geraten und bisher nicht ersetzt worden waren.

Suadurix reichte Silus und Atius je eine Schüssel mit heißer Puls, jenem einfachen Weizenbrei aus der täglichen Getreideration des Contuberniums, der die Grundlage der Legionärsverpflegung bildete. Atius murmelte vor dem Essen leise ein Gebet, und Suadurix warf Silus einen fragenden Blick zu. Der formte das Wort Christus mit den Lippen, woraufhin Suadurix verstehend nickte.

Um seine Gäste angemessen zu bewirten, holte Suadurix auch die anderen Vorräte des Contuberniums hervor und überraschte Silus mit einem schmackhaften Myma – einem Eintopf aus Innereien, Blut, Kräutern und Ziegenkäse, den er auf dem Kohleofen der Baracke zubereitete. Da sie während des mehrtägigen Ritts nur harten Zwieback gegessen hatten, konnten sie dem köstlichen Duft nicht widerstehen und machten sich, sobald sie ihre Puls verzehrt hatten, über den dampfenden Bronzetopf her.

Als sie schließlich sogar die Löffel blank geleckt und das jüngste Mitglied des Contuberniums mit dem Abwasch beauftragt hatten, zog Silus die Stiefel aus, lehnte sich mit dem Rücken gegen die Wand und ließ die Beine vom Bett baumeln.

»Ich habe das von deiner Familie gehört«, sagte Suadurix. »Mein Beileid.«

Silus nickte dankbar.

»Es sind schlimme Zeiten«, sagte Suadurix.

»In der Tat«, sagte Silus. »Atius war in Voltania.«

Die Soldaten des Contuberniums spitzten die Ohren und sahen Atius an. Dieser drückte den Rücken durch und starrte herausfordernd zurück.

»Du bist der, der entkommen ist?«, fragte Suadurix mit einer gewissen Ehrfurcht.

»Ich habe das Kastell auf Befehl des Präfekten verlassen, um dem Kaiser die Nachricht von dem Angriff zu überbringen«, sagte Atius mit immer noch trotziger Miene. »Und um die Tochter des Präfekten in Sicherheit zu bringen. Beides ist mir gelungen.«

»Wir haben drei Tage nach dem Überfall davon erfahren, als ein Schiff der Classis Britannica hier angelegt hat. Der Zenturio meinte, dass wir uns auf einen neuen Krieg vorbereiten müssen.«

»Was habt ihr sonst noch gehört?«, fragte Silus.

»Dass wir jeden Tag mit einem Angriff rechnen müssen und auf uns gestellt sind, bis die Legionen aus Eboracum eintreffen. Doch bis jetzt war alles ruhig.«

»Was haben die Barbaren stattdessen getan?«

»Unheil angerichtet«, sagte Suadurix unglücklich. »Ein paar Soldaten und Zivilisten konnten sich zu uns durchschlagen. Viele waren es nicht. Was sie uns erzählt haben, war schlimm. Sehr schlimm.«

Silus und Atius warteten gespannt, und selbst das übrige Contubernium lauschte seinem Anführer, gierig nach blutigen Einzelheiten.

»Voltania war nur der Anfang«, sagte Suadurix. »Die Maeatae haben überall entlang des Antoninuswalls angegriffen. Einige Garnisonen konnten sich geordnet zurückziehen, doch die meisten wurden niedergemetzelt. Die wenigen, denen die Flucht gelungen ist, haben erzählt, dass die Maeatae ihre Gefangenen foltern und bei lebendigem Leib verbrennen. Und wenn sie die Kastelle erobert haben, nehmen sie sich die Vici vor.«

Silus erfasste eine plötzliche Kälte, als ihn ungebetene Erinnerungen heimsuchten. Er biss sich auf die Innenseite seiner Wange, um sich durch den Schmerz abzulenken, und versuchte, seine Aufmerksamkeit voll und ganz auf Suadurix zu richten.

»Gestern kam eine schwangere Frau mit einem Säugling in den Armen. Es war nicht ihr Kind, sondern das ihrer Schwester, mit der sie zusammen auf der Flucht war. Die Maeatae haben zuerst sie und dann ihre Schwester vergewaltigt. Sie konnte fliehen, als die Barbaren mit ihrer Schwester beschäftigt waren, hat aber noch gesehen, wie sie sie getötet und sich selbst danach noch an ihr vergangen haben.

Am Tag davor ist ein alter Mann hier aufgetaucht. Er hatte Brandwunden an den Händen und im Gesicht und bekam kaum Luft. Unter Tränen hat er uns erzählt, dass die Maeatae sein Haus mit seiner Frau darin niedergebrannt haben. Er konnte sie nicht retten. Gestern ist er gestorben.«

»Warum tun sie das? Nur aus Rache?«, fragte Atius.

»Natürlich«, sagte Suadurix. »Sie hassen uns, weil wir ihr Land besetzt haben, und bringen uns den Tod, wie wir ihn über sie gebracht haben.«

»Da steckt noch mehr dahinter«, sagte Silus. »Sie wollen Caracalla reizen, damit er tief in ihr Gebiet vordringt und sie ihn in einen Hinterhalt locken können. Und wenn die anderen Barbarenstämme mitbekommen, dass Caracalla auf dem Vormarsch ist, bleibt ihnen nichts anderes übrig, als ebenfalls Widerstand zu leisten.«

Die Soldaten tranken missmutig und mit bleichen Gesichtern ihr Bier oder ihren wässrigen Wein und wussten nicht, was sie darauf sagen sollten.

»Aber jetzt bist du ja da, Silus. Du wirst uns alle retten, nicht wahr?« Suadurix klopfte Silus lachend auf die Schulter.

Silus zwang sich zu einem halbherzigen Lächeln. »Oder bei dem Versuch draufgehen, mein Freund.«

Zehntes Kapitel

Das wuchtige, nun rußschwarze und zersplitterte Holztor war aus der oberen Angel gebrochen und hing schief. Alle Gebäude aus Holz waren entweder verkohlt oder zu Asche verbrannt, alle Steinbauten, die auf Stützbalken geruht hatten, waren eingestürzt.

Der Boden war mit Leichen übersät – die sterblichen Überreste einer Garnison, die bis zum Tod gekämpft hatte. Mehrere Füchse mit blutverschmierten Mäulern blickten auf, als Atius und Silus angeritten kamen. Widerwillig ergriffen die Tiere die Flucht, wobei sie Eingeweideschlingen hinter sich herzogen. Ein Krähenschwarm pickte an den Leichen. Die Toten waren so zahlreich, dass sich die Aasfresser noch immer satt fressen konnten, auch wenn das Gefecht schon einige Zeit zurücklag. Die Luft war von Brandgeruch und dem Gestank verwesender Leichen erfüllt.

Die beiden stiegen ab und sahen sich um. Atius murmelte ein Gebet. Sie waren untröstlich. Das hier war ihr Zuhause, diese Menschen ihre Freunde gewesen. Die meisten Leichen waren völlig verstümmelt. Der Schmuck, an dem man sie hätte erkennen können, war gestohlen. Diese Männer waren wie Brüder für Silus gewesen, und auch Atius, der etwas später zur Garnison gestoßen war, erbleichte angesichts des schrecklichen Anblicks und der Erkenntnis, dass nicht viel gefehlt hätte, und die Krähen hätten auch sein Fleisch von den Knochen gepickt.

Silus ging vor einem auf dem Gesicht liegenden Leichnam mit zerfleischten Gliedmaßen in die Hocke, drehte ihn um und wich zurück, als Maden und Würmer aus Mund und Augenhöhlen quollen. Der Glatzkopf und die Hakennase waren jedoch noch einigermaßen erkennbar. Es war Pallas, Menenius' Sekretär. Er trug keine Rüstung, hielt jedoch ein Kurzschwert in den steifen Fingern. Selbst der frühere Sklave hatte sich trotz seines fortgeschrittenen Alters in den Kampf gestürzt.

Ein Leichnam in der Nähe trug eindeutig Geganius' Rüstung, daneben lag ein Toter mit durchgeschnittener Kehle, in dem Silus Brinno zu erkennen glaubte.

Doch sie fanden nicht nur tote Römer. Als sie sich dem Tor näherten, deutete Atius auf die Stelle, an der das letzte Gefecht der Garnison stattgefunden hatte, wie an dem Leichenberg eindeutig zu erkennen war. Auf der einen Seite stapelten sich die Römer, auf der anderen langhaarige Stammeskrieger. Da die Barbaren keine Rüstungen getragen hatten, waren sie leichtere Beute für die Aasfresser und mehr oder weniger bis auf die Knochen und Knorpel abgenagt. Nur das lange rote oder blonde Haar klebte noch an den Schädeln.

Übel wurde Silus nicht. Er hatte in seiner Jugend und später bei der Armee genug Tod und Verwesung gesehen. Auch Wut verspürte er keine, obwohl die gewiss nicht lange auf sich warten lassen würde. Das Gefühl, das ihn in diesem Augenblick erfüllte, war Erstaunen über das Ausmaß der Zerstörung. Das unbezwingbare Kastell, bemannt von unbesiegbaren Römern, war nur noch Asche, Schutt und Knochen.

Sie bahnten sich einen Weg durch das zerstörte Tor. Der

Gestank wurde unerträglich. Der Waldrand war nicht weit vom Kastell entfernt, und sie sahen bereits aus der Ferne eine Handvoll Gestalten, festgenagelt an den der Festung zugewandten Bäumen. Als sie sich näherten, flatterten die Krähen nur widerwillig auf.

Ein halbes Dutzend Römer hatte die Schlacht überlebt, um hier gefoltert und gekreuzigt zu werden. Man hatte die beiden an den vordersten Bäumen hängenden Leichen nackt ausgezogen, daher waren sie nicht an Schmuckstücken, Rangabzeichen oder Rüstungsteilen zu erkennen, und auch von ihren Gesichtern war so gut wie nichts mehr übrig. Dennoch war sich Silus aufgrund der Größe und der Haartracht der Toten sicher, Menenius und Damanais vor sich zu haben. Er machte ein Zeichen gegen das Böse und verfluchte die Barbaren im Namen von Antenociticus und Nemesis. Atius fiel auf die Knie, hob die Hände zum Himmel und stimmte einen Trauergesang an. Silus wartete geduldig, bis er damit fertig war.

Als sich Atius wieder aufrichtete, bemerkte Silus, dass sie beobachtet wurden. Ein kleiner Junge stand in etwa zwanzig Schritt Entfernung am Waldrand und sah mit traurigem Blick zu ihnen herüber. Silus rief ihm etwas zu, doch sobald dem Jungen klar wurde, dass man ihn entdeckt hatte, drehte er sich um und verschwand in den Tiefen des Waldes.

Silus fluchte und rannte hinterher. Atius folgte ihm auf dem Fuße. Der etwa zehnjährige Junge lief behände um Baumstämme und sprang über Bäche. Die älteren Männer holten ihn allmählich ein, ermüdeten dabei jedoch zusehends. Durch eine Lücke in den Bäumen sah Silus eine Felswand, auf die der Junge direkt zulief. Silus bedeutete Atius, sich von der anderen Seite zu nähern, und setzte die Verfolgung fort.

Der Junge erreichte in vollem Lauf den Fuß der Felswand, sprang hoch, klammerte sich mit den Händen und Füßen daran fest und kletterte hinauf wie ein Eichhörnchen an einem Eichenstamm. Silus machte sich ebenfalls an den Aufstieg. Er war ein einigermaßen geübter Kletterer, aber auch viel schwerer als der Junge. Schwer atmend arbeitete er sich mühsam von Vorsprung zu Vorsprung hinauf. Der Junge vergrößerte den Abstand. Steinchen und Erdbrocken, die sich unter seinen Händen und Füßen lösten, rieselten in Silus' Augen und Mund.

Als der Junge beinahe oben angekommen war, hielt er inne, warf einen Blick auf den keuchenden Mann unter sich und spie aus. Silus sah, wie der Speichelklumpen auf ihn zukam, und drehte sich weg, sodass er auf seiner Wange landete.

»Fick dich, du beschissener Barbar«, rief der Junge mit hoher, vom Wind gedämpfter Stimme.

»Ich bin kein beschissener Barbar«, rief Silus zurück, als ihm einfiel, dass er keine Rüstung trug und deshalb auch nicht wie ein römischer Soldat aussah. Der Junge warf einen Stein nach Silus. Der konnte rechtzeitig den Kopf einziehen, aber nicht verhindern, dass ihn das faustgroße Geschoss schmerzhaft an der Schulter traf.

»Bleib stehen, du kleine Kröte«, rief Silus, doch der Junge machte eine obszöne Geste und verschwand hinter der Felskante, die Silus wenig später mit schmerzender Schulter, aufgeschürften Knöcheln und einem aufgeplatzten Knie erreichte. Er wuchtete sich über die Kante, rollte sich auf den Rücken und starrte schwer atmend in den grauen Himmel.

Atius kicherte leise. »Suchst du etwa den hier?«

Silus' Freund hatte den langen, wuscheligen Haarschopf des Jungen mit der Faust gepackt und hielt das zappelnde, fauchende und fluchende Kind mit einem nachsichtigen Lächeln auf Armeslänge von sich weg.

»Verdammt, der kleine Scheißer ist vielleicht flink«, sagte Silus. »Und du hast es dir wie immer leicht gemacht.«

»Der Pfad um die Felswand herum war tatsächlich etwas weniger anstrengend«, sagte Atius.

Silus stand auf, packte grob das Kinn des Jungen und zwang ihn, ihm in die Augen zu sehen.

»Jetzt pass mal auf, Junge. Wir sind keine Barbaren.«

»Und wo sind dann eure Schilde? Wo ist eure Rüstung?«

»Wir reisen mit leichtem Gepäck. Hörst du unseren Akzent nicht? Sieh dir mein Haar und meine Haut an. Sehen wir etwa wie Maeatae oder Kaledonier aus?«

Der Junge sah erst Silus und dann Atius an, dann stellte er alle Gegenwehr ein. Atius ließ ihn los, und der Junge warf sich schluchzend auf den Boden. Atius ging neben ihm in die Hocke und wartete. Nach einer Weile wischte sich der Junge trotzig die Augen und blickte zu ihnen auf. Wut hatte Angst und Trauer verdrängt.

»Wo wart ihr?«

»Was? Wann?«

»Wenn ihr römische Soldaten sein wollt, wo wart ihr dann, als sie uns angegriffen haben?«

Atius öffnete den Mund, doch ihm wollte keine passende Antwort einfallen.

»Wo wart ihr, als die Barbaren ins Vicus gekommen sind und alle ermordet haben, die nach dem letzten Überfall noch übrig waren? Warum liegt ihr nicht bei den anderen toten Soldaten im Kastell, wie mein Vater?«

Der Junge stürzte sich mit solcher Wucht auf Atius, dass dieser auf dem Rücken landete, setzte sich rittlings auf ihn und prügelte auf ihn ein. Atius packte seine Handgelenke, warf ihn ab und schleuderte ihn von sich. Der Junge landete auf dem Boden und fing wieder an zu weinen.

Silus und Atius standen auf und schauten auf ihn herab.

»Er ist aus dem Vicus?«, fragte Silus.

»Und sein Vater war Soldat?«, fragte Atius.

»Ach du Scheiße. Junge, bist du etwa Brinnos Sohn?«

»Du darfst seinen Namen nicht in den Mund nehmen, du Feigling. Dessen bist du nicht würdig.«

Silus überlegte. Die wenige Zeit, die er im Vicus gewesen war, hatte er bei seiner Familie verbracht, und Sergia war noch zu jung gewesen, um mit Kindern im Alter des Jungen zu spielen. Aber dann erinnerte er sich daran, wie stolz Brinno ihm von seinem ersten Jagdausflug mit seinem Sohn berichtet hatte. »Fulco? Du bist Fulco, richtig?«

Der Blick des Jungen sprühte vor Trotz, dennoch nickte er zögernd.

»Hör mal, Fulco. Ich war während des Angriffs nicht im Kastell, sondern in Eboracum, weil ich einen wichtigen Auftrag für den Kaiser erledigen musste. Atius hier war in der Festung, aber er hatte den Befehl, den Kaiser von dem Überfall zu benachrichtigen und die Tochter des Präfekten zu retten.«

»Meine Mutter hat er aber nicht gerettet.«

Silus bemerkte, wie dünn, blass und hohlwangig der Junge war. »Wovon hast du in der Zwischenzeit gelebt?«, fragte Silus behutsam.

»Ich kann auf mich selbst aufpassen«, sagte der Junge.

Silus nahm ein Stück Zwieback aus der Tasche und gab es Fulco, der es einen Moment lang misstrauisch betrachtete, bevor er es hinunterschlang.

»Fulco, du musst uns erzählen, was nach Atius' Flucht passiert ist.«

Der Junge hielt die Hand auf. Seufzend brach Silus einen Zwieback in zwei Hälften und gab ihm eine. »Den Rest kriegst du, wenn du uns alles erzählt hast.«

Atius machte Feuer, Silus erlegte eine Taube und ein paar Krähen, indem er seinen Gürtel als Schleuder und glatte Kieselsteine als Munition benutzte. Fulco sah mit widerstrebender Bewunderung zu, und während Atius die Vögel ausnahm und rupfte, zeigte Silus dem Jungen, wie man die Schleuder benutzte – genau wie es sein Vater ihm einst beigebracht hatte. Der Gürtel musste genau die richtige Dicke, Länge und Geschmeidigkeit haben, damit er als Schleuder dienen konnte. Wenn er im Einsatz war, führte Silus nur Gegenstände mit, die sich auf mindestens zwei verschiedene Arten nutzen ließen. Als Silus dem Jungen außerdem zeigte, wie man einen Wasserschlauch aufblasen und damit einen reißenden Fluss oder großen See überqueren, wie man mit einer Fangschlinge einen Mann erdrosseln oder aus seinem Umhang ein kleines Zelt bauen konnte und dann die tausend Gelegenheiten aufzählte, bei denen man ein scharfes Messer mit solidem Griff zur Hand haben musste, vergaß Fulco kurzzeitig seine Trauer.

Entgegen ihrer Abmachung bekam Fulco zu essen, noch bevor er zu Ende erzählt hatte. Das gebratene Vogelfleisch ließ ihnen das Wasser im Mund zusammenlaufen, und obwohl der Junge behauptet hatte, auf sich selbst aufpassen zu können, schlang er das Fleisch hinunter wie ein kleiner Wildhund ein Stück Aas, bevor es die größeren Tiere des Rudels entdeckten.

»Also, was ist passiert?«, fragte Atius vorsichtig.

Fulco, der gerade die Zähne in ein Taubenbein geschlagen hatte, hielt inne. Er blickte sie über das gebratene Fleisch hinweg an, dann riss er ein Stück davon ab und schluckte es ohne zu kauen hinunter. Atius und Silus warteten gespannt.

»Was glaubt ihr denn, was passiert ist?«, fragte Fulco böse.

»Wir wollen es trotzdem hören.«

Fulco nahm noch einen Bissen, schluckte und warf den Knochen wütend weg, obwohl noch Fleischfetzen daran klebten. Silus, der in der Wildnis oft genug mit weniger hatte auskommen müssen, verzog bei dieser Verschwendung das Gesicht, sagte aber nichts.

»Wie ihr wollt. Sie haben alle abgeschlachtet. Reicht euch das?«

»Wo warst du? Was hast du gesehen?«

Fulcos Blick huschte wild umher. Plötzlich war er wieder der ängstliche kleine Junge. »Ich war im Kastell. Ich hatte mich reingeschlichen, um meinen Vater zu besuchen. Die Wachen drückten da manchmal ein Auge zu, besonders, wenn er schon lange keinen freien Tag mehr gehabt hat. Dann war ich immer bei seinem Contubernum und hab mit den Jungs gewürfelt oder Tali geworfen oder zugehört, wie sie über den Krieg oder Frauen geredet haben. Manchmal durfte ich einen Schluck Wein trinken, aber das hat mir nicht geschmeckt.«

Der Blick des Jungen war in die Ferne gerichtet. Silus und Atius schwiegen, um die lebhafte Erinnerung nicht zu stören.

»Als dann Alarm geschlagen wurde, war es schon spät, aber sie haben immer noch getrunken oder gespielt. Besoffen waren sie aber nicht. Sie haben sich ihre Waffen und ihre Rüstungen geschnappt und sind auf ihre Posten gerannt. Mein Vater lief als Letztes hinaus. Er hat mich umarmt und gesagt, dass ich mich verstecken soll.

Erst hab ich nur die Hilfstruppensoldaten gehört, wie sie

sich kampfbereit gemacht haben. Jemand hat Befehle gebrüllt, dann waren da Stiefelschritte. Ich hab mich unter dem Bett meines Vaters versteckt. Er hat da eine kleine Kiste voller Briefe auf kleinen Holztafeln. Die hab ich mir angesehen, aber ich kann nicht so gut lesen. Nur den Namen von meiner Mutter ganz unten, den hab ich erkannt.

Dann kam der Kampflärm. Schreie. Schwerterklirren. Und dann hat es ganz laut gekracht. Ich weiß nicht, ob das mutig oder feige von mir war, aber nach einer Weile wollte ich nicht mehr allein sein und bin unter dem Bett hervorgekrochen und hab aus dem Fenster gesehen. Da stand das große Tor schon offen und hat gebrannt, und die Römer haben einen Halbkreis drum herum gebildet, um die Feinde abzuwehren. Sie haben gekämpft, bis sie fast alle tot waren.

Irgendwann waren nur noch wenige übrig. Ein paar haben sich ergeben« – Fulco sah die beiden Männer scharf an –, »aber mein Vater nicht. Und der Kommandant und sein Stellvertreter und Zenturio Geganius auch nicht. Wie die anderen hießen, weiß ich nicht, aber sie haben gekämpft, bis die Barbaren sie überwältigt haben.

Die Offiziere mussten sich hinknien. Die beiden Barbarenhäuptlinge haben sich unterhalten, aber ich konnte sie nicht hören. Dann haben sie meinen Vater gebracht und ... und ...« Fulco schluckte. Seine Augen glänzten. »Sie haben ihn umgebracht. Und dann Geganius. Die anderen, die noch am Leben waren, haben sie zum Wald rübergezerrt. Alle Barbaren sind mitgekommen, weil sie sich das ansehen wollten, und niemand war mehr im Kastell. Da bin ich davongelaufen.« Fulco hob herausfordernd den Kopf. »Was hätte ich denn sonst tun sollen? Ich hätte sie so gerne alle umgebracht. Diese Mörder ... aber ... außer mir war ja niemand mehr da.«

Silus legte eine Hand auf Fulcos Schulter. »Du hast das Richtige getan, mein Junge. Genau das hätte dein Vater von dir gewollt.« Atius starrte mit hängendem Kopf den Boden an, und Silus fragte sich, ob ihn ebenfalls Gewissensbisse quälten, weil er den Angriff überlebt hatte.

»Hast du sonst noch was gesehen?«

Fulco schüttelte den Kopf. »Nicht mehr viel. Sobald ich aus dem Kastell war, hab ich mich zwischen den Felsen versteckt und ... zugesehen, wie sie sie an die Bäume genagelt haben. Erst den stellvertretenden Kommandanten und noch einen Zenturio. Der Kommandant musste dabei zusehen. Die Männer haben geschrien und sie angefleht, und als die Barbaren alle festgenagelt hatten, haben sie den Kommandanten auf eins von ihren Pferden geworfen und festgebunden und sind verschwunden.«

»Was?« Silus' Stimme klang grober als beabsichtigt, und der Junge zuckte zusammen.

»Was?«, wiederholte Fulco.

»Menenius war noch am Leben?«

»Heißt der Kommandant so? Ja, der hat noch gelebt. Als ich ihn zum letzten Mal gesehen habe jedenfalls.«

»Ihr Götter«, flüsterte Silus. »Der Arme.«

»Silus«, sagte Atius. »Wir müssen ihn retten. Christus allein weiß, welche Folterqualen er durchleiden muss.«

»Das gehört nicht zu unserem Auftrag.«

»Scheiß auf den Auftrag. Er ist unser Kommandant. Wir haben ihm die Treue geschworen.«

Die beiden Männer sahen sich wütend an.

»Und dann bin ich zum Vicus«, fuhr Fulco fort. »Und da waren auch alle tot.«

Atius und Silus wandten sich wieder Fulco zu.

»Alle?«

»Da hat nichts mehr gelebt. Kein Mann, keine Frau, kein Kind, kein Hund, kein Schwein oder Huhn.«

»Und deine Mutter?«, fragte Atius behutsam.

Fulco schüttelte den Kopf. »Die hab ich nirgendwo gefunden.«

Silus vermutete, dass sie sie verschleppt hatten. Wahrscheinlich erwartete sie ein noch schlimmeres Schicksal als Menenius. Diese Mutmaßung behielt er für sich, doch er wusste, dass Atius zu demselben Schluss gekommen war. Zum Glück war dies seiner eigenen Familie erspart geblieben.

Sie saßen schweigend da, froh um die Gesellschaft der anderen, aber allein mit ihrer Schuld und ihrer Trauer, ihrer Wut und ihrer Verzweiflung.

Das Feuer brannte allmählich nieder. Silus riss sich mit Mühe aus seiner Niedergeschlagenheit. »Es wird langsam spät, Atius«, sagte er. »Schlagen wir unser Nachtlager auf. Wir brechen morgen in aller Frühe auf. Junge, du kannst heute hier bei uns übernachten, aber morgen reiten wir nach Norden. Dort ist es gefährlich, deshalb kannst du nicht mitkommen.«

Fulco nickte.

»Such uns etwas Feuerholz. Braver Junge.« Fulco stand auf und trottete davon, um lustlos Zweige und Äste aufzusammeln. Atius und Silus schlugen das Lager auf. Obwohl das Kastell mit seinen Steinmauern und einigen noch nicht eingestürzten Dächern ganz in der Nähe war, herrschte die unausgesprochene Übereinkunft zwischen ihnen, dass sie die Nacht nicht zwischen den Leichen und Lemures ihrer Kameraden verbringen wollten.

Dann fing es an zu regnen.

»Glaubst du wirklich, dass er es schaffen wird?«, fragte Atius zum zehnten Mal.

Silus schüttelte entnervt den Kopf. »Wir haben ihm Vorräte mitgegeben und ihn in die richtige Richtung geschickt. Der Junge ist nicht dumm, er kommt schon zurecht.«

»Er hat alles verloren und niemanden mehr. Selbst wenn er es auf römisches Gebiet schafft – was für ein Leben erwartet ihn denn? Er wird auf der Straße leben oder versklavt werden.«

Silus riss so kräftig an den Zügeln, dass sein Pferd abrupt und mit einem protestierenden Wiehern stehen blieb.

»Atius, was hätte ich denn tun sollen? Ihn nach Rom begleiten, damit er von einer Adelsfamilie adoptiert und später mal Senator wird?«

»Du musst nicht gleich unhöflich werden.«

Sie ritten schweigend weiter.

»Ob Menenius noch lebt?«

Silus verdrehte die Augen. Auch das hatte Atius bereits mindestens zehnmal gefragt. »Das weiß ich jetzt genauso wenig wie vorhin, Atius. Obwohl ich um seinetwillen hoffe, dass er tot ist. Du weißt so gut wie ich, was die Barbaren mit ihren Gefangenen machen.«

»Ich bin nach wie vor der Meinung, dass wir nach ihm suchen müssen. Das sollte Vorrang haben.«

»Wir haben unsere Befehle, und diese Befehle lauten, den Dreckskerl zu suchen, der meine Familie ermordet hat. Und ich werde nicht zulassen, dass irgendjemand oder irgendetwas dazwischenkommt. Habe ich mich klar ausgedrückt?« Ohne eine Antwort abzuwarten, ließ Silus sein Pferd angaloppieren, bis er etwa hundert Schritt vor Atius war, dann ritt er wieder langsam. Die Pferde hatten sich den ganzen Tag über verbissen durch Schlamm gequält, in dem sie immer wieder bis zu den Fesseln eingesunken waren. Nun hatten sie das Marschland hinter sich gelassen und ein etwas höher gelegenes, mit Gestrüpp bewachsenes Terrain erreicht. Auf dem festeren Boden kamen sie schneller voran, und bei der Rast fanden die Tiere mehr Gras. Sie waren weit jenseits des Hadrianswalls und tief im Barbarenland. Horrea Classis, die Hafenstadt an der Ostküste, wo die Versorgungsschiffe anlandeten, lag in unerreichbarer Entfernung. Sie konnten nicht auf Verstärkung, Rettung oder Nachschub durch römische Truppen hoffen. Da sie sie nicht wie gehabt bei den vielen Mansiones, die in der Provinz Britannia die Heerstraßen säumten, die Pferde wechseln konnten, mussten sie mit den Kräften der Tiere haushalten. Wenn sich eines ein Bein brach, würden sie zu Fuß weitergehen müssen.

Trotz des Zwielichts und des die Sicht einschränkenden leichten Nieselregens erkannte Silus auf einem kleinen Hügel vor sich eine Palisade. Er wartete, bis Atius zu ihm aufgeschlossen hatte, und zuckte mit den Schultern, was dieser hoffentlich als Entschuldigung verstand. Sie ritten weiter.

Beim Näherkommen sahen sie, dass die Holzpfähle an vielen Stellen umgestürzt waren oder Brandspuren aufwiesen. Sie ritten durch eine der so entstandenen Lücken in der Palisade in die Wallburg, die wie viele ihrer Art in erster Linie als nicht militärische Siedlung gedient hatte und eher einem römischen Vicus als einer Festung ähnelte. Silus vermutete, dass hier mehrere Rundhäuser mit steilen, kegelförmigen Reetdächern und Wänden aus mit Lehm, Gras und Heidekraut verstärktem Weidengeflecht im Kreis um eine zentrale Freifläche angeordnet gewesen waren – zu sehen gab es davon nicht mehr viel, da die Dächer der meisten rußgeschwärzten Häuser in sich zusammengefallen und die Wände umgestürzt oder eingerissen waren.

Sie stiegen ab, machten die Pferde fest und gingen wachsam durch die Siedlung. Die hier herumliegenden Skelette waren schon vor langer Zeit vollständig abgenagt und vom Regen blank gespült worden, die Krähenschwärme und hungrigen Füchse längst weitergezogen. Silus ging neben einem Knochenhaufen in die Hocke, der trotz eines fehlenden Beins – das womöglich ein Fuchs als Festmahl für seine Jungen in seinen Bau gezerrt hatte – als menschlich zu erkennen war. Allerdings waren die Knochen zu klein für einen Erwachsenen. Es handelte sich um ein Kind unbestimmten Geschlechts. Er hob den Schädel auf, blickte in die leeren Augenhöhlen und drehte ihn herum. Nun sah er den langen, breiten und tödlichen Spalt, der sich quer über den Scheitel zog – verursacht, wie er vermutete, von einem schweren Zweihandschwert. Er ließ den Schädel aus den Fingern rollen und sah zu seinem Reisegefährten hinüber.

Atius spähte in eines der Rundhäuser, zog den Kopf aber schnell mit angewiderter Miene wieder heraus. Neugierig trat Silus näher, um herauszufinden, was seinen Freund so entsetzt hatte. Atius schüttelte den Kopf, doch Silus warf trotzdem einen Blick hinein.

Dadurch, dass das Dach und die Wände der Hütte einigermaßen unbeschädigt geblieben waren, hatte sich auch der Gestank noch nicht aus dem wie bei Rundhäusern üblichen einzigen großen, mit Fellen ausgelegten Raum verzogen. An den Rändern standen Betten und Vorratskrüge, in der Mitte befand sich eine Feuerstelle. Ein längst von einem Tier geleerter Kochtopf lag davor auf dem Boden.

Auf einem Bett waren die Skelette zweier erwachsener Menschen aufeinandergestapelt. Sie lagen mit der Vorderseite zueinander da, vom Pilum eines Legionärs durchbohrt wie Fleisch an einem Bratspieß. Eingetrocknete Sehnen und

Muskeln klebten noch an den Knochen – vor allem dort, wo sich die beiden Gerippe berührten, und die die Aasfresser nicht so leicht hatten erreichen können. Ein Kinderskelett mit teilweise verkohlten Knochen lag halb in der Feuerstelle. Der Schädel befand sich etwas abseits von den Halswirbeln, doch ob es sich dabei um das Werk der wilden Tiere oder der römischen Soldaten handelte, die die Bewohner dieser Siedlung abgeschlachtet hatten, war unmöglich zu sagen.

Silus verließ die Hüte und ging zu Atius hinüber, der mit bleichem Gesicht dastand, ins Nichts starrte und ein stummes Gebet mit den Lippen formte. Silus wartete geduldig, bis er fertig war.

»War das wirklich nötig?«, fragte Atius schließlich.

»Es steht uns nicht zu, das zu entscheiden.«

Sie schwiegen eine Weile. »Einmal brachten die Eltern ihre Kinder zum Christus, damit er sie segnete und die Hand auf sie legte. Die Jünger des Christus wurden zornig und wollten sie davonscheuchen. Doch der Christus sagte: ›Lasst die Kinder zu mir kommen, verbietet es ihnen nicht, denn ihnen gehört das Reich Gottes.‹ Sie haben die Kinder umgebracht, Silus.«

»Du hast wohl vergessen, mit wem du sprichst«, sagte Silus mit leiser, drohender Stimme.

»Natürlich nicht. Aber diese Kinder haben deine Familie nicht getötet.«

»Aber ihr Blut hat mein Blut getötet. Sie verdienen jede Strafe, die die Augusti und die Götter für sie vorgesehen haben.« Silus drehte sich zur Hütte um und spie aus. Atius' Miene verhärtete sich, doch dann ließ er den Kopf hängen und legte eine Hand auf Silus' Schulter. Der drückte sie kurz.

»Es wird noch viel schlimmer, das ist dir doch klar?«, sagte

Silus. »Das letzte Jahr war schon gnadenlos. Die Legionen sind wie ein Blitz durch Kaledonien gefahren und haben alles auf ihrem Weg vernichtet. Aber das war nur eine Machtdemonstration, um den Barbaren den Mut zur Revolte zu nehmen. Dieses Jahr wird anders. Diesmal will Severus sie auslöschen, und am Ende wird von den Stämmen der Maeatae und der Kaledonier nicht mehr viel übrig sein. Du solltest dankbar sein, dass du an meiner Seite den Mann suchen darfst, der das Friedensabkommen gebrochen und dieses Unheil über sein eigenes Volk gebracht hat. Womöglich müsstest du sonst mit den Hilfstruppen und Legionen diese sogenannten Unschuldigen niedermetzeln.«

Atius sagte nichts darauf. Nach einer Weile seufzte Silus. »Hier gibt es nichts für uns, keinen Proviant und keine Überlebenden. Es ist schon spät. Etwa zwei Stunden nördlich von hier haben wir letztes Jahr ein Marschlager aufgeschlagen. Seitdem war es nicht mehr in Gebrauch, aber vielleicht finden wir dort ja einen Unterschlupf für die Nacht.«

Das Lager war entweder weiter entfernt als in Silus' Erinnerung, oder sie waren langsamer vorangekommen als erwartet, da sie den Fluss, den die Einheimischen Uisge Theamhich nannten, erst nach Einbruch der Dunkelheit erreichten. Silus hatte diese Gegend damals ausgekundschaftet – tatsächlich war er es gewesen, der das Nordufer als geeignete Stelle für das Marschlager vorgeschlagen hatte: leicht zu verteidigen und Wasser in der Nähe. Die Legionen Roms pflegten seit Jahrhunderten beim Marsch durch Feindesland jeden Abend ein befestigtes Lager zu errichten. Dazu führten die Soldaten stets alle nötigen Werkzeuge zum Ausheben von Gräben und Anfertigen der Palisaden mit sich. Obwohl es so viel Zeit kostete und für die Legionäre und Hilfstruppen eine zusätzliche Belastung am Ende eines langen Marsches darstellte, war dies schon in den Zeiten vor Julius Caesar ein unveränderlicher Bestandteil des Tagesablaufs einer Armee im Feld gewesen. Die Marschlager schützten die Truppen nicht nur vor nächtlichen Angriffen, sondern stellten für den Fall, dass die Vorhut auf eine feindliche Übermacht stieß, eine nicht zu unterschätzende Verteidigungsposition dar – und nicht zuletzt boten sie den nachfolgenden, zahlenmäßig schwächeren Einheiten, die das eroberte Gebiet halten und sichern sollten, einen ersten Anlaufpunkt.

Der Fluss war nicht besonders breit und an der Furt, die Silus letztes Jahr entdeckt hatte, nur hüfttief, dafür war die Strömung so stark, dass sie absteigen und die Pferde hindurchführen mussten. Sie wollten nicht riskieren, von einem ausrutschenden Pferd abgeworfen zu werden, und außerdem bot der Körper der Tiere einen gewissen Schutz gegen die kalte Strömung. Trotzdem waren sie völlig durchnässt und zitterten, als sie das nördliche Ufer erreichten. Das alte Lager war noch etwa hundert Schritt entfernt.

Die von Severus und Caracalla errichteten Marschlager folgten, von gewissen Zugeständnissen an das Terrain abgesehen, dem immer gleichen Aufbau. Sie waren von einem V-förmigen Graben und einem von einer Palisade aus angespitzten Holzpfählen gekrönten Erdwall umgeben. Tore im eigentlichen Sinn gab es nicht, nur bestimmte Abschnitte, an denen Graben, Wall und Palisade einige Schritt nach vorne versetzt waren, um einen gegnerischen Angriff zu brechen. Die Holzpfähle der Palisade wurden beim Aufbruch zur Wiederverwendung im nächsten Lager mitgenommen, Graben und Wall blieben zurück.

Silus und Atius ritten vorsichtig näher. Das Lager war am Ende des letztjährigen Feldzugs aufgegeben worden.

Womöglich beherbergte es inzwischen jemand anderen, der Schutz für die Nacht oder für einen längeren Zeitraum gesucht hatte.

Und tatsächlich – als sie näher kamen, rochen Silus und Atius den Rauch eines Lagerfeuers und hörten Stimmen hinter Graben und Wall.

»Sollen wir einen Bogen darum herummachen?«, fragte Atius.

Silus überlegte. Ihm war kalt, er war durchnässt und hatte sich auf die Nachtruhe an einem warmen, trockenen Ort gefreut. Weiter durch die Dunkelheit zu irren, bis sie eine geeignete Stelle für ein Lager fanden, und dieses auch noch aufzuschlagen behagte ihm überhaupt nicht. Andererseits wollte er auch kein unnötiges Risiko eingehen.

»Sehen wir uns das erst mal genauer an«, sagte er.

Sie banden die Pferde an einen kleinen Baum und schlichen auf das Lager zu, das die gewaltige Fläche von beinahe einhundert Joch einnahm. Jede Seite war also etwa fünfhundert Schritt lang – genug Platz für eine fünftausend Mann zählende Legion. Die Einheimischen wagten es aus Angst vor der Rückkehr der Römer in der Regel nicht, die Vorteile des aufgegebenen Lagers zu nutzen. Die Stimmen gehörten höchstwahrscheinlich Reisenden oder einer Barbarenhorde, die groß genug war, dass sie die Römer nicht fürchten musste.

Aus jeder Himmelsrichtung führte ein Weg in das Lager hinein. Sie gingen für etwa ein Drittel seiner Länge neben dem südlichen Graben her, dann glitten Silus und Atius in die schlammige Vertiefung und schlichen geduckt bis zum Eingang des Lagers. Der Regen, der zwischenzeitlich etwas nachgelassen hatte, fiel nun wieder so stark, dass das Wasser in Strömen an Silus' Rücken hinunterlief. Doch diese Unbequemlichkeit nahm er um der besseren Deckung willen gerne in Kauf. Als sie sich dem Eingang näherten, sahen sie einen eng in seinen Umhang gewickelten Wachposten, der sich auf einen Speer stützte und im vergeblichen Versuch, sich vor dem Regen zu schützen, den Kopf gesenkt hielt.

Silus ließ Atius anhalten, dann zog er sein Messer und schlich leise weiter. Der Wachposten bemerkte Silus im letzten Augenblick und riss vor Schreck die Augen auf, doch er war viel zu langsam. Silus' Klinge durchbohrte den Kehlkopf des Mannes, der daraufhin die Hände um den Hals legte und mit einem leisen Gurgeln zu Boden ging. Silus winkte Atius zu sich. Jeder packte ein Bein, und gemeinsam zogen sie den Wachposten in den tiefen Schatten des Grabens. Nun war der Weg ins Innere des Lagers frei.

Auch der innere Aufbau eines Marschlagers folgte stets demselben Schema, sodass jedes Contubernium immer genau wusste, wo es sein Zelt aufzuschlagen hatte. Das Intervallum, ein breiter Streifen freier Fläche zwischen Palisade und Zelten, schützte die Soldaten vor Pfeilen und Wurfgeschossen, außerdem konnten sie so im Verteidigungsfall ungehindert an die Palisade gelangen. Und schließlich diente das Intervallum als Exerzierplatz, wo sich die Einheiten vor dem Einsatz formierten.

Nun hatten sich Barbaren auf dem Intervallum versammelt. Ein leeres Marschlager war ein unheimlicher Ort, und selbst nicht allzu abergläubische Männer mieden in der Regel die wenigen noch stehenden Holzgebäude in seiner Mitte.

Sie waren zu viert. Im flackernden Orange des Lagerfeuers wirkte ihr rotes Haar wie ausgebleicht. Regentropfen fielen zischend in die Flammen, Rauch und Dampf stiegen in den Nachthimmel auf.

Die Männer unterhielten sich leise, verfluchten abwechselnd das Wetter, die Römer, ihre eigenen Anführer und ihre Götter, weil sie sie an diesen verfluchten Ort geführt hatten. Silus lauschte, und es dauerte nicht lange, bis er herausgefunden hatte, dass sie ebenfalls Kundschafter waren, die nach in das Barbarengebiet vorgedrungenen römischen Einheiten Ausschau hielten. Er winkte Atius zu sich, und sie kehrten zur Palisade zurück, wo sie sich außer Hörweite der Stammeskrieger beraten konnten.

»Was meinst du?«, fragte Silus leise.

»Sie kommen mir müde und ziemlich unachtsam vor. Zwei können wir aus dem Weg räumen, bevor sie überhaupt wissen, was los ist. Dann steht es zwei gegen zwei, wobei wir das Überraschungsmoment auf unserer Seite haben. Wir sind im Vorteil, aber warum sollten wir sie überfallen? Nur wegen eines Nachtlagers?«

»Wir sollen doch herausfinden, wo Maglorix ist, oder? Und das sind dem Akzent nach zu urteilen Maeatae, also Maglorix' Männer. Wenn wir einen lebend zu fassen bekommen, können wir vielleicht aus ihm herauskitzeln, wo sich dieser Drecksack verkrochen hat.«

Atius dachte nach, dann nickte er. Eilig schmiedeten sie einen Schlachtplan, dann schlichen sie mit gezückten Messern auf die Männer zu.

Die Barbaren hatten sich der gemütlichen Wärme und dem Licht des Feuers zugewandt und wurden deshalb von den Flammen geblendet. Offenbar setzten sie großes Vertrauen in ihren Wachposten oder glaubten, sich in einem Gebiet zu befinden, in dem ihnen keine Gefahr drohte. Silus und Atius konnten sich unbemerkt anschleichen. Sie sprangen gleichzeitig los, packten das Haar ihrer gerade eben auserkorenen Opfer, rissen deren Köpfe zurück, sodass die blassen Kehlen entblößt waren, und schlitzten sie auf. Dunkelrote Fontänen spritzten ins Feuer, und ein blutwurstähnlicher Geruch stieg auf.

Silus und Atius stießen die Männer beiseite, die im Todeskampf vergeblich versuchten, die tödliche Blutung zu stillen. Sie zogen die Kurzschwerter und griffen die beiden verbliebenen, völlig überrumpelten Stammeskrieger an.

Atius' Gegner wich um Haaresbreite einem Schwertstoß aus, der ihn glatt durchbohrt hätte, und griff nach seinem Speer, den er mit dem hinteren Ende voraus in den Boden gerammt hatte. Atius ließ ihm jedoch keine Gelegenheit zum Angriff, indem er so nahe an ihn herantrat, dass der Speer wirkungslos wurde. Dann hieb er mit dem Schwert auf den ungeschützten Oberkörper des Barbaren ein. Der Mann wirbelte herum, sodass die Klinge an seiner Brust vorbeischrammte, ohne größeren Schaden anzurichten, ließ den Speer fallen und packte Atius' Schwertarm mit beiden Händen.

Ihr Plan hatte vorgesehen, Silus' Gegner lebend gefangen zu nehmen, weil er als der Kleinste von den vieren mutmaßlich am leichtesten zu überwältigen war. Leider war er aber auch der Schnellste. Sobald die beiden Römer aufgetaucht waren, hatte er sich umgedreht und war davongelaufen.

Silus wollte die Verfolgung aufnehmen, merkte jedoch schnell, dass er den sehnigen jungen Krieger nicht einholen würde. Doch er konnte ihn unmöglich ziehen lassen: Womöglich wartete gleich in der Nähe Verstärkung.

Silus ließ Schwert und Messer fallen, hob den Speer vom Boden auf, wog ihn prüfend in der Hand und zielte. Er hatte nur einen Versuch, und wenn der Krieger entkam, war ihr Leben in Gefahr. Er warf.

Der Speer schoss durch die Luft und bohrte sich genau

zwischen den Schulterblättern in den Rücken des Kriegers, der mit einem Schrei vornüberfiel und reglos liegen blieb.

Silus wandte sich dem Kampf zwischen Atius und dem letzten überlebenden Barbaren zu. Der Krieger hielt Atius' Schwertarm fest umklammert, doch der Römer konnte ungehindert mit dem Messer in der anderen Hand ausholen. Als Silus sah, wie Atius' Klinge vorstieß, stürzte er sich auf den Barbaren, stieß ihn beiseite und rettete ihm so das Leben.

»Bei Christus! Silus, was soll der Scheiß?«

Der Barbar war außer Atem, doch als sich Silus auf ihn setzte und versuchte, seine Handgelenke zu packen, setzte sich der kräftige, biegsame Mann so sehr zur Wehr, dass er ihn nicht festhalten konnte.

»Meiner ist tot«, keuchte Silus. »Scheiße, nun hilf mir doch mal. Wir brauchen ihn lebendig!«

Die tastenden Hände des Barbaren schlossen sich um das Messer, das Silus fallen gelassen hatte. Dem fehlte die Kraft, um ihn daran zu hindern, die Waffe zu heben.

»Atius!«

Mit zwei schnellen Schritten war Atius bei ihm und trat auf die Hand, die das Messer hielt. Knochen knackten und der Barbar heulte auf. Atius richtete die Schwertspitze auf die Kehle des Kriegers, der umgehend alle Gegenwehr einstellte.

Silus stand langsam auf und holte tief Luft. Der Maeatae-Krieger lag auf dem Rücken, hielt das gebrochene Handgelenk vorsichtig mit der anderen Hand fest und blickte voller Zorn zu den beiden Hilfstruppensoldaten auf. Sonst verhielt er sich völlig ruhig, da die Spitze von Atius' Gladius die Haut direkt über seinem Kehlkopf berührte und jede ruckartige Bewegung zu einer durchschnittenen Luftröhre führen konnte.

»Wie heißt du?«, fragte Silus in vollendetem britannischen Keltisch.

Der Maeata riss die Augen auf. »Du bist einer von uns!«, zischte er. »Verräter.«

Silus verzog keine Miene. »Ich bin keines von euch Barbarenschweinen, sondern Soldat der römischen Armee. Und wenn du meine Fragen nicht beantwortest, bist du gleich ein totes Barbarenschwein.«

»Stell ruhig deine Fragen, von mir erfährst du nichts.«

»Das werden wir ja sehen.«

Silus holte die Fangschlinge hervor und fesselte damit die Fußknöchel. Der Draht fraß sich tief in die Haut und schnitt die Blutzufuhr zu den Füßen ab. Dann wiederholte er dasselbe bei den Handgelenken. Der Barbar biss die Zähne zusammen, konnte jedoch einen Schmerzensschrei nicht unterdrücken, als sich die Schlinge zusammenzog und die gebrochenen Knochen aneinanderrieben.

Sobald der Barbar fest verschnürt war, trat Silus einen Schritt zurück und trat ihm fest in die Rippen. Der Mann stöhnte auf und kniff die Augen zusammen, öffnete sie jedoch sofort wieder und funkelte ihn erneut herausfordernd an.

»Wie heißt du?«, fragte Silus.

»Laeg«, sagte er. »Und jetzt sag mir deinen Namen, damit ich dich im nächsten Leben finde.«

»Ich bin Gaius Sergius Silus, und du kannst gerne nach mir suchen. Das hier ist Atius, aber er glaubt, dass er an einen anderen Ort kommt, daher wird er etwas schwerer aufzustöbern sein.«

»Was hast du gesagt?«, fragte Atius, der seinen Namen zwischen den Barbarenworten gehört hatte.

»Ich habe uns nur vorgestellt«, sagte Silus. »Hilf mir mal, ihn aufzurichten.«

Atius und Silus zerrten Laeg auf die Beine. Silus warf die Drahtschlinge, die um die Hände des Mannes gewickelt war, über einen der wenigen verbliebenen spitzen Palisadenpfähle. Das gebrochene Handgelenk bereitete dem Mann sichtlich Schmerzen. Er zog zischend Luft durch die zusammengebissenen Zähne, verhielt sich ansonsten aber völlig still.

»Na schön. Ich habe nur eine Frage«, sagte Silus. »Wo ist Maglorix?«

Laegs Miene blieb völlig ausdruckslos.

»Eines kann ich dir verraten«, sagte Silus. »Töten werden wir dich in jedem Fall. Aber du kannst dich entscheiden, ob du unter grässlichen Qualen sterben willst oder ein schnelles und schmerzloses Ende vorziehst.«

»Das ist mir einerlei, Verräter. Solange ich meine Ehre nicht verliere, wird mich Belenus mit seinem Streitwagen holen und in die Anderswelt bringen.«

»Und mein Freund hier glaubt, dass sein Gott Christus deinem Gott Belenus locker den Arsch aufreißen kann. Und nun sag mir, wo dieses Stück Scheiße steckt.«

Atius bedachte Silus mit einem strengen, gar warnenden Blick, als er den Namen seines Gottes hörte, sagte aber nichts.

»Wenn sein Gott so schwach ist, wie er aussieht, bezweifle ich, dass er Belenus etwas anhaben kann. Sieh dich vor, Verräter. Du sollst den Namen des Sonnengottes nicht leichtfertig im Mund führen.«

»Wer, ich? Die Götter bedeuten mir einen Scheiß. Wozu brauche ich sie denn, wenn sie nicht einmal unschuldige Frauen und Kinder beschützen können? Scheiß auf Belenus und scheiß auf dich.«

Laeg wollte sich auf Silus stürzen, kam jedoch nicht gegen

seine Fesseln an und verdrehte die Augen vor Schmerz. Dann fing er an zu lachen. »Hast du etwa jemanden verloren, Verräter? Deine Frau? Deine Kinder? Hat Maglorix sie dir genommen? Willst du deshalb wissen, wo er steckt, anstatt mich nach seiner Kriegsbande oder den Kaledoniern zu befragen?«

Silus landete eine Rechte in seine Rippen, gefolgt von einer Linken ins Zwerchfell, dass es dem Krieger die Luft aus der Lunge und den Kopf gegen die Brust drückte. Silus versetzte ihm einen Aufwärtshaken gegen das Kinn und einen weiteren Schlag gegen die Nase. Knorpel knackten, Knochen brachen, Blut durchtränkte Laegs Bart. Als Silus zum nächsten Schlag ausholte, fing Atius seinen Arm ab und hielt ihn fest, was ihm einen bitterbösen Blick seines Freundes einbrachte.

»Silus«, sagte Atius sanft. »Ich weiß ja nicht, was er gerade gesagt hat, aber irgendwie hat er dich zum Ausrasten gebracht. Soll er weiter die Oberhand behalten?«

Silus widerstrebte noch einen Augenblick, dann nickte er und holte tief Luft. Atius hatte recht. Er hatte sich von seinen Gefühlen überwältigen lassen. Laeg versuchte ganz offensichtlich, ihn so sehr in Rage zu bringen, dass Silus ihn tötete, bevor er unter der Folter irgendetwas ausplaudern konnte. Was würde Oclatinius sagen, wenn er Silus so sah? Sein Lehrer hatte ihm beigebracht, einen Gefangenen mit in vielen Jahrzehnten zur Vollendung gebrachten Methoden zu verhören. Noch besaß Silus keine praktische Erfahrung darin, doch seine Wut war nun Eis, nicht Feuer. Er hatte sich wieder vollständig in der Gewalt.

Langsam und überlegt zog er das Messer aus dem Gürtel, hielt es in die Höhe und prüfte die Schneide mit dem Daumen. Laeg atmete schwer durch den Mund. Blutblasen quollen aus seiner Nase. Er starrte die Klinge mit einer eigentümlichen Faszination an.

»Silus?«, fragte Atius besorgt. »Was hast du vor?«

»Das, was mir Oclatinius beigebracht hat, in die Tat umzusetzen. Dreh dich weg, wenn du zu zimperlich dafür bist.«

Laeg trug noch seinen vor Kälte und Regen schützenden Umhang. Silus durchtrennte die Riemen, die ihn am Körper hielten, und er rutschte auf den Boden. Darunter kamen Laegs Hose und eine Tunika zum Vorschein.

»Wie ist das mit dieser Anderswelt?«, fragte Silus im Plauderton, während er Laeg die Tunika vom Leib schnitt. »Wenn dich Belenus dort hinbringt, macht er dich auch wieder ganz? Heilt er dein Handgelenk? Deinen Kiefer?« Silus kappte die Kordel, die Laegs Hose hielt, und sie rutschten bis auf die Knöchel hinunter. Silus betrachtete betont auffällig Laegs vor Angst und Schmerz recht zusammengeschrumpelte Männlichkeit und schüttelte den Kopf.

»Was ist mit deinem Schwanz? Der sieht zwar nicht danach aus, als könnte eine Frau viel damit anfangen, aber wächst der wieder nach?«

Laeg bewegte die Lippen. »Nein«, stammelte er. Silus nahm den Penis in die Hand und setzte die Klinge an der Wurzel an.

»Heilige Maria, Silus«, flüsterte Atius, machte aber keine Anstalten, ihn aufzuhalten.

»Wo ist Maglorix?«

»Bitte nicht«, flehte Laeg mit Tränen in den Augen. »Bitte tu das nicht.«

»Wie wird es dir in der Anderswelt wohl gefallen, wenn ich dir den Schwanz und die Eier abschneide und den Krähen zum Fraß vorwerfe? Ich frage dich noch ein letztes Mal: Wo ist Maglorix?«

»Sag's ihm endlich«, rief Atius, der kein Wort verstanden hatte, aber trotzdem genau wusste, was Silus seinem Gefangenen angedroht hatte. Dabei vergaß er völlig, dass dieser ihn wiederum nicht verstehen konnte.

Einen Augenblick lang herrschte Schweigen. Dann seufzte Silus und schüttelte den Kopf.

»Warte«, sagte Laeg. »Ich sage dir, was du wissen willst. Belenus, vergib mir.«

Silus wartete gespannt, ohne das Messer wegzunehmen.

»Maglorix zieht mit seiner Kriegsbande umher, um weitere Maeatae-Stämme um sich zu versammeln und die Kaledonier für den Krieg zu gewinnen«, nuschelte Laeg mit näselnder Stimme.

»Wo ist er gerade?«

Laeg seufzte. »Inchtuthil«, sagte er und ließ den Kopf hängen.

Atius sah Silus an. »Hat er gerade …«

»Inchtuthil gesagt? Ja«, vollendete Silus den Satz. »Pinnata Castra. Das ist dreist.«

»Aber … dort spukt es doch, oder?«, fragte Atius.

Silus' versuchte ein tapferes Lachen. Es klang gekünstelt und gequält. Pinnata Castra war ein über hundert Jahre altes Kastell aus den Anfangstagen der römischen Besatzung, als die Kaledonier noch nicht unterjocht gewesen waren. Der damalige Statthalter Agricola hatte es nach seinem glorreichen Sieg am Mons Graupius erbauen lassen – die Kaledonier schmerzte diese Niederlage noch immer so wie etwa der Fall Alesias die Gallier oder die Schlacht von Cannae die Römer. Die nach einer Bauzeit von drei Jahren fertiggestellte Festung stand den großen Legionskastellen in Eboracum, Deva Victrix oder Isca Silurum in nichts nach. Allerdings war die dort stationierte Legio II Adiutrix schon sechs Jahren später nach Moesia abberufen worden, um einen Einfall der Daker zurückzuschlagen, und Kaiser Domitian, der Agricola seine Erfolge neidete, hatte den Statthalter nach Rom zurückbeordert.

Mit penibler römischer Genauigkeit hatten die Soldaten bei der Aufgabe des Kastells alles mitgenommen, was nicht niet- und nagelfest war, und den Rest zerstört oder vergraben. Jeder Tontopf wurde in fingernagelgroße Stücke zerschlagen, die bei der Errichtung der Gebäude eingesetzten Holzbalken wurden zur weiteren Verwendung aus den Wänden gerissen und das verbliebene Flechtwerk verbrannt. Es ging sogar das Gerücht, dass die Soldaten eine Million Nägel, die zu schwer zum Tragen gewesen waren, an einem geheimen Ort vergraben hätten, damit sie nicht in die Hände der Einheimischen fielen. Inchtuthil, jenseits des Hadrians- und Antoninuswalls gelegen, stand verlassen und nutzlos im Feindesland und erinnerte die Barbaren dennoch daran, zu welchen erstaunlichen Leistungen Rom in der Lage war.

Silus hatte das Kastell einmal von der Ferne gesehen, als ihn ein Erkundungsstreifzug weit in den Norden geführt hatte. Die einst mit Stein verkleideten Festungsmauern aus Erde und Stützbalken waren teilweise zusammengefallen. Er hatte durch die Lücken gespäht, doch wo einst Baracken, Garnisonshallen, die Offiziersmesse, das Prätorium und die Werkstätten gewesen waren, hatte er nur Schutt erblickt.

Ein verlassenes Römerkastell war ein unheimlicher Anblick. Fünftausend Römer waren von dieser Festung aus zur Schlacht am Mons Graupius marschiert, von der Tausende Kaledonier und Hunderte Römer nicht wieder zurückgekehrt waren. Silus hätte schwören können, im Zwielicht die Lemures der vor langer Zeit gefallenen Soldaten auf den verfallenen Mauern patrouillieren zu sehen. Von den Einheimischen dagegen hatte jede Spur gefehlt. Sie hatten zweifellos ebenfalls Angst vor den gespenstischen Ruinen. Silus hatte einen großen Bogen um das Kastell gemacht und sich in sicherer Entfernung etwas zum Auskundschaften gesucht.

Und jetzt hatte sich Maglorix dort eingenistet.

»Das macht sicher großen Eindruck auf seine Männer«, sagte Silus. »Er will ihnen zeigen, dass er weder vor Rom noch vor dem Jenseits Angst hat. Im Gegensatz zu Laeg hier, der die nächste Welt nicht ohne seinen Schwanz betreten will.«

Laeg verstand kein Wort des Lateinischen, machte aber nach wie vor große Augen vor Furcht, da Silus die Klinge immer noch an seine Geschlechtsteile hielt. Silus blickte auf sein Messer hinab, als hätte er ganz vergessen, dass er es in der Hand hielt, trat einen Schritt zurück und ließ die angstgeschrumpften Geschlechtsteile des Kriegers los.

»Also gut«, sagte er. »Dann machen wir uns auf den Weg nach Pinnata Castra.«

Eine Vorstellung, die Atius nicht besonders zu behagen schien. Er spie aus, um das Böse abzuwehren. »Und was machen wir mit ihm?«, fragte er und deutete mit dem Kinn auf Laeg.

Silus dachte einen Augenblick nach, dann rammte er das Messer durch die Rippen in Laegs Herz. Der Krieger zuckte, und als er den Mund aufriss, quoll Blut daraus hervor. Dann sackte der Kopf seitlich weg und der Körper erschlaffte in den Fesseln.

Atius spitzte die Lippen. »Na, hoffentlich hat er im Jenseits auch Verwendung für seinen Schwanz.«

Silus sah ihn böse an, dann schüttelte er verständnislos den Kopf. »Schlagen wir unser Lager auf.«

Elftes Kapitel

Sie näherten sich dem alten Kastell in einer bedeckten, sternenlosen Nacht. Der beständige Nieselregen schaffte es irgendwie, durch jede wasserfeste Schicht und bis auf die Haut zu dringen. Die Ruinen der Festung ragten bedrohlich im Zwielicht empor, und es lag nicht am Regen, dass es Silus eiskalt den Rücken hinunterlief.

Das Kastell vor ihnen hatte keine Ähnlichkeit mit dem verlassenen Marschlager, in dem sie vor Kurzem genächtigt hatten. Nicht zuletzt war es viel größer – fünfzehnhundert Schritt im Quadrat – und ein zwanzig Fuß breiter und sechs Fuß tiefer Graben umgab die auf einem Erdwall errichteten, fünf Fuß dicken Mauern. Die Römer hatten ihr Kastell mit den eigenen Händen zerstört. Dass dies jemals einem Feind gelungen wäre, war unvorstellbar.

Als sie nahe genug waren, um Einzelheiten ausmachen zu können, hielten sie an, um das weitere Vorgehen zu planen. Nach Silus' Schätzung war es noch vor Mitternacht, und Feuerschein und Gesang verrieten ihnen, dass das Barbarenlager noch nicht zur Ruhe gekommen war. Das Holztor, das sich einst zwischen zwei Steintürmen befunden hatte, war entweder von den Römern abgebaut oder verbrannt, von den Einheimischen für ihre Zwecke verwendet oder einfach dem Verfall preisgegeben worden. Die Steinwände wiesen an mehreren Stellen Lücken auf, die die Römer hineingerissen hatten, um die Festung für den Feind unbrauchbar zu machen. Die Elemente und die Einheimischen, die die Steine für ihre eigenen Häuser genutzt hatten, hatten das Zerstörungswerk im Laufe der Zeit fortgesetzt.

Der Graben war tief genug, um anstürmende Fußsoldaten oder Reiter aufzuhalten, für zwei sich vorsichtig anschleichende Männer stellte er jedoch kein nennenswertes Hindernis dar, im Gegenteil: Die Mauerruinen boten exzellente Deckung. Anders als die Kundschafter im alten Marschlager hatten diese Barbaren das Kastell nicht nur mit einem, sondern mit vielen und noch dazu aufmerksamen Wachposten gesichert, die trotz des schlechten Wetters gewissenhaft ihre Runden drehten.

»Und jetzt?«, flüsterte Atius. »Sollen wir auf Zehenspitzen hineintippeln und sie alle abmurksen?«

»Sehr witzig«, sagte Silus. »Lass mich nachdenken.«

Er verfolgte die Wege der Patrouillen, spähte auf der Suche nach möglicher Deckung in den Mauerruinen mit zusammengekniffenen Augen in den Nieselregen und schürzte schließlich die Lippen. »Da können wir uns unmöglich hineinschleichen. Sie sind zu zahlreich, und durch die vielen Feuer und Fackeln gibt es kaum Schatten, in dem man sich verbergen könnte. Außerdem wissen wir nicht, wo Maglorix ist, und wenn wir erst nach ihm suchen müssen, wird man uns früher oder später erwischen. Uns bleibt nur ein direkterer Weg.«

Atius runzelte die Stirn. »Mir schwant Übles.«

»Zuerst müssen wir uns Kleidung von ihnen besorgen. Die meisten tragen Umhänge nach gallischer Art und haben die Kapuzen aufgesetzt, siehst du? Das ist das erste Mal, dass ich den Göttern für das kaledonische Wetter danke.«

»Und wo gibt es diese Umhänge zu kaufen?«

Silus schnalzte missbilligend mit der Zunge. »Siehst du die beiden Wachen da? Sie entfernen sich auf ihrer Runde weiter vom Lager als die anderen, nehmen aber immer denselben Weg. Und sie haben ungefähr unsere Größe. Wir überwältigen sie, bevor sie Alarm schlagen können, und nehmen ihnen die Kleider ab.«

»Hmm, ein bisschen dünn sehen sie mir schon aus. Bist du sicher, dass du dich da reinquetschen kannst, Dicker?«

Silus schüttelte den Kopf. Er hatte kein Granum Fett am Leib, aber eine breitere Statur als sein keltiberischer Kamerad, der nur Haut und Knochen war. Silus versuchte, sich seinen Ärger über Atius' Albernheiten nicht anmerken zu lassen. Er spielte ja immer den Witzbold, doch diesmal versuchte er seine Angst hinter den flapsigen Bemerkungen zu verstecken. Auch Silus' Herz trommelte spürbar gegen seinen Brustkorb – es war die Anspannung vor der Tat, doch die damit einhergehende Furcht kam ihm jetzt etwas gedämpft vor. Mit dem Tod seiner Familie hatte sich sein Empfindungsvermögen geändert. Das Essen schmeckte fader, das Bier schal und Parfüm roch nach nichts. Manchmal glaubte er, in einem Traum zu sein, der mit einem plötzlichen Erwachen endete; und dann würden Velua neben ihm und Sergia und Issa aneinandergekuschelt zu seinen Füßen liegen. Doch solchen Tagträumen nachzuhängen konnte den Tod bedeuten. Und wer sollte dann seine Frau und seine Tochter rächen?

Sie krochen durch das harte Gras und versteckten sich hinter zwei dicken Baumstämmen in der Nähe der Strecke, die die Wachposten auf ihrer Patrouille entlangmarschierten, und warteten. Silus musste pinkeln und konnte sich nicht entscheiden, ob er seinem Bedürfnis keine Beachtung schenken oder freien Lauf lassen sollte.

Dann ertönten tiefe, mürrische Stimmen, begleitet von im sumpfigen Boden schmatzenden Schritten. Sie warteten mit angehaltenem Atem ab, bis die Männer an ihnen vorüber waren. Dann nickte Silus Atius zu, und sie traten gleichzeitig aus ihrer Deckung. Mit dem leisen Geräusch von geschärftem Metall auf Leder zogen sie die Messer, legten in vollkommenem Einklang der Bewegungen ihren Opfern eine Hand auf den Mund und schnitten ihnen die Kehle durch. Sie hielten die Männer fest, achteten darauf, dass das Blut nicht auf sie spritzte, und warteten, bis das Zappeln und Zucken vorüber war. Dann legten sie die Leichen ab.

Es kostete sie einige Mühe, den Toten die Umhänge und Hosen auszuziehen. Dann schlüpften sie im kalten Regen zitternd aus ihrer römischen Tracht und in die Kleidung der Maeatae-Krieger. Die Kapuzenmäntel verhüllten die Tatsache, dass sie weder tätowiert waren noch lange blonde oder rote Haare besaßen.

Sie versteckten die Leichen im Gebüsch, legten ihre Taschen, Waffen und die eigene Kleidung daneben und bedeckten alles mit Ästen und Laub. Dann nahmen sie die Speere ihrer Opfer und marschierten los, als wären sie auf Kontrollgang. Zwei Maeatae-Krieger kamen aus der anderen Richtung auf sie zu.

»Kein Wort«, flüsterte Silus.

»Wie denn auch, ich kann ja gar keines.«

Silus hielt den Blick auf den Boden gerichtet. Die Kapuze um seinen Kopf verstärkte das Pochen seines Herzschlags in den Ohren. Er hoffte, dass die beiden Krieger an ihnen vorübergingen, doch sie blieben vor ihnen stehen.

»So ein Scheißwetter«, sagte der eine in britannischem Keltisch.

Silus nickte.

»Habt ihr was zu essen?«, fragte der andere.

Ihr Proviant war noch in ihren Taschen, weshalb sich Silus keine Gedanken darüber machen musste, dass er sie durch seinen allzu römischen Geschmack verriet. So gerne er den Barbaren auch etwas gegeben hätte, damit sie sich wieder entfernten – seine Tasche hätte sich genauso gut in Eboracum befinden können.

»Leider nicht«, sagte Silus. Er fasste sich möglichst kurz, damit sein Akzent keinen Argwohn erregte.

Der zweite Barbar spie auf den Boden. »Ein verdammt mageres Jahr. Sogar für uns Krieger.«

»Die Scheißrömer«, sagte der erste. »Sie hungern uns aus.«

»Na, bald sind wir ja in ihrer sogenannten Provinz, fressen ihre Trauben, trinken ihren feinen Wein und ficken ihre eingebildeten Frauchen«, sagte der zweite. »Stimmt doch, Bruder?«, sagte er zu Atius und sah ihn erstaunt an, als er keine Antwort erhielt.

»Was ist denn mit dem los?«

Wenn sie Atius zwangen, etwas zu sagen, würden sie sofort merken, dass er kein britannisches Keltisch sprach, und sie wären enttarnt. Selbstverständlich konnten sie die beiden ebenfalls vom Leben zum Tode befördern, doch unbemerkt würde dies nicht vonstattengehen, dafür waren sie zu nahe am Lager.

Silus musste sich schnell etwas einfallen lassen. »Die verdammten Römer haben ihm als Kind die Zunge herausgeschnitten. Er war ihr Sklave, bevor wir ihn bei einem Überfall befreien konnten.«

Die beiden Maeatae sahen ihn mitleidig an. »Das arme Schwein. Wir werden die Römer für so vieles zur Rechenschaft ziehen.«

»Und sie werden bezahlen, Bruder«, sagte Silus. »Mögen die Götter mit euch sein.«

Die Maeatae-Krieger gingen weiter. Silus atmete erleichtert aus.

»Was haben sie gesagt?«, flüsterte Atius.

»Nicht so wichtig. Ach ja – ab jetzt kein Wort mehr. Man hat dir als Kind die Zunge herausgeschnitten.«

Atius sah ihn verwirrt an, dann streckte er ihm die Zunge heraus.

»Bei allen Göttern, Atius! Kannst du nicht einmal ernst bleiben? Wir sind fast im Lager, also lass den Blödsinn und halt die Klappe. Wir finden heraus, wo Maglorix ist, bringen ihn um und verschwinden wieder.«

»Ja, was könnte da schon schiefgehen?«

Silus warf ihm einen weiteren vernichtenden Blick zu, doch inzwischen waren sie zu nahe am Kastell, um sich weiter auf Lateinisch zu unterhalten. Sie gingen zum nächsten Eingang. Die beiden Wachposten davor waren auf ihre Speere gestützt und würdigten sie kaum eines Blickes. Einmal mehr gereichte ihnen die im Vergleich zur römischen Armee völlige Disziplinlosigkeit der Barbaren zum Vorteil. Um eine römische Festung zu betreten, musste man den Wachen ein geheimes Losungswort nennen. Wenn man dieses Wort nicht kannte, wurde man durchsucht und einem Zenturio vorgeführt, dem man über den Grund seines Besuchs Rede und Antwort stehen musste. Die Maeatae hatten ihr Quartier in einem römischen Kastell aufgeschlagen, aber damit endeten die Gemeinsamkeiten auch schon wieder.

Als Silus und Atius das Lager betraten, sahen sie sich erstaunt um. Die Gebäude von Pinnata Castra waren nur noch als undeutliche Linien auf dem Boden zu erkennen. Baracken, Werkstätten, Lagerhäuser, das Lazarett, die Stabsgebäude, nur noch ordentliche, gerade Linien und rechte Winkel. Ein Platz für alles und alles an seinem Platz.

Die Maeatae hatten sich breitgemacht, wie sie es auch auf freiem Feld getan hätten. Zelte, Lagerfeuer, aus den Wänden gerissene Steine als Sitzgelegenheiten, alles war kreuz und quer verstreut. Eine schlecht organisierte Streitmacht, aber von – wie Silus zugeben musste – durchaus eindrucksvoller Größe. Selbst wenn man berücksichtigte, dass die Barbarenhorde viel mehr Platz in Anspruch nahm als eine Legion, musste sie einige Tausend Krieger zählen. Mehr als genug, um in jedem beliebigen Teil der römischen Provinz Britannia verheerenden Schaden anzurichten. Wenn dann noch das Überraschungsmoment auf ihrer Seite war, konnten die hier versammelten Krieger selbst einer Legion gefährlich werden. Und dies war nur ein Teil des Maeatae-Stammesbundes. Auch die anderen versammelten sich irgendwo, und noch weiter im Norden machten sich die zahlenmäßig weit überlegeneren Kaledonier kampfbereit.

Dennoch würden die Maeatae die offene Feldschlacht meiden, wenn Caracalla seine Legionen nach Norden führte – eine durch viele bittere Niederlagen gelernte Lektion. Caracalla dagegen hatte von Severus den Befehl erhalten, die Maeatae ihre Aufsässigkeit bitter bereuen zu lassen.

Doch das war Silus nicht genug. Ein Sieg über die Maeatae würde ihm nicht die nötige Genugtuung verschaffen, um den immer wiederkehrenden Krampf in seinen Eingeweiden zu lösen. Dies würde erst mit Maglorix' Tod geschehen. Irgendwo in diesem Lager saß der Unhold, der seine Frau und seine Tochter ermordet hatte, trank Bier und lachte und schmiedete Pläne, wie er noch mehr römische Ehefrauen zu Witwen machen und noch mehr Frauen und Kinder abschlachten konnte.

Silus bemerkte plötzlich, dass er die Kiefermuskeln angespannt und die Hände zu Fäusten geballt hatte. Er zwang sich dazu, sich zu entspannen, bevor noch jemand auf seine Wut aufmerksam wurde. Atius legte ihm tröstend die Hand auf die Schulter. Silus gab seinem Kameraden mit einem Nicken zu verstehen, dass er sich wieder in der Gewalt hatte.

Wenn es darum ging, unentdeckt zu bleiben, war die Disziplinlosigkeit der Maeatae ein großer Vorteil, bei der Suche nach Maglorix jedoch ein entscheidender Nachteil. In einem römischen Kastell befand sich das Quartier des Prätors oder des Lagerpräfekten stets im Prätorium, das zu den Principia gehörte, den immer direkt im Zentrum des Lagers befindlichen Stabsgebäuden. Der Barbarenfürst dagegen konnte überall sein. Einige Zelte waren größer als andere und beherbergten vermutlich Edelmänner und ihr Gefolge, doch Silus konnte kein Zelt entdecken, das sich deutlich von den anderen unterschieden hätte.

Er deutete auf ein Lagerfeuer, an dem sich mehrere Krieger wärmten. Die beiden Römer nahmen auf einem unbesetzten Steinblock Platz, hielten die Hände über das wärmende Feuer und lauschten der Unterhaltung.

Ein stämmiger Krieger mit dichtem roten Bart und platter, krummer Nase lallte laut und unterstrich seine Worte durch so ausgreifende Gesten mit dem Tonkrug in seiner Hand, dass er das Bier darin verschüttete. »Wenn ich's dir doch sage, Kian. Die Votadini sind feige Verräter. Sie werden sich niemals gegen die Römer erheben.«

»Da liegst du falsch, Gebann«, sagte Kian, ein älterer Krieger mit Halbglatze, dem das verbliebene graue Haar bis über die Schultern reichte. »Wenn die Votadini erst mal merken, dass sich das Blatt gewendet hat, werden sie sich uns ganz schnell anschließen. Sie mögen Hasenfüße sein, aber sie werden auch Gebietsverluste befürchten, wenn die Römer nicht mehr da sind. Sollten sie unserem Bündnis nicht beitreten, werden sich die Kaledonier und Maeatae gegen sie wenden und sie wegen ihrer Feigheit zu Sklaven machen.«

Gebann warf die Hände in die Höhe, wobei er seinen Krug so gut wie leerte. »Ihre Hoden sind so groß wie Erbsen und ihr Rückgrat ist aus Suppe. Sie waren einst ein starkes Volk, doch das ist lange her.« Gebann deutete auf Atius. »Was sagst du dazu?«

Atius bemerkte, dass man ihn angesprochen hatte, und sah Silus Hilfe suchend an.

»Was denn?«, rief Gebann. »Hat dir jemand die Zunge abgeschnitten?«

»Ja, in der Tat«, sagte Silus. »Und zwar die Römer.«

Gebann sah sie finster an, unsicher, ob sie ihn zum Narren hielten. Doch Atius machte eine solche Elendsmiene und Silus ein so ernstes Gesicht, dass er ihren Worten nach einem letzten prüfenden Blick Glauben schenkte. »Mögen die Götter die Drecksäue niederstrecken, die dir das angetan haben. Dann frage ich eben den Kameraden des Zungenlosen – was hältst du von den Votadini?«

»Wenn wir mit den Römern fertig sind, sollten die Votadini als Nächstes an der Reihe sein.«

»Da hörst du's«, triumphierte Gebann. »Der Mann hat Ahnung.«

Kian legte den Kopf schief, strich sich über den Bart und musterte Silus. »Bruder, wie heißt du und von welchem Stamm bist du? Dein Akzent ist mir nicht geläufig.«

Oclatinius hatte Silus beigebracht, dass eine Lüge am glaubhaftesten war, wenn sie der Wahrheit möglichst nahe kam. Allerdings wusste er nicht, wie weit sich die Taten seines Vaters herumgesprochen hatten. Sollte er seine brigantische Herkunft erwähnen?

»Ich heiße Syagris«, sagte er. Das war der Name eines Spielgefährten gewesen, der an Auszehrung gestorben war. »Ich habe bei den Damnonii das Licht der Welt erblickt, doch mein Vater war ein fahrender Händler vom Stamm der Brigantes.«

Kian wandte sich einem weiteren Krieger zu, der die ganze Zeit über in die Flammen gestarrt und der Unterhaltung nur wenig Beachtung geschenkt hatte. »Sittan, du gehörst zu den Damnonii. Kennst du diesen Mann, der sich Syagris nennt?«

Sitan zuckte mit den Schultern. »Nein. Aber dieser Name ist weitverbreitet und unser Stamm ist über das ganze Land verteilt. Woher sollte ich ihn kennen?«

»Nun sei doch nicht so misstrauisch, Kian. Er sitzt im Lager der Maeatae, spricht unsere Sprache und wärmt sich an unserem Feuer. Was, glaubst du etwa, dass er ein römischer Spion ist?« Bei dieser Vorstellung brüllte Gebann vor Lachen. Silus lächelte, während ihm das Herz bis zum Hals schlug.

Kian zögerte, dann reichte er Silus und Atius ein Stück vom über dem Feuer gebratenen Lammfleisch. »Entschuldigt, Brüder. Ich habe schon ein paar mehr Sommer auf dem Buckel als die Jungspunde hier, und mit dem Alter wird man eben misstrauischer. Bitte, esst mit uns.«

Silus und Atius nahmen das Angebot dankbar an und aßen. Atius bedeckte den Mund mit der Hand, damit niemand seine Zunge sah. Das Fleisch war heiß und saftig und viel schmackhafter als ihr Reiseproviant.

»Kommt ihr von weit her?«, fragte Gebann.

»Viele Tagesritte«, sagte Silus. »Aber wir haben gehört, dass der große Maglorix die Maeatae unter sich vereint, und wollten uns ihm anschließen, um gegen die Besatzer zu kämpfen.«

Die um das Feuer sitzenden Krieger nickten zustimmend.

»Ja, er ist wirklich ein großer Mann«, sagte Kian. »Schon sein Vater Voteporix, der so feige ermordet wurde, war ein guter Anführer. Aber Maglorix übertrifft ihn bei Weitem.«

»Ich will zu ihm und ihm die Treue schwören. Wo ist sein Quartier?«

Kian deutete in die Mitte des Kastells. »In dem großen roten Zelt mit den beiden Wachposten vor der Tür. Du kannst es gar nicht verfehlen. Aber ich glaube nicht, dass er euch jetzt empfangen wird. Es heißt, dass er heute Nacht allein sein will, um Zwiesprache mit den Göttern zu halten.«

»Ich werde es versuchen. Der Vetter meines Onkels war einst mit den Venicones auf der Jagd und hat sich mit Maglorix angefreundet. Ich soll Grüße von ihm bestellen. Vielleicht empfängt er mich ja doch.«

Kian spie ins Feuer. Der Speichel verwandelte sich mit leisem Zischen in Dampf. »Das bezweifle ich, aber versuchen kannst du es ja.«

»Dann wollen wir ihm mal unsere Aufwartung machen«, sagte Silus zu Atius. Der verstand kein Wort, doch als Silus kurz darauf aufstand, gab er ihm durch ein knappes Nicken zu verstehen, dass es Zeit zum Aufbruch war.

»Erfolgreiche Jagd auf dem Schlachtfeld, Brüder«, sagte Gebann.

»Gleichfalls«, sagte Silus, und sie entfernten sich.

Niemand schenkte ihnen größere Beachtung, als sie zwischen den Kriegergruppen hindurchgingen und über Vorratsstapel – Getreide, Bier, Talg für Fackeln und Holz für Speere und Pfeile – stiegen. In einem abgelegeneren Teil des Lagers mussten sie an einem Krieger vorbei, der sich an einer auf die Ladefläche eines Fuhrwerks gefesselten Sklavin von romano-britannischem Aussehen verging. Als sie an ihr vorübergingen, wandte sie sich zu Silus um. Einen Moment lang blickte er in ihre toten Augen, während sie von den groben Stößen des Barbaren hin und her gerüttelt wurde. Sofort sah er Maglorix vor sich, wie er seine Hose herunterließ, um seine Frau zu missbrauchen, und er trat einen Schritt auf den Barbaren zu.

Atius nahm seinen Ellenbogen und zog ihn vorsichtig mit sich. Silus warf der Frau noch einen Blick zu. Sie starrte mit leerer Miene ins Nichts. Er biss die Zähne zusammen, drehte sich um, blickte stur geradeaus und versuchte, nur an das zu denken, was als Nächstes zu tun war. An seine Pflicht und seine Befehle.

Er versagte kläglich. Bevor Atius ihn daran hindern konnte, war Silus mit zwei schnellen Schritten bei dem Krieger, packte seinen Kopf und riss ihn mit solcher Kraft herum, dass er ihm mit einem lauten Knacken das Genick brach. Der Barbar fiel um.

»Um Christus' willen«, sagte Atius. »Silus, was soll denn das?«

»Wenn es bei Maglorix' erstem Angriff auf Voltania nur ein wenig anders gekommen wäre, hätte Velua hier an ihrer Stelle gelegen. Oder vielleicht sogar Sergia.«

Atius schüttelte den Kopf, packte die Beine des toten Kriegers und zerrte ihn in die Schatten. Währenddessen befreite Silus die Sklavin von ihren Fesseln. »Schnell, verschwinde.«

Sie regte sich nicht. Sie machte noch nicht einmal Anstalten, ihre Blöße zu bedecken, und er fragte sich, wie viel sie in ihrem kurzen Leben schon hatte ertragen müssen. Silus hob den in der Nähe liegenden Umhang des Kriegers auf und legte ihn um ihre Schultern. Sie sah ihn mit leerem Blick unverwandt an.

»Bitte verzeih, dass ich nicht mehr für dich tun kann. Sieh zu, dass du irgendwie aus dem Lager entkommst.«

Atius stieß wieder zu ihm und zog Silus mit sich in die Richtung, in der Maglorix' Zelt stand. Als sich Silus noch einmal umdrehte, hatte sich die Frau aufgesetzt und sah sich um, als wäre sie soeben aus einem grotesken Traum erwacht.

Dann erblickten sie Maglorix' rotes Zelt, das alle anderen in der Nähe überragte. Es war nur noch fünfzig Schritt entfernt. Als sie sich ihrem Ziel näherten, verkrampften sich Silus' Eingeweide.

Dann nahm er aus den Augenwinkeln etwas wahr, das unwillkürlich seine Aufmerksamkeit erregte, und er drehte sich danach um. Auf den ersten Blick bemerkte er nichts Ungewöhnliches: Ein Krieger hatte seine Hose halb heruntergelassen und urinierte gegen einen Pfahl. Sein behaartes Gesäß leuchtete hell im Feuerschein.

Nun sah er, dass etwas an den Pfosten gebunden war. Jemand. Er kam ein paar Schritte näher, um besser sehen zu können. Ein grauhaariger Mann mit langem, verfilztem Bart war mit den Handgelenken an den Pfosten gefesselt. Er war auf Knien, sein Kinn ruhte auf seiner Brust und sein Gesicht war geschwollen – frische blaue und ältere gelbe Blutergüsse zeichneten sich darauf ab. Er wehrte sich nicht, als der Urin auf ihn spritzte.

Silus sah genauer hin. Irgendwie kam ihm der Mann bekannt vor. Atius blieb verwirrt stehen, als Silus auf den Gefangenen zuging.

Der Krieger schüttelte die letzten Tropfen ab und zog die Hose hoch. Dann drehte er sich um und sah, dass Silus ihn anstarrte. »He«, sagte der Barbar. »Du kannst mit ihm machen, was du willst, aber sieh bloß zu, dass er danach noch lebt, sonst reißt dir Maglorix den Arsch auf. Mit dem da hat er noch viel vor.«

Der Mann entfernte sich und gab den Blick auf den bemitleidenswerten Gefangenen frei. Kein Zweifel – es war Menenius.

Caracalla stöhnte und blickte in die halb geschlossenen Augen seiner rittlings auf ihm sitzenden Stiefmutter. Sie hatte die Hand hinter den Rücken genommen, um ihn zu streicheln. Er stöhnte abermals und bemühte sich, den Höhepunkt hinauszuzögern. Dies würde für eine lange Zeit das letzte Mal sein.

Julia nahm ihn mit einem lang gezogenen Schrei tief in sich auf, und er konnte nicht länger an sich halten. Sie ließ sich auf ihn fallen, und sie klammerten sich aneinander, bis die Ekstase verklungen war. Dann lagen sie eng umschlungen, keuchend und schweißglänzend da.

Caracalla starrte an die Decke, auf der sich das Motiv der Wandfresken fortsetzte: das Panorama eines wunderschönen römischen Gartens mit kunstvoll in dekorative Formen geschnittenen Büschen und Bäumen, in denen sich allerlei kleines Getier versteckte, unter einem blauen, mit weißen Wolken und den Vögeln Italiens erfüllten Himmel. Beim Gedanken an den bevorstehenden Feldzug durch dieses triste Land bekam Caracalla Heimweh. Obwohl der Sommer nicht mehr fern war und sich sogar die Sonne hin und wieder zeigte, war es hier im Vergleich zur Pracht eines warmen Maitages in der Villa des Hadrianus in Tibur tiefster Winter.

»Ich muss an den Tag denken, an dem du meinen Vater geheiratet hast. Wie alt war ich da? Vierzehn? Du warst die schönste Kreatur, die ich je erblickt hatte. Ich habe die Zeremonie voller Ehrfurcht verfolgt, stolz darauf, dass mein Vater eine so mächtige und bezaubernde Frau gefunden hatte. Stolz und krank vor Eifersucht.«

»Das erinnert mich an einen gewissen tragischen Helden.«

Caracalla runzelte die Stirn. »Du bist nicht meine Mutter. Du bist nicht Jokaste und ich nicht Ödipus. Wir sind noch nicht mal Agrippina und Nero.«

»Vielleicht Phaidra und Hippolytos?«

»Auf keinen Fall!«, widersprach Caracalla entschieden. »Hippolytos hat Phaidra zurückgewiesen. Das würde ich nie tun.«

Julia lächelte, dann wurde sie wieder ernst. »Die Leute würden unsere Verbindung trotzdem nicht gutheißen. Und wenn dein Vater jemals dahinterkommt ...«

»Zu seiner Zeit war mein Vater ein Alexander, jetzt ist er nur noch ein schwacher alter Mann. Er hätte auf dem Höhepunkt seiner Macht sterben sollen, anstatt so dahinzusiechen. Wieso lässt du es zu, dass er dich immer noch berührt?«

»Weil er mein Ehemann ist und ich ihn liebe«, sagte Julia tadelnd. »Aber du musst nicht eifersüchtig sein. Inzwischen wird auf unserem gemeinsamen Lager nicht mehr viel anderes getan als geschlafen.«

Caracalla knurrte, sagte aber nichts. Julia beugte sich vor und drückte ihm einen Kuss auf die Stirn. »Seine Lebenskraft schwindet, Antoninus. Du solltest sein Schicksal in die Hände der Götter legen und ihre Pläne nicht durchkreuzen. Tust du das für mich?«

Caracalla nickte. »Er ist mein Vater und ich liebe ihn, aber manchmal ...« Er seufzte. »Für dich, Geliebte.«

Julia fuhr mit der Hand durch die drahtigen Locken auf seiner muskulösen Brust. »Wie lange wirst du fort sein?«

»Ich weiß es nicht. Ich rechne nicht mit einem harten Kampf, aber dieses Land ist ebenso groß wie trostlos, und diese Barbaren dazu zu zwingen, sich zum Kampf zu stellen, kann sich zu einer zermürbenden und zeitraubenden Angelegenheit entwickeln.«

»Aber du kehrst doch zurück, nicht wahr?«

Caracalla zog Julia an sich, schlang die Arme um sie und küsste sie leidenschaftlich. Dann löste er sich von ihr, stand auf, schlüpfte in seine Tunika und setzte sich auf die Bettkante, um die Stiefel anzuziehen. Als er fertig war, küsste er sie abermals und ließ einen letzten lüsternen Blick über ihren nackten Körper schweifen. »Wie töricht wäre es, nicht zu dir zurückzukehren?«

Julia lächelte, doch sie konnte ihre Besorgnis nicht verbergen. Er fuhr mit den Fingerspitzen über ihre Wange.

»Es ist noch jeder römische Kaiser aus der Schlacht zurückgekehrt«, sagte er in, wie er hoffte, ermutigendem Ton.

»Aber nicht jeder römische Feldherr. Marcellus zum Beispiel. Oder Varus. Was, wenn sich dieser Maglorix ein Beispiel an Arminius nimmt und dich in eine riesige Falle lockt?« Ihr Atem ging schneller, und sie sah ihn mit großen Augen an.

»Beruhige dich, Augusta«, sagte Caracalla und legte mit festem Griff die Hände um ihre Schultern. »Besinne dich deiner Dignitas und Gravitas. Außerdem hat Arminius vorgegeben, Freund und Verbündeter der Römer zu sein, was man von Maglorix nun wirklich nicht behaupten kann.«

Julia holte tief Luft und stieß sie langsam durch die gespitzten Lippen aus, sodass ihr Atem pfeifend durch ihre Zähne strich. Dann nickte sie. »Verzeih, Antoninus. Aber … ich werde Septimius bald verlieren und könnte es nicht ertragen, dich ebenfalls zu verlieren.«

»Vater ist stark wie ein Ochse. Er wird ewig leben.«

»Das stimmt nicht, und das weißt du ganz genau. Mit seiner Gesundheit geht es bergab. Und vergiss die Omen nicht. Der Traum von seiner eigenen Vergöttlichung. Die Statue, die bei den Spielen zur Feier seines Sieges in Horrea Classis vom Blitz getroffen wurde. Wie er anlässlich seiner Rückkehr nach Eboracum ein Opfer darbringen wollte und die Tiere alle schwarzes Fell oder schwarze Federn hatten, und als er sich weigerte, sie zu opfern, sind sie ihm bis zum Palast gefolgt.«

»Omen und Aberglaube sind nur etwas für Narren.«

»Antoninus, wie sprichst du nur mit der Tochter des Hohepriesters des Heliogabalus? Das ist eine Respektlosigkeit nicht nur meinem, sondern auch deinem Vater gegenüber. Vergiss nicht – Septimius ist nach Emesa gereist, weil ihm prophezeit worden war, dass er dort seine zukünftige Gemahlin finden würde. Und wen hat er dort gefunden? Mich.«

Caracalla öffnete den Mund, um dies als Zufall und geschickte Auslegung der Tatsachen abzutun, doch als er Julias eisigen Blick bemerkte, überlegte er es sich anders. Sie war sehr an Wissenschaft interessiert und eine Mäzenin der Philosophie und der Künste, weshalb ihn ihr tiefer Glaube an derlei Dinge immer wieder überraschte. Doch damit war sie beileibe nicht allein, und sie hatte insofern recht, dass sein Vater seinen Sehern und Propheten und Astrologen geradezu hörig war. Und auch wenn er selbst sich weigerte, bestimmte Dinge zu glauben, die man gemeinhin für die Wahrheit erachtete, suchte er doch die Hilfe von Serapis, dem aus dem Osten stammenden Gott der Gesundheit und Fruchtbarkeit, und Aesculapius, dem Gott der Heilkunst, wenn er hin und wieder von einer Krankheit heimgesucht wurde. Schließlich hatte er nicht vor, in jungen Jahren elend an einem einfachen Fieber zu verenden wie sein Held Alexander. Er legte die Arme um sie und küsste sie innig und spürte, wie sie sich entspannte.

»Ich werde zu dir zurückkehren, Geliebte«, flüsterte er in ihr Ohr.

»Das will ich doch hoffen, sonst kannst du was erleben«, flüsterte sie zurück.

Caracalla saß aufrecht und mit glänzender Rüstung auf seinem prächtig herausgeputzten, blütenweißen Ross vor einer gewaltigen Streitmacht, gebildet aus den von Rhein und Donau nach Britannien verlegten Armeen, den Legionen, die bereits auf der Insel stationiert waren – die Legio II Augusta, die Legio VI Victrix und die Legio XX Valeria Victrix –, sowie zahlreichen Hilfstruppeneinheiten. Auch sie hatten sich herausgeputzt wie selten zuvor in ihrem Leben, und die größtenteils jungen Soldatengesichter strahlten vor Aufregung und Tatendrang. Severus saß Caracalla gegenüber auf einem behelfsmäßigen Thron. Er sah müde aus, war in sich zusammengesackt und sein Brustkorb hob und senkte sich bei jedem Atemzug vor Anstrengung. Hin und wieder verzog er das Gesicht, wenn die Schmerzen in seinen gichtigen Beinen zu groß wurden. Sein Blick jedoch war unnachgiebig und unbarmherzig.

Julia Domna saß mit einer huldvollen, etwas abwesend wirkenden Miene zu Severus' Rechten. Geta stand mit aufeinandergepressten Lippen und verkrampften Kiefermuskeln zu seiner Linken. Die Vorstellung, dass ihn der Neid förmlich auffraß, wenn er sah, wie sein Bruder an der Spitze einer mächtigen Armee Ruhm und Ehre entgegenmarschierte, löste ein tiefes, warmes Gefühl der Genugtuung in Caracalla aus. Er schenkte Geta ein breites, selbstgefälliges Grinsen, das dieser mit einem leichten Neigen des Kopfes, einem geheuchelten Lächeln und einem Blick wie glühende Kohlen und scharfe Dolche erwiderte.

Severus ergriff das Wort. Seine Stimme war heiser und schwach und würde nicht über die vorderste Linie hinaus zu hören sein. Doch die kurze Ansprache, mehr oder weniger eine Wiederholung dessen, was er bereits in privatem Rahmen gesagt hatte, würde sich mit wachsender Ungenauigkeit schnell bis in die hintersten Reihen verbreiten.

»Die Barbaren haben die mit uns getroffene Übereinkunft gebrochen. Sie haben das Friedensabkommen, dem wir im letzten Jahr in gutem Glauben zugestimmt haben, aufgekündigt und unsere Männer, Frauen und Kinder angegriffen und niedergemetzelt. Nun müssen sie den Preis für ihre Taten bezahlen. Um mit Agamemnon zu sprechen: Wir werden niemanden verschonen. Kein Mann, keine Frau, kein Kind, auch nicht die Ungeborenen im Mutterleib sollen dem Verderben entrinnen. Die Barbaren werden den Tag bitter bereuen, an dem sie die Waffen gegen das mächtige Rom erhoben haben.«

Die von den Zenturionen und Optiones angefeuerten Männer stießen begeistertes Gebrüll aus und schlugen mit den Schwertern auf ihre Schilde.

»Vater«, sagte Caracalla, »wir werden dich nicht enttäuschen. Wir werden dein Feuer und deinen gerechten Zorn zu den Eidbrüchigen im Norden tragen. Sie werden nie wieder deine oder die Macht Roms herausfordern.«

Das erneute Gebrüll der Soldaten hallte dröhnend in seinem Innersten wider, als wäre sein Körper eine Trommel, auf die eine ganze Armee schlug. Er kostete dieses Gefühl aus, dann brachte er die Männer zum Schweigen, indem er das Schwert hob.

»Männer, wir ziehen in den Krieg!« Er riss das Pferd herum, und mit Caracalla an der Spitze machte sich der Großteil der in Britannien befindlichen römischen Soldaten auf den Weg nach Norden.

Kurz nach Silus erkannte auch Atius mit Erstaunen ihren Kommandanten. Er trat einen Schritt auf ihn zu, doch Silus legte seinen Arm fest um seine Schulter und führte ihn von ihm weg.

»Silus, wo willst du denn hin?«, protestierte Atius. »Das ist Menenius!«

»Nicht so laut. Du sollst doch nichts sagen, und schon gar nicht auf Latein.«

»Aber …«

»Jetzt hör mal gut zu. Unser Befehl lautet, Maglorix zu töten. Und das werden wir tun und nichts sonst, verstanden?«

»Nun nimm doch Vernunft an, Silus. Er war unser Kommandant. Sieh ihn dir an. Er wird gequält. Gedemütigt. Wir können ihn doch nicht im Stich lassen.«

»Können wir und werden wir auch. Er wäre der Erste, der uns zur Erfüllung unserer Pflicht ermahnen würde.«

»Du hast gerade die Erfüllung unserer Pflicht für eine Hure aufs Spiel gesetzt, die du noch nie zuvor gesehen hast!«

»So gefährlich war das nicht. In dieser ruhigen, dunklen Ecke hat niemand etwas mitbekommen. Und ich hatte auch nicht vor, sie an fünftausend bis an die Zähne bewaffneten Kriegern vorbeizuschmuggeln. Menenius dagegen befindet sich auf einem belebten Platz. Wir kämen doch gar nicht an ihn heran, und befreien können wir ihn erst recht nicht. Ende der Diskussion.«

Mehrere Krieger, die vor einem kleinen Zelt in der Nähe

saßen, sahen neugierig zu ihnen hinüber. Erst jetzt fiel Silus auf, wie laut er gesprochen hatte. Er nahm Atius beim Ellenbogen und zog ihn außer Hörweite der Männer.

»Atius, sieh dir die Barbaren um uns herum an. Es sind Tausende. Sie sind hier, weil Maglorix sie gerufen hat. Letztes Jahr noch waren sie geschlagen und erniedrigt und haben uns um Frieden angefleht. Jetzt haben sie neue Zuversicht gewonnen – weil sie einen neuen Anführer haben. Es wäre doch möglich, dass ihr Bündnis wieder zerbricht, wenn wir Maglorix beseitigen. Überleg doch, welches Unheil der Provinz Britannia andernfalls droht. Unsere Kameraden werden den Speeren der Barbaren zum Opfer fallen. Denk an die Familien in den Vici, an die Frauen und Kinder.« Er umklammerte fest Atius' Arm und zog ihn zu sich, bis ihre Gesichter nur noch wenige Fingerbreit voneinander entfernt waren. »Familien wie meine, Atius.«

Atius riss sich wütend los. »Deine Trauer und dein Rachedurst trüben deine Urteilskraft. Maglorix' Tod ist unser wichtigster Auftrag, aber niemand hat uns verboten, einen Gefangenen zu retten, wenn sich die Gelegenheit dazu bietet.«

»Maglorix' Tod ist unser *einziger* Auftrag. Wenn ich dich daran erinnern darf: Ich habe das Kommando. Da hat sich Oclatinius ganz unmissverständlich ausgedrückt.«

»Dann könnt Ihr mich mal, Herr. Wie willst du mich denn aufhalten? Willst du dich mitten in einem feindlichen Lager mit mir prügeln? Ich werde unseren Kommandanten nicht einem weiß Christus was für grässlichen Schicksal überlassen.«

Sie starrten sich wütend an. Sie waren sich völlig uneins und trotzdem auf Gedeih und Verderb aufeinander angewiesen. Silus spürte, dass sein Freund nicht nachgeben würde, und holte tief Luft. »Du bist dir im Klaren darüber, dass es so gut wie unmöglich ist, ihn zu befreien und lebend zu entkommen?«

»Ja. Das nehme ich in Kauf.«

»Und Maglorix aus dem Weg zu räumen ist nach wie vor unser wichtigster Auftrag?«

»Selbstverständlich.«

Silus starrte seine Füße an. »Dann brauchen wir einen neuen Plan.«

»Gab es denn einen alten?« Atius grinste und Silus musste gegen seinen Willen lächeln.

»Du mich auch. Also, wir machen es folgendermaßen: Ich sorge für ein Ablenkungsmanöver, und währenddessen wirst du dich zu Menenius schleichen und ihn befreien. Dann ist er auf sich allein gestellt. Wir treffen uns bei Maglorix' Zelt, setzen die Wachen außer Gefecht, befördern den Bastard ins Jenseits und rennen um unser Leben.«

»Genial«, sagte Atius, und wie so oft war sich Silus nicht sicher, ob es sarkastisch gemeint war oder nicht.

»Finde ich schon, in Anbetracht der Vorbereitungszeit. Und jetzt los. Aber vergiss nicht: Du hast keine Zunge.«

»Verdammt. Hoffentlich laufen mir keine schönen Frauen über den Weg.«

»Verpiss dich.«

Silus ließ Atius im Schatten stehen und kehrte in die Lagermitte zurück. Er sah Maglorix' großes, rotes Zelt, vor dessen Eingang zwei gelangweilt dreinblickende Wachen standen. Alles war so, wie es der Krieger beschrieben hatte. Silus sah sich Hilfe suchend um. Was konnte er tun, um die Barbaren abzulenken? Ein Feuer zu entfachen war bei dem Nieselregen nicht so einfach, außerdem würde es nicht überspringen, dafür standen die Zelte zu weit auseinander. Ein solches Ablenkungsmanöver hätte nur ein paar Eimer Wasser und ein paar Flüche zur Folge.

In der Nähe saßen mehrere Krieger um ein Lagerfeuer und warfen Tali. Sie spielten ernst und verbissen, da der Einsatz aus Schmuck bestand, darunter eiserne Torques, Halsketten aus Bernstein und sogar ein paar Goldringe. Silus betrachtete eingehend die farbigen Muster, die ihre Gesichter zierten, und ihm fiel auf, dass sie alle unterschiedlich waren. Das bedeutete, dass sie verschiedenen Stämmen angehörten. Leider war ihm entfallen, welches Muster für welchen Stamm stand, immerhin war es viele Jahre her, dass er bei diesem Volk gelebt hatte. Aber für das, was ihm ganz plötzlich einfiel, spielte das auch keine Rolle.

Er setzte sich zu ihnen, sah zu, wie die Knochen geworfen wurden und die Wertgegenstände ihren Besitzer wechselten. Es herrschte eine gereizte Stimmung. Die Stammeskrieger waren vereint in ihrem Hass auf die Römer, doch das bedeutete nicht, dass sie alle Vorurteile und allen Groll ihren Nachbarn gegenüber abgelegt hätten. Ganz gleich, ob es sich um den Mann von nebenan handelte, dessen Großvater dem eigenen Großvater ein Schwein gestohlen hatte, um das nächste Dorf, das nicht genug Wintervorräte angelegt und einem die eigenen genommen hatte, oder den nächsten Stamm, mit dem man schon seit Jahrhunderten Grenzstreitigkeiten ausfocht – es lag in der menschlichen Natur, seinen Nächsten, sofern er anders war als man selbst, inbrünstiger zu hassen als Fremde von weit her, auch wenn sie noch so seltsame Sitten und Gebräuche hatten.

Ein Mann mit dem Akzent der Taexali fluchte laut, als ein Spieler vom Stamm der Venicones die Partie mit einem glücklichen Wurf gewann. Silus beherrschte die Regeln nur in Grundzügen, da er zu jung zum Spielen gewesen war, als er noch zu den Damnonii gehört hatte, aber sie schienen denen des Tali-Spiels, das im ganzen Römischen Reich beliebt war, recht ähnlich zu sein. Der Krieger der Venicones hob unter dem Jubel seiner Stammesgenossen triumphierend die Hände, die Taexali und Damnonii dagegen schienen verärgert.

Silus beugte sich zu dem Taexalikrieger vor. »Die Tali scheinen mir gewichtet zu sein«, flüsterte er ihm ins Ohr.

Der Veniconeskrieger wollte nach seinem Gewinn greifen, einem Dolch mit reich verziertem und mit Edelsteinen besetztem Griff, als der Taexalus ebenfalls die Hand ausstreckte und auf die seines Mitspielers legte. Der blickte überrascht auf. »Was soll das werden, Bruder?«

»Lass mich die Tali sehen«, sagte der Taexalus mit leiser, drohender Stimme.

»Was faselst du da?«

»Hast du etwa Angst, sie mir zu zeigen, Bruder?« Das letzte Wort war kaum mehr als ein Knurren.

»Nennst du mich etwa einen Betrüger?«, rief der Mann vom Stamm der Venicones mit vor Fassungslosigkeit und Wut erhobener Stimme. »Zweifelst du an meiner Ehre?«

»Gib mir die Knochen, damit ich mich davon überzeugen kann, dass alles mit rechten Dingen zugeht, und ich stelle überhaupt nichts infrage.«

»Niemand zweifelt die Ehre der Venicones an«, sagte ein Stammesgenosse des Gewinners, »ohne seine Behauptungen mit der Klinge zu verteidigen.«

»Wer einen Taexalus betrügt, begibt sich in große Gefahr«, sagte ein weiterer Taexalus.

»Ich bin kein Betrüger!«, schrie der Veniconeskrieger und griff nach dem Dolch. So schnell wie eine zuschnappende Schlange bohrte der Taexalus das eigene Messer in den Handrücken des vermeintlichen Falschspielers. Knöchel knackten, Blut spritzte um die Klinge herum aus der Wunde. Während der eine Veniconeskrieger vor Wut und Schmerz aufschrie, stürzte sich der andere brüllend auf den Taexalus. Wenige Augenblicke später prügelten alle, die um das Feuer gesessen hatten, aufeinander ein.

Als sich Silus davonschlich, erregte das Handgemenge bereits größere Aufmerksamkeit. Die Kriegergruppen in der Nähe, die nach dem Rechten sehen oder den Streit womöglich schlichten wollten, wurden ebenfalls hineingezogen. Die Schlägerei breitete sich schneller aus als ein Waldbrand. Silus wartete unterdessen nicht weit von Maglorix' Zelt auf eine günstige Gelegenheit. Die beiden Leibwächter sahen sich nervös an, rührten sich aber nicht von der Stelle. Silus fluchte leise. Er konnte sie nicht beide aus dem Weg räumen, ohne Maglorix aufzuschrecken. Der verdammte Atius mit seiner unverbrüchlichen Treue. Gemeinsam hätten sie die Wachen überwältigen, unbemerkt das Zelt betreten, Maglorix töten und wieder verschwinden können, bevor die Schlägerei vorbei war. Er sah sich ratlos um, doch ein größeres Ablenkungsmanöver konnte er sich beim besten Willen nicht vorstellen.

Dann streckte Maglorix den Kopf aus dem Zelt. Silus sah den Mann lange an, dem er mehr Hass entgegenbrachte, als er zu empfinden jemals für möglich gehalten hätte, dann zog er sich tiefer in die Schatten zurück. Maglorix hatte Silus nicht bemerkt, auch die Schlägerei würdigte er kaum eines Blickes. »Sorgt da mal für Ordnung«, befahl er seinen Leibwächtern.

Diese waren selbst für Maeatae-Krieger wahre Riesen. Sie ergriffen ihre Speere, stürzten sich ins Getümmel und teilten mit dem stumpfen Ende ihrer Waffen nach allen Seiten kräftig aus, wenn jemand ihrem Wunsch nach Ruhe und Frieden nicht schnell genug nachkam. Die getroffenen Krieger gingen bewusstlos oder womöglich gar tot zu Boden, und langsam wurde die Ordnung wiederhergestellt.

Silus beobachtete Maglorix' Zelt. Der Eingang war unbewacht. Er holte tief Luft, atmete langsam wieder aus und marschierte dann zielgerichtet darauf zu.

Bei jedem Schritt erwartete er, eine Hand auf seiner Schulter oder einen Speer in seinem Rücken zu spüren, doch er erreichte das Zelt unbehelligt. Sein Ablenkungsmanöver war ein voller Erfolg gewesen. Silus schlug den Zelteingang zurück und schlich sich hinein.

Ein kleines Holzfeuer spendete Licht, sein Rauch zog durch ein Loch in der Mitte des Zeltdaches ab. Schweißgeruch hing in der warmen Luft. Nachdem Maglorix seine Wachen weggeschickt hatte, war er wieder zu der soeben unterbrochenen Beschäftigung zurückgekehrt, die darin bestand, auf dem Bauch zu liegen und sich von zwei Sklavinnen – eine Kaledonierin und eine Romano-Britannierin, möglicherweise vom Stamm der Brigantes – massieren zu lassen. Silus bemerkte die Narben auf den Unterschenkeln: Sie stammten von den Flammen, denen er so knapp entkommen war.

Er zog das Messer. Sobald ihn die Sklavinnen erblickten, keuchten sie mit schreckgeweiteten Augen auf. Er richtete die Klinge auf sie und legte einen Finger auf die Lippen. Die Frauen waren so geistesgegenwärtig, keine Schreie auszustoßen. Silus machte zwei schnelle Schritte auf Maglorix zu und hielt die Messerspitze an seinen Hals.

Der Barbarenfürst erstarrte. Er wollte den Kopf drehen, doch Silus bohrte die Klinge noch tiefer in seine Haut.

»Kein Laut«, zischte Silus. »Ihr beiden, stellt euch

irgendwohin, wo ich euch sehen kann, und verhaltet euch ruhig.«

Die beiden Frauen traten von Maglorix zurück und suchten nach etwas, um sich zu bedecken, doch Silus hatte nur Augen für den Stammesfürsten.

»Darf ich mich aufsetzen?«, fragte Maglorix. »So ist es zum Plaudern etwas unbequem.«

»Ich will nicht mit dir plaudern, du barbarischer Wilder. Ich will dich töten.«

»Ohne mir zu verraten, wer du bist und warum du das tun willst? Möchtest du dir diese Genugtuung tatsächlich versagen? Lass mich raten … du bist ein römischer Spion, obwohl dein Britannisch ziemlich gut ist.«

»Ja, du sollst erfahren, warum ich hier bin.«

»Um die Rebellion zu beenden? Die lässt sich nicht aufhalten. Wenn ich sterbe, werden sie sich einen neuen Anführer suchen.«

»Dem Aufstand einen Dämpfer zu verpassen ist eine nette Dreingabe. Doch mir geht es um Gerechtigkeit für meine Familie.«

Nun bewegte sich Maglorix doch. Das Messer bohrte sich in seine Haut und ein rotes Rinnsal quoll aus der Wunde, doch der Fürst drehte weiter den Kopf, bis er Silus in die Augen sehen konnte. Auf seinem Gesicht zeichnete sich weniger Überraschung als vielmehr Schicksalsergebenheit ab. Er wusste genau, dass jemand, dessen Frau und Tochter er getötet hatte, nicht mit sich handeln ließ. »Dann bring's hinter dich.«

Silus klopfte das Herz bis zum Hals. Ihm stockte der Atem. Von diesem Augenblick hatte er geträumt, seit ihm in Eboracum die Gerechtigkeit versagt worden war. Er hatte vieles für diesen Moment auf sich genommen, und doch zögerte er. Was passierte danach? Gesetzt den unwahrscheinlichen Fall, dass er die Flucht überlebte – was war dann? Was würde von ihm übrig bleiben, wenn sein Hass verraucht war, wenn er seine Nemesis vernichtet und seinen Rachedurst gestillt hatte? Er fürchtete die Antwort auf diese Frage.

Aber was spielten sein Glück und sein Leben für eine Rolle? Viel wichtiger war, dass den Lemures von Velua und Sergia endlich Gerechtigkeit widerfuhr. Er holte tief Luft und verstärkte den Griff um das Messer.

Der Zelteingang wurde zurückgeschlagen und ein Leibwächter stürmte herein. Silus drehte sich zu ihm um. Der stämmige Krieger – es war Buan, der Leibwächter, den Silus am Anfang dieses unglückseligen Abenteuers in Begleitung von Maglorix und dessen Vater gesehen hatte – hielt Atius im Schwitzkasten.

»Mein Fürst, wir haben einen Spion dabei erwischt, wie er den römischen Offizier befreien wollte.«

Silus zögerte nur einen Herzschlag lang, doch es war ein Herzschlag zu viel. Maglorix warf sich zur Seite, packte Silus' Handgelenk und drückte die Klinge von seinem Hals weg.

Silus war über ihm und deshalb im Vorteil. Er rollte sich auf Maglorix und legte sein volles Gewicht auf das nach unten gerichtete Messer. Maglorix biss die Zähne zusammen und spannte die Muskeln an, doch er konnte nicht verhindern, dass die Messerspitze – wie ein Stein, der einen Berg hinunterrollt und dabei immer schneller wird – seiner Brust näher und näher kam. Er riss die Augen auf und stieß einen verzweifelten Schrei aus.

Dann knallte das hintere Ende eines Speers gegen Silus' Kopf und er fiel der Länge nach hin. Schwärze sickerte in sein Blickfeld, während helle Lichtpunkte vor seinen Augen tanzten. Er zog sich auf alle viere hoch. Irgendwie war es ihm gelungen, das Messer in der Hand zu behalten. Das Zelt drehte sich, als wäre es an einem Wagenrad befestigt. Als er sich mühsam wieder aufgerappelt hatte, erhielt er einen weiteren Stoß mit dem Ende des Speers, diesmal ins Zwerchfell. Er krümmte sich zusammen, übergab sich und versuchte dabei verzweifelt, das Messer nicht fallen zu lassen, doch der Speer ging auf seine Fingerknöchel nieder. Er öffnete die Hand und die Waffe fiel zu Boden.

Silus stand taumelnd da wie ein Faustkämpfer, der einen heftigen Schlag abbekommen hatte. Maglorix erschien vor ihm, und sie sahen sich einen Moment lang in die Augen, bevor ihm der Barbarenfürst einen kräftigen Kinnhaken verpasste. Silus brach zusammen und Maglorix prügelte rasend und brüllend vor Wut auf ihn ein, trat ihm so lange in die Rippen und Nieren, bis er erschöpft und Silus nur noch ein Häuflein weich geklopften Fleisches und geprellter Knochen war.

»Schafft sie beide weg«, hörte Silus Maglorix noch sagen, »und bewacht sie gut. Morgen werdet ihr alle sehen, welches Schicksal sie erwartet.«

Zwölftes Kapitel

»Das Blatt hat sich gewendet«, sagte Maglorix.

Silus blickte aus zuschwellenden Augen zu ihm auf. Er befand sich in Maglorix' Zelt. Man hatte ihn und Atius an Händen und Füßen stramm mit Seilen gefesselt. Menenius war ebenfalls herbeigeschafft worden, und auch er war gefesselt, obwohl er nicht so aussah, als hätte er noch die Kraft zu Gegenwehr oder Flucht.

Die ersten Strahlen der Morgensonne fielen auf das Zelt aus Tierhaut. Endlich schien sich in diesem trostlosen Land etwas besseres Wetter anzukündigen. Silus warf Maglorix einen hasserfüllten Blick zu. »Wir sind noch am Leben? Wieso?«

»Silus, mein Volk wird schon bald zu einem glorreichen Feldzug aufbrechen. Wir werden uns an den Römern rächen. Für ihre Grausamkeit, die Plünderungen, dafür, dass sie unser Land besetzt und unser Getreide auf dem Feld verbrannt und unsere Stämme niedergemetzelt haben. In wenigen Tagen ist es so weit. Ruhm und Ehre warten auf uns.«

»Wir haben euch letztes Jahr den Arsch aufgerissen«, sagte Silus. »Warum sollte es diesmal anders sein?«

»Weil ihr Römer so berechenbar seid. Severus oder einer seiner Söhne wird auf meine Provokation antworten, indem er eine gewaltige Streitmacht nach Norden schickt. Meine

Kundschafter werden sie mühelos verfolgen können – eine Armee von dieser Größe kann man nicht verstecken. In einer Woche wird sie tief in kaledonisches Gebiet vorgedrungen sein. Kleinere Kriegergruppen werden sie mit ständigen Plänkeleien auf Trab halten. Und wir werden an ihr vorbeiziehen. Während eure Legionen durch die Wildnis im Norden irren und nach dem Feind suchen, werden meine Männer nach Süden marschieren und alles auf ihrem Weg dem Erdboden gleichmachen – bis hinunter zum Palast des Kaisers in Eboracum.«

Silus' Herz schlug schneller. Wenn Severus oder Caracalla mit den Legionen tief nach Kaledonien vorstieß, war Eboracum so gut wie schutzlos. Die dort stationierte Garnison konnte es zahlenmäßig nicht ansatzweise mit den Maeatae aufnehmen, die Maglorix um sich geschart hatte, von den Kaledoniern ganz zu schweigen. Ohne die Legionen waren sie nicht aufzuhalten. Sie würden ein Massaker anrichten.

»Was aber nicht erklärt, weshalb wir noch leben«, sagte Silus.

»Es wäre hochmütig von mir, ohne den Segen der Götter zu einem solchen Feldzug aufzubrechen. Und was gibt es Besseres, um ihre Gunst zu gewinnen, als ihnen das Blut und das Fleisch unserer Feinde darzubringen?«

Silus gefror das Blut in den Adern. Menschenopfer waren bei den Keltenstämmen zwar nicht üblich, kamen jedoch durchaus vor, insbesondere in Kriegszeiten. Bei diesen Opfern handelte es sich meistens um Verbrecher, Kranke oder Schwache. Und manchmal waren es auch Feinde oder Gefangene. Deshalb hatten sie Menenius nicht getötet, und deshalb hatten sie auch Silus und Atius verschont.

»Das hier ist Lon, der höchste Druide meines Stammes«, sagte Maglorix. »Er wird euch alles ganz genau erklären.

Sonst könnt ihr euch ja nicht auf das Schicksal freuen, das euch erwartet.«

Zu Maglorix' Rechten stand ein Mann mit der Haartracht eines Druiden. Er trug eine lange, scharlachrote Robe mit Goldstickereien, hatte einen goldenen Torques um den Hals und führte einen Holzstab mit sich, an dessen Ende eine Glocke befestigt war. Lon blickte mit feierlichem Ernst auf die drei Gefangenen herab.

»Heute Nacht wird der Mond zu seiner vollen Größe angewachsen sein. Wir hatten die Absicht, diesen Mann« – er deutete auf Menenius – »Teutates zu opfern, dem Gott unseres Stammes. Doch die Aos-sídhe haben uns in ihrer Güte ein weitaus angemesseneres und lohnenderes Opfer für die Kriegsgötter geschickt. Um Mitternacht werdet ihr den dreifachen Tod sterben – für Teutates, den Vater des Stammes, Esus, den Herrn, und Taranis, den Gott des Krieges.«

»Ist dir der dreifache Tod bekannt, Römer?«, fragte Maglorix. »Es ist ein sehr mächtiger Zauber. Drei Männer – Verbrecher, Gefangene, Feinde – werden geopfert. Einer für jeden der hohen Kriegsgötter und jeder auf andere Weise. Den Festungshäuptling hier werden wir Teutates zu Ehren ersäufen, dein merkwürdig aussehender Freund wird als Opfer für Esus lebendig verbrannt, und dich, Römer, Mörder meines Vaters und Verräter an den rechtmäßigen Besitzern dieses Landes, werden wir in Taranis' Namen an einen Baum hängen, um dir die Haut ganz langsam vom Leib zu schälen.«

Silus verlor die Gewalt über Blase und Darm, doch er hatte zu viel Angst vor dieser grässlichen Hinrichtungsart, um sich dafür zu schämen. Bei lebendigem Leib gehäutet zu werden war ohne Zweifel eine der schlimmsten Todesarten, die man sich vorstellen konnte.

»Tötet uns einfach«, sagte Silus. »Bitte.« Dann holte ihn die Scham ein. Was hätten Velua und Sergia gesagt, hätten sie ihn so sehen können, gefesselt, besudelt und um ein gnädiges Ende bettelnd? Doch er konnte nichts dagegen tun. Sein Mut hatte ihn vollständig verlassen.

Maglorix lachte. »Heute Nacht, wenn Lon seine Rituale vollzieht, wird er seine Seher anweisen, euch als Opfer darzubringen. Dann werden meine Männer mit eigenen Augen sehen, dass die hochmütigen, unbesiegbaren Römer in Wahrheit nur Schwächlinge sind, und die Barden werden im ganzen Land davon singen, dass das Ende der römischen Herrschaft nicht mehr fern ist. Am liebsten würde ich schon morgen in die Schlacht ziehen, aber wir müssen auf die Kaledonier warten. Eine Woche noch, dann marschieren wir los!« Er drehte sich um und verließ das Zelt. Lon folgte ihm auf dem Fuße.

»Was hat er gesagt?«, fragte Atius mit vor Verzweiflung hoher Stimme.

Sie wurden lediglich von einem einzigen Krieger bewacht, einem jungen Mann mit ernster Miene, der sichtlich stolz darauf war, für so eine wichtige Aufgabe auserwählt worden zu sein. Zwei weitere Krieger standen vor dem Zelt. Sonst war niemand zu sehen, doch das reichte ja auch, um diese drei erbärmlichen Gefangenen zu bewachen.

Silus zerrte an seinen Fesseln. Die drei Männer waren an fest in den Erdboden gerammte Pflöcke gebunden, die weit genug auseinanderstanden, damit sie sich nicht gegenseitig befreien konnten. Sie waren mitten im Lager des Feindes und sie waren allein, ohne Verbündete. Auf Rettung konnten sie nicht hoffen. Im Umkreis von vielen Meilen gab es niemanden, der auf der Seite der drei hilflosen und gefesselten Gefangenen in diesem Zelt gewesen wäre.

»Nun sag schon«, drängte Atius. Sollte Silus seinen Freund mit dem Wissen um ihr weiteres Schicksal belasten? Immerhin stand ihnen noch ein ganzer Tag bevor, um darüber nachzugrübeln. Dass er sterben würde, hatte sich Atius mittlerweile wohl zusammengereimt. Was hatte er davon, wenn er den Zeitpunkt und die genauen Umstände erfuhr?

Silus berichtete ihm, dass Maglorix Eboracum angreifen wollte.

Atius nahm dies mit ernster Miene zur Kenntnis, war aber noch nicht zufrieden. »Was noch?«

»Sonst nur Hohn und Spott«, sagte Silus. »Nicht so wichtig.«

»Ruhe!«, befahl der Wachposten auf Keltisch. Offenbar war er des Lateinischen nicht mächtig und es missfiel ihm, dass er die Gefangenen nicht verstehen konnte.

Atius beachtete ihn nicht. »Lüg mich nicht an, Silus. Ich habe noch nie eine solche Furcht in deinen Augen gesehen.«

Silus konnte dem anklagenden Blick seines Freundes nicht standhalten und wandte sich ab.

»Silus? Bist du das?«

Silus sah sich überrascht um. Menenius hatte die Augen einen Spalt weit geöffnet und sah in seine Richtung.

»Präfekt?«

Menenius blinzelte, dann erkannte er auch Atius. »Meine Tochter, Atius«, seine Stimme brach. Er bewegte lautlos die Lippen und musste zweimal schlucken, bevor er weitersprechen konnte. »Ist Menenia in Sicherheit?«

Atius nickte. »Sie ist in Eboracum und hat nichts zu befürchten, Herr.«

Menenius stieß einen tiefen Seufzer der Erleichterung aus. »Ich hätte mir nicht träumen lassen … noch eine so gute Nachricht zu erhalten. Ich bin dir zu ewiger Dankbarkeit verpflichtet.« Er zog schwach an seinen Fesseln, die keinen Fingerbreit nachgaben. »Dann erwartet uns also …« – er holte tief Luft – »dann erwartet uns also der dreifache Tod.«

»Woher wollt Ihr das wissen?«, gab Silus schnell zurück.

»Wer dreißig Jahre lang an der Nordgrenze Britanniens stationiert war, bekommt gezwungenermaßen einen kleinen Einblick in die Bräuche der Einheimischen.«

»Was ist der dreifache Tod?«, wollte Atius wissen.

Silus sah Menenius hilflos an.

»Er hat das Recht zu erfahren, was ihn erwartet«, sagte der Präfekt.

Da war sich Silus nicht so sicher, aber da Menenius den Sack nun einmal geöffnet hatte, konnte er die Katze auch herauslassen. »Ein Ritual. Jeden von uns erwartet ein anderer Tod. Menenius wird ertränkt und du wirst verbrannt.«

Atius erbleichte. »Und du?«, fragte er nach einer Weile.

»Ist doch egal. Es lässt sich nicht ändern.«

»Ich werde dafür beten …«

»Verschone mich«, blaffte Silus ihn an. »Eine wundersame Rettung wird es nicht geben.«

»Ich werde dafür beten, dass uns im Angesicht des Todes der Mut nicht verlässt, wollte ich sagen.«

Silus funkelte ihn böse an, dann ließ er den Kopf hängen und starrte auf den Erdboden.

Er hatte versagt. Ihn erwarteten Folter und Tod. Seine Familie war nicht mehr am Leben. Seine Kameraden, ja sogar sein Kaiser schwebten in großer Gefahr. Was hatte er in seinem Leben schon Gutes bewirkt? Er dachte an die vergewaltigte Frau, deren Peiniger er vor wenigen Stunden getötet hatte. Dass er sie gerettet hatte, musste die Waagschale doch zu seinen Gunsten verändern. Zumindest ein bisschen.

Der Zelteingang öffnete sich, der Wachposten trat zurück und stand mit kerzengerade aufgerichtetem Speer stramm. Lon trat ein. »Ihr werdet zu essen und zu trinken bekommen«, verkündete er. »Ein würdiges Opfer muss bei guter Gesundheit zu den Göttern gehen. Enid!« Er hielt den Eingang für eine Frau auf, die ein Tablett mit Brot und Wasser vor sich hertrug.

Silus hatte den Blick noch auf den Boden gerichtet und ihm fiel auf, dass sie leicht humpelte. Er hob den Kopf und verzagte vollends. Es war die Frau, deren Vergewaltiger er getötet hatte. Die Frau, die er gerettet zu haben glaubte. Das vermeintlich einzig Gute, das dieses Abenteuer mit sich gebracht hatte.

Sie war noch immer eine Sklavin der Barbaren.

Lon und der junge Krieger beobachteten wachsam, wie die Frau vor Menenius auf die Knie ging und ihm Wasser aus einem irdenen Becher reichte. Enid war schlank, hatte rotes Haar und denselben leeren Ausdruck im sommersprossigen Gesicht, den Silus noch vom Vortag kannte. Menenius trank etwas Wasser, schluckte, hustete und trank weiter. Als er den Becher mit tiefen Zügen geleert hatte, fütterte sie ihn mit Brot und Nüssen, wobei sie darauf achtete, dass er genug Zeit zum Kauen und Schlucken hatte. Anschließend füllte sie den Becher wieder und wiederholte das Ganze bei Atius. Er trank das Wasser, lehnte das Essen jedoch ab, da ihm vor Angst übel war und er sowieso keinen Bissen heruntergebracht hätte.

Schließlich ging sie vor Silus in die Knie. Sie hielt ihm den Becher hin, doch er trank nicht, sondern blickte nur suchend in ihre grünen Augen. Er konnte nichts sagen, da Lon sie beobachtete. Wenn der Druide mitbekam, dass sie – willentlich oder nicht – etwas mit dem Tod eines Kriegers zu tun hatte, erwartete sie ein mindestens so grausames Schicksal wie ihn.

Auch sie sagte kein Wort, doch etwas lag in ihrem Blick, das er nicht zu deuten vermochte. Mitleid? Bedauern? Etwas anderes? Silus trank aus dem dargebotenen Becher. Er hatte so wenig Appetit wie Atius und wandte sich ab, als sie ihm das Essen hinhielt, nur um ihr gleich darauf wieder in die Augen zu sehen. Sie erwiderte seinen Blick mit unergründlicher Miene. Dann stand sie auf. Lon scheuchte sie aus dem Zelt und folgte ihr, ohne sich noch einmal umzudrehen. Der Wachposten bezog wieder in der Nähe des Zelteingangs Stellung.

Die drei zum Tode Verurteilten saßen schweigend da. Jeder war mit seinen Ängsten allein. Silus versuchte, an Sergia und Velua zu denken, doch es wollte ihm nicht gelingen. Stattdessen sah er sich ständig selbst vor seinem geistigen Auge, wie er mit einer Schlinge um den Hals an einem Baum hing und um Atem für den nächsten Schrei rang, während man ihm die Haut aufschlitzte und abzog und das rohe Fleisch in der kühlen Luft dampfte. Die Panik drohte ihn zu übermannen, und um nicht wie ein Wahnsinniger zu schreien und vergebens an seinen Fesseln zu zerren, wandte er sich Menenius zu. »Präfekt« – er bemühte sich um einen ruhigen Tonfall – »wie seid Ihr hierhergeraten?«

Menenius starrte weiter mit leerem Blick vor sich hin und antwortete nicht.

»Atius, du hast mit eigenen Augen gesehen, wie hoffnungslos unsere Lage war«, sagte der Präfekt schließlich, als Silus schon aufgeben und wieder mit seinem eigenen Schicksal hadern wollte. »Es gab nichts, was wir noch hätten tun können, habe ich recht?«

Atius nickte. »Herr, Ihr habt alles in Eurer Macht Stehende versucht, um das Kastell zu halten. Ich fühle mich immer noch schuldig, weil Ihr mich weggeschickt habt.«

»Du hast meine Tochter gerettet, Atius. Dir ist es zu verdanken, dass etwas Wertvolles der Zerstörung entgangen ist.«

Atius ließ den Kopf hängen. Silus sah etwas in seinem Augenwinkel glänzen.

»Unser Weg nach Norden hat uns an Voltania vorbeigeführt«, sagte Silus. »Wir haben den Ort Eures letzten Gefechts gesehen. Ein paar Leichen waren an die Bäume im nahe gelegenen Wald genagelt. Wir wähnten Euch und Damanais auch darunter. Die Krähen hatten … es ließ sich nicht mit Sicherheit sagen.«

»Ich habe mitangesehen, wie sie Damanais an den Baum genagelt haben, und seine Flüche gehört, als sie mit mir davongeritten sind. Maglorix sagte, dass er mich für einen nutzbringenderen Tod vorgesehen hätte.«

»Als Opfer für die Götter«, sagte Atius niedergeschlagen.

»Das hat er mir nicht verraten. In den letzten Wochen hat er mir unzählige Male mit dem Tod gedroht. Er hat mich mit einer Henkersschlinge um den Hals unter einem Baum auf ein Pferd gesetzt. Er hat mich ins Wasser tauchen lassen, bis ich mir gewiss war zu ertrinken. Einmal hat er mich an einen dicken Baumstamm binden und seine Krieger darum wetteifern lassen, wie nahe sie an mir vorbeizielen konnten, ohne mich zu treffen. Das ist nicht allen gelungen. Dann hat er mich freigelassen und seinen Gefolgsleuten befohlen, mich zu jagen. Da war ich schon so schwach, dass es keine Stunde dauerte, bis ihre Hunde mich aufgestöbert hatten. Ich war ihnen ausgeliefert, bis die Krieger hinzukamen, um mich zu … ›retten‹.« Er lachte freudlos. Dann fiel ihm plötzlich etwas ein. »Was macht ihr überhaupt hier? Ihr habt mich für tot gehalten, also seid ihr nicht gekommen, um mich zu befreien.«

Silus sah zum Zelteingang hinüber. »Caracalla persönlich hat uns damit beauftragt, Maglorix zu töten.«

»Ach. Und was ist schiefgelaufen?«

Silus wollte seinen Freund nicht direkt für ihre missliche Lage verantwortlich machen, doch er blickte in seine Richtung.

»Es war meine Schuld«, gestand Atius. »Ich … ich habe mich von unserem Auftrag ablenken lassen.«

»Ich war … Ich war nicht ganz bei mir«, sagte Menenius wie zu sich selbst. »Sie haben mir so zugesetzt, dass ich nicht mehr Herr meiner Sinne war … aber ich erinnere mich daran, dass du … du hast meinen Bewacher getötet, Atius. Du hast mich von meinen Fesseln befreit. Du hast mich zur Flucht gedrängt.«

Atius blickte unglücklich drein, sagte aber nichts.

»Und ich habe mich nicht von der Stelle gerührt, richtig? Ich saß da wie ein mit einem Hammer betäubter Opferstier.«

»Ich habe es versucht«, sagte Atius. »Aber ich konnte Euch nicht zur Flucht bewegen. Selbst als ich Euch sagte, dass Menenia auf Euch wartet.«

»Ich sehe es jetzt wie durch einen Nebel. Du hast an mir gezerrt, du hast mir gut zugeredet, du hast geflucht. Und dann … ihr Götter, dann habe ich um Hilfe gerufen, nicht wahr?«

Atius ließ den Kopf hängen. Seine Tränen fielen auf den Boden.

»Vergib mir«, sagte Menenius. Seine Stimme war nur noch ein heiseres Flüstern. »Ich habe dir die Krieger auf den Hals gehetzt, Atius. Sie haben dich sofort zu Maglorix gebracht, und dann haben sie dich auch noch erwischt, Silus. Habe ich recht?«

Silus nickte nur. Es war besser, wenn er jetzt nichts sagte.

»O Fortuna, was habe ich getan?«

Sie verbrachten den Tag erfüllt von einer merkwürdigen Mischung aus Langeweile und Todesangst. Es waren Silus' letzte Stunden auf Erden. Hätten sie da nicht tiefsinnige Gespräche darüber führen sollen, was ein gutes Leben ausmachte und was sie im Jenseits erwartete? Aber ihm war nicht der Sinn nach einer Unterhaltung, und den anderen ging es offenbar ähnlich. Jeder zog sich in sein Innenleben zurück, um sich dem, was sie an diesem Abend erwartete, zu stellen – oder es so gut es ging zu verdrängen.

Sie bekamen noch zweimal Essen und Wasser. Keiner brachte einen Bissen herunter, doch sie tranken gierig, da sich das Zelt in der Spätfrühlingssonne immer weiter aufwärmte. Es war jedes Mal eine andere Sklavin, die ihnen das Wasser brachte, unbeaufsichtigt bis auf den gelangweilten Wachposten am Zelteingang. Silus war erleichtert, dass Enid nicht mehr dabei war; er wollte nicht noch einmal in solcher Deutlichkeit an sein Versagen erinnert werden. Der Wachposten sagte den ganzen Tag über kein Wort. Silus hatte mit Spott und Demütigungen gerechnet, doch der junge Krieger schien beinahe Ehrfurcht vor den zu Gottesopfern Auserwählten zu haben.

Die Sonne schien immer heller durch die lichtdurchlässige Tierhaut. Dann erreichte sie ihren Zenit und wanderte wieder dem Horizont entgegen, bis es schließlich dämmerte.

»Zu dieser Jahreszeit sind es drei Stunden von Sonnenuntergang bis Mitternacht«, sagte Menenius.

»Wann sie uns wohl holen kommen?«, fragte Atius.

Silus sagte nichts. Er konnte über Menenius' rasselnden Atem hinweg Schlachtgesänge und Loblieder auf die Götter, Gelächter und Wutschreie vernehmen. Der zu erwartende Lärm einer großen Barbarenhorde, die die Zeit totschlagen musste, bis es ans richtige Totschlagen ging.

Dann öffnete sich der Zelteingang wieder und eine Sklavin brachte ein Tablett mit Bechern. Es war Enid. Silus seufzte. Er wollte sie nicht sehen. Der Wachposten warf ihr einen gelangweilten Blick zu, dann wandte er sich wieder ab. Wahrscheinlich war er in Gedanken bei den bevorstehenden Schlachten. Enid kniete sich vor Silus hin und holte einen in ihrer Tunika verborgenen Metallgegenstand hervor. Silus sah voller Überraschung erst das Messer und dann die Sklavin an. Enid richtete sich in einer fließenden Bewegung auf, drehte sich um und rammte dem Wachposten das Messer in die Kehle. Dabei legte sie eine Hand auf seinen Mund, um den gurgelnden Schrei zu ersticken. Die Barbaren vor dem Zelt machten zwar genug Lärm, Silus täuschte dennoch sicherheitshalber einen lauten Hustenanfall vor. Der Wachposten sank auf den Boden, auf dem sich eine Blutlache ausbreitete.

Enid lief zu Silus und verschwand hinter ihm. Er spürte eine sägende Bewegung zwischen den Handgelenken, dann lösten sich die Fesseln. Es schmerzte wie Nadelstiche, als das Blut in seine Hände zurückfloss. Während er vorsichtig die Finger bewegte, befreite sie ihn von den Seilen um seine Knöchel.

Quälender Schmerz schoss in seine Füße. Enid ging erneut vor ihm in die Knie und hielt ihm das Messer hin.

»Das ist zu gefährlich, Enid«, keuchte er. Sie legte einen Finger auf die Lippen, dann bot sie ihm das Messer noch einmal an. Er rieb sich die Hände und deutete auf Atius und Menenius. Sie kroch zu ihnen hinüber und befreite sie ebenfalls. Als sie zu Silus zurückkehrte, hatte sich dieser bereits aufgerichtet und stand auf wackligen, steifen Beinen da. Sie reichte ihm die Hand, um ihn zu stützen.

»Seit mich die Barbaren gefangen genommen haben«, flüsterte sie, »haben sie mich schlechter als ein Tier behandelt. Du warst der Einzige, der Mitleid mit mir hatte.«

»Wir sind dir sehr dankbar, Enid«, sagte Silus. »Aber du hättest fliehen sollen, als du die Gelegenheit dazu hattest.«

»Und wohin, als einsame Frau, ohne Begleitung? Ich würde meine Heimat niemals erreichen. Aber mit euch …«

Nun begriff Silus. Sie befreite sie nicht nur aus – zweifellos aufrichtiger – Dankbarkeit, sondern auch um ihrer eigenen Freiheit willen.

»Es ist eine gefährliche Reise«, sagte Silus. »Aber solange du uns nicht aufhältst, kannst du mit uns nach Süden kommen. Wir müssen den Kaiser warnen, damit er dieser Gefahr rechtzeitig begegnen kann. Wenn wir versagen, ist die Provinz den Barbaren ausgeliefert.«

»Ich werde euch nicht aufhalten«, beteuerte Enid. Atius und Menenius richteten sich ebenfalls langsam auf. Silus blickte in die grimmigen Gesichter seiner Kameraden, worauf diese in stummer Einvernehmlichkeit nickten.

»Na schön.«

»Wir müssen uns beeilen«, sagte Enid. »Sie wollen euch eine Stunde vor Mitternacht holen, um euch für das Ritual vorzubereiten.«

»Dann haben wir etwa zwei Stunden Vorsprung«, sagte Silus. »Aber sie haben Pferde und Hunde.«

»Und wir sind nicht in bester Verfassung«, sagte Atius und bemühte sich, Menenius dabei nicht anzusehen.

»Wir müssen es versuchen«, sagte Silus. »Über eines sind wir uns doch einig: Sie werden uns nicht lebend bekommen.«

Er sah die anderen der Reihe nach an. Sie erwiderten seinen Blick mit einem entschlossenen Nicken.

»Dann los«, sagte Enid. »Macht ein Loch in die Rückwand. Dort sind keine Wachen.«

Silus schnitt die Tierhaut mit dem Messer auf. Enid schlüpfte durch den Schlitz in die Nacht hinaus. Die drei Römer folgten ihr.

Es war leichter, das Lager zu verlassen als zu betreten, da sich Enid gut darin auskannte und sie auf einen weiteren Versuch verzichteten, Maglorix zu suchen oder zu ermorden. Die wenigen patrouillierenden Krieger hielten nur Ausschau nach Eindringlingen und achteten nicht darauf, ob jemand aus dem Lager hinausging. Bei den vielen großen Lücken in der Festungsmauer war ein unbewachtes Schlupfloch schnell gefunden.

Silus überlegte kurz, ob er nicht kehrtmachen sollte, um seinen Auftrag doch noch auszuführen und Maglorix zu beseitigen, kam jedoch schnell zu dem Schluss, dass es ungleich wichtiger war, nach Eboracum zurückzukehren und den Kaiser zu warnen. Insgeheim wusste er selbstverständlich, dass Atius diese Aufgabe ebenso gut erledigen konnte. Silus hätte also bleiben können, um Maglorix zu meucheln, doch die Vorstellung, doch noch gefangen genommen, aufgehängt und gehäutet zu werden, hielt ihn davon ab. Und so verließ er die Ruine der großen Römerfestung mit brennender Scham im Herzen, aber auch mit einer Erleichterung, die ihm die Knie weich werden ließ.

Als sie sich ein gutes Stück von Inchtuthil entfernt hatten, übernahm Silus die Führung. Enid hatte sich gut im Lager ausgekannt, doch die Wildnis darum herum war ihr ebenso fremd wie den anderen, weshalb es Silus oblag, den richtigen Weg zu finden. Zuerst suchten sie die Stelle auf, an der sie ihre Habseligkeiten vergraben hatten, zogen sich hastig an und nahmen ihre Messer und den Proviant an sich. Silus verteilte etwas Zwieback, den sie allerdings im Gehen essen mussten.

Der klare Himmel erleichterte das Fortkommen ungemein, auch wenn es Silus jedes Mal kalt den Rücken hinunterlief, wenn er zum unheilvoll auf sie herabblickenden Vollmond hinaufsah, um sich zu orientieren. Noch gereichte das Licht zu ihrem Vorteil, doch das würde sich schnell ändern, sobald ihnen die Barbaren dichter auf den Fersen waren.

Silus führte sie zum nächsten Fluss und ließ sie darin stromabwärts marschieren. Das eisige Wasser betäubte ihre Füße. Sie stolperten über das unebene, felsige Flussbett, stießen sich die Zehen an und schnitten sich die Sohlen an scharfen Kanten auf. Enid klagte zwar fortlaufend darüber, doch Silus machte sich in erster Linie um Menenius Sorgen. Der watete schweigend, mit starrer Miene und zusammengebissenen Zähnen durch das Wasser, musste sich jedoch viel zu oft auf den Arm des neben ihm gehenden Silus stützen. Trotz dieser Hilfestellung stolperte der Präfekt über eine Wurzel im Wasser und fiel der Länge nach in den Fluss. Silus und Atius zogen ihn sofort wieder heraus, aber er war völlig durchnässt. Schon bald zitterte er am ganzen Körper.

Schließlich mussten ihn Silus und Atius links und rechts mit den Händen an den Ellenbogen fassen und wie einen Blinden führen. Atius warf Silus einen Blick zu. Silus verzog das Gesicht und schüttelte beinahe unmerklich den Kopf.

»Wie lange müssen wir denn noch in diesem eiskalten Wasser bleiben?«, fragte Enid. »Ich kann meine Füße nicht mehr spüren.«

Silus überlegte. Sie hatten ungefähr eine Viertelmeile zurückgelegt und befanden sich nun in einem dichten Wald. Der Fluss würde dafür sorgen, dass die Hunde ihre Fährte und die Verfolger ihre Spur nicht so leicht wiederfanden, doch dafür kamen sie nur langsam voran und wussten nicht, wie viel Zeit ihnen blieb, bis man ihre Flucht bemerkte und sich auf die Jagd nach ihnen machte.

»Das reicht«, sagte er. »Nun müssen wir versuchen, uns so weit wie möglich von den Barbaren zu entfernen.«

Enid stieg am südöstlichen Ufer aus dem Fluss und zog die Schuhe aus, rieb sich kräftig die Füße und wimmerte vor Schmerz, als die Taubheit nachließ. Atius kletterte als Nächster heraus und nahm Menenius' Hand. Er zog, Silus schob und sie zerrten den Präfekten mit wenig Feingefühl aus dem Wasser. Sobald er das Ufer erreicht hatte, fiel er auf die Knie, legte sich dann auf den Rücken und schnappte nach Luft.

»Wir müssen weiter«, sagte Silus. »Atius, du führst die beiden eine Meile nach Osten und dann immer weiter nach Süden. Ich werde eure Spuren eine Weile verwischen, umkehren und eine falsche Fährte am Flussufer entlang nach Südwesten legen. Danach schließe ich zu euch auf. Zumindest werde ich es versuchen – sollte mir das aus irgendeinem Grund nicht gelingen, musst du unbedingt Segedunum erreichen und von dort aus einen Boten losschicken, um den Kaiser von den Plänen der Maeatae zu unterrichten. Das hat Vorrang vor allem anderen.« Dabei sah er unverhohlen Enid und Menenius an. »Ohne Ausnahme. Hast du mich verstanden?«

Atius zögerte, dann nickte er schweren Herzens. Wenn Menenius Silus gehört hatte, ließ er sich nichts anmerken. Enid, die nichts verstanden hatte, da Silus Lateinisch gesprochen hatte, sah die beiden argwöhnisch an.

Atius und Silus halfen Menenius auf. Silus brach einen Ast mit vielen Zweigen von einem Baum und verwischte dort, wo sie aus dem Fluss gestiegen waren und wo Menenius gelegen hatte, die Spuren im Schlamm.

»Ich hasse sie auch«, sagte Enid plötzlich.

Atius wartete darauf, dass Silus ihm übersetzte, doch der schwieg und wartete angespannt darauf, was sie als Nächstes sagte.

»Sie haben meine Familie getötet. Mich aus meiner Heimat entführt und zur Sklavin und Hure gemacht. Sie haben mich schlechter behandelt als ihre Hunde. Ich will zurück nach Hause, aber vorher werde ich euch helfen, wenn ich ihnen dadurch schaden kann.«

»Ich danke dir«, sagte Silus. »Für alles, was du für uns getan hast. Wenn du den Barbaren Schaden zufügen willst, dann hilf Atius und Menenius dabei, römisches Gebiet zu erreichen. Dann kannst du mit der Gewissheit, den Maeatae einen vernichtenden Schlag zugefügt zu haben, zu deinem Volk zurückkehren.«

Enid nickte und wandte sich zu Atius um. »Na los«, sagte sie und bedeutete ihm, einen Arm unter Menenius' Schulter zu schieben. Gemeinsam führten sie ihn ins Unterholz. Silus ging ihnen ein paar Hundert Schritt lang hinterher und verwischte dabei gründlich ihre Spuren. Als er weit genug gekommen war, klopfte er Atius auf die Schulter, drehte sich wortlos um und lief den soeben zurückgelegten Weg wieder zurück.

Er bewegte sich schnell fort, achtete dabei aber sorgfältig

darauf, selbst so wenig Spuren wie möglich zu hinterlassen. Seinem Zeitgefühl und dem Stand des Mondes nach zu urteilen waren sie seit etwa einer Stunde unterwegs. Wenn sie Glück hatten, würde man ihre Abwesenheit erst in ungefähr einer weiteren Stunde bemerken. Alles andere lag in Fortunas Händen. Wenn die Verfolger den Fluss erreichten, konnten sie nur raten, welche Richtung die Flüchtenden eingeschlagen hatten. Da nicht nur seine Ehre, sondern auch das Gelingen seines Überraschungsangriffes auf dem Spiel stand, würde Maglorix jedoch zweifellos genug Männer losschicken, sodass sie sich aufteilen und dem Fluss in beiden Richtungen folgen konnten. Silus hoffte, dass sie seiner falschen Fährte nachgingen, bis diese zu Ende war. Dann würde ihnen nichts anderes übrig bleiben, als zum Fluss zurückzukehren. Entweder entdeckten sie dort die Spuren, die Silus trotz aller Bemühungen unweigerlich hinterlassen hatte, und nahmen die Verfolgung wieder auf, oder sie durchkämmten großflächig das Gebiet, bis sie irgendwann wieder auf die Geflohenen stießen.

Sobald sie Silus' Täuschung durchschaut hatten, spielte Schnelligkeit die alles entscheidende Rolle. Ohne Pferde aber waren sie hoffnungslos im Hintertreffen. Silus kehrte zum Fluss zurück und legte eine kaum zu übersehende Fährte, wobei er es aussehen ließ, als stammte sie von vier Personen. Dabei überlegte er fieberhaft, wie sie an Reittiere gelangen konnten.

Seit dem letzten Einfall der Maeatae konnte er sich nicht darauf verlassen, dass die Kastelle entlang des Antoninuswalls überhaupt noch von römischen Einheiten besetzt waren. Sie würden wohl oder übel den weiten Weg zum Hadrianswall auf sich nehmen müssen – eine Reise von vielen Tagen, selbst wenn es ihnen gelang, in dem dünn besiedelten

Barbarenland Pferde aufzutreiben. Er stellte sich das Gebiet vor seinem geistigen Auge vor – so, als würde er die wichtigsten Wegmarken auf einem Tuch aufmalen und durch Linien verbinden, deren Länge der tatsächlich zurückzulegenden Entfernung entsprach. Der Hadrianswall und die Provinz Britannia waren schier unendlich weit entfernt. Er vervollständigte die geistige Landkarte mit den Dörfern und Weilern, die ihm von seinen Erkundungsstreifzügen bekannt waren. Mehrere davon befanden sich auf ihrem Weg, womöglich konnten sie dort Pferde stehlen. Dann folgte er im Geiste dem Antoninuswall, an dessen Verlauf bereits eine unbekannte Zahl von Befestigungen geplündert und zerstört worden waren, immer weiter bis zur Küste, als ihm plötzlich Horrea Classis einfiel.

Silus war nicht bei der Marine und deshalb noch nie selbst in Horrea Classis gewesen, doch er wusste, dass die Hafenstadt seit Beginn der Invasion Kaledoniens durch Severus Hauptquartier der Classis Britannica war – jenes Teils der römischen Flotte, der in den britannischen Gewässern operierte. Horrea Classis war mit seinen vielen Getreidespeichern von zentraler Bedeutung für die Versorgung der britannischen Legionen und dementsprechend stark befestigt. Außerdem konnte die Stadt einer Belagerung auf unbestimmte Zeit standhalten, da der Nachschub über den Seeweg erfolgte. Trotzdem war nicht auszuschließen, dass Maglorix Horrea Classis bereits durch einen Überraschungsangriff eingenommen hatte. Die Hafenstadt lag tief im Land der Venicones und war diesen daher ein steter Dorn im Auge. Ihre Eroberung wäre nicht nur für die Maeatae, sondern auch für Maglorix ein großer Sieg. Andererseits setzte dies eine mühevolle und zeitaufwendige Belagerung voraus, was nicht zu Maglorix' Plan passte, mit der vollen Stärke seiner Armee so schnell wie möglich nach Süden vorzustoßen und einen Vernichtungsfeldzug durch Britannia zu führen.

Je länger er darüber nachdachte, desto überzeugter war er davon, dass es am vernünftigsten war, wenn sie ihr Glück mit Horrea Classis versuchten. Sicher, die Stadt lag mitten in Maglorix' Heimatland und es bestand die Möglichkeit, dass sie bereits gefallen war – doch sie war auch nur zwei Tagesritte von Inchtuthil entfernt, und ein Bote aus Horrea Classis konnte Eboracum in kürzester Zeit über den Seeweg erreichen. Sie mussten es versuchen.

Als er glaubte, weit genug gegangen zu sein, kehrte er um und lief eine halbe Meile zurück, bevor er sich nach Osten wandte und einmal mehr sorgfältig darauf achtete, seine Spuren zu verwischen. Hoffentlich holte er die anderen bald ein. Da er bereits eine Entscheidung getroffen hatte und ihm der Marsch durch den Wald keine große geistige Leistung abforderte, ließ er die Gedanken schweifen. Unweigerlich kamen ihm Sergia und Velua in den Sinn. Selbst jetzt noch musste er schwer durchatmen und hatte das Gefühl, keine Luft mehr zu bekommen, wenn sie so plötzlich vor seinem geistigen Auge auftauchten. Er lenkte sich davon ab, indem er sich Kindheitserinnerungen ins Gedächtnis rief: seine frühe Jugend bei den Maeatae, die Spiele, die er mit seinen Barbarenfreunden im Sumpf, in den Wäldern und am Flussufer gespielt hatte. Sie waren auf Bäume geklettert, hatten Fangen gespielt, sich Speere geschnitzt oder im Schlamm miteinander gerungen und waren schließlich zu ihren schimpfenden Müttern nach Hause gelaufen. Dann dachte er an seinen Vater und die strenge Erziehung, die dieser ihm auf Wanderungen und Jagdausflügen durch die Wildnis hatte angedeihen lassen. Doch seine Frau und seine Tochter drängten sich stets in den Vordergrund. Irgendwann wusste er sich nicht anders zu helfen, als sich von seinen Seelenqualen und den körperlichen Strapazen dadurch abzulenken, dass er an Maglorix dachte und daran, was er mit diesem Hurensohn anstellen würde, sobald er ihn in die Finger bekam.

Als er auf die Spuren der anderen stieß, war es seiner Schätzung nach ungefähr Mitternacht. Kurz darauf hatte er sie eingeholt. Sie hatten den Wald hinter sich gelassen und befanden sich nun in offenem, sumpfigem Gelände, und obgleich die Jagd nach ihnen inzwischen in vollem Gange sein musste, waren sie nur entmutigend langsam vorangekommen. Menenius wankte dahin wie ein lebender Toter. Er stützte sich schwer auf Atius, dem die Anstrengung, den Präfekten mit sich zu schleppen, deutlich anzusehen war. Enid wirkte ungeduldig und wäre gern schneller gegangen, wollte sich aber auch nicht von den anderen trennen.

Silus klopfte Atius auf die Schulter und nahm ihm Menenius ab. »Wir brauchen Pferde«, teilte er Enid mit. »Wenn mich meine Erinnerung nicht trügt, ist hier in der Nähe ein Dorf. Kennst du es zufällig?«

Enid dachte einen Augenblick lang nach. »Meine Heimat ist weit, und ich bin mit dieser Gegend nicht besonders gut vertraut. Aber ich erinnere mich daran, dass die Horde hier durchgezogen ist.« Sie sah sich um, suchte im Mondlicht nach etwas, das ihr bekannt vorkam. »Ja, ich glaube, du hast recht. Hinter den Hügeln da vorne. Mehrere Rundhäuser, ein paar Schafe und Rinder.«

Silus übersetzte für Atius.

»Wenn die Barbarenarmee hier durchgekommen ist«, sagte Atius, »hat sie alle verfügbaren Pferde dann nicht schon längst mitgenommen?«

»Möglich«, sagte Silus. »Aber du weißt so gut wie ich, wie einfallsreich die Leute sind, wenn es darum geht, ihr Hab und

Gut vor einer durchziehenden Armee zu schützen. Außerdem werden sie alle jungen Männer zum Kampf eingezogen haben. Das ist ein Vorteil für uns, denn sie werden uns nicht viel entgegenzusetzen haben.«

Atius warf einen Blick auf Menenius. »Wir ihnen aber auch nicht.«

Dreizehntes Kapitel

Das Dorf auf dem Hügel bestand aus einem halben Dutzend Rundhäusern ohne schützende Palisade darum herum. Schon bald rochen sie den Rauch von Holz und Torf, der durch die über den Feuerstellen angebrachten Löcher in den Dächern stieg. Bis auf ein paar grasende Kühe auf den nahe gelegenen Wiesen regte sich nichts. Silus wies Menenius und Enid an, sich zu verstecken, dann schlich er sich mit Atius näher. Erst jetzt fiel Silus ein, dass er seinem ehemaligen Kommandanten Befehle gab, die dieser befolgte wie ein geprügelter Hund. Die Barbaren hatten seinen Kampfeswillen wohl tatsächlich gebrochen.

Nun erkannten sie auch mehrere Nebengebäude. Eines schien ein Schuppen zu sein, bei den anderen handelte es sich vermutlich um Ställe. Leise näherten sie sich dem ersten und Silus drückte die Tür auf. Dahinter war es stockdunkel, doch milchiger Geruch nach Dung und ein hohes und direkt darauf ein tiefes Muhen ließen auf mindestens eine Milchkuh mit Kalb schließen. Silus machte die Tür leise wieder zu und hoffte, dass die Tiere nur harmlose Laute ausgestoßen hatten, die die Dorfbewohner nicht aufschreckten.

Beim nächsten Stall war ihnen Fortuna hold. Sobald sich ihre Augen an das Mondlicht gewöhnt hatten, das durch ein hohes Fenster in der gegenüberliegenden Wand fiel, erkannten sie drei an Pfosten angebundene Pferde. Silus schlich sich hinein und streckte vorsichtig den Arm nach dem ersten Tier aus. Die Pferde schnaubten und traten ängstlich von einem Fuß auf den anderen, doch sie waren ordentlich eingeritten und leisteten keinen Widerstand, als Silus und Atius Sättel und Zaumzeug von den Haken an der Wand nahmen und ihnen anlegten.

Sobald sie die Tiere gesattelt und gezäumt hatten, banden sie sie los und führten sie aus dem Stall. Erst jetzt fiel ihnen auf, dass ihnen Fortuna doch nicht so hold gewesen war wie gedacht. Ein Pferd lahmte stark und senkte jedes Mal den Kopf, wenn es das linke Vorderbein belastete. Silus untersuchte es und ertastete eine Schwellung über dem Strahlbein, die nach Eiter stank.

»Scheiße«, sagte er. »Es hat ein Geschwür. Das können wir nicht brauchen.« Er ließ das Tier stehen.

»Da drüben ist noch ein Stall«, sagte Atius. »Sollen wir da mal nachsehen?«

Eines der Pferde, verstört durch die unbekannten Menschen oder die ungewohnte nächtliche Aktivität, stieß ein lautes Wiehern aus. Ein langbeiniger, zotteliger Hund, der vor einem Rundhaus geschlafen hatte, hob den Kopf, erblickte die Fremden, sprang auf und fing an laut zu bellen. Weitere Hunde stimmten ein und ein jaulender, heulender Chor erhob sich. Schon bald waren die ersten schlaftrunkenen Stimmen der überraschten Dorfbewohner zu hören.

»Keine Zeit«, sagte Silus. »Verschwinden wir.«

Sie stiegen auf zwei Pferde und führten das dritte, gesunde im schnellen Galopp aus dem Dorf. Hinter ihnen wurden Türen aufgestoßen und Flüche hallten durch die Nacht.

Menenius und Enid hatten sich nicht von der Stelle gerührt. Enid stand mit einem breiten Lächeln auf, das jedoch erlosch, sobald sie die Pferde gezählt hatte. »Nur drei?«

»Einem geschenkten Gaul schaut man nicht ins Maul«, sagte Silus.

»Die sind aber nicht geschenkt, sondern gestohlen.«

»Menenius und Atius sind am schwersten und bekommen jeweils ein Pferd. Wir teilen uns das dritte«, sagte Silus.

Enid sah aus, als wollte sie Widerspruch einlegen, erkannte, dass es zwecklos war, und zuckte mit den Achseln.

»Macht schon, steigt auf. Sobald Maglorix' Männer das Dorf erreichen, wissen sie auch, dass wir dort waren, und werden sich an unsere Fersen heften. Wir müssen weiter.«

Atius half Menenius aufs Pferd und stieg dann selbst auf. Silus nahm den Sattel vom anderen Pferd und streckte dann den Arm aus, um Enid hinaufzuhelfen. Durch die Unterernährung war sie leicht wie eine Feder. Sie setzte sich hinter ihn und legte nach kurzem Zögern die Arme um seine Taille. Silus wurde sich ganz plötzlich der Tatsache bewusst, dass sich eine junge Frau an ihn schmiegte, und war froh, dass seine Kameraden in der Dunkelheit nicht sahen, wie er errötete. Er trieb das Pferd mit den Fersen an und sie galoppierten davon. Die Rufe der wütenden Dorfbewohner hallten schließlich nur noch von fern durch die Nacht.

Sie hielten sich an Wildwechsel und Dachspfade und vermieden alle Wege, die aussahen, als würden sie von Menschen frequentiert. Nachdem sie die zerklüfteten Hügel hinter sich gelassen hatten, durchquerten sie Marschland und schließlich dichten Wald, den sie so schnell wie möglich durchqueren wollten, ohne ihre Pferde in Gefahr zu bringen. Silus wurde bei jedem Stolpern seines Reittiers angst und bange. Wenn es in ein Dachsloch trat und sich den Fuß brach, war damit auch jegliche Hoffnung dahin, sich rechtzeitig in Sicherheit zu bringen.

Glücklicherweise überstanden die Pferde den Ritt unbeschadet bis zur Morgendämmerung. Der dunkle Himmel hellte sich im Osten auf, färbte sich erst hellblau und dann leuchtend orange. Die wenigen, tief am Himmel hängenden Wolken glühten in einem feurigen Rot, das in Silus ungute Erinnerungen an ein brennendes Reetdach weckte. Er schüttelte den Kopf, um diesen Gedanken zu vertreiben. Enid klammerte sich immer noch an ihm fest, die Wange gegen seinen Rücken gedrückt. Sie hatte einen Teil des Rittes schlafend verbracht, und auch er war hin und wieder eingenickt. Atius dagegen war die ganze Nacht über wachsam gewesen und hatte nicht nur auf den Weg seines eigenen Tiers, sondern auch auf Menenius geachtet, der sich manchmal nur mit Mühe im Sattel halten konnte.

Der Pfad, dem sie soeben folgten, kreuzte eine breitere Straße mit von Karren und Fuhrwerken stammenden Fahrrinnen im schlammigen Schotter. Silus brachte das Pferd zum Stillstand und wartete, bis Atius zu ihm aufgeschlossen hatte.

»Ich schätze, dass Horrea Classis noch etwa einen halben Tagesritt entfernt ist«, sagte Silus. »Wenn wir ausschließlich anhalten, um den Pferden die nötigen Ruhepausen zu gönnen. Sollen wir gleich weiterreiten oder erst einmal eine Rast einlegen?«

Atius sah sich nach Menenius um, dessen Pferd gemächlich auf sie zutrabte und dann stoppte. Der Präfekt schwankte im Sattel, schien kurz davor, herunterzufallen, fand in letzter Sekunde das Gleichgewicht wieder und hielt sich mit größter Mühe aufrecht. Er lächelte Atius und Silus gequält an. Die hinter Silus sitzende Enid schlief tief und fest.

Atius zuckte mit den Schultern. »Mein Kopf sagt mir, dass wir weiterreiten sollten. Mein Herz will sich ausruhen. Mein Allerwertester auch.«

»Wenn wir nur wüssten, wie viel Vorsprung wir haben. Oder ob sie unsere Spur überhaupt gefunden haben.«

»Wir müssen davon ausgehen, dass uns zumindest ein kleiner Trupp auf den Fersen ist. Es waren sicher so viele, dass sie mehrere Fährten auf einmal verfolgen können. Und in unserer Verfassung reichen schon ein paar Krieger, um uns den Garaus zu machen.«

Silus nickte. »Jetzt hängt alles davon ab, wie schnell wir sind. Doch was ist der beste Weg? Sollen wir reiten, bis wir oder die Pferde zusammenbrechen, oder Rast machen und darauf hoffen, die Zeit mit frischer Kraft wieder hereinzuholen?«

»Ginge es nur um uns beide, würde ich zum Weiterreiten raten. Aber sieh dir die anderen doch an. Sie brauchen eine Pause.«

Silus drehte sich um und spähte in die Dunkelheit im Nordwesten. Halb rechnete er damit, dass eine Barbarenhorde aus dem Zwielicht auftauchte und sich mit Gebrüll auf sie stürzte. Doch alles war ruhig. Vor ihm lagen die Wagenspuren, die den Weg zur rettenden Zuflucht wiesen.

Er seufzte. Atius hatte recht. Ohne Rast würde Menenius bald überhaupt nicht mehr weiterkönnen. Silus deutete auf ein kleines Wäldchen in der Nähe. »Dort machen wir ein paar Stunden Pause, dann reiten wir weiter.«

»Sollten wir nicht bis zum Einbruch der Dämmerung warten, ehe wir wieder aufbrechen?«, fragte Atius.

»Nein. Wenn sie Hunde dabeihaben, hilft uns auch der Schutz der Dunkelheit nichts.«

Sie ritten zu dem kleinen Wäldchen, stiegen ab und führten die Pferde so tief hinein, dass sie von der Straße aus nicht zu sehen waren. Sobald sie die Tiere festgemacht hatten, kauerten sie sich in eine kleine Mulde unter den Wurzeln einer alten Eibe. Silus verteilte etwas Brot und Wasser aus seinem Proviant und sie aßen und tranken gierig. Dann ließ sich Menenius gegen den Baumstamm sinken und fiel sofort in einen unruhigen Schlummer. Seine Augen rasten hinter den Lidern hin und her und sein Körper zuckte gelegentlich, als würde man ihn in die Rippen treten. Silus lehnte sich gegen eine vorstehende Wurzelknolle und machte es sich auf etwas Laub bequem.

Enid setzte sich neben ihn, legte die Arme um ihn und den Kopf auf seine Brust. Er verkrampfte sich, woraufhin sie fragend zu ihm aufsah. Er drehte sich um und kehrte ihr den Rücken zu. Einen Augenblick später stand sie auf und ging zu Atius hinüber. Als Silus sich umschaute, hielt Atius Enid fest in den Armen. Silus warf ihm einen warnenden Blick zu. Atius sah ihn an wie die Unschuld persönlich.

»Ich übernehme die Wache«, sagte Silus, stand abrupt auf und ging zum Waldrand. Er ließ den Blick über die Landschaft unter dem immer heller werdenden Himmel schweifen und fragte sich, ob er sich nun sein Leben lang in der Gegenwart einer Frau unwohl fühlen würde.

Atius hatte die Arme fest um Enid geschlungen und schnarchte laut. Silus trat ihm in den Hintern, und Atius schreckte so ruckartig hoch, dass Enid mit einem Schrei erwachte. Atius sah Silus böse an, dann löste er sich von Enid.

»Wir müssen weiter«, sagte Silus. Menenius schlief noch. Sein Gesicht war blass, sein Kopf zur Seite gerollt und sein Mund stand offen. Silus ging vor ihm in die Hocke und legte behutsam eine Hand auf seine Schulter. Menenius riss vor Schreck die Augen auf und packte Silus' Handgelenk.

»Beruhigt Euch, Herr«, sagte Silus sanft. »Es besteht keine Gefahr. Aber wir müssen weiter.«

Menenius brauchte einen Augenblick, um sich zu sammeln, dann nickte er. »Natürlich.« Silus half ihm auf die Füße. Dabei fragte er sich, ob Menenius' Körper oder seine Seele den größeren Schaden davongetragen hatte. Dass beides arg in Mitleidenschaft gezogen worden war, war nicht zu übersehen. Atius und Silus setzten Menenius auf sein Pferd und stiegen selbst auf.

Sie folgten den Wagenspuren in lockerem Trab nach Osten. Silus versuchte abzuschätzen, wie weit sie bereits gekommen waren, wie weit es noch war und wie lange es bei diesem Tempo dauern würde, bis sie ankamen, gab aber bald auf. Es waren zu viele Unwägbarkeiten, um eine Voraussage zu treffen. Er war sich ja noch nicht einmal sicher, dass dieser Weg die Straße nach Horrea Classis war. Er konnte sie genauso gut an der großen Hafenfestung vorbeiführen.

Horrea Classis lag am Südufer des Tatha an der Stelle, an der er sich mit dem Uisge Èireann vereinigte. Der Tatha war ein breiter Strom, und wenn sie weiter in Richtung Südosten ritten, würden sie früher oder später sein Nordufer erreichen. Dort konnten sie sich dann ein Boot suchen und in den sicheren Hafen bringen lassen.

Nach Sonnenaufgang begegneten ihnen hin und wieder Reisende in beide Richtungen: Viehtreiber, Händler, fahrende Handwerker. Ausnahmslos alle sahen sie neugierig an. Manche grüßten sie freundlich, andere misstrauisch. Einige wollten ein wenig plaudern, doch Silus gab sich wortkarg. Es gab nichts, das sie in Erfahrung bringen wollten, und je öfter sie den Mund aufmachten, desto offensichtlicher wurde es, dass sie nicht aus der Gegend stammten.

Die Straße wand sich um einen Hügel herum. Silus warf

einen Blick über die Schulter. Von Verfolgern keine Spur. Nun konnte es nicht mehr weit sein. Trügerische Hoffnung stieg in ihm auf.

Als sie die Biegung umrundeten, sahen sie zwei Reiter in etwa fünfzig Schritt Entfernung vor sich. Silus' Eingeweide verkrampften sich. Er hoffte, dass es nur Einheimische auf dem Weg von einer Wallburg zur nächsten waren, doch tief in seinem Inneren machte sich die Gewissheit breit, dass man sie entdeckt hatte.

Die Reiter blieben neben der Straße stehen und beobachteten sie. Silus hob die Hand zum Gruß und ließ gleichzeitig sein Pferd schneller traben, um zu ihnen aufzuholen oder zumindest den Abstand zu verringern. Die Reiter berieten sich kurz, dann rissen sie ihre Pferde herum und ritten davon.

Silus fluchte und trieb sein Pferd zu vollem Galopp an. Atius neben ihm tat es ihm gleich.

Silus' Pferd hatte zwei Personen zu tragen und war zu langsam, um die Reiter einzuholen. Atius' Tier dagegen war zu klein, um mit dem großen Mann auf dem Rücken besonders schnell galoppieren zu können. Der Abstand wurde immer größer und Silus verzweifelte. Da geriet eines der vor ihnen davongaloppierenden Pferde ins Straucheln und verletzte sich das Bein. Der Reiter fluchte und versuchte vergebens, das Tier zum Weiterlaufen zu bewegen. Sein Kamerad warf ihm noch einen letzten Blick zu und verließ dann an einer nach Osten führenden Abzweigung die Straße. Der Reiter mit dem lahmenden Pferd rief ihm wütend etwas hinterher, dann stieg er ab, zog den Speer aus der Satteltasche und stellte sich seinen Verfolgern.

Silus und Atius umkreisten ihn. Es war eindeutig ein Maeatae-Krieger. Der Mann spie aus. »Der Verräter, der römische Abschaum und die Sklavenhure«, sagte er. »Und da ist ja auch der Gefangene, oder was von ihm noch übrig ist. Ihr habt nicht mehr viel Zeit. Wir haben euch fast eingeholt.«

»Wo ist der Rest deines Trupps? Wie weit sind sie noch entfernt?«

»Nicht weit«, sagte der Krieger. »Gar nicht mehr weit. Eure Strafe dafür, den Göttern ihr Opfer vorenthalten zu haben, wird so grausam sein, dass ihr euch noch wünschen werdet, ihr wärt gestern Abend gestorben.«

Silus versuchte, seine Worte nicht an ihn heranzulassen. Trotzdem lief es ihm kalt den Rücken hinunter. Lebendig würden sie weder ihn noch seine Gefährten in die Finger bekommen, dafür würde er schon sorgen. Die ungeschützte Enid, die sich hinter ihm an ihn klammerte, schränkte ihn in seiner Bewegungsfreiheit ein, daher stiegen sie ab. Atius tat desgleichen im Rücken des Kriegers, der mit dem Speer schließlich nur in eine Richtung zielen konnte. Für den Nahkampf dagegen war die Waffe denkbar ungeeignet. Der Barbar machte ein paar halbherzige Drohgebärden.

»Sag uns, wo deine Waffenbrüder sind, und wir werden dich verschonen. Dein Kamerad ist uns bereits entkommen, wir haben also keinen Grund, dich zu töten.«

»Lieber sterbe ich«, sagte der Krieger.

Die Spitze von Atius' Schwert durchbrach die Brust des Maeata, begleitet von einem Schwall aus Blut. Ein roter Strahl schoss aus seinem Mund, dann kippte er vornüber.

Silus sah Atius mit offenem Mund an.

»Wir haben keine Zeit für Geschwafel. Sein Kamerad ist entkommen und kann jeden Augenblick mit Verstärkung über uns herfallen«, sagte Atius.

»Das hattest nicht du zu entscheiden«, knurrte Silus. Atius zuckte mit den Schultern und stieg wieder auf. Kopfschüttelnd warf Silus einen Blick auf die Leiche im blutigen Schlamm, sprang dann ebenfalls wieder in den Sattel und machte Menenius, der langsam auf sie zutrabte, ein Zeichen. Als der Präfekt sie erreicht hatte, stieg er langsam und vorsichtig vom Pferd, bückte sich nach dem Speer des Kriegers und saß wieder auf. Dann sah er Silus mit festem Blick an, sagte aber nichts. Silus nickte nur. »Wir müssen es bis zum Fluss schaffen und uns auf eine Fähre retten, bevor sie uns einholen. Das wird ein Gewaltritt. Sind alle bereit?«

Sobald ihm alle ihre Zustimmung signalisiert hatten, lenkte er das Pferd in die richtige Richtung, dann rammte er ihm die Fersen in die Flanken. Die anderen folgten Silus in einem lockeren Galopp die Abzweigung nach Süden hinunter. Verzweifelt widerstand er dem Drang, das Pferd zu größerer Eile anzutreiben, um sich so schnell wie möglich von seinen Verfolgern abzusetzen. Selbst mit seinen begrenzten Reitfähigkeiten wusste er, dass ein Pferd den gestreckten Galopp höchstens ein, zwei Meilen durchhalten konnte, bevor es ermüdete.

Je höher die Sonne stieg, desto wärmer wurde es. Schon bald waren Reiter und Pferde mit Schweiß bedeckt. Der verdammte Weg schien sich ewig hinzuziehen. Sein Vater hatte ihm einmal in einem Kodex eine Karte der ganzen Welt gezeigt. Ein gewisser Ptolemäus hatte versucht, alles, was man über die Gestalt der Welt wusste, zusammenzutragen. Silus konnte sich noch gut an sein Staunen über Orte am anderen Ende der Erde wie Sinae oder Taprobane erinnern, die so weit von den Grenzen des Imperiums entfernt waren, dass man sie nur aus Mythen und Legenden kannte. Als er dagegen die Darstellung von Britannien und Kaledonien betrachtet hatte, war seine Enttäuschung groß gewesen. Er hatte schon damals ganz genau gewusst, dass das Ende der

Insel weit im Norden lag und nicht wie auf der Karte in einem rechten Winkel nach Osten hin abknickte. Und auch der Tatha floss in Wahrheit nicht von Norden nach Süden, sondern von Westen nach Osten. Hätte er dieser Karte anstatt seiner Ortskenntnis vertrauen müssen, sie hätten Horrea Classis niemals gefunden. Dennoch – sie hatte ihm ein Gefühl dafür vermittelt, wie groß die Erde war, wie riesig die Landmassen jenseits des Imperiums. Silus kämpfte gegen das wachsende Gefühl von Verzweiflung und Hoffnungslosigkeit an.

Als sich die Sonne bereits dem Horizont näherte, ritten sie einen Hügel hinauf und sahen in etwa zwei Meilen Entfernung endlich den Tatha vor sich. Der Weg dorthin führte durch das Bett eines zu dieser Jahreszeit trockenen, aber wohl hin und wieder Wasser führenden Nebenflusses. Das ließen zumindest die Pflanzen vermuten, die zu beiden Seiten des steilen Ufers wuchsen. Das feuchte Flussbett bildete einen engen, aber für die Pferde gangbaren Weg. Silus wartete, bis Menenius und Atius zu ihm aufgeschlossen hatten.

»Na also«, sagte er. »Jetzt müssen wir nur noch nach Horrea Classis übersetzen, dann haben wir es geschafft.«

Hinter ihnen bellte ein Hund. Dann noch einer. Silus drehte sich um. Ein halbes Dutzend Maeatae-Krieger ritt den Hügel hinauf. Ihre Pferde wirbelten beim beschwerlichen Aufstieg Schlammbrocken auf und wirkten trotz der Anstrengung noch recht frisch. Sie würden sie in wenigen Augenblicken erreicht haben.

»Reitet um euer Leben!«, rief Silus. Er trieb das Pferd mit Fersentritten zur Höchstleistung an und brüllte in sein Ohr, damit es noch schneller lief. Das verängstigte Tier preschte durch das Flussbett, rutschte und glitt über die glitschigen

Steine. Silus umklammerte seinen Hals, Enid fest seine Taille. Sie atmete hörbar, sagte aber nichts, sondern vertraute seinen Reitkünsten und der naturgegebenen Trittsicherheit des Tieres. Atius schrie auf, als sein Pferd einen Augenblick lang den Halt verlor und ihn um ein Haar abwarf. »Bei Christus, das war knapp«, fluchte er, als das Pferd wieder Tritt gefasst hatte.

Das Flussbett war zu schmal für mehr als ein Tier. Silus hörte, dass Atius dicht hinter ihm war. Die Hunde bellten aufgeregt, die Rufe der Krieger wurden immer lauter. So gerne er auch einen Blick über die Schulter geworfen hätte, um anhand des Abstands zu den Verfolgern einschätzen zu können, wie wahrscheinlich es war, ihnen zu entkommen, er wagte es nicht – an ihrer Lage hätte es nichts geändert, sie aber in die Gefahr eines tödlichen Sturzes gebracht.

Atius schien keine derartigen Bedenken zu haben. »Scheiße, was zum Hades macht Menenius denn da?«, rief er.

Silus drehte sich nun doch um. »Bei Mithras und Mars«, fluchte er laut. »Menenius, tut das nicht!«

Ihr Kommandant war zurückgefallen. Offenbar hatte er bemerkt, dass er nicht schnell genug war, um den Barbaren zu entkommen, und hatte das Pferd gewendet. Nun wartete er mit dem unter den Arm geklemmten Speer auf die anstürmenden Krieger.

»Wir müssen umkehren«, rief Atius und riss an den Zügeln. Silus ließ sein Pferd ebenfalls anhalten und starrte voller Entsetzen hinter sich.

»Vergiss es, Atius. Es ist zu spät. Das sind zu viele. Er verschafft uns etwas mehr Zeit zur Flucht. Mit seinem Leben.«

»Silus, nun hilf mir doch. Noch können wir ihn retten, aber alleine schaffe ich das nicht.«

»Nein, Atius. Wir müssen Horrea Classis erreichen, um

den Kaiser von Maglorix' Plänen zu unterrichten. Das ist wichtiger als unser aller Leben.«

»Scheiße, Silus. Das ist unser Kommandant!«

»Ich bin dein Kommandant und du wirst mir jetzt folgen. Das ist ein Befehl!« Ohne eine Antwort abzuwarten, trat Silus einmal mehr in die Flanken des Pferdes. Kurz darauf hörte er den schweren Atem und die Hufschläge von Atius' Pferd hinter sich. Silus warf einen Blick über die Schulter und spähte an der finsteren Miene seines Freundes vorbei. Die Krieger hatten Menenius erreicht, doch der Pfad war so schmal, dass sie ihn nur einzeln und nacheinander angreifen konnten. Sie berieten sich kurz, dann warf einer seinen Speer auf Menenius. Der alte Veteran duckte sich rechtzeitig und der Speer segelte über seine Schulter hinweg.

Man reichte dem Anführer des Reitertrupps einen weiteren Speer. Diesmal ließ er das Pferd näher herantraben und stieß zu, sobald er in Reichweite war. Menenius zog mit einer Hand an den Zügeln, sodass das Tier einen Schritt zur Seite trat, und parierte den Angriff mit seinem eigenen Speer. Der Krieger fluchte und holte wieder aus.

Menenius riss die Zügel in die andere Richtung. Das Pferd bäumte sich auf und drehte sich auf den Hinterbeinen herum, bis es seitlich zu Menenius' Angreifer stand. Silus staunte – er hatte nicht gewusst, dass der Präfekt ein so vorzüglicher Reiter war. Der Kampf schien ihm, gerade noch ein Bild des Jammers, neue Lebenskraft zu verleihen.

Unter Gebrüll stieß Menenius mit seiner wenigen noch verbliebenen Kraft zu. Der Speer fuhr direkt in den Mund des Barbaren und trat am Hinterkopf wieder aus. Der Krieger fiel ohne einen Laut vom Pferd und kam schwer auf dem Boden auf, wobei er Menenius' Speer mit sich riss.

Einen Augenblick lang herrschte Stille. Dann stiegen zwei Krieger ab, zwängten sich an dem Pferd ihres Kameraden vorbei, packten Menenius und rissen ihn zu Boden. Der Präfekt verschwand aus Silus' Blickfeld, er sah nur noch, wie die Maeatae ihre Speere wieder und wieder hoben und sie in blinder Wut in seinen Körper stießen.

Silus blinzelte sich die Tränen aus den Augen, richtete den Blick nach vorne, die Gedanken auf die eigene Flucht, und betete zu jedem ihm bekannten Gott, dass ihnen Menenius' Opfer ausreichend Zeit verschafft hatte.

Der Tatha war nicht mehr weit entfernt, doch bald darauf waren auch die lauter werdenden Geräusche der Verfolger wieder zu hören. Das Flussbett wurde immer breiter, je näher sie dem großen Strom kamen. Sie lenkten die Pferde die nördliche Uferböschung hinauf und auf eine breite Straße, die den Fluss entlangführte. Nun brauchten sie dringend ein Boot, mit dem sie übersetzen konnten.

Leider war weit und breit keines zu sehen. Silus fragte sich, was er erwartet hatte – einen mit Kähnen und Booten vollgestopften Fluss und Fährmänner, die alle nur darauf warteten, sie überzusetzen? Sie ritten mit eingezogenen Köpfen im gestreckten Galopp am Ufer entlang nach Osten. Die Pferde hatten die Augen weit aufgerissen und blutigen Schaum vor dem Maul. Sie atmeten heiser und schwer und näherten sich dem Ende ihrer Kräfte. Die Verfolger schrien und fluchten. Zu Silus' Linken war dichter Wald, zu seiner Rechten der reißende Strom. Sie kamen um eine Biegung.

Ein Boot!

Am Ufer lag ein Ruderboot aus Haselholz und Ochsenleder mit zwei Holzpaddeln, in dem ein Junge saß und einen Apfel aß. In einem Netz am Boden des Bootes zappelte eine

Forelle. Sobald er den schnellen Schlag der Hufe hörte, ließ er den Apfel fallen und griff nach den Paddeln.

Silus kam ihm zuvor. Er sprang vom Pferd und packte das Boot, bevor der Junge davonrudern konnte.

»Lasst mich in Ruhe!«, rief der Junge.

»Rein da«, rief Silus Atius und Enid zu, ohne dem Kleinen Beachtung zu schenken.

Er hielt das Boot mit einer Hand ruhig und half mit der anderen Enid hinein. Atius stieg vorsichtig ein, um es nicht zum Kentern zu bringen. Der Kahn war für einen, höchstens zwei Personen gedacht und lag schon mit dreien bedenklich tief im Wasser. Wenn Silus auch noch dazukam, würde er untergehen. Er drehte sich zu den Kriegern um, die keine hundert Schritt mehr entfernt waren, und zog das Schwert – bereit, sich ihnen zu stellen, sich wie Menenius zu opfern, um Atius die nötige Zeit zu verschaffen, die so wichtige Nachricht nach Horrea Classis zu bringen.

Ein Schrei, gefolgt von einem Platschen, ließ ihn herumfahren. Atius hatte den Fischerjungen kurzerhand ins Wasser geworfen, wo er erbost spuckte und platschte.

»Rein mir dir«, drängte Atius. »Na los.«

Silus bestieg das Boot, das noch tiefer sank und sich dann allmählich beruhigte. Die Bordwände ragten kaum aus dem Wasser. Er schnappte sich ein Paddel, und sie ruderten unbeholfen, aber mit aller Kraft drauflos. Schon entfernten sie sich vom Ufer. Ein Schritt, zwei, drei. Der erste Verfolger erreichte die Stelle, an der sie an Bord gegangen waren, und sprang vom Pferd direkt auf das Boot zu. Er verfehlte es und landete im Wasser, und Silus befürchtete kurzzeitig, dass die dabei entstandene Welle das Boot zum Kentern bringen könnte. Sie mussten sich festhalten, als es hin und her schwankte. Der Krieger schwamm auf sie zu. Atius hob das Paddel und zog es dem Barbaren mit aller Macht über den Schädel. Der ging unter und tauchte nicht mehr auf.

Die übrigen vier Krieger standen am Ufer und schrien ihnen wüste Beschimpfungen hinterher. Silus und Atius legten sich in die Riemen, und der Abstand zum Ufer vergrößerte sich weiter. Nun konnten die Barbaren sie nicht mehr erreichen. Sie waren in Sicherheit.

Die Krieger hoben ihre Speere, holten aus und schleuderten sie gleichzeitig dem Boot hinterher. Vier tödliche Geschosse sausten in bogenförmiger Flugbahn auf sie zu.

Ein Speer fiel vor ihnen ins Wasser.

Einer flog über ihre Köpfe hinweg.

Einer streifte Atius' Oberarm.

Einer bohrte sich in Enids Brustkorb.

Sie taumelte nach hinten und in Silus' Arme.

Silus ließ das Ruder auf den Boden des Boots fallen und blickte in Enids vor Schreck geweitete Augen. Er nahm den Speer und versuchte, ihn herauszuziehen, doch sie schrie und packte seine Hand, und er ließ den Schaft wieder los. Blut quoll aus der Wunde, doch nicht wie in einer von einem Herzstich verursachten kräftigen Fontäne. Es war kein schneller Tod.

Silus sah Atius hilflos an. Wortlos lenkte sein Freund das Boot in die schneller fließende Strömung in der Mitte des Flusses. Die Reiter am Ufer blickten ihnen ohnmächtig hinterher.

»Es tut mir leid«, sagte Silus. »Ich wollte …«

»Es … tut so weh«, sagte Enid. »Ich kriege keine Luft.«

»Wir bringen dich nach Horrea Classis. Zu einem Arzt. Sei tapfer.«

»Müde«, sagte Enid. »Ich will nach … Hause.«

Ihr Körper verkrampfte sich, sie drückte den Rücken durch und riss mit einer schmerzverzerrten Grimasse den Mund auf. Dann erschlaffte sie und tat einen letzten langen Seufzer.

Der Fluss trug das Boot stromabwärts, der Festung von Horrea Classis entgegen.

Vierzehntes Kapitel

Silus war müde wie ein Minensklave. Obwohl, irgendwie wollte dieser Vergleich nicht so recht passen. Er saß wieder im Sattel, Atius an seiner Seite. Die Pferde waren frisch und erholt, sein Körper nicht, und auch sein Kopf und sein Herz waren erschöpft. Er war müde wie ein Minensklave, der seine Familie verloren und seinen Freunden beim Sterben zugesehen hatte und der doch immer weitermachen musste. Das kam schon eher hin.

In Horrea Classis hatten sie nur wenig Zeit gehabt, um sich auszuruhen, und gar keine, um die Verstorbenen zu betrauern. Nach längerer Diskussion mit den misstrauischen Wachposten am Tor hatte man sie zum Präfekten der Festung gebracht, der ihrem Bericht mit wachsender Besorgnis gelauscht und seinen Offiziersstab zur Beratung zusammengerufen hatte. Sofort war ein Schiff mit einem Boten die Küste hinuntergeschickt worden, doch bis dieser in Eboracum ankam und der Kaiser die Nachricht an seinen Sohn im Feld weitergeleitet hatte, würde es zu spät sein. Caracalla konnte die Invasion nur noch aufhalten, wenn jemand die Botschaft auf dem Landweg zu seiner Armee brachte, die gerade im tiefsten Kaledonien mit der Verwüstung eines ungeschützten Landes beschäftigt war.

Und es war natürlich von vornherein sonnenklar gewesen, welchem armen Trottel diese verdienstvolle Aufgabe zufiel, sinnierte Silus grimmig. Der Präfekt hatte Silus eine Reihe sehr guter Gründe dafür aufgezählt, weshalb nur er dafür infrage kam. Außer ihm verfügte niemand über die nötige Erfahrung. Kannte das Land besser. War bereits in persönlichem Auftrag Caracallas unterwegs. Alles sehr gute Argumente.

Dieses Riesenarschloch.

Er sah zu Atius hinüber. Sein Freund war entweder tief in Gedanken versunken oder genauso erschöpft wie er selbst. Wenigstens würde Caracallas Armee nicht schwer zu finden sein. Silus und Atius waren von Horrea Classis aus nach Südwesten geritten, um sie so schnell wie möglich einzuholen, und hatten den Antoninuswall beim ersten Kastell unmittelbar westlich von Voltania erreicht. Auch diese Festung war überrannt und dem Erdboden gleichgemacht worden. Caracalla hatte eine kleine Garnison dort zurückgelassen und mit dem Wiederaufbau des Walls betraut. Die erst vor Kurzem eingetroffenen Hilfstruppensoldaten hatten es gerade einmal geschafft, die durch das Feuer verursachten Schäden zu beseitigen, ein behelfsmäßiges Tor aufzustellen, die römischen Gefallenen zur Feuerbestattung einzusammeln und die toten Barbaren in ein Massengrab zu werfen.

Als sie dem Zenturio, der die Garnison kommandierte, von Maglorix' Plänen erzählten, war er erbleicht und hatte Silus gefragt, was er denn jetzt tun solle, worauf ihn dieser freundlich darauf hingewiesen hatte, dass er als einfacher Kundschafter im Rang weit unter ihm stehe. Sie hatten den armen Kommandanten mit der Entscheidung, entweder seine ursprüngliche Anweisung zu befolgen oder sich angesichts der veränderten Lage zurückzuziehen, allein gelassen. Silus vermutete, dass er wie ein braver kleiner Römer kein Jota von seinen Anweisungen abweichen, sich verschanzen und zusammen mit seinen Männern von Maglorix' anrückender Armee niedergemetzelt werden würde.

Nun befanden sie sich einen halben Tagesritt nördlich dieses Kastells in einem Landstrich, den seine ehemaligen Bewohner vor Langem verlassen hatten. Durch die nun schon Jahrzehnte währenden Scharmützel und Reibereien an der Grenze war dies stets für beide Seiten eine gefährliche Gegend gewesen. In den vergangenen Jahren waren die Äcker, Viehherden und Siedlungen den gegenseitigen Überfällen und Strafexpeditionen zum Opfer gefallen, und Caracallas Armee hatte das Land auf der Suche nach allem, was den mitgeführten Proviant ergänzte, schließlich vollständig leer gefegt. Trotz des ordentlichen Vorrats, den jeder Soldat mit sich führte, lief eine Streitmacht dieser Größe so weit im Feindesland stets Gefahr, von den Nachschubwegen abgeschnitten zu werden. Der Anblick der von den Legionsmetzgern fachgerecht vom kostbaren Fleisch befreiten Knochenhaufen geschlachteter Rinder und Schafe überraschte sie daher nicht.

Genauso wenig war es eine Überraschung, wenig später und etwas weiter nördlich über einer Siedlung, in der sich einige Barbaren in scheinbar sicherer Entfernung zu den römischen Patrouillen niedergelassen hatten, eine Rauchsäule zu erblicken. Atius und Silus wechselten schweigend einen finsteren Blick und ritten näher.

Die Siedlung befand sich auf flachem, gründlich trockengelegtem Ackerland. Fruchtbarem Boden. Und doch tat sich ein Bild der Zerstörung vor ihnen auf. Auch hier waren die Rinder- und Schafherden geschlachtet und zu Proviant verarbeitet worden, zusätzlich hatte man noch die Feldfrüchte wie Rüben, Gerste und Hafer zerhackt und niedergetrampelt. Es war nicht so leicht, in diesem kalten, feuchten Land verbrannte Erde zu hinterlassen, aber man hatte sich nach Kräften bemüht.

Die Hütten standen auf einem niedrigen Hügel. Es war keine von einer Palisade umgebene Wallburg, nur die Behausungen einiger Menschen, die sich zum Schutz, gegen die Einsamkeit und zum Tausch von Fähigkeiten und Gütern untereinander und mit anderen Dörfern zu einer Siedlung zusammengeschlossen hatten.

Silus schätzte, dass die Armee vor etwa einem Tag hier gewesen war. Es roch nach über einem Holzfeuer gebratenem Fleisch. Bis auf das Krächzen der Krähen war alles ruhig. Keine bellenden Hunde, keine gackernden Hühner, keine lautstark miteinander kämpfenden Katzen. Keine Arbeitsgeräusche, kein einziger Laut, der in einem solchen Dorf zu erwarten wäre. Kein Sägen, kein Hämmern, kein Gelächter, kein Streit. Keine spielenden Kinder.

Silus schluckte und machte sich auf das Schlimmste gefasst. Er hatte bereits alles gesehen, redete er sich ein; sein Herz war so verhärtet, dass ihm nichts mehr etwas anhaben konnte.

Er irrte sich.

Sie ritten in die Mitte des Dorfes, hielten die Pferde an und starrten in stummem Entsetzen auf das Bild, das sich vor ihnen auftat. Atius war leichenblass, und Silus vermutete, dass er selbst nicht anders aussah. Sie waren wie erstarrt, konnten nicht sprechen und kaum atmen.

Jedes Rundhaus war niedergebrannt, die Mauerreste eingerissen. Jedes Wirtschaftsgebäude, jede Scheune, jeder Stall war auf ähnliche Weise dem Erdboden gleichgemacht worden. Aus den Ruinen stieg noch Rauch auf. Alle Bewohner des Dorfes – Männer, Frauen, Kinder, Haustiere – waren tot.

Nur wenige Fuß von Silus' ruhig atmendem Pferd entfernt

lag der Leichnam eines Knaben mit einer klaffenden Wunde im Hals. Der alte Mann daneben hatte ein so großes Loch im Schädel, dass die graue Gehirnmasse zu erkennen war. Nicht weit davon sah Silus eine junge Frau mit zerrissener Kleidung, deren Körper bis auf dunkle, männerfingergroße Abdrücke auf dem Hals keine sichtbaren Verletzungen aufwies. Neben ihr lag ein kleines, blutdurchtränktes Lumpenbündel, das plötzlich leicht zuckte. Er ritt darauf zu und schob die Lumpen mit der Speerspitze beiseite. Darunter kam ein eng in Windeln gewickelter, anscheinend nur wenige Wochen alter Säugling mit einer großen, tödlichen Wunde im Bauch zum Vorschein. Der kleine Körper zuckte noch einmal, und einen Augenblick lang glaubte Silus entgegen aller Wahrscheinlichkeit, dass das Kind noch lebte. Doch dann erschien der blutverschmierte Kopf einer Ratte im Wundloch. Silus zuckte mit einem Aufschrei zurück. Die Ratte sah Silus einen Moment lang an, bevor sie auf der Suche nach weiterem Aas davonhuschte.

Es war nicht der erste Schauplatz eines Massakers, den sie sahen, aber hier hatten die Witterung und Aasfresser noch keine Gelegenheit gehabt, den Anblick erträglicher zu machen. Knochenhaufen und lange verlassene Hütten waren schon trostlos genug, doch auf so frische Spuren eines Blutbads zu stoßen erweckte in ihnen beinahe das Gefühl, daran teilgenommen zu haben. Ein kurzer Blick reichte Silus, um sich ein Bild vom Ausmaß des Schreckens zu machen. Ein auf einen Speer gespießter Jagdhund; ein ganzer Wurf erschlagener und erstochener Ferkel; ein kleiner Junge, bäuchlings im Schlamm liegend und mit einer Schwertwunde im Rücken; eine alte, an einen Baum aufgeknüpfte Frau. Er wandte sich um und sah eine junge, hochschwangere Frau. Der Speer, mit dem ihr praller Bauch durchbohrt worden war, steckte noch in ihrem Leib und im Boden darunter. *Keiner soll dem Verderben durch Eure Hand entrinnen, auch die Ungeborenen im Mutterleib treffe dieses grausame Schicksal.* So lautete Severus' Befehl und seine Soldaten hatten ihn getreulich befolgt.

Er zog am Zügel, trat dem Pferd in die Flanken und ließ es in ungezügeltem Galopp aus dem Dorf preschen. Das von dem zerstörten Dorf und den üblen Gerüchen verängstigte Tier nutzte die Gelegenheit, um sich die Furcht aus dem Leibe zu rennen.

Das Ausmaß dieser bestialischen Gräueltaten überstieg Silus' schlimmste Erwartungen. Er verabscheute die Barbaren, weil sie seine Familie und seine Kameraden getötet hatten. Er hasste Maglorix inbrünstig, sehnte sich seinen Tod und die Niederlage seines Volkes herbei.

Aber.

Hatte er das auch gewollt? Sah so vollzogene Vergeltung aus? Er zwang sich, an Sergia und Velua zu denken, doch wenn er die Augen schloss, sah er nicht seine Familie, sondern die schwangere Frau mit dem Kind im durchbohrten Bauch vor sich.

Das Pferd kam schwer atmend zum Stehen. Silus starrte ins Nichts, bis Atius zu ihm aufschloss.

Nachdem sie eine Weile schweigend ihren Gedanken nachgehangen hatten, biss Silus die Zähne zusammen. »Für euch, meine Liebsten. Nur für euch«, zischte er leise. Dann nickte er Atius zu und sie ließen ihre Pferde weiter Richtung Norden traben.

Die anderen Orte des Grauens waren schon von Weitem am Rauch zu erkennen, der von den Ruinen aufstieg, und sie machten nach Möglichkeit einen großen Bogen darum herum. Es war immer dasselbe: Das Vieh und die Bewohner waren abgeschlachtet, die Häuser niedergebrannt. Manchmal führte jedoch kein Weg an den Spuren des Gemetzels vorbei, die immer frischer wurden, umso näher sie Caracallas marodierender Armee kamen. Die Feuer brannten noch, die Blutlachen waren noch klebrig und dampften. In einem Dorf sahen sie einen Hund, der mühsam auf seinen Vorderbeinen vorwärtskroch und die gebrochenen, zermalmten Hinterläufe hinter sich herzog. Als sie an ihm vorbeikamen, stieß Atius mit zusammengepressten Lippen den Speer durch seine Brust und erlöste das Tier so von seinem Elend.

Sie schlugen ihr Nachtlager weitab von allen Siedlungen auf. Sie hätten es sich niemals eingestanden, aber beide hatten zu viel Angst davor, den Geistern der vor Kurzem Ermordeten in der Nacht zu begegnen. Wenn Silus allein im Barbarenland unterwegs war, pflegte er sich mit großer Sorgfalt einen möglichst unauffälligen und gut zu verteidigenden Lagerplatz zu suchen. Doch da seine Stimmung so finster war wie der tiefste kaledonische Wald und alle Feinde und ihnen nicht wohlgesonnene Einheimische entweder tot oder längst über alle Berge waren, stellten sie ihr Zelt einfach auf dem offenen Feld auf, machten Feuer und kochten sich einen faden, aber sättigenden Eintopf.

Auch wenn keine unmittelbare Gefahr drohte, hielten sie abwechselnd Wache. Als Atius Silus weckte, damit er ihn ablöste, riss er ihn aus einem Traum, an den er sich nicht mehr erinnern konnte, der ihn jedoch tief erschüttert und verunsichert hatte. Der Position des Großen und des Kleinen Bären am Nachthimmel nach zu urteilen war die Dämmerung noch vier Stunden entfernt. Atius fing schon nach wenigen Augenblicken an zu schnarchen. Silus starrte in das Feuer, dessen Hitze auf seinem Gesicht brannte, während ihm der kalte Wind in den Nacken fuhr. Nachtwache zu halten war gleichzeitig langweilig und Furcht einflößend. Silus glaubte nicht an einen Überfall, außer womöglich von einem einsamen und verzweifelten Deserteur, trotzdem schreckte er jedes Mal mit rasendem Herzen auf, wenn ein kleines Tier im Laub raschelte, ein umherstreifendes Raubtier auf einen trockenen Zweig trat oder eine Eule plötzlich ihren lauten Schrei ausstieß.

Ungeduldig wartete er auf den ersten Lichtstreifen am Horizont. Er weckte Atius, sobald er es für einigermaßen vertretbar hielt. Die Gesellschaft seines Freundes und die heraufziehende Dämmerung beruhigten ihn etwas, dennoch konnte er es kaum erwarten, endlich weiterzuziehen. Sie brachen das Lager ab, aßen etwas Zwieback und spülten ihn mit Wasser hinunter, füllten ihre Feldflaschen an einem nahe gelegenen Bach, verrichteten ihre Notdurft, gaben den Pferden zu fressen und schwangen sich wieder in den Sattel.

Nachdem sie unangenehm nahe an zwei weiteren verheerten Siedlungen vorbeigeritten waren, führte sie ein zwischen zwei steilen Hügeln hindurchführender Pass direkt in ein größeres Dorf, das genau wie die anderen in Schutt und Asche lag. Allerdings regte sich hier etwas: Als sie näher kamen, sahen sie ein halbes Dutzend Hilfstruppensoldaten von der leichten Reiterei.

Die Soldaten beäugten die näher kommenden Reiter argwöhnisch, stellten sich nebeneinander in Gefechtsformation auf und richteten die Speere auf sie. Die Einheit wurde von einem Sesquiplicarius angeführt, dem zweithöchsten der beiden dem Dekurio zur Seite gestellten Unteroffiziere einer Turma. Er saß auf seinem Pferd, eine Hand am Schwertgriff, die andere erhoben.

»Wir sind Hilfstruppensoldaten mit einem Sonderauftrag«, rief Silus, sobald sie in Hörweite waren. »Wir haben eine wichtige Nachricht für Kaiser Antoninus.«

»Einer von euch bleibt, wo er ist«, rief der Sesquiplicarius. »Und der andere kommt hierher, und zwar mit leeren Händen.«

Silus ritt auf sie zu. In einer Hand hielt er die Zügel, den anderen Arm streckte er weit von sich.

»Halt!«, bellte der Sesquiplicarius, als Silus nur noch etwa sechs Fuß entfernt war. »Wie heißt du? Wer ist dein befehlshabender Offizier?«

»Ich bin Gaius Sergius Silus, ehemals unter dem Befehl von Menenius, dem Präfekten von Voltania.«

»Ehemals?«

»Menenius ist tot und Voltania zerstört.«

Der Sesquiplicarius spitzte die Lippen. »Ja, davon habe ich gehört. Wie lauten eure Befehle? Was habt ihr hier ohne Uniform mitten im Feindesland zu suchen? Seid ihr Spione?«

»Meine Befehle gehen dich nichts an. Ich gehöre zu den Arcani und bin in direktem Auftrag von Oclatinius Adventus und Kaiser Antoninus persönlich unterwegs!«

Sobald die Soldaten Oclatinius' Namen hörten, fingen sie ehrfürchtig an zu tuscheln. Silus verkniff sich ein Grinsen. Der alte Sack vermochte noch immer Angst und Schrecken zu verbreiten – genau wie der Ruf der von ihm befehligten Arcani.

»Trotzdem muss ich eure Befehle sehen, sonst kann ich euch nicht passieren lassen«, sagte der Sesquiplicarius. Er schien nun etwas weniger von sich überzeugt, wollte vor seinen Männern aber das Gesicht wahren.

»Schriftliche Befehle haben wir nicht. Sesquiplicarius, du bist nicht gerade der Hellste, oder? Würde ein Spion im

Feindesland etwa Dokumente mit sich führen, die ihn als Spion ausweisen?«

»Selbstverständlich nicht. Aber woher soll ich wissen, dass ihr auch seid, wer ihr behauptet zu sein?«

»Also schön. Wenn du uns durchlässt und wir nicht die sind, für die wir uns ausgeben, ist der Schaden, den zwei Leichtbewaffnete einer tausend Mann starken Armee zufügen können, wohl überschaubar. Wenn ich aber die Wahrheit sage und du uns nicht passieren lässt, wirst du nicht nur unabsehbares Unheil über deinen Kaiser bringen, sondern auch Oclatinius' Zorn auf dich ziehen.«

Bei dieser Vorstellung machte der Sesquiplicarius vor Schreck große Augen. Dann nickte er. »Ihr dürft passieren. Ich werde euch persönlich begleiten. Aus dem Weg, Männer.«

Silus winkte Atius zu sich. Sobald er herangetrabt war, folgten sie dem Sesquiplicarius durch die Lücke in der Reihe seiner Reiter ins dahinterliegende Dorf. Obwohl er sich darauf eingestellt hatte, drehte sich Silus beim Anblick der Leichen – geköpfte und verstümmelte Frauen, Kinder und Alte – der Magen um. Sie lagen verstreut da wie von einem tobsüchtigen Kind durch die Gegend geworfene Puppen. Dann ließen sie das Dorf und damit auch das Gemetzel hinter sich.

»Was macht ihr hier?«, fragte Silus.

»Aufräumen«, sagte der Sesquiplicarius. »Wir haben den Befehl, dafür zu sorgen, dass alle tot sind und nichts Brauchbares zurückbleibt. Hier soll niemand mehr Zuflucht oder Verpflegung finden.«

Silus nickte mit gemischten Gefühlen. »Wie heißt du?«, fragte er.

»Valentius.«

Da er auf einem Pferd saß, war die Größe des stämmigen

Soldaten mit dem langen blonden Haar schwer einzuschätzen, doch Silus war sich sicher, dass er die meisten Männer um ein gutes Stück überragte. »Kommst du aus Gallien?«, fragte er.

Valentius schüttelte den Kopf. »Ich bin aus Galatia. Meine Ahnen waren Kelten, die schon vor den Römern in Asia Minor gelebt haben.«

»Also fließt das Blut der Bewohner dieses Landes auch durch deine Adern. Bringen dich deine Befehle da nicht ins Grübeln?«

Valentius sah Silus an, als hätte er den Verstand verloren. »Ich habe nichts mit diesen Leuten zu tun. Meine Heimat ist seit Jahrhunderten Teil des römischen Imperiums. Meine Treue gilt Rom. Diese Barbaren hassen die Zivilisation und haben Recht, Ordnung und Kultur den Krieg erklärt. Sie können weder lesen noch schreiben, tauschen untereinander ihre Weiber, bringen ihren finsteren Göttern Kinder als Opfer dar und versklaven und foltern römische Frauen zum Vergnügen. Sie sind Ungeziefer und müssen ausgemerzt werden. Was würdest du denn tun, wenn Ratten dein Haus befallen haben?«

Silus biss sich auf die Lippe. Was sollte er darauf entgegnen? Er hatte weitaus mehr Blut der Maeatae und Kaledonier in seinen Adern als Valentius, dessen keltische Vorfahren höchstens entfernte Verwandte der Einwohner dieses Landes waren. Wäre er nicht bei den Römern aufgewachsen – würde ihn dieser Soldat dann ebenfalls als Ungeziefer betrachten? Hätte sein Leben in seiner Jugend einen anderen Lauf genommen, wären dann er und seine Familie bei denjenigen gewesen, die von den Römern ausgemerzt worden waren? Doch dann rief er sich in Erinnerung, dass diese Barbaren seine geliebte Tochter und seine Frau ermordet hatten.

Atius schien von ähnlichen Zweifeln geplagt zu werden. »Haben die Frauen und Kinder denn auch den Tod verdient?«

Valentius verdrehte die Augen. »Selbstverständlich. Man kann keinen Schädlingsbefall beenden, indem man nur die männlichen Erwachsenen beseitigt. Die Frauen ziehen die Jungen groß, die setzen weiteres Ungeziefer in die Welt, und ehe man sich's versieht, geht alles wieder von vorne los. Außerdem hatten sie die Gelegenheit, Frieden zu schließen. Sie haben sie verstreichen lassen und sich für den Krieg entschieden, und jetzt müssen sie mit den Folgen leben.« Er sah Atius und Silus misstrauisch an. »Was sind das denn für Fragen? Seid ihr überhaupt Römer? Das klingt ja fast so, als wärt ihr insgeheim aufseiten dieses Abschaums.«

»Niemals!«, rief Silus lauter als beabsichtigt. »Dieses Geschmeiß hat meine Familie getötet. Ich hasse diese Barbaren.« Er hielt inne und wandte sich ab. »Es ist nur so viel ... Tod und Verderben um uns.«

»So ist das im Krieg. Wir schleichen nicht wie ihr auf leisen Sohlen durch die Gegend und meucheln nichts ahnende Opfer. Wir machen uns die Hände schmutzig. Das ist nichts für Zartbesaitete, sondern die ehrliche, blutige, dreckige und schmerzhafte Arbeit eines Soldaten.«

Silus fragte sich, inwiefern es die ehrliche Arbeit eines Soldaten war, Dorfbewohner abzuschlachten, sagte aber nichts mehr. Sie ritten in forschem Trab weiter.

Bevor sie auf Caracallas Armee trafen, kamen sie an drei weiteren Schauplätzen eines Gemetzels vorbei – zwei Dörfern und einer Wallburg. Der ständige Anblick toter Kaledonier mit blau angelaufenen Gesichtern, von blutverschmierten Kehlen und Leibern, von grässlichen Wunden, von Eltern, die elendig beim Versuch gestorben waren, ihre Kinder zu schützen, ließ Silus abstumpfen, sodass er irgendwann nur noch mit starr geradeaus gerichtetem Blick daran vorbeiritt.

Als sie die Wachposten am Eingang von Caracallas Marschlager erreichten, neigte sich der Tag bereits dem Ende zu. Silus war müde und wund geritten. Seine Augen und seine Kehle brannten, weil sie beständig dem Rauch der brennenden Siedlungen ausgesetzt gewesen waren. Valentius nannte den Wachen die Parole, verbürgte sich für Atius und Silus und führte sie ins Lager. Zuerst brachte er sie zu seinem Kommandanten, einem mürrischen Dekurio, der sie wiederum dem Prätorianerpräfekten Aemilianus Papinianus vorführen ließ.

Der syrische Legat mit dem dunklen, schmalen Gesicht musterte die beiden noch mit dem Staub der Reise bedeckten Spione über seine Hakennase hinweg aus zu eng zusammenstehenden Augen. Aus Geringschätzung wurde Besorgnis, als er hörte, was Silus zu berichten hatte. Sofort befahl er einem Zenturio, um eine dringende Audienz bei Caracalla zu ersuchen. Während sie auf die Antwort warteten, gab man Silus und Atius Fleisch und Wasser und ließ sie auf Hockern vor dem Zelt des Legaten Platz nehmen. Da saßen sie nun mit von dem langen scharfen Ritt brennenden Hinterteilen und Schenkeln.

Um sie herum herrschte reges Soldatentreiben. Ein Marschlager kam niemals zur Ruhe. Es war jahrhundertealte Tradition und Taktik, dass eine römische Streitmacht auf feindlichem Gebiet erst dann das Nachtlager aufschlug, wenn sie die nötigen Verteidigungsmaßnahmen in Form eines Grabens gefolgt von einem palisadengekrönten Erdwall getroffen hatte. Das Werkzeug zur schnellen Errichtung eines solchen Lagers trugen die Legionäre stets mit sich, und diejenigen, die mit dieser anstrengenden Aufgabe betraut waren, wurden vom Rest der Truppe bewacht und vor Überraschungsangriffen geschützt.

Es dämmerte. Graben und Palisade waren bereits fertiggestellt, nun wurden die Zelte aufgeschlagen, in denen die Legionäre, die berittenen Soldaten samt ihren Pferden, der Quartiermeister und der Stab untergebracht wurden. Silus beobachtete, wie sich vier hochgestellte Zenturionen bei dem Legaten meldeten und jeweils eine kleine Holztafel mit der für diese Nacht gültigen Parole ausgehändigt bekamen. Diese Tafeln würden sie an ihre Offiziere und die wiederum an alle weiterreichen, die Kenntnis davon haben mussten. Patrouillen drehten ihre Runden durch die Zeltreihen und hielten Ausschau nach Ärger von innen und Bedrohungen von außen. Die vor den Zelten sitzenden Legionäre waren mit dem Polieren ihrer Rüstung und dem Schärfen ihrer Waffen beschäftigt, fachten Feuer zur Zubereitung des abendlichen Eintopfs an oder aßen mit Löffeln aus kleinen Holzschüsseln.

Jeder Legionär hatte beinahe alles, was er zum Überleben brauchte, auf dem eigenen Rücken hierhergetragen. Sperrigere Lasten fanden auf Packtieren oder Fuhrwerken Platz. Silus staunte einmal mehr über den gewaltigen Unterschied zwischen dem streng nach bewährtem Muster errichteten Lager der Römer und dem chaotischen, planlosen Durcheinander der Barbaren – er war ein Sinnbild für die zum Scheitern verurteilte Revolte der Maeatae. Die von der weit entfernten Hauptstadt Rom ausgehende Macht reichte bis nach Kaledonien. Keine noch so große Armee konnte es mit ihren Legionen aufnehmen.

Aber das hatten die Barbaren zum Leidwesen der Römer auch gar nicht vor. Schon im vergangenen Jahr hatten die

Maeatae und Kaledonier die offene Feldschlacht gemieden und sich auf Überfälle und Hinterhalte verlegt. Die römischen Truppen hatten empfindliche Verluste hinnehmen müssen, und obwohl zu keinem Zeitpunkt die Gefahr einer Niederlage bestanden hatte, war es ein teuer erkaufter Sieg gewesen.

Und nun hatten sie es mit einer weiteren Änderung der gegnerischen Kriegstaktik zu tun. Maglorix beabsichtigte, mit einem groß angelegten Angriff tief in die römische Provinz Britannia vorzustoßen, während die Legionen durch die kaledonische Wildnis stolperten. Auf lange Sicht konnten sich die Barbaren auch hier keine Hoffnung auf einen Sieg machen. Doch wie viel Unheil und Tod würden sie vorher über Silus' Kameraden, über die römische und einheimische Bevölkerung und womöglich sogar über Kaiser Severus und seine Familie bringen?

Silus kaute noch an einer Lammkeule, als der von Papinianus entsandte Zenturio zurückkehrte.

»Legat, der Kaiser verlangt, Euch umgehend zu sehen. Der Arcanus und sein Kamerad sollen ebenfalls vor ihm erscheinen.«

Papinianus sprang auf, gab Silus und Atius durch ein Fingerschnippen zu verstehen ihm zu folgen und marschierte das kurze Stück von seinem eigenen Zelt zu Caracallas Hauptquartier im Prätorium. Die davor postierten Prätorianer führten sie umgehend zu ihm.

Der bärtige Mitkaiser stand hinter einem Feldtisch mit mehreren Wachstafeln darauf und besprach mit einem Militärtribun, einem Primus Pilus und zwei weiteren Zenturionen die morgige Marschroute.

»Augustus«, sagte Papinianus und salutierte. Silus und Atius folgten seinem Beispiel.

Caracalla blickte auf. »Papinianus, vielen Dank, dass du so schnell gekommen bist.« Er musterte Silus und Atius von oben bis unten und rümpfte die Nase über den Gestank, der von ihnen ausging. »Ganz offensichtlich war keine Zeit mehr, um sich etwas frisch zu machen.«

»Wir hielten die neuesten Entwicklungen für zu wichtig, um sich mit solchen Nichtigkeiten aufzuhalten«, sagte Papinianus leicht gekränkt.

»Na schön«, sagte Caracalla. »Dann will ich es aus erster Hand erfahren. Silus, du hast ja anscheinend so einiges erlebt. Aber deine Abenteuer kannst du mir ein andermal erzählen. Jetzt sag mir, was ich so dringend hören muss.«

Silus holte tief Luft und erstattete zügig und mit knappen Worten Bericht. Eigentlich hätte er in der Gegenwart des Mitkaisers etwas mehr Ehrfurcht an den Tag legen müssen, aber er war zu müde und zu abgestumpft, um sich über derlei Gedanken zu machen.

»Augustus, wir haben Maglorix aufgespürt. Bevor wir ihn aus dem Weg räumen konnten, wurden wir bedauerlicherweise gefangen genommen. Maglorix wollte uns seinen Göttern als Opfer darbringen, offenbar in einem als der dreifache Tod bezeichneten Ritual.«

»Dreifach? Ihr wart zu dritt?«

»Ja«, sagte Silus. »Wie sich herausstellte, war Menenius ein Gefangener der Barbaren.«

»Menenius? Er lebt?«

Silus schüttelte den Kopf. »Er gab sein Leben, um uns die Flucht zu ermöglichen, Augustus.«

»Zu schade«, sagte Caracalla. »Er war ein guter Mann.«

»Ja, Augustus.«

»Weiter.«

»Da Maglorix nicht damit rechnete, dass uns die Flucht

gelingen könnte, weihte er mich – wohl um mich vor meinem Ende so tief als nur möglich zu demütigen – in seinen Schlachtplan ein. Die Überfälle auf die Festungen entlang des Antoninuswalls dienten nur dazu, Euch herauszufordern und dazu zu verleiten, mit Euren Legionen eine Strafexpedition in den Norden zu unternehmen. Er hat eine große Streitmacht um sich geschart und will an Euch vorbei nach Süden marschieren. Nach Eboracum.«

Der Tribun und die Zenturionen in Caracallas Stab holten hörbar Luft.

»Bist du dir da sicher?«

»Ja, Augustus. Er äußerte die Absicht, den Kaiserpalast zu erstürmen.«

»Augustus, er will uns bezwingen, indem er der Schlange den Kopf abhackt«, sagte Papinianus.

Caracalla schlug mit der Faust auf den Tisch. »Doch stattdessen wird er es mit einer Hydra zu tun bekommen«, rief er ungehalten. »Wo ist Maglorix jetzt? Ist er bereits auf dem Weg?«

»Er hat sein Lager in Pinnata Castra aufgeschlagen.«

»Tatsächlich? Eine weitere Demütigung«, sagte Caracalla. »Hat er erwähnt, wann er aufbrechen will?«

»In ein paar Tagen, hat er gesagt. Ich glaube, er wollte die Ankunft weiterer Krieger abwarten. Womöglich aus Kaledonien.«

»Das wäre naheliegend. Auch wenn auf dem Weg nach Eboracum und in der Stadt selbst nur kleinere Garnisonen stationiert sind, braucht er eine große Armee, um ihre Verteidigungsanlagen zu durchbrechen.«

»Augustus, die Festungen entlang des Walls sind noch nicht vollends instand gesetzt und werden ihn nicht lange aufhalten«, gab Papinianus zu bedenken. »Eboracum dagegen ist zugegebenermaßen eine härtere Nuss. Wohin sollen wir marschieren? Nach Eboracum oder nach Pinnata Castra?«

Caracalla legte die Stirn in Falten. »Wenn wir sie in Pinnata Castra erwischen, können wir sie auf feindlichem Gebiet bekämpfen und die am Antoninus- und Hadrianswall stationierten Garnisonen retten. Doch wenn wir zu spät kommen, verlieren wir wertvolle Zeit. Sie sind in der Lage, sich rasch zu bewegen. Sie kennen das Land, sind nur leicht gerüstet und verfügen über Pferde in großer Zahl. Es ist keineswegs garantiert, dass wir Eboracum vor ihnen erreichen.«

»Sie werden einen Bogen um Horrea Classis machen, um von den dortigen Truppen nicht bemerkt oder gar herausgefordert zu werden, und durch das Landesinnere direkt nach Süden marschieren«, sagte Papinianus. »Wir sollten uns nach Südosten wenden und sie am Antoninuswall abfangen.«

»Weise Worte, Papinianus«, sagte Caracalla.

»Also gebe ich den Befehl, bei Tagesanbruch zurück nach Eboracum zu marschieren?«

»Nein«, sagte Caracalla.

»Augustus?«, fragte Papinianus überrascht.

»Wir marschieren nach Pinnata Castra. So können wir womöglich die Garnisonen entlang des Walls retten.«

»Augustus, Ihr spielt mit den Leben Eures Vaters und Eures Bruders«, sagte Papinianus leise.

»Krieg ist nun mal ein Wagnis«, sagte Caracalla. »Und jetzt lasst mich allein. Ich muss in Ruhe nachdenken.«

»Augustus.« Papinianus, die Offiziere, Silus und Atius salutierten und strebten zum Ausgang des Zeltes.

»Silus«, sagte Caracalla mit fester Stimme. »Du bleibst hier.«

Silus sah erst Atius an, der mit den Schultern zuckte, dann Papinianus, der die Stirn runzelte.

»Sehr wohl, Augustus«, sagte Silus und stand stramm, während die anderen das Zelt verließen.

Sobald sie allein waren, deutete Caracalla auf einen Klapphocker mit lederner Sitzfläche. »Nimm dir Wein und setz dich.«

Auf dem Tisch standen ein kleiner Weinkrug und ein leerer Becher. Silus bediente sich großzügig und setzte sich auf den ihm zugewiesenen Platz. Eine Weile lang ging Caracalla schweigend im Zelt auf und ab und rieb sich den lockigen Bart. Silus trank ängstlich den Wein, ohne ihn zu schmecken, und fragte sich, was er wohl hier sollte.

Endlich setzte sich auch Caracalla Silus gegenüber auf einen Stuhl, nippte an seinem eigenen Wein und sah Silus neugierig an. »Silus, was treibt dich an?«

»Ich … Augustus, ich weiß nicht, was …«

»Weshalb stehst du morgens auf? Warum begibst du dich ins Feindesland und setzt dein Leben aufs Spiel?«

Silus suchte nach den richtigen Worten auf diese schwierigen Fragen, die er sich ja selbst die ganze Zeit stellte. Seine Familie war tot, was hatte das alles also noch für einen Sinn? Früher oder später gelangte er immer zu derselben Antwort. »Rache.«

Caracalla nickte, ließ den Wein im Becher kreisen und starrte hinein, als hoffte er, Eingebung oder gar einen Blick in die Zukunft in dem kleinen Strudel zu finden. »Schön, wenn man ein Ziel hat. Was ist wohl mein Ziel?«

»Augustus?« Silus vermutete eine rhetorische Frage.

»Mein Vater ist alt und krank und wird bald von uns gehen. Dann werden mein Bruder und ich als Kaiser herrschen. Ist es meine Bestimmung, für die Sicherheit und Unversehrtheit des Imperiums zu sorgen? Seine Grenzen weiter auszudehnen und seinen Ruhm zu mehren? Oder bin ich nur auf der Welt, um meine persönliche Würde und Autorität zu mehren?«

Silus vermutete, dass seine Meinung dazu nicht gefragt war, und hielt wohlweislich den Mund.

»Mein Vater wurde vor jetzt bald zwanzig Jahren Kaiser. Er wurde nicht dazu gezwungen. Rom hatte bereits einen Kaiser.« Caracalla blickte zu Silus auf. »Weißt du, was damals geschah, vor zwei Jahrzehnten und eintausend Meilen von hier?«

»In Grundzügen, Augustus.«

»Auf den viel geliebten Mark Aurel folgte sein ungleich weniger beliebter Sohn Commodus. Nach ihm kam Pertinax, der von den Prätorianern ermordet wurde. Diese verschacherten das Imperium anschließend an den Höchstbietenden, einen Senator namens Didius Julianus. Doch gleichzeitig wollte die Armee meinen Vater zum Kaiser ausrufen. Warum hat er eingewilligt? Zum eigenen Ruhm oder aus Pflichtgefühl gegenüber dem Imperium? Er behauptet selbstverständlich stets Letzteres. Es sei seine Pflicht gewesen, ein Opfer, das zu bringen er gezwungen gewesen sei. Doch seine wahren Beweggründe hat er mir nie offenbart.«

»Augustus, könnte es nicht beides gewesen sein? Vielleicht wusste er, dass er ein besserer Herrscher als Julianus sein würde und dass er, wenn er erst einmal Kaiser war, sowohl den Ruhm des Imperiums als auch seinen eignen mehren konnte.«

»Schon möglich. Von einem seiner Anhänger weiß ich, dass der Christus einmal gesagt hat, niemand könne zwei Herren dienen. Ich ließ diesen Mann selbstverständlich hinrichten, immerhin hatte er ja zugegeben, dass er mir nicht so gut wie seinem Gott dienen würde.«

Silus dachte an Atius' Glauben und sein oftmals zu lockeres Mundwerk und hoffte inständig, dass sein Freund schlau genug war, einem so mächtigen Mann keinen solchen Blödsinn zu erzählen.

»Aber ich verstehe, was er damit sagen wollte. Kann ich zwei Herren dienen? Dem Imperium und meinem Ruhm?«

»Augustus, wenn Ihr Kaiser seid, werden Euer Ruhm und der Ruhm Eures Imperiums ein und dasselbe sein.«

»Nicht, wenn ich mir den Ruhm mit einem anderen teilen muss!«, sagte Caracalla mit plötzlich harter Stimme.

Silus schloss den Mund und sah zu Boden.

»Ich habe kein Vertrauen in Papinianus. Er ist meinem Vater treu ergeben. Ich kann mit ihm nicht so reden wie mit dir.«

»Weshalb vertraut Ihr Euch ausgerechnet mir an, Augustus?«

»Weil du mir treu gedient hast, Silus. Und ganz abgesehen davon, dass ich dich erdrosseln ließe, wenn du irgendjemandem von dieser Unterhaltung erzählst – niemand würde dir glauben, dass sie jemals stattgefunden hätte.«

Silus senkte das Haupt und kniff die Hinterbacken zusammen, damit ihm kein Unglück passierte.

»Mein Bruder ist schwach. Seine Mutter hat ihn zu sehr verwöhnt. Er hat keine militärische Erfahrung und weder das Format noch das Zeug dazu, die Purpurtoga zu tragen. Und doch muss ich nach Vaters Tod die Macht mit ihm teilen. Damit bin ich ganz und gar nicht einverstanden, Silus. Und ich glaube auch, dass es für Rom nicht das Beste wäre.«

Caracalla verstummte. Silus wusste nicht, ob er von ihm erwartete, einfach nur still dazusitzen. Als sich das Schweigen in die Länge zog, fasste er sich ein Herz. »Weshalb beschäftigt Euch das gerade jetzt so sehr, Augustus?«

Caracalla seufzte. »Weil wir uns an einem der Scheidewege

unseres Lebens befinden. Es steht in meiner Macht, meinen Bruder und meinen Vater zu retten. Es steht aber auch in meiner Macht, sie ihrem Schicksal zu überlassen. Wenn Maglorix' Armee Eboracum erobert, ist es gut möglich, dass mein Vater und mein Bruder dem darauffolgenden Massaker zum Opfer fallen. Und dann herrsche ich allein.«

Silus schluckte schockiert. Ihm fehlten die Worte.

»Wem bin ich verpflichtet, Silus? Welchem Herrn soll ich dienen? Meinem eigenen Ruhm oder der Herrlichkeit Roms?«

Silus sagte nichts. Sein Herz raste, sein Gesicht brannte wie Feuer. Er wollte nur weg von hier und bei seinen Kameraden sein.

Caracalla seufzte. »Geh und lass mich nachdenken, Silus. Ich wünsche mir für dich, dass dir die Rache, die du suchst, Frieden bringt. Wenn ich nur ebenfalls wüsste, wie ich meinen Frieden finden kann.«

Silus stand auf, verneigte sich tief und verschwand so schnell, wie es ihm ziemlich erschien.

Silus und Atius übernachteten in Valentius' Zelt. Atius bedrängte Silus, ihm von seinem Plauderstündchen bei Caracalla zu erzählen. Silus, der schon die Schlinge um den Hals spürte, wenn er an die Redseligkeit seines Freundes dachte, sagte lediglich, dass Caracalla noch einige militärische Einzelheiten hatte wissen wollen. Atius sah ihn an, als wüsste er, dass er log, drang aber nicht weiter in ihn.

Trotz seiner Sorgen schlief Silus tief und fest, bis er im Morgengrauen von der Trompete geweckt wurde, die den Soldaten das Zeichen zum Abbruch des Lagers gab. Valentius, der bereits aufgestanden war, steckte seinen Kopf in das Zelt, um nach seinen Gästen zu sehen.

»Aufstehen, ihr beiden«, sagte er. »Wir brechen in einer halben Stunde auf.«

»Wohin denn?«, fragte Silus.

»Das fragst ausgerechnet du? Nach Pinnata Castra«, sagte Valentius. »Weil du die Barbaren dort aufgespürt hast. Diesmal werden wir sie auf offenem Feld erwischen. Sie werden uns nicht mehr in einen Hinterhalt locken, die Nachzügler entführen und foltern oder den Tross überfallen. Damit ist Schluss. Diesmal zwingen wir sie zum Kampf.«

Sein Kopf verschwand aus dem Zelteingang.

Silus holte tief Luft und atmete langsam aus.

Atius sah Silus mit müden, schlafverkrusteten Augen an. »Die ziehen in den Krieg? Und was machen wir? Wir haben keine weiteren Befehle und unser Kommandant ist mehrere Hundert Meilen weit weg.«

»Hmm. Vor meiner Aufnahme bei den Arcani war ich Explorator. Also melden wir uns einfach beim Befehlshaber der Exploratores.«

Sie zogen sich hastig an und bewaffneten sich mit Bogen, Köcher, Kurzdolch und Gladius und machten sich auf die Suche nach jemandem, der ihnen neue Befehle erteilen würde.

Fünfzehntes Kapitel

Bei Tagesanbruch, mit einem halben Dutzend Speculatores unter seinem Befehl und dem Mitkaiser des Römischen Reiches sowie drei beinahe vollzähligen Legionen hinter sich, kam ihm Pinnata Castra gar nicht mehr so unheimlich vor. Das mochte außerdem daran liegen, dass weit und breit keine Barbaren mehr zu sehen waren. Maglorix war bereits weg.

Das hatte sich Silus schon gedacht. Sobald Maglorix von seiner Flucht erfahren hatte, war er sofort aufgebrochen, um Caracallas Armee zu entwischen. Die Barbaren hatten sich nicht die Mühe gemacht, die Spuren ihrer Anwesenheit zu verbergen. Weshalb auch? Entweder irrte Caracalla meilenweit von hier entfernt durch den Norden, oder – falls Silus ihn rechtzeitig erreicht hatte – er wusste sowieso, wo sich die Barbarenarmee befand.

Noch hatte kein Regen die Asche der Lagerfeuer fortgespült, und im trocknenden Schlamm waren die Spuren von Fuhrwerken, Pferden und Kriegern zu erkennen. Die Hinterlassenschaften einer großen Streitmacht waren überall in der alten Festung verteilt: unbrauchbar gewordene Waffen, zerbrochenes Tongeschirr, Tierknochen und Muschelschalen, Metallsplitter und Holzspäne von Schmieden und Schreinern. Die Pferde schnaubten nervös, beunruhigt von der Umgebung mit den vielen unvertrauten Gerüchen. Silus band sein Tier fest, dann ließ er seine Kundschafter auf der Suche nach möglichen Nachzüglern, Spuren, Proviant und was sich sonst noch als brauchbar erweisen konnte, die alte Festung durchkämmen.

In der Mitte des Lagers war in den hundert Jahren, seit die Römer das Kastell aufgegeben hatten, an der Stelle des ehemaligen Prätoriums eine hohe, starke Eiche gewachsen. Drei nackte Leichen baumelten daran. Ihre Handgelenke waren an die dicken Äste genagelt. Silus und Atius sahen sie sich genauer an.

Es waren zwei Männer und eine Frau – eine junge Frau, die vom Alter und Aussehen her Enid ähnelte. Eine brigantische Sklavin, vermutete Silus. Sie war noch nicht lange tot. An ihrem Hals konnte Silus noch die Spuren des Seils erkennen, mit dem man sie erhängt hatte. Dann wandte er sich den beiden anderen Leichen zu. Sie waren männlich – ansonsten war nicht mehr viel zu erkennen. Ein Leichnam war völlig verbrannt. Die Gliedmaßen hatten sich durch die große Hitze in unnatürlicher Verrenkung zusammengezogen, aus den kohlschwarz geschrumpften Lippen grinsten zerbrochene, aschefleckige Zähne. Gelegentlich drang der Geruch von verkohltem Fleisch durch den starken Verwesungsgestank.

Dem dritten Leichnam fehlte die Haut. Die Muskelanatomie darunter, die Silus bisher nur in Teilen, hauptsächlich an tödlich verwundeten Kameraden und Feinden, zu Gesicht bekommen hatte, war beinahe vollständig zum Vorschein gekommen. Das Blut war auf dem mit Sehnen und Adern durchzogenen Fleisch gestockt. Der Bauch war aufgeschlitzt, sodass die Eingeweide herausgequollen waren und den wilden Tieren, die die Leichen nicht hatten erreichen können, als Nahrung gedient hatten. Ihr Gestank war unbeschreiblich.

Atius starrte die drei Leichen mit offenem Mund an.

»Komm da weg«, sagte Silus und legte die Hand auf den Arm seines Freundes.

»Das da? Das hatten sie mit uns vor?«

Silus nickte. »Ja, und du kannst deinem Gott dafür danken, dass es ein paar andere erwischt hat.«

Silus wollte ihn am Ellenbogen wegführen, doch Atius schüttelte ihn wütend ab, neigte den Kopf und murmelte ein Gebet. »Christus, nimm diese armen Seelen in dein Reich auf und gib ihnen den Frieden, der ihnen auf Erden versagt geblieben ist.«

Silus wartete respektvoll ab, bis Atius sein Gebet beendet hatte.

»Na los, wir müssen Caracalla Bericht erstatten und uns auf Maglorix' Fährte setzen. Wir wissen nicht, wie viel Vorsprung er hat.«

Atius sah aus, als müsse er sich übergeben. Doch dann drehte er sich auf dem Absatz um und machte sich auf den Weg zum Haupteingang der Festungsruine. »Werden wir ihn rechtzeitig erreichen?«, fragte er.

»Das ist schwer zu sagen. Seine Armee kennt das Land besser als wir und ist beweglicher. Dafür besteht sie aus den Kriegern vieler Barbarenstämme, und die zusammenzuhalten und dazu zu bringen, seine Befehle zu befolgen, ist schwieriger, als einen Sack Flöhe zu hüten.«

Von der gegenüberliegenden Seite der Ruinen schallte der Ton einer Pfeife zu ihnen herüber: ein Warnsignal. Silus und Atius liefen geduckt zu einem Kundschafter, der durch eine Lücke in der Festungsmauer spähte. Er deutete auf etwas, und Silus folgte seinem Blick. Vier langhaarige, mit Speeren und Schilden ausgerüstete Reiter ritten auf die Ruine zu – Kaledonier, wie Silus an ihren Stammeszeichen erkannte. Sie waren noch etwa dreißig Schritt entfernt.

Die anderen Speculatores stießen ebenfalls zu ihnen.

»Was sollen wir tun?«, fragte Atius.

Silus beobachtete die Reiter noch einen Augenblick, um abschätzen zu können, wie sie in die Festung gelangen wollten. Der Haupteingang befand sich auf der anderen Seite des ehemaligen Kastells, doch hier hatte sich der Graben vor einer Lücke in der Mauer, die groß genug für zwei Pferde war, im Laufe der Zeit mit Geröll gefüllt. Wie es aussah, wollten die Kaledonier an dieser Stelle in die Festung reiten.

»In Deckung, schnell«, sagte Silus. »Ihr schießt auf mein Zeichen. Achtet darauf, dass keiner am Leben bleibt.«

Die römischen Späher – drei auf jeder Seite – drückten sich flach gegen die Festungsmauern, Silus und Atius verbargen sich hinter einem Geröllhaufen in der Nähe der Mauerlücke, durch die die Kaledonier nun tatsächlich hindurchritten. Silus wartete ruhig atmend, mit gespanntem Bogen und schussbereitem Pfeil, bis alle vier Reiter in der Festung waren. Dann stand er auf und zielte auf den Anführer des kleinen Trupps. Der Pfeil bohrte sich mitten in die Brust des Barbaren.

Er fiel mit einem Schrei vom Pferd, woraufhin sich das Tier daneben aufbäumte und mit seinem sich verzweifelt daran festklammernden Reiter durchging. Atius verfolgte das Pferd mit der Pfeilspitze, schoss und traf es ins Hinterbein. Das Tier stürzte, der Reiter wurde über den Kopf des Pferdes hinweggeschleudert und blieb bewusstlos liegen. Atius rannte auf ihn zu.

Silus sah sich um. Die beiden anderen Barbaren waren bereits tot. Die hinter der Mauer lauernden Kundschafter hatten sie vom Pferd gezogen und mit ihren Messern kurzen Prozess mit ihnen gemacht. Silus folgte Atius.

Als er ihn erreichte, hatte Atius dem Kaledonier bereits

die Hände hinter dem Rücken gefesselt. Der Barbar hatte eine Kopfwunde davongetragen und stöhnte benommen, war aber wieder einigermaßen bei Bewusstsein.

»Weck ihn auf«, sagte Silus.

Atius gab dem Barbaren zwei so kräftige Ohrfeigen, dass sein Kopf hin und her geschleudert wurde. Der Kaledonier stöhnte wieder und öffnete die Augen. Beim Anblick der beiden auf ihn hinunterblickenden Römer verzog er das Gesicht und stieß eine schnelle Folge keltischer Schimpfwörter in einem Akzent aus, den Silus noch nie gehört hatte.

»Wie heißt du?«

Der Barbar runzelte die Stirn. »Ich bin Guthor, Sohn des Boisil, Stammesfürst der Cornovii«, sagte er stolz.

»Wir haben einen Fürsten erwischt«, sagte Silus. »Der Augustus wird sich bestimmt mit ihm unterhalten wollen.«

Silus setzte sich auf die feuchte Erde, zog in ein Tuch gewickelten Käse hervor und aß langsam.

Es dauerte nicht lange, bis der Hauptteil des römischen Heeres eintraf. Silus schickte einen Speculator mit der Nachricht zu Caracalla, dass sie einen kaledonischen Stammesfürsten gefangen genommen hatten.

Caracalla erschien kurz darauf in Begleitung von Papinianus und zweier Prätorianer. Er trug eine auf Hochglanz polierte, nach dem Tagesmarsch jedoch mit Schlamm bespritzte Rüstung – selbst als Kaiser war man nicht vor dem Schmutz der Reise gefeit. Silus packte Guthor an den langen Haaren und zerrte ihn vor dem Augustus auf die Knie.

»Wen haben wir denn hier, Silus?«, fragte Caracalla und stieg von seinem edlen kastanienbraunen Hengst. Papinianus saß ebenfalls ab und stellte sich schützend hinter die rechte Schulter des Kaisers.

»Ein kleiner Reitertrupp hat sich kurz nach unserer Ankunft der Festung genähert. Wir konnten diesen Mann lebend erwischen, die anderen sind tot. Er behauptet, Guthor, Sohn des Boisil zu sein, Stammesfürst der Cornovii.«

Guthor schien des Lateinischen nicht mächtig, blickte aber trotzig zu Caracalla auf, als er seinen Namen hörte. Dann sah Silus Furcht in seinen Augen, als der Barbar begriff, vor wem er da kniete.

»Hast du ihn schon verhört?«

»Nein, Augustus. Ich dachte, Ihr wollt das vielleicht selbst übernehmen.«

»Wie alles andere hier«, seufzte Caracalla, doch Silus bemerkte den Anflug eines Lächelns hinter dem lockigen Bart. »Na schön. Frag ihn, was er in Pinnata Castra zu suchen hat.«

Silus übersetzte die Frage ins Keltische. Guthor zischte ihm wütend eine Antwort zu.

»Maglorix von den Maeatae hat zu den Waffen gerufen und er ist dem Ruf gefolgt. Sein Vater hat ihn mit fünfhundert Mann losgeschickt, um die römischen Eindringlinge aus Kaledonien zu vertreiben.«

»Frag ihn, wo diese Männer jetzt sind und wohin Maglorix unterwegs ist.«

Silus übersetzte. Guthor antwortete freimütig. Er schien offenbar zu glauben, dass er den Römern nichts Wissenswertes mitzuteilen hatte.

»Seine Männer folgen ihm in einem Tagesritt Entfernung. Er ist vorgeritten, um Maglorix mitzuteilen, dass er mit einer Verstärkung seiner Truppen rechnen könne. Angeblich war vereinbart gewesen, sich hier zu treffen. Das erklärt auch, weshalb sie sich der Ruine so sorglos genähert haben. Wohin der Stammesfürst marschiert, weiß er nicht. Augustus, Maglorix ist früher aufgebrochen, als er ursprünglich vorhatte.«

»Weil er weiß, dass du mir seine Pläne verraten hast und dass ich ihm auf den Fersen bin. Kein Zweifel.«

»Ja, Augustus.«

»Maglorix ist also aus seinem Loch gekrochen und davongehoppelt. Wir müssen ihn verfolgen wie ein Fuchs, der hinter einem Hasen her ist und selbst von einer Hundemeute gehetzt wird. Silus, die Jagd ist eröffnet.«

»Ja, Augustus. Was soll mit dem Kaledonier geschehen? Er wird sicher ein hübsches Lösegeld einbringen.«

Caracalla zog seinen Gladius und stieß ihn fachmännisch zwischen Schulter und Hals tief in Guthors Brust – es war der Todesstoß eines Gladiators. Guthor starb beinahe lautlos.

»Der Befehl meines Vaters lautet, niemanden am Leben zu lassen.« Er drückte Papinianus das Schwert in die Hand. Dieser reichte es wiederum einem Prätorianer, der es an seinem roten Umhang sauber wischte und dann zurückgab.

Caracalla sprang schwungvoll in den Sattel. »Papinianus, wir müssen diese Hundesöhne aufhalten, bevor sie jenseits des Hadrianswalls sind und unsere Provinz verwüsten. Gib den Befehl zum Sammeln. Gewaltmarsch, bis wir sie eingeholt haben.«

Maglorix' Armee zu folgen war einfach. Die Spuren so vieler Männer ließen sich selbst in den Wäldern und Sümpfen, Tälern und Hügeln der unwirtlichen kaledonischen Wildnis nicht verbergen. Silus und Atius ritten zusammen mit den anderen Spähern voraus, erkundeten die günstigsten Marschrouten für Caracallas Legionen und machten sie auf für einen Hinterhalt günstige Stellen aufmerksam.

Die Maeatae und Kaledonier hatten es ihren römischen Verfolgern so schwer wie möglich gemacht. Die Späher mussten insbesondere auf den breiteren Straßen stets auf der Hut vor allen möglichen Fallen sein. Auf einem Wegabschnitt waren Krähenfüße – große für die Pferde, kleinere für die Fußsoldaten – im aus dem Laub des Vorjahres bestehenden Mulch verborgen gewesen. Die spitzen Fußangeln hatten sich in Sohlen gebohrt und Sehnen durchtrennt und so einige Männer und Pferde außer Gefecht gesetzt. An anderen Stellen waren mit angespitzten Holzpflöcken versehene und mit Ästen getarnte Fallgruben ausgehoben oder dünne Seile zwischen den Bäumen gespannt – auf Kopfhöhe, um einen unachtsam heranpreschenden Reiter zu enthaupten, oder knapp über dem Boden, um dem Pferd die Beine zu brechen.

Einmal sah ein Kundschaftertrupp eine kleine Kuhherde in der Nähe vorbeiziehen. Da eine Armee im Feindesland stets auf der Suche nach Proviant war, ritten sie darauf zu, um die Tiere zusammenzutreiben, und direkt in einen Hinterhalt der Maeatae hinein. Vier wurden vom Pfeilhagel getötet, drei gefangen genommen und gefoltert. Ihre Schreie drangen bis zur vorbeimarschierenden Armee, und die Soldaten murmelten Flüche und Bannsprüche gegen das Böse oder beschwerten sich untereinander darüber, dass sie in diesem verfluchten Land nichts verloren hätten. Man schickte mehrere Späher los, um sie zu befreien, doch diese fanden nur einen soeben verlassenen Lagerplatz vor.

Als Caracalla zu Ohren kam, dass die grässlichen Schreie einen ungünstigen Einfluss auf die Moral der Männer hatten, ließ er Silus und Atius rufen.

»Spürt diese Kundschafter auf, befreit sie oder erlöst sie von ihrem Elend«, befahl er.

Silus und Atius gingen zu Fuß neben den marschierenden Soldaten her und warteten darauf, dass die Folter fortgesetzt wurde. Sobald die ersten markerschütternden Schreie ertönten, rannten sie wie Hasen auf der Flucht vor dem Adler durchs Unterholz darauf zu. Die Barbaren hatten ihr Lager eine halbe Meile von der römischen Vorhut entfernt aufgeschlagen: gerade nahe genug, dass die Schreie der Gefolterten bis zu den Legionären drangen.

Silus schlich sich unbemerkt bis auf wenige Fuß an sie heran und spähte durch die Zweige einer Stechpalme. Atius war direkt hinter ihm. Silus zählte fünf Barbaren, die ihre kräftigen Pferde gleich in der Nähe festgebunden hatten. Er hielt fünf Finger in die Höhe und signalisierte Atius dann, wo genau sich die Männer befanden.

Die drei römischen Gefangenen waren verschnürt wie bratfertige Hühner. Zwei lagen mit Knebeln im Mund auf dem Boden. Sie atmeten noch, gaben ansonsten aber kein Lebenszeichen von sich. Die Barbaren hatten ihnen die Waffen und Rüstungen weggenommen. Ihre Tuniken waren blutig und zerrissen, und durch die Löcher waren klaffende Schnitte, Risse und Brandwunden auf der Haut zu erkennen. Einem fehlte eine Hand. Der Stumpf war nicht versorgt, sondern nur abgebunden worden, damit der Mann nicht verblutete. Am Kopf des anderen waren an Stelle der Ohren rote Wunden, aus denen Blut sickerte.

Der dritte römische Kundschafter wurde von zwei Barbaren aufrecht gehalten, während ihm ein dritter Stammeskrieger den kräftigen Arm um den Hals gelegt hatte, mit der anderen sein Haar gepackt hielt und seinen Kopf nach hinten riss. Ein weiterer Barbar, offenbar der Anführer der Gruppe, hielt dem Gefangenen einen Ast vor das Gesicht. Silus und Atius beobachteten entsetzt, wie er ihn in das Auge des Römers bohrte.

Aus der Nähe waren die Schreie noch markerschütternder. Silus musste sich dazu zwingen, den Blick nicht abzuwenden. Als der Barbar den Ast zurückzog, liefen Blut und eine klare Flüssigkeit über das Gesicht des Gefangenen, und die Schreie verwandelten sich in ein abgehacktes Schluchzen.

»Es sind zu viele«, flüsterte Atius in Silus' Ohr. »Wir müssen Verstärkung holen.«

Silus schüttelte den Kopf. »Bis wir zurück sind, haben sich diese Drecksäcke längst wieder aus dem Staub gemacht. Sie wissen genau, dass sie nicht lange an einem Ort verweilen dürfen. Wir haben den Befehl, diesem grausamen Spiel ein Ende zu setzen.«

Er legte einen Pfeil auf und gab Atius zu verstehen, dass er den ohrlosen Gefangenen übernehmen würde. Atius zielte auf den Einhändigen. Sie ließen im selben Augenblick die Pfeile fliegen. Die Gefangenen schrien auf, als sich die Geschosse zielsicher in ihre Brust bohrten, zuckten und rissen an ihren Fesseln. Blut strömte aus den Wunden und Mündern der keuchenden Männer.

Sofort griffen die Barbaren nach ihren Speeren und sahen sich nach den verborgenen Schützen um. Dabei ließen sie den Gefangenen los, dem sie soeben ein Auge ausgestochen hatten. Er sank auf die Knie und fing wieder an zu schreien.

In stummem Einverständnis machten sich Silus und Atius weitere Pfeile schussbereit und jagten sie in die Brust des Römers. Er kippte nach hinten weg und rührte sich nicht mehr.

Ein Barbar bemerkte die Bewegung im Gebüsch und machte seine Kameraden auf die beiden römischen Späher aufmerksam. Silus und Atius hängten sich die Bogen um die Schultern und rannten los. Nun war nicht länger Heimlichkeit, sondern Schnelligkeit gefragt. Sie stürmten mit eingezogenem Kopf durch das Unterholz, ohne auf die Zweige und Dornen zu achten, die an ihrer Kleidung zerrten und ihre Haut aufrissen.

Eine Weile lang sah es so aus, als könnten die überraschend ausdauernden und flinken Verfolger sie einholen, doch dann verstummte das Wutgeschrei der Barbaren abrupt. Silus vermutete, dass sie die Jagd aufgegeben hatten, da sie der römischen Armee nicht zu nahe kommen und ihrerseits als Gefangene enden wollten. Er zupfte an Atius' Ellenbogen, und sie blieben stehen, stemmten die Hände auf die Knie und rangen nach Luft.

»Jetzt werden sich diese Arschgeburten die nächsten armen Schweine schnappen und genauso weitermachen«, sagte Atius.

»Schon möglich«, sagte Silus. »Wir können nur hoffen, dass sich die anderen nicht so dämlich anstellen. Die werden unsere Kameraden jedenfalls nicht länger mit ihrem Geschrei beunruhigen.«

Atius blickte finster, kehrte Silus den Rücken zu und machte sich auf den Rückweg. Silus folgte ihm.

Letzten Endes konnten kein Hinterhalt, keine Falle und keine gefolterten Gefangenen die Kampfkraft von Caracallas Armee nennenswert schwächen, da die Anzahl der dadurch getöteten oder außer Gefecht gesetzten Soldaten im Vergleich zur gesamten gewaltigen Streitmacht verschwindend gering war. Doch die Heimtücke der Barbaren verlangsamte den Vormarsch und zehrte an den Nerven der Soldaten. Die Veteranen des letztjährigen, von Severus angeführten Feldzugs erinnerten sich mit Groll an die Verluste, die die Heimtücke des Feindes damals gefordert hatte, und erschreckten die unerfahrenen Rekruten mit ihren Erzählungen. Dass die Armee des Öfteren anhalten und warten musste, bis Fallen aus dem Weg geräumt oder für einen Hinterhalt geeignete Stellen ausgekundschaftet waren, sorgte für weitere Verzögerungen.

Sie erreichten den Antoninuswall an der Stelle des unmittelbar westlich von Voltania gelegenen Kastells. Allem Anschein nach war es ein kurzer und blutiger Kampf gewesen. Die aus Hilfstruppensoldaten bestehende Garnison war bei Weitem zu klein gewesen, um in der verfügbaren Zeit die Verteidigungsfähigkeit der Festung so weit wiederherzustellen, dass sie Maglorix' Barbarenhorde hätte standhalten können. Diese hatte das Wenige, was nach seinem ersten Angriff stehen geblieben oder wiederaufgebaut worden war, nun endgültig in Schutt und Asche gelegt.

In der Mitte des Kastells war ein Scheiterhaufen mit Schilden, Schwertern sowie mehreren mit Honig und Öl gefüllten Töpfen darum herum errichtet worden. In der noch qualmenden Asche lagen ein paar Skelette. Silus stellte sich die Druiden bei den Bestattungsriten vor, wie sie mit ihren mit Schnitzereien bedeckten Eibenstäben wedelten, die im Kampf Gefallenen ehrten und mit ihren Gesängen den Weg in die nächste Welt wiesen.

Die römischen Soldaten dagegen lagen noch an der Stelle, an der sie gestorben waren, zur Beute für die Aasfresser bestimmt.

Missmutig beobachtete Silus die Männer, die die Gefallenen zusammentrugen, um sie einer ehrenvollen Feuerbestattung zuzuführen. Immerhin war Caracalla nicht durch Voltania marschiert – Silus hätte es nicht ertragen, sein altes Kastell ein weiteres Mal zerstört und die Garnison abgeschlachtet zu sehen.

Caracalla verschwendete keine Zeit. Sobald sie den Toten mit Respekt, aber auch mit Eile die letzte Ehre erwiesen hatten, befahl er den Weitermarsch. Jetzt, wo die Armee das schwierige Terrain und Maglorix' böse Überraschungen hinter sich gelassen hatte und der breiten Heerstraße folgen konnte, die vom Antoninus- zum Hadrianswall und weiter nach Eboracum führte, kam sie bedeutend schneller voran.

Doch selbst als sie den Tross – selbstverständlich beschützt von einer nicht unerheblichen Streitmacht – zurückließen und die Marschlager nutzten, die sie beim Hinweg errichtet hatten, wurde bald deutlich, dass sie zu langsam waren, um Maglorix einzuholen.

Eines Abends rief Caracalla Silus und Atius zu sich ins Prätorium. Ein Prätorianer holte sie am Eingang ab und brachte sie zum Kaiser, der gerade mit Papinianus eine Karte studierte. Silus und Atius standen stramm, ohne vorerst Beachtung zu finden.

»Augustus, der Proviant reicht nur noch für einen weiteren Tag«, sagte Papinianus. »Mehr konnten die Soldaten nicht mit sich führen. Wir sollten auf den Tross warten.«

»Nein. Wir halbieren die Rationen.«

»Augustus, mit leerem Magen ist den Männern kein Gewaltmarsch zuzumuten.«

Caracalla schlug mit der Faust auf den Tisch. »Präfekt, wage es nicht, meine Entscheidungen infrage zu stellen!«

»Nichts liegt mir ferner, Augustus«, sagte Papinianus in versöhnlichem Ton. »Ich wollte nur auf gewisse Widrigkeiten hinweisen.«

»Mein lieber Präfekt, die größte Widrigkeit ist ja wohl, dass Maglorix in zwei Tagen am Hadrianswall sein wird und wir erst in drei. Wenn der Wall nicht lange genug gehalten wird, bis wir die Barbaren erreichen, werden sie in die römische Provinz vordringen, die Städte und Siedlungen dort verwüsten und auf Eboracum marschieren, wo sich mein kaiserlicher Vater und mein Bruder befinden. Und da sollen wir auf unseren haarigen Ärschen sitzen und warten, bis der Tross zu uns aufholt?«

Papinianus senkte schweigend den Kopf, Caracalla blickte auf. Er schien Silus und Atius erst jetzt wahrzunehmen und funkelte sie so böse an, dass Silus schon befürchtete, der Kaiser würde allein ihn für die missliche Lage verantwortlich machen.

»Ihr beiden! Wir müssen die Garnisonen am Hadrianswall so schnell wie möglich vorwarnen. Wir haben gerade über Maglorix' wahrscheinlichste Marschroute gesprochen. Die Frage ist, ob die Barbaren versuchen werden, den Wall bei der Brücke über den Vedra in der Nähe von Cilurnum zu überschreiten.«

Silus zögerte. Wollte der Herrscher der Welt wirklich seine Meinung wissen?

»Ja, Augustus«, sagte Atius, und Silus stöhnte stumm über die Unverfrorenheit seines Freundes, der wieder einmal kein Blatt vor den Mund nahm. »Sie wissen, dass wir hinter ihnen her sind. Ihr Ziel ist es, Eboracum zu nehmen, Euren Vater zu töten und so die Besatzung der Insel zu beenden. Dieses Vorhaben steht und fällt mit der Geschwindigkeit, mit der sie vorankommen, und der schnellste Weg in die römische Provinz führt über die Brücke bei Cilurnum.«

Caracalla lächelte. »Soldat, da sind wir einer Meinung, auch wenn das ebenfalls eine rhetorische Frage war. Ihr beiden werdet dem Kommandanten von Cilurnum die Nachricht von der bevorstehenden Ankunft der Barbaren überbringen. Dazu müsst ihr Maglorix' Armee umgehen oder euch durch die feindlichen Linien schlagen. Mein Befehl lautet, alle sich am Wall befindlichen Garnisonen im Kastell Cilurnum zusammenzuziehen und die Barbaren an der Überquerung des Flusses zu hindern, bis ich mit den Legionen eintreffe. Die Festung muss um jeden Preis gehalten werden.

Bis zum letzten Mann, wenn es sein muss. Habe ich mich klar ausgedrückt?«

»Ja, Augustus.«

Caracalla gab Silus eine mit dem kaiserlichen Siegel versehene Schriftrolle. »Meine Befehle in schriftlicher Form, die ihr dem Befehlshaber der in Cilurnum stationierten Reiterei persönlich übergeben werdet.«

»Ja, Augustus.«

»Nehmt unsere schnellsten Pferde. Je früher ihr Cilurnum erreicht, desto besser kann sich die Garnison auf den Ansturm vorbereiten. Wegtreten.«

Silus und Atius verneigten sich tief, dann führte der Prätorianer sie wieder aus dem Zelt.

Silus atmete die kühle Abendluft tief ein.

»Was sollen wir denn noch alles machen?«, schimpfte Atius.

»Ich glaube, der Kaiser mag uns«, sagte Silus. »Leider.«

Die Garnison des Kastells Cilurnum bestand hauptsächlich aus der fünfhundert Mann starken Ala II Asturum, einer ursprünglich aus dem hispanischen Stamm der Asturer ausgehobenen berittenen Einheit. Zu ihren wichtigsten Aufgaben gehörte die Sicherung der strategisch überaus bedeutsamen Brücke über den Fluss Vedra, der eine natürliche Verteidigungslinie gegen Barbareneinfälle bildete. Das dortige Kastell war vor etwa neunzig Jahren gleichzeitig mit dem Hadrianswall nach dem üblichen rechteckigen Schema errichtet worden. Seither war es ununterbrochen mit einer römischen Garnison bemannt gewesen. Im Gegensatz zum Antoninuswall, der bereits acht Jahre nach Fertigstellung in der Regierungszeit Mark Aurels aufgegeben und erst kürzlich von Kaiser Severus wieder mit Garnisonen versehen worden war, bestand der Hadrianswall nicht aus Erde und Torf, sondern aus Stein. Auch die am Wall liegenden Kastelle waren weitaus massiver und robuster und – wie das bei Cilurnum – von den im Laufe der Jahrzehnte wechselnden Garnisonen immer weiter ausgebaut worden.

Die Festung befand sich an der Nordseite des Walls und verfügte über drei Tore in nördlicher sowie eines in südlicher Richtung. Dabei handelte es sich um durch einen Stützpfeiler geteilte Doppelportale, die breit genug für zwei Fuhrwerke waren und von jeweils zwei Steintürmen flankiert wurden. Die dort aufgestellten Ballisten konnten mächtige Bolzen bis zu fünfhundert Schritt weit schießen – was der halben Entfernung zum nächsten Meilenkastell entsprach, wodurch eine vollständige Abdeckung des Walls gegeben war. Tore und Türme bestanden aus größeren Steinen als das Kastell selbst und konnten so gut wie allen Barbarenangriffen standhalten.

Trotz des beeindruckenden Anblicks der massiven, sich von einer Küste zur anderen erstreckenden Verteidigungsanlage war der Hadrianswall nicht primär zur Abwehr, sondern als Demonstration römischer Macht zur Einschüchterung der einheimischen Bevölkerung gedacht. Verhindern konnte er den Einfall feindlicher Truppen in die römische Provinz nur bedingt, und die sich gegenseitig deckenden und unterstützenden Meilenkastelle und Befestigungen dienten in erster Linie dem Gegenangriff, indem die Eindringlinge von den Verteidigern auf dem Wall so lange aufgehalten wurden, bis die Verstärkung aus den umgebenden Meilenkastellen dem Feind in die Flanken fallen konnte. Aus diesem Grund bestanden die Garnisonen zu einem ungewöhnlich großen Teil aus beweglicher, schneller Reiterei. Die am Hadrianswall stationierten Hilfstruppen und Legionäre waren zu einem so wuchtigen Gegenschlag in der Lage, dass der Feind einen Angriff nicht einmal in Erwägung zog.

So weit zumindest der Plan.

Silus stand auf dem an das Nordtor angrenzenden Wehrgang. Das Licht der aufgehenden Sonne fiel auf seine rechte Gesichtshälfte. Er blickte auf Tausende nach römischem Blut schreiende Barbaren hinunter und gelangte allmählich zu der Überzeugung, dass sich besagter Plan in einen Haufen Kuhscheiße verwandelt hatte.

Maglorix' Armee einzuholen und zu umgehen hatte von Silus alles abverlangt: Seine beträchtlichen Fähigkeiten, was die Kunst der heimlichen Fortbewegung betraf, und seine überschaubaren, was die Kunst anging, sich im Sattel zu halten. Bei der Umgehung der Barbarenhorde waren sie dreimal entdeckt und verfolgt worden. Die flechsigen Pferde der Barbaren waren besser an die harten Winter gewöhnt und wendiger im Scharmützel als Silus' und Atius' römische, speziell von Eilboten genutzte Pferde, aber auch viel langsamer. Obwohl ihnen die Pfeile um die Ohren gezischt waren und einer sogar Atius' Oberarm gestreift hatte, waren sie ihren Verfolgern jedes Mal im Großen und Ganzen unversehrt entkommen.

Sie hatten Cilurnum am vergangenen Abend mit einem halben Tag Vorsprung vor den Barbaren erreicht. Dem Präfekten des Kastells, einem aus Italien stammenden Edelmann namens Gaius Sicinius, war bei der Lektüre von Caracallas Befehl dermaßen die Farbe aus dem Gesicht gewichen, dass sich Silus unwillkürlich die Frage gestellt hatte, ob er dieser Lage überhaupt gewachsen war. Doch Sicinius hatte schnell und entschieden reagiert und unverzüglich Boten mit der dringenden Bitte, alle verfügbare Verstärkung sofort nach Cilurnum zu entsenden, zu den angrenzenden Meilenkastellen geschickt. Er hatte seine Männer in Gefechtsbereitschaft versetzt, sämtliche Munition und alles sonstige für die Verteidigung erforderliche Material zusammentragen und alle Waffen und Rüstungen ausbessern lassen, soweit es in der kurzen Zeit möglich war. Anfangs hatte er sich geweigert, die nötigen Männer abzustellen, um die im Umkreis ansässige Bevölkerung zu warnen und zur Flucht nach Süden zu bewegen, schließlich aber Silus' diesbezüglichem Drängen nachgegeben.

Letzten Endes war Cilurnum zwar immer noch beklagenswert schlecht auf eine Belagerung vorbereitet, aber doch viel besser, als es Voltania bei Maglorix' Überraschungsangriff gewesen war.

Dafür war die Streitmacht, mit der sie es zu tun bekommen würden, zehnmal so groß. Eine gängige Faustregel der Kriegskunst besagte, dass schon eine Überzahl im Verhältnis von drei zu eins für eine erfolgreiche Belagerung ausreichte. Es war nur eine Frage der Zeit, bis die Barbaren die Verteidiger übermannten, das Kastell schleiften und in die römische Provinz eindrangen.

Eine Frage der Zeit. Zeit war die alles entscheidende Größe. Maglorix musste die Festung erobern, bevor Caracallas Armee eintraf; die Verteidiger mussten Cilurnum für ebendiesen Zeitraum halten.

Maglorix hätte selbstverständlich versuchen können, den Wall an einer anderen Stelle zu durchbrechen, die besser dafür geeignet war, wie etwa auf halbem Wege zwischen zwei Kastellen. Doch es würde viel zu lange dauern, bis eine so große Barbarenhorde den Wall mit Leitern überstiegen hatte, und er wollte keinesfalls riskieren, dass die römische Armee genau dann eintraf, wenn seine Streitmacht auf beide Seiten des Walls verteilt war. Außerdem wollte er sich so wenig wie möglich von der Brücke über den Vedra und der breiten römischen Heerstraße entfernen, die direkt nach Eboracum führte.

Also würde die Entscheidung in Cilurnum fallen. Die Verteidiger mussten die Barbaren einen Tag lang aufhalten. Wenn sie versagten, würden nicht nur sie selbst, sondern auch die Provinz teuer dafür bezahlen.

Atius hatte neben Silus Position bezogen, den Bogen locker über der Schulter und reichlich Pfeile zu seinen Füßen. Auf Silus' anderer Seite stand ein junger, kreidebleicher und schwitzender Hilfstruppenbogenschütze. Die Verteidiger besaßen zwar reichlich Erfahrung, wenn es um Streifzüge ins Feindesland und Scharmützel mit den Barbaren ging, doch die wenigsten hatten schon einmal an einer Schlacht von vergleichbarer Größe teilgenommen.

»Wie heißt du?«, fragte Silus den Mann zu seiner Rechten.

»Julius Vitalis«, sagte der junge Soldat.

»Wie viele Winter?«

»Neunzehn.« Er reckte das Kinn angriffslustig vor, als wollte er eine Bemerkung über seine Jugend herausfordern.

Silus fiel nicht darauf herein. »Wir werden das schon durchstehen, Vitalis. Für den Kaiser und die Einwohner der Provinz Britannia.«

»Ja, Herr.«

»Ich bin nicht dein Kommandant. Kannst du mit dem Bogen umgehen?«

»Ich kann einen fliehenden Hasen auf zweihundert Schritt erlegen.«

Das bezweifelte Silus stark, nickte jedoch aufmunternd. »Jeder Schuss muss sitzen. Und wenn du einen Barbaren siehst, der den anderen Befehle erteilt, nimmst du dir den zuerst vor.«

»Ja, Herr.«

»Junge, ich bin wirklich nicht dein Kommandant. Nur ein armes Schwein wie du, das seine Pflicht tut.«

»Ja, Herr.«

Silus seufzte und richtete den Blick wieder auf die Barbaren.

»Was meinst du, wie sieht ihr Schlachtplan aus?«, fragte Atius.

»Maglorix hat nicht viel Zeit. Er wird abwarten, bis die Kampfeslust seiner Männer den Höhepunkt erreicht, und ihnen dann befehlen, in einem selbstmörderischen Sturmangriff die Mauern zu erklimmen und die Tore aufzubrechen. Er wird seine Übermacht dazu nutzen, uns zu überrennen.«

»Und? Wird ihm das gelingen?«

Silus zuckte mit den Schultern. »Das werden wir ja bald sehen.«

»Tapfere Verteidiger von Cilurnum!« Sicinius' Stimme hallte von unten zu ihnen herauf. Sie drehten sich um. Der Befehlshaber des Kastells stand an der Spitze seiner Reservetruppen, die im Sattel und zu Fuß hinter den Nordtoren Aufstellung genommen hatten. Er hatte eine kräftige Stimme, auch wenn der Akzent des Edelmanns aus Italien unüberhörbar war. »Wir sind weit in der Unterzahl, doch Kaiser Antoninus persönlich hat uns den Befehl gegeben, unter allen Umständen auszuhalten. Die Provinz Britannia, unsere Kaiser, unsere Kameraden, unsere Familien und Freunde zählen auf uns. Wir sind Soldaten Roms. Wir werden sie nicht enttäuschen!«

Lautes Gebrüll hallte aus dem Innenhof und von den Mauern und Türmen herab. Atius und Vitalis schrien ebenfalls, und auch Silus stimmte ein. Nicht nur die Barbaren waren von Kampfeslust erfüllt. Er hoffte nur, dass der Angriff bald erfolgte. Nichts war schlimmer als die Warterei.

Maglorix tat ihm den Gefallen. Die Maeatae und Kaledonier antworteten mit einem Schlachtruf, der ihm das Blut in den Adern gefrieren ließ. Sie schlugen ihre Speere gegen die Schilde, brüllten Flüche, trommelten mit den Fäusten auf ihre Brust und rauften sich vor Wut die Haare. Und dann griffen sie auf einen unsichtbaren Befehl hin an.

»Denk daran, du darfst deine Pfeile nicht verschwenden«, sagte Silus. »Diese Drecksäcke sind viel näher als dein Hase auf zweihundert Schritt Entfernung. Jetzt kommt es auf Schnelligkeit an. Warte.«

Silus, Atius, Vitalis und die anderen Schützen auf den Mauern legten Pfeile auf, spannten die Bogen zur Hälfte und warteten darauf, dass die Barbaren in Reichweite kamen.

Vitalis schoss zuerst. Silus wollte ihn schon zurechtweisen, doch dann sah er, dass der Pfeil einen riesigen Barbaren gefällt hatte, der ein gutes Stück vor seinen Kameraden hergelaufen war. Es war ein schöner Treffer, mitten ins Herz. Silus zielte, spannte den Bogen und ließ den Pfeil fliegen, der sich in das Auge eines Barbaren bohrte. Silus konnte sich einen selbstzufriedenen Seitenblick auf Vitalis nicht verkneifen, den der junge Soldat aber nicht bemerkte – er war zu beschäftigt mit dem nächsten Schuss. Diesmal durchschlug sein Pfeil den Hals eines Kriegers.

Atius war im Bogenschießen weniger geübt als seine Kameraden und wartete ab, bis er sich sicher sein konnte, nicht zu verfehlen. Dann leistete auch er seinen Beitrag zu dem auf die Barbaren niedergehenden Pfeilhagel.

Die von den Ballisten auf den Tortürmen in die Menge geschossenen Bolzen hatten eine solche Wucht, dass sie einen, zwei oder gar drei Krieger auf einmal aufspießten. Die Geschütze der benachbarten Meilenkastelle hatten ebenfalls das Feuer eröffnet. Die Barbaren befanden sich zwar nur knapp in ihrer Reichweite, doch die Horde griff so dicht gedrängt an, dass die Geschosse unweigerlich ein Ziel fanden.

Dennoch erreichten zu viele Krieger die Mauer. Einige trugen grob gezimmerte Leitern aus langen Baumstämmen, an die sie die abgehackten Äste als Sprossen gebunden hatten. Andere schleppten lange Pfähle mit sich, die sie einfach gegen die Mauer lehnten und daran wie an einem Baum hinaufkletterten.

Die Bogenschützen zielten vorrangig auf die Krieger mit den Leitern und Pfählen, doch sobald einer von einem Pfeil getroffen wurde, stand schon ein anderer bereit, um das krude Belagerungsgerät aufzunehmen und weiterzutragen. Es dauerte nicht lange, bis die ersten Leitern und Pfähle an die Mauer angelegt wurden. Die Schützen feuerten auf die Barbaren, die daran hinaufkletterten. Die Legionäre und Hilfstruppensoldaten auf den Wehrgängen versuchten, die Leitern mit langen Stäben von den Mauern zu stoßen, oder ließen Steine und brennende Holzscheite auf die Köpfe der Angreifer regnen.

Dies zeigte durchschlagende Wirkung. Maeatae und Kaledonier fielen schreiend aus großer Höhe von den Leitern und brachen sich das Genick oder den Schädel. Andere wurden von den schweren, von oben auf sie geschleuderten Steinbrocken zermalmt oder ergriffen kreischend und mit lichterloh brennenden Haaren die Flucht.

Silus bemerkte eine Unruhe zu seiner Rechten. Die Barbaren machten sich daran, einen Rammbock zum Einsatz zu bringen. Auch dieser genügte nicht einmal annähernd römischen Ansprüchen – es handelte sich lediglich um einen dicken Baumstamm mit zu Handgriffen gestutzten Ästen. Ein

Dutzend Krieger hielt ihn auf Hüfthöhe und rannte damit auf das Haupttor zu. Obwohl ein, zwei Träger Pfeilen und Schleudergeschossen zum Opfer fielen, krachte der Rammbock mit einer Wucht gegen das Tor, dass es Silus nicht nur hörte, sondern auch in den Fußsohlen spürte.

Die Torflügel bogen sich ein kleines Stück nach innen und federten dann wieder zurück. Die Barbaren liefen ein Stück zurück, und nachdem andere die Position ihrer gefallenen Kameraden eingenommen hatten, rammten sie das Tor ein weiteres Mal. Silus biss die Zähne zusammen, als er Holz splittern hörte. Diesmal jedoch schütteten die Verteidiger auf dem Tor kochendes Öl auf den Rammbock und seine Träger. Jeder, der mit dem Öl in Berührung kam, suchte vor Schmerz schreiend das Weite. Dann schossen die Bogenschützen Brandpfeile auf den ölbedeckten Rammbock, der daraufhin in Flammen aufging und nicht mehr zu gebrauchen war.

Ein Horn erklang aus den feindlichen Linien, und die Barbaren zogen sich widerwillig und undiszipliniert zurück, bis sie außer Reichweite der gegnerischen Pfeile waren. Die Ballisten hätten den Beschuss noch fortsetzen können, doch Sicinius hieß sie Munition sparen, bis der Feind erneut so nahe war, dass sie ihn nicht verfehlen konnten. So sollten sie dabei helfen, auch die nächste Angriffswelle zu brechen.

Silus nahm einen tiefen Schluck aus seiner Feldflasche und reichte sie an Atius und Vitalis weiter. Dann rief er nach mehr Munition. Ein junger Hilfstruppensoldat kam die Treppe zum Wehrgang heraufgestürmt und warf ihnen mehrere Pfeilbündel vor die Füße. Silus spähte mit zusammengekniffenen Augen in die feindlichen Reihen. Weit hinten richteten die Druiden ihre Gesänge gen Himmel, drohten allen Feiglingen schreiend den Fluch der Götter an und versprachen denjenigen, die heldenhaft kämpften, Ruhm und Ehre. Wie viele Angriffswellen würden sie wohl überstehen müssen, bevor Caracalla eintraf? Ließ der Kaiser seine Männer die Nacht durchmarschieren, oder befahl er bei Sonnenuntergang die Errichtung eines Lagers, wie es die jahrhundertealte römische Militärtradition vorschrieb? Wenn er sich für Letzteres entschied, war die Wahrscheinlichkeit groß, dass er keine Verteidiger mehr, sondern nur noch eine zerstörte Festung und eine in Britannia wütende Barbarenhorde vorfinden würde.

Der nächste Ansturm begann, sobald der Rammbock aufgehört hatte zu brennen. Wie zuvor schlugen die Barbaren ihre Speere auf die Schilde, bliesen in ihre Hörner, brüllten Schlachtrufe und machten ganz allgemein so viel Krach, wie sie nur konnten, um die Verteidiger einzuschüchtern. Silus sah zu Vitalis hinüber. Die Spitze des in seinen halb gespannten Bogen eingelegten Pfeils zitterte. Silus legte ihm eine beruhigende Hand auf die Schulter. »Du schlägst dich tapfer, mein Junge. Der Kaiser wäre stolz auf dich. Nur weiter so.«

Diesmal wurde die Attacke der Fußtruppen von feindlichen Schleudergeschossen und Pfeilen begleitet. Ein Stein sauste pfeifend an Silus vorbei. Er zog unwillkürlich den Kopf ein, obwohl er wusste, dass es, wenn man dieses Geräusch hörte, bereits zu spät war. Links von ihm traf in etwa einem Dutzend Schritt Entfernung ein von einer Schleuder abgeschossener Stein einen Verteidiger direkt in den Mund. Er stürzte in den Innenhof und blieb mit einem stummen Schrei und unnatürlich verdrehten Gliedmaßen dort liegen, bis ihn ein Arzt und sein Helfer ins Valetudinarium brachten. Weitere Geschosse zischten um sie herum. Überall auf dem Wehrgang fielen getroffene Männer entweder in den Innenhof des Kastells – wo sie, wenn sie nicht sofort tot waren, zumindest eine Überlebenschance hatten – oder über die Brustwehr vor die Festung, wo ihnen die Barbaren mit ihren Speeren schnell den Garaus machten.

Die feindlichen Bogenschützen schossen Brandpfeile, deren Spitzen in brennende ölgetränkte Tücher gehüllt waren, in hohem Bogen über die Mauer. Die Sonne stand hoch am Himmel, wodurch die brennenden Pfeile weniger Furcht einflößend als im Zwielicht wirkten, ihre Wirkung war jedoch die Gleiche: Sie bohrten sich in die Holztore und setzten diese in Brand.

Die Verteidiger hatten sich darauf vorbereitet, indem sie die Tore schon vor der Ankunft der Barbaren mit Wasser getränkt hatten. Die immer stärker herabscheinende Sonne trocknete das Holz zwar allmählich aus, doch es standen reichlich Wassereimer bereit, um die Flammen zu löschen. Mehrere der Männer, die sich vorbeugten, um Wasser auf die Tore zu schütten, wurden von feindlichen Schleudergeschossen getroffen, einer sogar von einem Brandpfeil. Seine Kleidung ging in Flammen auf, und er fiel als lebende Fackel von der Mauer. Seine Schreie verstummten abrupt, als er auf dem Boden aufkam. Sein Leichnam brannte weiter.

Die Barbaren schafften den nächsten Rammbock sowie weitere Leitern heran. Maeatae und Kaledonier kletterten daran hinauf, während der Rammbock gegen das Tor donnerte. Die Bogenschützen zielten sowohl auf diejenigen, die die Mauer erklommen, als auch auf die Rammbockträger. Keine der beiden Gruppen durfte Erfolg haben – wenn das Tor brach, konnten die Angreifer ungehindert in die Festung stürmen und ihre Übermacht ausspielen. Wenn die Barbaren den Wehrgang besetzten, konnten sie von dort die Verteidiger aus sicherer Entfernung mit Pfeilen und Steinen niedermachen.

Diese Aufteilung der Kräfte sorgte jedoch dafür, dass die Abwehr insgesamt an Wirkung verlor. Für jeden, der am Rammbock sein Leben ließ, stand schon der nächste bereit, und für jede Leiter, die von der Mauer gestoßen wurde, für jeden Barbaren, der beim Aufstieg von einem Stein oder Pfeil getroffen wurde, fand sich sofort Ersatz. Maglorix warf ganz eindeutig alles, was er hatte, in die Waagschale – zweifellos blickte er sich des Öfteren ängstlich über die Schulter, um nachzusehen, ob Caracalla bereits im Anmarsch war.

Plötzlich tauchte ein tätowierter kaledonischer Stammeskrieger mit zotteligem Haar vor Silus auf, als dieser noch mit dem Bogen auf einen Rammbockträger zielte. Noch während sich der Barbar über die Brustwehr wuchtete, hieb er mit der Axt in seiner Hand nach Silus' Kopf. Silus duckte sich und sein Pfeil ging fehl. Der Barbar sprang auf den Wehrgang und drang mit wilden Axthieben auf den zurückweichenden Silus ein. Schon lugte der Kopf des nächsten Stammeskriegers über die Brüstung. Vitalis schoss ihm direkt ins Gesicht, doch noch bevor die Schreie des Getroffenen beim Aufprall auf den Boden verhallt waren, tauchte ein dritter Barbar auf. Während Silus das Schwert zog, stieß er mit Atius zusammen, der sich ebenfalls im Gefecht mit einem Krieger befand, der eine weitere Leiter rechts von Silus heraufgekommen war. Ächzend und keuchend kämpften die beiden Freunde Rücken an Rücken, wichen den gegnerischen Schlägen aus und stießen mit ihren Kurzschwertern in die Lücken der feindlichen Deckung.

Da die Angreifer beim Aufstieg keine Schilde mit sich führen konnten und keine Rüstungen zu tragen pflegten, waren sie völlig ungeschützt. Silus tötete einen Barbaren, indem er das Schwert in seine Eingeweide stieß, die Klinge drehte, herauszog und den Mann mit einem Tritt in den Innenhof beförderte. Der Wehrgang war so eng, dass sich immer nur zwei Männer gegenüberstehen konnten. Silus nahm sich einen nach dem anderen vor. Dabei war er klar im Vorteil: Er trug eine Rüstung, hatte einen Schild und die Erfahrung von einhundert im Feindesland ausgefochtenen Kämpfen auf Leben und Tod. Ein Krieger erlag einem Stoß in den Hals, der nächste verlor das Gleichgewicht, als ihm Silus mit den Nagelsohlen seiner Stiefel gegen das Knie trat. Er fiel in den Innenhof, wo die langen Schwerter der Reiterei kurzen Prozess mit ihm machten.

Langsam ermüdete er, und es kamen immer weitere Feinde die beiden Leitern hinauf, die noch an der Mauer lehnten. Endlich erschien Verstärkung in Form mehrerer Soldaten der leichten Reiterei, die die Treppe zum Wehrgang hinaufrannten. Silus focht gerade mit einem bulligen rothaarigen Kaledonier, dessen Brust mit Stammestätowierungen bedeckt war. Ein Hieb streifte Silus' Oberschenkel, ohne größeren Schaden anzurichten. Dennoch ließ er den Schild mit einem Schmerzenslaut kurzzeitig sinken. Er sah seinem Gegner direkt in die Augen und glaubte, Triumph darin zu erkennen – bis der Mann hinterrücks von einer Spatha aufgespießt wurde.

Für die Hilfstruppenreiterei war der Kampf zu Fuß zwar ungewohnt, doch die Soldaten bewiesen schnell, dass sie nicht nur vom Pferderücken aus töten konnten. Da sie wenigstens auf dem Wehrgang in der Übermacht waren, konnten sie die Barbaren im Nu zurückdrängen und die Leitern von der Mauer stoßen.

Die Verteidiger hatten mit den Kriegern alle Hände voll zu tun, die an verschiedenen Stellen über die Mauer geklettert kamen, und vergaßen darüber den Rammbock. Die Wände erbebten jedes Mal, wenn er gegen das Tor krachte, das sich immer weiter nach innen bog. Silus bemerkte bereits mehrere große Risse im nachgebenden Holz, doch vorerst hielt das Tor stand.

Ohne die Schmerzen im Oberschenkel zu beachten, griff er erneut zum Bogen und eröffnete das Feuer auf die Barbaren am Rammbock. Die Gefechte auf dem Wehrgang waren mittlerweile beendet, und das Ziel aller Pfeile, Schleudergeschosse, Steine und Ballistenbolzen wurden erneut die Männer am Rammbock, die ihn bald fallen ließen und sich schnell in Sicherheit brachten.

Allmählich verebbte der Kampflärm. Stattdessen ertönte der Jubel der Römer über die glückliche Abwehr des feindlichen Angriffs, der von den Maeatae und Kaledoniern mit saftigen Flüchen beantwortet wurde. Silus holte ein paarmal tief Luft, bis sein Herz etwas langsamer schlug. Seine Hände zitterten vor Erschöpfung und Furcht. Damit es niemand bemerkte, ballte er sie zu Fäusten.

Vitalis war unversehrt, aber leichenblass. Seine Knie zitterten, seine Zähne klapperten. Atius sah ebenfalls müde aus, grinste aber zufrieden, als hätte er soeben einen sportlichen Wettkampf gewonnen. Silus schüttelte den Kopf.

Atius bemerkte das Blut, das Silus' Bein hinunterlief. »Tststs, nicht so unvorsichtig, mein Freund.« Er sah sich um. »Hat mal jemand einen Verband?«

Ein Hilfstruppensoldat warf ihm eine zusammengerollte Tuchbahn zu. Ohne vorher um Erlaubnis zu fragen, hob Atius Silus' Kettenhemd hoch und versah die Wunde mit einem festen Verband.

»Sieh zu, dass du nach der Schlacht zu einem Arzt gehst. Da müssen Spinnweben, Honig und Essig drauf«, sagte er. »Wenn du mir an Wundbrand stirbst, bring ich dich um.«

Silus lächelte gequält und warf einen Blick über die Brustwehr. Die Sonne hatte den Zenith schon lange überschritten. Der Boden vor der Mauer war mit Leichen übersät. Hauptsächlich Maeatae und Kaledonier, aber auch viele Römer. Außer Reichweite der Schleudern und Pfeile lauerte nach wie vor eine große Barbarenhorde, wütend wie ein aufgescheuchter Wespenschwarm.

Hin und wieder war das dumpfe Zupfgeräusch einer Balliste zu hören. Diese Schüsse waren viel mehr dazu gedacht, den Gegner, der für präzise Treffer zu weit entfernt war, zu demoralisieren als ernsthaften Schaden anzurichten.

Maglorix schien allmählich zu dämmern, dass die Belagerung eines wohlverteidigten und gut vorbereiteten Kastells am Hadrianswall etwas völlig anderes war als der Sturmangriff auf die Wallburgen feindlicher Stämme oder kleinerer Festungen wie Voltania.

Doch er lernte schnell dazu, und was ihm an Zeit fehlte, wollte er durch die erdrückende Überzahl seiner Männer wettmachen. Allerdings konnte er es sich nicht leisten, sie allzu leichtfertig in den Tod zu schicken. Er brauchte eine große Armee, um Britannia so zu verwüsten, wie er es zu tun beabsichtigte. Nun konnte er weiter Sturmangriffe befehlen, bis das Kastell irgendwann fiel, und darauf hoffen, dass Caracalla nicht vorher eintraf – oder etwas ganz anderes versuchen.

Silus strengte seine Augen an, um ausmachen zu können, was bei den Barbaren vor sich ging. Sie hatten zwischen zwanzig und dreißig Fuß hohe, dicke Bäume in großer Zahl gefällt und sie samt Ästen und Zweigen in ihr Lager geschleift. Silus hatte schnell begriffen, dass sie nicht als weitere Rammböcke gedacht waren. Da traute er Maglorix mehr zu. Die Äste wurden gekappt und die Stämme mit dicken

Seilen zu einer floßähnlichen Plattform zusammengebunden. Doch ein Floß war es bestimmt nicht, denn zwischen den Barbaren und dem Fluss standen nach wie vor die Mauern des Kastells. Dann fiel es ihm wie Schuppen von den Augen.

»Das wird eine Rampe. Um die Mauer zu überwinden.«

Atius sah ihn skeptisch an. »Ist die denn hoch genug?«

Silus' Vater hatte sich redlich bemüht, seinem Sohn Mathematik beizubringen. Was hatte dieser alte Grieche, Pythagoras oder so ähnlich, gleich noch gesagt? Das Quadrat über der Hypotenuse war gleich irgendetwas anderem … er rechnete im Kopf nach. Wenn die Mauer sechzehn Fuß hoch war und die Rampe noch begehbar sein sollte …

»Ja«, sagte er mit größerer Überzeugung, als seine Mathematikkenntnisse rechtfertigten. Doch er war sich sicher, dass er den Plan des Feindes erraten hatte. »Ich muss sofort den Präfekten sprechen.«

Silus drängte sich an Atius vorbei und lief die Treppe hinunter. Dass er dabei neugierige Blicke auf sich zog, kümmerte ihn nicht. Sicinius besprach soeben mit dem stellvertretenden Kommandanten die Verteilung der Munition und befahl einem kleinen Handwerkertrupp, das beschädigte Tor mit kreuzweise angebrachten Brettern und Stützpfählen abzusichern.

»Herr«, drängte Silus.

»Silus, was ist? Ich bin beschäftigt.«

»Ich weiß, was sie vorhaben.«

»Ach ja? Hör zu, du hast uns vor ihrem Angriff gewarnt, das war gute Arbeit. Und mir ist nicht entgangen, wie tapfer du heute gekämpft hast. Aber das macht dich noch lange nicht zu einem Fachmann für Belagerungstaktiken.«

»Herr, sie bauen eine Rampe. Da bin ich mir sicher. Sie haben Bäume gefällt und binden sie zusammen …«

»Eine Rampe? Blödsinn. Die schnitzen sich noch ein paar Rammböcke zurecht. Deshalb müssen wir uns ja auch in erster Linie um die Verstärkung des Tors kümmern.«

»Die Verstärkung brauchen wir auf den Mauern. Sie werden eine Rampe dagegen lehnen, die so breit ist, dass ihre Krieger in Scharen auf die Mauer strömen können.«

»Diese Barbaren sind primitive Dummköpfe, die keine Ahnung von Belagerungstaktiken haben. Sie werden versuchen, uns durch immer neue Sturmangriffe zu zermürben.«

»Nein, Herr.« Sicinius funkelte Silus ob des offenen Widerspruchs böse an, doch der ließ sich nicht beirren. »Ich kenne Maglorix. Ich habe schon einmal gegen ihn gekämpft. Er ist kein Dummkopf, der wieder und wieder das Gleiche versucht. Ihm läuft die Zeit davon, aber große Verluste kann er sich auch nicht leisten.«

Sicinius sah ihn zweifelnd an.

»Bitte, Herr. Wir müssen sie davon abhalten, die Mauer zu erstürmen.«

Sicinius dachte nach, dann schüttelte er den Kopf. »Nein, das Tor ist wichtiger. Es wird die Hauptlast des nächsten Angriffes tragen. Und jetzt zurück auf deinen Posten mit dir.«

Silus öffnete den Mund, um abermals zu widersprechen, doch dann gab er es auf. Er trottete wieder den Wehrgang hinauf, lehnte sich gegen die Steinmauer und holte einen Zwieback aus der Tasche. Nachdem er einen großen Bissen genommen hatte, bot er ihn Vitalis und Atius an. Vitalis schüttelte den Kopf, offenbar war ihm übel. Atius dagegen schlang ihn sofort hinunter.

Silus kaute niedergeschlagen. Er musste sich für den harten Tag stärken, der ihnen bevorstand, auch wenn er keinen Hunger hatte. Dabei sah er zu, wie die Konstruktion der Barbaren allmählich Gestalt annahm. Kein Zweifel: Es handelte sich um eine riesige Rampe, auf der eine ganze Heerschar gleichzeitig die Mauer stürmen konnte. Er seufzte. Sicinius würde schon rechtzeitig begreifen, was die Barbaren vorhatten, und seine Männer an die richtige Stelle schicken. Doch es war ein Jammer, dass er wertvolle Vorbereitungszeit mit der Verstärkung des Tors verschwendete.

Silus bemerkte eine Gestalt, die mit wedelnden Armen vor der Holzkonstruktion stand und offensichtlich Befehle gab. Er kniff die Augen zusammen und sah genauer hin. Irgendetwas an seinen Bewegungen, seiner Haltung …

Bei Mars, Mithras und Isis. Es war der götterverdammte Maglorix.

Silus tippte Atius auf die Schulter. Dessen Blick folgte seinem ausgestreckten Finger. »Heilige Mutter des Christus, ist er das etwa?«

Silus nickte und versuchte, die Entfernung abzuschätzen. Dann nahm er den Bogen von der Schulter, legte einen Pfeil auf die Sehne und spannte sie probehalber. Er berechnete die Krümmung der Flugbahn unter Berücksichtigung der Windstärke und spannte den Bogen zum Schuss.

Doch dann entspannte er die Sehne wieder und ließ die Waffe sinken, sodass die Pfeilspitze auf den Boden zeigte. Atius sah ihn fragend an.

»Er ist zu weit weg. Scheiße!«

Vitalis nickte. »Selbst ich würde ihn auf diese Entfernung verfehlen.«

Silus sah den jungen Mann, der trotz seiner Angst so sehr von sich überzeugt war, belustigt, aber – da er ihn im Kampf erlebt hatte – auch beeindruckt an.

»Was?«, sagte Vitalis. »Um so weit zu schießen, braucht ihr schon eine Balliste.«

Silus und Atius sahen sich mit größer werdenden Augen an. Sie dachten offenbar beide das Gleiche. »Komm mit«, sagte Silus, und sie drängten sich an ein paar Bogenschützen und Schleuderern vorbei, die über die Störung ihrer kostbaren Ruhepause fluchten.

Sie betraten den Torturm durch eine Seitentür und stiegen bis zur Plattform an seiner Spitze hinauf, wo drei Hilfstruppensoldaten an die Balliste gelehnt einen Wasserschlauch kreisen ließen. Sie sahen die beiden Neuankömmlinge misstrauisch an.

»Was wollt ihr denn?«, fragte ein Optio, offenbar der Anführer des Trupps.

»Ihr habt ja jede Menge zu tun, was?«, fragte Silus, obwohl sie nicht unbedingt diesen Eindruck erweckten.

»Wir haben den Befehl, vereinzelt Schüsse abzugeben, um sie auf Trab zu halten. Alles andere wäre auf diese Entfernung Munitionsverschwendung.«

Silus betrachtete die Balliste. Das Geschütz ähnelte einem Bogen mit einer horizontalen statt vertikalen Sehne. Auf einem Gestell befand sich ein Schlitten, in den man den Bolzen einlegte. Dann wurde die Sehne mittels einer Kurbel zurückgezogen und die Spannung auf die aus Tiersehnenbündeln geflochtenen Torsionsfedern übertragen. Diese waren mit Eisenkappen gesichert, die zum Zielen verstellt werden konnten. Die Bolzen waren etwa fünf Fuß lang und wogen acht Pfund. Ein direkter Treffer konnte jede noch so dicke Rüstung durchdringen, doch egal, wo der Gegner getroffen wurde – die Wucht riss ihn in Fetzen.

»Stimmt es, dass die Jungs vom Kastell Banna die besten

an der Balliste sind? Angeblich können sie einer Katze auf hundert Schritt ein Auge ausschießen«, sagte Silus.

»Pah«, sagte der Optio verächtlich. »Diese Trottel aus Banna können keinen Elefanten aus fünf Fuß Entfernung treffen.«

»Ah, ihr kennt euch wohl aus mit den Dingern?«

»Na ja, so einigermaßen.«

Silus blickte über die Brustwehr. Maglorix stand noch an derselben Stelle und gestikulierte mit den Armen. Sein Herz raste. Diese Männer unterstanden nicht seinem Kommando, er konnte ihnen gar nichts befehlen. Und wenn er sie mit gezücktem Schwert dazu zwang, seinen Anweisungen Folge zu leisten, konnte er wohl keine Höchstleistungen erwarten. Außerdem waren sie in der Überzahl.

Er deutete wie zufällig auf den in der Entfernung stehenden Maglorix.

»Wie wär's mit dem da? Schafft ihr es, ihn zu treffen?«

Der Optio machte sich mit zusammengekniffenen Augen an die Einschätzung des Schusses. »Kinderspiel. Aber warum sollten wir?«

»Er sieht wichtig aus.«

Der Optio zuckte mit den Schultern.

Silus lachte freudlos. »Nur Maulhelden. Hab ich mir gleich gedacht.«

»Wenn ich sage, dass wir ihn treffen können, dann ist das auch so.«

»Sollen wir wetten? Ich setze einen Wochenlohn dagegen.«

»Einverstanden.« Der Optio und Silus reichten sich die Hände, in die sie vorher gespuckt hatten.

»Aber beeilt euch. Wenn er weg ist, bevor ihr zum Schuss kommt, habe ich gewonnen.«

Der Optio sah Silus böse an, dann scheuchte er seine Männer auf. Sie legten einen der schweren Bolzen in den Schlitten und kurbelten die Sehne zurück, bis die Torsionsfedern unter immenser Spannung standen. Der Optio brachte das auf einem Sockel frei drehbare und nach oben und unten neigbare Geschütz sorgfältig in Position und wartete auf den richtigen Zeitpunkt.

Silus schlug das Herz bis zum Hals. War der Augenblick der Vergeltung endlich gekommen? Er hatte gehofft, Maglorix mit eigenen Händen zu töten, seinem Feind ins Gesicht sehen zu können, wenn er ihm eine Klinge zwischen die Rippen rammte, aber man konnte nicht alles haben. Wenn Maglorix starb, konnten die Barbaren das Kastell von ihm aus überrennen, und auch seinem eigenen Ende auf dem Schlachtfeld sah er gelassen entgegen. Vielleicht würde er Sergia und Velua wiedersehen – im Hades oder auf den Elysischen Feldern, oder wo man sonst nach dem Tod landete.

Maglorix blieb mit dem Rücken zur Festung stehen und beugte sich vor, um die Holzkonstruktion genauer zu betrachten.

Der Optio löste den Schuss aus.

Mit einem gewaltigen Laut wurde die in den Torsionsfedern gespeicherte Kraft freigesetzt. Die Wurfarme sausten ratternd nach vorne und kamen dann ruckartig zum Stehen.

Der Bolzen stieg einen, zwei, drei Herzschläge lang immer höher und sank dann wieder, während er mit furchterregender Geschwindigkeit auf Maglorix zuschoss. Silus hielt den Atem an.

Maglorix wahrte den Schein des besonnenen Anführers, doch innerlich schäumte er vor Wut. Was hätte er für eine einzige römische Legion mit ihrer Disziplin und ihrem Gehorsam gegeben. Dieses Bündnis aus widerspenstigen, streitlustigen Stämmen zu beaufsichtigen, die sich teilweise seit Jahrhunderten bekämpften, war wie ein Rudel Wildkatzen zu hüten.

Dass die Zeit so knapp war, hatte er sich zum Teil selbst zuzuschreiben. Er hätte nicht so sorglos mit den römischen Gefangenen umgehen dürfen. Dieser Silus war ein gerissener Bastard. Er hatte nicht damit gerechnet, dass ihnen innerhalb des Lagers jemand zu Hilfe eilen würde, und völlig vergessen, dass ihm nicht jeder dort wohlgesonnen war. Durch ihre Flucht hatten die Römer früher als erwartet von seinen Plänen erfahren – die aber dennoch nicht gefährdet waren, wenn er nur diese verdammte Festung einnahm. Danach gab es kein weiteres Kastell oder eine nennenswerte feindliche Streitmacht mehr, die ihn davon abhalten konnte, die römische Provinz zu verwüsten.

Viele Unschuldige würden sterben, wenn er seine Krieger auf ihre Höfe und Villen und Städte losließ. Es war ihm eine Genugtuung. Die britannischen Stämme, die sich den Besatzern unterworfen hatten und nun in den römischen Badehäusern bei importiertem Wein und Oliven verweichlichten, hatten keine Gnade verdient. Und wenn er erst in Eboracum einmarschierte, würde der Kaiser – der den Mörder seines Vaters losgeschickt hatte – gedemütigt und geschlagen vor ihm auf die Knie sinken. Wie genau er ihn hinrichten ließ, hatte er noch nicht entschieden, doch auf alle Fälle würde es ein qualvoller und entehrender Tod sein.

Aber zuvor musste er an dieser Festung vorbei, deren Verteidiger sich als erstaunlich hartnäckig herausgestellt hatten. Auch hier war er über seine Überheblichkeit gestolpert, da die anderen, schnellen Siege die Überzeugung in ihm geweckt hatten, auch dieses Kastell im Handstreich einnehmen zu können. Außerdem waren die Verteidiger vorgewarnt gewesen und hatten entsprechende Maßnahmen ergriffen. Und so hatte er mit wachsender Bestürzung verfolgt, wie die Angriffe seiner Krieger auf Mauern und Tor einer nach dem anderen abgeschmettert worden waren.

Nun hatte er sich auf eine zeitraubende, aber Erfolg versprechendere Strategie verlegt. Die Maeatae und Kaledonier lagen sich zwar ständig in den Haaren darüber, wer welche Arbeit zu verrichten habe, welches Holz am besten geeignet sei und sogar, wie die Rampe zusammengebunden werden müsse. Doch wenn sie einmal fertig war, konnte sie nichts mehr aufhalten. Die Rampe bot Schutz gegen Pfeile und Schleudergeschosse, das soeben geschlagene Holz würde sich nur schwer in Brand stecken lassen, und sobald sie sie gegen die Mauer gelehnt hatten, konnten seine Männer ungehindert auf das Kastell stürmen und die zahlenmäßig weit unterlegenen Verteidiger überrennen.

Aber dies alles musste passieren, bevor Caracalla mit den römischen Legionen hier eintraf.

Er blieb stehen, um mit einem seiner Gefolgsmänner zu sprechen, die den Bau beaufsichtigten. Seine rechte Hand, der treue Taximagulus, stand wie immer etwas seitlich hinter ihm. Sein Leibwächter Buan unterhielt sich in ein paar Schritt Entfernung mit einem Krieger. Maglorix beugte sich vor, ergriff eines der Seile, mit denen die Baumstämme verzurrt waren, und zog fest daran, um die Stärke der Knoten zu prüfen.

Er hörte ein pfeifendes Geräusch, wollte sich aufrichten und umdrehen.

Da traf ihn etwas mit Wucht in den Rücken. Er fiel nach vorne auf die Rampe. Sein bärtiges Gesicht schrammte über die Baumrinde.

Einen Augenblick lang lag er still da und schnappte nach

Luft. Um ihn herum herrschte betroffene Stille. Langsam stand er wieder auf.

Taximagulus lag mit dem Gesicht voraus im Dreck. Ein Bolzen, fast so groß wie ein Speer, hatte sich in seinen Rücken gebohrt, die Brust durchschlagen und ihn an den Boden geheftet. Der Bolzen zitterte noch, so gewaltig war die Wucht gewesen, mit der er den Damnonier aufgespießt hatte.

Taximagulus dagegen lag völlig still da. Er hatte seinen Fürsten aus der Bahn des Geschosses gestoßen und dafür in Kauf genommen, selbst getroffen zu werden. Maglorix starrte seinen toten Freund und Verbündeten an, dann sah er zum Kastell hinüber. Ein Mann stand auf dem Torturm und beobachtete ihn. Über die Entfernung hinweg trafen sich ihre Blicke.

Er war zu weit weg, um Einzelheiten ausmachen zu können, doch Maglorix war tief und fest davon überzeugt, dass es Silus war.

Er warf den Kopf zurück und brüllte vor Zorn und Trauer und Wut. Dann ergriff er einen Speer und schleuderte ihn in Richtung der Festung.

Es war eine leere Geste. Der Speer überwand nur einen Bruchteil der Entfernung zu seinem Feind. Maglorix brüllte erneut und befahl seinen Männern aufgebracht, noch schneller zu arbeiten. Dann entfernte er sich etwas weiter vom Kastell, bis er außer Reichweite der Balliste war.

Als der nächste Angriff erfolgte, war die Sonne schon hinter dem Horizont verschwunden und beleuchtete die Unterseite einer beeindruckenden Wolkenformation, die am westlichen Himmel hing wie flüssiges Eisen in der Pfanne eines Schmiedes, das darauf wartete, zu einem Schwert geformt zu werden.

Die Würfel sind gefallen, dachte Silus, als ein Kriegertrupp die Rampe aufrichtete und langsam auf das Kastell zubewegte. Zwei Ballistenbolzen wurden unmittelbar hintereinander darauf abgeschossen. Der erste flog durch eine Lücke zwischen den Baumstämmen, ohne Schaden anzurichten, der zweite bohrte sich in das Holz und blieb dort stecken. Die Barbaren hatten das untere Ende der Rampe mit einem flachen Sockel versehen, sodass sie sich auf Baumstämmen vorwärtsrollen ließ, die hinter ihr weggenommen und vorne wieder angelegt wurden. Sobald sie sich in Reichweite befand, zielten auch die Bogenschützen und Schleuderer darauf. Deren Geschosse waren jedoch praktisch wirkungslos, und den Brandpfeilen gelang es nicht, das frisch geschlagene Holz in Flammen aufgehen zu lassen. Die Krieger dagegen, die die Rampe schoben, waren dem Hagel aus Pfeilen und Schleudergeschossen schutzlos ausgesetzt und fielen reihenweise, konnten jedoch ebenso schnell wieder aus Maglorix' scheinbar endlosem Vorrat ersetzt werden.

Sicinius gesellte sich zu Silus auf die Mauer, um das Vorrücken des Feindes zu beobachten. Er entschuldigte sich, wenn auch etwas widerwillig, dafür, an seinen Worten gezweifelt zu haben. Glücklicherweise stellte die Neuaufstellung der Truppen kein unüberwindliches Hindernis dar. Die Rampe bewegte sich so langsam voran, dass ihnen genug Zeit zur Vorbereitung blieb – doch wie bereitete man sich auf einen solchen Angriff vor?

Es dämmerte. Das letzte Gefecht stand kurz bevor. Lange konnten sie nicht mehr aushalten. Nun hing alles davon ab, ob Caracalla mit den althergebrachten militärischen Grundsätzen gebrochen hatte und die Nacht durchmarschiert war – und ob er es selbst dann rechtzeitig schaffte. Silus zweifelte nicht daran, dass die Schlacht lange vor Tagesanbruch vorüber sein würde.

Als die Rampe die Mauer erreichte, war es bereits Nacht. Sie wurde noch einmal langsamer, da die Krieger, die die Baumstämme wegnahmen und anlegten, nun leichte Beute der Bogenschützen waren, doch sie kam nie zum Stillstand. Schließlich erhielten die Männer, die hinter der Rampe standen und sie mit langen Seilen aufrecht hielten, den Befehl, sie herunterzulassen.

Wie eine ganze Reihe gleichzeitig gefällter Bäume neigte sich die Rampe erst langsam, dann immer schneller nach vorne. Offenbar beherrschte auch Maglorix die Kunst der Mathematik: Als die Rampe donnernd auf der Mauerkante zum Liegen kam, ragten sie nur um wenige Fuß darüber hinaus. Mehrere Verteidiger, die nicht rechtzeitig ausweichen konnten, wurden von ihrem Gewicht erdrückt.

Großes Jubelgeschrei drang aus den Reihen der Maeatae und Kaledonier. Die Barbarenhorde stürmte los. Die Ersten, die die Rampe erklommen, erlagen einer Salve aus Pfeilen und Schleudergeschossen, sodass sie wieder herunterrollten oder von den Seiten herabfielen. Die wenigen, die es bis zur Mauer hinaufschafften, wurden von den dort versammelten Verteidigern niedergemacht. Doch Angriffswelle folgte auf Angriffswelle, und schon bald befanden sich alle Römer auf den Mauern im erbarmungslosen Nahkampf. Äste und Speere prallten gegen Schilde, Kurzschwerter schnellten vor: stoßen, drehen, zurückziehen. Die Luft war von Schreien der Wut, der Angst und des Schmerzes erfüllt.

Silus, Atius und Vitalis befanden sich auf dem Torturm und beschossen die Barbaren auf der Rampe mit ihren Bögen. Der Wehrgang war so eng, dass die Verteidiger, die darauf warteten, den Platz ihrer gefallenen Kameraden einzunehmen, auf den Treppen zur Mauer hinauf Schlange standen. Im Vergleich zur erdrückenden Übermacht des Feindes waren es jedoch bemitleidenswert wenige.

Langsam eroberten die Angreifer die Mauer. Zuerst waren es nur eine Handvoll Krieger, die Rücken an Rücken kämpften, dann so viele, dass die Verteidiger sie nicht wieder vom Wehrgang zurückdrängen konnten.

Silus hörte auf zu schießen. Sein Zugarm ermüdete, worunter die Zielgenauigkeit litt. Vitalis feuerte mit der Kraft und Ausdauer der Jugend einen Pfeil nach dem anderen ab und traf zudem öfter das Ziel als daneben. Atius war stärker als Silus und konnte daher ebenfalls weiterschießen, wenn auch durch die fehlende Übung langsamer und weniger treffsicher.

Selbst in der nächtlichen Dunkelheit waren die Horden zu sehen, die auf die Rampe drängten. Die Konstruktion hielt weiterhin stand und auch die Brandpfeile konnten dem Holz nichts anhaben. Doch wenn die Rampe nicht bald zerstört wurde, würde das Kastell demnächst fallen.

Silus dachte fieberhaft nach. Den Baumstämmen schien das Feuer nichts anhaben zu können – doch was war mit den Rosshaarseilen, die sie zusammenhielten? »Vitalis, mach einen Brandpfeil fertig!«

Vitalis sah ihn fragend an, tat aber, wie geheißen.

»Siehst du die Seile da? Kannst du sie treffen?«

Vitalis beantwortete die Frage, indem er den Pfeil fliegen ließ. Er landete in einem Seil und durchtrennte mehrere der Stränge, aus denen es geflochten war, ohne jedoch seine Tragfähigkeit zu mindern. Doch dann stieg Qualm aus dem Rosshaar auf. Wie es sich Silus erhofft hatte, fing es Feuer und riss.

Auch dies hatte keine Auswirkung auf die Festigkeit der

Rampe, die mit ganzen Seilbündeln verschnürt war. Doch noch verfügten die Verteidiger über eine ansehnliche Anzahl von Bogenschützen, und auch Brandpfeile – für die sie bisher keine Verwendung gefunden hatten – waren noch zur Genüge vorhanden.

»Sagt es allen weiter«, rief Silus den Männern in Hörweite zu. »Bogenschützen! Die Seile sind brennbar! Zielt auf die Seile.«

Silus und Atius griffen nach den Pfeilen, deren Spitzen mit ölgetränktem Tuch umwickelt waren, zündeten sie an und ließen sie fliegen.

Zuerst war kaum etwas zu bemerken. Doch allmählich verbreitete sich die Nachricht, und sobald die Bogenschützen mit eigenen Augen sahen, dass Silus recht hatte, schossen sie einen Brandpfeil nach dem anderen auf die Seilverbindungen, die die Rampe zusammenhielten. Obwohl die meisten ihr Ziel verfehlten, dauerte es nicht lange, bis überall auf der Rampe Seile brannten. Schon löste sich der erste Stamm am äußersten Rand, rollte von der Mauer und riss ein halbes Dutzend Krieger mit sich. Kurz darauf folgte ein zweiter, dann ein dritter, dann brach die Rampe vollends auseinander.

Sie fiel nicht sofort in sich zusammen, da die einzelnen Baumstämme noch auf der Mauerkante lagen. Diese gerieten allerdings ins Rollen, sodass die daran hinaufkletternden Krieger den Halt verloren. Aus der Barbarenflut, die sich über den Wehrgang ergossen hatte, wurde ein Rinnsal. Sicinius erkannte die Gelegenheit und warf die Reserven, die er bislang zurückgehalten hatte, gegen die feindlichen Krieger, die noch einen letzten Abschnitt der Mauer hielten.

Die Bogenschützen und Schleuderer schossen auf die Krieger, die auf die Baumstämme klettern wollten. Silus wählte sich in aller Ruhe ein Ziel, legte einen Pfeil auf, kniff ein

Auge zusammen, spannte die Sehne und ließ sie aus den Fingern gleiten. Dann wiederholte er das Ganze trotz der brennenden Muskeln in Arm und Brust.

Zu seiner Rechten waren über den Kampflärm Schreie zu hören. Er warf einen Blick hinüber. Die dort postierten Verteidiger winkten verzweifelt, um auf sich aufmerksam zu machen. Zuerst verstand er nicht recht, was sie so in Aufruhr versetzte.

Dann sah er die oberen Enden der Leitern, die an der Mauerkante lehnten.

Also hatte Maglorix nicht alles auf einen Würfelwurf gesetzt. Während die Verteidiger mit der Rampe beschäftigt gewesen waren, hatte er eine Abordnung auf die andere Seite des Kastells geschickt, um die dortige Mauer einzunehmen. Silus beobachtete aus der Ferne, wie die Barbaren von den Leitern auf die Mauer stiegen.

Er sah sich verzweifelt um. Sicinius befehligte die Verteidigung der Mauer an der Rampe und hatte die Gefahr noch nicht einmal bemerkt.

»Vitalis, geh zu Sicinius und sag ihm, dass die Barbaren die östliche Mauer übersteigen. Alle anderen kommen mit mir!«

Obwohl Silus keine Befehlsgewalt über sie hatte, konnte er ein Dutzend Hilfstruppensoldaten sowie mehrere Bogenschützen, Schleuderer und Fußtruppen mit Wort und Tat davon überzeugen, ihm die Mauer entlang zu folgen. Sie stürmten mit erhobenen Schilden auf die Barbaren zu. Beim Zusammenprall verloren mehrere Stammeskrieger den Halt und fielen rückwärts von der Mauer.

Dann folgte wieder die schwere Arbeit des Nahkampfs. Angriff, Parade, Stoß, Rückzug. Die Barbaren auf der Ostmauer wurden von Norden und Süden bedrängt und mussten sich an zwei Fronten verteidigen. Im Vergleich zu den

Kämpfen auf der Nordseite war dieses Gefecht, so tödlich es für seine Teilnehmer auch war, beinahe ein Scharmützel an einem Nebenschauplatz.

Beinahe. Im südlichen Teil der Ostmauer führte direkt neben dem Osttor eine Treppe durch den Turm in den Innenhof. Silus sah genauer hin. Vor dem Tor machte sich ein wachsender Barbarenhaufen bereit, in die Festung zu stürmen. Er feuerte die Männer um ihn herum an, die Angreifer von der Mauer und den Leitern zu drängen. Mit Erfolg. Die Stammeskrieger wichen Schritt um Schritt zurück.

Im Süden dagegen waren die Verteidiger weniger zahlreich und wurden ihrerseits zurückgedrängt. Für jeden Schritt, den Silus und seine Kameraden im Norden gutmachten, verloren die Römer einen im Süden.

Plötzlich löste sich eine Handvoll Maeatae-Krieger aus dem Getümmel und stürmte die Treppe zum Osttor hinunter, während der Rest die aus Norden kommenden Römer weiterhin zurückhielt. Silus sah sich nach Sicinius um. Auf der Nordmauer machte er Vitalis aus, der aufgeregt auf den Präfekten einredete und auf die neue Bedrohung deutete, der Sicinius umgehend mehrere Männer entgegenschickte.

Doch es war zu spät.

Die Maeatae hatten das Tor erreicht und griffen das halbe Dutzend Römer an, das es verteidigte. Silus löste sich aus dem Handgemenge. Was tun? Die Barbaren versperrten den Weg zur Treppe, und einen Sprung aus dieser Höhe würde er bestenfalls schwer verletzt überleben. Da bemerkte er, dass keine Angreifer mehr auf den Leitern waren.

»Atius, hilf mir mal.« Er deutete auf eine herrenlose Leiter. Gemeinsam hoben sie sie über die Mauer und ließen sie auf der Innenseite wieder hinunter. Silus kletterte, zwei Sprossen auf einmal nehmend, hinunter. Atius folgte ihm. Sobald sie den Boden erreichten, rannten sie auf das Tor zu. Vier Verteidiger waren bereits tot oder gefechtsunfähig, und auch drei Barbaren lagen auf dem Boden, von denen sich nur noch einer rührte. Somit standen sechs Angreifer lediglich zwei verzweifelt um ihr Leben kämpfende Römer gegenüber, von denen einer gerade von einem Speer durchbohrt wurde, als Silus und Atius hinzukamen.

Die beiden Freunde stürzten sich hinterrücks auf zwei Barbaren und warfen sie um. Bevor sie sich wieder aufrappeln konnten, hatten ihnen Silus und Atius schon den Dolch in den Hals gerammt und mit einer sägenden Bewegung wieder herausgezogen. Blut spritzte aus den klaffenden Wunden. Silus und Atius zogen die Schwerter und waren sofort wieder gefechtsbereit. Zwei Barbaren, bewaffnet mit einer Axt und einem Speer, drehten sich zu ihnen um. Wie immer handelte es sich um große, schmutzbedeckte Männer mit langen, verfilzten Haaren und Bärten. Blut war auf ihre nackten Oberkörper gespritzt. Sie traten einen Schritt vor, dann stieß der Speerkämpfer nach Atius und der andere schlug mit der Axt nach Silus' Kopf.

Atius wich aus, Silus duckte sich unter dem Schlag hindurch, dann gingen sie zum Gegenangriff über. Sie hatten es mit erfahrenen, fähigen Kämpfern zu tun, wahrscheinlich handverlesen für die Aufgabe, das Tor zu öffnen, solange die eigentliche Schlacht an anderer Stelle tobte. Da sie keine Schilde und verschiedene Waffen trugen, wirkten sie eher wie Gladiatoren als Soldaten. Silus warf einen schnellen Blick über die Schulter seines Widersachers. Der letzte Verteidiger des Tors geriet immer weiter in Bedrängnis. Silus stieß einmal, zweimal zu, wich einem Axthieb gegen seine Körpermitte aus und bohrte seinem Gegner das Schwert in die Flanke.

Die Klinge durchtrennte Haut und Muskeln. Der Treffer war nicht tödlich, sondern verlangsamte den Barbaren lediglich. Dennoch konnte er Silus mit einhändigen Axthieben auf Abstand halten, während er sich mit der anderen Hand die Seite hielt. Und auch Atius neben ihm hatte seine liebe Not mit der größeren Reichweite des Speeres.

Schließlich durchbohrte ein feindlicher Speer den Oberschenkel des letzten Römers vor dem Tor. Das Bein gab nach, er stürzte und wurde von einem weiteren Speer durchbohrt. Mit der Kraft der Verzweiflung rammte Silus sein Schwert in die Achselhöhle des Barbaren, woraufhin der zugehörige Arm schlaff herabhing. Blut floss in kleinen Rinnsalen daran herunter und tropfte von den Fingern. Leider führte der Krieger, der über eine geradezu unerschöpfliche Ausdauer zu verfügen schien, die Axt mit der anderen Hand und parierte mit ihrem Griff Silus' Attacken.

Schließlich forderte der Blutverlust seinen Tribut und er ging in die Knie. Silus blickte seinem Gegner in die Augen, nickte ihm zu und versenkte die Schwertklinge hinter dem Schlüsselbein in der Brust des Barbaren, dem ohne einen Laut auf den Lippen das Leben ausgehaucht wurde. Silus sah sich um. Die Barbaren waren bereits dabei, den Querbalken anzuheben, der die Torflügel verriegelte. Er rannte los. Atius, der endlich mit dem Speerkämpfer fertiggeworden war, folgte ihm auf dem Fuße. Der Balken war so schwer, dass die Barbaren vor Anstrengung grunzten und stöhnten.

Silus erreichte das Tor in dem Augenblick, als die Krieger den Balken aus seiner Halterung gehoben hatten. Krachend fiel er auf den Boden, wo ihn Römer wie Barbaren verblüfft anstarrten. Noch schienen beide Seiten nicht so recht glauben zu können, was gerade hier geschehen war.

Dann flog das Tor krachend auf, und brüllende Barbarenkrieger strömten hindurch.

Silus und Atius stellten sich ohne Schilde, nur von einer leichten Rüstung geschützt und mit Kurzschwertern bewaffnet, einer Horde von über vierzig auf sie zupreschenden Stammeskriegern.

Sie hätten genauso gut versuchen können, eine Lawine aufzuhalten. Die Wucht des Ansturms holte Silus von den Beinen und er landete unsanft auf dem Rücken. Schon war ein tätowierter Krieger über ihm und hob grinsend den Speer zum Stoß.

Einen Wimpernschlag, bevor er ihn in Silus' Bauch versenken konnte, warf sich jemand mit ausgestreckten Armen auf den Barbaren. Der Speer wurde abgelenkt und die Spitze durchbohrte einen Muskel auf der Innenseite von Silus' Oberschenkel. Er schrie vor Schmerz. Ein Brüllen hallte in seinen Ohren, und einen Augenblick lang glaubte er, dass es aus seiner eigenen Kehle drang – doch dann sah er Stiefel mit genagelten Sohlen und eine römische Rüstung über sich. Der Gegenangriff war im letzten Moment erfolgt.

Atius erledigte den Krieger, der Silus verwundet hatte, dann blickte er mit besorgter Miene auf seinen Freund herab. Er wollte den Speer herausziehen, doch Silus schrie auf und packte ihn am Arm. Also ließ er die Waffe stecken und beschränkte sich darauf, sie vom Boden zu lösen. Er hob seinen Freund auf, warf ihn über die Schulter und trug ihn aus dem Gefecht.

Während Silus gegen die Ohnmacht ankämpfte, hackte Atius den Speerschaft zu beiden Seiten des Schenkels ab und wickelte Verbände um die Wunde. Kraftlos versuchte Silus, ihn daran zu hindern. »Das ist doch sinnlos«, flüsterte er. »Es sind zu viele.«

Der römische Gegenangriff hatte die Barbaren kurzzeitig zurückgeworfen, doch Maglorix schickte mehr und mehr Männer, um das soeben eroberte Tor zu sichern, und die verbissen kämpfenden Verteidiger mussten einmal mehr weichen. Die römischen Soldaten hatten die Verteidigungsformation zur Meisterschaft gebracht. Ihre sich überlappenden Schilde bildeten eine für die Barbaren fast undurchdringliche Barriere, doch letzten Endes war die Übermacht zu groß.

»Sie werden gleich hier sein«, flüsterte Silus. »Es ist vorbei. Lass mich.«

»Leck mich, Silus, wofür hältst du mich denn? Ich bin schon einmal geflohen, wenn auch auf Befehl, und alle meine Freunde sind gestorben. Ich werde nicht noch einmal wegrennen.«

Silus umklammerte den Arm seines Freundes, nickte und schloss die Augen. Er spürte, wie er trotz des Lärms und der grässlichen Schmerzen in seinem Bein allmählich das Bewusstsein verlor. Atius verpasste ihm eine Ohrfeige.

»Hiergeblieben, mein Freund. Dein Nickerchen kannst du später halten.«

Silus lächelte schwach. »Dabei ist das doch genau der richtige Zeitpunkt für ein Nickerchen.« Er lehnte sich zurück. Sein Körper entspannte sich. Der Schlachtenlärm rückte immer näher, doch Silus überkam ein großer Friede. Bald würde er bei Sergia und Velua sein, wo immer sie auch waren. Sie würden zusammen sein. Und das war gut so.

Dann runzelte er die Stirn. Etwas war anders. Der Lärm hatte sich verändert: Nun jubelten die Römer.

»Atius? Was ist da los?« Silus wollte sich aufsetzen und stöhnte vor Schmerz auf. Es gelang ihm beim zweiten Versuch. Irgendetwas geschah hinter dem Tor, jenseits des Schlachtfeldes. Die Barbaren wollten sich zurückziehen, doch etwas schien ihnen den Weg zu versperren.

Atius stand auf und stellte sich auf die Zehenspitzen. Dann stieß er einen langen Pfiff aus. »Bei Christus.«

»Atius, was verdammt noch mal geht da vor?«

»Der Kaiser ist hier.«

Es dauerte eine Weile, bis Silus den Sinn dieser Worte begriffen hatte. »Richte deinem Gott schönen Dank von mir aus«, sagte Silus, bevor er das Bewusstsein verlor.

Sechzehntes Kapitel

Ein stechender, kaum zu ertragender Schmerz im Bein ließ Silus mit einem heiseren Schrei aufwachen. Er wollte sich aufsetzen, doch ein schweres Gewicht lastete auf seiner Brust und er konnte die Arme nicht bewegen. Er riss die Augen auf und blickte in Atius' erstauntes Gesicht.

»Aaaaah«, brüllte er, als etwas an seinem Oberschenkel zerrte. »Atius, was zum … aaaah.«

Er spürte ein Rutschen, Ziehen und Zerren, und der Schmerz veränderte sich zu einem quälenden Pochen, das im Takt seines Herzschlags durch sein Bein fuhr. Er spürte einen großen Druck auf dem Oberschenkel, als würde dort etwas in ein Loch gesteckt, das da ganz und gar nichts zu suchen hatte. Atius' Gesicht verschwamm vor seinen Augen …

Als er wieder erwachte, lag er rücklings auf einem Fuhrwerk und wurde bei jedem Schlagloch heftig durchgerüttelt. Sein Oberschenkel war von einem beständigen, hartnäckigen Schmerz erfüllt. Unterhalb davon spürte er dagegen überhaupt nichts. Er stemmte sich auf einen Ellenbogen hoch und blickte in plötzlicher Panik an sich herab. Mit Erleichterung sah er, dass er noch beide Beine besaß, umklammerte seinen Unterschenkel und stellte erfreut fest, dass er den Druck spürte. Wahrscheinlich hatte der enge Verband um die Wunde die Blutzufuhr abgeschnitten und das Bein teilweise betäubt.

Silus sah den Soldaten an, der neben ihm lag. Er hatte einen Arm verloren, der Stumpf war in einen dunkelroten Verband gewickelt. Sein dreckverschmiertes, stoppeliges Gesicht war völlig ausdruckslos, sein Blick leer. Wahrscheinlich dachte er an seine Zukunft als Bettler auf den Straßen Eboracums. Silus drehte sich auf die andere Seite, wo ein weiterer Soldat lag, dessen Taille von fleckigen Tuchbahnen umhüllt war. Der kreidebleiche Mann hatte die Augen geschlossen und atmete flach. Eine Bauchwunde, vermutete Silus und fragte sich, warum man ihn überhaupt behandelt hatte. Der Tod auf dem Schlachtfeld wäre barmherziger gewesen als das langsame, quälende Ende, das ihn unvermeidlich erwartete.

»Silus? Bist du wieder bei uns?«, fragte eine Stimme vom Kutschbock.

Silus blickte über die Schulter. Atius saß neben dem Fahrer und grinste auf ihn herab.

»Dich werde ich wohl nie mehr los, oder?«

Atius' Grinsen wurde noch breiter. »Wohl kaum. Zu unser beider Unglück sind wir unzertrennlich, mein Freund.« Atius klopfte dem Fahrer auf die Schulter. »Pinkelpause.«

Der Fahrer ließ die Maultiere anhalten. Atius sprang auf die Ladefläche, um Silus herunterzuhelfen. Der Einarmige schaffte es aus eigener Kraft vom Wagen, der Mann mit der Bauchwunde regte sich nicht.

Atius wollte Silus eine Krücke reichen. Silus lehnte ab, belastete das verletzte Bein und brach prompt zusammen. Atius fing ihn auf, hielt ihn aufrecht und bot ihm die Krücke noch einmal an. Silus nahm sie widerwillig entgegen und klemmte sie sich unter die Schulter. Humpelnd entfernte er sich ein paar Schritte vom Wagen und machte sich daran, sich so weit zu entblößen, dass er urinieren konnte.

»Brauchst du Hilfe? Soll ich was halten?«

»Leck mich, Atius. So gute Freunde sind wir nun auch wieder nicht.«

Er erleichterte sich mit kräftigem Strahl, schüttelte ab, zog sich wieder an und sah sich zu Atius um.

»Raus mit der Sprache. Wie schlimm hat es mich erwischt?«

»Es gibt eine gute und eine schlechte Nachricht.«

»Ja?« Silus wurde flau in der Magengegend.

»Die schlechte Nachricht lautet, dass du es überleben wirst und ich mich weiter mit dir herumschlagen muss. Die gute Nachricht ist, dass du die nächsten paar Monate außer Gefecht sein wirst. Ruhe, Bier und Huren, anstatt dir im Feindesland im strömenden Regen den Arsch abzufrieren.«

»Werde ich wieder ganz der Alte werden?«

Atius' Grinsen verschwand. »Da wollte sich der Arzt nicht festlegen. Dich hat es schlimm erwischt, der Oberschenkelmuskel sieht ziemlich übel aus. Trotzdem hattest du Glück, dass der Speer die Schlagader verfehlt hat – sonst wärst du schon lange tot. Und eine Handbreit höher, und wir müssten uns um ein ganz anderes Körperteil Sorgen machen.«

Silus nickte. Atius hatte recht. Es hätte viel, viel schlimmer kommen können. Nun, da er seine Befehle erfüllt hatte, konnte er sich eigentlich leichten Herzens der Genesung widmen. Doch dann regten sich Zweifel. Hatte er seine Befehle wirklich alle erfüllt?

»Atius? Was ist nach Caracallas Ankunft passiert?«

»Es war ein Blutbad. Das Kastell war so gut wie verloren, doch dann ist Caracalla mit seiner Kavallerie den Barbarentruppen in den Rücken gefallen und hat sie zerschlagen. Sie wollten fliehen, aber die Legionen haben so gut wie alle niedergemacht.«

»So gut wie alle?«

Atius öffnete den Mund, dann zögerte er.

Silus humpelte näher und ergriff seine Schulter. »Scheiße, nun sag schon. Ist er tot?«

Silus schüttelte den Kopf. »Nein. Er wurde dabei beobachtet, wie er mit seinem Leibwächter vom Schlachtfeld und nach Norden geflohen ist. Er ist jetzt irgendwo im tiefsten Kaledonien.«

Silus packte Atius' Tunika mit beiden Händen. »Wieso hast du ihn entkommen lassen?«, schrie er. »Wie konntest du das zulassen?« Er ließ den Kopf hängen, dann vergrub er das Gesicht an der Schulter seines Freundes und fing an zu weinen. Die Verzweiflung und die Trauer, der Schmerz und die Mühsal, das Elend und Leid, alles, was er ertragen hatte, brach unaufhaltsam aus ihm heraus. Atius hielt ihn schweigend fest, bis die Tränenflut ihren Höhepunkt erreicht hatte und wieder abebbte. Silus löste sich schwer atmend von ihm und wischte sich mit dem Handrücken grob die Tränen und den Rotz aus dem Gesicht.

»Es ist noch nicht vorbei«, sagte er. »Ich werde nicht ruhen, bis er tot ist.«

»Das hast nicht du zu entscheiden«, sagte Atius. »Wir sollen uns bei Oclatinius in Eboracum melden. Dort wirst du bis zu deiner Genesung bleiben. Und dann können wir vielleicht …«

»Scheiß auf vielleicht. Dieser Scheißkerl soll nicht länger die Luft desselben Landes atmen wie ich. Ich werde ihn zur Strecke bringen.«

»He!«, rief ihnen der Fahrer zu. »Beeilt euch mal ein bisschen.«

Silus ließ sich von Atius auf das Fuhrwerk helfen. Er setzte sich wieder und starrte auf die in der Ferne verschwindende Straße. Ihm schwirrte der Kopf.

Der Soldat mit der Bauchwunde hatte aufgehört zu atmen.

»Ob du einsatzbereit bist, bestimme ich, Soldat«, sagte Oclatinius ruhig.

»Herr, mein Bein ist verheilt. Das hat der Arzt selbst gesagt.« Seit seiner Verwundung in der Schlacht von Cilurnum waren zwei Monate vergangen.

»Es ist so gut verheilt wie möglich. Aber ist es auch so gut wie vorher?« Oclatinius schüttelte den Kopf.

»Herr, ich kann zehn Meilen mit vollem Gepäck marschieren und hundert Schritt in fünfzehn Herzschlägen laufen. Was verlangt Ihr denn noch?«

»Ich verlange, dass du meine Befehle befolgst.«

»Herr, ich sitze hier untätig auf meinem Allerwertesten, während Caracalla die Armee durch Kaledonien führt und alle Barbaren niedermetzelt, egal ob Mann, Frau oder Kind. Der Feind ist vernichtend geschlagen. Aber derjenige, der die Schuld an dem ganzen Unheil trägt, ist entkommen. Maglorix lacht uns aus.«

»Ich bezweifle, dass er viel zu lachen hat.«

»Herr, bitte, lasst mich gehen und nach ihm suchen. Wenn ich noch länger hier in Eboracum herumsitzen muss, verliere ich den Verstand.«

»Deinem Kumpel Atius scheint es hier ganz gut zu gefallen.«

Silus verzog das Gesicht. »Dem gefällt es überall, wo es Bier, Würfel und Schlägereien gibt. Außerdem scheint er sich sehr gut mit Menenia zu verstehen.«

»Das ist mir nicht entgangen. Wie dem auch sei, die Entscheidung liegt nicht bei mir. Ich bin nicht befugt, dich tief ins Feindesland auf die Suche nach einem geprügelten Hund zu schicken, dem längst die Zähne gezogen sind. Auf dich warten wichtigere Aufgaben, das verspreche ich dir.«

Silus war versucht, ihn auf diese wichtigeren Aufgaben anzusprechen, kam dann aber zu dem Schluss, dass Oclatinius ihn wahrscheinlich nur hinhalten wollte. »Dann bitte ich eben den Kaiser darum.«

Oclatinius stieß ein freudloses Lachen aus. »Silus, ich bitte dich, sei doch vernünftig. Severus ist krank und empfängt nur wenige Besucher, zu denen du ganz bestimmt nicht zählst. Caracalla und Papinianus sind im Feld und Geta interessiert sich nicht für militärische Belange. Geh zurück in dein Quartier und ruh dich aus, Silus. Erhol dich und warte, bis Caracalla zurück ist.«

»Herr …«

»Wegtreten.« Oclatinius widmete sich seinen Wachstäfelchen.

»Herr, ich bitte Euch.«

Oclatinius sah nicht auf.

Silus stand noch einen Augenblick da und konnte sich nur mit Mühe davon abhalten, den Alten über den Schreibtisch zu ziehen und kräftig zu schütteln. Doch er kam seinem Ziel nicht näher, wenn er sich verhaften, wegen eines tätlichen Angriffs auf seinen Kommandanten verurteilen und am Ende gar hinrichten ließ. Er salutierte übertrieben förmlich, drehte sich um und ging.

Einen Monat später kehrte Caracalla an der Spitze seiner siegreichen Armee nach Eboracum zurück. Er hatte einen nicht unbeträchtlichen Teil seiner Streitmacht in Kaledonien zurückgelassen, wo sie die Festungen bemannte, beide Wälle wiederaufbaute, die letzten Widerstandsnester in den eroberten Gebieten vernichtete und alle Siedlungen verwüstete, die Caracalla übersehen hatte. Und dennoch kehrte eine beeindruckend große Zahl an Soldaten mit ihrem Augustus in die Stadt zurück, die die kaiserliche Familie zu ihrem einstweiligen Regierungssitz erkoren hatte.

Severus selbst hieß seinen Sohn, der auf einem edlen schwarzen Hengst dahergeritten kam, an den Toren der Stadt willkommen und pries ihn unter dem Jubel der Soldaten und der schaulustigen Bevölkerung als siegreichen Eroberer. Caracalla sonnte sich in seinem Ruhm, wenn er nicht gerade Julia Domna, die an Severus' rechter Seite ritt, verstohlene Blicke zuwarf. Geta zur Linken des Kaisers kochte vor Wut und konnte den Neid auf den erfolgreichen älteren Bruder kaum verbergen. Caracalla beachtete ihn nicht. Dieser Augenblick gehörte allein ihm.

»Habt Dank, Vater«, sagte Caracalla, sobald er vor dem alten Kaiser stand. »Euer Lob ist mir wert und teuer. Es scheint Euch wieder besser zu gehen, den Göttern sei Dank.«

Severus legte den Kopf schief. »Mir geht es tatsächlich besser. Die Gicht plagt mich nach wie vor, doch das Atmen fällt mir viel leichter. Ich habe Serapis großzügig Opfer dargebracht, und in seiner unermesslichen Güte hat mir der Herr der Sonne und der Heilkunst die Gesundheit zurückgegeben. Deshalb nehme ich in großer Dankbarkeit für deine treuen Dienste die Verantwortung als Oberbefehlshaber der Legionen von deinen Schultern und lege sie wieder auf meine eigenen.«

Geta beugte sich vor und grinste höhnisch.

Caracalla stand der Mund offen. »Aber Vater, das sind meine Legionen.«

Severus runzelte die Stirn. »Mein Sohn, es sind die Legionen Roms. Wir sind zwar beide Kaiser, doch ich übertreffe dich an Lebens- ebenso wie an Dienstjahren. Und ich bin der Paterfamilias.«

»Aber Eure Gesundheit. Die Gicht …«

»Ich habe mich bereits einmal auf einer Sänfte durch einen Feldzug tragen lassen und kann es wieder tun. Meine Entscheidung steht nicht zur Debatte. Und jetzt zurück in den Palast.«

Severus wendete sein Pferd und kehrte seinem schwer bewaffneten Sohn den Rücken zu. Die Menge hielt den Atem an. Jeder hatte zumindest Gerüchte darüber gehört, dass Caracalla nach dem Sieg über die Kaledonier im letzten Jahr in einer ähnlichen Situation kurz davor gewesen war, den alten Kaiser zu ermorden. Doch Caracalla beugte nur den Kopf und ritt hinter seinem Vater her.

»Verdammt soll er sein«, rief Caracalla wütend und lief im Schlafgemach auf und ab. »Zum Hades soll er fahren. Das kann er nicht machen. Dafür ist er nicht mehr mächtig genug. Die Armee wird ihm den Respekt verweigern. Warum kann er sich nicht einfach in Würde zur Ruhe setzen? Seine Dignitas und seine Auctoritas sind über jeden Zweifel erhaben. Was wird davon noch übrig sein, wenn er auf diesem Einfall besteht?«

»Er hat seinen Stolz«, sagte Julia Domna besänftigend. Sie saß mit seitlich angewinkelten Beinen auf den Seidenlaken und beobachtete ihren aufgebrachten Liebhaber und Stiefsohn mit Besorgnis. »Das weißt du doch. Er hat sein ganzes Leben über Stärke gezeigt und sich alles genommen, was er wollte und wann er wollte. Das Imperium eingeschlossen. Mich eingeschlossen.«

Caracalla verzog das Gesicht. »Bitte erinnere mich nicht daran, dass der alte Mann dich betatscht.«

»Auch das ist nichts Neues, Antoninus. Wir haben einen gemeinsamen Sohn. Was glaubst du denn, wie Geta gezeugt wurde?«

»Daran will ich gar nicht erst denken. Und an diesen Schwächling von Halbbruder auch nicht.«

»Dann komm her.« Julia tätschelte einladend das Bett neben sich. »Ich werde dich ablenken.«

Caracalla ging weiter auf und ab. »Jetzt sitzen wir untätig hier herum. Dabei war die Angelegenheit so gut wie erledigt. Wenn wir sie nicht zu Ende führen, wird es bald wieder so sein, als wären wir niemals hier gewesen. Diese Barbaren sind wie Unkraut. Je mehr man vernichtet, desto stärker wachsen sie wieder nach. Wir müssen sie an der Wurzel packen und ausreißen, sie auf Generationen kleinhalten.«

»Dein Vater wird die Armee anführen, genau wie letztes Jahr. Sein Körper mag schwach sein, sein Geist ist es nicht. Und das werden die Soldaten sehr wohl respektieren.«

»Und weshalb hat er sie dann nicht schon längst losmarschieren lassen? Wir sind seit zwei Wochen hier und er macht keine Anstalten, sich auf den Krieg vorzubereiten. Wir haben die Maeatae und ihre kaledonischen Verbündeten bezwungen, doch im Norden und Westen Kaledoniens gibt es noch unzählige unbesiegte Stämme, die sich erheben werden, wenn man ihnen auch nur die kleinste Gelegenheit dazu lässt. Das haben wir doch soeben erlebt.«

Als er am Bett vorbeilief, nahm Julia sein Handgelenk und zog ihn zu sich. Er landete neben ihr, und bevor er protestieren konnte, hatte sie ihn auf den Rücken gerollt und küsste ihn leidenschaftlich. Einen Augenblick lang verspannte er sich, legte die Hand zwischen ihre Brüste und schob sie von sich weg, doch dann entspannte er sich, ließ den Kuss geschehen und schlang die Arme um sie.

Ihre Münder und Zungen begegneten sich einen langen Augenblick, dann legte sie die Lippen an sein Ohr. »Nimm mich, Antoninus«, hauchte sie. Sein bärtiges Gesicht näherte sich ihrem Hals. Sie legte den Kopf zur Seite, um ihm Zugang zu gewähren. Er nahm ihre Brust und spürte die harte Brustwarze auf der Handfläche. Aber dann sah er das missbilligende Gesicht seines Vaters vor sich, und die beginnende Erektion flaute wieder ab. Er rollte sich auf den Rücken.

»Ach, wenn ich doch nur für einen Tag Ödipus sein könnte.«

»Die Hälfte hast du ja schon geschafft.« Sie kicherte – ein heller Klang, der seinen Bauch zum Flattern brachte – und fuhr mit der Fingerspitze über seine behaarte Brust. Sie schien nicht verärgert oder enttäuscht von seinem mangelnden Stehvermögen.

»Sag so etwas nicht, du bist nicht meine Mutter. Außerdem weißt du genau, was ich damit meine. Aber ich liebe dieses alte Ekel nun mal und ich will ihm nichts Böses, auch wenn die Leute etwas anderes behaupten.«

»Er ist alt. Du hast die Omen gesehen und gehört. Nur Geduld. Schon bald ist alles dein. Ich eingeschlossen.«

»Ach ja? Ich dachte, ich muss alles mit deinem Sohn teilen. Das gilt sicher auch für deine Zuneigung, so verschieden sie sich auch äußert.«

»Geta ist mein einziger Sohn und ich liebe ihn bedingungslos. Aber er ist kein Anführer so wie du. Zumindest jetzt noch nicht. Er ist jung und ungestüm, und anders als dir hat ihm sein Vater die Kriegskunst nicht beigebracht. Ja, du wirst die Macht mit ihm teilen, weil dein Vater es so will, und du musst meine Zuneigung mit ihm teilen, denn eine Mutter kann nicht anders, als ihren Sohn zu lieben. Aber du wirst immer der Erste sein. In jeder Hinsicht.«

Ihre Hand strich über seinen Bauch und spielte mit seinem Penis. Sie lächelte, als er sich bei der Berührung aufrichtete, schloss die Finger darum, zog Caracalla auf sich und nahm ihn in sich auf. Er stöhnte und vergaß für eine Weile seinen Ärger.

»Oclatinius, ich sitze hier untätig auf meinem Allerwertesten, während diese Kröte irgendwo im tiefsten Kaledonien in ihrem sicheren Versteck hockt und uns auslacht.«

»Das habe ich vor Kurzem so ähnlich aus dem Mund eines anderen gehört, und ich kann Euch nur dasselbe antworten wie jenem: Ich bezweifle, dass er viel zu lachen hat.«

Caracalla sprang auf und ging im Raum umher. Er hatte das aus besten italischen Oliven, geschälten Pistazien und kaltem Wasser bestehende leichte Frühstück nicht angerührt.

»Na schön, vielleicht lacht er nicht. Aber er wird auch nicht zur Linderung meines Rachedurstes und dem Vergnügen des Volkes in der Arena erdrosselt.«

»Nein, Augustus. Das nicht«, musste Oclatinius zugeben.

Caracalla nahm sich ein paar Pistazien, kaute wütend und spülte sie mit einem tiefen Schluck aus seinem Becher hinunter. »Wer war denn dieser andere?«

»Augustus?«

»Der gesagt hat, dass Maglorix uns auslacht.«

»Das war Gaius Sergius Silus, Augustus.«

Caracalla machte ein verdutztes Gesicht. »Der? Wieso nur kreuzen sich ständig unsere Wege?«

»Vielleicht, weil er ebenso besessen von Maglorix ist wie Ihr. Oder weil er der Beste unserer Arcani ist.«

Caracalla drehte sich auf dem Absatz um. »Ruf ihn her.«

»Ja, Augustus.«

Oclatinius steckte den Kopf aus der Tür und gab dem davor Wache stehenden Prätorianer den entsprechenden Befehl.

Silus stand so gerade da wie ein Pilum, biss die Zähne aufeinander, damit sie nicht klapperten, und drückte die Knie gegeneinander, damit man nicht merkte, wie sehr seine Beine zitterten. Er würde sich nie daran gewöhnen, in der Gegenwart eines Mitkaisers zu sein – noch dazu desjenigen, der in der Gunst der Armee ganz oben stand.

Caracalla musterte ihn von oben bis unten.

»Ein ereignisreiches Jahr liegt hinter dir.«

»Ja, Augustus.«

»Du hast hinterrücks einen Barbarenfürsten gemeuchelt, einen Krieg provoziert, einen Angriff auf den Antoninuswall überlebt, deine Familie verloren, bist den Arcani beigetreten, hast einen kaledonischen Spion aus dem Weg geräumt, bist in die Gefangenschaft der Maeatae geraten und wieder entkommen, hast mich davon unterrichtet, dass das Stammesbündnis Britannia verwüsten wollte, hast eine entscheidende Rolle dabei gespielt, die Barbarenhorde so lange am Hadrianswall aufzuhalten, bis ich mit meiner Armee eintreffen und sie vernichten konnte, und wurdest dabei schwer verwundet.«

Silus starrte seine Caligae an. So gesehen war es tatsächlich ein ereignisreiches Jahr gewesen. Er fragte sich, wie er wohl mit dem Verlust seiner Familie umgegangen wäre, wenn ihn Pflichtgefühl und Rachedurst nicht dazu getrieben hätten, dies alles auf sich zu nehmen.

»Ja, Augustus. So war es.«

»Silus, die meisten Soldaten würden für solche Leistungen wohl eine ehrenhafte Entlassung samt ordentlichem Entlassungsgeld erwarten. Du hast in ein paar Monaten mehr vollbracht als die meisten in ihrem ganzen Leben. Und trotzdem bist du immer noch nicht zufrieden?«

»Nein, Augustus.«

»Warum nicht?«

»Weil der Mann, der meine Familie ermordet hat, noch unter den Lebenden weilt.«

Caracalla nickte. »Genau das macht mir ebenfalls zu schaffen. Wie gerne wäre ich jetzt da draußen auf der Jagd nach ihm. Oclatinius hat die Frumentarii, Exploratores, Speculatores sowie seine Spione bei den Maeatae und in Kaledonien auf die Suche nach ihm geschickt. Wir glauben zu wissen, wo er steckt. Leider sitze ich hier fest, bis mein Vater genug bei Kräften und Sinnen ist, um die Armee anzuführen.«

Oclatinius warf Caracalla für diese unbedachte Bemerkung einen warnenden Blick zu, doch der Augustus zeigte keine Reue. »Oclatinius dagegen hat in seiner Domäne mehr oder weniger freie Hand. Das ist mir ganz recht so. Wer weiß, vielleicht kommt er ja auf die Idee, dich einmal mehr ins Feindesland zu schicken, um Maglorix aufzuspüren, zu töten und diese Gefahr für die römische Provinz ein für alle Mal zu bannen.«

Oclatinius nickte. »Das ist sehr gut möglich.«

Hoffnung regte sich in Silus' Herz. Er sah zuerst den Imperator und dann dessen obersten Spion an und versuchte, ihre Mienen zu deuten.

»Selbstverständlich handelt es sich dabei nicht um einen offiziellen Auftrag. Wir werden nichts gegen die Barbaren unternehmen, solange mein Vater den Abmarsch nicht befiehlt. Ich kann also nicht vorhersehen, welchen Empfang man dir – ob erfolgreich oder nicht – bei deiner Rückkehr bereiten wird.«

»Wann breche ich auf?«

Caracalla lachte und drehte sich zu Oclatinius um. »Langsam wird mir klar, warum du ihn so ins Herz geschlossen hast.«

»Bei allem Respekt, Augustus, aber ich habe ihn nicht ins Herz geschlossen. Er war uns immer von großem Nutzen, ob man das nun seinen Fähigkeiten oder schierem Glück zuschreiben will.«

»Soldat, du wirst dir von Oclatinius alles erzählen lassen, was er über diesen Hurensohn in Erfahrung gebracht hat. Und dann ziehst du los und beförderst ihn ins Jenseits.«

»Mit dem größten Vergnügen, Augustus.«

Der alte Mann blickte aus wässrigen, trüben Augen zu ihnen auf und bewegte den zahnlosen Mund, ohne etwas zu sagen. Atius ergriff das spärliche Haar an seinem Hinterkopf, zog ihn daran hoch und versetzte ihm einen weiteren Schlag ins Gesicht. Der kaledonische Stammesälteste fiel nach hinten um und sein Kopf prallte gegen die feuchte Erde. Seine Augen rollten nach oben, Blut und Rotz liefen aus seiner Nase und sein Atem ging schwer und rasselnd.

Silus seufzte. »Und wie sollen wir ihn jetzt verhören?«

»Er ist mir auf die Nerven gegangen«, sagte Atius kleinlaut.

»Vielleicht weiß er ja wirklich nicht, wo Maglorix ist.«

»Quatsch. Er hat gelogen, das habe ich in seinen Augen gesehen. Was er davon hat, ist mir allerdings schleierhaft. Warum liefert er uns den Scheißkerl nicht einfach aus, der ihnen das Ganze eingebrockt hat?«

Silus schaute auf den alten Mann herab. Seine Rippen traten deutlich hervor, die Arme und Beine waren dünn wie

Wurfspeere. Allmählich gewöhnten sich Silus und Atius an den Anblick dieser ausgemergelten Gestalten.

Sobald Silus Atius von seinem Auftrag erzählt hatte, war sein Freund unverzüglich zu Oclatinius marschiert und hatte verlangt, ihn begleiten zu dürfen. Oclatinius hatte sich, amüsiert über Atius' große Sorge um seinen Kameraden, einverstanden erklärt. Dann hatte er ihnen mitgeteilt, was er über Maglorix' Aufenthaltsort wusste. Seine Spione, Kundschafter und Spitzel hatten die Flucht des Maeatae-Fürsten nach Nordwesten beobachtet, weg vom Hadrianswall und durch das Gebiet der mit den Römern verbündeten Votadini zum Stamm der Selgovae. Dort hatte er bei Fürst Sellic Zuflucht gesucht, die ihm dieser jedoch in dem Wissen, dass der Krieg gegen die Römer aussichtslos war, verweigert hatte. Er hatte ihn weggeschickt und gleichzeitig die Römer von dem Vorfall unterrichtet. Immerhin hatte er Maglorix den Gefallen getan, ihn nicht selbst gefangen zu nehmen und den Besatzern auszuliefern.

Maglorix war weiter durch das Gebiet der Damnonii und die Westküste hinauf zu den Caledonii geflohen. Argentocoxus, der Anführer des kaledonischen Stammesverbandes, hatte ihn unter Androhung von Gewalt seines Landes verwiesen. Das große Bündnis hatte sich längst in kleinere, sich bereits untereinander bekriegende Gruppen aufgelöst. Schließlich war Maglorix nach Hause zurückgekehrt – an den einzigen Ort, an dem er noch halbwegs willkommen war.

Silus und Atius wussten, wohin es Maglorix ungefähr verschlagen hatte, und nahmen den direkten Weg dorthin. Sobald sie die Provinz Britannia hinter sich gelassen hatten, waren die Straßen und Wege, wenn es denn welche gab, schlechter geworden. Gelegentlich mussten sie sich durch Wälder und Sumpfgebiete schlagen. Dennoch kamen sie schnell voran, denn sie mussten keine Überfälle fürchten. Die Niederlage der Maeatae und der Kaledonier war endgültig. Ihre besten Krieger hatten am Hadrianswall ihr Leben gelassen, ein Großteil der Bevölkerung war abgeschlachtet, die Feldfrüchte, das Vieh und die Vorräte zerstört. Sie litten bereits Hunger und der Winter nahte. Auf ihrem Weg hörten Atius und Silus viele Gerüchte und Vermutungen, erhielten aber auch glaubhafte Hinweise auf Maglorix' Aufenthaltsort, sodass sie ihre Suche immer weiter eingrenzen konnten. Schließlich glaubte Silus zu wissen, wo sein Feind steckte.

Atius schleppte den Alten zu einer Pfütze und tauchte sein Gesicht in das kalte, schlammige Wasser. Prustend kam er wieder zu sich. Atius rollte ihn auf den Rücken. Der Mann stützte sich auf einen Ellenbogen und spuckte Wasser.

»Nächster Versuch«, sagte Atius. »Silus, frag ihn noch einmal.«

Silus seufzte. »Wo ist Maglorix?«, fragte er auf Keltisch.

Der Mann schüttelte den Kopf, dann weiteten sich seine Augen vor Schreck, als Atius das Messer zog, und er versuchte, rückwärts vor ihm wegzukriechen.

»Ist Maglorix in Dùn Mhèad?«, fragte Silus.

Der Mann starrte ihn an. Sein Mund klappte auf.

Atius sah Silus verwundert an. »Was hast du gesagt?«

»Ich habe ihn gefragt, ob Maglorix in Dùn Mhèad ist.«

»Wie es aussieht, lautet die Antwort Ja. Woher wusstest du das?«

Silus sah seinen Freund an und dachte an die Zeiten zurück, als er noch ein einfacher Kundschafter der Hilfstruppen und seine Familie noch am Leben gewesen war.

»Weil dort alles angefangen hat.«

Siebzehntes Kapitel

Maglorix starrte in die Suppenschale in seinen Händen. Fleisch konnte er darin nicht entdecken, nur ein paar Blätter und Wurzeln. Sie schmeckte wie Schmutzwasser. Der Rauch eines Herdfeuers stieg ihm in die Nase, irgendwo schrie sich ein Säugling die Seele aus dem Leib. Niemand kam ihm zu Hilfe, und bald würde er sterben. Die Milch der meisten Mütter war versiegt, ihre unterernährten Kinder fielen der Auszehrung anheim. Die Ruhr hatte mehrere Familien heimgesucht, die ein totes Reh gefunden hatten, das bereits so verdorben gewesen war, dass selbst das Braten am Spieß sie nicht vor der Krankheit bewahrt hatte, die – wie jeder wusste – mit dem Verzehr von Aas einherging.

Der Winter stand vor der Tür. Die Blätter änderten ihre Farbe, die Sonne stand immer tiefer am Himmel. Morgens und abends war die Luft empfindlich kühl. Er zog den Kapuzenmantel fester um sich. In letzter Zeit fror er ständig, ganz egal, wie warm der Schein der Sonne war.

Die Menschen hatten nichts zu essen. Die Römer hatten das Getreide verbrannt, das Vieh geschlachtet, ihre Häuser niedergebrannt und untergepflügt, was auf ihren Äckern gewachsen war. Sie hatten ihnen selbst das Wild und die Früchte des Waldes genommen. Nun aßen sie Gras und Wurzeln, ja sogar trockene Zweige. Alles, was die quälende

Leere in ihren Mägen irgendwie füllte. Nur wenige Kaledonier würden das Tauwetter im Frühjahr erleben.

Wie hatte es so weit kommen können? War das seine Schuld? Hatte sein Stolz, sein heiliger Zorn, seine feste Entschlossenheit, den Römern ihre Grausamkeiten heimzuzahlen, dieses Unglück über sein Volk gebracht? Oder hatte es sein Schicksal schon damals besiegelt, als Maglorix noch ein kleiner Junge gewesen war und die Krieger des Stammes unter der Herrschaft seines Vaters regelmäßig und ungestraft in die römische Provinz eingefallen waren und Gold, Vieh und Sklaven gestohlen hatten?

Hatten sich die Götter gegen sie gewandt und ihnen Severus und Caracalla mit ihren alles verwüstenden Armeen geschickt? Oder hatten die Römer den Kaledoniern das, was diese ihnen angetan hatten, mit gleicher Münze, aber in einem viel größeren Ausmaß zurückgezahlt?

»Ich verfluche euch«, sagte Maglorix mit ruhiger und fester Stimme. »Jeden einzelnen Gott, der mir und meinem Volk den Rücken zugekehrt hat. Heilige Hexe, ich verfluche dich. Aos-sídhje, ich verfluche euch. Esus, Teutates, Taranis, ihr habt mich und die meinen verlassen. Ich verfluche euch alle.«

Mehrere Gesichter drehten sich zu ihm um. Lon blickte unglücklich drein, doch weder der Druide noch sonst jemand sagte etwas. Bald kehrten sie wieder zu ihrer jeweiligen Beschäftigung zurück, mit der sie sich vom nagenden Hunger abzulenken versuchten. Einige schnitzten an Stöcken herum. Ein alter Mann schärfte sein Schwert an einem Schleifstein, obwohl er es schon seit vielen Jahren nicht mehr im Kampf gezogen hatte. Die Mütter drückten ihre Säuglinge an sich. Kein Kind spielte; sie hatten nicht die Kraft dazu. Kein Huhn gackerte, kein Hund bellte, keine Kuh muhte. Tiere gab es schon lange keine mehr.

Er starrte wieder in die Schüssel. Obwohl seine letzte vernünftige Mahlzeit eine Ewigkeit her war, hatte er keinen Hunger. In seinen Eingeweiden verspürte er nichts als eine dumpfe Übelkeit.

Silus. Dieser Verräter an seinem eigenen Volk. Der Britannier, der für die Römer kämpfte. Wenn es einen Mann gab, dem er die alleinige Verantwortung für alles anlasten konnte, dann ihm. Hätte er seinen Vater nicht ermordet und ihn zu unüberlegten Handlungen im Namen der Vergeltung verleitet, hätten sie womöglich Frieden mit dem Feind schließen und all dies vermeiden können. Er mahlte mit den Kiefern und umklammerte fest die Schüssel. Dann seufzte er.

Ihm fehlte die Kraft zur Wut. Er nahm einen Mundvoll Suppe und schluckte mühsam hinunter. Dann ließ er die Schüssel durch die Finger gleiten. Sie fiel auf den Boden und zerbrach. Die wässrige Brühe bildete eine Pfütze auf der Erde.

Ein Murmeln drang zu ihm. Nicht mehr als die leise Bestätigung, dass etwas vor sich ging – für echtes Interesse oder Angst fehlte die Kraft. Er blickte auf.

Zwei bewaffnete, allem Anschein nach gut genährte und gesunde Männer betraten das Dorf.

Einer ergriff das Wort. Er sprach Inselkeltisch mit römischem Akzent. »Wo ist Maglorix?«

Je näher Silus Dùn Mhèad kam, desto stärker wurde der mit den Erinnerungen einhergehende Wirbel der Gefühle. Hier hatte alles angefangen, auf jenem Erkundungsstreifzug, der eine Ewigkeit her zu sein schien. Als er noch ein einfacher Explorator gewesen war, der weder Oclatinius noch Caracalla jemals persönlich getroffen, dafür aber eine Familie gehabt hatte …

Sie marschierten durch den Wald, durch den Silus damals

mit dem Kopf von Maglorix' Vater geflohen war. Diesmal gab er sich keine Mühe, seine Anwesenheit zu verbergen. Sie hatten nichts zu befürchten. Silus zeigte Atius mehrere Stationen auf seinem Weg. Hier hatte er völlig durchnässt und zitternd vor Kälte und Furcht sein Lager aufgeschlagen. Da hatte er sich nach seiner ersten Begegnung mit Voteporix, Maglorix und Buan versteckt. Und dort hatte er Voteporix aufgelauert und ihm den Kopf abgeschnitten.

Atius hörte sich seine Ausführungen zu den einzelnen Stellen mit finsterer Miene an und nickte schweigend. Der Hunger und das Elend der Menschen gingen ihm zu Herzen, und seine unverbrüchliche Treue zum Kaiser ließ sich nur noch schwer mit den Grundsätzen seines Glaubens vereinbaren.

Sie ritten den Hügel zur Wallburg hinauf. Die Römer hatten die Palisade niedergerissen. Hier und da lagen noch zerbrochene, aus der Erde gerissene Pfähle herum. Die meisten waren längst Brennholz. Die Menschen, die die Massaker der Römer überlebt hatten, waren in ihre zerstörten Häuser zurückgekehrt, um dort auf den Winter und den Tod zu warten. Wohin hätten sie sonst auch gehen sollen?

Gleich innerhalb der einst von der Palisade gebildeten Grenze des Dorfes saß ein kleines Mädchen von höchstens sechs Sommern im Schneidersitz auf dem Boden. In ihrem langen, verfilzten roten Haar steckten Blätter und kleine Zweige. Der Schmutz auf ihrem Gesicht war nicht von Tränenspuren durchzogen. Wahrscheinlich hatte sie schon lange aufgehört zu weinen. Sie blickte aus großen Augen über hohlen Wangen zu ihnen auf. Muss ich jetzt sterben?, schien sie sich zu fragen, doch ohne Furcht, nur mit einer dumpfen Neugier.

Silus wandte sich ab und ging schnell an dem Mädchen

vorbei ins Dorf. Bei ihrer Ankunft ging leises Gemurmel durch die Reihen der niedergeschlagenen Maeatae, doch sie schienen sich nur mäßig für die Neuankömmlinge zu interessieren.

»Wo ist Maglorix?«, fragte Silus laut in ihrer Sprache.

Einige weitere Köpfe wandten sich zu ihm um, doch niemand sagte etwas. Ein großer, glatzköpfiger Krieger in einer zerlumpten Tunika mit den Narben noch nicht lange verheilter Wunden auf Armen und Gesicht richtete sich unter Schmerzen und Mühen auf. Silus erkannte ihn: Es war Buan. Wo er war, konnte Maglorix nicht weit sein. Sein Leibwächter und Freund humpelte mit erhobenem Speer auf sie zu. Dies kostete ihn bereits solche Anstrengung, dass die Spitze zitterte.

Atius trat zwei Schritte vor, schob den Speer mit dem Arm beiseite und stieß seinen Dolch in Buans Bauch. Der riesenhafte Barbar packte den Griff der Waffe und riss sie aus Atius' Händen, dann fiel er mit dem Gesicht voraus auf den Boden und blieb still liegen.

Eine weitere Gestalt kam mit wedelnden Armen auf sie zu. Es war der Druide mit der rasierten Stirn, dem langen weißen Haar und der spitzen Nase. Sie erkannten Lon sofort, auch wenn er dünner geworden und der reich verzierten Robe und des prächtigen Schmucks verlustig gegangen war. »Seid verflucht, Römer«, zischte er. »Cailleach Bhéara, ich rufe dich an. Mögen diese niederträchtigen Männer niemals Frieden finden.«

»Wenn ich mich recht erinnere, hattest du Großes mit uns vor, Druide.«

»Die Hexe wird eure Augen in den Höhlen verfaulen lassen. Sie wird eure Hoden mit Eiter füllen, bis sie platzen. Sie wird eure Schwänze …«

Atius zog das Schwert und vollführte damit einen einzigen horizontalen Streich. Lon fiel auf die Knie und umklammerte seinen Hals. Blut spritzte zwischen seinen Fingern hervor. Atius wartete teilnahmslos, bis er zur Seite wegkippte.

Silus sah sich um. Die Barbaren, schon lange bar jeder Hoffnung, beschränkten sich auf ihre Rolle als Zuschauer.

»Maglorix!«, brüllte Silus. »Komm und stell dich. Oder müssen wir dich jagen und zur Strecke bringen wie ein feiges Wiesel?«

Einen Augenblick lang herrschte Stille. Dann blickte eine Gestalt in einem Kapuzenmantel auf. Der Mann machte keine Anstalten aufzustehen, ergriff jedoch nach kurzem Zögern mit beiden Händen die Kapuze und zog sie sich vom Kopf.

Silus holte tief Luft. Atius wollte auf ihn zugehen, doch Silus hielt ihn zurück, indem er eine Hand auf seine Brust legte. »Warte hier.«

»Du darfst dieser falschen Schlange nicht über den Weg trauen.«

»Das war einmal«, sagte Silus. »Ihr Gift ist längst verspritzt und ihre Zähne gezogen. Sieh ihn dir an. Er ist am Ende.«

Silus ging mit leeren Händen und locker an den Seiten herunterbaumelnden Armen auf den Häuptling zu, blieb vor ihm stehen und blickte auf ihn herab. Silus hatte ihn größer in Erinnerung, doch vielleicht lag es daran, dass er saß. Maglorix' langes, lockiges rotes Haar auf dem Kopf, auf den Silus bei seiner ersten Begegnung mit dem Stammesfürsten mit dem Schwertgriff eingeschlagen hatte, um ihn außer Gefecht zu setzen, war nun matt und ohne Glanz. Die einst prächtigen Locken waren zu mit Laub und Schmutz durchsetzten Strähnen verfilzt, der einst wohldefinierte Körper war ausgemergelt, die Brustmuskeln so sehr geschrumpft, dass die Tätowierungen auf der schlaffen Haut darüber traurig herabzuhängen schienen.

Die größte Überraschung erwartete Silus jedoch, als er ihm in die Augen sah. Maglorix' Blick war völlig leer, er konnte nicht den kleinsten Funken Wut, Resignation oder Trotz darin erkennen. Maglorix betrachtete Silus mit der Gleichgültigkeit eines alten Mannes, der vor seiner Tür sitzt und auf den Tod wartet, während die Welt an ihm vorbeizieht.

So sahen sie sich lange an.

»Es tut mir leid«, sagte Silus schließlich.

Maglorix' Augen verengten sich leicht, und er legte fragend den Kopf schief.

Silus machte eine ausholende Geste. »Das alles. Dein Volk. Dein Vater.«

Maglorix schüttelte den Kopf. »Du hast gewonnen. Du bist ein großer Krieger. Leider haben deine und meine Götter uns auf verschiedene Seiten gestellt. Gemeinsam wären wir unbesiegbar gewesen.«

Silus nickte. »Du bist auch ein großer Krieger. Du hast Rom die Stirn geboten, obwohl du tief im Inneren gewusst haben musst, dass es hoffnungslos ist.«

»Hoffnung ist ein zu hoch gehandeltes Gut.« Seine Stimme klang so bemitleidenswert, dass Silus einen Augenblick lang Zweifel kamen, ob er es über das Herz brachte, das zu tun, was getan werden musste. Doch nun führten Velua und Sergia seine Hand.

»Steh auf«, sagte Silus.

Maglorix holte tief Luft und atmete langsam wieder aus. Er legte die Hände auf die Knie und stemmte sich hoch. Silus sah sich um. Speer und Schild des Stammesfürsten waren nicht weit. Er holte sie und gab sie Maglorix.

Maglorix schob die Hand durch die Lederschlaufen des

Schilds, packte den Speerschaft an seinem Schwerpunkt, der sich von der Spitze aus auf etwa einem Drittel seiner Länge befand, und hob ihn versuchsweise hoch. Dann drehte er sich zu Silus um. Schild und Speer baumelten locker an seinen Seiten herab.

»Neeeein!« Es war Buans Schrei. Der Leibwächter lebte noch. Er hatte den Dolch aus seinem Bauch gezogen und holte damit aus, um ihn nach Silus zu werfen. Silus drehte sich um. Er war völlig ungeschützt.

Atius war sofort zur Stelle. Er trat die Waffe aus Buans schwachen Händen, wirbelte herum und stieß sein Schwert in das Herz des Barbaren. Er wartete, bis sein Todeskampf vorüber war, bevor er es wieder herauszog und an der Tunika des Leibwächters abwischte.

Silus wandte sich wieder Maglorix zu. Der hatte sich nicht gerührt, hatte beim Tod seines treuesten Freundes nicht die geringste Regung gezeigt.

Sie sahen sich in die Augen und Silus erkannte tiefe Trauer und Schicksalsergebenheit im Blick des Stammesfürsten.

Maglorix ließ den Kopf hängen.

Silus trat einen Schritt vor und zog dabei den Dolch. Er legte einen Arm um Maglorix' Schultern.

Dann stieß er ihm den Dolch knapp links vom Brustbein zwischen die Rippen.

Herzblut quoll aus der Wunde. Maglorix' Augen weiteten sich etwas, sonst blieb er völlig reglos, bis seine Beine nachgaben und Speer und Schild aus seinen Händen fielen. Er hielt sich an Silus fest. Der ließ ihn behutsam zu Boden sinken und wartete an seiner Seite liegend, bis das Leben nach wenigen Augenblicken aus Maglorix gewichen war.

Dann legte er den Kopf auf die Brust seines Feindes und weinte vor Trauer, Verlust und der Leere, die er in sich spürte.

Auf dem Weg nach Süden stieß die schwere Satteltasche im Takt gegen die Flanke von Atius' Pferd und gab dabei einen dumpfen Laut von sich. Atius hatte darauf bestanden, Maglorix' Kopf als Beweis für die erfolgreiche Erledigung ihres Auftrags mitzunehmen. Silus hatte sich geweigert, diese Last zu tragen.

Atius hatte Silus' Reaktion auf seinen Sieg nicht so ganz verstanden. Und ehrlich gesagt verstand sie Silus ja selbst nicht so genau. Er hatte sich diesen Augenblick so oft in seinen Fantasien und Träumen vorgestellt. Den Moment, an dem er sich endlich an dem Mann rächte, der ihm alles genommen hatte. Warum hatte er sich nur so leer angefühlt?

Womöglich, weil alles so war wie vorher. Er hatte immer noch nichts, tatsächlich sogar weniger als zuvor. Er hatte ein Ziel vor Augen gehabt. Und jetzt?

Sie ritten nach Eboracum zurück, wo man sie entweder für die Beseitigung des Barbarenfürsten, der für so viel Leid verantwortlich gewesen war, als Helden feiern oder als Deserteure von den eigenen Kameraden steinigen lassen würde.

Es war ihm egal.

Silus sah zu Atius hinüber. Er pfiff fröhlich vor sich hin und freute sich zweifellos darauf, wieder bei Menenia zu sein. Silus selbst empfand bei dem Gedanken, die kleine Issa wiederzusehen, einen Augenblick der Freude, der allerdings nur von kurzer Dauer war. Selbst seine geliebte Hündin konnte den Schmerz in seinem Innersten nicht lindern.

Vor ihnen lagen mehrere Tagesritte durch die Siedlungen der Hungernden, der Kranken und der Sterbenden. Er musste sein Herz ihrem Leid gegenüber verschließen.

Atius beugte sich vor und drückte seine Schulter zum Zeichen, dass er für ihn da war. Silus lächelte traurig. Vielleicht würden der Augustus und der Herr der Arcani ja einen Platz für ihn finden, der sein Leben mit Bedeutung erfüllte. Vielleicht.

Er richtete den Blick auf den Weg vor sich und ritt dem Schicksal entgegen, das Fortuna ihm zugedacht hatte.

Epilog

Der alte griechische Arzt beugte sich über Severus' Brustkorb und lauschte aufmerksam, während der Kaiser Luft holte und ausatmete. Dann nahm er ihn an den Schultern, setzte ihn auf, schüttelte ihn und drehte seinen Kopf auf der Suche nach den verräterischen Anzeichen einer Rippenfellentzündung hin und her. Er ließ ihn zurück auf das Bett sinken und besah sich die Farbe der Zunge und der Lederhaut seiner Augen. Schließlich untersuchte er die von der langjährigen Gicht angeschwollenen Gelenke.

»Nun?«, wollte Julia Domna wissen.

Galenos schüttelte den Kopf. »Aesculapius bin ich nicht. Ich kann Euch nicht sagen, ob er leben oder sterben wird.«

Julia drehte sich zu Caracalla und Geta um, die pflichtschuldig am unteren Ende des Bettes standen und warteten.

»Wieso hörst du überhaupt auf diesen Scharlatan?«, fragte Geta. »Wo seine Methoden doch ganz allgemein nur wenig Zustimmung finden. Er lehnt die Wahrsagerei ebenso ab wie die Suche der Wahrheit in den Sternen.«

Julia zögerte. Sie teilte die Ehrfurcht, die sein Vater und sein Halbbruder der Astrologie und der Mystik des Ostens entgegenbrachten, wie Caracalla wusste. Er selbst stand dem Übernatürlichen skeptisch gegenüber und hatte sich damit abgefunden, dass sich manche Dinge ändern ließen und andere nicht. Aber Galenos zählte zu Julias Freunden, war Teil des Zirkels aus Philosophen und anderen Gelehrten, die die kultivierte Kaiserin um sich geschart hatte. Sie war hin- und hergerissen zwischen ihrer Hochachtung für Galenos und dem ganz natürlichen Bedürfnis, alles in ihrer Macht Stehende für ihren Ehemann zu tun.

»Augusta«, sagte Galenos. »Ihr kennt meine Fähigkeiten. Ich habe die Menschen von der Antoninischen Pest kuriert und nicht nur Kaiser Commodus, sondern auch Eurer Familie als Leibarzt gedient. Ich habe den Philosophen Eudemus von der Malaria quartana befreit, als ihn alle anderen bereits aufgegeben hatten. Ich war der Erste, der zwischen Arterien und Venen unterschied, der die beiden voneinander unabhängigen Kreisläufe des Körpers erkannte und entdeckte, dass das Blut in der Leber gebildet wird.

Nichtsdestotrotz befindet sich das Leben des Kaisers auf Messers Schneide und ich weiß nicht, ob er leben oder sterben wird. Fest steht dagegen, dass heute der achte Tag des gegenwärtigen Anfalls ist und die meisten, die an einer Lungenentzündung leiden, noch vor dem siebten sterben.«

»Also wird er leben?«

»Mit Verlaub, Augusta, aber Ihr hört mir nicht zu. Mit Sicherheit kann ich es nicht sagen. Die Zukunft kennen nur die Götter. Aber ja, meine Prognose lautet, dass er den Anfall überleben wird. Gebt ihm weiterhin Galbanum und Pinienkerne in attischem Honig gegen den Husten und legt ihm regelmäßig einen Schlauch mit heißem Wasser auf die Brust. Aller Voraussicht nach wird er sich erholen. Diesmal noch.«

»Diesmal noch?«

»Augusta, der Winter ist nahe. Die Anfälle werden immer schlimmer. Ihr solltet euch darauf einstellen, dass …« Er blickte auf den Boden. Den Satz zu vollenden war völlig unnötig und auch nicht ganz ungefährlich.

»Mutter«, sagte Geta in beinahe quengelndem Ton, »lass mich meinen Arzt rufen. Er wird die Sterne befragen, Opfer bringen …«

»Geta, es reicht!«, sagte Julia streng. »Galenos, wir werden deinem Rat folgen. Mach ihn wieder gesund. Sollte sich sein Leben tatsächlich dem Ende zuneigen, werden wir Trost in der Gewissheit finden, dass es ein außergewöhnliches Leben war.«

Sie rauschte davon, gefolgt von ihrer Kammerzofe.

Caracalla sah ihr mit gemischten Gefühlen hinterher. Einerseits war er eifersüchtig auf die Liebe, die sie ganz offensichtlich für ihren Gemahl empfand, auch wenn er diese Liebe dem alten Mann gegenüber teilte. Andererseits war Severus nur noch ein Schatten seiner selbst. Sollte er dem Schicksal zur Hand gehen und die Gelegenheit nutzen, sein Ableben etwas zu beschleunigen? Selbstverständlich allein zum Wohle des Imperiums und um die Würde seines Angedenkens zu bewahren. Nicht etwa zu seinem eigenen Vorteil.

Geta beobachtete ihn genau. Was wusste sein Halbbruder? Was ahnte er? Wenn er von seiner Affäre mit Julia erfuhr, konnte er ihn mit diesem Wissen vernichten. Das durfte er keinesfalls zulassen. Caracalla dachte nicht daran, nach Severus' Tod seine Macht mit irgendjemandem zu teilen.

Die einfachste Lösung war natürlich, das Verhältnis zu beenden. Doch er hatte weder seine Frau noch eine Mätresse oder eine Sklavin jemals auch nur annähernd so geliebt wie Julia. Und sie liebte ihn auch, da war er sich sicher, sosehr sie die Rivalität zwischen den Brüdern auch zur Verzweiflung brachte. Nein, es musste ihr Geheimnis bleiben. Um jeden Preis.

Wenn der Kaiser starb, wurde abgerechnet. Wie so oft überlegte Caracalla, wer sich in dem unvermeidlichen Machtkampf auf seine Seite schlagen würde und wer nicht. Die beiden Parteien waren am kaiserlichen Hof durch eine kulturelle Grenze getrennt. Die afrikanische Partei, die Caracalla seine Rolle beim Sturz des ehemaligen Prätorianerpräfekten Plautianus nie verziehen hatte, sowie Severus' Verwandte und Favoriten würden Geta unterstützen, die Syrer um Julia Domna wohl eher Caracalla. Papinianus, ein weiterer Prätorianerpräfekt und ein enger Vertrauter von Severus, war mit Julia Domna verwandt und würde wahrscheinlich, wie auch die Augusta selbst, für keine der beiden Seiten Partei ergreifen. Maecius Laetus, der andere, in Rom verbliebene Präfekt, traute Caracalla nicht über den Weg. Valerius Patruinus teilte seine Ansichten in Militär- und Regierungsangelegenheiten. Sextus Varius Marcellus und Quintus Marcius Dioga unterstützten ihn aus Eigennutz. Und nicht zu vergessen Oclatinius, der treu an Caracallas Seite stand.

Beim Gedanken an Oclatinius musste er an den Schützling des alten Mannes denken. Ob es Silus gelungen war, Rache an dem Barbarenfürsten zu nehmen? Wenn er lebend zurückkehrte, würde er seine schützende Hand über ihn halten. Dazu musste er nicht viel politisches Kapital investieren, und wer wusste schon, wozu dieser einfallsreiche Mann noch zu gebrauchen war?

Er erwiderte seelenruhig Getas Blick und lächelte in Erwartung dessen, was die Zukunft bringen würde.

Nachwort des Autors

Bisher habe ich meine historischen Romane in der Frühzeit des Römischen Reiches angesiedelt, für die es eine Fülle an archäologischen, epigrafischen und literarischen Quellen gibt. Im Vergleich dazu sind die Zeugnisse aus der Zeit der Severer wesentlich spärlicher. Dies ist gleichzeitig Segen und Fluch. Einerseits gestaltet sich die Recherche schwieriger, und vieles ist zwangsläufig Mutmaßung und Spekulation. Andererseits bin ich Romanschriftsteller, und Spekulationen sind mein tägliches Brot.

Die Textauszüge im Anhang stellen die vollständige Beschreibung der Expeditio Felicissima Britannica in den Werken der Geschichtsschreiber Dio Cassius und Herodian dar.

Dio Cassius war Senator, Statthalter und Prokonsul und kannte Kaiser Severus persönlich. Allerdings hegte er eine tiefe Abneigung gegen ihn und erst recht gegen Caracalla. Schönfärberei kann man ihm also nicht vorwerfen, dafür aber die Tendenz, Caracalla und seine Taten in einem möglichst schlechten Licht darzustellen. Im Gegenteil dazu habe ich mir erlaubt, Caracallas Charakter in diesem und dem nächsten Band dieser Serie nicht ganz so einseitig negativ und dämonisierend zu beschreiben.

Herodian, der etwas später als Dio Cassius lebte, ist bekannt dafür, es mit den historischen Fakten nicht so genau zu nehmen. Und auch er ließ an Severus und Caracalla kein gutes Haar.

Eine weitere wichtige Quelle für diese Zeit ist die für ihre Unzuverlässigkeit berüchtigte *Historia Augusta*. Über die Expedition Felicissima Britannica ist dort bis auf die Tatsache, dass Severus in Eboracum starb, nichts zu finden. Die wenigen anderen antiken Texte, die die Expedition erwähnen, wurden erst viel später verfasst.

Üblicherweise achte ich beim Verfassen eines Romans darauf, dass die Handlung den historischen Aufzeichnungen nicht allzu offensichtlich widerspricht. Aber ich habe ebenso wenig Bedenken, die Lücken in der Quellenlage mit einer unterhaltsamen und hoffentlich plausiblen Geschichte zu füllen, als auch, mich für die unwahrscheinlichere von zwei Möglichkeiten zu entscheiden, wenn es der Geschichte dient. In diesem Buch habe ich mir eine bemerkenswerte Ausnahme von dieser Regel erlaubt: die Beziehung zwischen Caracalla und seiner Mutter bzw. Stiefmutter.

Man geht heute im Allgemeinen davon aus, dass Caracalla 188 n. Chr. geboren wurde und dass Julia Domna und Septimius Severus sowohl seine als auch Getas Eltern waren. Dr. Ilkka Syvänne von der Universität Haifa, Verfasser der Monografie über Caracalla, stellt sowohl in seinem Buch als auch in unserer persönlichen Korrespondenz die These auf, dass Severus' erste Frau Paccia Marciana Caracallas Mutter war und dass er entweder 186 oder 174 n. Chr. das Licht der Welt erblickt hat, wobei das letztere – auch in den *Historia Augusta* genannte – Datum das wahrscheinlichere ist. Die Affäre zwischen Julia Domna und Caracalla ist nicht allein das Produkt meiner Fantasie. Herodian zufolge pflegten die Einwohner Alexandrias Julia Domna nach der Mutter des Ödipus »Jokaste« zu nennen. Vielleicht geschah dies als Reaktion auf Gerüchte von einer Affäre zwischen Caracalla und seiner Stiefmutter. Dr. Syvänne legt die Argumente dafür in seinem Buch im Detail dar. Die Tatsache, dass die Möglichkeit besteht, reicht mir (im Einklang mit meinen persönlichen Schriftstellerregeln), um in einem fiktionalen Text damit zu spielen.

Eine weitere Freiheit, die ich mir bezüglich der historischen Fakten erlaubt habe, ist die nirgendwo belegte (also von mir erfundene!) Schlacht bei Cilurnum. Über Caracallas Feldzüge ist so wenig bekannt, dass sogar umstritten ist, in welchen Jahren sie stattfanden. Offenbar kam es während der Expeditio Felicissima Britannica nur zu wenigen offenen Feldschlachten. Die Kaledonier und Maeatae hatten sowohl aus weiter zurückliegenden (beispielsweise die Schlacht bei Mons Graupius) als auch aus relativ aktuellen Begegnungen (im Rahmen der Besatzung durch Severus) die Lehre gezogen, dass es Erfolg versprechender für sie war, sich auf Guerillataktiken und Überfälle zu verlegen. Das heißt jedoch nicht, dass keine größeren Auseinandersetzungen stattfanden, auch wenn die keltische Seite dies nach Möglichkeit zu verhindern versuchte: In meiner Geschichte beabsichtigt Maglorix, Caracallas Legionen zu meiden und stattdessen tief in die Provinz Britannia vorzudringen.

Oclatinius wiederum ist eine historische Persönlichkeit, über die wir allerdings nur wenig wissen. Marcus Oclatinius Adventus war Prokurator in Severus' Diensten und stieg im Lauf seiner außergewöhnlichen Karriere vom einfachen Soldaten zum Speculator (einem Kundschafter wie Silus), Frumentarius (einem Spion des imperialen Geheimdienstes, möglicherweise im Rang eines Zenturios oder Lagerkommandanten) und – nach den in diesem Buch geschilderten Ereignissen – mit der Förderung Caracallas trotz seines fortgeschrittenen Alters in noch höhere Positionen auf. Bei mir ist Oclatinius Kommandant der Arcani.

Bedauerlicherweise beschränkt sich die Erwähnung der Arcani auf eine einzige Stelle im Werk des Geschichtsschreibers Amminanus Marcellinus, der sie als »Areani« bezeichnet (d.h. »die Leute von der Schafweide«, was darauf hinweisen könnte, dass viele Mitglieder dieser Geheimorganisation aus der ländlichen Bevölkerung zwischen den beiden Wällen rekrutiert wurden). Damit ist dieser Begriff ein sogenanntes Hapax legomenon, also ein Wort, das nur ein einziges Mal in der gesamten Literatur einer Sprache auftaucht. Ammianus Marcellinus zufolge waren die Areani 367 n.Chr. an einem Einfall der Pikten beteiligt, denen sie gegen Bestechung Informationen hatten zukommen lassen. Wegen dieses Verrats wurde die Organisation von Flavius Theodosius, dem Vater von Theodosius dem Großen, aufgelöst.

»Arcani« bedeutet so viel wie »die Geheimen«. Ich habe mich aus zwei Gründen für diese Bezeichnung und gegen den Begriff »Areani« entschieden: Zum einen findet er sich auf einer der erst im 20. Jahrhundert entdeckten, etwa um 100 n.Chr. entstandenen Vindolanda-Tafeln. Zum anderen muss eine Organisation, die bis zu ihrer Auflösung jahrhundertelang unerwähnt bleibt, tatsächlich äußerst geheim gewesen sein. Da so wenig über die Arcani bekannt ist, hat man als Romanschriftsteller erhebliche Freiheiten bei der Ausgestaltung dieser Organisation – was ich auch schamlos ausgenutzt habe.

Zu den Kelten sei nur wenig gesagt, obwohl man über dieses Thema meterweise Bücher schreiben kann – was auch getan wurde. Die Kelten besaßen keine eigene Schrift, sodass sie uns durch die Augen ihrer Feinde, der Römer, bekannt sind. Den Römern galten die Kelten zum einen als Idealbild einer »guten alten Zeit«, gleichzeitig aber auch als verachtenswertes, weil unzivilisiertes und unkultiviertes Volk von Analphabeten. Ich bezeichne die Kelten in diesem Buch als Barbaren, da dies der römische Ausdruck für alle Nicht-Römer war. Es ist eine Ironie der Geschichte, dass die Römer für die Griechen, die diese Bezeichnung zuerst verwendeten, ebenfalls Barbaren waren (das griechische Wort *barbaros* ist eine Lautmalerei, da für die Griechen alle Sprachen mit Ausnahme ihrer eigenen unsinnige Folgen von »bar, bar, bar«-Lauten darstellten). Der Begriff Barbar ist in diesem Buch keinesfalls wertend oder gar abfällig gemeint, aber ich erzähle meine Geschichte nun mal zu großen Teilen aus der Perspektive römischer Figuren mit römischer Weltsicht. Selbstverständlich war die keltische Kultur, die einst große Teile Europas prägte und deren Einfluss bis nach Asien reichte, vielfältig und hoch entwickelt.

Im antiken Leben spielte die Religion sowohl bei Römern als auch bei den sogenannten Barbaren eine wichtige Rolle. Zum Zeitpunkt der Handlung konkurrierten mehrere aus dem Osten stammende Mysterienkulte (unter anderem der des Christus, Mithras und Serapis und jener der Isis, um nur einige zu nennen) im römischen Imperium um Einfluss. Severus übrigens war ein Anhänger des Serapis-Kultes. Zusätzlich wurden diverse Lokalgötter verehrt, die teilweise mit ihren griechisch-römischen Pendants verschmolzen, so etwa als Sulis-Minerva in Bath (eine solche Verbindung nennt man Synkretismus). Außerdem erwähne ich mehrere vorchristliche keltische Gottheiten. Teutates, Esus und Taranis werden bereits bei Lukan genannt (insbesondere Teutates kommt nicht selten in den Asterix-Bänden vor; ich konnte der Versuchung, eine meine Figuren »Beim Teutates!« rufen zu lassen, nur schwer widerstehen). Die Aos-sídhe waren feenhafte Wesen, die im vorchristlichen Schottland verehrt wurden. Cailleach Bhéara, die göttliche Hexe, war Schöpferin, Ahnin und Wettergöttin.

Das Christentum suchte in dieser Epoche der Weltgeschichte noch nach seiner Identität. Höchstwahrscheinlich fanden Christenverfolgungen statt, und auch das Martyrium des Heiligen Alban könnte in die Herrschaftszeit Getas in Britannien fallen. Für nicht wenige Christen gehörten der christliche Gott und Christus zu einem ganzen Pantheon von Gottheiten, die es zu verehren galt, wenn man auf der sicheren Seite sein wollte. Die meisten werden jedoch der christlichen Lehre gefolgt sein, dass es nur einen Gott gibt.

Dies ist das Ende von Silus' erstem Abenteuer. Im nächsten Teil, *Der Dolch des Kaisers*, wird er tief in den unbarmherzigen Bruderkampf zwischen Caracalla und Geta hineingezogen, der ein Jahr später zum offenen Ausbruch kommt und der Chaos, Mord, Skandale, Loyalitätskonflikte und schwierige Entscheidungen mit sich bringt – Silus' Fähigkeiten und nicht zuletzt sein Gewissen werden auf das Härteste geprüft.

Bibliografie und Leseempfehlungen

Bei der Recherche zu diesem Buch habe ich zu viele Titel konsultiert, um sie hier alle aufzählen zu können, doch zumindest seien an dieser Stelle einige für mich besonders wichtige Hauptwerke genannt:

Sylvänne, I.: *Caracalla. A Military Biography,* Pen & Sword Books Limited, Barnsley 2017

Elliot, S.: *Septimius Severus in Scotland*, Pen & Sword Books Limited, Barnsley 2018

Grant, M.: *The Severans. The Changed Roman Empire,* Routledge, Abingdon 1996

Levick, B.: *Julia Domna, Syrian Empress,* Routledge, Abingdon 2007

De La Bédoyère, G.: *Defying Rome. The Rebels of Roman Britain,* Tempus Publishing, Stroud 2003

De La Bédoyère, G.: *Roman Britain. A New History, Thames & Hudson,* London 2006

De La Bédoyère, G.: *The Real Lives of Roman Britain,* Yale University Press, London 2015

Fraser, J. E.: *From Caledonia to Pictland. Scotland to 795,* Edinburgh University Press, Edinburgh 2009

Fields, N.: *Rome's Northern Frontier AD 70–235. Beyond Hadrian's wall,* Osprey Publishing, Oxford 2005

Wilcox, P.: *Rome's Enemies (2). Gallic & British Celts,* Osprey Publishing, Oxford 1985

Breeze, D. J.: *Edge of Empire. The Antonine Wall,* Birlinn Ltd, Edinburgh 2008

Keppie, L.: *The Legacy of Rome. Scotland's Roman Remains,* Birlinn Ltd, Edinburgh 2004

Shotter, D.: *The Roman Frontier in Britain,* Carnegie Publishing, Preston 1996

Historische Texte

Herodian über Septimius Severus und seine Fahrt nach Britannien

Nach: »Herodians Geschichte des römischen Kaisertums seit Mark Aurel« übersetzt von Adolf Stahr

Mitten in seinem Grame über solchen Lebenswandel seiner Söhne und über ihre unwürdige Neigung für das Schauspielwesen erhielt Severus von dem Statthalter Britanniens die Nachricht: die Barbaren der dortigen Gegend seien in Aufruhr, machten das Land unsicher und erfüllten alles mit Plünderung und Verheerung; eine Verstärkung an Mannschaft oder die Anwesenheit des Kaisers selbst sei zur Behauptung der Provinz dringend nötig. Dem Severus war diese Botschaft erwünscht, denn er war nicht nur überhaupt von Natur ruhmbegierig, und hätte gern nach den Siegen im Osten und Norden und zu seinen durch dieselben gewonnenen Ehrennamen auch Siegesdenkmale über die Britannier hinzugefügt, sondern es lag ihm auch daran, seine Söhne von Rom fortzubringen, damit sie ihre Jugend an das nüchterne Soldatenleben, entfernt von der Üppigkeit und Schwelgerei Roms, gewöhnen möchten. Darum kündigt er sofort den Zug nach Britannien an, obschon er bereits hochbejahrt war und schwer an der Gicht litt; doch war sein Geistiges noch in höherem Grade kräftig als irgendeines Jünglings. Den größten Teil des Marsches legte er also in einer Art von Sänfte zurück, doch gestattete er sich nirgends längeres Verweilen zum Ausruhen. Nachdem er so mit seinen Söhnen den Weg schneller, als alle Welt dachte und erwartete, zurückgelegt hatte, stand er plötzlich, nachdem er den Ozean überschifft hatte, auf britannischem Boden, zog von allen Seiten her die Truppen zusammen und begann, nachdem er eine große Streitmacht vereint hatte, die kriegerischen Unternehmungen.

Als die über des Kaisers unerwartet plötzliche Anwesenheit erschreckten Britannen erfuhren, dass er eine sehr große Heeresmacht gegen sie zusammengebracht habe, schickten sie Gesandtschaften und begannen, Friedensvorschläge zu machen, und beeiferten sich, ihre früheren Übeltaten zu entschuldigen. Severus dagegen, dem es um einen längeren Aufenthalt im Lande zu tun war, um nicht wieder nach Rom genötigt zu werden, und der überdies große Lust hatte, zu seinen früheren Siegen noch den über Britannien sowie den Beinamen davon zu gewinnen, schickte ihre Gesandten unverrichteter Sache heim, während er alle Vorbereitungen zu einer Schlacht traf. Vor allem suchte er mittelst Dammbrücken die Sumpfgegenden zu okkupieren, damit seine Krieger auf festen Wegen einherziehend dieselben leicht durchstreifen könnten, und im Gefechte festen Grund unter den Füßen hätten. Denn der größte Theil des Britannerlandes wird durch die beständigen Überschwemmungen des Ebbe- und Flutwechsels der See zu Sümpfen, welche freilich die Barbaren gewohnt sind, schwimmend oder watend bis an die Hüften zu passieren; denn da sie fast am ganzen Körper unbekleidet sind, machen sie sich nichts aus dem Schlamme. Sie wissen nämlich nichts von dem Gebrauche der Kleidung, sondern zieren nur Hüften und Hals mit Eisen, das sie für eine Zierrat und für ein Zeichen des Reichtums ansehen, wie die übrigen Barbaren das Gold; ihre Körper aber tätowieren und bemalen sie mit bunten Bildern mannigfacher Tiere, weshalb sie sich denn eben auch nicht bekleiden, um nicht die auf ihrem Körper befindlichen Malereien zu verdecken. Sie sind sehr streitbar und blutdürstig, führen bloß einen Schild kleinen Umfangs sowie einen Speer und ein über den nackten Körper gehängtes Schwert. Den Gebrauch des Panzers und des Helmes dagegen kennen sie nicht, halten ihn vielmehr für hinderlich beim Durchwaten der Sümpfe, von deren dicker Ausdünstung die Luft der dortigen Gegend ewig trübe erscheint. In Bezug auf diese Umstände nun nahm Severus seine Maßregeln einerseits zum Vorteile des römischen Heeres und andrerseits zur Beunruhigung und Behinderung der Streitkraft der Barbaren.

Nachdem er alles genügend für den Krieg vorbereitet zu haben glaubte, ließ er den jüngern seiner Söhne, welcher Geta hieß, in der unter römischer Botmäßigkeit stehenden Provinz zurück, um daselbst Recht zu sprechen und die politischen Verhältnisse zu ordnen, wozu er ihm aus der Zahl seiner älteren Freunde Ratgeber beigesellte; den Antoninus dagegen nahm er mit sich auf seinem Zuge gegen die Barbaren. Während das Heer die Flüsse und Dämme überschritt, welche das römische Reichsgebiet beschützten, fielen häufige Treffen und Scharmützel vor, wobei die Feinde geworfen wurden. Für die Letzteren indessen war die Flucht leicht, und sie fanden in Wäldern und Sümpfen bei ihrer Kenntnis des Terrains stets sichere Zuflucht, wogegen dies alles den Römern zum Hindernis gereichte, und den Krieg mehr und mehr in die Länge zog.

Dazu befiel den Severus, der bereits alt war, eine sehr langwierige Krankheit, in deren Folge er sich genötigt sah, zu Hause zu bleiben, während er versuchte, den Antoninus mit der Führung des Krieges zu beauftragen. Antoninus seinerseits bekümmerte sich weniger um die Barbaren, als er versuchte, sich bei den Heeren beliebt zu machen; und in der Tat brachte er alle dahin, allein auf ihn zu blicken, und bewarb sich in aller Weise um die Alleinherrschaft, während er seinen Bruder in schlechtes Licht setzte. Der Vater, dessen Krankheit sich in die Länge zog und der gar nicht sterben wollte, erschien ihm beschwerlich und lästig, und so suchte er dessen Ärzte und Diener zu bereden, bei seiner Kur irgendeinen Fehler zu machen, um desto schneller von ihm befreit zu werden. Endlich nach langen Leiden, hauptsächlich von Kummer verzehrt, endete Severus sein Leben, das glorreichste an Kriegstaten, das je ein Kaiser gelebt hat. Denn weder in Bürgerkriegen über seine Gegner noch in auswärtigen Kriegen gegen Barbaren hat irgendeiner vor ihm so viel Siegestrophäen errichtet. Er ging zur Ruhe, nachdem er achtzehn Jahre Kaiser gewesen war, seine jungen Söhne als Nachfolger zurücklassend, denen er Schätze hinterließ, wie keiner je zuvor, und eine Kriegsmacht, die ihresgleichen nicht hatte.

Cassius Dio über Septimius Severus und seine Reise nach Britannien

Nach: »Cassius Dios römische Geschichte«
übersetzt von Leonhard Tafel

Severus aber, welcher sah, dass seine Söhne ausschweifend und die Heere aus Untätigkeit zuchtlos wurden, unternahm einen Feldzug nach Britannien, obgleich er gewiss war, dass er nicht mehr zurückkehren würde. Dies wusste er hauptsächlich aus der Konstellation, in der er geboren worden und die er an die Decken der Richtsäle seines Palastes hatte anmalen lassen bis auf denjenigen Teil, der die Stunde bezeichnete, in der er das Licht der Welt betreten. Diese war in den beiden Zimmern nicht auf gleiche Weise angegeben. Er wusste es aber auch aus dem Munde der Wahrsager. Auf eine Bildsäule von ihm, die an dem Tore stand, durch das er ausziehen wollte, und die auf den dahin führenden Weg sah, war ein Blitzstrahl gefallen und hatte drei Buchstaben von seinem Namen weggeschlagen! So kehrte er denn, wie die Wahrsager verkündet hatten, nicht mehr zurück, sondern starb nach drei Jahren. Er hatte große Schätze bei seinem Auszuge mit sich genommen.

Die größten Völkerschaften unter den Britanniern bilden die Kaledonier und die Maeatae; und auf sie sind auch die Namen der übrigen sozusagen übergegangen. Die Maeatae wohnen nächst der Mauer, welche die Insel in zwei Teile teilt; die Kaledonier aber hinter ihnen. Beide bewohnen wilde und wasserarme Gebirge und öde, sumpfige Niederungen. Sie haben weder Festungen noch Städte, und treiben keinen Ackerbau, sondern leben von Viehzucht und Jagd, und den

Früchten gewisser Bäume: die Fische rühren sie nicht an, obgleich sie in größter Menge vorhanden sind. Sie wohnen in Zelten ohne Bekleidung und Fußbedeckung und haben ihre Weiber gemeinschaftlich und alle Kinder, welche zur Welt kommen, werden aufgezogen. Sie stehen insgemein unter keinen Fürsten und treiben am liebsten Räuberei. Sie ziehen auf Wagen zu Felde, da sie kleine und schnelle Pferde haben, sind aber auch gute Fußgänger, weil sie sehr schnell sind, und stehen fest, wie Felsen, wenn es einen Kampf in der Nähe gibt. Ihre Waffen sind ein Schild und ein kurzer Spieß mit einer eisernen Kugel unten am Schafte, um, wenn er geschwungen wird, durch sein Geschwirr die Feinde in Schrecken zu setzen. Auch Dolche haben sie. Hunger, Kälte und Beschwerden jeder Art vermögen sie zu ertragen. Sie verstecken sich oft in die Sümpfe und halten es hier viele Tage aus, indem sie nur den Kopf außerhalb des Wassers halten. In den Wäldern nähren sie sich von Rinden und Wurzeln. Für alle Fälle bereiten sie sich ein Nahrungsmittel, von dem sie nur etwas in der Größe einer Bohne zu sich nehmen und dann weder Hunger noch Durst empfinden. Dies ist die Beschaffenheit der Insel und ihrer Bewohner, soweit sie unsere Feinde sind.

Dass das Land eine Insel ist, war damals schon erwiesen, wie ich schon früher berichtet habe. Seine Länge beträgt siebentausend einhundert und zweiunddreißig, seine größte Breite zweitausend dreihundert und zehn, wo es am schmälsten ist, dreihundert Stadien.

Von diesem allem besitzen wir nicht viel weniger als die Hälfte. Severus, welcher die ganze Insel unterwerfen wollte, tat einen Einfall in das Kaledonische. Bei seinem Zuge durch dieses Land hatte er mit unsäglichen Beschwerden zu kämpfen: er musste Wälder niederhauen, Anhöhen abtragen,

Sümpfe verschütten und Brücken über Flüsse schlagen. Zu einer förmlichen Schlacht kam es nicht, da sie ihm nie in geschlossenen Gliedern entgegentraten. Schafe und Rinder aber trieben sie ihnen geflissentlich zu, damit die Soldaten, zum Raube weiter landeinwärts verlockt, aufgerieben werden könnten. Wirklich litten sie auch sehr an Wassermangel und, wenn sie sich zerstreuten, fielen sie in Hinterhalte. Wenn sie nicht weitermarschieren konnten, ließen sie sich von ihren eigenen Kameraden töten, um nicht gefangen zu werden, sodass im Ganzen fünfzig tausend Römer daselbst ihren Tod fanden. Severus ruhte nicht eher, als bis er die äußerste Grenze der Insel erreicht hatte. Hier fiel ihm besonders das lange Verweilen der Sonne über dem Horizonte, so wie die Länge der Sommertage und der Winternächte auf, was er hier ganz genau zu beobachten Gelegenheit hatte. Nachdem er sich so durch das ganze Gebiet der Feinde hatte bringen lassen (er bediente sich nämlich wegen Körperschwäche meist einer bedeckten Sänfte), kehrte er wieder in Freundesland zurück, und zwang die Britannier unter Abtretung einer Strecke Landes Friedensbedingungen von ihm anzunehmen.

Viel Sorge und unendlichen Kummer machte ihm Antoninus teils wegen seiner ausschweifenden Lebensweise, teils auch, weil er die offenkundige Absicht hegte, seinen Bruder aus dem Wege zu räumen und ihm selbst sogar nach dem Leben trachtete. Einmal sprang er plötzlich aus seinem Zelte hervor, tobte und schrie, dass Castor ihn beleidigt habe. Dieser Mann war der rechtschaffenste unter den Hofbedienten Severus', dem dieser alle Staatsgeheimnisse und die Sorge für seine Leibesbedürfnisse anvertraut hatte. Zwar liefen sogleich Soldaten zusammen, die vorher von ihm gewonnen waren, und stimmten in das Geschrei mit ein; sie wurden aber alsbald aufgegriffen, und Severus, der sogleich auf dem Platze war, ließ die lautesten von ihnen zur Strafe ziehen. Ein anderes Mal zogen beide in das Land der Kaledonier, um sich von ihnen die Waffen ausliefern zu lassen, und die Friedensbedingungen zu besprechen, da erfrechte sich Antoninus ihn vor aller Augen mit eigener Hand töten zu wollen. Beide waren zu Pferd, obgleich Severus wegen seines Fußübels die Fußsohlen hatte aufschneiden lassen, das ganze Heer war in ihrem Gefolge und selbst die Feinde ließen sich schon sehen. In diesem Augenblick hielt Antoninus ganz in der Stille und unbefangen das Pferd an und zog sein Schwert, um dem Vater einen Hieb in den Nacken zu geben. Als das sein Gefolge gewahrte, schrien sie auf. Er erschrak und getraute sich nicht, etwas Weiteres zu unternehmen. Severus sprach aber kein Wort, sondern bestieg das Tribunal, tat ab, was er zu tun hatte und kehrte in das Feldherrnzelt zurück. Dahin berief er jetzt seinen Sohn, Papinianus und Castor, ließ ein Schwert auf den Tisch legen und rückte ihm vor, dass er überhaupt sich einer solchen Tat vermessen, im Angesichte der Bundesgenossen und der Feinde einen solchen Frevel begehen wollte und schloss mit den Worten: »Wenn dich durchaus die Lust treibt, mich umzubringen, so bringe mich hier um. Du hast deine volle Kraft; ich bin ein alter Mann und liege hier. Wenn du dich aber davor nicht scheuest, und es nur nicht mit eigener Hand tun willst, so steht hier der Leibwachenobrist Papinian, dem du den Befehl mich zu töten geben kannst. Er wird jeden Befehl von dir, dem Gewalthaber, vollziehen.« Weiter tat er ihm Nichts, obgleich er es dem Mark Aurel oft zum Verbrechen angerechnet hatte, dass er den Commodus am Leben ließ, und seinem Sohne oft mit dem Tode gedroht hatte. Er tat es aber immer aus Zorn und zeigte mehr Liebe zu dem Sohn, als zu dem Staate, und ward

Verräter an dem eigenen andern Sohn da er dessen Schicksal voraussehen musste.

Als die Britannier sich wieder empörten, rief er seine Soldaten zusammen, hieß sie in das Gebiet derselben einfallen und alle töten, die in ihre Hände fallen würden, indem er mit den bekannten Worten schloss:

> Ihrer keiner entrinne dem grausen Verderben
> Eurer Hand, nicht er, den trägt im Leibe die Mutter
> Ungeboren, auch er entrinne nicht grausem Verderben.

Als aber auch die Kaledonier an der Empörung der Maeatae anteilnahmen, rüstete er sich, in Person den Feldzug gegen sie zu eröffnen. Mitten unter diesen Rüstungen raffte ihn am vierten Februar eine Krankheit weg. Antoninus aber soll seinen Tod beschleunigt haben. Vor seinem Tode soll er noch seinen Söhnen (ich gebe seine eigenen Worte, ohne etwas dazuzutun) folgende Lehre gegeben haben: »Vertraget euch miteinander, bereichert die Soldaten und fragt weiter nach Niemand.« Hierauf wurde seine Leiche mit allen militärischen Ehren auf den Holzstoß gebracht und durch einen Umzug der Soldaten und seiner Söhne gefeiert. Alle Anwesenden, welche Ehrenzeichen von ihm hatten, warfen sie hinein, und die Söhne zündeten das Feuer an. Hierauf wurden seine Gebeine in eine Urne aus Porphyr gesammelt, nach Rom gebracht und in der Gruft der Antonine beigesetzt. Kurz vor seinem Tode ließ er, wie man sagt, noch selbst die Urne vor sich bringen, betastete sie und sprach: »Bald wirst du einen Mann in dir fassen, dem der Erdkreis zu klein war.«

Er war zwar phlegmatisch, aber von starkem Körperbau, obgleich durch das Podagra etwas geschwächt; sein Geist aber war scharf und kräftig. Er war mehr ein Liebhaber, denn ein Kenner der Wissenschaften, und sein Wissen ging daher mehr in die Breite, als in die Tiefe. Als Freund war er nicht unerkenntlich, als Feind aber sehr gefährlich. Mit größtem Eifer verfolgte er seine Pläne und fragte nicht danach, was die Welt davon sagte. So war er denn auch sehr darauf bedacht, auf jede Weise Schätze zu sammeln, nur dass er darum keinem das Leben nahm, auch tat er nicht kärglich, wenn es galt, notwendigen Aufwand zu machen. Er ließ sehr viele alte Gebäude wieder herstellen und schrieb seinen Namen darauf, als ob er sie von Neuem aus eigenen Mitteln hätte aufführen lassen. Auf den Wiederaufbau alter, oder die Aufführung neuer Gebäude, die eben nicht notwendig waren, verwendete er viel. So baute er auch dem Bacchus und dem Herkules übergroße Tempel. Trotz diesem sehr großen Aufwande hinterließ er nicht bloß einige leicht zählbare Zehntausende, sondern einen Schatz von vielen Millionen. Denen, die locker lebten, war er sehr aufsässig und gab namentlich Gesetze gegen den Ehebruch, dessen denn auch sehr viele angeklagt wurden. Als Konsul fand ich dreitausend solcher Prozesse anhängig. Weil diese Anklagen aber nur von Wenigen verfolgt wurden, so hielt er selbst nicht mehr Strenge darauf. So sollte denn auch die Gemahlin des Kaledoniers Argentocoxus der Kaiserin Julia, als diese nach dem Friedensschlusse sie damit aufzog, dass sie so ungebundenen Umgang mit den Männern pflügen, die treffende Antwort gegeben haben: »Viel besser befriedigen wir die Triebe der Natur, als ihr Römerinnen. Wir haben offenen Umgang mit den Besten, ihr aber lebt verstohlen mit den schlechtesten im Ehebruch.« So die Britannierin.

Severus pflegte im Frieden auf folgende Weise zu leben: Schon vor Tagesanbruch war er in Tätigkeit, ging dann auf und nieder, sprach in Sachen des Staates oder ließ sich berichten. Hierauf saß er zu Gerichte, wenn nicht gerade Festtag war, und benahm sich dabei aufs Beste. Er ließ die Parteien ihre Sache gehörig verteidigen und gestattete uns, die wir mit ihm zu Gerichte saßen, unsere Meinung frei zu äußern. Dies dauerte bis Mittag; dann ritt er aus, solang es ihm noch möglich war. Nächstdem ging er, nachdem er sich gehörig Bewegung gemacht hatte, ins Bad, und nahm dann entweder allein oder mit seiner Familie einen reichlichen Imbiss ein. Nach dem Essen schlief er gewöhnlich. Wenn er erwachte, tat er seine übrigen Geschäfte ab, und wohnte in einem Säulengang griechischen und lateinischen Redeübungen bei. Darüber verging der Nachmittag, dann begab er sich gegen Abend wieder ins Bad und sodann mit seiner Umgebung an die Abendtafel. Selten zog er noch Andere bei und nur bei ganz besonderen Gelegenheiten, wo er nicht anders konnte, gab er kostbare Mahlzeiten. Sein Alter brachte er auf fünfundsechzig Jahre, neun Monate und fünfundzwanzig Tage. Sein Geburtstag war der elfte April. Regiert hatte er siebzehn Jahre, acht Monate und drei Tage. Überhaupt war er so tätig, daß er noch in den letzten Atemzügen rief: »Nun gebt her, wenn es noch was zu tun gibt!«

Danksagung

Vielen Dank an Michael Bhaskar, Kit Nevile und allen anderen bei Canelo für die Hilfe beim Verfassen und der Herstellung dieses Buches sowie an Federica Leonardis für die gründliche Redaktion. Dank gilt auch meinen Testlesern Fabrice de Backer und Fyr Traianvs Mvreys. Und selbstverständlich bedanke ich mich bei meiner Familie, Naomi und Abigail, für ihre Unterstützung bei einem weiteren großen Romanprojekt.

Alex Gough, Somerset 2019

Leseprobe

Die Assassinen von Rom Band 2

erscheint im Dezember 2023
ISBN der gedruckten Ausgabe: 978-3-423-21896-2
eBook-ISBN: 978-3-423-44288-6

WINTER 210–211 N. CHR.
EBORACUM

Im Februar in Eboracum unter freiem Himmel schwimmen zu gehen erforderte einen gewissen Wagemut. Daya schien die Kälte nichts auszumachen, und Silus wollte sich nicht von dieser jungen Frau bloßstellen lassen. Also zogen er, Atius und Daya in dem dreißig Schritt langen Schwimmbecken, das im Sommer der beliebteste Teil des Bades, im Winter jedoch verlassen war, ihre Bahnen. Dass außer ihnen niemand hier war, überraschte nicht, waren doch der Schnee, der im Januar noch dicht gefallen war, soeben erst geschmolzen und das Wasser gerade so warm, dass es nicht fror. Silus biss die Zähne zusammen und kämpfte sich mit regelmäßigen Brustschlägen voran. Daya war eine halbe Bahn vor, Atius unmittelbar hinter ihm. Sein Kamerad fluchte laut, schluckte Wasser und hustete.

Sie hatten zehn Bahnen vereinbart. Eine lag noch vor ihm. Er rang bereits nach Luft und die Kälte lähmte seine müden Glieder. Silus schwamm so schnell er konnte, fiel jedoch immer weiter hinter Daya zurück, die schließlich das andere Ende des Beckens erreichte und aus dem Wasser stieg. Sie blieb am Rand stehen und wartete auf Silus. Wasser tropfte von ihrem schlanken, nackten Körper. Als er endlich ankam, hielt sie ihm die Hand hin und half ihm aus dem Becken.

Eine kühle Brise wehte gegen seinen nassen Körper. An der Luft war es noch kälter als im Wasser.

»Bei den Göttern, das war grausam«, sagte Silus.

»Dann schnell ins Caldarium«, sagte Daya und rannte los. Atius stieg am anderen Ende des Beckens aus dem Wasser, ohne seine zehn Bahnen zu Ende zu schwimmen. Er funkelte Daya wütend hinterher, dann sah er Silus an. Der zuckte mit den Schultern und folgte ihr.

Sie liefen eilig durch das Frigidarium und Tepidarium in das Caldarium, sodass sich ihre Körper nicht an den Temperaturunterschied gewöhnen konnten. Die Hitze traf Silus wie ein Schlag. Plötzlich bekam er keine Luft mehr und musste sich anstrengen, um seine Lunge zu füllen. Daya sprang ohne zu zögern direkt in das warme Tauchbecken. Dabei spritzte Wasser auf die Legionäre, die auf den Steinbänken saßen und die Wärme genossen. Sie blickten auf und fluchten. Silus biss die Zähne zusammen und sprang ihr hinterher.

Es war, als tauche er in einen Kessel mit kochendem Wasser. Er konnte die Hitze des Beckens normalerweise selbst dann kaum ertragen, wenn er sich vorher im Caldarium aufgewärmt hatte. Direkt aus der Eiseskälte hineinzuspringen, ohne sich vorher wie ein zivilisierter Mensch in Frigidarium, Tepidarium und Caldarium langsam an die Hitze zu gewöhnen, bereitete ihm so brennende Schmerzen, dass er aufschrie. Silus verließ das Becken so schnell, wie er hineingesprungen war.

»Willst du mich umbringen?«, keuchte er.

Daya blieb noch einen Augenblick im heißen Wasser. »War das nicht fantastisch?«, sagte sie mit einem breiten Grinsen. »Atius, was ist mit dir?«

»Scheiß drauf«, sagte Atius und ließ sich auf eine Steinbank fallen.

»Und so etwas macht dir auch noch Spaß?«, fragte Silus.

»Warum nicht?«, sagte Daya. »Ich lebe, um an meine Grenzen zu gehen. Warum ständig im Tepidarium sitzen, wenn Frigidarium und Caldarium auf einen warten?«

»Worte, die von wenig Lebenserfahrung zeugen«, sagte Atius. »Der Augenblick wird kommen, in dem du dich nach lauwarmem Wasser sehnst.«

Endlich schien Silus' Körper zu begreifen, dass die Hitze nicht nur vorübergehend war, und öffnete seine Poren. Schweiß lief seine Stirn und seinen Rücken hinunter. »Du bist eine Meisterin im waffenlosen Kampf, eine schnelle Schwimmerin und scheinst weder Hitze noch Kälte zu spüren. Daya, gibt es irgendetwas, das du nicht kannst?«

»Keine Ahnung«, sagte Daya. »Bis jetzt ist mir noch nichts untergekommen.«

»Ich wette, dass sie nicht im Stehen pinkeln kann, ohne sich die Füße nasszumachen«, murmelte Atius.

»Na los, denkt euch etwas für mich aus«, forderte sie Daya heraus.

Atius sah sie nachdenklich an. »Da fällt mir tatsächlich etwas ein. Komm mit.«

Er führte Daya ins Gymnasium, wo bereits mehrere Legionäre und Hilfstruppensoldaten eifrig dabei waren, Gewichte zu heben, Kniebeugen und Liegestütze zu machen oder sich während der winterbedingten Untätigkeit anderweitig in Form hielten.

In der Ecke des Gymnasiums lagen zwei runde Steinkugeln. Ihr Umfang war so groß, dass sie ein Mann mit beiden Armen gerade so umfassen konnte. Atius bezog hinter einer Kugel Position und bedeutete Daya, sich hinter die andere zu stellen.

»Also gut, worum geht's?«, fragte Daya wenig eingeschüchtert. Die junge Frau war Atius an Körpergröße sowie Muskelmasse weit unterlegen. Dennoch schien sie nicht an ihrem Sieg zu zweifeln.

»Ganz einfach«, sagte Atius. »Wir heben die Kugel auf und tragen sie bis zum anderen Ende des Raumes. Wer zuerst dort ist, hat gewonnen.«

»Und um welchen Einsatz spielen wir?«

»Wenn du verlierst, musst du mir die beste Hure im Umkreis von hundert Schritt um das Badehaus suchen und mir eine halbe Stunde mit ihr spendieren.«

»Und wenn ich gewinne?«

»Das ist ja wohl recht unwahrscheinlich, oder? Soll ich dir dann einen Lustknaben suchen?«

Sie sah ihn verächtlich an.

»Na schön, dann kaufe ich dir Schmuck in demselben Wert.«

Daya sah zwar nicht so aus, als würde sie sich viel aus solchen Dingen machen, nahm den Vorschlag aber achselzuckend an. Die Wette würde keinen von beiden ruinieren. Die vornehmen Kurtisanen, die es auf hochrangige Offiziere und reiche Bürger abgesehen hatten, trieben sich normalerweise nicht im Badehaus herum. Doch bei diesem Wettkampf ging es nicht um Geld.

»Silus, du bist der Schiedsrichter«, sagte Atius. »Gib das Kommando.«

»In Ordnung«, sagte Silus. »Der erste, der seine Kugel zwischen den beiden Säulen dort hindurchträgt, hat gewonnen. Macht euch bereit, auf drei. Eins, zwei, drei, los!«

Daya und Atius gingen in die Knie, schlangen die Arme um die Steinkugeln und hoben sie auf. Gleichzeitig machten sie die ersten Schritte.

Dayas Start war beeindruckend. Silus hatte schon seine

Zweifel gehabt, ob die junge Spionin das Gewicht überhaupt stemmen konnte. Sie hatte auch sichtlich ihre Schwierigkeiten damit, doch sobald sie die Kugel in den Armen hielt, setzte sie langsam, aber stetig einen Fuß vor den anderen.

Doch ihr fehlte die schiere Masse, die Atius mitbrachte. Obwohl auch der größere und ältere Mann keuchte und die Zähne zusammenbeißen musste, waren seine Schritte länger und sicherer. Atius' Armmuskeln und die Halsschlagader traten hervor, die Beine waren starr wie Baumstämme.

Bis zu den Säulen waren es etwa zwanzig Schritt. Ungefähr bei der Hälfte lag Atius etwa drei Fuß in Führung. Die Anstrengung war beiden anzusehen. Obschon es im Gymnasium nicht besonders warm war, lief ihnen der Schweiß in Bächen am Körper hinab.

Als Atius etwa drei Viertel des Weges geschafft hatte, war Daya gerade einmal bei der Hälfte. Ihre Beine fingen an zu zittern, ihr Atem ging schwer und pfeifend, ihr Rücken krümmte sich. Da glitt ihr die Steinkugel aus den Händen und fiel auf den Boden, wobei sie ihren Fuß nur knapp verfehlte. Der Aufprall war so heftig, dass eine Fliese brach. Atius sah sich um, doch sein Grinsen verzog sich schnell zur Grimasse. Er setzte die eigene Kugel ab und holte ein paarmal tief Luft.

»Gibst du dich geschlagen?«, fragte er höhnisch.

Anstatt zu antworten ging Daya erneut in die Knie, hob die Kugel unter größten Mühen wieder auf und stapfte mit entschlossener Miene weiter. Entsetzt sah Atius, wie die junge Frau auf ihn zukam, und griff nach seinem eigenen Gewicht. Die Kugel mit bereits ermüdeten Muskeln zu tragen war so anstrengend, dass er bei jedem Schritt grunzte. Das Ziel war noch ein paar Schritt entfernt, dann noch ein paar Fuß. Atius sah sich um.

Die junge Frau holte auf. Das war unmöglich. Nun trennten sie nur noch ein paar Fuß. Atius fing an zu zittern. Seine Beine bebten, und auf dem schmerzverzerrten Gesicht zeichnete sich Verzweiflung ab. Er machte einen Schritt. Noch einen. Silus rechnete damit, dass er die Kugel jeden Augenblick fallen ließ. Und dann würde er sie wohl nicht wieder aufheben können.

Und dann hatte er es endlich geschafft. Er überquerte die Ziellinie und ließ den Stein auf den Boden krachen.

»Atius hat gewonnen!«, verkündete Silus. »Gut gemacht, Daya, großartige Leistung. Du kannst jetzt aufhören.«

Daya antwortete nicht. Sie hatte den Blick fest auf die Ziellinie gerichtet und ging einen Schritt nach dem anderen darauf zu.

»Es ist vorbei, Daya. Du hast verloren«, sagte Atius. »Du hast dich weitaus besser geschlagen als ich gedacht hätte. Ruh dich aus.«

Sie ging mit bleichem Gesicht und bedenklich wackelnden Beinen weiter, als hätte sie die beiden nicht gehört. Die Ader an ihrem Hals pochte in rasendem Tempo.

Silus erschrak. »Daya, hör auf, du tust dir noch weh! Schluss damit.«

Die anderen Besucher des Gymnasiums, die dem Wettkampf anfangs nur flüchtiges Interesse entgegengebracht hatten, hielten in ihren Übungen inne und beobachteten sie. Manche riefen ihr zu, sie solle innehalten. Andere lachten. Wieder andere feuerten sie an. Wie nicht anders zu erwarten wurden Wetten abgeschlossen, ob sie es schaffte oder nicht, und einer setzte sogar darauf, dass sie noch vor dem Ziel tot umfiel.

Schritt.

Für.

Schritt.

Alle sahen wie gebannt zu. Die Zeit schien sich zu dehnen, während sich diese unglaublich hartnäckige junge Frau so langsam wie eine Schildkröte auf die Ziellinie zuarbeitete.

Noch drei Fuß.

Zwei.

Einer.

Sie taumelte über die Linie, ließ die Kugel fallen, brach daneben zusammen und lag keuchend auf dem Rücken da. Ein Sklave eilte mit einem feuchten Tuch zu ihr und tupfte ihren Kopf und Körper damit ab.

Atius und Silus starrten sie staunend an.

»Bei Christus«, sagte Atius. »Was wolltest du uns denn damit beweisen? Du hattest doch schon verloren.«

Allmählich klärte sich ihr Blick wieder und sie sah zu den beiden auf. »Na bitte«, sagte sie zwischen tiefen Atemzügen. »Jetzt gibt es immer noch nichts, das ich nicht schaffe.«

Silus schüttelte lachend den Kopf. »Du bist mir vielleicht eine, Daya. Ich weiß nur nicht so recht, was für eine.«

Er hielt ihr die Hand hin, und als Daya sie ergriff, zog er die junge Frau auf die Füße. Dabei wurde ihr einen Augenblick schwindlig, und sie hielt sich mit der Hand an Silus' Schulter fest. Dann stellte sie sich gerade hin und grinste.

»Wie wär's mit einem Wettlauf?«

»Ich glaube, für heute haben wir uns genug verausgabt«, sagte Silus. »Lassen wir uns massieren.«

»Und danach hätte ich gerne meine Hure«, sagte Atius.

Silus saß an einem Tisch vor dem Bordell, nahm einen Schluck von seinem Bier und betrachtete Daya neugierig. Sie knabberte Esskastanien und trank Wasser dazu. Silus schätzte, dass er etwa fünfzehn Jahre älter war als die ange-

hende Arcana, die über scheinbar u
trauen verfügte: Sie hatte den Rücken
Gliedmaßen entspannt, und sah sich aufme
wachsam, aber nicht ängstlich um.

Daya hatte zu ihrem Wort gestanden und Si
eine wunderschöne Hure ausgesucht, eine schon et
kaledonische Sklavin, und sie bereits für eine halbe
mit Atius bezahlt. Silus beschloss, während des Wa
seine Neugier zu befriedigen. »Also, Mädchen, wo komm
du her?«

Daya nahm einen Schluck Wasser, sah sich um und starrte Silus dann schweigend an.

»Mädchen, hat es dir die Sprache verschlagen?«

»Redest du mit mir?«, fragte Daya.

»Mit wem denn sonst?«, fragte Silus verwirrt.

»Na ja, du hast ein Mädchen angesprochen, aber hier ist weit und breit keines zu sehen.«

Silus seufzte. »Schon gut, schon gut. Aber junge Frau darf ich dich doch nennen?«

Daya legte den Kopf schief und dachte einen Augenblick darüber nach, dann nickte sie. »Damit kann ich leben.«

»Fein, nächster Versuch: Ist das ein syrischer Akzent?« Silus riet einfach darauf los – weder hatte er Britannien jemals verlassen noch viele Vertreter anderer Völker und Kulturen kennengelernt.

Daya schüttelte den Kopf. »Ich bin aus Mauretania. Vom Volk der Mauri.«

Silus versuchte, sich die Karten der Welt in Erinnerung zu rufen, die ihm sein Vater als Kind gezeigt hatte. Er glaubte sich vage daran zu erinnern, dass Mauretania im Westen an die Provinz Africa grenzte. »Und was hat dich hier ans andere Ende des Imperiums verschlagen?«

?«

n. »Mädchen, junge Frau,
auf: Du interessierst mich
lig und ich friere mir hier
nur ein bisschen plau-
itzen, wenn dir das lie-

Wasser und Silus fand
tius‘ halber Stunde zu

wurden von Piraten entführt, als
ein war. Mein Vater wurde getötet, als er versuchte, uns zu befreien. Wir wurden in die Sklaverei verkauft.«

Silus nickte und wartete ab, ließ Daya so viel Zeit, wie sie brauchte, um ihre Geschichte so ausführlich zu erzählen, wie sie es wollte. »Ein Händler aus Byzanz hat uns gekauft. Er war viel auf Reisen und nahm meine Mutter als Mätresse mit. Sie wurde schwanger und starb im Kindbett. Meine kleine Schwester wurde nur ein paar Tage alt.«

So weit, so gewöhnlich, dachte Silus. Ähnliche Schicksale spielten sich jedes Jahr tausendfach im Imperium ab. Dennoch tat sie ihm leid. Auch Silus hatte eine harte Kindheit durchstehen müssen, doch er war nie Sklave gewesen, und auch seine Frau und seine Tochter waren frei geboren. Er wollte sich gar nicht vorstellen, wie sehr die Seele darunter litt, wenn man jemandes Besitz und der Willkür seines Herrn oder seiner Herrin hilflos ausgeliefert war, wenn man zur Arbeit gezwungen und geschlagen oder missbraucht wurde oder jederzeit getötet werden konnte.

»Das tut mir leid«, sagte Silus und wusste genau, wie hohl es klang.

Daya machte eine wegwerfende Geste. »Ich blieb im Domus des Händlers in Rom und wurde von den Haussklaven aufgezogen. Die Herrin des Hauses hatte meiner Mutter immer gegrollt, weil sie ihrem Ehemann so nahe gewesen war, und konnte mich deshalb wahrscheinlich auch nicht ausstehen. Ich musste Hausarbeit erledigen und wurde für jede Kleinigkeit geschlagen oder ausgepeitscht. Die Herrin war nicht ganz richtig im Kopf. Sie trank Unmengen von unverwässertem Wein, schlug im Jähzorn blindwütig um sich. Einmal hat sie eine Sklavin die Treppe hinuntergestoßen. Sie brach sich das Bein und konnte danach nur noch humpeln. Der Vater der Sklavin, der Majordomus des Hauses, verlor darüber die Beherrschung und schlug die Herrin. Er wurde gekreuzigt.«

Das war schon ungewöhnlicher, dachte Silus. Kein Mädchen sollte so aufwachsen müssen! Ein stämmiger Mann mittleren Alters ging an ihnen vorbei in das Bordell, ohne sie eines Blickes zu würdigen. Daya sah ihm hinterher, bis er außer Hörweite war.

»Und dann?«, fragte Silus. »Wie hast du es geschafft zu entkommen?«

»Der Herrin ging das Geld aus, aber sie trank weiterhin nur den besten Wein. Sie hätte einen Liebhaber gebraucht, der sie aushält, aber die alte Säuferin wollte niemand. Also musste sie ihr Hab und Gut verkaufen. Möbel. Schmuck. Mich.«

»Verstehe. Und wer war dein nächster Herr? Oder war es eine Herrin?«

»Dieses grässliche Weib war meine letzte Besitzerin.«

Silus hob die Augenbrauen. »Das heißt, du bist …«

Daya nickte. »Weggelaufen.«

Silus stieß einen leisen Pfiff aus. »Weiß Oclatinius, dass er dabei ist, eine entlaufene Sklavin zu rekrutieren?«

»Selbstverständlich«, gab Daya erbost zurück.

Selbstverständlich, dachte Silus. Oclatinius würde niemanden in die Reihen der Arcani aufnehmen, den er nicht vorher auf Herz und Nieren geprüft hatte.

»Aber damit ist deine Geschichte noch nicht zu Ende, oder? Von einer in Italien entlaufenen Sklavin zur angehenden Arcana in Nordbritannien ist es in jeder Hinsicht ein weiter Weg.«

»Warum bist du so neugierig? Ich habe das doch alles schon Oclatinius erzählt.«

»Ich sage doch, mir ist langweilig. Außerdem könnte es ja sein, dass wir irgendwann zusammenarbeiten. Da habe ich das Recht zu wissen, mit wem ich es zu tun habe, findest du nicht?«

»Du hast kein Recht zu gar nichts«, fauchte Daya. »Ich habe nur einem einzigen Mann die Treue geschworen. Alle anderen müssen sich mein Vertrauen erst verdienen.«

Silus öffnete den Mund zu einer Erwiderung, schloss ihn aber wieder. Er war nie Sklave gewesen und wusste deshalb auch nicht, wie man mit so einer Demütigung umging. Beschwichtigend hob er die Hände. »Erzähl mir doch einfach, was du für richtig hältst.«

Daya überlegte, dann nickte sie. »Ich konnte zwischen leeren Gemüsesäcken auf einem Fuhrwerk, das auf dem Rückweg zu seinem Latifundium war, aus Rom fliehen. Als wir ein paar Meilen von der Stadt entfernt waren, entdeckte mich der Fuhrmann und rannte mir hinterher, aber ich zählte damals bereits fünfzehn Sommer und er war zu fett, um mich zu erwischen. Ich versteckte mich auf dem Land und bestahl die Bauern, um nicht zu verhungern.«

»Das war mutig. Und kein Zuckerschlecken. Angeblich ist mit den Sklavenjägern in Italien nicht zu spaßen. Gibt es hier nicht auch Banditen? Allein kannst du doch unmöglich lange durchgehalten haben.«

»Stimmt. Ich wurde leichtsinnig, und eines Tages hat mich ein Sklavenhändler erwischt. Ein grausamer Kerl. Er hat mich geschlagen, mir einen Eisenring um den Hals gelegt und mich in einen Käfig auf seinem Karren gesteckt, um mich zurück nach Rom zu bringen.«

»Hat man dich ein zweites Mal versklavt?«

»Nein. Ich wurde gerettet.«

»Gerettet? Wer bitte schön rettet denn eine entlaufene Sklavin? Spartacus ist schon lange tot.«

»Bulla Felix«, sagte Daya nüchtern.

»Wie bitte?«

»Seid gegrüßt, Brüder«, sagte Atius, der mit rotem Gesicht und wirren Haaren aus dem Bordell geschlendert kam.

Silus sah mit offenem Mund erst Atius und dann wieder Daya an. »Wie war das?«

»›Seid gegrüßt‹, habe ich gesagt«, sagte Atius.

»Doch nicht du, du Idiot«, sagte Silus, woraufhin Atius leicht gekränkt wirkte. Silus beachtete ihn nicht. Er ließ Daya nicht aus den Augen

»Bulla Felix hat mich gerettet«, sagte Daya und nahm einen großen Schluck Wasser.

Atius war verwirrt. »Wer? Was? Wann?«

»Atius, setz dich, bestell dir was zu trinken und hör einfach nur zu. Daya erzählt gerade, wie sie nach Britannien gekommen ist. Sie ist eine entlaufene Sklavin und wurde von Bulla Felix gerettet.«

»Wer ist das denn?«, fragte Atius.

Silus wartete darauf, dass Daya es ihm erklärte, doch sie machte keine derartigen Anstalten. Silus seufzte. »Bulla Felix war ein Bandit, der zwei, drei Jahre lang mit einer Bande von sechshundert Mann die italienische Halbinsel unsicher gemacht hat«, erzählte er Atius. »Wie lange ist das jetzt her, fünf Jahre?«

Daya nickte.

»Und Bulla Felix hat dir auch das Kämpfen beigebracht?«

»Genau«, sagte Daya. »Er hat mich unter seine Fittiche genommen und mich ausgebildet. Er war ein wahrhaft großer Mann. Tapfer, kultiviert, stark und ein hervorragender Krieger. Er hat nur das geraubt, was er für gerecht hielt und die Beute unter den Einheimischen verteilt.«

»Ah, ein Schurke mit goldenem Herzen«, bemerkte Atius abfällig.

»Du weißt nicht, wovon du redest«, sagte Daya mit tiefer, bedrohlicher Stimme. »Also hüte deine Zunge.«

»Atius, es gibt doch so viele Geschichten über Bulla Felix«, sagte Silus. »Kaum zu glauben, dass du noch nie von ihm gehört hast. Einmal hat er zwei von seinen Männern gerettet, die zum Tod in der Arena verurteilt waren, indem er sich als Provinzstatthalter verkleidet und dem Gefängniswärter weisgemacht hat, dass er Gefangene für eine ganz bestimmte Arbeit bräuchte. Der Wärter persönlich hat Bullas Männer ausgesucht, weil sie am ehesten auf seine Beschreibung zutrafen, und ihm ausgehändigt. Einmal hat er einen Zenturio, der auf der Jagd nach ihm gewesen war, gefangengenommen und ihm nach einem Scheinprozess den Kopf nach Sklavenart geschoren. Dann hat er ihn freigelassen und seinen Herren ausrichten lassen, dass sie ihren Sklaven zu essen geben sollen, wenn sie nicht wollen, dass sie auch Banditen werden.«

»Na schön, wahrscheinlich würde ich mich ganz gut mit ihm verstehen, wenn ich ihn mal kennenlerne«, sagte Atius.

»Er ist tot«, sagte Daya, und in ihrer Miene war ehrliche Trauer zu erkennen.

»Habt ihr miteinander geschlafen?«, fragte Atius geradeheraus.

»Nein!«, sagte Daya energisch. »Wir sind nie …« Sie verstummte und errötete, was so gar nicht ihrem Wesen entsprach.

»Der Kaiser war außer sich vor Wut«, sagte Silus, um den unangenehmen Augenblick nicht noch in die Länge zu ziehen. »Niemandem gelang es, Bulla Felix zu fassen, und er ließ keine Gelegenheit aus, die Obrigkeit zum Gespött zu machen. Severus schickte einen Militärtribun mit einer Prätorianereinheit los. Er stellte den Tribun vor die Wahl, entweder mit Bulla zurückzukehren oder selbst hart bestraft zu werden.«

»Dann haben die Prätorianer zur Abwechslung mal etwas Sinnvolles getan?«, fragte Atius.

»Die haben nichts dazu beigetragen«, sagte Daya. »Er wurde verraten.«

»Wirklich?«, fragte Silus. »Ich dachte, die Prätorianer hätten ihn schließlich aufgespürt.«

Daya schüttelte den Kopf. »Bulla hatte eine Affäre mit der Frau eines seiner Soldaten. Der erfuhr davon und rächte sich, indem er den Prätorianern verriet, wo sie ihn finden konnten.«

»Also hat ihn Severus am Ende doch bezwungen«, sagte Atius. »Wie alle, die sich ihm in den Weg gestellt haben.«

«Bulla wurde den wilden Tieren in der Arena vorgeworfen«, sagte Daya. »Viele seiner Leute waren heimlich dort, um Zeuge seines Todes zu werden. Er war tapfer bis zum Ende. Der Kaiser persönlich war zugegen, und ich war ihm so nahe, dass ich sein Gesicht sehen konnte. Er hatte weder

Mitleid mit seinem besiegten Feind, noch bewunderte er ihn. Er hatte nur Verachtung für ihn übrig.«

Sie hielt kurz inne. »Danach gingen alle ihrer Wege. Ohne Bulla waren wir nichts.«

»Ganz offensichtlich war er ein guter Anführer«, sagte Silus. »Jetzt weiß ich aber immer noch nicht, wie es dich hierher verschlagen hat.«

Daya schwieg. Sie schien einen inneren Kampf auszufechten. Silus und Atius warteten, bis sie aus freien Stücken bereit war, weiterzuerzählen.

Sie öffnete den Mund, dann schien sie etwas hinter Silus zu bemerken. Silus drehte sich um. Zwei Prätorianer in voller Rüstung näherten sich ihnen in schnellen Schritten. Er wunderte sich erst, weshalb sie das Bordell in dieser Aufmachung besuchten, bevor er begriff, dass sie ihretwegen hier waren.

Die Soldaten blieben vor ihm stehen und salutierten. »Zenturio Gaius Sergius Silus?«

Silus hatte sich noch nicht daran gewöhnt, als Zenturio angesprochen zu werden. Da er keine Zenturie kommandierte, verstand er es als reinen Ehrentitel. Er nickte.

»Oclatinius Adventus entbietet seine Grüße. Er hat uns gesagt, dass Ihr hier zu finden seid.«

»Und was will er?«

»Gehe ich recht in der Annahme, dass es sich bei diesen beiden in Eurer Begleitung um Atius und Daya handelt?«

»Ja. Und nun sprich.«

»Oclatinius will Euch sofort in seiner Amtsstube sehen.«

Silus kniff die Augen zusammen. »Weshalb?«

»Oclatinius hat vorausgesehen, dass Ihr diese Frage stellen würdet, und mir aufgetragen, sie mit ‚Befehl ist Befehl, du unverschämter Scheißkerl‘ zu beantworten.«

Atius prustete los, doch sein Gelächter verebbte schnell unter dem strengen Blick des anderen, bislang schweigenden Prätorianers.

»Er hat uns ermächtigt, euch Folgendes auszurichten: Der Kaiser Lucius Septimius Severus Augustus Parthicus Britannicus ist tot.«

Silus, Atius und Daya sahen sich in stummer Fassungslosigkeit an.

Atius fand als erster die Sprache wieder. »Scheiße.«